I

Yago nació retorcido.

Hubo que enderezarlo entre hábiles manos, como se pudo, y solo cuando le crujió la espalda lloró. Sin embargo, en un suspiro se detuvieron sus quejidos y se quedó inmóvil; tan quieto que los que lo rodeaban empezaron a temerse lo peor.

La mujer que había ejercido de matrona observó al recién nacido con preocupación. Empujó con un dedo su cabecita, oprimió su pecho, lo pellizcó y esperó un tiempo hasta que se dio cuenta de que no iba a obtener respuesta alguna.

El niño no respiraba.

De espaldas a la madre, Marta, su amiga, se sintió destrozada al sentir la muerte en sus brazos. Sin saber qué hacer con el cuerpo del recién nacido, respondió a su primer impulso y lo llevó hasta una valla de madera que cerraba un pequeño corral, en el establo donde se habían refugiado para ocultar ese parto. Con el único motivo de que la madre no lo viera y evitar así su sufrimiento, lanzó al niño al otro lado de la valla. Pero ni siquiera después del golpe el bebé reaccionó. Quedó tendido sobre un lecho de paja sucia que servía de cama a un viejo y achacoso caballo, que desde hacía unas horas observaba lo que estaba sucediendo a su lado.

El animal olisqueó a la viscosa criatura con curiosidad.

Aquel cuerpo arrugado e inmóvil le pareció diferente e interesante. Al principio se mantuvo a una cierta distancia, sin actuar, hasta que la quietud del niño lo tranquilizó. Solo entonces arqueó el cuello, se acercó hasta él, y resopló sobre su rostro una vez lo hubo olfateado por completo. Al escuchar un rumor de llanto al otro lado de la valla, se despistó unos segundos de su actividad, levantó el cuello y miró a las mujeres.

—Nooooo… —Isabel, la madre del pequeño, se encogió muerta de pena—. Mi pobre niño… —exclamó entre sollozos—. Ha muerto por mi culpa. Este no es sitio para venir al mundo…

El caballo, ajeno al sufrimiento de las mujeres, recuperó su interés por el extraño bulto que seguía inmóvil cerca de sus pezuñas. Lo empujó casi con mimo sin despertar en él la menor respuesta. Por eso, ya sin temor, comenzó a lamerlo a conciencia fuertemente atraído por su olor. Le recorrió el cuerpo de arriba abajo, y retiró sin dificultad su pegajosa y sanguinolenta envoltura hasta dejarlo limpio. Fue entonces cuando, de pronto, el pequeño estornudó, dio un respingo y abrió unos ojos que de inmediato se dirigieron a los del viejo animal.

Yago volvía a nacer.

El caballo relinchó con inquietud y dio dos pasos atrás. Sin saberlo, su masaje había conseguido despertar el frágil corazón del niño y lo había devuelto a la vida.

Yago, indefenso y sucio, recién llegado a este mundo, cerró los ojos, bostezó y apretó su pequeña mandíbula como reacción al agudo dolor que sintió en su espalda en ese momento.

Sin embargo, no era ahí donde residía todo su mal…

Él no podía saberlo todavía, pero había nacido extraño, y desde entonces todos le verían extraño.

Fue Isabel, su madre, la que, entre sollozos, escuchó el estornudo. Le llegó como si se tratase de un suave eco, apenas perceptible, pero suficiente para despertar su atención. La joven buscó en la expresión de Marta alguna explicación.

—¿Tú también lo has oído...? —Señaló el corral donde se encontraba el caballo.

Marta miró al animal desconcertada, sin comprender a qué se debían sus insistentes relinchos.

—Habrá sido ese jamelgo viejo y cabezón.

—No me refiero a él... Me ha parecido escuchar al niño... —El gesto de Isabel reflejó un brillo de esperanza. Le dolía todo, había agotado sus fuerzas en el nacimiento, pero a pesar de ello decidió atender la llamada de su intuición y se propuso averiguar de dónde había surgido aquel llanto. Se estiró la falda, que estaba recogida por encima del vientre, rodó de lado hasta ponerse de rodillas, tomó aire y consiguió levantarse aunque con extrema dificultad. Marta corrió a sujetarla, viendo que se caía. Las cuatro horas de parto habían consumido sus energías, pero no pudo contra el instinto maternal y su férrea voluntad. Apretó los dientes y dio un primer paso. El agudo latigazo de dolor que en ese instante surgió desde sus entrañas tampoco la frenó. Armada de una increíble determinación, siguió dando uno y otro paso hasta que recorrió la escasa distancia que la separaba de aquella valla. Marta no pudo evitarlo.

—¡Estás loca! —le recriminó—. Acabas de parir, te has dejado media alma en ello, y si no te has desangrado ha sido de milagro.

—Ha sido él, estoy segura. —Isabel se volvió hacia Marta—. ¿Por qué hiciste algo tan horrible?

—Yo... —carraspeó muy nerviosa— intenté evitar que tuvieras que verlo al estar... —a la mujer le costaba hablar debido al peso de la culpabilidad.

—Sé que sigue vivo... —Isabel tosió con debilidad.

Marta se quedó horrorizada al imaginar el efecto que le produciría ver al recién nacido muerto. Se preparó para ello. Sin embargo, como sabía que era una terca, decidió dejarla hacer. Se agarró a su cintura y la ayudó a llegar hasta la entrada del corral.

—¿Estás segura de lo que vas a hacer?

—¡Él me necesita!

Los ojos de Isabel recorrieron el pequeño recinto a una velocidad de vértigo hasta que lo vio, a su pequeño. Estaba tendido sobre un sucio lecho de paja enmohecida, encogido, pero para su alegría el niño movía sus diminutas piernas y respiraba. Desbordada de emoción, entró al interior de la cuadra con una renovada agilidad nacida del deseo de tenerlo cuanto antes en sus brazos. Su corazón solo tenía un destinatario: aquel niño, por eso no temió la presencia del caballo aunque este reaccionara con inquietud.

—No comprendo cómo se te ocurrió... Has podido matarlo... —La severa expresión de Isabel mientras se dirigía a Marta desprendía un firme reproche.

—Pero, pero si estaba muerto... —Se santiguó incrédula—. No entiendo qué ha podido pasar...

El animal reaccionó a la cercanía de Isabel con un primer bufido, pero como no recibió respuesta de la intrusa resopló con furia. Sus cascos golpearon el suelo, se revolvió sobre sí mismo y terminó alzando los miembros delanteros con intención de caer sobre Isabel. No estaba dispuesto a dejarse robar una criatura que ahora consideraba suya.

Al advertir lo que podía suceder, Marta acudió en ayuda de Isabel y se interpuso entre el animal y su amiga, con la mala suerte de que toda la violencia del caballo cayó sobre ella. La madre, sin embargo, protegiendo al niño entre sus brazos, consiguió esquivar al animal y salió del corral antes de que este intentase cerrarle el paso. El caballo pateó la valla furioso.

—¡Marta, corre! —gritó aterrorizada al verla tirada en el suelo y acorralada por el animal. Buscó algo con lo que asustarlo pero no encontró nada a mano.

—No me dejará salir… Ve a pedir ayuda —le gritó Marta.

Isabel, con la respiración acelerada, pensó qué podía hacer. El caballo bufaba sin parar, nervioso, hasta que de pronto se cruzaron sus miradas, entonces ella sintió un impulso, irracional, como una extraña cercanía hacia él y entendió de repente qué tenía que hacer. Perdió todo temor hacia el caballo, y ante el asombro de Marta entró de nuevo en la cuadra llevando al niño entre sus dos manos. Incapaz de explicarse por qué lo hacía, se lo mostró en un gesto simbólico de gratitud, como reconociendo sus derechos hacia la criatura.

El caballo acercó el morro hasta casi tocar la cara del pequeño, con una expresión pacífica en sus ojos, bajó la cabeza y le demostró su absoluta entrega.

Isabel, con la respiración contenida, manteniendo a su hijo a tan solo dos dedos del viejo corcel, vio como sus ollares rozaban la inocente frente del bebé hasta posarse en ella, bendiciéndolo, como si lo besara. Aquella escena provocó en la madre una sacudida de calor que sintió recorrer su espalda en un cúmulo de extrañas pero agradables sensaciones. También estaba recibiendo parte de la energía que notaba fluir entre dos seres tan diferentes.

Y fue en ese momento, tan intenso, cuando vio con claridad que el futuro de su hijo nunca le iba a pertenecer al completo, pues no solo ella le había dado la vida. Una dolorosa y pesada lágrima resbaló por su mejilla como prueba de su convicción.

Yago había nacido dos veces, y por sus venas no solo correría la sangre de los humanos, también lo haría el espíritu de los caballos.

II

Aquel embarazo no tenía que haberse producido nunca.

La culpa la tuvo el hambre que había padecido la ciudad de Jerez en los últimos cuatro años, la inconsciencia de Isabel y la escasez de trabajo para gente de tan baja procedencia social como la suya.

Sin embargo, la muchacha tuvo suerte.

Seis meses antes de saber que esperaba un hijo, había empezado a trabajar como dama de compañía de doña Laura Espinosa, gracias a la recomendación de una prima carnal que tuvo que abandonar la casa debido a una rara enfermedad.

Tras dos meses de aprendizaje, Isabel se sintió cómoda con sus obligaciones y afortunada de tener un lugar que le proporcionaba comida y lecho. Era verdad que en aquellos primeros tiempos todo le gustaba, se sentía útil y bien tratada, en paz con ella misma y con su entorno.

Su señora era poco agraciada, algo áspera en el trato y hasta en ocasiones demasiado estricta, pero a pesar de todo, Isabel no había tenido demasiadas dificultades para adaptarse a ella. Entre la servidumbre, corría el rumor de que su mal carácter se debía a la frustración por no haberle dado un hijo todavía a su marido. La descendencia no llegaba y nadie sabía si se debía a la diferencia de edad, doña Laura era cinco años mayor que su esposo, o a las escasas oportunidades que el matrimonio tenía para encontrarse, dadas las largas ausencias de don Luis.

La realidad era que doña Laura amaba a su marido hasta dolerle el corazón, y tan fuerte era ese sentimiento que cuando él estaba, ella era otra persona. Aparecía entonces una mujer bondadosa, determinada, y siempre comprensiva con la servidumbre. Quien la conocía sabía además que era despierta para los negocios, inteligente, amante de la lectura y, por encima de cualquier otra cosa, muy piadosa. Acudía todas las mañanas a escuchar misa en el vecino monasterio de la cartuja, donde era conocida su generosidad hacia la institución y entre los menesterosos que la esperaban a sus puertas.

Sin embargo, la desgracia apareció demasiado pronto en la vida de Isabel, y lo hizo coincidiendo con la vuelta del señor a la hacienda tras ocho largos meses de viaje como miembro de la corte del emperador Carlos.

Hasta ese momento todo había sido perfecto.

Isabel hacía balance de lo sucedido el último año mientras Yago ronroneaba entre sus brazos, en aquel establo oscuro y frío. Todavía se preguntaba por qué se había dejado arrastrar por sus instintos de la manera que lo hizo. Lo había pensado infinidad de veces. Unas veces le echaba la culpa a su propia juventud y a la inconsciencia de sus pocos años, y otras a un deseo que era bastante habitual en ella, el de querer ser lo que no era, el de parecer una señora cuando tan solo era una plebeya. Pero quizá también tuvo bastante que ver lo apuesto que era aquel hombre.

Don Luis Espinosa era muy alto, más de lo común, y solo por eso llamaba la atención, pero lo que a Isabel le sedujo sin medida fueron sus ojos azules, tan nítidos y limpios que desde el primer momento en el que se posaron sobre ella, le resultó imposible sustraerse a su poder de atracción. Y a pesar de saber que era un hombre prohibido sucumbió a él.

Cuando le escuchaba hablar, su voz era tan grave y su tono tan profundo que podía sentir sus palabras penetrando en su cuerpo, hasta hacerla vibrar. Nunca había visto a un varón así. Poseía un recio carácter, propio de un guerrero, pero a la vez la pasión desenfrenada de un amante. Y se enamoró perdidamente de él.

A partir de entonces su deseo de conquista se forjó como si se tratase de una auténtica obsesión, una necesidad vital, casi como respirar o comer, y pronto nacieron en ella los primeros intentos de seducción. Cada vez que se cruzaban sus miradas, Isabel le mandaba sutiles guiños, que poco a poco fueron reflejando una mayor sensualidad. Después buscó fugaces roces a su paso, suspiros que arrancaban esperanzas en él, encuentros en pasillos que se ralentizaban deliberadamente, mientras se observaban, hasta que consiguió al fin captar su deseo por completo.

Y una noche, pocas semanas después de haber regresado don Luis Espinosa de su viaje, la buscó y ella le entregó su cuerpo, su juventud, su lozanía, y en realidad hasta su alma.

En aquel lecho, a la vez que perdía la inocencia, Isabel llegó a sentirse poderosa. Le pareció que entre ellos se abría como un nuevo mundo, un tiempo fuera del tiempo, un lugar donde él se entregaba por completo a ella hasta sentirle solo suyo, pero Isabel nunca pudo imaginar lo breve que iba a resultar esa aventura. Su brusco final llegó de forma tan sorprendente como dolorosa, después de haber sido amada en media docena de ocasiones, porque un buen día don Luis ensilló su caballo y se dirigió hacia el norte sin ni siquiera despedirse de ella.

Al ver ahora el fruto de aquel pecado entre sus brazos no se arrepentía de nada. Lo besó con infinita ternura transmitiéndole su incondicional amor, casi eterno, y decidió que a pesar de las dificultades pasadas, del embarazo en secreto y del desprecio de don Luis, se sentía bien pagada.

La inesperada aparición de una sobrina de Marta en el establo cortó el hilo de sus pensamientos.

—La señora Laura anda preguntando por ti y al parecer está muy enfadada...

La noticia sobresaltó a Isabel al ser consciente de lo tarde que era. Cualquier otro día habría terminado ya de arreglar a su señora antes de dejarla en su dormitorio. Destapó la cabecita del niño, lo miró con pena por tener que abandonarlo durante un rato, y al tratar de levantarse evidenció tantas dificultades que la recién llegada se prestó a ayudarla. Entonces fue cuando la chica, extrañada, descubrió que entre los brazos llevaba un niño cubierto con un paño. A causa de la sorpresa se quedó paralizada, sin poder creer lo que estaba viendo. Pero la dulzura del pequeño consiguió que sus manos terminaran buscándolo y que sus ojos se humedecieran de emoción.

—Pero ¿de dónde ha salido esta preciosidad?

La perplejidad de la muchacha no dejaba de ser una reacción natural, dado que Isabel había ocultado a todos su embarazo, a todos menos a Marta. Se trataba de un asunto grave que de ser descubierto le haría perder el trabajo y provocaría un escándalo formidable.

El hecho de actuar de esa manera había arrastrado consigo muchas complicaciones, sobre todo durante los últimos meses, cuando esconder su abultado vientre resultaba casi imposible. Para simularlo, cada mañana se enfundaba con una ancha faja de tela forrada de esparto. Se la ceñía con tanta fuerza que apenas se apreciaba una ligera hinchazón. Entre eso y la ayuda de una falda de volante ancho pudo mantener su trabajo, no inquietar a su señora más de la cuenta, ni sembrar dudas sobre las posibles paternidades del niño, pero sobre todo consiguió evitar que sintieran compasión por ella.

Quizá eso era lo que más le importaba.

Desde pequeña había escuchado a su madre decir que a los ojos de Dios su alma valía lo mismo que la de un rey, o que la del noble más poderoso. Con esa filosofía Isabel creció sintiéndose siempre orgullosa de lo que era, fuera mucho o poco, pobre o afortunada. Aquella enseñanza, grabada a fuego en su alma, hizo que se considerase tan digna de respeto como cualquier otra, a pesar de las miserias que hubiese padecido su familia, o las que conociera en el futuro.

—Te ruego que no se lo cuentes a nadie, repito, a nadie. —Isabel buscó en la mirada de la joven el necesario compromiso. Ella le respondió con la mano en el corazón.

—Lo juro, seré una tumba.

Isabel, aliviada por su respuesta, acarició el mentón de Yago y lo besó en la frente. El cálido abrigo de su madre era el perfecto refugio para un niño que en su corta existencia había estado más cerca de la muerte que de la vida. La expresión de paz que ahora reflejaba su rostro invitaba a quedarse a su lado para siempre, a disfrutar de él, pero el aviso de la sobrina seguía sobrevolando en la mente de Isabel. Marta, que la conocía muy bien, imaginó qué iba a hacer.

—Ahora he de ir a ver a mi señora.

—Por más que te insista, sé que vas a hacerlo igual, pero no estás en condiciones de trabajar. Invéntate cualquier excusa y vuelve cuanto antes al lado de tu hijo.

—Haré lo que pueda, no lo dudes. Como entenderás, no me apetece nada separarme de él, y además todavía he de llevarlo hasta la casa de mi hermana Aurelia, en Sanlúcar. A pesar de que, como sabes, me ha costado mucho persuadirla, al final se hará cargo del niño mientras yo no pueda cuidarlo.

Isabel lo dejó en brazos de Marta y caminó hacia la salida del establo. Consciente de su deplorable aspecto, se ajustó la camisola, ciñó su cintura con un ancho fajón y escogió dos paños limpios, que metió bajo la enagua para evitar complicaciones. Tiró de la falda con energía para disimular las arrugas, le devolvió un poco de color a sus mejillas con unos cuantos pellizcos y se recogió el pelo con una cinta.

—Doña Laura no va a notar nada...

A punto de abandonar el establo, buscó la cabecita del niño, y se despidió de ellas con la mano. Atravesó un desvencijado portón y forzó el paso tratando de disimular el agudo dolor que le atacaba en las entrañas, rota de pena al tener que dejar a su hijo sin haberlo casi visto.

Una vez en el exterior, sintió los efectos de una fresca brisa como un inmediato alivio a su acaloramiento, miró al estrellado cielo en aquella noche abierta y elevó su pensamiento hacia él, agradecida por el regalo de haber tenido a Yago. Se prometió que podría con todo, tuviera los problemas que tuviera o las dificultades que se le presentasen. Ella conseguiría sacar adelante a su hijo, aunque no tuviera padre. Atravesó el patio en el que confluían los almacenes y la bodega de la familia Espinosa aspirando el aroma a mosto y hollejo fermentado de la reciente vendimia.

Los Espinosa poseían una enorme extensión de tierras al norte de la ciudad de Jerez, casi todas plantadas de vid. Cuando llegaba el tiempo de la cosecha contrataban a muchos hombres y mujeres de la comarca, pero era tanto el trabajo que terminaban ayudando todos, incluida la servidumbre. Y ella, aquel año, había sido una más a pesar de su avanzado estado de gestación. Todavía recordaba los pinchazos que le atravesaban la espalda mientras pisaba la arenisca rojiza del suelo y recogía los centenares de racimos, o durante el prensado al añadir a pulso sobre los mimbres la uva ya pisada.

Con esos pensamientos, la muchacha entró en la gran casa por la puerta de las buganvillas y subió las escaleras con dificultad, apoyándose en las paredes. Se detuvo unos segundos a las puertas del dormitorio, tomó fuerzas de no sabía dónde, y mientras tocaba con los nudillos pidió permiso con voz dulce.

—¡Adelante, pasa!

La voz de doña Laura demostraba un fuerte estado de irritación.

—Me he despistado en la cocina, os pido disculpas.

—¿Disculpas? —Sus ojos se inflamaron de rabia—. Lo único que tienes que hacer a estas horas es ayudarme. No sé qué puedes haber estado haciendo para olvidar tus obligaciones —las palabras brotaban de su boca repicando, como si fuese el sonido de una campana.

Empezó a cepillarse la melena con energía.

Un prolongado silencio contuvo la respiración de ambas mujeres. Isabel conocía a su señora y supo que estaba midiendo sus siguientes palabras.

—Lo que me pasa es que soy demasiado condescendiente contigo. —Lanzó enfadada el cepillo sobre la consola—. Debería castigarte cuando incumples tus obligaciones, pero nunca lo hago.

Isabel lo recogió del suelo y empezó a peinarla con más delicadeza de la habitual. Una aguda punzada le retorció las tripas. Tuvo que cerrar los ojos y apretar la mandíbula para no gemir de dolor.

—De nuevo le ruego que me perdone... No será necesario ningún castigo, no volverá a suceder.

—Me gustaría saber a qué inútil tarea has estado dedicada todo este tiempo. —Doña Laura resopló enfadada—. Seguro que en alguna bobada...

Isabel se vio en el establo, tirada en el suelo, invadida de dolores en un parto que había sido interminable, y recordó con pavor el momento en que había creído a Yago muerto.

—Una bobada, sí…

El tono irónico de su respuesta despertó la ira en la mujer, que se levantó fuera de sí. Le recordó a voces la cita que tenía aquella noche en casa de los Martín Dávalos, y el poco tiempo de que disponía para organizarlo todo.

—Necesito depilarme, un baño, empolvar mi cuerpo, arreglar mi peinado, elegir vestido y un montón de cosas más que tendré que hacer a toda prisa porque mi irresponsable dama de compañía ha decidido hoy perderse en tonterías. —Tomó aire y siguió—. De momento recoge la ropa y trae agua caliente; necesito relajarme. ¡Ah!, y que no se te olvide el aceite de rosas.

Isabel comprobó con horror la cantidad de vestidos esparcidos por el suelo del dormitorio y calculó los efectos que provocaría sobre su deteriorado estado de salud tener que agacharse tantas veces.

—Y además te recuerdo… —la mujer prorrumpió de nuevo en su amonestación— que para trabajar como dama de compañía has de cuidar algo más tu aspecto. Hoy vas muy descuidada, no se me ha escapado... —Se dejó caer sobre la silla de forma pesada y estiró los pies. Había abandonado la idea de esperar nada mejor de esa chica.

Cuando Isabel empezó a agacharse para recoger la ropa, un sudor frío le recorrió la nuca. Cada vez que flexionaba las rodillas, su vientre se veía sacudido por un terrible latigazo que casi le cortaba la respiración. Para empeorar aún más las cosas, en una de aquellas flexiones que repetía una y otra vez, empezó a notar que algo húmedo y caliente le corría por las piernas. Desde ese momento no paraba de mirar su falda cada poco tiempo, por si la sangre traspasaba la ropa.

Cada uno de los encargos que doña Laura le fue ordenando se convirtió en una terrible prueba de resistencia. Tuvo que llenar la pila para su baño con más de veinte pesados cántaros de agua, pero lo cumplió, despacio, con extremo cuidado, como todo lo que le pidió, aunque en más de una ocasión se sintiese a punto de desfallecer. Le dolían todos los huesos y se encontraba en un estado de agotamiento extremo.

Pero por fin, pasadas dos horas, acompañó a la señora hasta el carruaje para despedirla, y fue entonces, a la entrada de la casona, cuando todo el cansancio acumulado se instaló en sus piernas y tuvo que apoyarse en la puerta para no caer. Allí, quieta, se relajó durante unos minutos, aspiró una larga bocanada de aire y disfrutó del descanso, en un intento de recuperarse de la descomunal paliza.

Una sonrisa despejó su pesar cuando sintió una presión desconocida en sus pechos. Al imaginar el motivo, se le iluminó el rostro y deseó volver a ver a Yago.

III

Marta observaba a Yago con infinita ternura.

El niño abrió la boca, cerró los ojos y apretó sus puñitos como si fuera a llorar, pero no lo hizo. Le había visto repetir ese mismo gesto varias veces hasta llegar a preocuparla. Para su alivio, por fin explotó en llanto, seguramente muerto de hambre. Y del silencio pasó a no dejar de berrear hasta que cayó rendido de cansancio y se durmió en sus brazos.

Marta disfrutó a partir de ese momento de su candidez, de cada suspiro del bebé, de su paz, de su angelical expresión.

Desde detrás de la valla, el caballo no se perdía un detalle.

Cuando por fin entró Isabel, Marta se quedó impresionada. A pesar de lucir una gran sonrisa y de su aparente determinación, el estado de extenuación que presentaba era preocupante. Corrió en busca de Yago y a la luz de dos velas lo recogió en su regazo, besándolo por todo el cuerpo, disfrutando de sentirse madre de nuevo. Como si quisiera dejar constancia de sus más hondos sentimientos, le susurró palabras de amor, confesó lo mucho que lo había echado de menos y le juró su compromiso de por vida con la promesa de velar siempre por él.

El niño abrió los ojos, ella se sentó en una paca de paja, se desató el corpiño y acercó la boca del pequeño a uno de sus pechos. Los labios de Yago sintieron el suave tacto. El olor de la piel de su madre obró el efecto deseado y ronroneó de placer al recibir el primer alimento, mientras ella suspiraba emocionada, bañada en lágrimas, agotada pero inmensamente feliz.

Marta se sentó a su lado.

La escena desprendía tanta hermosura que hacía olvidar el dramatismo de los momentos pasados.

—Cuéntamelo todo. ¿Cómo te ha ido con la señora?, ¿se ha dado cuenta?

—Doña Laura es una mujer impaciente, a veces demasiado, pero hoy estaba tan enfadada conmigo que no ha sido capaz de pensar en otra cosa que en ella. No se ha enterado de nada, pero por poco me mata. Ha sido horrible, créeme.

—Vas a ser una buena madre. —Le retiró una pajita del pelo y le acarició la frente, orgullosa de su valor.

—Y tú una buena amiga que me ayudará, ¿a que sí?

Marta le contestó con un cariñoso beso en la mejilla. Cuando se escucharon las nueve campanadas de la capilla familiar que poseía la hacienda de los Espinosa, recordó que también ella tenía responsabilidades y trabajo retrasado.

—¿Cómo vas a hacer para ir a casa de tu hermana?

—He de salir pronto, antes de que la noche se cierre demasiado. En cuanto acabe de darle de comer y recupere un poco las fuerzas, me iré. Prepárame una de esas mulas viejas que apenas se usan, será el último favor que te pida hoy.

Marta quedó encargada de hacerlo, se despidió de ambos, y antes de salir le recordó que las puertas de Sanlúcar cerraban a medianoche.

—No pierdas tiempo o te quedarás afuera. ¿De verdad no quieres que te acompañe?

—Anda, ¡vete ya! Me sentiré fatal si por mi culpa te regañan. Ya has hecho bastante por mí.

Cuando al cabo de un rato Yago dejó de mamar, cayó en un profundo sopor.

Su madre se quedó descansando, casi dormida, hasta escuchar de nuevo las campanas. Se envolvió entonces en un paño largo y lo anudó en su pecho recogiendo al niño en él, pero cuando estaba a punto de salir del establo un agudo relincho hizo que se volviera. Aquel viejo caballo, con el cuello arqueado, los párpados fruncidos y las patas delanteras en alto, relinchó con fuerza tres veces seguidas y agitó las crines, como si fuera su manera de despedirse del niño.

—Que Dios te proteja tanto como tú lo has hecho con mi hijo. ¡Bendito seas! —Isabel se acercó hasta él viéndolo corcovear feliz. Tomó entre sus manos un puñado de crines y se las pasó a Yago por la cabeza, por la cara, y luego acercó su naricilla a la frente del animal para que memorizara para siempre su olor.

—Te prometo que cuando sea mayor le hablaré de ti y haré que nunca olvide lo que hiciste por él.

Al final de un largo pasillo que a la vez servía de almacén de aperos y enganches para los carros de trabajo, Isabel encontró la mula castaña que Marta le había dejado preparada. Tiró de su cabezada y la llevó hasta el portón exterior de la hacienda. Una vez allí, buscó de qué manera podía montar sin que el niño ni ella se hicieran daño. Se decidió por una gran piedra a la que se subió para ganar la montura sin dificultad. Al abrir las piernas sobre el jamelgo sintió un inquietante dolor acompañado de una oleada de sudor frío. Quiso convencerse de que aquella sería la última prueba en su eterno día, y de que con toda seguridad se le pasaría pronto.

Sin haber recorrido la mitad del camino, desde lo alto de una loma, se animó al ver las luces de la ciudad y también las de su puerto, reflejadas sobre las aguas del río Guadalquivir. El cuerpo seguía doliéndole tanto como cuando abandonó la hacienda, pero la esperanza de verse más cerca le animó a seguir. La luna se encontraba muy alta, lo que significaba que debía de ser bastante tarde. Apretó el paso a pesar de que el camino era malo y la noche cerrada, consciente de que si no llegaba a tiempo a casa de su hermana, la alternativa de regresar a la hacienda con el niño era mucho peor.

Pasada la primera milla, el sendero tomaba una pronunciada pendiente que las últimas lluvias se habían encargado de empeorar al sembrarla de guijarros. Las pezuñas del animal empezaron a resbalar con evidente peligro. Isabel se lamentó de que Marta hubiera escogido aquella mula por su docilidad, en vez de usar una más joven, pero confió en el instinto del animal y dejó que eligiera el mejor camino. Bastante tenía ella con soportar la tortura interior que por momentos llegaba a ser de tal intensidad que le cortaba la respiración.

Entre las brusquedades del trote y el estado de agotamiento que arrastraba, perdió la sensibilidad en las piernas y, en más de una ocasión, el conocimiento durante unos instantes. Cuando despertaba, a veces por obra de un tropiezo, recordaba dónde estaba y, peor aún, lo que todavía le faltaba.

Yago, por suerte, dormía ajeno a los sacrificios de su madre.

Alcanzaron por fin una vereda más ancha, y poco después tomaron el camino definitivo que les llevaría hasta la puerta norte.

A medida que iban aproximándose a sus murallas, Isabel apenas podía mantener los ojos abiertos e iba cada vez más encorvada al temer las consecuencias si enderezaba la espalda. Pero se irguió en cuanto atravesaron la puerta de la ciudad y se adentraron en las primeras callejuelas.

La tienda que tenía su hermana, una vinatería, quedaba muy cerca de esa entrada, gracias a Dios. Animada por saberse tan próxima, azuzó a la mula, pero no vio la enorme zanja que se abría a la vuelta de la primera esquina, y cuando lo hizo fue demasiado tarde.

El animal trató de salvar la grieta para no caer, pero no lo consiguió y arrastró hasta el suelo a Isabel, quien apenas pudo proteger al niño.

Un grito ahogado sacudió la paz de la noche.

IV

Aurelia desprendía un permanente olor a vino.

Por eso Isabel, antes de abrir los ojos, supo que estaba en su casa.

Al extender las manos sintió el suave tacto de unas sábanas de fino algodón, y desde un costado percibió aquella intensa luz matinal que convertía Sanlúcar de Barrameda en una de las ciudades más cálidas del poniente andaluz.

A su derecha, sentada sobre la cama, vio a su hermana y, en sus brazos, al hijo que tantos pesares le estaba acarreando.

Le dolía todo el cuerpo, pero en especial notó un molesto cosquilleo en la cadera izquierda. De la noche anterior no recordaba nada, salvo aquella enorme zanja y el momento de la caída.

Al querer incorporarse para ver si al niño le había pasado algo, un dolor en la espalda la frenó en seco.

—¿Está bien? ¿Qué nos ocurrió? —preguntó con ansiedad—, ¿y cómo me encontraste?

Aurelia dejó al pequeño a su lado, sobre la cama.

—Unos vecinos me avisaron a medianoche. Acababan de encontrarte tirada en el suelo y al ver que no respondías te dieron por muerta. La mula te aprisionaba una de las piernas y habías perdido el conocimiento, pero aun así tenías estirados los brazos para proteger a tu hijo. Por eso, al niño no le pasó nada.

El pequeño se revolvió inquieto y empezó a llorar.

—Pobre, acaba de venir al mundo y de momento solo ha traído complicaciones y problemas. —Lo miró con dulzura—. Debe de tener hambre.

Isabel le contó los avatares de la pasada noche mientras se disponía a dar de comer al bebé.

Aurelia le acercó a Yago sin querer hablar. Desde que había recibido la noticia del embarazo, en su interior se libraba una feroz batalla. Sus estrictas convicciones morales le hacían rechazar el fruto de aquel pecado, pero como su hermana había implorado tantas veces su ayuda y comprensión, pesaba más el cariño fraterno que hacer oído a los dictámenes de su conciencia. Esa había sido su conclusión a lo largo de los últimos meses, pero ahora que el niño estaba con ella, no entendía por qué sus dilemas volvían a hacerse presentes.

—Cometiste un grave error —soltó con inesperada rotundidad.

—Pero ¿a qué viene eso de nuevo? —Isabel comprobó con alivio que tenía los pechos llenos de leche, mucha más que el día anterior—. Ya lo hablamos en su momento, ¿no?

El niño empezó a mamar con ansiedad mientras su tía adoptaba un gesto ambiguo. Aurelia quería poner todo de su parte para ayudar a su hermana, pero no podía dejar de ver en Yago el fruto del pecado, y más durante toda aquella noche en la que el pequeño no había dejado de llorar ahogándose a veces hasta en sus propias lágrimas. Ese llanto desatado, incontrolable, era un tormento difícil de soportar aun viniendo de su propio sobrino. Llevada por su educación y su profunda fe cristiana, Aurelia concluyó que aquel insistente berrido no era sino un pequeño anticipo del castigo divino que su hermana tendría que padecer por haber violado las leyes de Dios. Se frotó las manos sobre el vestido, nerviosa, y terminó hablando.

—Nunca debiste hacerlo. Va a traer el mal a nuestras vidas, lo presiento.

Isabel la miró preocupada.

—Sé que nunca aprobaste mi embarazo, pero lo que estás diciendo es absurdo y doloroso. ¿Acaso no te das cuenta? —Unas lágrimas asomaron por sus ojos.

La hermana se levantó y sin dar explicación alguna salió de la habitación a toda prisa. Poco después apareció con un cuenco lleno de agua. Se mojó un dedo y lo pasó por la frente de Yago dibujándole una cruz.

—Yo te bautizo en el nombre del Padre, del Hijo y del Espíritu...

Isabel la interrumpió de un manotazo.

—¿Pero se puede saber qué haces? Ya le bautizaremos como Dios manda en una iglesia. ¿Te has vuelto loca?

Aurelia se dejó caer sobre la cama y suspiró con pesadez. Sentía una honda necesidad de hablar, de decirle lo que pensaba. Para ella, aquel hijo no era sino carne de pecado, de un horrible error que su hermana un día había cometido con un desconocido. Entornó sus ojos hasta dejarlos casi cerrados y respiró con lentitud.

—Si, como me has contado, ayer estuvo a punto de morir, ¿no te parece extraño que fuera devuelto a la vida gracias a una bestia? —Su mirada se tornó fría. Aurelia no creía en las casualidades—. Y en solo una noche, la muerte volvió a visitarlo sin que le sucediera nada en aquella zanja. Yo creo que se debe a algo.

—Me preocupan tus palabras… —Isabel miró a su hermana a los ojos tratando de entender—. Me asustas.

—Nos traerá la desdicha —insistió.

Isabel no pudo resistirlo más y rompió a llorar sintiéndose muy desgraciada. A sus dolores, cansancios y heridas, ahora se le sumaba el extremo celo religioso de su hermana, que nunca le había preocupado tanto como ahora que iba a dejar a Yago a su cuidado. Aurelia estuvo tentada de consolarla, pero decidió que tampoco le venía mal un poco de arrepentimiento.

—Por cierto, no te he dicho que tuvimos que matar a la mula. Se había roto una pata, y claro…

A Isabel solo le faltaba escuchar aquello. Se había llevado al animal sin permiso de los Espinosa, con idea de devolverlo a las cuadras esa misma noche sin que nadie lo advirtiera. No quería ni imaginarse cómo se pondrían cuando supieran que no tenía dinero para pagársela, además de que había faltado a sus obligaciones aquella misma mañana. La angustia creció en su interior. Miró al niño, al menos él parecía feliz mientras mamaba, o así lo demostraba con su gesto de placidez. Por un momento pensó en la cantidad de problemas que estaba teniendo desde que él había llegado al mundo.

—He de volver a la hacienda de los Espinosa ahora mismo.

—¿Me vas a dejar otra vez sola con este niño?

—¿Pero qué quieres que haga? —gritó desesperada—. Se supone que eres mi hermana, deberías estar casi tan feliz como yo. No entiendo nada.

Aurelia bajó la cabeza para evitar que sus miradas se cruzaran mientras hablaba.

—Vas a hacer lo que quieras, como siempre. Pero has de saber que esta mañana, a primera hora, mandé aviso a tus señores excusándote por haber tenido un accidente cuando venías a verme. Fue a decírselo un hijo de mi vecina María.

Isabel, lejos de tranquilizarse, pensó que no lo creerían.

—Necesito ese trabajo, y ahora más que nunca...

Se anudó el corpiño al ver que Yago estaba saciado. Lo colocó boca abajo, a su lado.

—Y hasta que vuelvas, ¿qué hago con él? —Aurelia señaló al niño y en ese momento, Isabel no pudo más y estalló. La actitud de su hermana le parecía absurda y despiadada. Se había enamorado de un hombre y ese hombre no la había correspondido, nada más, no era culpable de nada, tan solo de adorar al hijo que hacía apenas unas horas acababa de parir.

—¡Sabes que no puedo criarlo sola, tal y como me gustaría. Te necesito, y él también! —Tomó sus manos entre las suyas y trató de relajarse—. Perdóname si te he hecho sufrir estos últimos meses... Trataré de compensarte, de verdad, pero ahora tienes que ayudarme. Las dos sabemos que tu fe es mucho más profunda que la mía. Ahora se te abre la oportunidad de acercar a Dios una nueva alma. Si de verdad crees que este niño ha nacido como fruto de un error, ofréceselo al Señor, cuídalo, mímalo, por favor… Le harás un bien.

A Aurelia le afectó su humildad y suspiró vencida. Su hermana le acarició una mejilla al percatarse del cambio de actitud.

—Recordarás que hace unos días hablamos sobre una clienta tuya, la que acababa de tener un hijo. ¿Crees que podría ayudarnos a criar al nuestro?

—Supongo que no se negará. Siempre anda falta de dinero.

—Dile que venga por la mañana y a mediodía. Yo trataré de veros cada noche para completar su alimento. Y págale lo que pida; te lo devolveré. Siento tener que pedírtelo, pero necesito que cuides a Yago como si fuera tu propio hijo, por lo menos hasta que pueda conseguir otro trabajo en la ciudad y vivir con él.

—¿Cómo lo has llamado?

—Yago, se llamará Yago —contestó más esperanzada, al apreciar como sí parecía aceptar al niño.

—¿He de suponer que es el nombre de su padre? No tengo el gusto de conocerlo…

Isabel no respondió, pero adoptó una mirada pacificadora. No quería dar pie a otra discusión y ya había decidido en su momento no revelarle nunca la identidad del padre. Confiaba más bien poco en sus posibles reacciones.

—Comeré algo para reponer fuerzas y buscaré quien me pueda llevar hasta la hacienda. Pero esta noche volveré...

Miró al niño, lo besó y lo arropó bien. Yago se estremeció al sentirla y en ese momento, quizá molesto por algo, abrió la boca con intención de llorar, pero esta vez, si lo hizo, fue en silencio. Isabel lo acunó en sus brazos bajo la suspicaz mirada de su hermana.

—Los niños necesitan cariño, pero ya verás cómo lo devuelven. Cuando lo haga, se te olvidarán todas esas tonterías...

Aurelia pensó que con sacarle adelante ya tenía suficiente, el cariño lo dejaba para su madre.

V

Luis Espinosa sabía cómo hacer dinero.

La bodega que explotaba la familia de su mujer desde hacía algo más de dos siglos disfrutaba de una merecida fama entre los amantes del buen vino. Sin embargo, desde que don Luis había conseguido formar parte de la corte imperial de Carlos V, la producción se había visto multiplicada por diez.

Don Luis Espinosa representaba todas las virtudes y pecados de la nobleza sin pertenecer a ella. La falta de antepasados ilustres, en su caso, era compensada con una desmedida ambición y una insaciable sed de riqueza. Por eso, a sus treinta y dos años ya era caballero veinticuatro de la ciudad de Jerez y capitán de un escuadrón de caballería ligera destinado a la protección y escolta del Emperador.

Los veinticuatro era una institución del gobierno de la ciudad, formada casi exclusivamente por nobles, encargada de administrar y reglamentar el devenir de sus inversiones y servicios. Por sus manos pasaban prácticamente todas las decisiones importantes y mucho dinero. El Rey elegía al corregidor y al asistente, y los veinticuatros eran seleccionados por la propia nobleza local para defender sus intereses en el cabildo.

Para conseguir tales privilegios, don Luis se había casado con la mujer adecuada, hija de una de las mejores familias de Jerez, y había cultivado de forma interesada un nutrido grupo de amistades, entre ellas la del gran duque de Medina Sidonia, cuyo poder e influencia eran enormes. Él puso de su parte inteligencia, pocos escrúpulos y una gran destreza con los caballos, habilidad que había aprendido por sí mismo. Con todos aquellos ladrillos se fue construyendo una buena reputación que un poco más tarde fue catapultada cuando surgió la oportunidad de cubrir la plaza de responsable de la Guardia Real, gracias a la recomendación del de Sidonia.

Ese destacamento de caballería tenía una merecida fama gracias a sus excelentes caballos; ejemplares únicos envidiados por el resto de las Guardias Reales de otras cortes europeas. El brío y gallardía de los que don Luis dirigía era sin duda uno de sus sellos distintivos, como también su capa siempre blanca. La estampa elegante, proporcionada y hermosa daba fe de la noble tierra donde habían nacido: Andalucía.

Pero don Luis no solo era soldado. Trabajar tan cerca del Emperador, al que todos llamaban César, había facilitado que sus vinos se expandieran por las ciudades que formaban parte del Imperio.

La alegría de Laura cuando vio aparecer de forma inesperada a su marido esa mañana hizo que no se despegara de él ni un solo minuto durante el resto del día. Entre abrazos y besos, con la emoción a flor de piel, se propuso sacarle todos los pormenores de su prolongada ausencia, cuáles habían sido sus destinos, qué ciudades nuevas había conocido o con qué dificultades se había encontrado.

Mientras escuchaba, no podía evitar que sus manos lo buscasen para acariciar fugazmente su barba o para unirse a las suyas mientras sus ojos explotaban de emoción. Ella necesitaba a su marido. A su lado todo era diferente.

La mañana se esfumó sin apenas darse cuenta, a caballo entre las vivas narraciones de los hechos de guerra que le habían ocupado esos meses y las principales noticias surgidas desde aquellas lejanas cortes europeas. Antes de comer, sus cuerpos se encontraron llenos de ansie dad el uno del otro. Reposaron un rato antes de bajar al comedor, y una vez terminado el almuerzo, decidieron dar una vuelta a la hacienda para ver el estado de los viñedos y el resto de las plantaciones.

—Fíjate que te fuiste a primeros de febrero y la vendimia está recién terminada; demasiado tiempo para una mujer que vive enamorada de ti como el primer día. —Ella le besó en la mejilla perdida de amor.

Don Luis la envolvió en sus brazos.

Frente a ellos se divisaba la campiña ahora desnuda de racimos, pero fértil y hermosa. El hombre inspiró una bocanada de aquel aire tibio con auténtica devoción. El aroma a viñedo y a tierra, a hojarasca mojada, a olivares, resultaba ser la suma de fragancias que más añoranzas le traía.

—Siento mis ausencias tanto como lo haces tú. Pero ¿qué puedo hacer si es el Emperador quien está siempre de viaje? —Adoptó un gesto de resignación—. Por lo menos, de este último vengo con noticias interesantes, muy interesantes para nosotros… —Su gesto cambió de golpe. Laura reconoció una expresión muy suya, esa que siempre aparecía cuando tenía algo que de verdad le entusiasmaba.

—¿La noticia es que te ausentarás más tiempo que en anteriores ocasiones? —apuntó con cierta maldad. Luis buscó un banco de piedra, le indicó que se sentaran y la cogió de las manos.

—Me quedaré contigo al menos seis meses. El Emperador tiene muchos negocios pendientes y quiere estar en Valladolid. No me moveré de tu lado, no sin haber visto fraguar el proyecto que hemos de poner en marcha… —Retomó la intención de sus palabras y guardó un deliberado silencio para crear un clima de misterio.

—El año pasado decidimos ampliar la bodega. —Doña Laura creyó que tendría que ver con el negocio del vino—. ¿Qué se te ha ocurrido ahora, plantar más viñedos, cambiar las barricas, abrir nuevos mercados?

Él se mordió un labio aguantándose las ganas de hablar. Conocía demasiado bien a Laura para darle una noticia como aquella de golpe, sin explicar primero las circunstancias.

—Antes, déjame ponerte en antecedentes...

Se trasladó con sus palabras hasta la conquista de Granada y al periodo de paz que le siguió para justificar el declive de los caballos de guerra que después de la contienda ya no se necesitaban. Como consecuencia, empezó a predominar la cría de mulas al ser animales mucho más duros para el trabajo en el campo y más baratos de mantener.

Su mujer esperaba con curiosidad el destino de tanto prolegómeno, pero Luis no parecía estar dispuesto a saltarse determinados pasos. Le dio algunas cifras, mencionó el valor actual de un buen ejemplar y continuó con algunos detalles más sobre los efectos que había tenido tanto cambio en la preocupante reducción del número de caballos. Laura conocía las leyes que Isabel y Fernando habían promulgado en ese sentido, prohibiendo que se echaran burros a las yeguas bajo severos castigos, pero no sabía a dónde quería llegar su marido.

—De momento no veo qué negocio puede haber en todo eso... —La mujer deshizo su laborioso peinado y dejó caer sobre los hombros su larga y oscura melena. No se trataba de falta de interés por la conversación, pero era consciente de las escasas oportunidades que tenían para amarse, y aunque lo acababan de hacer pocas horas antes, volvía a desearle—. Hace fresco... ¿No te parece que estaríamos mejor en nuestro dormitorio?

Don Luis se sintió un tanto defraudado por el escaso interés que había suscitado su conversación, pero la sugerencia fraguó el poder del deseo en él. Un apasionado beso, bajo la sombra de un centenario roble, les animó a buscarse en caricias, y casi al instante decidir que necesitaban más intimidad. Ella se levantó con determinación y tiró de él para volver a casa. Luis se dejó llevar, pero en su gesto, Laura identificó un aire de inquietud. Conociéndolo, imaginó de qué se trataba.

—Querido, no me has terminado de contar ese buen negocio… ¿De qué se trata?

Don Luis retomó con gusto el argumento anterior, con la vista de los edificios al fondo del camino.

—Te cuento, sí. Verás qué interesante es. —Sus ojos brillaron de emoción—. Han llegado a mis oídos ciertas noticias que podrían convertir una actividad que hoy es menor en un gran negocio…

Laura no pudo evitar que a su pensamiento acudiera Martín Dávalos, socio de su marido, sobre cuya relación y actividades mantenía más que oscuras sospechas.

—Espero que no se trate de otro turbio tejemaneje con ese amigo tuyo. —No le dejó hablar—. Sé que te pareceré demasiado insistente en ese asunto, pero es que me gusta muy poco lo que hacéis… —Su amor por él no impedía que las dudas le asaltaran con demasiada frecuencia.

—No sé por qué piensas eso. ¿Acaso te he dado algún motivo para que pongas en cuarentena mi honestidad? —Luis no ocultó su ofendido ánimo.

—En tus negocios no sé si actuarás bien o mal, pero todavía me preocupan más tus largas ausencias… Tantas mujeres hermosas fijándose con toda seguridad en ti, en una y otra corte, con tantas fiestas y recepciones a las que acudes. Y tú tan solo. —Hizo una larga pausa antes de decidirse a hablar—. La verdad es que además me han llegado ciertos rumores, y no me gustan.

—Habladurías…

Acababan de entrar en la alcoba y nada más cerrar la puerta, ella lo miró a los ojos en busca de alguna señal de verdad en su mirada, pero, como tantas otras veces, no la pudo encontrar.

—Siempre te he sido fiel, debes creerme.

Laura había oído hablar de una mujer en Milán, pero prefirió no hacer la referencia concreta para evitar una discusión, además, no disponía de pruebas firmes. Era consciente de la urgencia y casi obsesión de su marido por tener descendencia, y ella no deseaba otra cosa que dársela, por consiguiente, no les quedaba más que intentarlo, y qué mejor situación que esa...

—Está bien, te creeré.

La mujer recibió como respuesta un nuevo beso que la dejó anulada. A pesar de sus dudas, tenía que reconocer que como hombre le encantaba y no deseaba otra cosa que satisfacerle y hacerlo feliz.

—Cuéntame si quieres en qué consiste ese nuevo negocio que tenemos que iniciar.

—El mejor de todos, Laura. En este viaje he tenido la suerte de conocer a un hombre de confianza del César que controla una buena parte del comercio con las Indias Occidentales, y después de haber compartido rutas y largos días a caballo hemos trabado una gran amistad. —Hizo una pausa como anticipo de la rotunda noticia que estaba a punto de dar—. Me ha ofrecido la exclusividad de una empresa. Hay un bien que está teniendo una demanda elevadísima por lo escaso que es por allá... —Abrió su sonrisa.

Ella volvió a pensar que se trataba de vino. De ser así, era una buena noticia, desde luego, pero no le encontraba tanta novedad. Necesitarían una bodega más grande, nuevos terrenos y más producción.

Él imaginó lo que pensaba.

—No venderemos vino, no. Venderemos caballos, centenares de caballos.

VI

Isabel golpeó la puerta del dormitorio de Laura Espinosa sin imaginar lo inoportuna que iba a ser.

Doña Laura respondió ordenando que no la molestara, pero lamentablemente Isabel lo escuchó cuando ya estaba dentro. Al principio le extrañó la escasa luz que había en la estancia, pues no había anochecido fuera, pero no tardó mucho tiempo en entender el motivo.

Primero vio la espalda desnuda de doña Laura y bajo ella a don Luis, quien la miraba con ojos de sorpresa.

Pidió perdón con voz ahogada, y se dio la vuelta a toda velocidad para desaparecer lo antes posible. Antes de cerrar la puerta, llena de vergüenza, escuchó la huracanada voz de su señora, que quedó resonando en su interior.

—¡Vuelve en una hora y hablamos!

Aquella espera se convirtió en un doble martirio. Estaba segura de la reprimenda que iba a recibir por parte de doña Laura, pero ver a don Luis allí la había dejado todavía más afectada. Con las prisas de su entrada en la hacienda nadie la había avisado de su vuelta.

Las últimas veinticuatro horas habían sido bastante intensas, pero el impacto de saber ahí de nuevo al padre de su hijo, a quien no había vuelto a ver desde aquellas locas noches de amor, la dejó sin respiración.

En numerosas ocasiones, a lo largo de los meses, se había preguntado qué sentiría al verlo de nuevo, si volvería a arrebatar su corazón o no, y también deseaba saber cómo reaccionaría don Luis. A pesar del tiempo transcurrido todavía se preguntaba muchas cosas: ¿había sido una buena amante para él?, ¿se acordaría de ella alguna vez?

Un torbellino de recuerdos y sensaciones empezó a recorrer su cabeza. La imagen de Luis le afectaba como mujer, era algo que no podía evitar, su piel reaccionaba, su interior se acaloraba. Pero además se sentía estúpida.

Tenía razón Marta cuando la tachaba de simple e inocente. Decía que jamás un hombre como aquel haría nada por ella, y menos arriesgar su fortuna y prestigio. Pero no lo quería escuchar. Herir a alguien estaba muy lejos de sus propósitos, por eso había ocultado su embarazo a doña Laura. Pero a pesar de todo seguía soñando con aquel hombre, con alguien que le había hecho sentir especial y que aseguraba que nadie besaba como lo hacía ella.

En muchas ocasiones quiso creer que lo había olvidado, pero tuvo que asumir que en realidad nunca lo había conseguido. Con solo haber cruzado por un instante sus miradas se sabía de nuevo perdida y dispuesta a repetir sus errores en el momento en que él se lo pidiera.

Horas después, mientras esperaba a las puertas de la alcoba de sus señores, notó aquel hormigueo interior que solo sentía en presencia de don Luis. En cuanto escuchó que desde dentro la llamaban a voz en grito, la realidad la devolvió a su particular drama. Se armó de valor, revisó su aspecto en un espejo del pasillo y pidió permiso para entrar.

—¡Enséñame tu herida! —Doña Laura caminó hacia ella con gesto endurecido. A diferencia de como era su costumbre, la señora iba desaliñada y a medio vestir. Para su alivio, don Luis no estaba en la habitación.

—¿Qué herida?

Nada más contestar, lamentó haber olvidado la excusa que Aurelia había empleado para justificar su ausencia. Se levantó las faldas y enseñó el soberbio moratón regalo de la mula.

La mujer miró con escaso interés el golpe y bufó enfadada al constatar la verdad. Isabel localizó el corpiño en tonos malvas con el que tenía que vestirla y de inmediato empezó a desabrocharle el largo blusón que llevaba.

Laura la miraba con desconfianza.

—Me han llegado rumores, serios rumores. ¿Pasó algo importante ayer, algo que tal vez debería saber?

A su dama de compañía se le cortó la respiración.

—No sé qué le han podido contar, mi señora, pero... —la voz le temblaba.

—¿Seguro que no lo sabes?

Isabel sintió pánico. Se preguntó cómo podía haberle llegado la noticia. Conocía bien a Marta y estaba segura de su lealtad, aunque no de la de su sobrina. Miró a doña Laura por si encontraba en su rostro alguna pista más, pero no percibió nada especial, algo que le ayudase a tomar una decisión. ¿Debía revelárselo todo, o esperar a que ella se lo pidiera? Entre una y otra duda, doña Laura terminó de explicarse:

—¿Y si te pregunto por una mula?

Isabel suspiró aliviada. Le comentó lo sucedido con el animal a su llegada a Sanlúcar, excluyendo los motivos que la habían llevado hasta la casa de su hermana. Imploró su perdón al menos en cinco ocasiones, y en desagravio del perjuicio económico que su descuido pudiera producirles, prometió compensarla en la forma que ellos quisieran. Sin embargo, nada de lo que ofreció pareció suficiente para variar los planes que aquella mujer ya tenía decididos.

Doña Laura se sentó en la cama y con un gesto mandó que le pusiera las medias. Cuando Isabel terminó hizo lo mismo con un corpiño de seda. La mujer guardaba un inexplicable pero inquietante silencio, mientras Isabel obedecía una y otra orden con el único eco de su propio corazón. Ante tan larga espera, le pareció que hasta el aire se había espesado, y cuando advirtió que la respiración de doña Laura empezaba a acelerarse, supo que llegaba la tormenta.

Con una voz estridente y sin matices le recordó las obligaciones que como dama de compañía había incumplido, la mentira empleada para excusar su ausencia la noche pasada, su imprudencia al no respetar ni la intimidad con su marido y el perjuicio económico por la pérdida de la mula.

—Podría denunciarte por robo...

—Señora, por favor... —Isabel se arrodilló a sus pies.

—Tomar un bien ajeno y sin permiso es robar, y yo no quiero ladronas a mi servicio, ¿lo entiendes?

Isabel juró que nunca más sucedería.

—Pagaré hasta el último maravedí que valiese la mula, y nunca más daré motivo alguno para que os enojéis conmigo, mi señora. Imploro vuestra piedad y perdón. Dadme, por favor, una nueva oportunidad. No la defraudaré...

Doña Laura la miró dubitativa. Contuvo el habla en dos ocasiones, sin la seguridad necesaria para tomar una decisión final. Aquella chica no era la peor que había tenido a su cargo, incluso se hacía querer, trabajaba más o menos bien y aprendía rápido, pero en un solo día había echado todo a perder. Si quería mantener su trabajo, no le tocaba otra cosa que recuperar su confianza.

—Está bien, tendrás tu oportunidad, pero, eso sí, será la última, y en todo caso has de saldar tu deuda. Te impondré un castigo consecuente con la gravedad de tus faltas.

—Lo que la señora diga —respondió sumisa.

—Como todo empezó con la decisión de abandonar esta casa a altas horas de la noche montada en aquella desgraciada bestia, por todavía no sé qué motivos, desde hoy no podrás salir de esta hacienda en un mes. Además te descontaremos de la paga el valor del animal, aunque dejo en manos de mi marido cómo hacerlo y en cuánto tiempo; él sabrá explicártelo mejor.

Isabel pensó de inmediato en Yago y se atragantó de espanto. ¿Cómo no iba a poder ir a estar con su hijo, a verlo, a darle su alimento? Eso nadie se lo podía impedir. Empezó a considerar la idea de huir de esa casa, de su trabajo y de su señora, para siempre. Podía aceptar castigos, penas o lo que fuera, pero jamás consentiría que la separaran de su hijo, no de esa manera.

—¿Te ha quedado claro?

La chica tragó saliva y afirmó con la cabeza.

—Pues entonces vete ya y pide perdón a Dios.

Intentó huir aquella misma noche, pero dos mozos de cuadra, encargados de vigilarla y temerosos del castigo que les impondrían los Espinosa si escapaba, se hicieron con ella a tiempo. Cumpliendo órdenes de doña Laura, la muchacha fue llevada a los sótanos de la casa, a las interminables cuevas donde se criaba el vino entre cubas de vieja madera. La encerraron en el recodo de una galería que nacía del pasillo principal, una apenas usada pero que disponía de puerta enrejada y cerradura. El objetivo de doña Laura era asustarla un poco, conseguir que fuera consciente de sus errores y que pagara por ellos, pero con idea de devolverle la libertad al día siguiente.

Ajena a sus planes y viéndose encerrada como si se tratase de un animal, Isabel lloró como nunca. El dolor de no poder ver a Yago, la amargura de saberle hambriento y lo injusto del castigo atormentaban su corazón martirizándola.

Durante varias horas esperó a que sucediera algo, pero la desesperante quietud no se vio quebrada por nada. El tiempo pasaba demasiado lento, y su amargura llegó a ser tan honda que terminó manifestándose en su estómago en una sucesiva oleada de ardores. Además, desde el parto sentía una intensa molestia en el vientre.

Muy de madrugada, en la cerrada oscuridad de aquel lugar, vio acercarse una antorcha. Un instante después reconoció a don Luis, quien al momento apareció frente a ella, al otro lado del enrejado.

—Isabel, hemos de hablar... —El hombre dirigió la llama hacia ella para verla mejor. La chica, esperanzada, se acercó llena de ansiedad.

—Lamento mucho todo esto, créeme. No termino de entender para qué te ha encerrado mi mujer.

Al mirarla a los ojos su expresión se entristeció, no encontraba las palabras más oportunas y calló. Su silencio era casi plomizo. Ella aprovechó aquel ahogo para obtener respuestas. Se hundió en sus ojos, creyendo que podría revivir en ellos un tiempo pasado, fugazmente feliz, y sin embargo no encontró nada; solo la sombra de su propia angustia y la cruda conciencia de verse tan lejos de su hijo.

—¿Acaso supuse algo para vos? —le preguntó sin pensar.

Mientras él meditaba su respuesta, ella se sintió arrepentida de inmediato por su estupidez. En realidad, aquello no era lo que de verdad le importaba en esos momentos.

Como primera reacción Luis Espinosa bajó la cabeza, pero al momento cambió de opinión y la miró sin remordimientos.

—Entonces y ahora fui solo tu señor. Nada más que tu señor.

Isabel se mordió los labios y las ganas de hablar.

—¿Para qué habéis venido entonces?

—Tenía intención de dejar el asunto de la mula zanjado, eso es todo —contestó de forma seca.

Una rabia largamente contenida sacudió la conciencia de Isabel desde lo más profundo de su alma. Se sintió humillada.

—Por un momento creí que os importaba el futuro de la madre de vuestro único hijo...

Al escuchar la noticia el rostro de don Luis se contrajo con una mueca de sorpresa. Hizo memoria con rapidez y calculó el tiempo que había estado fuera. Se quedó sin habla. Dio dos pasos hacia atrás separándose de la cancela y empezó a dar vueltas sobre sí mismo, meditando a toda velocidad cuáles podían ser las consecuencias de lo que acababa de oír. No sabía qué decir, ni qué determinación tomar. Sus pensamientos empezaron a cabalgar completamente desbocados, imaginándose qué sentimientos podría desencadenar en su mujer una noticia como aquella, cuando todavía no había conseguido descendencia, ni sus últimos objetivos de ascensión social estaban alcanzados. Disfrutaba de excelentes influencias gracias a Laura, había logrado un incipiente reconocimiento en la sociedad de Jerez y todavía le quedaba casi todo por hacer. Con aquellas premisas su razonamiento era sencillo, si su esposa se enteraba del desliz cometido podría repudiarlo, y todo lo conseguido se derrumbaría sin remedio.

Miró a la chica y le dio asco. No entendía cómo había podido caer en sus redes.

—¿Qué tontería es esa que dices?

—No miento, y no tengo ninguna duda sobre quién es el padre. —Lo miró con expresión decidida—. Lo he ocultado hasta ahora para no afectar a quien vos imagináis, pero después de lo que me ha hecho...

—¡Calla, loca! —Don Luis se tapó los oídos—. No te creo... —Se secó el sudor de las manos sobre la casaca—. Mientes como lo haría cualquier fulana.

—Lo tuve ayer..., y es precioso. ¿Necesito recordaros cuánto tiempo ha pasado desde que me amasteis?

Isabel percibió el poder que le estaba dando su posición, y quiso ponerlo a prueba.

—¿No os gustaría verlo, tener su cuerpo entre vuestras manos, conocer a quien lleva ya vuestra sangre? Es un hermoso niño, y os guste o no, siempre será un Espinosa, aunque no lo reconozcáis nunca.

Don Luis tomó conciencia de la gravedad de su situación y vio inútil seguir hablando con ella. Necesitaba tomar decisiones.

—¿Alguien más lo sabe?

—En vuestra hacienda no —mintió instintivamente.

—¿Y dónde lo tienes?

Isabel dudó si responder o no.

Él volvió a preguntar.

—¡Dime dónde está! —alzó la voz.

—No os lo diré, y además no me gusta cómo me miráis —contestó preocupada por lo adusto de su gesto.

Don Luis bufó alterado, dio una fuerte patada a las rejas y dirigió la antorcha por los alrededores de la puerta para encontrar las llaves. Isabel, al percatarse de sus intenciones, rezó para que no las encontrara.

El miedo se adueñó de ella.

Luis Espinosa, desesperado por no tener forma de entrar, volvió a patear la reja haciéndola resonar a lo largo de la oquedad.

—Nadie debe saber lo del niño... —parecía estar pensando en alto.

Isabel se acurrucó en la esquina más alejada de la puerta y tembló de pánico.

—Dejadme en paz.

Un reflejo del fuego sobre el rostro de don Luis hizo que pudiera ver su mirada, fría, azulada, cargada de oscuras intenciones.

—Te dejaré, sí, pero vas a pasar mucho tiempo sola...

VII

Yago no paraba de llorar de hambre.

Su tía miraba desde una ventana a la espera de Isabel, pero se estaba haciendo demasiado de noche.

Desesperada, se volvió a la cocina sin saber cómo hacerlo callar. Llevaba así toda la tarde. Aurelia estaba a punto del colapso, le dolía la cabeza y le castañeaban los dientes; no podía más.

La mujer que había contratado para criarlo al parecer alimentaba a otros dos, y vista la ansiedad que Yago demostraba, tal vez no tuviese suficiente leche para tantos.

Paseó por la casa para matar la espera y una vez más volvió a la ventana. Aparte de un gato que atravesó la calle maullando, no vio nada más.

Cuando sonaron las once campanadas, Aurelia contó las horas que habían transcurrido desde la última toma del niño y llegó a la conclusión de que no podía esperar más. Tampoco ella había comido y le rugían las tripas. Se dirigió a la cocina y le puso remedio con un poco de queso. Su sabor le llenó la boca y relajó en parte su malestar, mientras recordaba el nefasto día que había padecido por culpa del niño; bastante peor de lo imaginable, un auténtico desbarajuste.

La presencia de Yago había trastocado su rutina. No había tiempo de rellenar las ánforas con el vino que debía entregar al día siguiente al corregidor, y tenía pendiente limpiar las tres grandes cubetas donde almacenaba el producto más barato, tarea que ya no podía retrasarse más si no quería ver estropeado el siguiente contenido y que los clientes se le quejaran.

Un nuevo alarido alejó de su cabeza aquellos pensamientos y le puso el vello de punta. Decidió actuar.

Armada de valor, se tapó los hombros con una pañoleta y se dirigió corriendo a casa del alfarero, que tenía una docena de cabras en el patio trasero de su taller, vecino a su vinatería.

Llamó a la puerta varias veces.

—¿Quién va? —se escuchó desde el interior.

—Soy Aurelia, su vecina, la vinatera.

—¿Y qué se le ofrece a estas horas tan intempestivas? —Una mujer bastante mayor y medio adormilada abrió la puerta.

—¡Necesito leche! —No dio ninguna otra explicación.

La sorprendida mujer advirtió en Aurelia una urgente necesidad.

—Pase —la invitó a entrar—, pero lo siento; ahora no tengo leche. Imagine las horas que son...

—¡Entonces sáquesela a una cabra! —Aurelia levantó la voz en un tono bastante agrio.

La mujer, que conocía desde hacía tiempo a su vecina, no terminaba de entender qué le podía estar pasando, pero tenía que ser algo muy grave como para verla tan alterada. Decidió no hacer más preguntas y darle lo que quería quizá para volver a la comodidad de su cama, de donde acababan de sacarla.

—Espere, Aurelia, tal vez no haga falta. Me parece que me quedó un resto del ordeño de esta mañana en una cántara. ¿Necesita mucha cantidad?

—Con medio cuartillo me arreglaría.

Poco después, ya en su casa, Aurelia calentó al fuego aquella leche y la filtró para eliminar un resto de paja y alguna que otra mosca que flotaba ahogada en su superficie. No sabía si aquello le sentaría bien al niño, pero bastante hacía con buscarle algo de comer, pensó. La echó en un vaso muy fino con el que cataba vinos y se la acercó a su pequeña boca.

Yago chupó con ansiedad al principio y aunque hizo un mohín debido a su fuerte sabor, se la tomó toda, y al poco tiempo cayó en un profundo sueño. Aurelia suspiró más tranquila. Por fin pudo irse a la cama y dar por terminado aquel espantoso y eterno día.

Poco antes de dormir decidió que hablaría con Isabel para decirle que fuera buscando otro lugar y otra persona para hacerse cargo de aquel estruendoso niño. No había querido casarse ni tener descendencia para, entre otras cosas, disfrutar de su soledad, y ahora no estaba dispuesta a sufrir las consecuencias de un pecado que no había cometido.

—Eso haré —pensó en voz alta—. Le diré que haga desaparecer de mi vida este infierno.

A pocas millas de Sanlúcar, en la profundidad de la tierra, entre frías paredes de roca Isabel pensaba cómo escapar de una cueva olvidada en el fondo de la enorme bodega de los Espinosa.

Ya no le quedaban más lágrimas ni casi fuerzas para sentir dolor. Solo quería salir de allí y ver a su hijo, pero no sabía cómo. La reacción de don Luis Espinosa la había dejado muy preocupada, sin embargo, quiso imaginar que a la mañana siguiente todo cambiaría, que la sacarían de aquel tenebroso rincón. La oscuridad era tal que en realidad no sabía si era de día o de noche.

Un pegajoso sopor se adueñó de ella como consecuencia de las dos noches que llevaba sin dormir. Cuando parecía haberle ganado el sueño, escuchó un ruido cercano. Se asomó entre las rejas para identificar de qué se trataba, pero no logró ver nada, solo el reflejo de un fuego sobre la piedra, en un ángulo que formaba la galería, y a media distancia de ella. Escuchó ruidos y luego una tos.

—¿Quién anda por ahí? —gritó con todas sus ganas—. ¡Ayudadme!

Nadie respondió.

Siguió pidiendo socorro durante un buen rato a la vez que escuchaba ecos de piedras chocando entre sí. Para su desgracia, don Luis Espinosa estaba levantando un muro que sellaría aquella galería para siempre. Pasada una hora y cuando el silencio se adueñó del espacio, volvió a pedir ayuda, pero entonces notó que sus palabras quedaban ahogadas y sin salida. Acababan de sentenciarla a muerte.

Al día siguiente, don Luis explicó a su mujer, y esta al resto del servicio, que Isabel había escapado durante la noche.

Los Espinosa exigieron que entre todos los empleados pagaran el animal, y fueron a ver al justicia de Jerez para denunciar el robo de la mula y la fuga de la muchacha.

Cuando la noticia llegó a oídos de Aurelia dos días después, su angustia por la situación de Isabel no era peor que la desesperanza que sentía ante el persistente llanto del niño. Se organizaba como podía, alternando la leche de las cabras con la de aquella mujer que parecía estar quedándose seca a tenor del hambre que el chiquillo tenía. Su paciencia estaba a punto de ser superada con tanta contrariedad cuando se le sumó una nueva, tal vez debido a tanto cambio en su dieta láctea, Yago empezó a hacer de vientre de un modo exagerado y apestoso.

Exasperada por la fatalidad de su situación, no podía entender dónde se había metido Isabel ni se creía su huida. Doña Laura se lo juró de forma vehemente cuando se decidió a visitarla, angustiada ya por la falta de noticias de su hermana. El matrimonio Espinosa repitió la versión que ellos mismos se habían encargado de propagar: Isabel había huido para evitar el castigo por el robo de la mula.

El argumento le pareció absurdo, pero su situación era demasiado delicada dado que no podía mencionar la existencia de Yago. Conocía muy bien a su hermana y estaba segura de que no había razón alguna que la separara del hijo que acababa de traer al mundo. La impotencia de la mujer se hizo mayor cuando la invitaron a abandonar la hacienda casi de malas maneras. Fue don Luis quien la acompañó, y se mostró tenso, demasiado decidido a hacerla desaparecer. Aurelia sospechó que sabía más de lo que aparentaba. Tal vez se tratase de una simple intuición, pero cuando se cruzaron sus miradas ella sintió un repentino ataque de miedo. Sus ojos azules reflejaban algo oscuro, y le pareció un hombre peligroso.

Cuando regresó a casa maldijo a su hermana y a su mala suerte por tener que quedarse con un niño que solo le producía molestias y desgracias. Lo encontró dormido, con las mejillas bien sonrosadas y una expresión angelical, pero a pesar de todo no conseguía despertar en ella ningún afecto.

Aurelia lo observó sin ninguna gana de abrazarlo, ni tampoco de desperdiciar su tiempo en besos y caricias.

VIII

Yago cumplió los dos años sin volver a ver a su madre.

Su tía seguía irritada y lamentando su destino. No había encontrado disfrute alguno en el niño, y menos todavía cuando notó los primeros síntomas de un desarrollo anormal.

El chico tenía unos hermosos ojos azules que no eran los de su madre, pero una piel morena que sí le recordaba a ella. Su pelo era castaño, rizado, y los rasgos finos, aunque no era demasiado agraciado, no. En su expresión había algo diferente, sutil, pero extraño.

El escaso cariño que su tía le demostraba menguó todavía más cuando empezó a notar que no se comportaba como los demás; desde entonces su relación empeoró. El niño no parecía escuchar lo poco que le hablaba y tampoco la miraba nunca a los ojos. Cada vez que ella le rozaba la piel, gritaba como si estuviese loco, y hacía todo lo posible por estar solo y a oscuras.

Cuando cumplió los tres años, Aurelia decidió llevarlo a una curandera de fama, que abría las puertas de su casa a todo aquel que lo necesitara sin cobrar más que la voluntad. La mujer, una vieja hinchada por los años y por lo mucho que debía de comer, observó al niño sin prisa y con un aire competente, pero desde el principio no entendió lo que tenía. El problema fue que, por no querer reconocerlo, optó por inventarse un mal que en realidad Yago no sufría.

—Este niño padece de quistes en su bilis negra, el daño lo tiene ahí, en su vientre, y también en esa espalda ligeramente retorcida —concluyó dándole golpecitos con un manojo de romero.

La vieja insistió en su diagnóstico a pesar de los argumentos en contra que le daba Aurelia, que se preguntaba qué tenía que ver la maldita bilis con la manía de acurrucarse en una esquina de la casa horas y horas, y con que chillara sin parar cada vez que algo le rozaba o cuando se le cambiaba una cosa de sitio. Aquel mínimo defecto de su espalda lo tenía desde que había nacido, era poco menos que inapreciable y no parecía molestarle demasiado.

—Me ha dicho que no habla, ¿verdad? —insistió la mujer—. ¿Acaso masculla o gruñe?

Aurelia reconoció que así era, pero tampoco veía ninguna relación con la bilis. A pesar de no tener conocimientos de medicina, imaginaba que ese mal tenía que ver con el hígado, sobre todo porque a los mejores clientes de la vinatería, cuando acababan destrozándoselo, se les teñía la piel de amarillo, y decían que la culpa la tenía esa endiablada bilis. Y a Yago nunca lo había visto ese color. La curandera quiso también relacionar su retraso en el habla con el mismo proceso, pero Aurelia tampoco la creyó, pues sabía de niños que tardaban más que otros.

—Frótele con este ungüento de membrillo en el vientre y verá como en dos o tres semanas se le quitarán todas esas manías —sentenció la mujer poco antes de despedirla en la puerta a toda prisa.

A pesar de la poca confianza que la visita le produjo, Aurelia hizo caso con el membrillo, pero aquello, antes que arreglar, empeoró todavía más las reacciones de Yago, quien no dejó de patalear, con más rabia si cabe, hasta el día que pararon las friegas con el mejunje.

El chico alternaba momentos de tranquilidad y silencio con repentinos ataques. Como su tía Aurelia disponía de poco tiempo para entender qué razones mediaban entre una y otra violenta irrupción, pues la vinatería le ocupaba toda la jornada, para no tener que aguantarle decidió encerrarlo durante el día en el sótano donde almacenaba las frascas y las garrafas de vino. Allí poco daño podía hacer y además no le asustaba a los clientes, como había sucedido cuando le daban aquellos accesos de ira que acompañaba con un inagotable coro de gritos.

A los cuatro años Yago empezó a pronunciar las primeras palabras, pero fueron pocas.

A Aurelia le ponía enferma cada vez que respondía a sus preguntas con una gama incomprensible de gruñidos, o cuando al descubrir su nombre lo empezó a usar para todo. Una mesa era Yago, y si le señalaba el agua y preguntaba qué era, él respondía lo mismo: «Yago».

Se enfadó más aún cuando el niño empezó a hacerle burla repitiendo las mismas palabras que ella usaba, a veces como respuesta a una de sus preguntas. Le decía: «Dame pan» y él se lo daba contestando igual: «Dame pan».

La mujer se pasaba las noches en vela rezando por él, apenada por su desgracia. Trataba así de que el mal no hiciera morada definitiva en el alma de su sobrino, aunque tenía la sospecha de que había llegado tarde y quizá lo llevase ya desde el nacimiento.

A pesar de que la mayor parte del tiempo deseaba estar equivocada, cada vez que se enfrentaba a sus violentas reacciones o veía las heridas que se hacía, cuando no los temblores que recorrían sus brazos y piernas, una idea empezó a forjarse en su mente.

Los extraños comportamientos de Yago terminaron produciendo en Aurelia un efecto demoledor, y la separación emocional con respecto al chico creció a la misma velocidad que fueron surgiendo nuevas y anómalas conductas.

Hasta que un día decidió no besarlo más.

Nunca se había prodigado demasiado en afectos y caricias con él, pero cada vez tenía menos ganas de hacerlo, y como nadie ni nada la obligaba a ello, tomó la decisión de evitar cualquier muestra de cariño.

Desde entonces su cabeza enfermó, y el rechazo hacia Yago aumentó aún más si cabía. Procuraba tener el menor contacto posible con el niño. Le daba de comer, limpiaba su cuerpo y cuando había que vestirlo, lo hacía, pero nada más. Su presencia se convirtió para Aurelia en una condena en vida.

Y Yago no salía nunca de aquella casa.

Su tía se sentía avergonzada de él. El niño empeoraba con el paso del tiempo y sus ataques, cada vez más frecuentes, abochornaban a una mujer que en su vida solo había aspirado a vivir entregada a su negocio y a Dios.

Una buena noche Yago se puso mucho peor de lo normal y ella tomó una decisión definitiva. El muchacho había encontrado un cerrojo viejo y lo tenía entre sus manos. Sin venir a cuento empezó a correr el pasador desde un extremo al otro sin parar, a la misma velocidad y con una insufrible cadencia. Aurelia trató de quitárselo, pero el niño respondió gritando de forma colérica, ella perdió el control y lo abofeteó con demasiada fuerza a la vez que le recriminaba su absurdo comportamiento. Estaba visto que no era fácil hacerle entender las cosas porque Yago, aunque dolorido, recogió el cerrojo y volvió a manipularlo como antes.

Aquellas rarezas estaban volviendo loca a Aurelia y cada día le pegaba por menos. No podía soportarlo. Llegó un momento en que hasta su presencia la descomponía. Solo deseaba que empezara un nuevo día para encerrarlo en el sótano, donde al menos no lo escuchaba, y la casa y el negocio recuperaban un rato de paz.

Cada noche, para evitar sus gritos, lo amordazaba con una gruesa venda y, aunque casi lo ahogaba, conseguía su objetivo: poder dormir. Y si pateaba, que solía hacerlo también, le ataba las manos a los pies y lo dejaba tirado en el suelo de su habitación, hecho un ovillo.

Yago no entendía lo que le pasaba pero vivía lleno de temores.

Cuando veía aparecer a su tía temblaba. Él solo quería estar bien. No quería que le pegara, pero tampoco sabía qué tenía que hacer para evitarlo.

Aurelia tuvo el peor acceso de ira cuando Yago cumplió los cinco años.

Sin un motivo concreto, aquel día de su cumpleaños Yago se desató a gritar, y así se mantuvo sin descanso todo el día hasta dejarla completamente agotada. Aurelia no pudo acudir a la iglesia, a su sagrada misa de domingo, y por lo tanto tampoco pudo comulgar. Se enfadó mucho con él, ya que era el responsable de su pecado, por ese motivo, lo riñó más de lo normal y lo abofeteó hasta que le dolieron las manos. No consiguió nada. Yago no reaccionaba, ni siquiera cuando le rompió una ceja y la sangre resbaló copiosa por su cara.

Yago vivía asustado y triste. Necesitaba afecto, como cualquier persona, pero a sus cinco años todavía no sabía en qué consistía eso.

Aurelia, sin embargo, en su creciente locura empezó a ver las cosas cada vez más claras. Un día cayó en la cuenta de que la mayoría de los arrebatos que sufría Yago sucedían en domingo, y eso solo podía deberse a la intervención de un ser oscuro, de un alma negra: la del maligno.

Y esa idea ya nunca la abandonó.

Poco tiempo después empezó a madurar una solución que se le ocurrió tras acudir a misa. El sacerdote había hablado del poder del demonio en el mundo y de las tres únicas reglas para contrarrestar su influencia: rezar, mortificarse, y siempre, siempre vigilar…

Puso en práctica sus recomendaciones y a lo largo de las semanas siguientes, rezó, rezó mucho. Se sacrificó, no comía apenas y tampoco le daba demasiado alimento al niño para que ambos alcanzaran un elevado estado de purificación. Incluso se empleó en una severa penitencia corporal.

La idea que había escuchado a aquel hombre de Dios caló de tal manera en su mente que se propuso de forma definitiva combatir el mal en su propia casa. Desde entonces supo que había sido llamada a cumplir una trascendente misión para liberar al mundo y al niño de su mal. Los problemas de Yago solo tenían un origen: el pecado de su propia concepción.

Al principio siguió los consejos de una amiga con más fama de bruja que de beata y empezó a darle de beber el agua bendita que conseguía sustraer a escondidas de la iglesia. Luego inundó las paredes de la casa con crucifijos, y cuando se le acabaron empezó con figuras de la Virgen. Fue desde entonces cuando, a cada ataque del chico, ella emprendía su batalla personal contra el maligno. Y para poder pelear en perfectas condiciones se armaba con una fusta o con un simple palo. Le pegaba allá donde creía que actuaba el demonio; unas veces en las piernas, otras en la cabeza o en la espalda.

No se detenía hasta que el niño dejaba de patalear y gritar. Solo entonces se sentía vencedora en su particular combate contra las fuerzas oscuras.

Fue así como empezó a entender el sentido de su vida junto a Yago.

Ella iba a ganar esa guerra.

Y mientras, Yago se moría de pena y de soledad.

IX

El puerto de Sanlúcar de Barrameda veía pasar tanto oro como trigo, y por ese motivo era recorrido cada día por más ladrones que comerciantes.

Fabián Mandrago lo sabía, y aquella mañana, aprovechándose del reflejo cegador de los primeros rayos de sol sobre el gran río, entró por sorpresa en la nao Fortuna, fondeada en el puerto. Con ayuda de cinco de los miembros de su escolta armada redujo a dos vigilantes sin demasiados problemas y empezó a inspeccionar el barco.

En sus manos portaba una ordenanza del alcalde mayor de la Saca de las Cosas Vedadas firmada un día antes, en aquel otoño de mil quinientos veintiocho. La orden cumplía otra rubricada por el Rey prohibiendo la saca de oro, plata y vellón de los puertos de Castilla a tierras de moros o a cualquier otro destino, y entre ellos se incluía por primera vez las Indias. El mandato prohibía también sacar pan, trigo y otros cereales, debido al largo balance de malas cosechas; así como caballos, que empezaban a faltar a pesar de las leyes que regulaban su crianza y de la férrea persecución de la cría mular. El Rey, hastiado por la poca fortuna que habían tenido anteriores normas y con el apremio que producían las contiendas en Francia y tierras flamencas en cuanto a la necesidad de disponer de más y mejores cabalgaduras, detuvo su comercio con las Indias a pesar de que no hacía muchos años había hecho justo lo contrario.

La sospecha de que aquel buque pretendía transportar trigo a Nueva España había motivado la presencia de Fabián.

El guarda era un hombre eficaz, perfeccionista y sobrio. Esas tres características le habían dado una merecida fama en toda la costa atlántica sur, pero también su inquebrantable rectitud. Todavía no se conocía quien hubiese conseguido detener su cometido con dineros, a pesar de que muchos lo habían intentado. Por eso, en su haber contaba con el mayor número de incautaciones de todos los puertos de Castilla.

Fabián era un hombre de altura media pero constitución fuerte, ojos profundos y oscuros, de cabellera entre castaña a rubia, nariz recta y pómulos marcados. Persona moderada en el trato, vivía con modestia y vestía sin pomposidad, aunque siempre cuidaba que su aspecto no desmereciera su cargo. Como guarda de la Saca de Cosas Vedadas, y a las órdenes del alcalde de la Saca, desempeñaba su trabajo desde los puertos, pero sus hombres podían infiltrarse en cualquier punto de la ciudad; en una taberna cuando escuchaban una conversación sospechosa, o siguiendo a determinados personajes que solían frecuentar aquellas malas costumbres, o a veces en las juderías donde se comerciaba de todo, o en la misma Alhóndiga, la institución donde en realidad se regulaba la compra y venta del preciado cereal, cuya posesión era vital para las ciudades.

Cuando conseguían neutralizar un envío como aquel de la nao Fortuna, el barco pasaba a formar parte del patrimonio real, dos terceras partes de su contenido iban a costear los gastos de la institución de la Saca, y una tercera para los magistrados que juzgarían el caso.

En cada una de sus intervenciones Fabián sabía que había en juego mucho dinero. Por eso, en este caso había tenido que poner especiales cuidados cuando supo que aquella nao no pertenecía a cualquiera; la Fortuna era propiedad de la noble casa de los Martín Dávalos, un caballero veinticuatro de la ciudad de Jerez del que sospechaba desde hacía años, como también de su íntimo amigo don Luis Espinosa.

—¡Abrid, maldita sea! —gritó Fabián.

Cuatro de sus hombres trataban de levantar la escotilla que daba acceso a la bodega de proa, frente a la fuerte resistencia que oponían sus tripulantes desde el interior, dos plantas por debajo de cubierta.

—No sin un permiso en regla —contestó quien debía actuar de capitán.

—Os habla el guarda de la Saca y tengo autoridad suficiente para entrar.

Como respuesta solo se escuchó una gruesa blasfemia desde dentro. A una señal de Fabián, sus hombres lo siguieron hasta pisar de nuevo el puente. En el muelle, un grupo de curiosos observaba lo que hacían.

Buscaron en el combés de la cubierta la boca por donde se bajaba la mercancía a las dependencias inferiores, y se descolgaron por una gruesa maroma sirviéndose de un pescante, lo que provocó los aplausos del público allí reunido.

Cuando pusieron pie sobre la tercera plataforma, desenfundaron los sables antes de dirigirse a los compartimentos de proa, con idea de encontrar otra entrada a la bodega por debajo de donde se habían hecho fuertes los tripulantes. Escucharon voces y pasos por encima de sus cabezas, pero también un contundente golpe de costado. Notaron movimiento, y eso solo podía significar que el barco había soltado amarras. Alguien pretendía hacerse a la mar donde la institución de la Saca perdía su jurisdicción, pero sobre todo donde no habría ojos que pudieran dar fe de lo que allí sucediera.

—Poneos en guardia y no tengáis cuidado con nadie. Esto se va a poner muy feo. —Fabián adelantó la hoja azulada de su sable y empuñó en la otra mano una daga turca para proteger su costado.

—Por fin un poco de acción, señor —intervino Tomás, uno de sus colaboradores, con expresión satisfecha.

Le doblaba en peso y casi en estatura. Su arma más poderosa eran sus puños, con ellos era capaz de abrirle la cabeza a cualquiera. El otro que iba con Fabián, a su espalda, no era tan rudo pero estaba medio loco. De nombre Cosme, era rápido con el cuchillo, y su especialidad consistía en acertar a su enemigo en un ángulo mortal entre el cuello y el tórax, donde sabía que de un solo golpe cortaba vena, garganta y tráquea. Y lo hacía cantando una canción, siempre la misma canción, que hablaba de amores prohibidos entre una noble y su sirviente.

A pesar de estar bien entrenados para la lucha, no sabían con cuántos marineros tendrían que enfrentarse y ellos solo eran cinco. Atravesaron dos portones sin cruzarse con nadie y a punto de llegar al acceso de la gran bodega, de un recodo salió un hombre de poca estatura y pelo enmarañado, espada en mano, que fue hacia Fabián.

Esquivó este la primera intentona y consiguió responderle con un pinchazo en la pierna, no muy profundo, pero lo suficiente para que el atacante perdiera la concentración y recibiera en un ojo el retorcido acero de la daga turca. Cayó al suelo entre alaridos, aunque de inmediato fueron acallados por la mano eficaz de Tomás, que lo ahogó sin piedad.

Al entrar en la bodega vieron una enorme despensa de sacos, seguramente llenos de trigo, pero no se habían imaginado la otra parte de la carga; veinte caballos, amarrados a las paredes, muy nerviosos, y en un asfixiante ambiente.

—Este barco no tenía permiso para sacar caballos. —Fabián palmeó el lomo de una yegua castaña de hermosa estampa que corcoveó nerviosa y despertó un coro de relinchos—. Sin duda este es el mejor negocio de todos; la saca de caballos para las Indias. Cada uno de ellos puede valer allí más de cincuenta mil maravedíes. ¡Vaya con el noble Martín Dávalos!

Allí había potrancas, sobre todo yeguas y algún caballo de buena casta, todos de la mejor raza.

Escucharon un murmullo de voces que se acercaban hacia ellos.

—Señor, deberíamos salir de aquí; esta bodega puede convertirse en una ratonera... —Tomás estudió el recinto y comprobó la existencia de una segunda puerta en otra esquina.

—Tienes razón, pero dejadme un momento más para ver si encuentro algo que nos ayude a saber quién puede estar detrás de este turbio negocio.

Buscó en las ancas de una hermosa yegua la marca de su hierro, pero alguien la había quemado y la hinchazón la ocultaba. Hizo lo mismo con dos potrancas sin éxito; estaban todas borradas. Los demás animales no le dieron mejores pistas hasta que al acercarse a un macho adulto descubrió los bordes de un escudo en cuyo centro, a pesar de la aguda inflamación, podía distinguir una curva y tal vez una letra. No lo reconoció al no estar familiarizado con los hierros de las ganaderías de Jerez, pero lo memorizó para investigarlo.

—Ya llegan, señor. Hemos de irnos. —Cosme tensó los músculos ante la inmediata entrada de los hombres.

Fabián corrió hacia la puerta y la atravesaron con el eco de las primeras pisadas a sus espaldas. Sin haber terminado de recorrer un largo pasillo que no sabían a dónde les llevaba, vieron aparecer a dos tripulantes armados con sendas espadas.

Tomás corría el primero buscando una salida a cubierta donde poder enfrentarse, si era necesario, con menos estrecheces. Lo peor que les podía pasar era ver bloqueado su paso y quedarse en medio, como así ocurrió. Por una escalera bajaban tres hombres dando gritos. Tomás no lo dudó y se abalanzó sobre ellos. Su enorme presencia física superó rápidamente la de aquellos otros, que, con gran sorpresa, fueron derribados antes de oponer resistencia. Los tres guardas pasaron por encima sin perder la oportunidad de rebanarles el pescuezo a dos de los atacantes. El tercero sujetó la pierna de Cosme, pero este, en un instante, le clavó en la base del cuello el acero que le daba fama, y el hombre se ahogó con su propia sangre.

Ya en cubierta, Fabián comprobó que el velamen estaba desplegado y la nao tomaba rumbo hacia la desembocadura del río. En el puente estaba el timonel y un individuo de barba recia y nariz prominente que le resultó familiar. Por el castillo de proa vio aparecer a sus otros dos hombres, y en unos instantes, desde el resto de la cubierta, a medio centenar de perseguidores que los rodearon en unos segundos. Luchar contra toda aquella gente era una tarea imposible, lo que significó que tan solo tenían una alternativa.

Con un expresivo gesto Fabián señaló a su grupo qué debían hacer.

La única salida para no verse trinchados por tanta espada era tomar la borda, y sin perder un segundo, como un solo hombre se tiraron al mar y nadaron con determinación para alejarse pronto de la nao. Desde ella, su capitán se despedía de Fabián agitando el sombrero en reverencia.

—¡Créeme que te encontraré! —Entre nubes de espuma y mecido por el oleaje que producía la unión del río con el mar, el fracasado guarda le gritó tras haberlo reconocido—: Yo nunca olvido...

X

El sacerdote era experto en demonios.

O eso era lo que le habían dicho a Aurelia cuando se decidió a pedir ayuda a su confesor.

—Si el padre Tielmo no es capaz de solucionar tu problema, nadie lo hará; es el mejor.

Aquellas fueron las palabras que terminaron de animarla para emprender la definitiva curación de su sobrino Yago. Lo había intentado todo, hasta casi darse por vencida. No podía pegarle más, ni más fuerte. Lo castigaba sin comer cuando le daban aquellas rabietas y terminaba muchas veces atándolo a una viga de madera, o a una argolla en la pared del sótano, o a cualquier columna de la casa.

La existencia de Yago había conseguido hacer de su vida un auténtico desastre, y cada día que pasaba parecía empeorar. La realidad en el transcurrir de cada jornada, de cada noche y de cada año se podía resumir en una sola idea; aquel niño le hacía daño, mucho daño, incluso en lo más profundo de su alma, pues el odio que sentía hacia él había crecido tanto que ya no le cabía más.

Por eso, la posibilidad de que un hombre de Dios pudiera expulsar al demonio que sin duda habitaba en Yago le abrió nuevas esperanzas.

—Pase, pase a esta humilde morada. —Aurelia se tapó el pelo con un pañuelo y abrió la puerta de la vinatería.

El sacerdote respondió con una sonrisa cordial. Su expresión beatífica y dulce no era la esperable en un hombre cuya tarea consistía en expulsar al mismísimo Satanás.

En el momento en que entraron, Yago jugaba tranquilo con unas piedras de colores perfectamente alineadas. Las miraba agachado y con la cabeza ladeada.

—Parece pacífico..., —El padre Tielmo se acercó al niño y fue a acariciar su pelo.

—¡No lo haga! —le advirtió Aurelia—. Suele reaccionar mal.

El hombre se separó del muchacho y pensó que el rechazo hacia un sacerdote podría ser una clara señal de posesión. Su tarea inicial consistía en buscar pruebas que le ayudaran a discernir si el caso era de su competencia, o se podía tratar de otro problema. Sin pronunciar una palabra se aflojó el cordaje y se sacó el hábito. Bajo aquel paño oscuro apareció otro de color púrpura, el de los exorcismos.

—¿Alguna vez ha hablado en lenguas extrañas, o blasfema sin parar? —Se santiguó varias veces y esperó a que Yago levantara la vista.

Aurelia enumeró las pocas palabras que sabía decir y comentó su tendencia a comunicarse con gruñidos u otros sonidos extraños, aparte de repetir sin ningún sentido casi todo lo que se le decía.

—Entiendo... —respondió con aire de seguridad.

Yago levantó la cabeza del suelo y miró fugazmente al hombre sin demostrar por él ningún interés. Pero el padre Tielmo aprovechó la circunstancia para sujetarle por la barbilla y dirigirse a él con voz firme y autoritaria.

—¿Cuántos sois, y cómo os llamáis?

El niño rechazó el contacto de un manotazo y empezó a ponerse nervioso; apoyado sobre las rodillas, balanceó su cuerpo con una extraña cadencia.

—Su agitación llega a hacerse continua... —murmuró el hombre con una voz apenas audible a la vez que lo rodeaba—, y se muestra turbado ante mi presencia...

Aurelia se frotaba las manos con el vestido de forma obsesiva. Estudiaba cada gesto, cada palabra del religioso, con la esperanza de poner fin a su angustiosa situación.

—¿Cómo lo ve? —preguntó la tía en voz baja con ánimo de no molestar.

El sacerdote respondió con una mirada seca y le recomendó que tuviera paciencia, pues aquello no había hecho más que empezar.

Desde el mediodía hasta el anochecer la mujer tuvo que responder a una interminable sucesión de preguntas sobre lo que creía que el niño sentía, veía o pensaba, ya que Yago no abría la boca. Negó que tuviera escozores que le subiesen desde los pies hasta la cabeza, hormigueos bajo la piel, ampollas en la lengua o escalofríos por espalda, riñones y brazos. El sacerdote, al ver que las señales típicas de los posesos no se manifestaban en el niño, se interesó en otros asuntos cada vez más extraños que consiguieron aumentar el nerviosismo de Aurelia.

Le preguntó si cantaba o si sabía música sin haberla aprendido, y también si padecía alguna tendencia hacia el suicidio.

—¿Le han dado súbitos ataques de terror, o se queda ciego o sordo de repente, o parece como lunático?

Al sumar las negativas de la mujer con la poca consistencia de los signos que Yago exteriorizaba, el padre Tielmo creyó que lo mejor sería llevarlo a un templo donde repetir algunas de aquellas pruebas, pero en tierra sagrada. Allí podría comprobar cuántas señales de las cuarenta y siete explicadas en los manuales sobre exorcismo se manifestaban en el chico.

—Hija mía, no veo con claridad qué tiene el niño. Algunas de las cosas que le pasan podrían parecerse a una dominación diabólica, pero otras no, y siendo así... —Le hizo la señal de la cruz en la frente, a lo cual Yago protestó con un agudo gruñido—. ¿Veis? Rechaza la acción de Dios, pero cuando he buscado su mirada, siendo huidiza, no veo reflejo alguno de presencia maligna. Por eso, no me quiero definir todavía, la verdad. De momento creo que su caso no es de demonios...

Aurelia lo escuchó agotada, con una tensión que a esas horas atenazaba su cuerpo, pero le pareció inadmisible su posición, más aún cuando vio su intención de irse.

—Un momento. ¡Parad! —Le sujetó del brazo—. ¿No le vais a hacer ni siquiera un exorcismo? Si supierais qué significa estar con este monstruo a diario... No tenéis ni idea del sufrimiento que padezco al soportar sus constantes ataques y sus manías de hacer ruidos, siempre los mismos ruidos, horas y horas seguidas... A mí no me hacen falta más pruebas; Satanás vive dentro de él y la evidencia es que convierte en un infierno todo lo que le rodea.

El padre Tielmo la escuchó lleno de piedad, pero le expuso cuál era la posición de la Iglesia en aquellas situaciones, cuando la posesión no estaba del todo clara.

—Llevadlo a misa este próximo domingo, antes de la celebración probaré otras cosas. —Le acarició la cabeza y esta vez Yago no lo rechazó, sino que se quedó quieto.

—Estos males se curan con ayuno y oración, invocando a la Virgen María y a Jesús, y desde luego no le vendría nada mal un poco de agua bendita a diario. Traedme un búcaro y os la dejaré preparada. Echadla con frecuencia sobre su cabeza y rezad mientras lo hacéis.

Aquello no terminaba de convencer a Aurelia. Decidida a no dejarlo salir sin que le practicase un exorcismo, tal y como había escuchado que hacían en esos casos si se querían conseguir resultados, se lo expuso al sacerdote con tal vehemencia y crudeza que produjo en el religioso un sentimiento de preocupación que terminó en temor ante la amenazante expresión de su rostro.

—Id a la iglesia con él, como os digo, y tal vez entonces lo haga. —Se encaminó hacia la salida de la casa.

—¡No permitiré que os vayáis! —Aurelia se interpuso entre el sacerdote y la puerta con un ademán severo.

El perplejo hombre entendió que no sería lo correcto, que no debía usar esa herramienta de Dios sin motivo, pero la mujer no era fácil de convencer. Resignado, miró hacia donde estaba Yago, se colocó una estola sobre los hombros y cerró los ojos con las manos extendidas sobre el chico.

—Te exorcizo, muy vil espíritu, mismísima encarnación de nuestro enemigo, espectro entero. En el nombre de Cristo, sal y huye de esta criatura de Dios. Él mismo te manda, el que manda al mar, los vientos y la tempestad. Escucha y teme, ¡oh, Satanás!, enemigo de la fe, adversario de la raza humana, productor de la muerte, ladrón de la vida, destructor de la justicia, raíz de los males.

El hombre tomó aire y en voz más alta y con encarnada autoridad gritó.

—¡Abandona a Yago para siempre. Él así lo quiere!

XI

Fabián Mandrago esperaba a ser recibido por Luis Espinosa en un hermoso salón lleno de trofeos de caza. Aquel era el sexto criador de caballos que había visitado hasta el momento, uno de los más importantes de la comarca de Jerez, un hombre que encabezaba una lista de notables de los que sospechaba desde hacía años.

La cría caballar era un negocio en plena expansión por aquellas tierras y sus responsables, demasiado numerosos para que el guarda pudiera conocer todos sus hierros.

Los caballos de la nao Fortuna se habían convertido en una obsesión para Fabián, y la pista del hierro medio borroso, el único camino que dirigía sus pesquisas. Sabía que no era una prueba suficiente para una implicación en toda regla, pero abriría una puerta por donde localizar mejores o más sólidas evidencias.

En la finca de los Villavicencio que acababa de visitar le habían permitido recorrer sus caballerizas con detenimiento, y gracias a ello pudo ver en su hierro ciertas similitudes con el descubierto en el barco. De todos modos, y a pesar de esa posible coincidencia, quienes seguían encabezando la lista de sospechosos eran don Martín Dávalos, propietario del barco y hombre al que no había logrado ver todavía, pues le habían asegurado que se encontraba fuera de Jerez, y don Luis Espinosa por su importancia como criador. Después de ellos, la lista continuaba con una larguísima relación de criadores de menor enjundia.

—Señor Mandrago, por favor, sígame. Le recibirán en la bodega. —La camarera se adelantó para mostrarle el camino.

Bajaron unas escaleras de piedra esculpidas sobre la roca y llegaron primero a una antecámara y tras un portillo a una dependencia enorme donde un intenso olor evidenciaba lo que allí tenían almacenado.

Sentados frente a una mesa, con varias botellas abiertas y tres vasos, lo esperaban don Luis Espinosa, propietario de la casa, con reconocidos intereses en la cría caballar y una afamada bodega, y para su sorpresa don Martín Dávalos. Fabián se alegró de inmediato por la coincidencia.

Se encontraba frente a dos hombres poderosos. Martín era un rico hacendado y veinticuatro de la ciudad de Jerez al igual que Luis. Del primero se decía que era el mayor propietario de ganado de la comarca y un importantísimo comerciante, con una pequeña flota de barcos entre los que se contaba la nao Fortuna.

La única mujer, que alegraba con su presencia la reunión, era doña Laura, quien le fue presentada como esposa de don Luis. Este último lo animó a tomar asiento y a que probase un vino sobre cuya calidad estaban discutiendo.

—Procede de una uva recia, de viñedos que llevan en la familia más de medio siglo. ¿Podéis darnos vuestra opinión? —Agitó el vino en la copa antes de pasársela.

—Si buscáis un experto, no creo ser la persona más adecuada, solo os podré decir si me gusta o no. —Fabián lo saboreó y esperó a sentir sus efectos.

Lo miraron con curiosidad. Los dos varones sabían quién era y sobre todo a qué se dedicaba. Actuaban con corrección, pero en realidad entendían que su presencia podía convertirse para ellos en una seria incomodidad. Laura desconocía cuál era su oficio.

—Si la crianza de los caballos se os da tan bien como el vino, os puedo asegurar que no tendréis quien os haga sombra…

Don Luis agradeció el cumplido y compartió su parecer en contra del de Martín, que había criticado el caldo por su aspereza y acidez.

—Pero imagino que no habéis venido a degustar nuestros vinos...

—Cierto, me mueven otras razones.

—¿Y a qué se debe, entonces, el honor de teneros en nuestra hacienda?

Fabián cambió la orientación que le pensaba dar a la conversación a causa de la presencia de Martín Dávalos. Decidió actuar sin tapujos.

—¿El apodo «el Tripas» os dice algo? —dirigió la pregunta al invitado de los Espinosa una vez había confirmado días atrás la identidad del que pilotaba aquel barco.

Martín Dávalos era un hombre sagaz, con fama de frío e inteligente. Tardó en contestar, tal vez con toda intención, para dar a su respuesta una mayor contundencia, o quizá para ganar tiempo y pensarla mejor. Sabía que su organización no presentaba una sola fisura por donde aquel agente hubiera podido recabar la menor información; no le cabía la menor duda. Cuando se comerciaba fuera de la ley, tener a todo el mundo bien callado costaba mucho dinero, y la discreción se convertía en una virtud imprescindible. Además, compartía con Luis Espinosa aquellas atípicas actividades desde hacía cinco años, como también una sólida amistad que nunca había estado en peligro, así que respondió sin mostrarse alterado.

—¿Quizá habláis del hombre que robó mi nao Fortuna?

—¿Decís «robó»? —Fabián no se esperaba esa salida—. Os hablo de alguien que pretendía sacar de forma ilegal una importante cantidad de cereal y veinte caballos, animales que sospecho serían también de vuestra propiedad, claro.

—Si de verdad lo fueran, no lo dudaríais...

Fabián se percató de que don Luis, en un rápido cruce de miradas con Martín Dávalos, le había regalado la respuesta.

Doña Laura dejó la copa de vino preocupada por lo que estaba escuchando, pero mantuvo un prudente silencio. Martín tomó la palabra.

—Os puedo asegurar que no me falta ningún caballo, pero agradezco vuestro interés. Es una grata sorpresa saber que se está investigando el robo de mi nao, lamentable suceso que tanto ha perjudicado a mis arcas. Hasta escucharos, había pensado que a nadie le importaba.

Fabián comprendió que se enfrentaba a un hombre capaz de dar la vuelta a cualquier argumento, pero decidió no dar marcha atrás en la estrategia tomada. Su larga experiencia le hacía pensar que no le estaba contando la verdad.

—Lo investigo, sí, pero no porque vos lo denunciarais… ¿Acaso se os olvidó hacerlo, o es que preferís no airear demasiado el asunto para que alguien como yo no meta la nariz…?

—¿Cómo os atrevéis a dudar de mi invitado? —Don Luis se levantó de su asiento visiblemente enojado—. Os presentáis sin avisar, ofendéis la honorabilidad de don Martín Dávalos, y venís sin prueba alguna. Os ruego que abandonéis mi casa de inmediato; no pienso soportar ni un minuto más vuestra intolerable descortesía.

Fabián aguantó el comentario sin levantarse y volvió a dirigirse a Martín Dávalos. Según los derroteros que había tomado la conversación no tenía tiempo para andarse con muchos tapujos.

—Tan solo pretendo averiguar a quién pertenecen la veintena de caballos que pude ver en el interior del barco, y comprobar si el cereal que llenaba sus bodegas era vuestro o no. De no perteneceros, debería aparecer una cantidad semejante bajo otro nombre en los libros del Pósito. ¡Lo comprobaré!

Fabián se refería a la institución municipal que regulaba el comercio de cereal, donde se hacía registro de sus vendedores, destinos, precios y todo aquel que intervenía en cada operación.

Martín Dávalos no quiso hacer ningún comentario. El guarda le estaba acusando en toda regla, pero era evidente que carecía de pruebas, sobre todo porque ya se habían encargado ellos de controlar los apuntes de ese registro. Miró a su anfitrión a la espera de que actuara.

Luis Espinosa insistió en hacerle abandonar su casa sin guardar ya la menor cortesía. Fabián tuvo que aceptarlo y sin poder despedirse al menos de la señora siguió a uno de los sirvientes hasta el patio de la hacienda, donde le esperaba su caballo. Todavía sentía el acaloramiento originado por la reciente tensión cuando lo montó, decepcionado por no haber tenido tiempo para preguntar más sobre los caballos que en realidad habían sido el primer motivo de su visita. Pero la suerte le sonrió.

Cuando estaba a punto de salir de aquel patio vio pasar a un jovencísimo mozo de cuadra que tiraba de dos yeguas castañas. Miró de forma instintiva su hierro y cuando comprobó el dibujo, casi le dio un sobresalto. Descabalgó para estar más seguro y al verlo desde más cerca no tuvo ninguna duda; era el mismo que había visto en la nao.

Ahora tenía la prueba. Los caballos de la nao Fortuna pertenecían a Luis Espinosa, hecho que no había mencionado a lo largo de la conversación. ¿A qué se podía deber aquel silencio? ¿Además de amistad, habría algo más que estaba uniendo a esos dos hombres? Aquellas preguntas solo tendrían una respuesta adecuada después de comprobar si se habían hecho las denuncias correspondientes y tras hacer una visita al Pósito.

Después de todo se alegró; el caso parecía estar bien encauzado y además odiaba el engreimiento que solían demostrar esos nobles.

Le encantaba tener a un par de ellos en su punto de mira.

Aquella misma tarde Laura y Luis Espinosa decidieron dar un paseo a caballo por sus tierras para visitar la nueva dehesa que acababan de comprar. Luis escuchaba como un eco las palabras que su esposa le dirigía, sin atenderlas demasiado, preocupado por las consecuencias de la visita de aquel guarda de la Saca.

Martín le había restado importancia una vez solos, pero como a él no le gustaba vivir bajo sospecha, decidió darle solución al asunto.

Su mujer había esperado aquel momento del día, sin nadie que los molestase, para preguntar.

—¿Conoces a ese tipo, al Tripas? —Apretó el paso de su yegua para alcanzar al precioso ejemplar de capa baya que montaba su marido. Luis intentó eludir la pregunta hablándole de las excelencias de la nueva finca, capaz, según sus primeras impresiones, de mantener a casi cincuenta yeguas con sus potros.

Pero Laura insistió.

—Ese guarda creyó que los caballos encontrados en el barco de Martín eran suyos, pero si no recuerdo mal, ¿no me dijiste que vendimos una partida en esas mismas fechas y de igual número…? Sabes que no soporto las mentiras. ¿Estás nuevamente metido con Martín en otro de esos retorcidos negocios? —Se había propuesto sacarle la verdad—. Hace años consideramos que vender caballos en las Indias podía ser una actividad muy lucrativa, y por eso empezamos a criar muchos más ejemplares de lo que veníamos haciendo, pero supongo que desde que se prohibió aquel comercio lo has dejado de hacer... ¿Me lo puedes confirmar? No me ocultes nada, te lo ruego, sea lo que sea.

—¿A qué vienen ahora tantas dudas?

La intención de Luis era evitar el tema, pero ella había decidido lo contrario.

—Sé cuándo mientes, te conozco demasiado bien.

El marido tiró del freno y clavó el caballo.

—¿Qué te hace pensar eso?

—Solo dime si estoy equivocada… —Laura se apoyó sobre su montura, y le dirigió una severa mirada dándole a entender que ya no aceptaría ninguna evasiva más—. Dime sin rodeos quién es ese Tripas, y qué extraños negocios nos unen a él y a Martín Dávalos.

Luis suspiró con aire vencido. Conociéndola, no podía escapar de la conversación. Laura era tozuda y nada la detenía cuando tomaba una decisión. No se había casado con ella porque tuviera hermosas facciones, ni desde luego un buen cuerpo, pues nada de eso se cum plía en su caso, en realidad le habían movido otras razones menos confesables. Sin embargo, era de reconocer que Laura poseía grandes virtudes y entre ellas estaba la intuición.

Ella sabía que su matrimonio no había sido consecuencia del amor ni de un acto desinteresado, no era tonta. Pero se había enamorado perdidamente de él, no lo podía evitar, y vivir con tanta intensidad aquel sentimiento compensaba otras muchas cosas.

Aun así dudaba de su esposo, lo imaginaba con supuestas e incontables amantes, y del que tampoco se fiaba era de su amigo Martín Dávalos.

—Es imposible ocultarte nada —confesó él.

—¿Quién es...? —insistió ella.

—Cabalguemos hacia aquella loma y te lo cuento. —Estaba a media distancia—. Desde ella se tiene la mejor vista de la finca.

Bajo el agradable efecto de una suave brisa que llegaba desde el mar, doña Laura escuchó sus explicaciones mientras ascendían por la ladera.

—Confieso que a veces nos servimos de ese hombre para mandar caballos a las Indias. Desde que se prohibió su comercio, nos pagan hasta diez veces más que en Jerez.

Aunque la noticia no era buena y la dimensión del negocio fuese mucho mayor de lo que explicaba, la mujer sintió un relativo alivio al verle reconocer su pecado. Aquel gesto la acercaba a él.

—Agradezco tu sinceridad, sin embargo, no deja de preocuparme saber que estamos involucrados en una actividad ilegal.

—Entiendo tus temores, pero confía en mí, lo tenemos todo controlado.

—No sé si prefiero saber más o hacerme la tonta. —Lo miró con dudas. ¿Debía amonestarlo u olvidar—. ¿Has pensado qué efecto tendría sobre tu reputación como capitán de la Guardia Real y sobre el buen nombre de mi linaje, si un día se descubriese todo?

Luis quiso tranquilizarla, pero lo empeoró.

—Nunca se sabrá, descuida, y menos por boca de ese guarda.

El comentario sonó demasiado amenazador.

—No quiero imaginar el sentido último de tus palabras... Me cuesta entender los negocios en los que te metes, pero nunca aceptaría verte participar en algo de mucha más gravedad como... Me entiendes, ¿verdad?

—No te inquietes, no pasará nada. Te lo prometo.

Laura le recordó quién había rubricado la pragmática que prohibía la saca de caballos y le preguntó si no estaba traicionando así la confianza que tenía por parte del Emperador.

—Entenderás mi postura, ya verás... —Descabalgaron para contemplar desde una roca el hermoso panorama que se extendía a los pies de aquella loma. Después de darle alguno de los detalles más significativos de la nueva finca siguió explicándose—. Es gracias a la venta de esos caballos, que él mismo prohíbe, como consigo financiar su propia Guardia Real. Sé que no eres consciente de ello, pero este es el tercer año que no cobramos los enormes gastos que esta actividad nos genera. Al verlo agobiado con tantas deudas, que según se rumorea en la corte son exorbitantes, no insisto en lo que nos debe a nosotros. Pero la realidad es que estamos cubriendo las deudas del Rey con nuestro propio dinero.

A Laura el argumento no le pareció convincente, pero al menos descartaba que tuviera como única intención el lucro, o peor aún, que actuara movido sin ningún escrúpulo.

—¿Cuándo tienes que volver a ver al Emperador?

—En un mes.

—Se me ocurre que si le pidieras una dispensa personal para esos negocios, quizá no te la negaría... De ese modo nos evitaríamos complicaciones y tú seguirías vendiendo caballos en las Indias.

La idea no era mala, pero Luis sabía que era inviable.

—Así lo haré. Me gusta tu propuesta. Te lo prometo —mintió. Solo él sabía que las actividades que le unían con Martín Dávalos comprendían muchos otros negocios que no serían nada fáciles de explicar ni al Rey ni a nadie.

La nueva dehesa se descolgaba en suave pendiente desde aquel alto y se mostraba hermosa, salpicada por centenares de alcornoques cuyas viejas sombras regalaban a la pradera frescor y vida. Luis le señaló las lindes y por dónde la atravesaban dos buenos arroyos. Cuando hablaba de campo, de viñas o de caballos, se le iluminaba la cara y parecía otro. A Laura le encantaba verlo así, pero no quería terminar la conversación sin resolver otra duda.

—Un día me aseguraste que nuestras yeguas y sementales eran únicos, los mejores que se podían encontrar hoy en Jerez. Desde que empezamos su cría, ahora hace ya seis años, hemos invertido mucho dinero, y sin embargo tengo la impresión de que su calidad no está siendo lo suficientemente apreciada. ¿No merecería más la pena que criásemos otros más normales para las Indias, y dejáramos los mejores para nosotros? ¿Acaso valoran allí su calidad?

Su marido reconoció haber pensado lo mismo, y en ese sentido le adelantó los objetivos de una nueva pragmática recién rubricada por el César que podía ser beneficiosa para ellos.

—A su celo por mantener el censo equino, ahora le suma la pretensión de hacer perdurable las bondades de la raza de los caballos que se han venido criando al sur del río Tajo desde tiempos inmemoriales. Y para conseguir ese objetivo ordenará que en todos los concejos se nombre a un veedor con el encargo de controlar la monta de las yeguas. Bajo su autoridad solo se podrán usar machos de buena casta para mantener la raza. Y eso nos conviene. Como se ha descuidado esa selección, hoy no hay demasiados animales de calidad, por tanto, los que desde ahora se requieran para cumplir con ese cometido van a valer mucho. La particular novedad que recoge la pragmática ha sido el motivo principal que me ha llevado a que compremos esta dehesa. Sus tierras y excelentes pastos nos permitirán tener más yeguas, como también futuros sementales. Aquellos que nazcan de menor clase en cualquiera de nuestras yeguadas los mandaremos a las Indias, y los mejores para quien los sepa valorar.

Doña Laura empezó a abandonar su anterior mar de dudas. A pesar de no agradarle en absoluto el hecho de tener tratos con un turbio comerciante de animales, en aquella ocasión la idea de su marido le pareció atractiva y además viable.

—Evítame, por favor, otra escena como la de esta mañana con el guarda. No quiero que tenga el más mínimo motivo para visitarnos de nuevo.

—Tranquila, me cuidaré de ello.

Detrás de esa afirmación don Luis ocultaba planes muy concretos, los que había acordado con Martín Dávalos antes de despedirse.

Estaba seguro de que ese guarda dejaría de molestarlos.

XII

La institución que llamaban *del Pósito* se dedicaba a acumular grano en época de grandes cosechas para luego, cuando escaseaba, venderlo a particulares y a otras villas y ciudades para la fabricación del pan, eso sí, con un pequeño recargo de intereses.

En realidad, desde su concepción como mero almacén había pasado a ser un excelente negocio para las arcas de las alcaldías, pues sus gestores pagaban barata la compra y esperaban el tiempo que fuera necesario para sacarla al mercado a un precio muy superior, en proporción a su escasez.

Todo eso lo conocía muy bien Fabián, y además, las investigaciones en torno a la nao Fortuna terminaban dirigiéndole sin remedio hasta aquella lonja. Había intentado hablar con los miembros más importantes de su junta, con su regidor, con el diputado de la villa y con el propio corregidor que la presidía, pero de momento sin éxito. Solo le quedaba intentarlo con su depositario, a quien había pedido audiencia esa mañana. Ahora aguardaba a ser recibido.

—¿Fabián Mandrago? —Un joven se asomó desde un despacho.

—Servidor. —El guarda se levantó y entró en una luminosa estancia con vistas al Guadalquivir.

Un hombre enjuto y de mediana edad lo observó, se empujó unos lentes demasiado grandes para su rostro y lo reconoció de inmediato.

—Ya me diréis qué os trae por aquí. —Indicó dónde debía sentarse.

—¿Sabéis quién soy? —Fabián tomó asiento y se sacó del refajo dos bolsas que depositó sobre la mesa. Su anfitrión las miró sin poner demasiado interés.

—Lo sé, y también a qué os dedicáis. Pero no en qué puedo ayudaros.

Fabián abrió la primera bolsa y desparramó unos granos de trigo por la mesa sin hacer ningún comentario. La sorpresa del funcionario aumentó cuando vio que la segunda bolsa estaba llena de monedas de oro.

—Tengo poco tiempo para andar con adivinanzas, ¿me entendéis? —El hombre se rascó la cabeza aburrido.

—Os ofrezco un gran negocio… —Fabián revolvió las monedas entre el trigo y empujó el montón hasta sus manos—. Un trato que nunca os habrán propuesto antes.

El hombre, bastante desconcertado, le rogó un poco más de concreción.

—He oído que este año vuestros almacenes andan escasos de trigo y sin embargo su precio es altísimo. ¿Estoy en lo cierto?

Desde el otro lado de la mesa el áspero personaje confirmó su parecer.

Fabián se levantó, y de espaldas a él, con la hermosa vista que ofrecía el ventanal, expuso su propuesta:

—Estoy dispuesto a llenaros de cereal vuestros almacenes sin cobraros ni un solo maravedí...

—No entiendo el trato, la verdad. Algo querréis a cambio, digo yo.

Fabián tenía dos barcos de trigo disponibles de anteriores confiscaciones. Le servirían de pago para conseguir la información que necesitaba.

—Seré claro. Sospecho que estáis al tanto de lo sucedido con la nao Fortuna. ¿No es así?

—Algo he oído, sí.

—Y siendo así, ¿no creéis que se trata, una vez más, de una saca irregular? —Lo miró a los ojos—. ¿No habéis pensado que el propie tario del barco, don Martín Dávalos, tal vez sea también el responsable último de esos sucios negocios? Yo sí.

El hombre carraspeó inquieto, pero respondió de inmediato.

—¿Estáis poniendo en duda la honorabilidad de un veinticuatro de esta ciudad?

—No solo de él, podéis añadir a otro que se dedica a la cría de caballos de casta… Y me refiero a Luis Espinosa.

El hombrecillo, de nombre Tarsicio, se retiró los manguitos que adornaban sus muñecas y sintió un repentino escalofrío en la nuca. La conversación no le convenía en absoluto. El simple hecho de relacionar aquellos dos nombres, uno de ellos el mayor criador de ganado de Andalucía, y el otro capitán de la Guardia Real, con una trama ilegal hacía peligrar su trabajo, cuando no algo peor.

—Ni aunque me llenarais los depósitos al completo metería mi nariz en asuntos tan delicados como los que me referís. —Se levantó de la silla y con un explícito gesto invitó a Fabián a abandonar su despacho.

El guarda había calculado de antemano su respuesta y no se movió de su asiento.

—No conseguiréis que me vaya sin que me deis la información que necesito. Y lo haréis, porque de no ser así os voy a denunciar.

—¿Y se puede saber de qué me vais a acusar?

—De complicidad en la saca de bienes vedados… Si consigo confirmar mis sospechas, os aseguro que disfrutaréis de una larga estancia en prisión.

Tarsicio imaginó lo que el guarda podía saber. Desde hacía unos años se había visto forzado por aquellos dos hombres a evadir de los libros de registro bastantes cantidades de cereal que luego sabía enviaban a las Indias. A él le vendían trigo para dejar constancia legal, pero en realidad el cereal nunca llegaba a los almacenes. Fabián le aseguró que estaba al corriente de su forma de actuar y lo acusó de incrementar las cantidades de grano que depositaban otros para ocultar las que no entregaban los veinticuatros. Con tal procedimiento los libros manipulados se ajustaban a las cantidades exactas que se movían desde los almacenes del Pósito, cuadraba así las entradas con las salidas, un engaño a cambio de unas sustanciosas compensaciones que cobraba él.

Fabián no podía probar lo que acababa de decir, pero la seguridad que imprimía era tanta que hizo pensar lo contrario al hombre.

—Vuestro delito es gravísimo.

—¿Pero cómo podéis pensar eso de mí?

El hombre trató de defenderse apelando a su honor como mejor salida. No terminaba de entender cómo había llegado a descubrir sus tapujos, aunque llevaba un tiempo dudando de alguno de sus colaboradores. Fuera por una razón u otra, se dio cuenta de que el guarda estaba demasiado cerca de la verdad y se sintió acorralado.

Le temblaban las manos.

—Bajad la voz, por Dios os lo pido. —Estaba desencajado—. No sé, esto es... ¡Esto es terrible! Si esos hombres se enteran, será mi ruina. Nunca debí aceptar lo que me propusieron. Les dije que no quería hacerlo.

—¿De quién habláis? —Fabián quería escuchar de su boca nombres, y a la vez era consciente de que la clave, en esos momentos, estaba en ganarse su confianza y solo la conseguiría si le garantizaba protección.

—No, no puedo... contaros... —Tarsicio se levantó agobiado y tiró del brazo de Fabián, casi lo arrastró, hasta la puerta de su despacho—. ¡Aquí no debo! Hay quien puede escucharnos. —Agitó las manos muy nervioso—. No puedo contaros más; deberíamos vernos en otro sitio, quizá más tarde, luego.

Fabián temió verse fuera sin haber concretado dónde podían hablar con más tranquilidad. Le propuso un lugar discreto; las atarazanas del puerto.

—Allí estaré, al anochecer.

XIII

En aquellas enormes naves donde se construían galeones, naos y carracas, el olor a roble y álamo se mezclaba con el de la brea utilizada para calafatear las juntas.

A Fabián Mandrago le encantaba dejarse caer por aquel lugar de vez en cuando, donde todo le evocaba el mar. La religión proscrita de su padre había provocado que tuviera que abandonar muy pronto el gran sueño de su infancia: surcar los océanos en aquellos enormes templos construidos por el hombre que luego el mar lamía o a veces quebraba.

Como judío converso, su padre había pasado más tiempo en la cárcel que fuera de ella. Cada vez que Fabián hacía balance de aquellos difíciles años, siempre llegaba a la misma conclusión: los judíos compartían con los demás ciudadanos todos los deberes pero muy pocos derechos. Y fuera la causa o el efecto, en su casa siempre había escaseado el dinero.

Sin embargo, había aprendido una trascendente lección de su padre. Nunca lo había visto rendido ante las muchas arbitrariedades que por desgracia le persiguieron; muy al contrario, vio cómo las superaba una y otra vez. Y así, sirviéndose de ese ejemplo, se acostumbró a buscar solución a toda injusticia de la que tuviese conocimiento.

Movido por ese espíritu, intentó estudiar para justicia, pero pronto se dio cuenta de que no tenía ni suficiente dinero ni la limpieza de sangre que le era exigida.

Y un buen día, en el puerto, alguien le contó qué tipo de misión desempeñaban los guardas de la Saca y de las Cosas Vedadas, y la idea le sedujo. La institución tenía como objetivo combatir el lucrativo negocio de ciertos personajes sin escrúpulos que vivían de aprovecharse de los menos favorecidos. En realidad su trampa consistía en comerciar con artículos cuya venta estaba prohibida. Primero los compraban a bajos precios a sus productores, quienes no tenían donde caerse muertos, y después especulaban con ellos.

Pasados muchos años de todo aquello, las atarazanas le recibieron como a un viejo amigo haciéndole evocar tiempos pasados, sueños rotos y gratas sensaciones.

Estaba anocheciendo cuando el eco de sus pasos le devolvió a la realidad. Mientras esperaba a su hombre, recorrió las embarcaciones que había en construcción.

En otras ocasiones se fijaba más en los barcos, pero no lo hizo esta vez. La entrevista que iba a tener concentraba toda su atención. Si conseguía el testimonio de Tarsicio contra aquellos dos personajes de tan influyente perfil público, se apuntaría un éxito sin precedentes y prestigiaría una vez más a la Alcaldía de la Saca. Deseaba sacar a la luz un fraude que, además de lucrar a los de siempre, a esos dos poderosos hombres, seguramente comprometería también a ciertas autoridades. La relevancia de los sospechosos levantaría un escándalo descomunal, supondría su ascenso seguro, pero sobre todo le haría vivir con satisfacción su desempeño, cobrándose los excesos que ese tipo de gente había tenido con su padre. Siempre había creído que la justicia podía combatir los escudos que con dinero y títulos algunos utilizaban contra ella. Por eso, cada vez que escuchaba una sentencia condenatoria, su corazón se alegraba. Pero para alcanzar ese éxito, antes tenía que probar el delito. En el caso de la nao Fortuna, aunque de momento estaba satisfecho con sus pesquisas, era consciente de que la declaración del responsable del Pósito podía ser determinante.

—¡Acercaos! —alguien le habló en voz baja.

Fabián se volvió, pero no vio a nadie debido a la poca luz que había. Supuso que se trataba de Tarsicio.

—Por aquí —escuchó más cerca—. Andad con cuidado. Me hallaréis detrás de las cuadernas...

Fabián tropezó varias veces hasta que creyó distinguir la sombra de un hombre.

—Ah, me parece que ya os veo.

Cuando llegó hasta él no lo reconoció. Llevaba la cara tapada y una larga vara de madera en una mano. Sin tiempo de reaccionar, aparecieron cuatro embozados más desde las sombras, todos armados con palos y hierros, y se abalanzaron sobre él.

Los siguientes minutos no fueron fáciles para Fabián.

Vencida su primera resistencia, solo pudo protegerse la cabeza y confiar en que no tuvieran como encargo darle muerte, porque de ser así no iba a poder evitarla. Cuando se dio cuenta de su insalvable situación, se puso a rezar.

A cierta distancia, entre penumbras, una misteriosa figura lo observaba todo sin intervenir. Su ropa delataba que se trataba de un noble, pero como su rostro quedaba oculto bajo un sombrero de ala ancha, Fabián no pudo reconocer que se trataba de don Luis Espinosa.

Esos hombres sabían cómo hacer daño. No se detuvieron durante un buen rato. Fabián notó cómo se le quebraban las costillas, y luego los brazos, y cuando empezó a saborear el dulzor de su propia sangre, ya no sabía por dónde le venían los golpes. Mantenía el vientre tenso para contrarrestar las consecuencias de los mazazos o estocadas, pero cuando le empezaron a faltar las fuerzas se abandonó a lo que viniera.

Le dolía todo y más.

Sin embargo, cuando dejó de escuchar sus insultos y gruñidos, pues también ellos sintieron los efectos del cansancio, notó cómo su cuerpo se había quedado adormecido.

—Tenéis suerte —le susurró al oído uno de ellos—, porque el hombre que nos ha encargado este trabajo quiere que lo veáis tan solo como un primer aviso.

Fabián entreabrió un ojo, el que le quedaba medio sano, y vio al misterioso hombre hablando con otro de los sicarios. La orden que le trasladó no pudo escucharla, pero interpretó en qué había consistido al sentir con espantoso dolor la presión del pie sobre una de sus costillas rotas.

—Os recomienda que no volváis a hurgar en lo que no es de vuestra incumbencia. De lo contrario, estad seguro de que nos volveremos a ver, y llegado el caso, prometo arrancaros el corazón con mis propias manos.

La amenaza sonó a final, pero no fue así.

El hombre todavía le pegó una patada más en la cara antes de mandar a sus hombres que se fueran. La resistencia de Fabián había sido superada hacía un buen rato, pero ahora dejó de escuchar, y de ver; y hasta le faltó la respiración. Creyéndose a las puertas de la muerte, intentó recuperar una imagen, la de su padre momentos antes de morir, cuando le encargó que se dedicase en cuerpo y alma a erradicar la injusticia.

Pero aquello quedaba muy lejos, demasiado lejos.

Sintió frío, miedo, y pensó que ya no lo podría conseguir.

XIV

Aurelia nunca llevó a Yago a la iglesia para encontrarse con aquel sacerdote incapaz, aunque tomó otra decisión de mayor trascendencia que juró cumplir en todas sus consecuencias: encerraría al niño para siempre.

Como si se tratase de una inspiración divina, desde entonces supo que su encargo iba a consistir en combatir la sombra del mal allí donde había hecho más mella, en el alma de Yago.

En su atormentada existencia, entendió que el chico no había venido solo hasta ella, el maligno viajaba con él, y lo peor es que se había instalado en su casa y en su vida.

El demonio había nacido dentro de Yago, y le había nublado la conciencia.

Así lo veía ella, y actuó en consecuencia.

Por eso, durante dos años Yago no volvió a ver el sol.

Lo incomunicó en una antigua carbonera en desuso, bajo el almacén de vinos. Aquella sucia y húmeda estancia apenas ofrecía espacio suficiente para contener un camastro, un taburete donde sentarse y un abombado tablón apoyado sobre dos barriles que le servía de mesa. Como única forma de ventilación se abría una estrecha rendija entre el portón del techo y la boca de entrada, tan pequeña que apenas dejaba pasar un halo de luz, muchas veces insuficiente para saber si era de día o de noche.

La trampilla de madera solo se abría una vez al día, cuando Aurelia entraba para dejarle comida y agua, y cada dos semanas cuando entraba para lavarlo.

Yago había cumplido seis años y no conocía apenas a nadie.

Al principio pensó que aquello se trataba de un juego y hasta le pareció divertido. Vivir en una especie de cueva ofrecía ciertas ventajas; podía explorarla rincón a rincón memorizando cada uno de sus relieves, cada esquina. Además, allí dentro no lo reñía y tampoco le pegaba, y eso empezó a gustarle.

Sin entender demasiado bien en qué consistía aquello, y a pesar de que las novedades nunca le agradaban demasiado, se adaptó pronto a su suerte dados los escasos estímulos que allí dentro le podían alterar. Encontró una ventaja en el hecho de vivir con poca luz; le ayudaba a concentrarse mejor en sus juegos, como también en sus pensamientos.

Una buena parte del día la ocupaba en recoger piedras pequeñas, a las que ponía nombre. Cuando eran demasiado grandes las rompía, y solo cuando tenían el tamaño adecuado iba apilándolas con cuidado hasta que se le caían, y entonces volvía a empezar. También le divertía tirarlas lejos, sin saber dónde caían, para así, luego, poder buscarlas en el menor tiempo posible.

Se iba entreteniendo con esas y otras tareas, pero llegó un momento en que se le hicieron demasiado rutinarias. Las jornadas pasaban sin ver la luz del día, una tras otra, sin escuchar otros sonidos que los suyos, ni tan siquiera la voz de su tía.

Y Yago empezó a sentir miedo.

Su soledad dejó de ser divertida, el silencio se transformó en doloroso, y hasta llegó a hacérsele molesta tanta oscuridad.

Las horas, los días, las semanas se sucedían sin escuchar nada más que su respiración. La incomprensión de lo que le ocurría se convirtió en un hondo desasosiego. Su soledad era tan profunda que terminó gritando para hacerse compañía.

Él no era consciente, pero su cuerpo había empezado a acusar la falta de alimento. Padeció fuertes dolores de tripa, la delgadez se ensañó con él y los mareos se hicieron más frecuentes de lo normal. Y todo ello no tenía otro origen que el hambre.

Pasados algunos meses del inicio de aquel peculiar juego, Yago enfermó. Su vientre respondía cada vez peor a la miserable dieta que le preparaba su tía, y la falta de agua limpia y fresca desencadenó una copiosa diarrea que estuvo a punto de matarle.

No sabía hacer sus necesidades en el lugar adecuado, y dentro de aquel recinto las hacía donde le entraban ganas, en la mayoría de las ocasiones encima de la ropa. Aurelia lo reprendía severamente y solo lo limpiaba cuando el olor se hacía irrespirable. A veces permanecía sucio un día entero o hasta dos.

Durante el primer año Yago lloró y gritó tanto que a menudo se quedaba afónico para alegría de su tía.

A pesar del deterioro de su salud, de los problemas de pulmón o de estómago, y de que se le cayeran más dientes de la cuenta, demostró tener buenas condiciones físicas para lo que hubiera sido normal dadas las circunstancias.

Ajena al sufrimiento del niño, Aurelia recuperó la paz y el silencio que le procuraba vivir dos plantas más arriba, y además consiguió volver a dormir como acostumbraba cuando Yago todavía no había llegado a su vida.

Cuando se cumplió un año y medio de aislamiento, Yago paró de llorar.

En su caso no significaba dejar de sentir pánico, solo que se cansaba más debido a su creciente debilidad. Muchos días añoraba el escaso cariño que había recibido de su tía cuando era más pequeño. Necesitaba compañía, y aunque no sabía cómo expresarlo, le faltaban unos ojos que lo mirasen y una voz que escuchar. Le agradaba recordar esas sensaciones que por desgracia no había vuelto a sentir desde hacía mucho tiempo, sin entender por qué. Su único consuelo era guardarlas en su interior como el mejor recuerdo, su gran tesoro para los momentos de hundimiento.

A veces se sentía tan mal que se ponía a berrear sin descanso queriendo atraer a su tía hasta la trampilla, al menos para verla un momento y aunque recibiera sus riñas. Sin embargo, Aurelia interpretaba esos ataques de una forma diferente. Para ella no eran sino una respuesta del mismo diablo, seguramente decepcionado por la limitada capacidad de actuación que se le ofrecía al vivir encerrado en el cuerpo del niño.

Bajo su forma de ver, ella estaba muy segura de estar haciendo lo correcto. Y si en algún momento cuando entraba a verlo lo dudaba, siempre llegaba a la misma conclusión: sus vacilaciones tenían a un único responsable, el propio demonio. Su estrategia estaba clara; le hacía sentir piedad por el niño para conseguir aflojar su determinación y que diera por terminada la reclusión. Pero Aurelia se daba cuenta del engaño, y no respondía a los deseos del maligno, eso sí, en esos momentos rezaba una oración, una y otra vez, dirigiéndose a Yago:

—Sométete a Dios; resiste al diablo y huirá de ti. Acércate a Dios y Él se acercará a ti.

A veces Aurelia dedicaba un poco más de tiempo a estar con su sobrino, observándolo, y eso le gustaba mucho al chico. Ella no lo hacía por piedad, sino para comprobar su evolución, a la espera de verlo librado del mal. Confiaba en dejar de presenciar sus interminables ataques de rabia, en que llegaría un día en el que sus machacones movimientos le abandonarían de una vez y en el que sería capaz de aguantar la mirada, pero eso no sucedió nunca.

Por eso, al final se dio por vencida.

Yago cumplió los ocho años en completa soledad, en una inhumana cárcel, sin saber que fuera, los pocos seres que habían sabido de él ya ni preguntaban.

Aparte de su tía, nadie era consciente de su cruel destino, porque hacía más de un año ella se había encargado de propagar una mentira que todos creyeron. Contó que un buen día había aparecido su madre por sorpresa, y que se lo había llevado. Preparó tanto el engaño que nadie dudó de su palabra, tampoco cuando juraba desconocer desde entonces su paradero.

Llegó un momento en que para Yago no existía otra realidad que la de esas cuatro paredes de irregular contorno y poca salubridad. Todo lo demás se le olvidó.

Un día Aurelia tuvo un accidente en la bodega. La culpa fue de una cuba de doscientas libras que se desplomó desde sus soportes, rodó por encima de ella y la aplastó.

Ni gritó.

No tuvo tiempo.

Y aunque hubiera querido, la lengua se le hinchó tanto, y tan rápido, que la ahogó.

Yago no se enteró, pero el primer día después del accidente le faltó la comida, y también el segundo, lo que provocó un estremecedor ataque de ansiedad. No entendía nada, tenía hambre y nada podía hacer. Al tercero, colocó el taburete debajo de la trampilla y se subió, pero ni estirando los brazos pudo llegar a rozar la salida.

Gritó con todas sus ganas, lloró, llamó una y otra vez a su tía sin obtener ninguna respuesta. Desesperado y hambriento, decidió tumbarse en la cama y esperar; nada más podía hacer.

Sin embargo, durante el cuarto día, su vida cambió. Estaba concentrado en una larga serie de alaridos, cuando se abrió la trampilla y por ella se asomó un rostro desconocido. Se trataba de un hombre, quien a causa del apestoso olor se tapó corriendo la nariz, espantado por lo que veía.

—Pero cómo puede ser posible... —Descolgó una escalera que encontró al lado de la entrada, y una vez tocó el suelo, buscó a la pobre criatura.

El fuerte hedor lo impregnaba todo y era tan repugnante que hasta tuvo que contener una fuerte arcada.

—Por Dios bendito, pero ¿cómo ha podido esa bruja hacerte esto?

Pidió ayuda a su mujer y a una cuñada que andaban por arriba. Se acercó al chico con cuidado, para no asustarlo, pero Yago huyó despavorido hasta otra esquina chillando, como si se tratase de un animal.

En tan solo un suspiro las dos mujeres bajaron y se quedaron horrorizadas ante tanta crueldad. No podían creerse cómo estaba el pobre muchacho. Su rostro apenas era una mancha llena de costras, con mechones de pelo pegados, donde lo único limpio eran unos azulados ojos que el niño cerraba molesto por la luz que entraba desde el agujero. Los brazos y las piernas se habían convertido en simples tiras de piel pegadas a unos huesos, cuyos relieves se marcaban con todo detalle.

Acababan de encontrar muerta a la vinatera. Debía de llevar tres o cuatro días allí cuando sus vecinos se alarmaron al no ver abrir la tienda y sobre todo al notar un desagradable olor que no se correspondía con el propio de ese negocio.

—No tengas miedo de nosotros, pequeño. —Entre lágrimas de impotencia, una de las mujeres intentó acariciarlo, pero él la evitó.

A continuación el hombre probó a levantarlo, pero tan solo obtuvo de Yago un manotazo y un largo y furioso coro de gritos. Ninguno sabía qué hacer. El chico rechazaba toda posibilidad de acercamiento y para sacarlo de allí tenían que subir por una escalera. El asunto se ponía feo.

Mientras hablaban entre ellos, Yago los miraba con prevención, pero casi al instante dejó de dar importancia a su presencia y comenzó a jugar con unos huesos de ciruela que había ordenado en montoncitos en una de las esquinas.

Decidieron que no tenían más solución que emplear la fuerza para hacerse con él. Mientras el hombre envolvía a Yago entre sus brazos con todas su fuerzas, las mujeres le sujetaban las manos para que no lo arañara. Impresionados por su delgadez, fue llevado en volandas hasta las escaleras y con mucho cuidado lo subieron a la planta superior entre pataleos y bufidos. Una vez quedó sobre el suelo de la bodega, lo taparon con una manta y la mayor de las dos mujeres se santiguó varias veces, apiadada por la pobre criatura.

—¿Quién podía imaginarse lo que te ha estado haciendo esa mala mujer? Nos mintió diciendo que te había llevado tu madre. —Con ayuda de un pañuelo de algodón empezó a limpiarle la cara. Yago trataba de zafarse de unas manos que le mantenían inmovilizado, pero apenas le quedaban fuerzas, y además empezó a dolerle la espalda más de lo normal, tanto que perdió el conocimiento.

Pasados unos días, el matrimonio, vecino de la vinatería, y su cuñada consiguieron adecentar al chico y mejorar un poco sus escasas carnes, a pesar de la resistencia que en todo momento ponía a ser ayudado. Ninguno sabía cómo justificar los comportamientos extraños que empezaron a aparecer desde casi la primera noche. Podían ser debidos a su larga reclusión o tal vez fuesen de nacimiento, nadie lo podía asegurar. Porque, de hecho, el niño llevaba tantos años encerrado, y Aurelia lo había enseñado en tan pocas ocasiones, que ninguno recordaba cómo era en realidad. Al principio no les importó la conducta del muchacho, parecía más urgente devolverle primero la salud que enjuiciar la lógica de sus reacciones.

Pero cuando Yago alcanzó un estado físico más o menos razonable, entonces empezaron las discusiones. El matrimonio, dada su avanzada edad y la escasez de sus recursos, consideraba imposible la adopción, sin embargo, la cuñada le había tomado más cariño que ningún otro y deseaba hacerse cargo del pequeño. Estaba más tiempo con él que los demás, y le ayudaba en todo: a comer, a vestirse, a bañarse, y hasta velaba su sueño. Pero, muy a pesar suyo, terminaron convenciéndola de la inviabilidad de sus deseos cuando se fue haciendo evidente la incapacidad que tenían para contrarrestar la enorme fuerza que el chico poseía, o las dificultades que les suponía tener que llevarlo en brazos a comer cada vez que se negaba a ello. El muchacho era evidente que necesitaba ayuda, mucha paciencia y una especial atención, pero sobre todo cercanía, y ellos ya eran demasiado mayores. Tal vez podrían dársela durante un tiempo, pero luego no.

Muy a su pesar, aquel mismo día y de madrugada, en medio de una noche abierta de luna llena, tomaron al niño profundamente dormido, lo depositaron con cuidado sobre una carreta y lo taparon con varias mantas. Dejaron atrás Sanlúcar y se dirigieron a Jerez. Sin entrar en la ciudad, buscaron un camino hacia el sur que corría paralelo a un recodo del río Guadalete, a tan solo unas pocas millas de las murallas de la ciudad, donde se levantaba un templo con fama de acoger a ancianos y a huérfanos: una cartuja de nombre Santa María de la Defensión.

Y en el silencio de la noche, sin haberse despertado, Yago fue depositado frente a la puerta de entrada. El hombre que unas semanas antes le había salvado la vida se dio media vuelta lleno de pesar y aceleró el paso para no ser descubierto, pero no pudo evitar sus propios remordimientos y volvió la cabeza, tragó saliva, consciente del doloroso acto que estaba cometiendo. Supo que poco más podía hacer por él y lavó su conciencia con la seguridad de que los monjes lo cuidarían bien.

Pasado un rato, Yago abrió un ojo y sintió frío.

No le importó dónde estaba, solo buscó la manta que le cubría a medias y se tapó con ella hasta las orejas.

SEGUNDO ESCENARIO

Entornos de asombro

Cartuja Santa María de la Defensión
Año 1530

I

Ninguna mujer podía entrar en el interior del convento de la cartuja, aunque algunas acudían a escuchar misa a diario.

A la vera del enorme portón de entrada, la que antiguamente había sido ermita de la Virgen de la Defensión se había transformado ahora en una pequeña capilla que los monjes llamaban *de las mujeres*, donde los foráneos, casi siempre de condición femenina, recibían el auxilio de la palabra de Dios, la santa confesión y, en la medida de lo posible, consuelo.

Según contaban los mayores, en aquel emplazamiento la Virgen había ayudado a los defensores cristianos a vencer a los moros, cuando estos pretendían devolver aquellos dominios al islam después de haber sido reconquistados. En gratitud, años después, se había levantado un pequeño templo, integrado en su muro, que ahora resultaba ser el único contacto entre el recinto de clausura y el mundo exterior.

Ellas eran las esposas de los más ricos hacendados, bodegueros y nobles de la ciudad de Jerez. Venían a caballo o en hacaneas, carruajes o carretas, y los dejaban aparcados a la sombra del muro del monasterio, donde un abultado grupo de desheredados esperaban su llegada.

Tal vez por eso, la presencia de un chico nuevo sentado a las puertas de la cartuja, encogido sobre sí mismo y recluido entre sus piernas, a nadie llamó la atención.

Aquel día, eran media docena de devotas las que habían dejado sus palacios o cortijos para escuchar la primera misa. El tintineo de las monedas en las manos de los más pobres, el eco de sus agradecimientos o los relinchos de las bestias configuraban los únicos sonidos que por el momento acompañaban los andares de las damas, hasta que de pronto un suceso quebró la rutina de la mañana.

Yago abrió los ojos y miró a su alrededor.

Allí no había oscuras paredes de piedra, ni fría soledad, y tampoco sabía quién era toda aquella gente que veía a su alrededor. Tal vez, por ese motivo sintió una aguda inquietud y sus piernas empezaron a temblar al son de sus primeros aullidos. Todos los presentes lo miraron con curiosidad, pero el efecto que produjo en los caballos fue todavía más asombroso: uno a uno empezaron a relinchar hasta formar un sorprendente coro que enmudeció al chico. Se revolvían sobre sí mismos, agitaban la cabeza y tiraban de los cordajes como si quisieran soltarse para buscar su compañía.

Se le acercaron corriendo tres chiquillos envueltos en andrajos pero también hartos de curiosidad. Al verlos, las reacciones de Yago se dispararon y sus chillidos se hicieron más agudos. Sentía pánico ante tanta gente, le afectaba el ruido de sus voces, la cercanía de los chiquillos, sufrir las miradas de todos... Estaba aterrorizado.

Uno de los muchachos tiró de su camisola para provocarlo, mientras otro lo azuzaba con un palo como si se tratase de un animal, y el tercero hacía puntería en su cabeza con piedras demasiado grandes, entre risotadas y gritos. Sin embargo, Yago no huía de ellos, se refugiaba en sí mismo, escondiéndose de la realidad exterior. Parecía estar resignado al dolor, a la humillación, a todo.

Dos de las nobles mujeres que acudían a diario se miraron escandalizadas al observar la escena.

—¡Dejad al niño! —gritó una.

La otra, doña Laura Espinosa, corrió hacia el chico, espantada por la brecha que una piedra le acababa de abrir en la frente y de la que brotaba abundante sangre. Se agachó para protegerlo poco después de que hiciera blanco una más.

—¡Sois unos salvajes! ¡Marchaos de mi vista ahora mismo! —gritó enfurecida.

Yago se apartó al sentir el roce de una mano sobre su mejilla, lanzó un alarido y empezó a patalear con una furia desproporcionada. Apenas la había visto llegar de refilón, pero en sus faldas, en su piel y en su melena creyó ver a su tía y temió que le pegase.

Doña Laura, desconcertada, consiguió separarse a tiempo sin entender su reacción, y quiso imaginar que entre los allí presentes alguno lo conocería.

—¿Quiénes de vosotros sois sus padres?

Nadie respondió.

—¿Alguien sabe quién es este niño?

Como tampoco contestaron, miró a su amiga Lucía Dávalos sin saber qué hacer. Yago había dejado de chillar para alivio de todos, y se había refugiado una vez más en sus rodillas. La imagen que daba era la de un animal asustado y herido.

—Tenemos que contárselo al padre Andrés —concluyó doña Laura sin verle otra solución.

Aunque sonaron las campanas que señalaban el comienzo del sagrado oficio, quiso antes poner arreglo a la situación. Se fijó en dos mujeres jóvenes de rostro dulce, entre aquel auditorio de hambre y miseria, y le parecieron idóneas.

—¡Vosotras! Encargaos de cuidarlo hasta que salgamos. Recibiréis una buena compensación por ello.

Lucía Dávalos, a diferencia de su amiga, no estaba segura de conseguir la suficiente atención por parte del monje. Los cartujos cumplían con rigor su voto de silencio, y las únicas palabras que salían de su boca eran las oraciones de la misa. Aquel hombre nunca hablaba con los fieles y menos aún con mujeres. Lo comentó con su amiga.

—Se lo diremos durante la comunión; ese será el mejor momento.

—Doña Laura era más dispuesta que su amiga—. Pediré que lo recojan en su hospicio, y si no me hace caso, hablaré con mi marido, él posee más influencias.

* * *

La cartuja de la Defensión se había fundado cuarenta años antes por la donación de un rico jurado, don Álvaro Obertos de Valeto, que testamentó en aquella orden todos sus bienes después de conocer la obra caritativa que ejercían en su sede de Sevilla.

El mayor valor de su donación lo constituían sin lugar a dudas las tierras, entre ellas alguna de las mejores dehesas de la comarca de Jerez, numerosos viñedos y hermosos campos de centenarios olivares. Pocos años después, a esas primeras heredades se les sumaron otras procedentes de las familias más adineradas de la zona, haciendo ensanchar sus posesiones hasta convertir a la Orden Cartuja en la mayor propietaria de toda la región.

Entre aquellas enormes extensiones vecinas al río Guadalete, se había levantado un soberbio monasterio en cuyo peculiar claustro se plasmaba una vida ascética que hacía diferente a esa orden de las demás. Alrededor del mismo se abrían veintiocho celdas de dos plantas; la baja, con un taller manual, y la alta con el dormitorio. Pero además gozaban de un pequeño parterre privado, que podía servir de huerta o jardín, a gusto de sus inquilinos. Su función espiritual no era otra que ayudar al monje a vivir con asombro las maravillas de la creación divina, en una vida de oración y recogimiento.

Para obtener los recursos suficientes que permitieran una vida dedicada en exclusiva a la contemplación, embellecer el monasterio con las mejores piezas de arte y disponer de alimento para los numerosos pobres que vivían de su caridad, los monjes explotaban con habilidad los recursos agrícolas de que disponían. Al ser estos tan abundantes, conseguían vender una buena parte de sus producciones y de esas rentas obtenían los dineros necesarios para alcanzar todos sus objetivos.

Sus mayores ingresos procedían del trigo, pero no eran desdeñables los generados por las treinta aranzadas de viñedo o las cien de olivares. Además, disponían de un molino de aceite y tres hornos para fabricar tejas, también varias aceñas donde se molía el trigo dentro del propio cauce del Guadalete, prensas para uva, y abundante ganado que pastaba en sus dehesas; sobre todo vacas y ovejas.

Próximo al monasterio, y en la ribera del río, contaban con un embarcadero que llamaban *de la Corta*, por donde se descargaba cada semana el pescado transportado desde el Puerto de Santa María, en barcos que luego retornaban con cereal y otros productos.

Además, en dos de sus dehesas, las que llamaban *de Lomopardo* y *Humeruelos*, tenían caballerizas con algunos de los caballos que habían recibido por donación, en general de poca casta, pero bien alimentados gracias a la fertilidad de sus praderas, que el río mantenía casi siempre verdes.

Los monjes cartujos eran conscientes de su gran patrimonio, pero aquel no era su mayor orgullo. Lo que de verdad engrandecía su espíritu era poder ayudar a los muchos menesterosos que a diario acudían a sus puertas. A nadie le negaban el pan si venía con hambre, nunca se les preguntaba qué religión abrazaban, ni por qué habían caído en infortunio; tan solo se les daba una buena ración de alimento y en invierno unas horas de abrigo. Con esas premisas el número de pobres no hacía más que crecer y era raro el día que bajaban de doscientos.

En la isla de la Camacha, en una extensión no muy grande comprendida entre los ríos Guadalete y Salado, próxima al recinto del monasterio, habían levantado un hospicio donde se hacían cargo de una treintena de niños huérfanos o abandonados. Además de procurarles cobijo y comida, disponían de una escuela donde un maestro secular les enseñaba a escribir, leer y hacer cuentas para conseguir labrar en ellos no solo buenos cristianos, sino también hombres de futuro.

No sin dificultades, Yago fue llevado a aquella isla entre tres gañanes. A pesar de negarse a que le tocaran, consiguieron dejarlo dentro del hospicio, aunque llenos de arañazos y patadas.

Poco antes, el padre Andrés, coadjutor del monasterio, se había apiadado de él una vez terminada la misa, después de haber sido informado por la mujer de don Luis Espinosa.

El hospicio estaba lleno, no era muy grande, y su responsable torció el gesto cuando lo vio venir, más aún al dudar si se trataba de un niño o de una bestia salvaje. El coadjutor lo convenció para que hicieran un hueco al chico con la seguridad de que estaría poco tiempo, solo hasta que fuera reclamado por sus padres.

Yago se acurrucó en una esquina del despacho, y si le hablaban gruñía.

—Entiendo que el niño puede pareceros difícil, pero tal vez se explique su actitud por sentirse perdido. Como no habla, y tampoco parece tener demasiadas entendederas, lo más seguro es que no haya sabido volver con los suyos —insistió el padre Andrés—. Imaginad a sus padres, los pobres estarán agobiados con su desaparición. Ya veréis como antes de un par de días se lo habrán llevado.

Pero no fue así. Pasadas dos semanas, y a pesar de poner avisos por toda la ciudad de Jerez, nadie lo reclamó. Se difundió la noticia incluso por la populosa Alhóndiga, lugar de encuentro entre comerciantes y compradores, nobles y plebeyos, pero nadie sabía de él.

Don Fadrique Maroto, responsable del hospicio y profesor de los niños, no consiguió obtener ni una sola pista que explicase su historia ni su pasado. Pero a tenor de lo que fue viendo en él durante los primeros días, de su comportamiento con los demás o de sus rápidas mudanzas de carácter, dedujo que el chico había sufrido lo indecible o estaba completamente loco.

Desde el principio Yago rechazó cualquier compañía, lo que obligó al maestro a evitar el dormitorio donde descansaban los demás chicos. Pero todavía fue mucho más inquietante asistir a sus primeros ataques, casi convulsivos, que manifestaba con temblores en brazos y piernas durante una hora seguida, y que se repetían casi todos los días. Don Fadrique entendió al poco tiempo que aquellas conductas, fueran involuntarias o no, formaban parte de su patrón de comportamiento, como también la costumbre que tenía de gritar. Empezaba sin que apenas se le escuchara, pero luego iba aumentando el tono y la intensidad hasta llegar a hacerse insoportable, y cuando parecía imposible que subiese más la voz, se detenía en un corto silencio, y unos minutos después volvía a repetir la secuencia.

La primera noche tuvo que dejarlo en su propia habitación encerrado con llave. Fue la única manera de conseguir su silencio y un poco de paz para el resto de los niños.

Como profesor no había visto nada igual en su vida. Sintió pena por él en un primer momento, pero pasados algunos días empezó a enojarle todo lo que hacía, sobre todo al ver que no conseguía de él ni un solo avance.

A Yago le afectaban los ruidos por desconocidos, que le hablaran, los nuevos olores y también las voces de los niños, o sea, todo. Veía a aquel hombre como una amenaza, y estaba a la espera de que cualquier día empezara a pegarle como lo había hecho su tía cuando lo encontraba gritando. Sabía que no le convenía chillar, pero no podía hacer mucho para evitarlo. Se ponía muy nervioso, necesitaba relajarse, y de ese modo lo conseguía.

A Yago le gustaban más las noches que los días porque la oscuridad representaba su mundo conocido. Por eso, ante el asombro de su preceptor, cada vez que estaba cerca de una vela o de un candil, corría a apagarlo para quedarse a ciegas.

Pasados los primeros días, como sus miedos no cesaban y sus extraños comportamientos empezaron a ser motivo de risa por parte de los demás niños, buscó su soledad. Le agradó una habitación que don Fadrique le facilitó, harto de dejarle la suya, a pesar de estar llena de trastos viejos, pues allí nadie lo molestaba.

No tuvo suerte con aquel profesor, pero tampoco con sus compañeros.

Su presencia suponía más trastornos que ventajas. Yago era incapaz de fijar su atención sobre lo que se explicaba durante las clases. Sencillamente, le resultaba imposible seguir el hilo de una exposición, ni comprender a dónde conducía poner unos números encima de otros sobre un cuadrado de pizarra, trazar una raya y dibujar otros diferentes debajo. Los números no significaban nada para él y los conceptos matemáticos menos. Desde los primeros días sintió una creciente angustia, pues se veía perdido. Cuando se dirigían a él entraba en crisis y lo único que se le ocurría hacer era esconderse entre sus brazos huyendo de todo. Las letras y las palabras que se construían con ellas eran signos desconocidos que se veía incapaz de manejar. Solo cuando se dibujaba un objeto y a su lado se escribía el correspondiente nombre podía asociarlo y memorizarlo, pero para su desgracia eso no era lo común. Aunque le dieron tiempo para habituarse, Yago no lo conseguía. Se aturullaba al escuchar hablar con tanta rapidez y pronto desistió; solo sufría.

Sus desproporcionadas reacciones ante la menor turbación provocaban tal algarabía en el resto de los alumnos que don Fadrique decidió que no volviera a la escuela y optó por retenerlo casi todo el día en su alcoba.

Una vez más Yago conocía la reclusión, pero al menos allí no le pegaban.

Don Fadrique, algunos días, movido por los remordimientos de conciencia o tal vez por miedo a que los cartujos supieran dónde lo escondía, se lo llevaba a su despacho para tratar de conseguir algún tipo de reacción o mejoría. Su primer objetivo consistió en hacerle hablar, pero no tuvo demasiado éxito. Le preguntaba cosas sencillas, una y otra vez, pero de aquella boca solo salían gruñidos; ni siquiera su nombre. A pesar del tesón y la paciencia que ponía en ello, don Fadrique empezó a perder los nervios y a preguntarse si aquel monstruo sufría un mal de cabeza o tan solo pretendía amargarle la existencia. Se sintió a partir de entonces verdaderamente desesperado.

No podía dejarlo mucho tiempo con el resto de los chicos porque los revolucionaba. Se mofaban de él, le tiraban del pelo, incluso se inventaron un juego que consistía en contar el número de patadas que era capaz de resistir sin reaccionar. El día que más aguantó, antes de salir corriendo, fueron sesenta y dos.

Yago entendía lo que le decían y odiaba que le pegaran. Si no contestaba era porque no sabía cómo expresarse, tenía muchas dificultades para encontrar las palabras adecuadas y prefería callar.

Lo único que le gustaba, y mucho, era su habitación. A pesar de que dormía sobre el suelo, allí estaba solo. Un día pudo capturar un pequeño ratón que le supuso una gran fascinación. Le ató una pata a un cordel para que no escapara y se pasó las horas observándolo con detenimiento. Encontró otra diversión en coleccionar piedras de pequeño tamaño que fue recogiendo del suelo o del exterior del hospicio cuando le sacaban a pasear. Se las metía en los bolsillos y luego en su habitación las alineaba en varias filas, una y otra vez, sin cansarse.

Llegó un momento en que don Fadrique, vistos los problemas que causaba el niño, empezó a pensar en cómo se podía deshacer de él. Conseguir que acudiera a clase resultaba una tarea que rozaba lo imposible, y creyó que no se podía hacer mucho más por su educación, aunque lo había intentado incluso en privado. Al ser aquella la finali dad última que justificaba la existencia del propio hospicio, empezó a dudar de si el chico estaba en el lugar más adecuado. Era evidente que nada se adelantaba con él, y además solo daba trabajo, disgustos y complicaciones.

Una vez asumida esa realidad, pensó qué posibilidades tenía. Le tentó la idea de dejarlo abandonado en mitad de la campiña, lo más lejos posible y con los ojos vendados, para que no supiera volver. En su desesperación se le ocurrían otras soluciones, pero no reunió el suficiente valor para poner en práctica ninguna. Entró en una ocasión a su habitación decidido a probar una de aquellas fórmulas, pero al enfrentarse a sus ojos azules, tan limpios e inocentes, se quedó una vez más paralizado, lamentándose de su cobardía.

Un día vio al ratón cuando no estaba el chico delante y no dudó en matarlo asqueado. Yago se enfureció tanto al ver lo que había hecho que se lanzó a por él pegándole patadas en las espinillas, usando sus puños, mordiéndole por donde podía. Don Fadrique respondió al ataque y descargó toda la ira contenida de los casi seis meses que le había sufrido. Sin ningún reparo, ni cuidado alguno, le soltó un puñetazo en el mentón con tanta fuerza que Yago perdió el conocimiento.

Para el maestro aquello supuso un antes y un después.

Ideó un plan que nada ni nadie impediría.

II

El mesón del Cobre de Juan Vélez ofrecía la discreción necesaria para proteger las reuniones que mantenían todos los lunes por la noche aquellos dos hombres.

Una entrada trasera, bien vigilada, les permitía acceder a un recinto privado cercano a las cuadras, sin correr el riesgo de que alguien los reconociera o escuchara sus conversaciones.

Los nombres y los cargos que ambos poseían en la ciudad de Jerez significaban más que nada poder. Eran dos de los caballeros veinticuatros de la ciudad, regidores de los destinos, dineros y ordenanzas que regulaban la vida de la urbe. Pero, en su caso, a las tareas comunes de gobierno, añadían otras actividades que muchos tachaban de turbias. Cierto era que, gracias a ellas, conseguían objetivos que de otra forma jamás lograrían.

Los dos eran ambiciosos, fríos, con pocos escrúpulos cuando había dinero que ganar. A pesar de ser muy diferentes entre sí, su complicidad era absoluta, sus propósitos idénticos, y nunca se les había visto discutir, contradecirse, pero tampoco temblar cuando había que castigar la deslealtad de un subordinado.

—Lo he pensado bien y solo hay una solución; ese hombre ha de desaparecer… —concluyó Luis Espinosa antes de beberse de un trago la frasquita de vino que acababa de ponerle el mesonero, único autorizado a entrar en la habitación—. Va a ser la única manera de no perder ese mercado.

En aquel tándem, quien pensaba las estrategias e ideaba cómo solucionar los problemas solía ser él. Martín se encargaba del trabajo más operativo dada su determinación y su probada capacidad de dirigir a la gente.

—¿Cuándo tienes que viajar a Frisia?

Martín Dávalos le sabía capaz de los más retorcidos pensamientos, pero estaba lejos de imaginar cómo iba a actuar contra uno de los nobles más insignes de aquella región, el conde Stephan.

El mesonero pidió disculpas mientras ponía un plato de arroz con garbanzos y otro de panceta caliente a cada uno. El aroma que desprendían provocó un inmediato elogio para el cocinero. El hombre, halagado, dejó una cesta de un dorado pan blanco que acababa de hornear, rellenó las frascas con vino de su propia cosecha y los dejó solos. Don Luis contestó la pregunta de Martín.

—No será de inmediato, pero sé que su majestad necesita viajar a Haarlem antes de que el año termine para entrevistarse con el príncipe Nassau, jefe de nuestro traidor.

Desde hacía más de diez meses el conde al que se referían había dejado de pedirles caballos y Luis sabía que los compraba en Hungría. A pesar de que le habían mandado varios correos, los dos últimos bastante duros, en los que le hacían ver lo desacertado de la decisión tomada y sus posibles consecuencias, ni siquiera se había dignado a contestar. Ante el feo panorama, entendieron que si no ponían remedio y pronto, el caso de ese noble podría suponer un mal precedente con los demás clientes, sobre todo los más vecinos a Frisia, que también habían empezado a retrasar o rebajar sus pedidos.

Para solucionar el problema Luis ya había elegido a un candidato que podía sustituir a ese conde, desde luego más próximo a ellos, pero antes tenía que hacer necesaria su sucesión y convencer al Rey de las excelencias de su hombre.

—¿Has pensado cómo vas a silenciarlo? —Martín Dávalos prefería llevar a cabo ese tipo de acciones en persona, pero los asuntos de Flandes eran responsabilidad de Luis.

—Lo pensaré de camino. Aún falta tiempo.

—Te sugiero un nuevo descubrimiento que he hecho. —Sacó un pequeño estuche de un bolsillo de su casaca, y al abrirlo se esparció un fétido olor por la estancia.

—Cierra eso, maldita sea. ¿Pretendes matarme? —protestó Luis—. ¿Qué es?

—Cantarella. La he probado ya dos veces y puedo asegurarte que posee un efecto radical. Con un pellizco es suficiente. La llevo para resolver mañana mismo una traición que me han dado a conocer hoy; un sevillano que trabaja para nosotros en el muelle.

—Lo recordaré... Cantarella... —Luis chocó su frasca con la de Martín al haber sido rellenada—. Si todo sale como planeamos, la próxima primavera venderemos no menos de un centenar de caballos cada uno en esas tierras; una verdadera fortuna.

Don Luis era una pieza clave en aquel negocio de fronteras tan lejanas.

Su capitanía en la Guardia Real le facilitaba ciertas licencias. Entre el millar de caballos que formaban su destacamento, no le era difícil disimular un centenar o alguno más de los que ellos criaban. De esa manera, conseguía violar la prohibición de la Saca sin demasiados problemas, para luego distribuirlos por los diferentes estados una vez llegaban a manos de una eficaz red de agentes que había establecido para ello. Pero además, Luis había encontrado en su táctica una ventaja añadida. Cuando volvía de sus largos viajes lo hacía con otros animales, casi siempre frisones o flamencos. Ese tipo de razas gustaban mucho en Castilla y Navarra debido a su buena altura. Los empleaban para cruzar con los propios, de peor calidad, con objeto de conseguir mejoras en su talla y conformación. De ese modo le ganaba dinero a los que iban y a los que volvían, y además sin competencia.

Las vidas de aquellos dos veinticuatros tenían mucho en común desde que se habían conocido, pero poco en cuanto a sus orígenes.

Martín Dávalos tenía en sus venas sangre noble y era miembro de un ilustre linaje, pero sin dinero. Luis, por su parte, no podía sentirse orgulloso de la herencia paterna, dado que su padre solo había sido un comerciante de poca enjundia, eso sí, con una notable habilidad en el trato que le había procurado cierta comodidad económica, aunque nunca la suficiente como para ser considerado en la comunidad. Luis, que nunca había digerido demasiado bien la pobreza de sus apellidos, sin embargo, había aprendido de su padre dos importantes enseñanzas: la primera, que para ascender en la sociedad se tenía que tener la confianza de quienes tomaban las decisiones; y la segunda, que solo existía otro camino para lograrlo cuando no se disponía de apellidos ilustres: el matrimonio.

Respetando ambos principios, Luis Espinosa fue consiguiendo prometedores avances en su posición y presencia, dentro de la sociedad jerezana, cuando se casó con una de las hijas de su alta nobleza, una con suficiente sangre y patrimonio como para darle un buen empujón a sus propósitos.

Los dos veinticuatros se habían conocido poco después de estar casados, en una fiesta. Por entonces Luis buscaba con quien compartir sus primeros proyectos y pronto congeniaron, sobre todo cuando Martín confesó el penoso momento económico que vivía por entonces. Las deudas acumuladas sumaban más de cincuenta mil ducados.

Cuando Luis lo supo, de inmediato se ofreció a resolver sus problemas animándolo a participar en un tipo de comercio cuya oscuridad ofrecía una alta rentabilidad. Martín Dávalos tomó muy pronto interés en esos negocios dada la rapidez con la que saldó sus cuentas, y las alegrías y lujos que aquel dinero fácil le trajo. Gracias a tanta prosperidad, incluso pudo devolver a sus apellidos una parte del prestigio y notoriedad que habían perdido.

Aprendieron a ganar mucho dinero y a comprar voluntades.

Para obtener favores y silencios en determinados ambientes, bastaba con apelar a la codicia o a las bajas pasiones. Nadie se negaba. Las excepciones no existían. La realidad era que no se habían encontrado con ninguno que, por títulos, linajes o posiciones públicas, mirase hacia otro lado cuando se le tentaba.

Luis Espinosa era militar, adoraba la táctica, el estudio del escenario donde se libraría cada movimiento, y sobre todo el ataque por los flancos. Decía que la clave para ganar una batalla estaba en conocer mejor al enemigo que él a ti.

Martín Dávalos, sin embargo, tenía una forma de ser mucho más pragmática y decidida. Desde los inicios de la sociedad con Luis, Martín desarrolló una red de colaboradores que fue colocando en aquellos lugares donde se movía dinero. Su influencia empezó a alcanzar instituciones como la del Pósito, la Casa de Contratación de las Indias y un creciente número de alcaldías. En pocos años su gente controlaba una buena parte del comercio con Nueva España, Jamaica y la isla de Cuba, además de haber tomado la propiedad de alguna de las embarcaciones que realizaban aquellos trayectos. A Martín Dávalos le gustaba organizar, calcular las operaciones, pero todavía más vivirlas en persona cuando se preveían arriesgadas. Adoraba la acción.

Los resultados económicos del comercio de caballos con las Indias habían engordado las arcas de los dos hombres hasta convertirse en uno de sus mejores negocios, pero con el cereal todavía ganaban más. Cualquier movimiento en el Pósito les generaba una comisión, como también cada una de las embarcaciones que fondeaban en el puerto de Sanlúcar de Barrameda. Sus capitanes sabían que una décima parte del valor de su carga tenía que ser entregada a unos hombres que aparecían puntualmente a recordárselo nada más atracar. Era un pago necesario para no tener problemas con la contratación de las tripulaciones, evitar incendios que, sin saber cómo, se producían de vez en cuando en pleno puerto, o problemas de falta de género para cargar.

Las bodegas más importantes y los molinos de aceite tampoco se sustraían de pagar una parte de sus ingresos a unos esbirros que unos tachaban de locos y otros de animales, dadas las artes con las que se desempeñaban para dar más beneficio a Luis y a Martín.

—Por cierto, ¿sabemos algo de aquel guarda de la Saca que tanto nos importunó hará dos años? —don Luis hizo una larga pausa para atraerse la atención de su socio—, de el tal Fabián ese...

Martín sorbió un poco de vino y respondió.

—Tras la paliza que tú mismo presenciaste y después de haber conseguido su destierro de por vida en aquel pequeño puerto ballenero, creo que se llamaba Cudillero, no he vuelto a tener más noticias. Recordarás lo mucho que nos costó conseguir esa orden por parte de sus superiores dado el prestigio que tenía entre ellos. Tuvimos que invertir una buena cifra de ducados, pero bajo mi parecer fueron muy bien empleados porque al final nos deshicimos de él.

—Es cierto, no lo niego. Pero confieso que hubiera preferido la noticia de su muerte. Sabía demasiado sobre nuestros intereses.

Dávalos mojó un trozo de pan en la espesa y sabrosa salsa y recordó otro asunto.

—Ahora que hablas de nuestros intereses, hay algo más que debes saber...

—Tú dirás.

—Se trata de los cartujos... —apuntó Martín de forma seca. Los dos eran benefactores de la orden, y sus mujeres asiduas a sus misas—. He oído decir que quieren criar caballos selectos...

Espinosa pegó tal puñetazo en la mesa que hizo temblar el vino y los platos de barro. Sin conocer todavía el alcance de la noticia, expresó su fastidio. Aquella institución era poderosa y rica. Sabía de antemano que no sería fácil enfrentarse a ella, y que los problemas iban a ser importantes. No les gustaba la competencia, menos aún cuando se trataba de caballos, y los cartujos tenían fama de llevar a buen puerto cualquier iniciativa que emprendían.

—Poseen espacio suficiente para ello y las mejores praderas —siguió Martín Dávalos—. En la dehesa de Lomopardo cuentan con una caballeriza de cuarenta y cinco barras para alojar caballos y potros mayores. Y en la de Humeruelos, otra de parecido tamaño; y ahora las tienen casi vacías.

—Solo con esas podrían mantener a dos centenares de yeguas, sus caballos y potros correspondientes. Demasiados animales...

—Aún puede ser peor. Sé que andan preguntando por el molino del Salado, que dispone de una caballeriza anexa, y si lo comprasen, además de estar cerca de otra de sus mejores dehesas, la de la Catalana, tendrían pastos para criar hasta el doble de yeguas.

—¿Acaso no tienen suficiente con sus descomunales posesiones, trigos, vides, aceite y vacas? —Luis Espinosa empezó a pensar la manera de frenarlos para evitar la distorsión en los mercados equinos que ellos controlaban hasta el momento.

Al escuchar sus primeras propuestas en ese sentido, Martín Dávalos puso en consideración la incomodidad de enfrentarse a la Iglesia; nunca lo habían hecho.

—Lo sé, no es una buena enemiga. Pero hemos de tener en cuenta que los cartujos son demasiado eficaces en todo lo que tocan... No deberíamos desdeñar su empeño —apuntó Luis como conclusión.

Martín Dávalos se desabrochó dos botones de la casaca tras el exagerado almuerzo y adoptó una expresión pícara que le era bastante familiar a su socio.

—¿Tú sabías que tengo un sobrino novicio en la cartuja?

—No lo recordaba.

—Haré que se convierta en nuestros ojos y nuestros oídos. Luego, ya veremos...

III

Don Fadrique sudaba copiosamente en su décimo intento de subir a la carreta un gran saco, en cuyo interior había algo que no dejaba de moverse. Afianzó sus pies, resopló para concentrar todas sus energías en ello, y probó de nuevo, pero aquello se le escurría por todos los lados. Entre improperios y maldiciones cogió una piedra del suelo y, harto de no conseguir lo que quería, golpeó el saco con determinación, hasta que se escuchó una especie de aullido medio ahogado, y lo que fuera dejó de moverse.

—Amigo Fadrique, si le hiciera caso a mis oídos, diría que ahí lleváis a un perro, aunque por lo que os pesa, más bien parece una vaca. ¿Se puede saber qué es?

La voz procedía de uno de los monjes de la cartuja que al pasar cerca y escuchar el bramido, muerto de curiosidad, cambió de dirección y se le acercó. Al verlo venir, don Fadrique se sintió espantado. El religioso era un hombre alto y corpulento, brazos musculosos y mente rápida. Se conocían bien, pues se encargaba de cubrir las necesidades materiales del hospicio y en general de la cartuja.

—¿Os pasa algo? —Al recién llegado le extrañó tanto silencio.

—¡No, nada! —Carraspeó nervioso—. Se trata..., en efecto, se trata de un perro, uno que lleva un tiempo molestando a los chicos, y me da miedo que un día... —aprovechó esa ocurrencia poco convencido.

—¿Os ayudo a subirlo?

—¡No! —Don Fadrique intentó frenar sus intenciones interponiéndose entre ellos, pero fue demasiado tarde. El fraile, de nombre Camilo, había echado ya mano del saco y lo había levantado sin dificultad. El maestro palideció de golpe. Vio cómo tocaba su contenido, aterrado de que descubriera la verdad.

—¿Pero qué diantre lleváis aquí? —Por el tacto aquello no parecía un perro.

—Os lo puedo explicar…

Fray Camilo dejó el saco en el suelo y lo abrió deprisa. La sorpresa fue mayor cuando encontró dentro a un niño de pelo oscuro y rizado, encogido y con un fuerte chichón en la frente. Miró al hombre con gesto perplejo.

—¿Se puede saber qué ibais a hacer con este…? —de la impresión le faltó aire para terminar la frase—. Pero cómo se os ha podido ocurrir cometer tal barbaridad. ¡Esto es gravísimo! —balbuceó, impactado y a la espera de recibir alguna explicación.

—Si lo conocierais… —El hombre se frotó las manos muy nervioso—. ¡Es un ser insufrible! Creedme, no he podido aguantarlo más, me siento vencido.

Camilo lo escuchó sin entender qué estaba diciendo, todavía afectado por el increíble descubrimiento. Se suponía que el hospicio ofrecía hogar, cariño y comida a niños abandonados como ese, pero a la vista estaba que su responsable parecía estar decidido a hacer todo lo contrario.

El chico se despertó de su inconsciencia y lo primero que hizo fue lanzar un alarido que puso los pelos de punta a ambos.

—¡Tranquilo, muchacho! Nadie te hará daño. Todo ha pasado.

Al fraile le pareció que el niño había vivido ya demasiados tormentos como para tener que presenciar aquella conversación y determinó llevarlo al hospicio. Miró de soslayo a don Fadrique, conminándole a que lo aguardara allí sin moverse. En cuanto volviera, lo llevaría hasta el prior para hacerle saber lo que había pretendido hacer.

Don Fadrique se sintió tan acorralado que no lo esperó. Era consciente de su injustificable comportamiento a ojos de terceros, y de que su actuación supondría el fin de su trabajo en la escuela o algo peor. Si se quedaba, recibiría toda suerte de reprimendas y humillaciones, por lo que se dio media vuelta y salió corriendo como si lo persiguieran mil demonios. Ni se preocupó por sus pertenencias; una buena parte de su pasado y de su vida.

Volvió la vista atrás, tan solo un instante, y cuando su mirada se cruzó con la del fraile, que lo observaba impotente, sintió un gran alivio; gracias a su llegada no había cometido un bárbaro acto del que se hubiera arrepentido toda la vida.

Fray Camilo optó por dejarle huir.

Todavía no lograba digerir la gravedad del hecho que acababa de presenciar, y menos entender qué razones podían haber llevado a un hombre, culto y cabal como ese, a cometer algo así. Se lo preguntaba, sin dejar de observar las reacciones del chico. El pobre parecía estar como ido, lo que dadas las circunstancias no era de extrañar. Le ofreció su mano para acompañarlo al hospicio, pero el chico la rechazó; en realidad, estaba aterrorizado.

* * *

Fray Camilo había sentido la llamada de Dios desde muy joven.

Cordobés de nacimiento, las fértiles tierras de su campiña le habían visto crecer en una familia de doce hermanos, todos varones, caracterizada por una educación estricta, pocas contemplaciones y mucho trabajo en las fincas de su padre. Cuando no estaban con la sementera, se trillaba, y si no se vareaban los olivos, andaban recogiendo la corteza de los alcornoques o se daba de comer a los cerdos y a las vacas. Como el trabajo nunca faltaba, tampoco el sudor. Todos los hermanos colaboraban en las tareas, fueran mayores o pequeños, y Camilo lo hizo como uno más, hasta que supo que Dios le quería para Él.

Su padre había luchado junto a la reina Isabel de Castilla en la conquista de Granada, y a pesar de no haber tenido una actuación excesivamente heroica, se ganó sus favores por la astucia e inteligencia que en todo momento demostró. Negoció las rendiciones de algunas plazas anteriores a la última capital de Al Ándalus y participó en su conquista. Por ese motivo ganó título menor y una buena posesión al oeste de la ciudad de Córdoba, en la mismísima ribera del río Guadalquivir; lugar donde Camilo vivió su infancia, una infancia rápida.

A los once años, como quien recibe un suave soplo y sin apenas darse cuenta, barruntó que su vida iba a quedar ligada a Dios para siempre. En un primer momento tomó la decisión de ocultarlo, quizá porque a su corta edad nadie le tomaría en serio, porque tampoco sabía cómo tenía que responder a esa llamada, y no quería convertirse en el raro de los hermanos.

A los catorce vivió un hecho determinante que tuvo como principal responsable a la música. Sucedió en la catedral de Córdoba, durante una solemne ceremonia a la que había acudido en compañía de sus padres y al escuchar por primera vez las evoluciones de su magno órgano. Nunca hubiera imaginado cómo llegó a obrar aquel instrumento en él, pero las notas penetraron en su interior de una manera tan inusual como definitiva. Las sintió rebotar en cada rincón de su ser, haciéndolo vibrar como nada antes lo había conseguido. Conmovido hasta el extremo, aquel día sintió a Dios tomar posesión de su alma a través de las melodías que flotaban en el templo, y hasta se olvidó de respirar; se vio como desalojado de sí mismo y a la vez delante de las puertas que abrirían su futuro.

No supo si fueron los acordes los que le llevaron a Dios o sucedió al revés, pero en la penumbra de aquella iglesia, ahogado todavía por su descubrimiento y con la persistencia del mágico sonido en sus oídos, casi como una suave caricia, decidió entregarle su vida al Señor, y a la música.

Un año después, entre trigos y olivares, en una fresca y luminosa mañana y con la vista puesta sobre una verde dehesa, únicamente quebrada por el perfil de unas yeguas pastando, decidió que había llegado el momento de desvelar su secreto a los suyos.

Lo intentó explicar tal y como él lo sentía.

Les contó cómo había recibido aquella inspiración divina y de dónde surgía su certeza de que Dios le quería para Él, pero también la enorme influencia que había tenido la música en su alma y su visión. Pero nadie lo entendió y menos aún sus hermanos. Sin saberlo, al desvelar sus pensamientos, Camilo acababa de inaugurar el momento más difícil de su juventud, un tiempo lleno de incomprensiones y desprecio.

Los dos siguientes años supusieron para él un gran sufrimiento.

Su padre pensaba que el camino de la oración solo lo emprendía la gente cobarde, blanda; una forma de malgastar la vida a costa de los demás. Y sus hermanos, además de compartir la misma opinión, se mofaban de su afición musical considerándola otra inútil actividad.

Con el transcurso del tiempo las burlas se trasformaron en desprecios, y terminaron en una completa desaprobación. Cada vez que le veían estudiando una partitura o leyendo un libro de fe, le tachaban de vago y vividor, y si era descubierto en oración o recreando en su imaginación una pieza musical, lo tachaban de medio ido. No había gesto o palabra que no produjera en ellos su chanza, llegando a convertir su vida en una realidad insufrible.

Sin conocer qué planes concretos le reservaba su Señor, ni la orientación religiosa que debería tomar, cuando el dolor de los suyos se hizo demasiado insoportable, Camilo tomó la determinación de abandonar su casa y buscar un destino acorde con su llamada. Amargado por la actitud de su padre y la crueldad de sus hermanos, aún sin tener nada claro, se decidió por la vida conventual. Acababa de cumplir los diecisiete años.

Cuando se lo contó a su madre, como mujer devota y de profundas convicciones religiosas, la hizo feliz, bendijo su decisión y le animó a buscar la Orden Cartuja dado el prestigio que entre las demás reglas monásticas tenía.

A los dieciocho años Camilo fue aceptado como postulado en la cartuja de Sevilla y cumplió los diecinueve de novicio, entre el silencio de una celda y los interminables paseos por su claustro, que llamaban *de legos*.

La vida en aquellos cenobios se fundamentaba en la actividad contemplativa, persiguiendo un deliberado silencio mental que a la vez que agradaba a Dios engrandecía el espíritu del cartujo. En el parterre que acompañaba a cada celda se cultivaban verduras y hortalizas, y cada monje disponía de un taller y una mesa para la lectura, un pequeño almacén y una cama. A diario se comía en la celda y solo se reunía toda la comunidad durante los oficios religiosos, para la comida del domingo, y una vez a la semana para hablar durante una hora por el claustro, cuando quedaba dispensado el voto de silencio.

Para alcanzar el monacato, debido a la dureza de la regla, se vivía antes un largo profesado de cinco años. Al final del mismo, si los superiores consideraban que la vocación era sólida, el candidato se convertía en verdadero cartujo.

Camilo recorrió los peldaños de su escalera ascética creciendo en amor de Dios, pero con la permanente duda sobre si ese era el destino que su Señor tenía pensado para él. En la paz de su celda, donde todas sus posesiones consistían en un camastro de madera, cubierto con un saco de paja y dos mantas, una mesa con un par de libros, y un banco de alfarería; allí se fundieron la pobreza material más dura con la riqueza musical más maravillosa que pudiese imaginarse, en su caso transitando por su mente y bajo los compases de una intensa vida interior.

La completa ausencia de bienes que le atara a la tierra dejaba a su mente libre para volar alto, al son de las melodías que engarzaba sin ningún otro instrumento que su imaginación.

Cuando cumplió los veintiocho, diez años después de haber solicitado su ingreso, el prior de la cartuja de Sevilla le invitó a que acudiera a otra de menor antigüedad, la de la Defensión en Jerez, donde por aquel tiempo se necesitaba un padre procurador; aquel que tenía añadida, a su vida espiritual, la administración temporal del monasterio. El puesto requería acometer las compras necesarias para asegurar la manutención de los monjes, la venta de todos los bienes que sus haciendas producían, tanto de campos como de ganados, y sobre todo discutir bien los precios con unos y otros compradores para salvaguardar la salud económica del convento.

Sin ninguna queja por su parte, Camilo cambió de ciudad, de hermanos de oración y de actividad, de lo cual se alegró en cuanto descubrió las interesantes ventajas que su nuevo trabajo podía ofrecerle. El puesto de procurador le permitía abandonar la clausura de vez en cuando, recuperar sensaciones que le parecían olvidadas, como el sencillo hecho de observar y escuchar a la gente con la que se cruzaba, el bullicio de un mercado, los juegos infantiles; pero, sobre todas las cosas, lo que más feliz le hacía era poder ampliar su repertorio musical. En ese sentido no había iglesia que escapase de su interés, fuera en caminos o ciudades. En todas entraba y en todas buscaba su órgano, su organista o con suerte una coral ensayando cualquier obra sacra. Y cuando lo conseguía se extasiaba, tomaba asiento ensimismado y con los ojos cerrados absorbía cada acorde, cada tono de voz para luego recrearlo en su cabeza a la vuelta.

Pero entre idas y venidas, y a pesar de su sólido amor a Dios y la firme voluntad de serle fiel, sintió cómo fue creciendo dentro de él un amargo pensamiento que terminaba poniendo en duda todo lo que estaba haciendo de su vida.

* * *

—Camilo, necesito que vayas al embarcadero del río y compruebes si nos han traído buen pescado, porque llevamos tres remesas que… en fin…

La orden salió de boca de don Bruno de Ariza, su prior en Jerez.

Desde su llegada a la cartuja, don Bruno dirigía el cenobio con mano firme y pulso suave. Era un hombre santo y culto, de trato amable con los suyos, pero de carácter explosivo cuando se le pretendía engañar.

El trabajo de prior en una cartuja requería de su responsable una infinita paciencia, poseer una notable habilidad para el trato humano y sobre todo una sólida vida interior; capacidades que don Bruno reunía sin ningún género de dudas.

Entre sus múltiples tareas, como era recibir las visitas, llevar las cuentas al día o cuidar la salud espiritual de sus frailes, estaba la de supervisar la calidad de los alimentos que se compraban, y entre ellos la pesca; uno de los más importantes dado que no se comía nunca carne. Por eso, cuando aquella mañana había decidido pedir ayuda a Camilo, lo hizo por considerarlo su mano derecha, pero también porque sabía cómo acabarían las cosas si iba él, tal y como había pasado con dos anteriores proveedores.

Camilo, a sus treinta y un años, poseía tres cualidades que don Bruno valoraba: su inteligencia, una destacada capacidad de compasión y un inquebrantable espíritu de obediencia. Aunque para decirlo todo, y por buscarle algún defecto, a veces parecía demasiado obstinado.

Aquella mañana, en obediencia a su prior, Camilo dejó lo que tenía entre manos y se dirigió con presteza hacia el embarcadero del río Guadalete, próximo a las puertas del monasterio y por el sendero que los comunicaba.

Vio a cuatro hombres descargando el pescado, desde una embarcación de medio calado a una carreta de mano, donde sería transportado después hasta el claustrillo del cobre, dentro del recinto monacal. Allí se lavaría para comer, o se salaría para su almacenado. El pescado constituía un alimento esencial en la dieta de los cartujos, como complemento a los vegetales y frutas, tanto aquellos que la huerta producía como los que venían de sus campos, y en sustitución de la carne, que estaba prohibida en su regla.

Cuando las primeras tablas de madera crujieron bajo el peso de Camilo, llamó su atención la presencia de cinco niños merodeando por la embarcación sin que parecieran tener una tarea clara.

Preguntó a uno de los encargados por ellos.

—A veces pedimos ayuda en el hospicio, cuando la carga es demasiado abundante como es el caso de hoy, nos envían a unos cuantos chicos. —Los señaló con cierto desdén—. Pero si os soy sincero, para lo poco que ayudan, no sé si sería mejor que se quedasen en su escuela...

Fray Camilo observó a dos de los muchachos. Calculó que tendrían en torno a los diez años. Vio que ataban un cordaje de red a la cola de un gato, sin la menor piedad. El resto observaban embobados la pesca mientras uno intentaba coger en el aire unos sábalos que de vez en cuando saltaban en busca de agua o de vida. La carne de aquellos peces era de mejor sabor que la sardina y además estaba más prieta.

El monje centró la atención en su encargo y estudió con detenimiento la carga que traían. Identificó entre todas las cajas dos de corvinas, una de atún y otra con mero; el resto eran sardinas. Estudió el brillo de sus escamas y de sus ojos, olfateó a su alrededor, y en cuanto estuvo seguro buscó al responsable de la embarcación para pedirle explicaciones. Pero se le interpuso la imagen de un joven escondido entre dos montones de redes, dentro del barco, cobijado entre ellas. Apenas se le distinguía bien. Fue a preguntar quién era, pero en ese momento lo saludó el patrón de la chalupa.

—¿Me buscabais?

Los pequeños ojos del hombre no podían disimular su vergüenza; sabía que la mercancía que había traído no tenía la calidad acostumbrada.

Fray Camilo recogió un atún mediano y de inmediato recibió un desagradable golpe de olor. Señaló su ojo seco y a continuación buscó entre los meros alguno que tuviera mejor aspecto, sin conseguirlo. Lo hizo también con las corvinas, pero su estado aún era peor. Al empujar con enfado una de las cajas, su contenido se desparramó por el suelo.

—Creedme, lo que veis fue pescado ayer mismo, en la bahía. Y además, con redes de jábega… —Los argumentos del patrón no tenían ninguna solidez.

—No pensaréis que me lo voy a creer... —Camilo frunció el ceño—. Cuando habéis traído pescado de arrastre en costa, con esas redes que decís, su calidad es muy superior. Será porque sufre menos que el que capturáis en alta mar, no lo sé. La mercancía que hoy nos traéis es sin duda la peor que recuerde. Os la vais a llevar de vuelta y espero que nos sorprendáis con mejor género antes del mediodía de mañana.

—Claro, hermano, claro.

—A nuestra casa viene a diario gente muy humilde, pero no se merecen esta basura. Ah, y confío en que sea la última vez.

El patrón mandó a sus hombres que recogieran el pescado de inmediato e hizo venir a los chicos para que los ayudaran. De los cinco acudieron sin rechistar cuatro, porque el que había estado medio escondido entre las redes no hizo caso alguno. Fray Camilo se dio media vuelta con intención de regresar al monasterio, donde le esperaban otros muchos trabajos. Con las prisas no escuchó los insultos que los muchachos dirigieron al menos solidario, ni tampoco vio a uno de los hombres yendo en su busca.

—Maldito holgazán… —El chico fue sacado de su escondite y arrastrado sin demasiadas contemplaciones hasta donde estaban los demás. Sus persistentes chillidos terminaron atrayendo la atención de Camilo, que se volvió a mirar. En un primer momento el muchacho le resultó familiar, pero no supo por qué, hasta que cayó en la cuenta de que se trataba del mismo que había rescatado de manos del anterior responsable del hospicio.

—¡Aquí nadie se libra de trabajar! —le gritó el hombre asiéndole por el cuello—. ¿Lo entiendes?

Yago, sin responderle, corrió a por una de las pesadas cajas de pescado, la levantó resoplando y se dirigió hacia la embarcación. Arrastraba los pies de forma torpe y sin mirar al frente, absorto en su caminar, hasta que una zancadilla de uno de sus compañeros le hizo caer al suelo, y con él todo el pescado. Entre un coro de risas lo recogió sin rechistar, tomó aire y alzó de nuevo la caja para llevarla a su destino. Con la cabeza ligeramente torcida y mirando desde un ángulo de sus ojos, ahora iba como musitando.

A sus jóvenes compañeros no les debió de parecer suficiente la travesura anterior, porque uno de ellos eligió un atún de buen tamaño y le propuso una idea al que tenía a su derecha.

—¿Tú crees que lo haría otra vez? —Le guiñó un ojo lleno de complicidad, y justo cuando Yago pasaba a su lado, le plantó el pescado enfrente de sus narices.

—Escúúúchalo... Te está hablaaaandoooo… ¿No ves cómo te pide ayuda...? —Se contuvo la risa a la espera de que Yago actuara tal y como había hecho en otras ocasiones, con gatos y ratones—. Este pez te quiere mucho y necesita que lo ayudes. ¡Anda, ve a por él!

El pescado salió volando hacia el río ante la mirada de espanto de Yago, quien tembló indeciso unos instantes antes de ponerse a correr por el embarcadero. Sin dudarlo, se lanzó al agua tras él ante las risotadas de sus compañeros. Una vez más había reaccionado creyéndose todo lo que le decían los chicos, y las aguas del Guadalete lo recibieron sin tener en cuenta que no sabía nadar.

Fray Camilo lo presenció todo indignado.

Los niños, en su cruel jolgorio de gritos y risas, no entendían la gravedad de la situación, porque Yago acababa de desaparecer bajo las aguas entre violentos manotazos de desesperación.

El fraile se tiró al río con hábito y sandalias, tomó aire, y sin perder un segundo se sumergió para localizar al chico. Dada la turbidez de las aguas, estiró los brazos en todas las direcciones sin ver nada. Después de aguantar la respiración hasta el límite de su capacidad salió, hinchó sus pulmones y de nuevo se hundió buscando el fondo. Fue entonces cuando le pareció ver una figura borrosa, y se dirigió hacia ella. Una fina estela de burbujas confirmó que se trataba de él. Tiró de su camisola, lo sujetó por el pecho y se impulsó hacia la superficie con todas sus fuerzas.

Cuando emergieron le ofrecieron una larga vara de madera para que se agarrara. Entre dos hombres tiraron de ella con decisión hasta acercarles al embarcadero. Yago fue alzado sin dificultad, pero no sucedió lo mismo con el fraile dada su gran envergadura.

El chico parecía no respirar.

Fray Camilo, empapado, lo zarandeó con energía. Pero al no obtener respuesta alguna, le abrió la boca y sopló con decisión para inflar sus pulmones. Lo hizo una y otra vez sin desfallecer, hasta que de pronto el niño tosió, escupió un chorro de agua verdosa y abrió los ojos. Fue entonces cuando vio frente a él a un hombre corpulento, de mejillas coloradas y con una fina tira de pelo que le rodeaba la cabeza. Lo reconoció. Su mirada parecía desprender halos de luz.

Aquella era la segunda vez que le salvaba la vida.

El chico se supo incapaz de comprender el significado de su sonrisa o de captar las sensaciones que trataban de transmitir sus cordiales ojos, pues no podía distinguir casi ninguna emoción en los rostros de las personas. Sin embargo, fijó sus ojos azules sobre los del monje, abrió la boca y balbuceó algo que no se entendió.

—Tranquilo, chico, no te esfuerces. —Le atusó la cabeza—. Por un poco no lo cuentas, ¿verdad?

El niño no respondió.

—Apenas habla nunca —comentó uno de los chicos.

—Es medio tonto —añadió otro con la espontaneidad propia de su edad.

—¿Cómo te llamas, muchacho?

Yago quiso responder, pero no supo cómo hacerlo.

—Se llama Yago —contestaron dos a la vez.

IV

Yago caminó agarrado al hábito de fray Camilo desde el embarcadero hasta la cocina del hospicio, en la isla de la Camacha. Solo allí decidió centrar su interés en una torta de garbanzos recién horneada que le dejó ensimismado y sentado a la mesa.

Camilo buscó el despacho de quien era el nuevo responsable de la escuela después de la salida forzada de don Fadrique. Don Guzmán de Usurbe, que así se llamaba, le contó que en los cuatro meses que llevaba trabajando en la institución no había conseguido ningún avance con el chico.

—En las clases está siempre ausente, no sabe escribir, no atiende cuando se le llama, y me ha costado una barbaridad conseguir que deje de chillar o patalear cuando le hablo. Es desesperante…

A la suma de esos comportamientos había que añadir, según palabras de don Guzmán, las dificultades para hablar, para controlar sus ataques de ira y en general las muchas barreras que presentaba la convivencia con él.

—¿Qué creéis que le ocurre? —Camilo no había sabido nada de él desde la lamentable escena del saco.

—Lo he observado mucho, creedme. Lo que tiene es difícil de describir y más aún de entender. Decir que es diferente es poco, y que sus reacciones son impredecibles también. Por eso, si tuviera que resumir en pocas palabras su comportamiento, diría que Yago vive en otro mundo, ajeno al nuestro, como en un lugar cerrado del que le cuesta salir.

Fray Camilo reflexionó en voz alta.

—Mientras veníamos andando, se han cruzado nuestras miradas en dos ocasiones, y he visto en la profundidad de sus ojos una honda y larga pena, como una acuciante necesidad de auxilio. Por eso entiendo lo que decís, también a mí me resulta difícil explicar qué sensaciones he tenido. Su llamada no necesitaba palabras, lo hizo a través de gestos sutiles, de suspiros envueltos en silencios, como si hubiese encerrado sus emociones bajo siete llaves.

—Pues será la primera vez que alguien descubre sus sentimientos… —Pausó su siguiente frase—: En confianza, no sé qué puedo hacer por él. Hay días que parece comportarse más como un animal que como una persona, y perdonadme si os parezco demasiado brutal en mis juicios, pues os prometo que lo he intentado todo. —Su expresión reflejaba un alto grado de desesperación.

—¿Qué sabéis de su familia?

—Nada, lo desconocemos todo. Es como si no tuviese pasado. Pero es que tampoco he encontrado qué puede atraer su atención para orientar su futuro. A medida que pasa el tiempo, me voy convenciendo más y más de su inutilidad. Por eso no sé qué hacer con él, os soy sincero… Muchos días dudo si no sería mejor echarlo del hospicio y dejar libre su plaza para otro que la ocupe con más provecho.

—Comprendo que debe de ser muy difícil tener un alumno así, al que nunca ves mejorar. Pero antes de tomar una decisión tan definitiva como la que me acabáis de exponer, me gustaría ayudaros. Reconozco que el chico ha despertado mi compasión y…

El maestro lo interrumpió recordando nuevos detalles sobre la realidad de Yago en la escuela:

—Los demás niños se ríen de él constantemente, pero como no

tiene maldad alguna, se lo cree todo. Les hace caso sin percatarse de sus engaños. No pone voluntad en ganarse su amistad, y supongo que tampoco sabe por qué lo humillan, ni distingue cuando se mofan de él o a qué se debe que le den de lado. Mi impresión es que vive tan aislado, que lo que sucede a su alrededor no le importa demasiado. Es un ser muy difícil, creedme, mucho…

La incomprensión que Yago padecía consiguió que Camilo evocara su propia infancia. También él había sido un ser diferente para sus hermanos, para sus padres y para todos. Su vida interior, compleja y extrema, nunca se había ajustado a los deseos de su familia, y por tanto a lo que se esperaba de él. Según su mentalidad, un varón solo podía ser caballero, ir a la guerra, estudiar un oficio si carecía de ardor guerrero, o cultivar la tierra en el caso de que faltaran las capacidades intelectuales. No entraba en sus cabezas que un hombre también podía rezar, vivir en clausura, entre laudes, maitines y partituras. Hasta sus meditaciones, mientras paseaba por las verdes dehesas como ejercicio de una incipiente ascesis, eran vistas por los suyos como muestras de un extraño carácter.

Entre unos y otros recuerdos revivió uno especialmente duro. Estaba sacando agua del pozo que poseía la casa, cuando lo rodearon sus hermanos con intención de tirarle adentro, para que su Señor lo sacara de él, según dijeron entre risas. Sin que llegasen a cumplir sus amenazas, le hicieron llorar, circunstancia jocosa que aprovecharon para despreciar su debilidad y tildarlo de sor Camilo, apelativo que para su pesar tuvo que arrastrar durante demasiados años.

Por muchos motivos, conocía mejor que nadie el sabor de la frustración.

La realidad de aquel chico y sus problemas desataron en Camilo un profundo sentimiento de piedad. Le veía tan abandonado como lo había estado él, sin alguien a su lado que entendiera lo que sentía, rodeado por gente que se mofaba.

Por eso, decidió hacer algo.

Mientras explicaba a don Guzmán lo que había sucedido en el embarcadero, instándolo a que impusiera un severo castigo a los dos chicos que a punto estuvieron de provocar que se ahogara, se estrujaba la cabeza viendo cómo podía ayudar al muchacho desde su situación de clausura.

—Contad con ello. Tomaré medidas —respondió el maestro.

El recuerdo del dramático escenario consiguió despertar en Camilo una idea que atraería a Yago al convento. Las dependencias donde se faenaba el pescado se encontraban en su interior, y las tareas de limpieza y salazón no requerían demasiada destreza. Si el prior lo aprobaba, podría estar más pendiente del chico sin necesidad de romper la clausura.

Preguntó a don Guzmán si la opción le parecía viable; Yago desempeñaría un trabajo unas horas al día sin tener que abandonar las actividades de la escuela.

—¡Me entusiasma la idea! —reaccionó sin recato, incapaz de disimular el alivio de tener a Yago unas horas fuera de su vista—. ¿Y no sería mejor para él que se quedase allí todo el tiempo? Sabéis que se adapta mal a cualquier cambio. No sé, tanta ida y venida...

Camilo imaginó sus intenciones.

—De momento mandádmelo la semana que viene con la llegada de la chalupa de pescado. Luego ya veremos.

Antes de salir del hospicio, quiso ver al chico.

Lo encontró donde lo había dejado, absorto en el plato ahora vacío. Calculó que tendría diez años. No se movía. Su pelo oscuro y rizado le caía por la frente y le tapaba los ojos, aunque no tanto como para distraer su atención o convertirse en una molestia.

De pronto, movió un dedo y empezó a golpear con la uña el borde del plato de forma repetitiva. El monje se agachó para hacerse ver, y le habló despacio.

—Yàgo, me llamo Camilo. Me gustaría ayudarte si me dejas…

El chico se detuvo al escuchar sus palabras. No levantó la vista del plato, guardó silencio, y de repente dirigió su dedo hacia la mano del fraile, apoyada sobre la mesa. Para su sorpresa, empezó a repetir la misma acción que antes hacía sobre el plato, pero ahora en su mano.

Fray Camilo sonrió y la dejó quieta un buen rato.

—Yago, creo que hemos empezado a ser amigos.

V

Fabián había perdido su condición de guarda de la Saca, se encontraba en el puerto de Cudillero, demasiado lejos de su antigua jurisdicción, y no conseguía encajar su nueva situación.

No comprendía qué poderosas influencias habrían tenido sus enemigos para conseguir su destierro de por vida, pero en su planes no entraba quedarse allí para siempre. Le había costado más de cuatro meses recuperarse de la brutal paliza sufrida en las atarazanas del puerto de Sanlúcar y algo más de dos inviernos hasta ver recuperado su estado físico anterior. Pasado ese tiempo, apenas podía recordar los hechos, tan solo supo que un buen día había aparecido en aquel pequeño puerto ballenero del Cantábrico, poco menos que muerto, en una carreta que transportaba aceitunas, inconsciente, la carne macerada a moratones y con una orden de destierro en su bolsillo.

La ventaja de un colchón blando, las muchas y sabrosas sopas de pescado que pudo tomar poco después de su llegada, y sobre todo la generosidad de una santa mujer, hicieron que se restableciera poco a poco. De la responsable de su acogida, esposa del cofrade mayor del puerto, solo podía decir que se asemejaba a un ángel. Fue su marido Hugo quien lo encontró, medio moribundo, cerca del muelle y quien lo llevó a su casa, pero ambos se propusieron sanarlo. Así de generosa era la gente del mar, y así de grande el corazón de sus mujeres.

Cuando se cumplió el segundo mes y su rostro recuperó un cierto tono de salud, la bondad de aquel matrimonio empezó a pesarle como una losa. Se sentía incómodo al tener que vivir de su dinero y obligado a devolver lo mucho que habían hecho por él, pero todavía tardó un año en poder caminar con normalidad y casi otro más en fortalecer lo suficiente su cuerpo para poder acometer un trabajo. En cuanto eso sucedió quiso devolverles el favor dejando de su paga una buena parte.

Aprendió el oficio de atalayero; una tarea solitaria pero hermosa. En aquellos mares del norte, fríos y bravos, abundaban las ballenas, y su tarea consistía en otear el mar desde un acantilado de la costa para localizarlas. Si lo hacía, avisaba al puerto para que salieran las chalupas a su captura, y les daba la posición aproximada del animal con el uso de dos tipos de fuegos. Si estaban al Oeste quemaba hierba verde que generaba un humo negro, y si, por el contrario, las veía por el Este, hacía arder hierba seca que producía un humo blanquecino. De noche también encendía hogueras, pero solo para orientar a las embarcaciones que faenaban frente a la costa.

Durante las largas esperas, acurrucado entre mantas para protegerse del recio viento del norte, estudiaba el perfil de las olas para detectar la menor sombra de movimiento que supusiera la presencia de uno de aquellos enormes seres, pero sobre todo pensaba.

Pensaba en la injusticia de su derrota, en su estupidez al no haberse dado cuenta de que había murallas imposibles de derribar con sus métodos convencionales. Se percató de que quienes habían provocado su infortunio poseían un bien inmaterial pero imbatible: el poder. Frente a esa realidad no era suficiente contar con sólidas certezas, una investigación rigurosa o una buena pista. Para conseguir que la justicia prevaleciera, era necesario emplear un recurso diferente, más potente que los anteriores: la inteligencia. La misma que había visto a su padre aplicar para salir adelante tantas y tantas veces.

Con la mirada puesta en un cielo estrellado y abierto se prometió que un día, quienes lo habían apaleado, desterrado y humillado pagarían por ello.

Las muchas noches en vela que pasó en aquel acantilado le hicieron bien a su alma a medida que fueron pasando los inviernos.

Cobraba poco, pero a cambio tenía la oportunidad de aprovechar esas soledades para imaginar cómo sería su futuro, serenar su ira y sobre todo preparar su venganza.

Cuando por obra de uno de sus avisos se conseguía una buena ballena, le regalaban un cuarto de su lengua. Esa carne, preciadísima, contribuía a aumentar sus dineros de forma notable. Los guardaba en una caja donde también estaban sus esperanzas para retornar un día a Sanlúcar y hacer frente a quienes se la habían jurado.

Un día, cuando estaba entrando en el puerto tras haberse capturado un enorme ejemplar, se encontró con su buen samaritano Hugo. Hacía tiempo que no hablaban.

—Mi querido amigo Fabián... Si mis cuentan no están erradas, llevas casi cuatro años trabajando como atalayero y seis por estas tierras. Te has labrado una buena reputación y la gente te aprecia, lo cual me satisface. Pero además, he de confesar que gracias a tus avistamientos la suerte de este puerto ha mejorado, y mucho. Ni que decir tiene que esta última captura quizá haya sido una de las mejores que haya visto Cudillero.

Hugo, como máximo responsable de la cofradía y su actual jefe, confiaba en él, ejercía de confidente de sus planes y compartía largas conversaciones sobre sus vidas.

—Cuando pude ver el grandioso resoplido rompiendo sobre la superficie de las olas —empezó a explicar Fabián—, al pasar a menos de media legua de la costa, me pareció que podía ser la mayor que he avistado hasta ahora. El débil reflejo de la luna no me permitió verla mejor, pero me pareció que iba en compañía de otra de menor tamaño. Pensé que se trataba de una hembra con su macho más pequeño. Llevaba viéndolas varias noches, pero nunca tan cerca como ayer.

Se dirigieron hacia la enorme masa que estaba siendo faenada en la lonja del puerto. Entre una veintena de hombres la despedazaban con febril actividad a tenor de la cantidad de carretillas que se iban llenando de grasa, carne y otros restos.

Una captura tan buena como aquella se celebraba de forma especial en el pueblo, hacía prosperar a buena parte de sus habitantes, pero también a él. Acarició la bolsa donde llevaba la paga extra que acababa de recibir y vio más cercana su vuelta a Jerez.

—Recuerdo que un día me hablaste de un comerciante de tejidos que hacía escala en este puerto antes de alcanzar su destino final en Cádiz. ¿Sabes cuándo lo volverá a hacer? —Fabián ayudó a Hugo a separar la gruesa piel de la ballena con objeto de desecar una capa de grasa de no menos de un palmo.

—No recuerdo bien cuándo estuvo por última vez, pero suele repetir cada año o año y medio. —Hugo detuvo su cuchillo y lo miró con un gesto interrogativo—. ¿Acaso ha llegado tu hora?

—No, todavía es demasiado pronto. Para volver necesitaría ahorrar diez mil maravedíes más, y como bien sabes, al ritmo de lo que ahora gano, he de esperar todavía dos años.

Hugo pensó con rapidez y le propuso una idea. Consciente de lo importante que era para Fabián recuperar su dignidad, se le ocurrió un trabajo adicional al que hasta ahora tenía y que a nadie le gustaba hacer: limpiar el fondo del puerto de los restos de redes rotas y de otros objetos que quedaban prendidos entre las rocas o flotando, entorpeciendo la navegación al enredarse en los bajos de los barcos.

—Son muchas horas buceando en aguas frescas, pero la cofradía te lo sabrá pagar bien. Si te interesa, dímelo. Con una buena capa de sebo sobre la piel se puede vencer el frío y aguantar mucho tiempo en el agua.

—¡Cuenta conmigo!

Fabián estrechó su mano y lo abrazó agradecido. Aquel hombre, sin saberlo, acababa de acelerar la cuenta atrás de su venganza.

VI

A duelo, las ofensas se dirimían de una sola vez.

El conde Stephan necesitaba vengar el dolor que le había producido aquel soldado, por muy capitán que fuera de la Guardia Real, y esperaba de espaldas a él la señal del padrino.

—Señores, esta es la última oportunidad antes de empezar. ¿Alguno quiere no seguir, o pedir disculpas?

Luis Espinosa, espada en mano, la levantó al cielo y contestó que no.

—Para vengar a mi esposa, elijo seguir... —habló el conde.

—¿Y cómo queréis que sea; a primera sangre, a herida severa o a muerte? —intervino el padrino, siguiendo las estrictas reglas de aquella norma de caballeros.

—¡A muerte! —respondieron los dos.

A la sombra de una torre defensiva de la ciudad de Leeuwarden, en una explanada vecina al río, la lluvia empezó a caer con fuerza empapándolo todo en pocos segundos. Hacía frío y Luis Espinosa sentía sobre su cuerpo los efectos de un clima al que estaba poco acostumbrado. Se frotó las manos para entrar en calor y estiró los pliegues de la casaca con cierta coquetería.

Combatir con el conde no le preocupaba en exceso.

A todas luces no estaba demasiado ágil, después de haber pasado la noche en vela se le veía agotado, y además eran pocos los que habían sobrevivido a su espada. Le inquietaba más la posible reacción de su gente si el resultado le era desfavorable a su señor. Miró alguno de sus rostros y sintió la amenaza dibujada en sus gestos. Más de uno se había situado demasiado cerca de él, quizá para no darle opción alguna a que abandonara indemne la escena.

La noche anterior, Luis Espinosa había usado aquel veneno que le había recomendado usar Martín Dávalos bastantes meses atrás, con la mala suerte de que la copa envenenada no llegó a las manos de su destinatario. Cuando Luis se dio cuenta de que la esposa del conde Stephan estaba a punto de bebérsela, trató de detenerla pero no llegó a tiempo, y el gesto extrañó a todos. La mujer murió inexplicablemente a las pocas horas, y su marido la lloró toda la noche.

A la mañana siguiente dos ayudantes del conde localizaron a Luis Espinosa en una posada de esa ciudad de Leeuwarden, capital del enorme territorio que regía la familia Nassau, con la ciudad de Colonia al sur y la de Brujas al oeste.

Aquel suceso trastocó sus planes. Había dejado al emperador Carlos en Maastricht resolviendo otros asuntos, pero su llegada a Leeuwarden estaba prevista para esa misma mañana, y él debía esperarlo a la entrada.

El conde Stephan, ahogado de dolor e impotencia, aunque no podía probar la participación del invitado español en la muerte de su esposa, estaba tan convencido de ello que lo había convocado a primera hora para retarlo a espada. Y él había tenido que acceder.

—Me cuesta creer que tamaña barbaridad solo se deba a que he dejado de compraros caballos. ¿Estoy en lo cierto?

Don Luis Espinosa meditó su respuesta cuando llevaban dados tres pasos en direcciones opuestas.

Entre la bruma de la mañana que la lluvia todavía no había despejado, y la mala noche que había pasado como recuerdo de unos almendrados que probó en exceso durante la velada, la sensación que tenía era de absoluta pesadez.

—Digamos que no habéis obrado bien con quien os ha apreciado mucho estos últimos años…

—¡Canalla! —El conde, último responsable de las tropas de la casa Nassau, se mordió los labios de rabia—. ¡Solo cuando os vea morir descansaré!

Caminaron unos pies más, hasta que el padrino dio la voz de alto. Se volvieron, enfrentaron sus miradas y esperaron la palabra definitiva.

—¡Cuando queráis!

Los dos hombres se saludaron antes de enfrentar sus espadas. El que dirigió el primer ataque en línea fue el noble frisón, deseoso de terminar cuanto antes y lleno de ira. Luis le devolvió el golpe con un quiebro y un ataque encadenado que el otro consiguió resistir, a pesar de caerse al suelo con el embate del capitán.

Luis Espinosa se retiró para permitir que se incorporara y aguardó en alerta.

—No esperéis de mí las mismas atenciones…

Mientras hablaba le lanzó un mandoble sujetando con ambas manos su espada. Luis paró con dificultad el ataque y tuvo que retroceder unos pasos, soportando uno más que melló su acero. No se esperaba tanta fuerza en aquel hombre cuya barriga igualaba el ancho de una barrica de vino.

El jerezano buscó apoyo en el pie izquierdo, resopló furioso y mandó dos golpes de través con otros dos de quiebro que despistaron a su contrincante, permitiendo abrir su guardia. Luis vio en ello una oportunidad, e intentó enfilar su espada por aquel hueco, pero el conde pudo esquivarla, hacer un giro completo y en su vuelta soltarle un golpe de plano tan rotundo que consiguió desarmarlo. Su acero cayó al suelo, y cuando quiso recogerlo se encontró con la punta de la espada en la barbilla, amenazando su cuello.

Aquello no lo hubiera imaginado nunca. El conde, aun con su

exceso de peso y nefastas condiciones físicas, acababa de demostrar que tenía mejor escuela que el afamado espadachín.

Don Luis tragó saliva horrorizado.

—Solicito vuestra piedad. —Se inclinó humillándose.

El conde Stephan lo observó con tanta venganza en su mirada que no le cabía más.

—La tendré, pero dándoos una muerte rápida; la que os merecéis.

Levantó la espada como un rayo y cuando la bajaba hacia su cuello...

—¡Paradla! ¡Os lo ordena vuestro Rey!

El conde, Luis Espinosa, el padrino del duelo y el resto de los presentes se volvieron para mirar de dónde partían aquellas palabras. Al ver al emperador Carlos en persona sobre un hermoso y ligero corcel español de capa casi blanca, se inclinaron en reverencia.

Detrás de él, como escolta, aparecieron los grandes varones de la región y entre ellos el duque Enrique III de Nassau-Breda, señor de Frisia y patrón del conde Stephan.

—¿Se puede saber qué está pasando aquí? De no haber llegado a tiempo me hubiese quedado sin capitán para mi guardia... —El César desmontó despacio. El dolor de rodillas, como efecto del mal de gota, le estaba matando.

El conde Stephan se arrodilló en cuanto lo tuvo enfrente y le besó el anillo de hierro que llevaba sobre el guante de cuero.

—Majestad, este hombre asesinó a mi mujer anoche —le explicó fuera de sí—. La envenenó, creedme.

El Emperador se quedó espantado por la acusación y miró a su amigo Luis desconcertado, a la espera de alguna aclaración.

—Mi señor, como os podéis maginar, nada he tenido que ver con eso... Prueba de ello, es que hasta esta mañana no he sabido ni lo que había pasado. Ayer compartí cena con el matrimonio y otra mucha gente, pero llegada la medianoche me retiré a dormir a mi posada. De madrugada han venido a buscarme con esa mentira y un reto a duelo. Es todo lo que sé. —Se dirigió a su contrincante—: Por cierto, no os lo he podido decir todavía dadas las circunstancias, pero siento de corazón la desgracia de vuestra esposa…

Tuvieron que sujetar entre tres al conde al ver la intención que llevaba de dar por terminada la conversación a su manera, indignado por el atrevimiento y la suerte que acababa de tener aquel sátrapa.

—Por favor, conde Stephan, entiendo vuestra turbación, pero os ruego un poco de freno. Dejadnos comprender mejor lo sucedido; os prometo una investigación —concluyó el César después de haber escuchado los argumentos de Espinosa, a quien no imaginaba culpable de tal barbaridad.

—Veo segura su participación —insistió el conde—, aunque lo cierto es que el destinatario de aquel veneno era yo… —Su acusación sonó tan infundada y absurda que se miraron unos a otros y surgieron los primeros rumores.

Con ánimo de acabar con aquella situación, el duque Enrique dio por terminada la disputa pública, ordenó a sus hombres que dispersaran a los curiosos que se habían acercado a ver y se dirigió a los dos contendientes.

—Si os dejo libres confío en que no haréis ninguna tontería, ¿verdad? —Ambos le dieron su palabra—. Acompañadnos entonces a palacio, allí hablaremos mejor y sin tanto aguacero.

El César, con su afilada figura y expresión cansada, se aproximó a Luis Espinosa para hablarle con discreción.

—Alguna otra vez te he visto metido en duelos, pero nunca quise saber… —Se rascó la perilla con ganas—. Imagino que las acusaciones del conde son infundadas, ¿estoy en lo cierto?

Don Luis le ofreció su brazo como apoyo al advertir las dificultades que tenía para caminar.

—Mi señor, un Espinosa tiene por honor dos virtudes: la transparencia en sus actos y la rectitud. —Lo miró a los ojos—. Como súbdito tan cercano a vos, nunca os dejaría mal.

—¡Eso espero! —Suspiró cansado—. Eso espero…

VII

Ser prior en la cartuja de la Defensión producía ardor de estómago.

Don Bruno de Ariza revolvía unas hierbas en agua caliente, en un intento de rebajar su tensión tras entrevistarse con el licenciado que les llevaba los asuntos legales. Esperaba al padre procurador, a quien había convocado para solucionar otro de sus muchos problemas: el de los caballos.

La cartuja había sido construida y fundada gracias a la generosidad de muchos, pero a medida que sus posesiones se fueron extendiendo, también atrajo a poderosos enemigos. Lo peor era que no todos eran ajenos a la orden, también los tenía dentro de la propia Iglesia.

Aquella mañana, a fray Camilo le extrañó haber sido convocado en la celda de su superior en lugar de en el despacho, como era habitual.

Atravesó en diagonal el claustro grande, que ocupaba casi una aranzada, pasó al lado de la hermosa fuente central y buscó la celda de su prior, en el ángulo noroeste.

Una vez frente a su puerta, llamó con cierta contención y esperó.

—¡Pasa! Me encontrarás en el huerto.

El monje abrió la puerta y atravesó el taller, donde vio un magnífico libro de canto que estaba en restauración. Dejó atrás la pequeña galería que se usaba cuando llovía, o era excesivo el frío en el exterior, y otra pieza más a su derecha donde guardaba la madera y las herramientas. Salió al pequeño parterre y encontró a su superior arrodillado en el suelo, fijando las ramas de una hermosa tomatera a rebosar de frutos.

—Nuestras almas se parecen a estas plantas, hijo mío. A medida que crecemos como hombres, nuestros pecados van pesando tanto que pueden doblar nuestra conciencia hasta llegar a quebrarla, como le pasa al tomate. —Recogió uno de aspecto delicioso y lo metió en una pequeña cesta.

Fray Camilo, que conocía bien el espíritu de sacrificio de su director espiritual, imaginó que sería con toda probabilidad la única comida que haría ese día. Se arrodilló para ayudarlo con otra planta, que tenía las matas tan cargadas que los tomates casi rozaban la tierra.

—Yo me veo más identificado con esa. —Señaló una de las ramas doblada por el peso—. Demasiados pecados para una frágil alma como la mía...

Don Bruno sonrió y solicitó su brazo para levantarse; las rodillas a los sesenta años ya no funcionaban como antaño, se justificó.

—Hijo mío, muchos días pienso que este trabajo es una carga demasiado pesada, tanto que dudo si seré capaz de resistirlo por mucho más tiempo… —Suspiró agotado—. Como le pasa a las matas, yo también necesito esas pequeñas estacas que ayudan a la planta a soportar su propio peso; que en mi caso son la oración y la mortificación.

—¿Y hoy es uno de esos días?

—En efecto, y de los peores. —Le indicó un banco donde sentarse, frente al cuidado huerto.

La temperatura era muy templada todavía y el sol regalaba de vez en cuando sus rayos de luz entre las nubes. Fray Camilo se ofreció en lo que pudiera ayudar.

—Pues esta vez, sí vas a tener que echarme una mano. Acabo de ver a nuestro licenciado y todo son malas noticias… —Se rascó la nariz con un gesto de inquietud que solía repetir cuando estaba disgustado—. Los regidores de Jerez quieren prohibir el pasto de nuestros ganados en los olivares de realengo. A pesar de que todos lo hacen cuando se ha cosechado la oliva, argumentan que la cartuja no tiene derecho por no ser vecina de la ciudad de Jerez. Y además reclaman nuestra haza de la peonía, con la que pretenden ensanchar su dehesa de los potros.

—¿Y qué ofrecen en trueque?

—Nada, hijo mío, nada. Disgustar a tu prior y hacernos gastar dineros y más dineros para defender nuestros derechos en la chancillería de Granada.

—¿Queréis que dé aviso al conoscedor Martín para que conduzca al ganado a alguna otra dehesa? ¿Habéis pensado a cuál?

Don Bruno desenrolló un documento que tenía sobre la mesa y lo leyó. Se trataba del registro de un nuevo terreno comprado al este del monasterio, vecino a una de sus mejores dehesas.

—Sí, hijo mío, dile al bueno de Martín que lleve hoy mismo al centenar de vacas que pastan en esos olivares hasta la nueva finca. Ese hombre es el mejor que tenemos y nadie como él sabrá guiarlas con sus caballos por la orilla del río. No todos se atreverían a ello, pero él sí.

—En cuanto os deje, lo haré.

—Espera, espera. No has escuchado otra mala noticia...

Fray Camilo comprobó en la expresión de su prior una sombra de angustia poco común.

—Se nos avecina un grave problema económico que tiene su origen en el arzobispado de Sevilla, y otro más que puede condicionar nuestros deseos de hacer de la cría caballar una de nuestras principales fuentes de ingresos. —Se incorporó con inusual brío, pero le pidió su brazo para acompañarlo hasta los comedores de indigentes, al otro lado extremo del claustro.

Su elevado tono de voz extrañó a dos monjes cuando se cruzaron con ellos, poco acostumbrados a ver roto el silencio sin ser domingo. Empujaban un carrito con las comidas, como cada día, para dejarlas en un ventanillo dispuesto para esa función en cada una de las celdas. Llevaban sopa de verduras, huevos, manteca y una pieza de fruta para cada monje, junto con una pequeña frasquilla de vino.

—El arzobispado —seguía hablando el prior— reclama los diezmos de las tres cartujas que dependen de él; la de Sevilla, la nueva de Cazalla de la Sierra y la nuestra, cuando estábamos exentos desde hace décadas gracias a una bula papal. Como nos negamos en las primeras conversaciones, ahora lo hace mediante pleito y va en serio. Su argumento es sencillo: todas las parroquias envían dinero y nosotros no, sin más. ¡Quieren ver depuestos nuestros privilegios! —Suspiró cansado por el cúmulo de contrariedades—. No teníamos bastante con los nobles, alcaldes y terratenientes, que ahora es el mismo arzobispo quien ha de rebajar nuestros ingresos...

—¿El papa lo sabe?

—Desde Sevilla están intentando que derogue esa bula, y espero que no lo consigan porque si fuera atendida su reclamación, ten por seguro que no podremos dar de comer a tanta gente como ahora... —Se dio un manotazo en las rodillas—. No debería decirlo, pero ese arzobispo me tiene más que cansado, tanto que me tienta la idea de mandarle todos nuestros pobres para que los atiendan ellos, ya que son los que tienen dinero. ¡Eso haré, sí, señor!

Fray Camilo no sabía qué decir. Era consciente de que en esos momentos, su prior solo necesitaba alguien que lo escuchara. De todos modos, preguntó lo que no entendía.

—Si no recuerdo mal, nuestras rentas no solo proceden de bienes en propiedad, muchas son donaciones, heredades y también cesiones temporales que no generan diezmo. ¿Cómo tendríamos que diferenciar esos ingresos para pagarles?

—Ese es uno de los problemas, un grave problema que no sé todavía cómo resolver... —Abrió una puerta lateral de la cocina que daba al exterior del monasterio. Allí, apiñados en un pasillo lateral que comunicaba el molino de aceite con la entrada principal, aguardaban no menos de dos centenares de indigentes para recibir tal vez su única comida del día. Su penoso estado desgarraba la conciencia a cualquiera, y cuanto más a don Bruno, quien no podía imaginar cómo se arreglarían si empezaban a menguar sus rentas.

—Ya ves, hijo mío —le palmeó en la espalda—, quieren quitarnos los pastos, los dineros y las dehesas, pero a cambio no verás a nadie dando de comer a estos miserables. Ese es nuestro destino, tendremos que pensar más o buscar otras maneras de recuperar el dinero. —Lo miró a los ojos—. Y llegados a este punto, por eso te he hecho llamar.

Una pobre anciana besó la mano del prior con gratitud. Él rechazó su gesto avergonzado, diciendo que no era obra suya, sino de Dios.

—Quiero que viajes a tu tierra, a Córdoba, para comprar las mejores yeguas y machos que encuentres. Me propongo crear una nueva raza que solo se pueda encontrar en la cartuja. No criaremos caballos de guerra como hacen otros, los nuestros serán esbeltos, hermosos, capaces de regalar toda la belleza que su naturaleza les ofrece; quiero que se conviertan en criaturas que den gloria a Dios solo por su fina estampa. Y tú serás quien lo consiga. Tienes experiencia familiar, el conocimiento para decidir los mejores cruces, y dotes para organizarlo todo.

Fray Camilo se quedó perplejo pero halagado. Aquella propuesta era valiente, difícil y hermosa; suponía un apasionante reto que sin duda le atraía. Lo que no entendía era el motivo de buscar animales fuera de Jerez cuando aquellas tierras también podían presumir de poseer los mejores caballos de Andalucía, o al menos con un prestigio equivalente a los de su Córdoba.

—Conociéndoos, estoy seguro de que tenéis buenas y muy sólidas razones para haber tomado esa determinación.

Don Bruno entendió que debía ser más explícito.

—Desde la fundación de nuestra cartuja los primeros animales que ocuparon las caballerizas eran bastante malos, sin raza alguna. Muchos vinieron junto con las herencias, o en ocasiones unidos a las tierras donde vivían. Era todo lo que teníamos para empezar. Como habrás visto, de ellos no hemos sacado más que jamelgos de poca clase, eso sí, muy recios para soportar las duras faenas del campo. Pero las cosas han cambiado en este siglo, los nobles ya no van a la guerra y tampoco necesitan aquellos costosos caballos que los transportaban con sus armaduras y luchaban como colosos, ahora buscan belleza, apariencia, poseer ejemplares únicos que les hagan creer que son superiores al resto de los humanos, o al menos diferentes... Lo veo cuando llegan las mujeres a misa, en la transformación de sus monturas, o en los animales que eligen sus maridos cuando vienen a recogerlas. Ese es el futuro. Los caballos buenos van a valer dinero, y nosotros lo necesitamos si queremos dar de comer a quienes vienen buscando nuestra caridad.

Camilo preguntó qué necesidad había de ir a Córdoba.

—Como decía, tenemos enemigos por todas partes. Y prueba de ello es que cuando he querido comprar buenos sementales y yeguas para nuestras dehesas de Lomopardo y Humeruelos, los grandes propietarios y criadores de estas tierras de Jerez se han negado sin reparo alguno. Así me lo han dicho; no quieren que iniciemos ese negocio. Se han puesto de acuerdo entre ellos, y si no los buscamos por otros lugares, aquí no nos venderán ni una potra tiñosa.

—¿Y de cuántos caballos hablamos?

—Medio centenar de yeguas y al menos diez caballos. Tendrás el suficiente dinero para ello. Por suerte, todavía no nos lo han quitado. Elige bien y tráete lo mejor que veas. La casa de nuestro Señor ha de reunir a los animales más perfectos. Esa es la idea.

Fray Camilo tomó en sus manos dos cestas llenas de un pan recién horneado y empezó a repartirlo entre los pobres. Observó a un joven de unos ocho años, desnudo y con la cara llena de mocos que le recordó a Yago, a quien veía cada miércoles en el claustrillo del cobre donde trabajaba. Después de haber aprendido casi todos los trabajos previos al faenado, se encargaba ahora de limpiarlo a conciencia hasta dejarlo listo para su posterior fritura o salazón.

Camilo decidió que iría a verlo en cuanto acabara con el prior, a quien advirtió que tal vez las fechas que corrían no fueran las mejores para la compra de caballos; le sugirió la primavera.

—No podemos retrasarnos tanto, no. —El prior fue tajante—. ¡Sal en cuanto lo tengas organizado!

Fray Camilo se dirigió hacia los recintos de la pescadería mientras pensaba. Aquel proyecto que acababa de escuchar le gustaba, sobre todo porque por una vez le permitiría abandonar unos días su clausura. En cada viaje que emprendía sentía como si la vida se abriese a sus ojos, le regalara sus esencias; aquellas que estaban vedadas a la vida de un cartujo. A veces no se trataba más que de una ráfaga de viento al azotar un ciprés, o el sutil aleteo de un pájaro; otras, el simple resonar de los cascos sobre el empedrado de una vía. Cada una de aquellas sensaciones, que para otros podían pasar desapercibidas, era para Camilo el fermento con el que componer su música, su alimento.

Mientras recorría los diferentes recintos interiores del obrador en busca de Yago, rezó por él y por los proyectos que acababa de encomendarle su prior. Lo hizo a su manera, sin oraciones aprendidas o salmos. Él siempre había hablado con Dios como si se tratase de un amigo o de un padre. Le hacía partícipe de sus pensamientos, de sus dudas y de todo lo que pasaba por su cabeza. Y cuando ya no surgían más palabras, entonces tomaban protagonismo las notas y los compases; los suaves susurros sonoros que encauzaban su ser hacia el Altísimo, desde un silencio absoluto.

A punto de llegar al patio donde trabajaba el chico, absorto en sus pensamientos, estudió cómo iba a hacer para emprender aquel viaje a Córdoba. Para transportar tantos caballos iba a necesitar la ayuda de al menos diez hombres, pensó. Convocaría a los cuatro vaqueros que trabajaban para el monasterio, los que oficiaban con el nombre de conoscedores, y también a tres mozos de cuadra. Para completar sus necesidades pensó en algunos gañanes que también eran diestros con el caballo.

Al llegar al claustrillo, un penetrante olor le taladró hasta las sienes. Procedía de las cestas que se llenaban con los restos menores del pescado; con las cabezas, usadas después para hacer sopas, o con las colas y espinas, que servían de base para un puré muy fortalecedor y sabroso que se les daba a los niños del hospicio.

Buscó a Yago entre los que estaban trabajando y lo localizó pronto por su melena rizada y el aspecto despistado que le caracterizaba.

El chico había cumplido ya once años, pero su presencia en la escuela todavía seguía siendo discutida y problemática. No respondía a las preguntas que se le hacían, seguía sin mirar a los ojos cuando se le hablaba, y apenas articulaba una docena y media de palabras que además usaba para todo, incluso tratándose de objetos muy diferentes.

Yago continuaba viviendo en un mundo incomunicado, nadie sabía lo que sentía o pensaba, y parecía estar permanentemente abstraído. Camilo, a pesar de todo, no desfallecía y trataba de conducirlo hacia la normalidad, siempre pendiente de cualquier evolución por pequeña que fuese. En la pescadería el resultado de su trabajo estaba siendo un poco más esperanzador. Tardaba en concentrarse, pero cuando lo hacía no ponía descanso. Los que le veían se extrañaban por su persistencia, pero fuera de aquel detalle no tenían mayores quejas de él.

—Buenos días, Yago.

Le rozó en el hombro y el chico gruñó hasta reconocerlo. A Camilo le pareció que estaba más inquieto de lo habitual.

—¿Qué tienes?

El chico señaló con un dedo tembloroso el almacén de sal.

Fray Camilo miró en aquella dirección, pero no vio nada anormal.

Yago intensificó su rumor muy nervioso. Se levantó de golpe, soltó una corvina a medio limpiar, lo miró a los ojos y le hizo una seña para que lo siguiera. Cuando estaban a menos de diez pasos de la puerta de aquel almacén, Camilo lo vio. En su interior, había un hombre desmayado sobre una montaña de sal con un importante corte en un brazo, por donde brotaba un fino reguero de sangre que teñía el blanco elemento. El fraile corrió hacia él, comprobó que estaba vivo y tiró de sus hombros para sacarlo afuera.

Yago lo había escuchado gritar, pero no había sabido reaccionar. Cualquier suceso fortuito o ajeno a la rutina diaria era para él un reto demasiado complicado de asumir y le solía generar una gran intranquilidad, que casi siempre terminaba resolviendo aislándose, como si no fuera nada con él. Atrapado en sus dudas, había escuchado los gritos del hombre sin saber qué hacer, y ahora que lo estaba viendo tendido sobre el suelo, en su propia sangre, sintió un repentino ataque de ansiedad. La imagen provocó un efecto demoledor en sus recuerdos, haciéndole revivir el tiempo de su cautiverio, las palizas de su tía, el miedo al dolor. Y de repente empezó a temblar sin control, huyó despavorido hasta la esquina opuesta del pequeño claustro, y allí se acurrucó.

Fray Camilo pidió ayuda para atender al herido y fue hacia donde estaba Yago, desconcertado por su inexplicable reacción. Le preguntó sin obtener respuesta. Quiso entender, pero una vez más solo obtuvo su silencio. Cuando trató de ponerlo en pie, Yago lo rechazó de un manotazo.

Suspiró defraudado.

—¿Qué más puedo hacer? No lo entiendo, tiene que haber una manera de acceder a ti.

Lo miró lleno de piedad.

—Créeme; la encontraré.

VIII

Yago no había entrado nunca a la iglesia de la cartuja.

Fray Camilo quiso que lo acompañara, a los pocos días de su incidente en el claustrillo del pescado, para compartir sus dos pasiones: Dios y aquel modesto órgano que tocaba a diario.

Estaban solos en el templo.

Yago parecía abstraído, con la mirada puesta en las losetas del suelo, pero no lo estaba. Quería saber, quería conocer…

Le había costado mucho entender que el hospicio no era como la cueva donde había sido encerrado de pequeño, y se debió a que tampoco le habían puesto las cosas nada fáciles. El ambiente dentro le era hostil. Veía a todos los que le rodeaban como una amenaza, salvo a aquel monje. Con Camilo se sentía bien, sin miedos y relajado.

Yago no sabía cómo detener sus ataques de ansiedad, pero empezaba a ser consciente de que si se concentraba en ello conseguía hacerlos más breves, excepto cuando se cruzaba con una mujer; entonces se agudizaban. Le bastaba su sola presencia, escuchar su voz, o sentir un mero roce de su parte, para despertar los terribles recuerdos de su tía Aurelia.

Con Camilo todo era diferente, y aunque la mayoría de las veces no conseguía reaccionar como le pedía, su presencia le resultaba siempre agradable.

Mientras recorrían el deambulatorio del templo, Camilo iba explicándole qué contenía cada capilla, a qué santo correspondía cada figura, cada cuadro.

En la soledad de aquella casa de Dios, cuando alcanzaron el centro del crucero, Yago se detuvo sin aparente motivo, y alzó la vista hacia su cúpula. La luz del sol penetraba a través de sus ventanas confundiéndose sus rayos con una fina cortina de polvo y las volutas de incienso del reciente oficio. El muchacho señaló con un dedo en aquella dirección y musitó algo sin sentido.

—Allí es donde se cruzan nuestras oraciones con Dios… —Fray Camilo observó la expresión del chico ante sus palabras, y le pareció que mostraba interés—. Esas nubes están hechas de devoción y aroma místico. Una vez han ascendido a lo más alto, Dios se queda atrapado en su etérea trama. Él primero las espera y luego las absorbe.

El niño seguía mirando hacia arriba, en silencio, más relajado de lo que nunca lo había visto. Yago no entendía el significado de lo que acababa de escuchar, pero presentía que allí arriba, en aquel escenario de luz y color, había algo bueno, algo que evocaba imágenes de alegría y paz.

—No sabes quién es Él, ¿verdad?

A su pregunta contestó con una negativa.

Camilo sonrió al notar que en parte comprendía, y se esforzó en explicarse mejor.

—Él es la luz. Y la luz abre tus ojos, se mete en tu interior, y te lo da todo, calienta, permite que veas el resto de las cosas que se cruzan en tu vida. Dios es la luz.

Yago, sin parpadear, señaló de nuevo la cúpula.

—Eso es, allí está Dios, pero también ahí. —Le puso la mano en el corazón—. Y aquí. —Se la posó en la cabeza—. En todos lados. —Extendió los brazos tocando el aire a su alrededor.

Después de recorrer los ábsides, y tomar el deambulatorio opuesto, entraron en la sacristía, donde Camilo quería enseñarle un gran cuadro que representaba la batalla de la Defensión, cuando la Virgen había ayudado a las tropas cristianas a vencer a las moras, dos siglos antes, y que había dado nombre al propio monasterio. Allí pretendía presentarle a María.

En cuanto Yago estuvo frente al lienzo, se acercó a él con una extraña prisa y se quedó quieto, muy quieto, observándolo. Miraba a un solo punto donde había un caballo de frente con su jinete espada en mano. Dirigió un dedo hacia el rostro del animal, lo posó con mimo y lo recorrió en todo su contorno, sin prisas, sin dejarse un solo punto.

Fray Camilo respetó su reacción en silencio y con asombro. La profunda emoción del chico lo contagiaba todo. No entendía sus causas, pero por algún motivo aquel caballo provocaba algo en él, algo muy especial.

En el interior de Yago, en la más íntima profundidad de su mente, permanecía vivo el recuerdo de un ser como el que ahora veía; aquel caballo testigo de su nacimiento, la primera imagen de su vida y la mejor grabada en su alma. Y ante el asombro del monje, acercó sus labios al óleo y lo besó.

En el cuadro había muchos otros personajes, la Virgen encima de una roca, tropas de uno y otro bando en una lucha encarnizada, pero Yago solo buscaba los caballos. Nada parecía interesarle de toda aquella turbulenta escena más que los caballos. Y los tocó a todos, pinceló sus formas con uno u otro dedo, acarició sus crines, moldeó sus grupas y, sin dejarse ninguno, los besó a todos.

—Yago, ¿qué ves en ellos que tanto te atraen?

Él, sin volverse, frente a uno que tenía los músculos del cuello inflamados, en una postura cargada de tensión y fuerza, abrió la boca, balbuceó un instante, lleno de dificultad, pero tras varios intentos, de repente habló.

—Ca... caballo. Caballo. Caballo... —repitió una y otra vez con una inusual alegría.

Camilo se sintió conmocionado al oírle por primera vez una palabra: caballo. ¿Qué implicaciones podrían tener esos animales en su pasado, en su vida?, se preguntó.

Ante la emoción que parecían desencadenar esos animales en Yago, decidió llevarle un día a la dehesa de Lomopardo, donde se encontraba la mejor caballería que poseía la cartuja.

A la espalda del cuadro, sobre tres hornacinas, descansaban las esculturas de san Pedro y san Pablo y, entre ellos, una bella talla de la Virgen. En una mano tenía un libro abierto, y en la otra a su hijo Jesús. La figura era de madera policromada, y su rostro reflejaba una inmensa paz y hermosura.

Yago se acercó hasta la de san Pedro y la miró de reojo.

Extendió su mano hacia las largas barbas del apóstol y las acarició recorriendo con las yemas de los dedos cada surco, cada una de sus curvas. Luego siguió con la cara y terminó con sus vestimentas. Con suavidad, sus dedos corrían por encima de la madera sin separarse de ella hasta haberla completado. Luego, pasó a hacer lo mismo con la talla de la Virgen. Estaba más baja, a su altura, y por eso empezó con sus pies para seguir por la falda. Con la mirada baja y la cabeza ladeada, sus dos manos acompañaban cada pliegue, cada pequeño vértice, el final de sus mangas, la ligereza de sus manos. En ocasiones se concentraba en un determinado punto y lo recorría varias veces con el dedo.

Como espectador de aquel peculiar proceder, Camilo se dio cuenta de que esa era su particular forma de ver las esculturas. Tal vez no necesitase los ojos para entenderlas como hacían los demás.

Yago puso sus dos manos sobre la figura de la Virgen y correteó por sus brazos, por su pelo. El tacto le daba la oportunidad de acceder a los detalles de esas esculturas. Sentía placer al recorrer con sus yemas aquellas aristas y ángulos que alguien había creado.

Ensimismado, no reparó en la presencia de un monje que, a sus espaldas, observaba la escena lleno de escándalo.

Cuando el chico se puso a recorrer el vientre y el dorso de la imagen, aquel mudo espectador rompió su voto de silencio y alzó con fuerza la voz.

—¡Separad de inmediato a ese niño de la Santa Imagen!

Fray Camilo se volvió sorprendido y reconoció al novicio Dávalos, uno de los últimos postulantes que había entrado en la cartuja, hijo y sobrino de una de las familias de mayor renombre de Jerez.

—No hace nada malo —contestó sin miedo.

Yago se acurrucó asustado en el suelo, a los pies de fray Camilo.

—¿Aprobáis vos lo que estaba haciendo ese mocoso con la imagen de nuestra Señora? —Su joven rostro se encendió de súbito—. En mi opinión, lo que se merece es un duro castigo.

Levantó la mano con intención de pegar al chico, pero fray Camilo la detuvo a tiempo.

—¡Ni se os ocurra! —bramó—. No permitiré que le hagáis daño. ¿Me entendéis? —Le clavó la mirada.

El novicio dio dos pasos atrás y suspiró contenido de rabia.

—No seré yo quien le ponga un justo correctivo ni tampoco a vos por haber consentido tan vergonzoso acto, pero ahora mismo iré al prior para que sea él quien lo haga. Dadlo por seguro.

—Hacedlo —respondió con valentía fray Camilo, con Yago todavía escondido detrás de su hábito.

—Disfrutaré con vuestra penitencia… —respondió el novicio.

—¡Idos al infierno!

IX

Las chalupas balleneras iban tripuladas por ocho remeros, cuatro por banda, un arponero y un timonel. Cuando desde la atalaya se avistaba una ballena, salían varias embarcaciones para rodearla y arponearla hasta darle muerte.

Fabián pudo acudir un día en una de aquellas barcas que algunos marineros llamaban *traineras*. Al principio le tocó bregar con los remos, pero por suerte le correspondió el turno del timón cuando llegaron a romper la estela que dejaba atrás el animal. Las órdenes las daba el arponero, quien dirigía la barca hacia uno u otro lado para acertar mejor el tiro o ayudarse del resto de las embarcaciones.

La ballena que solía frecuentar esas frías aguas durante el invierno era de tamaño medio pero de excelente carne y gran grosor en su tocino, lo que facilitaba su transporte una vez muerta, pues flotaba mejor. No sucedía así con otras, pues al hundirse complicaban sobremanera su captura y posterior traslado a puerto.

Miró al cielo con la esperanza de ver un poco de sol, pero los oscuros nubarrones se lo impidieron. Al devolver su atención a la chalupa le atrajo el destello del afilado arpón con el que uno de los marineros apuntaba ya hacia el mar. Aquellos hombres eran expertos en la caza de esos enormes seres de los que luego se aprovechaba todo, hasta las barbas. Él mismo había visto alimentar los candiles de las casas con su grasa, y también cómo fabricaban jabones y lubricantes.

La ballena no estaba sola, debía de ser una hembra en compañía de una cría. Aquella era una buena noticia. Los tripulantes se felicitaron, pues su captura sería más fácil en cuanto dieran caza al ballenato. La madre acudiría a sus chillidos y sería menos laboriosa su muerte.

Los remeros llevaban otro tipo de instrumentos para ser usados una vez tuvieran al animal a mano; lanzas y sangraderas sobre todo.

—¡Vira a estribor! —ordenó a Fabián—. Y vosotros, ¡bogad con más fuerza!, la tenemos a pocas cuerdas.

El experimentado arponero pretendía adelantarse a la posible víctima para clavar el acero en su cabeza, cerca del orificio por donde respiraba, pero todavía estaban demasiado lejos. Además, el mar tampoco facilitaba demasiado las cosas. De empezar la persecución con un viento racheado, habían pasado a un fuerte temporal que levantaba olas con serio peligro para la estabilidad de las barcas.

—¡Volvamos a puerto! —les gritaron desde otra chalupa, visto el feo panorama que se presentaba.

—Una oportunidad más… —gritó el arponero de la embarcación de Fabián—. Si consiguiéramos empujarla hacia la costa, una vez allí, entre tres barcas la dejaríamos encerrada y se le podría dar caza con facilidad.

Fabián había vuelto a ver cómo desaparecía la ballena bajo las aguas durante un tiempo que le pareció interminable. En aquellos momentos todos aguardaban en tensión su reaparición para cambiar de dirección si era necesario.

El cielo encapotado se oscureció todavía más e hizo que el mar pareciera casi negro.

Empezó a llover y no poca agua.

Bajo el húmedo manto y con aquel fuerte viento, el frío caló pronto en los huesos de Fabián, que respondió con un respingo y un castañeteo de dientes.

Se secó la cara con la manga de su camisa. Volvió a mirar al frente y descubrió que la ballena enfilaba la costa.

—¡Ahora, remad con todas vuestras ganas!

La orden corrió de una a otra embarcación en menos de un suspiro.

Una de las chalupas alcanzó al ballenato y lo hirieron sin piedad. Sus alaridos hicieron que la madre frenara su huida y volviera en su ayuda.

Con gran destreza fueron llegando las distintas barcas a ambos flancos de la ballena, ahora consciente de su peligro, pues empezó a disparar su pesada cola contra ellas. El arponero de la embarcación de Fabián pudo lanzar con buen tino su arpón y se lo clavó en un ojo, siendo el primero en herirla.

Por efecto de los constantes coletazos dos de las embarcaciones se rompieron en mil pedazos, haciendo saltar a todos sus tripulantes a las frías aguas, donde quedaron expuestos a la furia del animal herido.

Fabián ayudó a subir a bordo a tres de ellos, mientras veía como a su derecha otra embarcación se unía a la captura. En un momento, llegaron a herirla hasta con seis afilados hierros. El animal trató de escapar pero ya sin posibilidades, pues para conseguirlo tenía que arrastrar a las chalupas y no tenía la suficiente fuerza. El mar explotó en espuma y oleaje cuando intentaba soltarse de aquellos afilados hierros que sin solución se le clavaban aún más con cada movimiento.

Las embarcaciones se fueron pegando a ella y fueron muchos los que se emplearon de lleno en herirla con profundos cortes, para desangrarla lo antes posible y preservar así la calidad de su carne.

Los chillidos eran tan agudos que apenas se escuchaban las voces de los marineros.

Fabián clavó también su lanza y la movió adelante y atrás para provocar una herida mayor. Aquella ballena, pasados tres años de estancia en Cudillero, sería la responsable de procurarle por fin los recursos necesarios para su vuelta a Jerez. La nave que tomaría en pocos días estaba fondeada en el vecino puerto de Luarca, y tenía prevista su partida en menos de una semana.

De la captura, una parte de la ballena iría al arrendador del puerto, que no era otro que el propio cabildo, otra sería para la Iglesia, y el resto se llevaría a subasta ante un escribano. De los beneficios que se obtuviesen, a su chalupa le correspondería la mejor parte por haber sido los primeros en herirla, y a su arponero, además de su paga, le tocaría una aleta. Así lo señalaba el reglamento de esas cofradías.

Fabián se sonrió entre olas de sangre, oliendo a sudor, empapado por la intensa lluvia que no dejaba de caer sobre ellos. Después de ocho años de destierro, por fin empezaba a imaginarse en aguas más tranquilas y cálidas; las de la bahía de Cádiz.

* * *

En la residencia de los Espinosa, don Luis despedía a Martín Dávalos a las puertas de su hacienda y quedaban emplazados en verse una semana después.

—El contacto está hecho y se llama Siegfried, solo hace falta ver hasta dónde se compromete…

Don Luis se refería a un alemán con el que pretendían transportar bienes vedados, pues disponía de una embarcación con bandera real, impermeable por tanto a cualquier control aduanero, y la mejor solución para cubrir sus objetivos comerciales con las Indias Occidentales.

La idea se le había ocurrido al propio Luis Espinosa durante su regreso de Frisia, dos meses atrás, después de su fracasada misión con el conde Stephan. Cuando atravesaba el Tirol, supo de dos personajes bávaros que disfrutaban de una destacable fortuna gracias a la explotación de unas minas en Almadén, cuya licencia habían obtenido como pago de un importante préstamo realizado al César. El mineral de mercurio, según le explicaron una vez contactó con ellos, era necesario para el proceso de purificación de la plata, y como en las Indias se estaban extrayendo enormes cantidades de aquel noble metal, necesitaban un envío regular desde España. Y ahí es donde entraba la participación del alemán.

La circunstancia de que esos transportes se hicieran en barcos especiales fue lo que atrajo el interés de Luis Espinosa al imaginar la ventaja que podía obtener si sus negocios quedaban protegidos bajo la Corona Real, además de no tener que pagar el silencio de tantos y tantos funcionarios como hasta ahora hacían. Al beneficio de una mayor seguridad, se le sumaba la prisa por reubicar los caballos que hasta ahora estaban mandando a Frisia. Fracasada su empresa con el conde Stephan, no era capaz de vislumbrar cuándo cambiaría su suerte por aquellas tierras.

Esa misma tarde Luis Espinosa picó las espuelas de su caballo y tomó dirección al Puerto de Santa María para encontrarse con la mujer de Siegfried, con quien volvería a descubrir su encendida pasión.

No les había costado demasiado localizar al transportista alemán, en nómina de los bávaros y de nombre Siegfried Schwarz, pues poseía casa en el Puerto de Santa María, y ellos contaban con la mejor red de informadores de la región. Su residencia estaba bien escogida, ya que ese puerto era uno de los más utilizados para el comercio con las Indias.

Luis se hizo responsable de los primeros contactos, averiguó que viajaba cada seis meses con aquel preciado mercurio, y pronto descubrió en el hombre una personalidad difícil. Era poco transparente, reservado y austero, y además un tanto sombrío. Acostumbrado a trabajar las debilidades humanas, Luis Espinosa llegó a pensar que ninguna de sus habituales tácticas iba a funcionar con Siegfried. Si tenía algún punto débil, parecía inaccesible.

Por ese motivo decidieron replantearse su táctica, y fue entonces cuando entró en escena la mujer del alemán, una bella gaditana de piel suave y desbordantes ardores. Después de cuatro semanas y ocho visitas íntimas, Luis sabía sobre Siegfried Schwarz incluso más que él mismo. Además de regalarse en la cama, la mujer le facilitó la amistad con su marido para hacer más sencillos sus contactos, y también le puso en pista sobre la debilidad menos confesable del transportista: las esclavas de color. Entre amores, esperas y reencuentros, Luis consiguió averiguar otro detalle de vital importancia en las necesidades de aquel hombre. El trato económico con los patronos bávaros no se ajustaba a sus expectativas y era bastante menor de lo que creía merecer.

Mejor imposible, pensaron los dos socios por entonces.

Si claras estaban las necesidades, solo hacía falta ganarse su confianza. La mujer puso todo de su parte para conseguir primero que se conocieran, y luego que congeniaran. Concertó varias comidas, diferentes encuentros e incluso un corto viaje a Cádiz, hasta que terminó consiguiendo que Siegfried relajara definitivamente sus prevenciones y comenzara una excelente relación con Luis.

Cuando se estrechó la amistad lo suficiente, la conversación surgió espontánea y sellaron su primer acuerdo con un fuerte apretón de manos y un abrazo lleno de complicidades, después de una noche loca con dos hermosas esclavas africanas seleccionadas para la ocasión por Luis.

En tan solo seis meses la estrategia obró los frutos deseados, pues Siegfried se comprometió a hacer desde entonces todos los transportes que querían, a cambio de la décima parte del negocio. Sin embargo, Luis no supo cómo abandonar a su amante a pesar de que ya no era necesaria esa relación.

Su furiosa y desbordante sensualidad le tenía atrapado.

X

El prior prohibió la estancia de Yago en el monasterio a causa de su mal comportamiento.

No se atuvo a las razones que fray Camilo puso como excusa por el suceso en la sacristía, ni tampoco hizo oídos a la denuncia del novicio que acusaba al chico de obsceno. En realidad, aquel embrollo le vino bien para llamar la atención a uno y a otro, pero sobre todo a su padre procurador, a quien notaba raro desde hacía un tiempo.

El hecho de que no hubiera emprendido todavía el viaje a Córdoba retrasaba sus propios planes. Don Bruno no entendía por qué no tenía los preparativos listos, le desagradaba constatar la excesiva frecuencia con que últimamente Camilo incumplía el voto de silencio, el excesivo tiempo que dedicaba al chico, cómo se dispersaba en actividades poco importantes y la deficiente calidad de vida interior que percibía en sus confesiones.

Por todos esos motivos don Bruno se vio tentado de eximirle del viaje para no contribuir a un mayor despiste, pero al no disponer de otro monje con sus conocimientos sobre las castas equinas, decidió callar y dejar que todo siguiera como estaba planeado.

—Si decidís que Yago no debe trabajar más en la cartuja, me gustaría que lo hiciera en el cortijo de Lomopardo. —Camilo pensó que en esa dehesa podrían probar el efecto de los caballos sobre el muchacho. Conocía bien a su capataz y no creía difícil contar con las bendiciones del responsable del hospicio, quien no se iba a creer la suerte de perder de vista al chico durante un tiempo; solo le faltaba la aprobación del prior.

—No veo inconveniente alguno a vuestra petición, aunque no termino de entender por qué ha de dejar el hospicio y los estudios después de haber pasado casi tres años como interno...

—Sois consciente del poco avance que ha hecho hasta el momento y los problemas que ha supuesto para el resto de los chicos y hasta de profesores, pero además tengo otros y mejores motivos. Lomopardo acogerá a los caballos que compre en Córdoba, y el chico parece tener una buena predisposición hacia ellos. Si hemos de hacer un futuro hombre de bien, debería aprender un oficio. Parece lógico pensar que esa dehesa va a necesitar más gente en cuanto lleguen las nuevas yeguas y nazcan sus potrillos. El chico no tendrá tiempo para dedicárselo a la escuela. —Camilo estudió su reacción y le pareció que aceptaba bien la propuesta.

—¿Qué piensas hacer con los caballos que hoy día tiene Lomopardo?

—En estas últimas semanas hemos mandado los peores a otras fincas.

—Si no recuerdo mal, y en referencia a Yago, te he oído decir que soporta bastante mal las novedades. ¿No temes una mala reacción?

Fray Camilo reconoció que su propuesta obedecía más bien a una intuición y que no estaba seguro respecto a la respuesta del muchacho.

—¿Pero por qué los caballos? No lo entiendo —insistió el prior.

—Aquel día, cuando me acompañó a la sacristía, presencié una reacción muy curiosa en cuanto los vio en el cuadro que bien conocéis. Ejercieron sobre él un poder de atracción muy particular, y sospecho que tal vez le puedan ayudar.

—De acuerdo, no es necesario que te explayes. Llévatelo a la dehesa, pero hazlo ya, hoy mismo; no quiero más retrasos en tu tarea.

Camilo le besó el anillo, agradecido por la confianza, y salió corriendo de su despacho para buscar a Yago en el hospicio.

El edificio que acogía a más de una veintena de huérfanos y desamparados disponía de dos plantas, el dormitorio de los chicos se encontraba en la de arriba. Allí se dirigieron fray Camilo y el responsable de la institución, para buscar a Yago a la hora de la siesta.

Al entrar, algunos chicos se volvieron para ver quién llegaba, sin embargo, él no les escuchó; dormía plácidamente en su catre. Fue fray Camilo quien lo despertó y recibió su soñolienta mirada. Había dudado qué decir o cómo plantear su salida. Conocía demasiado bien lo mal que reaccionaba Yago cada vez que sus rutinas se alteraban, como para obviar los efectos que padecería con un cambio completo de su entorno de vida. Pensó cómo enfocar la conversación hasta que se le ocurrió una idea y se lanzó a ella.

—Yago, ¿quieres ver caballos, muchos caballos?

El niño refunfuñó un poco, pero de inmediato se levantó y ayudó a recoger sus escasas pertenencias para seguir a Camilo. Sí quería ver caballos; soñaba con hacerlo desde que los había descubierto en aquel cuadro. Y en la isla no había.

Poco después de subir a la carreta, Yago empezó a imitar los chasquidos que hacía Camilo con la boca para dirigir a la vieja mula. Parecía tranquilo y confiado.

A menos de dos millas de la isla estaba el cortijo de Lomopardo donde Yago iba a vivir de ahora en adelante. Para su cuidado, Camilo había elegido a un matrimonio de plena confianza; ella era una buena mujer, endurecida por el trabajo del campo, con treinta y cuatro años y seis hijos a cuestas. Y él era el mejor yeguarizo que poseía la cartuja, encargado del cuidado de las madres y potrillos hasta los tres años. Aquel hombre era el ideal para enseñar a Yago a cuidar bien a los animales y su mejor aliado si quería estar informado sobre su protegido.

La tarde caía plomiza y cargada de una pegajosa humedad cuando llegaron al arco exterior de la dehesa de Lomopardo, siempre verde y frondosa debido a la proximidad del río.

Aquella era una de las mayores fincas propiedad de la cartuja y también de las más productivas. El río Guadalete bañaba una buena parte de sus tierras y praderas, donde los animales disponían de comida abundante y suave sombra bajo los alcornocales.

La carreta recorrió el camino para alcanzar las dependencias mayores del cortijo repartidas entre dos almacenes, un horno de pan, silos para guardar el cereal y dos cuadras de buen tamaño; una con caballos y otra con vacas para su ordeño, además de cinco viviendas donde dormían los trabajadores y una más grande que había servido de residencia a sus anteriores dueños.

En lo alto de una suave loma divisaron los primeros edificios y sobre su ladera media docena de yeguas pastando. Fray Camilo apenas tuvo tiempo de preguntarse si Yago las habría visto, pues le encontró absorto en ellas, con los ojos muy abiertos y sin pestañear. Su infantil mirada de tan solo doce años parecía desprender luz propia y reflejaba un deseo imposible de contener. Por eso no tuvo tiempo de sujetarlo cuando vio que se tiraba de la carreta e iniciaba una alocada carrera en dirección a los animales.

Echó el freno, se bajó de un salto, y con los faldones del hábito remangados pudo correr tras él y presenciar una escena difícil de olvidar.

Yago iba dando brinquitos de felicidad, con un torpe caminar, en busca de aquellas seis hembras, que nada más verlo, a pesar de ponerse en alerta, las orejas estiradas y el cuello alzado, decidieron quedarse quietas y no huir de quien venía hacia ellas.

Yago, espérame... No te acerques más... Pueden ser peligrosas... —Al tener que subir la pendiente fray Camilo empezó a notarse demasiado acalorado y sin aliento. Pero el niño no hizo caso. Estaba cada vez más cerca de los animales y sin embargo no demostraron extrañeza alguna. La más cercana al chico se puso a comer hierba y otras empezaron a mordisquearse por el cuello, entre relinchos y resoplidos.

Cuando Yago llegó hasta ellas detuvo su caminar, abrió los brazos en cruz y agachó la cabeza. Fray Camilo había ganado algo más de terreno, pero aún le separaban unas cuerdas de él. Consciente de no poder hacer nada en el caso de que lo atacaran, aceleró el paso.

Las yeguas se acercaron al chico, lo rodearon, despacio, y lo olfatearon de arriba abajo recibiendo sus risas. Con una reacción sorprendente bajaron la cabeza a la vez, en actitud sumisa, y dejaron caer su labio inferior para demostrar al chico que era aceptado en el grupo.

Yago bajó los brazos poco a poco y les mostró las palmas de sus manos para que las olieran, una a una, como si supiera desde siempre cómo comportarse con aquellos animales. La última, una hermosa yegua castaña de crines negras, recibió sus dos manos y las sintió corretear por el cuello, después por las orejas y la cara. Su expresión reflejaba placer al sentir la piel del muchacho rozando la suya, o cuando sus dedos se arremolinaban entre sus crines.

Camilo guardó una prudente distancia para no perderse nada ni quebrar la magia del momento. Vio cómo Yago tocaba la espalda del animal y bajaba las manos por sus costillas hacia el pecho, y después por el lomo, en una sucesión de caricias y cosquillas. Lo hacía con los ojos cerrados porque veía a través de sus dedos descubriendo con las yemas los pequeños matices de la fisonomía de la yegua, como hizo en aquel cuadro de la sacristía.

Verlo resultaba gozoso, más aún cuando las yeguas respondieron a sus caricias, unas olisqueándolo, otras con suaves empellones con el morro, como si ellas también entendiesen de la alegría del niño.

Una vez terminó con la primera, después de haber llegado hasta sus cascos y de acariciar la tersa piel que recubría sus cañas, repitió el proceso con otra; un ejemplar precioso, de capa casi blanca y de escasas manchas rodadas sobre sus ancas. Con un perfil acarnerado aquella otra yegua le recibió mordisqueándole la camisola, para poco después sentir el recorrido de sus dedos.

Cuando terminó con todas, caminó despacio en busca de fray Camilo. Tras él, los seis animales lo seguían como si se tratase de una procesión, relinchando de gozo.

El asombro que la escena produjo en el monje fue tal que le costó moverse. Con los músculos tensos y todavía impresionado por la increíble comunicación establecida entre los animales y el muchacho, suspiró. Él había convivido desde pequeño con caballos, yeguas y sus crías, pero nunca había visto nada parecido.

Con la respiración contenida y Yago de nuevo a su lado, se emocionó y una lagrima resbaló por su mejilla cuando vio en la cara del niño una expresión nueva; la de la felicidad.

XI

Antes de emprender viaje a Córdoba Camilo quiso compartir con Yago la especial naturaleza de su segunda pasión en la vida.

La tarde anterior a su salida lo recogió de Lomopardo para ir hasta la iglesia del convento donde unos meses antes le había enseñado a encontrar a Dios, en aquella cúpula, puente entre lo divino y lo humano.

Yago no había subido antes a lomos de ningún caballo y nunca imaginó poder vivir una experiencia tan hermosa como aquella.

Recorrieron al paso la ribera del río, entre un rumor de aguas crecidas por la primavera y una intensa fragancia a hierba fresca. Con los ojos muy abiertos y la respiración agitada, Yago sintió, a cada paso del caballo, un desconocido pero intenso placer sobre su espalda. La propia marcha del animal repercutía en sus músculos, los estimulaba y le regalaba un sinfín de sensaciones tan agradables que provocaron en él una risa desatada.

Camilo lo ayudó a bajar de la montura tras hacerlo él y dejó al animal atado a un árbol, a media milla del recinto de la cartuja. Su idea era entrar con discreción.

—Deja de reírte ahora, por favor… Como nos vean juntos por aquí, me voy a meter en serios problemas.

—Yago… y Camilo.

Al escuchar su nombre por primera vez el fraile sintió una intensa emoción. Una vez más veía ratificado el positivo efecto que ejercían los caballos sobre el chico y estaba gratamente asombrado.

—Lo importante es aprender, aunque sea poco a poco… ¡Eso está bien, muy bien! —Le dio un pescozón en la cabeza.

Entraron sin hacer ruido y Camilo comprobó primero que estaban solos. A esa hora, cada tarde y antes de las vísperas, ensayaba unas horas quebrando el silencio de la clausura. Buscó el órgano en el fondo del templo, expectante, deseando ver la reacción del chico, consciente de que tal vez esa fuese la primera vez que Yago iba a recibir en su interior los efectos de la música.

—Verás lo que tengo preparado para ti…

Sentados sobre una banqueta, uno al lado del otro, accionó los fuelles para llenar de aire las cámaras, colocó los pies sobre los pedales y las manos en cada uno de los teclados.

—Yago, te presento a la música.

Apretó cuatro teclas a la vez y surgió una mezcla de sonidos que hizo levantar la cabeza al chico, que no sabía de dónde salía aquella curiosa vibración.

Volvió a tocar, ahora una secuencia rápida ascendente y descendente y sintió cómo a Yago se le erizaban los pelos de los brazos. El niño respiró profundamente y miró las manos que se apoyaban en el órgano, y luego las teclas. Cuando fray Camilo empezó a acariciarlas de nuevo, de los tubos surgió una hermosa mezcla de sonidos. Dio un respingo, posó su mano sobre la del monje y la dejó encima para que volaran juntas en aquella alocada carrera por el teclado, que se hundía y ascendía a una velocidad cada vez mayor.

Fray Camilo empezó a reírse al ver cómo se producía en Yago una inmediata reacción ante cada estímulo. Cuando tocaba las notas más graves se encogía, como si le pesasen, y al subir a las agudas estiraba el cuello, como si pretendiera que no se le escaparan hacia el techo.

El muchacho temblaba. Por momentos parecía estar borracho de sensaciones, en un torbellino de risas, sacudidas de brazos y pies, entre carreras; ahora en busca del sonido que surgía desde uno de los tubos, o cuando no lanzando su mano para recibir el aire que salía por otro.

Fray Camilo asistió a la escena conmocionado.

Estaba decidido a no perderse ni un solo instante de su turbulenta reacción infantil, tan hermosa e intensa como esperanzadora.

Yago era otro.

Frente al entramado de tubos de diversos grosores, que a diferentes alturas abrían sus bocas para emitir toda la gama de sonidos, empezó a tocarlos todos. Ponía sus manos y acariciaba sus contornos, como si pudiera absorber la esencia de cada acorde. Y se reía. No paraba de saltar, encantado.

Fray Camilo probó a tocar la misma melodía varias veces para ver qué hacía. Y se asombró cuando en la tercera ocasión, Yago dirigía su mano a la boca de cada tubo un instante antes de que saliera el aire, sin equivocarse en ninguno.

—Eso está muy bien, sí, señor, muy bien.

Durante una hora el chico se mantuvo asombrosamente quieto y tranquilo, sin aquellos espasmos que sacudían su cuerpo con demasiada frecuencia. Escuchó todas las piezas que fray Camilo iba a tocar en el siguiente oficio con la cara pegada a los tubos, queriendo recibir el aire y las vibraciones que surgían de ellos.

Terminado el ensayo y durante unos minutos más, Camilo descansó en silencio, casi sin respirar. En aquella quietud, Yago levantó la mirada hacia el monje y vio que tenía los ojos cerrados, y que lloraba. Luego, alzó la cabeza y observó el techo del templo donde le había dicho que vivía Dios.

—Intenta inspirar, oler los restos que han quedado en el aire del tedeum que acabas de escuchar. Tal vez lo consigas... Si fuera así, sabrás que la música nunca se pierde, no se volatiliza, no.

Camilo trataba de explicar sus sentimientos con palabras sencillas a pesar de que él los vivía en forma de sensaciones complejas.

—Cuando las notas surgen desde la emoción, son capaces de quedarse suspendidas en el aire o pegadas a las paredes de piedra, quizá acariciando los frescos y las esculturas que las embellecen.

La expresión de Yago, además de reflejar una serenidad recién descubierta, hizo feliz al religioso, que se sentía muy satisfecho de haber tomado aquella decisión. Con los caballos primero, y ahora con la música, Yago estaba abriendo las primeras puertas de comunicación con él.

—Yo amo la música porque me acerca a Dios. Las notas vuelan libres a su encuentro. Salen de aquí —se tocó el corazón—, y viajan hasta los oídos de nuestro Señor. Lo unen al hombre a través de un hilo casi invisible.

Al mirarlo a los ojos, por primera vez Yago no apartó la mirada.

—Si ahora tomas aire, sentirás como los acordes entrarán en ti, corretearán por dentro, y tal vez hasta te ayuden a encontrar a Dios, como me sucedió a tu edad.

Yago inspiró una larga bocanada, despacio, dirigió sus manos al teclado y apretó varias de sus teclas a la vez. El efecto no resultó tan interesante al oído, pero se rio de todos modos. Lo volvió a repetir, esta vez con todos los dedos de la mano y correteó por el teclado, en una alocada sucesión de sonidos que parecían volverle loco.

Fray Camilo le dejó hacer, con el convencimiento de que, después de tantos meses de haberlo visto como una crisálida, atrapado en su envoltura, acababa de romperla para salir.

Sentía irse a Córdoba y dejarlo solo, justo en ese momento en el que empezaba a abrirse, pero su corazón estaba alegre.

Yago había empezado a ser alguien.

XII

En aquel Hospital de Locos e Inocentes de Sevilla hasta las sombras daban miedo.

Nada más entrar, su sórdido ambiente transportaba al visitante a un mundo de espanto, grilletes e inmundicia. Se sentía un hediondo olor por doquier y una sucesión de hombres, meros recuerdos de lo que algún día fueron, deambulaban cabizbajos por los pasillos.

A Martín Dávalos le repugnaba aquel lugar.

Cada vez que lo recorría se juraba no volver a hacerlo, pero siempre regresaba. Beltrán Dávalos, su hermano, dirigía esa institución con mano despiadada, tal vez la única manera que existía de sobrevivir en aquel infierno.

Hacía frío para estar en marzo. Martín agradeció a su hermano que cerrase la ventana del despacho antes de tomar asiento frente a él.

—¿Qué tal los dos últimos que te mandé?

—Como casi todos… Empiezan trabajando bien y cumplen con lo que se les pide, pero antes o después terminan abrazados al alcohol o acuchillados en una esquina… Quizá no debería quejarme. Para lo que me cuestan…

Martín estudió a su hermano y no pudo evitar sentirse orgulloso; era un hombre único. A pesar de pasarse el día entero en la institución menos deseable de Sevilla, su aspecto era tan impecable que no se sabía si estaba trabajando o a punto de acudir a una fiesta en alguno de los muchos palacios de la ciudad. Repasó de una mirada su despacho asombrado del lujoso cambio que había experimentado; estanterías de caoba, hermosos libros de lomos cuidados, sedas en sillas y cortinas, una soberbia mesa de trabajo, y en general un ambiente refinado.

—¿Te apetece una infusión? Acabo de recibir una especialidad persa que puede ser de tu gusto.

Tomó dos tazas de fina porcelana flamenca y repartió un puñado de hojitas de variados colores sobre el agua hirviendo. Le pasó la suya a la espera de saber el motivo de su visita.

—¿Tienes algún interno que no esté tan ido de cabeza como los anteriores?

—Te quejarás… —Beltrán revolvió su brebaje con una cucharita fina de plata.

Martín se fijó en los zapatos de su hermano perfectamente abrillantados y de excelente factura. Nunca entendía de dónde sacaba el dinero para pagarse tantos lujos siendo aquella una institución pobre de solemnidad.

—Como sabes, el hospital acoge toda suerte de desvalidos, dementados y furiosos que vagan por la ciudad. A su llegada los clasifico según su peligrosidad y los pongo a trabajar de inmediato, pues es sabido que la ociosidad fomenta el vicio, los malos hábitos, y empeora su mal de cabeza. Pero aun así, con algunos es difícil saber hasta qué punto están de perdidos.

—Para lo que yo necesito, me va bien un toque de locura, pero si consiguieras mandármelos algo menos tocados…

Los dos últimos se le habían fugado después de acuchillar a un tripulante de uno de sus barcos y violar a dos mujeres que tuvieron la mala suerte de cruzarse con ellos una mala noche.

Apenas había terminado de hablar cuando se escuchó un terrorífico grito que traspasó la habitación de lado a lado, sobresaltando de tal manera a Martín que se le derramó la infusión por las piernas.

—¡Dios! ¿Pero qué ha podido ser eso…? —Su expresión de pánico contrastaba con la de Beltrán, que sorbía su bebida impasible.

—Ah, no te preocupes, se trata de uno nuevo que tiene la manía de morder a todo el que tiene cerca cuando le da el ataque…

Martín no quiso imaginarse cómo sería estar un rato a solas con aquel individuo.

Beltrán continuó:

—Creo que tengo lo que buscas. Acaban de ingresar dos tipos perfectos para ti; violentos, sanguinarios, de facciones temibles, pero obedientes siempre que se les pegue con regularidad. Te los presentaré dentro de un momento.

Martín se sintió satisfecho. Necesitaba gente de ese perfil para mantener los cobros al día en sus negocios y amedrentar a los rezagados, aunque tuviera que cambiarlos con frecuencia. Por suerte, su hermano se los proporcionaba sin coste alguno.

—También tú ganas. Reduzco de tus gastos una boca que come todos los días y además colaboro en el mantenimiento de tu institución cada año. Tampoco te quejarás…

Beltrán no solo lo hacía por ayudar a su hermano, con aquellas entregas ganaba plazas libres para recoger nuevos individuos de las calles de Sevilla por los que recibía un interesante pago de parte del corregidor.

—No lo hago. Pero eso sí, has de saber que si en algún momento tuviesen problemas con la justicia, nunca reconoceré que salieron de aquí, los tuyos no quedan registrados. ¿Quieres conocerlos ahora?

A Martín no le hacía demasiada gracia penetrar en aquel infierno, pero se resignó. Vio como su hermano cogía una fusta bastante desgastada, imaginó a qué se debía el deterioro en su cuero, y lo siguió escaleras abajo hasta un portón enrejado que separaba el mundo de los cuerdos del de los locos. Un portero reconoció a Martín de anteriores ocasiones y lo saludó con una mueca que podría recordar a una sonrisa.

Nada más atravesar aquella reja, necesitó un pañuelo para evitar el olor ácido que flotaba en el ambiente.

—Antes de tu llegada, estaba leyendo en un libro un pensamiento muy interesante sobre la realidad de estos pobres desgraciados. —Era raro no ver a Beltrán con algún tratado sobre trastornos mentales entre sus manos—. Decía así: «La sabiduría de los hombres sensatos es a veces corta de vista, mientras que los locos ven a lo lejos».

Uno de los enfermos tuvo la mala suerte de cruzarse con ellos en ese momento. Caminaba de forma extraña, como en cuclillas, arrastrando una pesada cadena cerrada al cuello. La fusta de Beltrán estalló sobre su mejilla y le abrió una larga herida, tan solo para apartarlo de su camino.

—Muy acertada la cita, si...

Martín se volvió a mirar al hombre, que había quedado encogido de dolor. Aunque aquella era una actitud característica de la familia Dávalos, estaba impresionado por la frialdad de su hermano.

—O este otro... —impostó la voz para dar más peso a sus palabras—: «El espíritu divino habita en esas cabezas que han dejado vacías los pensamientos humanos». —Agitó las manos emocionado—. ¿No te parecen unas conclusiones hermosas?

Martín Dávalos no malgastaba su tiempo en pensar ni en leer, para eso ya estaba su hermano, a quien de verdad veneraba. Elogió sus comentarios sin añadir ninguno, pues la mayoría de las veces los entendía a duras penas. El único pensamiento que atravesaba su cabeza en aquellos momentos era el temor a cruzarse con aquel interno con instintos caníbales y grito huracanado.

Se detuvieron al lado de una puerta que comunicaba el pasillo con una amplia sala circular donde Beltrán le pidió que esperara. Quedarse solo en aquellos lugares era lo que menos le podía apetecer, pero contuvo su protesta. Miró a su alrededor atento a cualquier presencia peligrosa, y en su recorrido observó a un grupo de enajenados implicados en una cruel escena. Eran cinco hombres vestidos con andrajos y en procesión circular, jugando con un sexto que se encontraba arrodillado en el centro. Los escuchó cantar en verso una canción cuyas estrofas se cerraban con un manotazo en la cabeza de la sufrida víctima central. Decidió que debían de llevar mucho tiempo así a tenor de la cara del agredido, completamente recubierta de sangre e hinchada, aunque no por ello dejaba de lucir una absurda expresión bobalicona.

Escuchó pasos a su espalda y al volverse vio llegar a un chico de unos catorce años bizco y con una amplia sonrisa. Con solo dos o tres dientes negruzcos, la cara sucia, la ropa hecha jirones y las piernas arqueadas, su apariencia era cuando menos lamentable. Le retiró la mirada para buscar otro destino algo más interesante y le atrajo un suceso inusual. Lo protagonizaban dos hombres casi esqueléticos enzarzados en una pelea. Uno tiraba del pelo al otro con todas sus ganas y a cambio recibía del primero sus sangrientos arañazos. Ambos estaban desnudos, pero con tanta suciedad encima que costaba distinguir su anatomía. Lo curioso del caso era lo bien que se lo estaban pasando si se tenían en cuenta las persistentes carcajadas.

Intranquilo y hastiado, buscó a su hermano por el pasillo. Se alegró cuando apareció en compañía de un ayudante y dos hombres encadenados.

—Estos son... —Le levantó la barbilla a uno de ellos; tenía una enigmática sonrisa y de su mirada surgió un brillo oscuro y amenazante. El otro era más fuerte, pero también estaba más ido que el primero. Le caía un reguero de baba por un labio y se notaba que su pensamiento volaba bastante lejos de aquella habitación.

—Este tiene aspecto de lerdo, ¿no? —Señaló al segundo.

—Lo parece, es cierto, pero te aseguro que luego es muy obediente...

Para demostrárselo levantó la fusta y le arreó un brutal latigazo en una oreja. El hombre se tapó con la mano sin oponer más resistencia que esa. Curiosamente, tampoco había en su mirada la menor señal de odio.

—Si le das fuerte todas las mañanas, tal y como me has visto hacer, creerás que te has llevado un corderito.

—De acuerdo, me quedo con los dos. —Tanteó su musculatura y constató la buena condición física que tenían—. Cambiando de tema, hace pocos días estuve con tu hijo Ricardo en el convento de la cartuja y para tu tranquilidad está bien. Y metidos en familia, no sabes que la mayor de tus sobrinas se nos va a casar muy pronto, de aquí a... —De forma inesperada recibió un fuerte golpe en la espalda que lo derribó entre las risotadas de los locos que se encontraban cerca. El responsable de la agresión tenía el pelo enmarañado, una nariz aguileña y la boca llena de babas, risa histriónica y un fétido aliento. En el hospital se le temía por su extraña afición a coleccionar ojos. Por suerte, uno de los ayudantes del director evitó que añadiese los de Martín a su colección. Se lo quitó de encima a tiempo y luego le propinó una formidable paliza a la que se sumó el propio director.

—Llévatelo al agujero seco y haz que pase allí las tres próximas semanas.

Al pasar cerca de Beltrán, el apaleado recibió un último bofetón que le rompió el labio.

—Perdona el descuido, Martín. ¿Qué me decías de una boda?

XIII

En el cortijo de Lomopardo Yago descubrió que los caballos no solo se habían convertido en una grata sorpresa para su vida, además le relajaban de una manera sorprendente.

Desde su llegada apenas había salido de las caballerizas y por eso conocía a los quince animales amarrados hasta en el menor detalle.

Adoraba cepillarlos.

Lo hacía sin descanso, durante horas y horas, hasta bien entrada la noche, sobre todo desde que aquella familia que se había hecho cargo de él desistió de intentar convencerlo para que durmiera en la casa con el resto de sus hijos.

Él quería vivir, comer, trabajar y dormir en el establo para no separarse de aquellos animales.

En ellos encontró una forma de relajarse que desde entonces puso en práctica cada noche. El hecho tuvo lugar de manera fortuita, cuando en una de sus primeras noches se quedó atrapado entre el cuerpo de un semental de capa negra y la barrera que lo separaba del vecino. El animal se agitó inquieto al oír un ruido desconocido y lo aprisionó más aún. Yago, sin apenas poder respirar, tuvo una sensación tan placentera que no hizo nada para liberarse. Acarició suavemente la grupa del animal y a continuación decidió meter también los brazos entre su cuerpo y el del caballo. La presión que ejercían sobre él le tranquilizaba de tal manera que hasta vio desaparecer el permanente estado de ansiedad que de siempre padecía.

Se sentía otro.

A partir de ese momento, cada noche, se hacía un hueco entre ellos, y al refugio de sus cuerpos, comenzó a plantearse algunas preguntas, y a reflexionar sobre todo aquello que le hacía diferente a los demás.

Aunque nadie consiguió entender cuál era la causa de aquel extraño comportamiento, Juan, el yeguarizo de Lomopardo, al escuchar las risas de Yago y ver la expresión de paz que se instalaba en su rostro, común al de cualquier otro niño, empezó a amarrar cada noche dos potros para ofrecerle la estrechez que tanto le beneficiaba.

Dos semanas después de su llegada, Juan lo convenció para ir a una zona de la dehesa donde estaban los potros recién nacidos. La idea le entusiasmó. Aceleró los trabajos rutinarios en la cuadra, repartió el heno por las pesebreras y limpió los abrevaderos a toda velocidad.

Coincidiendo con la noticia entraron en el establo dos de los tres hijos, los de edades más cercanas a la suya. Yago se puso nervioso.

Rechazaba su cercanía porque le costaba entender qué querían de él y tampoco captaba las reglas de sus juegos. El más pequeño, de pelo rubio como su madre y con la cabeza llena de rizos, corrió hasta donde estaba Yago y, tironeándole de la camisola, le mostró dónde había caído una pequeña rueda de madera que había hecho rodar para que se la devolviera. Desconcertado por la rapidez de sus palabras, no supo qué hacer y le respondió con un agudo alarido.

—¿Ve como es muy raro, padre? —El chico se separó asustado en busca de los brazos de su progenitor.

—Fray Camilo me pidió que tuviera mucha paciencia con él. Debéis ser más comprensivos y esperar; quizá llegue un día en que se acerque a jugar con vosotros.

Juan era un hombre de bien, justo, responsable con su trabajo. En el entorno de la cartuja nadie hablaba mal de él, su ecuanimidad era harto conocida y su honradez estaba fuera de toda duda. Pero entre todas sus virtudes, era su buen ojo lo que más había justificado su posición. Elegía mejor que nadie qué semental era el más adecuado para cada yegua, sabía de encastados, de las variedades dentro de una misma raza, y gracias a haber visto en su vida a muchos animales, pero sobre todo por saber mirarlos bien, había llegado a la conclusión de que era mejor renovar con acierto las sangres que no cruzar entre sí animales una y otra vez, aunque fueran de excelente calidad, como había tenido que hacer hasta ahora.

Por ese motivo, entre todos los empleados de la cartuja tal vez fuese el que más ansiaba ver en sus cuadras a los nuevos caballos que se iban a traer desde Córdoba.

Subió a sus dos hijos y a Yago en la carreta donde también transportaba grano y una farda de paja. Restalló las riendas en la grupa de una vieja mula y dirigió su paso hacia la casa para recoger a su mujer, María. Antes de la dehesa donde pastaban las yeguas bordearían la cerca de la hacienda de los Dávalos, donde su esposa trabajaba, como encargo, en la confección de un complejo brocado. La hija mayor de aquellos nobles se iba a casar pronto y María tenía unas manos de oro para esa difícil costura. De la misma familia Dávalos era la chica que su hijo mayor cortejaba en secreto. Se conocían desde muy niños y al llegar a la adolescencia los juegos y las bromas dieron paso a un amor prohibido.

—¿Querrás que te deje en la puerta de la hacienda?

—No, párame cerca del linde. Ah, y tampoco vengas a recogerme; ayer me dijeron que lo harían ellos.

La misma conversación se repetía desde hacía un mes, exactamente desde que le había llegado el encargo de trabajar sobre un corpiño que formaría parte del vestido de boda de la chica, bordando con hilos de plata y oro un conjunto floral ideado por la novia. Se volvió desde el pescante para ver qué hacían sus hijos, y sobre todo Yago. Le pareció que iba tranquilo, a pesar de llevar la cara escondida entre las piernas.

—¿Cuándo vuelve fray Camilo? ¿Crees que nos lo dejará después? —habló María en voz baja.

Su marido se encogió de hombros, lanzó las riendas sobre el lomo de la mula y tomó dirección este para vadear el río primero y atravesarlo más adelante por el puente.

Una vez dejó a su mujer a la vera del camino, cambió de rumbo para buscar el emplazamiento de las yeguas. Al localizarlas cerca de la orilla dirigió el carro lo más cerca que pudo antes de que sus ruedas se hundieran en los barrizales, y allí tiró de freno. Descendió y ayudó a los tres niños a bajar, en el caso de Yago con alguna que otra protesta al sentir sus manos sobre él. Se echó al hombro el saco de avena y buscó una pila de piedra donde vaciarlo. Al reclamo del alimento se acercaron una docena de yeguas con sus crías.

Yago miraba de reojo a los otros niños preocupado por verse implicado en sus juegos, hasta que sintió algo que le mordisqueaba por la espalda. Con cierta prevención se dio la vuelta y se encontró frente a un potrillo que debía de tener menos de una semana de vida.

Sus ojos se abrieron de par en par. Estiró la mano para tocarle su morrillo, pero el animal se separó asustado. A una prudente distancia el potro trató de adivinar sus intenciones y tal vez lo hizo porque, sin pasar ni un minuto, había vuelto hasta él más confiado. Buscó sus calzas y las mordisqueó, lo olfateó de arriba abajo y relinchó a su manera, a la espera de recibir su mano en una caricia.

Juan quiso separar el potrillo de Yago.

—Siempre que estés con uno como este, tan pequeño, tienes que vigilar que su madre lo apruebe… De no ser así, puedes tener problemas con ella.

Yago se aferró al cuello del animal y, para asombro de Juan, señaló con un dedo a una de las yeguas, solo a una. Entre balbuceos y extraños sonidos, consiguió pronunciar una palabra que primero no se escuchó, pero que a fuerza de repetirla la entendieron todos; dijo «madre».

—¿Cómo has dicho?

Sin saber por qué, Yago empezó a gritar. Todos los presentes, incluidos animales, lo observaron en actitud de alerta, algunos tomaron una cierta distancia y él siguió dirigiendo la atención a la misma yegua, hasta que de pronto miró nerviosa al potrillo y lo reclamó a su lado con un relincho.

—Pura casualidad… —Juan reflexionó en voz alta, pero fue a por otro potro, esta vez una potranca, y se la acercó a Yago diciéndole que localizara a su madre. Juan sabía cuál era, y tenía la seguridad de que Yago no podría deducirlo con la misma facilidad, entre otras cosas porque no coincidía el color de sus capas.

El chico observó con detalle a la potrilla, los frágiles movimientos de su cabeza, el brillo de sus ojos cuando dirigía su mirada en dirección a las madres, y luego buscó entre las yeguas. Descubrió una que, entre todas, le dirigía una especial atención, corcoveaba ligeramente y le temblaban los músculos del cuello. Sus dudas desaparecieron de repente, cuando las descubrió en un momento de comunicación visual, tan solo un instante, un gesto fugaz pero suficiente. La yegua alzó la cabeza entre otras dos de mayor tamaño, y Yago la señaló.

—¡Esa… madre…! —Soltó a la potrilla y esta corrió en busca de su leche.

Juan probó con un tercero y un cuarto, sin terminar de creerse lo que veía. En todos los casos el chico supo decir cuál era el vientre que los había criado sin cometer un solo error. Aquel yeguarizo llevaba trabajando con caballos toda la vida y sin embargo nunca había visto nada semejante… Lo miró asombrado y fue en ese instante cuando una repentina sombra de preocupación oscureció sus pensamientos.

La presencia de Yago pasó de ser una contrariedad para todos a convertirse en una seria amenaza.

Temió que esas habilidades con los caballos un día llegaran a ser públicas. Quizá no es que fuese a peligrar su trabajo de momento, dado que el muchacho era demasiado joven, pero en cuanto se conocieran sus cualidades, alguien podría pensar que era mucho mejor que él, y tenía una gran familia que mantener. Desde su llegada a las cuadras era evidente que el chico poseía un gran talento con los caballos, y hoy lo había confirmado con aquella curiosa capacidad para identificar madres con hijos.

—No permitiré que los cartujos se den cuenta —musitó.

Desde entonces su rostro se nubló de desconfianza y sus facciones se endurecieron. Tenía que pensar cómo conseguir devolver al chico a sus anteriores actividades, fuera de su dehesa. Pero tenía que apoyarse en un argumento convincente para que fray Camilo lo aceptara. Necesitaba pensar...

A la sombra de unas encinas, Yago, encantado, observaba a las yeguas mientras pastaban. Sentía una grata sensación de paz y no pretendía en ningún caso ocultarla. Había cumplido trece años y los caballos empezaban a formar parte de él, de su corazón, de sus sueños, los vivía cada día y eran los seres de la creación a los que mejor entendía.

Se sentía atrapado por ellos.

XIV

Ser novicio de la cartuja de la Defensión suponía una menor carga personal que cumplir como hijo y sobrino de la familia Dávalos.

Eso pensaba Ricardo Dávalos.

No había entendido el objetivo último de aquel encargo que le acababa de hacer su tío Martín violando el silencio de clausura y sin demasiadas explicaciones. Aquella acción que la familia le requería era impropia para su vocación y un asunto que, de llegar a oídos de su prior, daría por finalizada su incipiente carrera eclesiástica. Pero no pudo negarse; Martín Dávalos sabía cómo conseguir su compromiso.

Desde muchas generaciones atrás, en su familia existía un pacto inviolable, superior a cualquier otra consideración personal; lo aprendían desde niños y ninguno lo olvidaba. Constituía la más sagrada promesa de sangre; una herencia que había atravesado muchos Dávalos sustentada en una suma de deberes y apoyos, compromisos y generosidad; en definitiva, una lealtad absoluta que marcaba de por vida a todos sus miembros. Lo llamaban «el gran deber familiar».

Y a ese espíritu había hecho referencia Martín, cuando le había pedido lo que ya era una obligación. En su cabeza repiqueteaba la primera regla familiar tantas veces escuchada: «Darse del todo, a quien de su clan se lo pidiera, fuera lo que fuese, implicase lo que implicase, supusiera lo que tuviera que suponer, y todo, además, sin preguntar».

Por ese motivo y hasta que estuviera todo preparado, tenía que ver cómo podía evitar que le relacionaran con el hecho.

Esa misma mañana, antes del mediodía, y después de haber trabajado en su taller a la espalda del claustrillo de los legos, había acudido a su confesor como cada lunes, en esa ocasión con bastante congoja.

—Ricardo, percibo en ti una gran inquietud que no he visto menguar tras escucharte en confesión... ¿Hay algo más que quieras decir?

Aquel comentario provocó un momento de pánico en el novicio. Bajó la cabeza sin saber qué decir. Claro que había algo... Se trataba de un grave pecado que pronto cometería. ¿Pero cómo debía actuar?

Confesarlo era absurdo, dado que no lo iba a dejar de hacer, pero ocultarlo en confesión constituía una falta gravísima.

—No es nada... —mintió—. Se trata de una mala noticia que he recibido antes de venir a veros; un serio asunto familiar que me tiene preocupado.

—Bien, bien. Rezaremos todos para que se solucione pronto.

Unió sus manos para empezar con la fórmula de la absolución.

—*Et ego te absolvo in nomine Patris, et filio...*

Aunque Ricardo parecía escuchar, su conciencia estaba siendo atacada por sus propios remordimientos.

Cuando estuvo de vuelta en el claustrillo de legos, decidió hablar con el prior. Le pediría trabajar durante una temporada en la hacienda de Lomopardo. La excusa: hacer una pausa en su vida conventual para asegurar la firmeza de su vocación. Muchos lo hacían influidos por la dureza de la regla y por tanto no extrañaría a su prior.

Una vez en la finca, empezaría todo.

* * *

Fray Camilo volvió de Córdoba con los caballos, muchos caballos y yeguas, en un sábado de aquel verano de mil quinientos treinta y cinco.

Se le oyó llegar desde todos los rincones de la hacienda por el ruido atronador de los centenares de cascos que rompían sobre las piedras.

A esa hora, la luz del mediodía iluminaba la fresca dehesa, que desprendía un brillo verde esmeralda.

Entre los álamos y los alcornocales, aparecieron sin aviso los preciados animales formando espontáneamente una larga fila, en la más hermosa caravana de corceles que nunca antes se habían visto por aquellas tierras. A su cabeza iba sonriendo fray Camilo con su colosal aspecto sobre un caballo blanco de larguísimas crines, casi azuladas, cuyas puntas acariciaban las rodillas.

Entre los diez hombres dirigían un hato de unos sesenta caballos. A su encuentro salían gañanes desde los campos con rastrillos al hombro, y también sus mujeres, que andaban retirando aquellos brotes tiernos que restaban vitalidad a las viejas viñas. Desde la almazara se asomaron algunos curiosos advertidos por el rumor que acompañaba a la comitiva.

Todos querían ver los nuevos ejemplares.

Desde hacía días habían terminado los arreglos necesarios para su recepción; una cerca de buen tamaño, apoyada en sólidos maderos de pino engarzados con alambre, varios pozales de agua y dos forrajeras al centro. El recinto se situaba a media legua de las caballerizas, atendiendo a las indicaciones del albéitar. Bajo su criterio, aquellos animales no deberían abandonar la cerca en cuarenta días para evitar que pudiesen contagiar a los presentes con las enfermedades que estos pudiesen traer.

Juan, el yeguarizo, fue avisado de los primeros. Antes de dar las órdenes oportunas a los suyos había hecho llamar al albéitar de la cartuja para que reconociera a los caballos en cuanto fueran encerrados.

Aquella aportación de sangre nueva tenía más importancia de la que se imaginaba. Juan lo sabía, todos lo sabían; la sangre cordobesa daría noble estirpe a la que Jerez ya tenía, y de su cruce esperaban superar las de ambas. Ensilló su caballo con rapidez y salió al encuentro de fray Camilo para hacerle los honores.

Desde un ventanuco de la caballeriza, Yago observaba.

—Ese caballo que montáis no es como los demás… —Tras saludar a Camilo, el yeguarizo observó en aquel ejemplar una clase excepcional, un aire regio, de nobleza y figura soberbias, muy superior a la que podía verse por las tierras de Jerez, o incluso en las mismas campiñas cordobesas.

Fray Camilo confirmó el buen ojo de aquel hombre porque, en efecto, el animal poseía una casta única; se trataba de un Guzmán.

—Sabes ver, sí, señor. Es cierto que este no es uno más… Como puedes comprobar, en su hierro luce un corazón y por su sangre corre la pureza de uno de los sementales más excepcionales que se hayan conocido. Uno venido de África, propiedad de un embajador que viajó para parlamentar con el emperador Carlos unas cuantas décadas atrás. Se dice que un cólico obligó al animal a quedarse en tierras cordobesas, donde más tarde fue cruzado con las mejores hembras de dos famosas castas, las de Guadix y Baza, hasta conseguir unos ejemplares únicos. Su actual propietario es don Gonzalo Fernández de Córdoba, duque de Sessa y nieto del que fuera el Gran Capitán.

Miró con inquietud a su alrededor sin ver a Yago.

—¿Y el chico?

—En los establos; no sale de ahí en todo el día. Parece que no quiere estar con nadie que no tenga forma de caballo. —Se hizo con la cabezada de aquel Guzmán para ayudar a Camilo a descabalgar.

El monje caminó con decisión pero cansado por las muchas horas que llevaba cabalgando sin descanso. Juan lo siguió y encontró la oportunidad para decirle lo que tantas veces había meditado.

—Os he de reconocer que estábamos deseando que volvierais para que devolváis a ese chico al hospicio, o a donde tuvierais pensado…

A Camilo no le gustó nada lo que acababa de escuchar.

—¿Os ha dado muchos problemas?

—¿Problemas, decís...? —El yeguarizo se llevó las manos a la cabeza en un gesto de desesperación—. Si solo fuera asistir a sus ataques y rabietas cada vez que algo le altera, o a su aislamiento permanente, se le podría aguantar. Pero hemos llegado a pensar que su compañía puede ser perjudicial para mis hijos. De alguna manera consigue sacar de ellos su lado cruel, lo hemos comprobado varias veces, y requiere más atención él solo que todos los míos juntos...

—Entiendo...

El comentario apenó a Camilo. Daba igual el lugar donde viviera Yago, terminaba siempre rechazado por todos. El hospicio, la cartuja, y ahora en aquella dehesa. Sintió una profunda lástima por él, pero también empezaba a superarle la poca voluntad que ponía para cambiar.

—¿Queréis verlo?

Fray Camilo comprobó antes que los animales recién llegados estaban tranquilos detrás de la cerca, y luego caminó preocupado hacia la caballeriza en compañía de Juan y de su mujer.

—Esta primavera han parido casi todas las madres, tenemos más potros que nunca —comentó ella para romper la tensión que se reflejaba en el rostro de Camilo.

—Hice llamar a vuestro albéitar de la cartuja para pedirle que haga una buena revisión de los caballos antes de meterlos con el resto —comentó Juan con idéntica intención.

Fray Camilo alabó el acierto de sus gestiones sin demasiada emoción, y pidió a Juan que ensillara uno de sus caballos para salir hacia la cartuja en cuanto terminase, nada más ver al chico.

—Dejadme unos días para organizar su siguiente destino. Vendré para llevármelo. Es lo que deseáis, ¿verdad?

Se lo confirmaron sin dudarlo.

La caballeriza de la dehesa de Lomopardo disponía de un pasillo central al que se abrían las cuarenta y cinco cancelas donde se alojaban los correspondientes caballos, de diferentes edades y tamaños. Al fondo del mismo se ensanchaba a ambos lados. A la izquierda estaba el guadarnés, y a la derecha una fragua para herrar, con un potro de trabajo y las herramientas necesarias para el arreglo de los cascos. En ninguno de aquellos lugares localizó a Yago. Camilo iba preocupado.

Caminaron en un tenso silencio hasta un gran portón que comunicaba con el henil, y al atravesarlo se cruzaron con un caballo de elegante montura y crines trenzadas.

—Es de Blanca Dávalos… —La mujer miró a su marido frunciendo el ceño, extrañada de que la chica estuviera allí. Juan se imaginó lo peor y sintió pavor.

Al escuchar las voces, el hijo mayor del matrimonio, que andaba manoseando a la chica en el pajar, se escurrió por detrás de unas pacas a tiempo de no ser visto por sus padres. Pero ella, todavía absorta por el placer recibido y con la mitad del cuerpo al desnudo, dos rubias trenzas a medio despeinar y decenas de pajitas incrustadas por la cabeza, volvió su mirada hacia los recién llegados.

A la vez que aquello sucedía, Yago apareció por detrás de una montaña de grano a las espaldas de ella. Venía de estar con los potros desde el otro lado del henil. Sonrió cuando descubrió que Camilo había vuelto.

La niña, espantada, al verse en aquella situación miró a su alrededor sin encontrar a su compañero de revolcones, y ante la expresión de sorpresa que se sucedía en la mirada de sus espectadores señaló con un dedo a Yago y se puso a gritar como una loca.

—Ha sido él. Ha tratado de aprovecharse de mí. —Se tapó los pechos con lo que encontró a mano, un puñado de paja, y siguió acusándolo con todo descaro—. ¡No puedo verlo ni un segundo más! Ha sido horrible… —gimió en un coro de llantos e hipidos.

Juan y su mujer se miraron, pero no dijeron nada.

—¡Asqueroso! —gritó la mujer mientras corría a proteger la desnudez de la chica.

Camilo miró al muchacho incrédulo primero y después indignado, con un gesto de enfado desconocido en él. No terminaba de creerse lo que acababa de presenciar, pero qué otra explicación podía existir… No encontraba justificación alguna a su comportamiento, y desde luego, el hecho ganaba en gravedad a cualquiera de sus anteriores infortunios.

—¿Cómo has podido…? —le recriminó el monje.

Yago no entendía nada: no sabía por qué lo señalaba la chica, ni por qué decían eso de él, pero se sintió afectado por el cambio en el tono de voz de Camilo.

—No, yo no —contestó el chico.

—¡Cállate! —le gritó el fraile—. Esto ya ha llegado demasiado lejos. He confiado siempre en ti, ¿es así como me lo pagas?

Yago seguía sin saber por qué se había originado todo aquel revuelo, pero las palabras de Camilo le hirieron en el alma.

—¿Qué… he… —se le trabó la lengua— hecho? ¿Qué he hecho? —lo repitió esta vez de seguido.

—No respetarla y tampoco a mí. Me has defraudado, ¿lo entiendes? —Camilo lanzó cada una de aquellas palabras como si fuesen dardos que se clavaban uno tras otro en el corazón del chico.

Yago se sintió fatal, ahogándose en su propia angustia.

Se tiró de rodillas y empezó a notar una oleada de espasmos que le atenazaron primero y terminaron con sus conocidas sacudidas.

Camilo, desolado, se dio media vuelta impulsado a abandonar el establo, incapaz de asumir lo que acababa de presenciar.

Antes de salir pudo escuchar una vez más la voz de Yago, ahora a gritos, pero no se volvió.

* * *

Camilo no apareció en Lomopardo hasta dos semanas después, y cuando lo hizo fue por acompañar al prior en su visita a las obras realizadas para la nueva remesa de caballos.

En contra de los planes iniciales Yago se había quedado en la finca a petición de Juan y de su mujer. Decidieron que sería más prudente no agravar el disgusto de Camilo por lo ocurrido ni hacerle buscar nuevo alojamiento. Camilo lo agradeció, aunque extrañado, al recordar las reticencias que Juan había puesto hacia el chico, antes incluso del penoso suceso, pero no le dio más vueltas dado que le facilitaba las cosas.

Se comprometieron los tres a guardar secreto sobre lo ocurrido, para evitar que llegara a oídos del prior.

Juan y María castigaron con severidad a su hijo mayor y le prohibieron verse con la chica, pero el que peor estaba era Yago.

Sentía sobre su conciencia el desprecio de Camilo, al que no había vuelto a ver, y sufría como nunca su ausencia sin haber entendido nunca sus motivos. Ya nadie hablaba con él y su único contacto con el resto del mundo se limitaba al momento de la comida, cuando alguno de los hijos del matrimonio le traía su plato. Él los recibía siempre igual, sin mirarlos y en un deliberado silencio.

Extremó su carácter.

Si antes no se le veía fuera de las cuadras, ahora menos. No volvió a salir de ellas y se pasaba las horas refugiado en una esquina, bamboleándose, sin otra cosa que hacer en todo el día. Su malestar interior crecía a medida que no veía a su protector.

La responsabilidad del manejo de las nuevas yeguas y sementales había recaído en manos de Ricardo Dávalos, quien se encontró de casualidad con ella al coincidir su presencia en la dehesa con la renuncia de Camilo. El fraile había decidido por entonces sumirse en una etapa de recogimiento interior en su celda.

Cuando llegaron a las caballerizas los recibió el novicio.

—Nuestros hermanos de la cartuja de Nápoles nos han pedido dos potras y un caballo entero. Bruno de Ariza se fijó en un macho de bella estampa y color castaño, el perfecto candidato para aquel envío.

—Ese es un ejemplar único —comentó Camilo, que no hacía más que mirar en todas direcciones por si veía aparecer a Yago.

—¿Cuándo empezaremos a cubrir a las nuevas yeguas? —preguntó el prior.

—Ya se ha empezado —respondió Ricardo—, y espero que nuestro buen criterio consiga los objetivos que os propusisteis, pero hemos de terminar antes las obras para tener una paridera sin problemas.

Recorrieron las nuevas dependencias y pasearon luego por la dehesa, donde pastaban algunas de las mejores madres. De vuelta al cortijo, don Bruno manifestó su parecer.

—No dejéis de cuidar con esmero a estos animales. Veo que lo hacéis bien, pero nos jugamos mucho dinero y prestigio. Os anuncio que este seguirá siendo vuestro cometido hasta que por lo menos tengamos la primera generación de potros nacidos y criados aquí... —Don Bruno miró a Camilo de reojo. Le hubiera preferido para aquel encargo, pero su necesidad de oración y de Dios ahora era prioritaria.

—Contad con ello. El Señor me ha bendecido con tan hermosa tarea. —Ricardo besó el anillo de su superior.

—¿Y qué ha sido del chico, de Yago?

A Camilo le dio un vuelco el corazón al escuchar su nombre.

—Dentro de lo que se puede esperar de él, está bien. Lo haré venir para que os salude.

A los pocos minutos apareció el muchacho cabizbajo, sin mirarlos. Se quedó parado frente al prior.

Un profundo sentimiento de congoja paralizaba a Camilo hasta el punto de no saber qué hacer, sobre todo cuando Yago alzó un momento la cabeza y su mirada se cruzó con la de Camilo. Aquellos ojos profundamente azules, reflejo de un alma que había crecido limpia y carente de maldad, agudizó la pena del monje hasta dolerle el corazón. No había olvidado el profundo afecto que sentía por él.

Yago no sabía interpretar bien las expresiones del rostro humano, pero notó que la mirada de Camilo le huía. Su tristeza se hizo enorme al sentirse sin remedio solo y despreciado.

Se dio media vuelta y se fue.

XV

Ocurrió dos semanas después.

Nadie lo pudo evitar, nadie supo cómo sucedió.

Una noche de cielo abierto y temperatura demasiado agradable para aquella época del año, llegaron aquellos hombres a Lomopardo. Fueron rápidos, muy eficaces; lo tenían todo bien organizado.

Era muy de madrugada cuando un carromato se detuvo a poca distancia de la hacienda. Nadie los oyó llegar, ya que las viviendas estaban bastante retiradas de las cuadras, salvo Yago, que al dormir en ellas pudo verlo todo.

Una vez abiertos los portones principales de la caballeriza, seis hombres entraron pertrechados con numerosos cordajes. Sabían bien lo que querían porque en poco tiempo habían elegido a los veinte mejores caballos, todos de más de cinco años, y soltaban al resto de sus amarres, también a los potros, azuzándolos para que escaparan por los campos.

Aquello provocó un ruido excesivo y Yago escuchó a uno de los hombres protestar.

—Tened más cuidado, no podemos llamar tanto la atención. Despertaréis a alguien y como me vean, me arriesgo más que ninguno de vosotros.

—¿Y dónde está ese chico tonto del que nos hablasteis?

—Yo me encargo de él. En cuanto lo encuentre, os aseguro que dejará de ser un estorbo...

Yago, asustado, reconoció la voz de fray Ricardo y decidió esconderse detrás de un caballo del que apenas se había separado desde que llegó de Córdoba; aquel Guzmán al que decidieron llamar Azul.

La noche era oscura y la luz en el interior de las caballerizas escaseaba. Localizar al chico le parecía una tarea imposible, pero tuvo buen ojo y se dio cuenta de dónde estaba. Imaginó lo escurridizo que podría ser si iba de cara y decidió hacer lo contrario. Lo sorprendería por la espalda. Con máximo sigilo caminó pegado a las paredes hasta ver al chico. Evitó rozar a los caballos que ocultaban con sus cuerpos el de Yago, y cuando lo tuvo a mano lo agarró con decisión.

—Te pillé. —Le tapó la boca con la mano y luego lo amordazó con un pañuelo. Buscó una cuerda, le ató las manos a los tobillos y se aseguró de que los nudos fueran firmes. Se lo echó al hombro y lo dejó sobre un lecho de paja en una dependencia donde se almacenaba el grano para los caballos, vecina a las caballerizas.

—Quédate ahí un rato. Si quieres seguir vivo y evitar que a alguno de estos locos le dé por hacerte daño, obedece todo lo que yo te diga…

Yago trató de gritar, pero con un pañuelo metido en la boca nadie le podía oír.

Pero Azul lo había observado todo. Cuando vio salir al fraile de aquella estancia anexa sin Yago, y dirigirse hacia donde estaban los demás hombres, empezó a tirar de la cuerda con la que estaba atado a una barra hasta que la consiguió romper pasados unos minutos. Midiendo sus pasos se dirigió en silencio hacia el almacén, entró sin ser visto y localizó al muchacho en el suelo. Lo olfateó y Yago se dio media vuelta para acercar a su dientes las cuerdas con las que le habían atado.

Afuera, fray Ricardo discurría qué podía hacer con el chico. Lo había reconocido, así que estaba claro que no podía dejarlo allí. Tenía que convencer al hombre al mando de aquel grupo para que se lo llevara con ellos.

—Lo he dejado donde se guarda el grano. Tenéis que llevároslo.

—Ni hablar. Sería un estorbo.

Fray Ricardo se sintió agobiado. Le daba igual lo que fueran a hacer con Yago en el caso de convencer al hombre, pero si no lo conseguía las consecuencias serían horribles. Solo había una manera de hacerle callar… y él era un hombre de Dios.

—Por Dios os lo pido… —Le temblaban las manos.

El hombre miró con desprecio al fraile. Odiaba a aquel tipo de gente, individuos que tenían el alma tan manchada y oscura como la suya pero que vivían pendientes de mantener una imagen de bondad. Él nunca había sido una buena persona, pero iba de frente. Matar al chico a la primera oportunidad que tuviese no le suponía ningún esfuerzo, pero tenía que costarle algo al fraile.

—Dadme dinero y os soluciono el problema.

Fray Ricardo suspiró aliviado. Le ofreció diez ducados, que tuvo que subir a veinte para cerrar el trato. Lo sellaron con un apretón de manos y se dirigieron al almacén donde había dejado a Yago.

Sin embargo, al entrar, para su sorpresa, no vio a nadie.

Lo buscaron por toda la cuadra, dieron aviso al resto para que estuvieran atentos, pero ninguno dio con el chico. Fray Ricardo se angustió al pensar en la posibilidad de que hubiera huido hacia la casa y estuviera en esos momentos dando aviso al yeguarizo. Azuzó a los hombres para que terminaran pronto el trabajo.

Uno de ellos vio a un precioso caballo de tonos azulados que iba suelto por un pasillo. Le colocó un cabezal y lo dejó atado a un travesaño de madera. Yago, escondido tras unas fardas, sin perderlo de vista, sintió miedo. Confiaba en que el coro de relinchos y bufidos, que iba aumentando en intensidad a medida que los amarraban unos a otros, fuera suficiente para llamar la atención de alguien en la casa, y dieran la voz de alarma. No entendía qué podían pretender con los caballos, pero imaginó que no sería nada bueno. Se ocultó con más cuidado y se rascó las doloridas muñecas agradecido de la capacidad de Azul, que en pocos bocados le había rasgado el cordaje que lo ataba.

Cuando empezaron a sacar a los caballos fuera de la cuadra, tuvo que tomar una decisión, quedarse ahí quieto o ver a dónde los iban a llevar. Asombrado de su propia determinación, decidió seguirlos. Se escurrió con sigilo hasta el centro de la manada, los caballos lo aceptaron sin relinchar ni llamar la atención y los acompañó con disimulo.

Una vez fuera, estudió el mejor momento para separarse de ellos y buscar nuevo escondite. Obedeció a su instinto cuando sus propias piernas le llevaron a ocultarse bajo un carro que estaba parado cerca de donde iban reuniendo a la veintena de animales. Se apoyó en los dos ejes y comprobó que la oscuridad de la noche le protegía, pues nadie lo vio al pasar a su lado.

Desconocía cuál sería el destino de aquel carromato o de los caballos, suspiró despacio para conseguir relajarse un poco y en ese momento vino a su recuerdo la última ocasión en que había visto a Camilo. Al recordar su desafecto cuando fue acusado en falso por la chica, y la posterior y nula atención que Camilo había puesto en él, se dio cuenta de que nadie le iba a echar demasiado de menos. Repasó la gente que había conocido a lo largo de su vida y, en realidad, antes o después todos le habían querido ver lejos.

Desde su posición podía distinguir las patas de los animales, que se movían con inquietud, y localizó las de Azul. Alguien se subió a la carreta, restalló las riendas sobre dos mulas y la puso en marcha.

—Volved a la hacienda y disimulad. Si el chico no ha dado aviso todavía, tendréis que hacer algo vos mismo. Nosotros iremos con la mayor celeridad y lejos de la ruta habitual, por si alguien nos siguiera. Pretendemos alcanzar de madrugada el puerto. Allí estará todo preparado para embarcarlos sin que nadie lo advierta…

Yago escuchó a fray Ricardo despedirse de quien acababa de hablar y tragó saliva consciente del peligro que vivía.

—Y decidle a vuestro tío que, aunque su encargo solo comprendía estos veinte caballos, los que se podrán transportar en las bodegas, cobraremos por todos los que hemos hecho desaparecer.

—Lo veré mañana, descuidad. Se lo diré —contestó fray Ricardo antes de dar media vuelta y correr hacia las viviendas de la hacienda.

Poco después, entre el traqueteo de la carreta y los rebotes de las piedras sobre su cuerpo, Yago se sintió dolorido y agotado. Habían recorrido caminos y campos, veredas y secos arroyos. Ascendieron y bajaron varias lomas con el único sonido del repiqueteo de los cascos de los veinte hermosos caballos que habían sido robados de las caballerizas de los cartujos.

Yago se sentía confuso.

Sufrió un repentino temblor en las piernas y le entró la tentación de ponerse a gritar para apagar su nerviosismo. Pero al mirar a su derecha y ver al grupo de los caballos que trotaban a su lado descubrió que iban aterrorizados. Y en ese justo momento Yago sintió algo nuevo y desconocido. Supo que lo necesitaban. Cada noche se había apretado a sus cuerpos y había conseguido la paz. Jamás habían dado muestras de incomodidad por su presencia, más bien todo lo contrario.

Por todo ello se prometió ayudarlos.

Nunca los dejaría solos; iría con ellos a donde los llevasen, aunque tuviera que olvidar para siempre al monje al que tanto había querido.

TERCER ESCENARIO

Entornos de soledad

Isla de Jamaica
Año 1536

I

Aquel bamboleo del barco le hacía bien a su cuerpo y a su alma; obtenía paz y compartía sus días y noches con los caballos, pero a pesar de todo, Yago echaba de menos a Camilo y tenía hambre. No era para menos, porque llevaba varios días embarcado y su único alimento había consistido en un puñado diario de granos de avena.

Había llegado a la nao de madrugada una semana antes, en una noche tan cerrada que el débil reflejo de la luna apenas conseguía abrirse paso.

Saltó de la carreta que lo había transportado desde Lomopardo, y cuando se sintió seguro corrió para ocultarse primero entre los caballos, y luego a las espaldas de unos grandes baúles que encontró en la cubierta del barco. Allí estuvo agazapado hasta que pudo bajar a la bodega, donde al parecer habían alojado a los animales. A pesar de su torpeza, y tal vez por obra de un instinto de supervivencia hasta entonces incógnito, consiguió llegar a ellos sin ser visto.

La bodega de popa había sido habilitada para el transporte de los caballos. A lo largo de unas veinte varas, y sobre las cuadernas de sus paredes, pegadas unas a otras, se repartían las estructuras que les darían alojo durante el largo trayecto. El armazón principal se asemejaba a una especie de gran cajón abierto por los lados, con cuatro listones de madera verticales fijados a techo y suelo, y entre ellos dos horizontales que contribuían a soportar la estructura. Desde estos últimos, y a bastante altura, unas argollas recogían una ancha pieza de cuero en forma de hamaca que envolvía al animal por su vientre, desde el costillar a los ijares, consiguiendo una excelente sujeción. Cuando se tiraba de los extremos de aquellas argollas, los caballos se veían alzados del suelo y así se evitaba que pateasen nerviosos ante cualquier circunstancia que los excitara. El sistema se completaba con una recia cinta de cuero que reunía las cuatro extremidades por encima de los cascos, para evitar coceos y movimientos peligrosos.

Los caballos se alineaban en dos filas, con sus cabezas orientadas hacia el eje de la embarcación, para facilitar el reparto de los alimentos, y para que se sintieran más tranquilos al poder verse los unos a los otros en todo momento.

Antes de levar anclas, Yago había encontrado refugio tras una pila de sacos de avena aprovechando que los tripulantes habían abandonado la bodega después de haber dejado la carga alojada. La farragosa tarea les había llevado mucho tiempo, primero en el muelle a causa del natural rechazo de los animales a ser introducidos en el interior colgados de una grúa, y después, al tener que obligarlos a caminar por las oscuras y estrechas dependencias interiores de la embarcación.

Cuando Yago vio que cerraban los portones y que, pasado un buen rato, nadie entraba en la bodega, salió de su escondite para ver cómo estaban. Los fue saludando uno a uno, pero se detuvo más tiempo con Azul, que, ante su presencia, abrió de par en par los ojos en respuesta a la suave caricia que recibió en el cuello.

—Yago contigo… —el chico le susurró al oído.

Era tan grande la oscuridad que apenas veía a más de un palmo.

Pensó en Camilo, como no dejaba de hacer a diario desde hacía semanas, desde el suceso con aquella chica, y se sintió horriblemente apenado. Después de la excitación de las primeras horas le alcanzó un profundo agobio. Estaba embarcado sin saber a dónde iba, ni quiénes eran en realidad esos hombres. Sus referencias habían cambiado en pocas horas y eso le ponía muy nervioso. En el silencio de aquella primera noche temió haber perdido para siempre a Camilo y se sintió indefenso. Era consciente de que no estaba preparado para enfrentarse a la vida él solo.

A sus catorce años muchos chicos empezaban a trabajar y eran considerados adultos, pero él tenía la sensación de haber vivido sólo la mitad, los seis últimos años en la cartuja. Los anteriores quedaban envueltos en una nebulosa, como un negro recuerdo.

La nao, llamada Santa Hildegarda, de apenas dos años de botadura, tenía por delante una larga travesía desde Sanlúcar de Barrameda hasta la isla de Jamaica, que los indios llamaban Xamaica y los cristianos Santiago de Jamaica. De camino haría una corta escala en la isla de Lanzarote para reponer víveres en una discreta cala al sur, poco conocida para los navegantes, y para que los caballos hicieran un poco de ejercicio antes de emprender la travesía definitiva.

En su cámara principal dos hombres ultimaban los planes de su primera escala.

—¡Maldito sea ese Martín Dávalos; le dije que esta nao solo podría transportar diez caballos y al final hemos tenido que hacer sitio a veinte! —El capitán a quien todos llamaban el Tripas observaba desde el ventanal de popa la estela de espuma que dejaba la nave sobre el mar—. ¡Con el doble de carga navegaremos a menos velocidad y nos va a retrasar! —Desplegó sobre una mesa la carta de navegación que dibujaba la ruta hasta las Canarias, conocida como el mar de las yeguas—. Tardaremos en llegar a Lanzarote no menos de dieciséis días, cuando lo normal sería hacerlo en doce.

Quien escuchaba sus quejas era el contratista de la nao y verdadero promotor del viaje, Siegfried Schwarz. A pesar de las protestas, se sentía relajado y disfrutaba de una copa de vino de Jerez. Lo miró con expresión condescendiente, y se relamió los labios de pura satisfacción, no solo por los efectos del dulce licor, sino también al tantear la bolsa que colgaba de su cinturón con doscientos ducados de oro, precio que Dávalos le había pagado poco antes de partir.

—Tomaos el tiempo que necesitéis: tened en cuenta que lo importante en esta travesía es que la carga llegue sana y salva, aunque tardemos un poco más, no importa —resolvió Siegfried.

Los dos hombres sabían que, a diferencia de la mayoría de las embarcaciones que arribaban a esa isla, la finalidad de su viaje no era comercial. Transportaban azogue, un mineral también conocido como mercurio, necesario para la amalgamación de la plata, que se extraía en Almadén. El noble metal, que tanto abundaba en las Indias, se había convertido en poco tiempo en una de las principales fuentes de ingresos de las arcas reales y por ese motivo disfrutaba del patronazgo de la Corona Real.

Aunque la valiosa carga era propiedad de unos adinerados alemanes, Siegfried viajaba representando varios intereses; el de sus patronos, el que movía a los dos venticuatros de Jerez, y además el del propio César. Su encargo consistía en hacer llegar a Jamaica el mercurio que sería repartido después por las minas extractoras de plata de Nueva España. Luego, en su regreso a tierra patria, llenaría las bodegas con el noble y brillante metal para el uso que quisiera después darle el Rey.

Las ventajas del transporte en un barco azoguero eran muy importantes. No era inspeccionado por la Casa de Contratación de Indias, estaba exento del pago de impuestos, tanto a la salida como a la entrada de cualquier puerto, y el solo hecho de enarbolar la enseña real en el trinquete le daba prioridad en cualquier operación portuaria.

La Santa Hildegarda no era un barco de guerra, pero dada su valiosa carga iba armada con seis cañones de grueso calibre a estribor y otros tantos a babor, aparte de dos falconetes instalados en su proa.

Ante la suma de tantas circunstancias favorables, Martín Dávalos y Luis Espinosa habían decidido que esa nao era el mejor medio para hacer llegar los caballos a Jamaica. El precio que obtendrían por los animales en las Indias iba a ser entre quince y veinte veces el de la Península, tenían comprador, un hombre conocido y de fiar, pero sobre todo perjudicarían, o al menos retrasarían, los planes de la cartuja en su idea de criar caballos.

—¿Qué tiempo tendremos hasta las Canarias? —preguntó el alemán al Tripas.

—Malo, me temo. Esta época del año no es la mejor. Pronto entraremos en el mar de las yeguas y espero que no tengamos que dar buena fe de su nombre…

—No os entiendo. —Siegfried sorbió la última gota de un afrutado vino. No era la primera travesía que hacía a las Indias, pero sí con escala en Canarias. Él solía hacerla en Madeira.

—La navegación desde Sanlúcar hasta las Afortunadas suele hacerse a lo largo de una ruta marina que, aparte de ser la más transitada, se ha venido llamando como os digo, de las Yeguas, porque con cierta frecuencia sus aguas se embravecen de tal manera que son muchos los caballos que no lo resisten y mueren presos de terribles cólicos provocados por el mareo o por los ataques de pánico que padecen. Al morir son echados al mar y por ese motivo las aguas toman ese nombre. En alguna ocasión he podido ver hasta una docena de ellos flotando al paso de mi nao.

—Pues tratad de que eso no ocurra si queréis cobrar vuestro servicio. Lleváis dos valiosas mercancías, pero quienes han pagado el transporte de los caballos no perdonarían la pérdida de uno solo. Os aseguro que son muy poco pacientes cuando ven perjudicados sus intereses…

Los dos veinticuatros, a los que Siegfried se refería, eran viejos conocidos del Tripas. De hecho, había capitaneado en más de cinco ocasiones sus barcos, cuando todavía era legal la saca de caballos a las Indias, y una más cuando esta se había prohibido. Recordó el incidente que tuvo que superar en aquella ocasión con uno de los guardas que perseguían aquel comercio. Lo comentó con Siegfried.

Al alemán no solo le movían motivos económicos. Había entablado tal grado de amistad con Luis que incluso había dejado a su mujer en casa de los Espinosa hasta su vuelta. El jerezano insistió en invitarla con el pretexto de evitarle tantos meses de soledad en la casa del Puerto de Santa María, a lo que ella puso pocas objeciones.

—Llevamos las dos bodegas de proa hasta arriba de odres con vuestro mercurio, y la trasera atestada de caballos. Con tanta carga el barco rompe mejor las olas, pero es más vulnerable a una fuerte tormenta, y no os explico a una marejada. Si se desplazase la carga, estaríamos perdidos.

—He podido comprobar que el mercurio va bien sujeto. Los caballos lo desconozco. —Siegfried todavía no se había preocupado de verlos.

—Van amarrados y dentro de unos armazones especiales. Gracias a eso conseguimos que no desestabilicen el eje de flotación, pero llegan a destino bastante estropeados y por desgracia no siempre todos... Algunos enferman, y la poca movilidad que tienen a lo largo de la travesía enloquece a los que son más bravos.

Siegfried entendió entonces el porqué de las escalas aunque alargasen la duración del viaje. Un poco de ejercicio les ayudaría sin duda a llegar en mejores condiciones.

—Bajad a verlos cuando se haga de día. Os quedaréis sorprendidos de su calidad; algunos son verdaderamente increíbles, casi diría que ejemplares únicos.

—Lo haré, os lo aseguro. Sin mujeres a bordo, ¿qué otra belleza se puede disfrutar? —Cerró los ojos recordando una morenita que Luis Espinosa le había facilitado la semana anterior a su partida.

—Un hombre de verdad no puede vivir mucho tiempo sin mujeres, no... —El capitán soltó una carcajada y pensó en las dos esclavas nativas que esperaba embarcar en Lanzarote para que les amenizaran el camino. El alemán no lo sabía; pero seguro que la sorpresa no le iba a disgustar.

II

Fray Camilo no había sudado tanto en toda su vida.

La desaparición de los caballos podía suponer un serio quebranto para los planes de la cartuja, pero la de Yago hería su conciencia.

Nadie sabía nada; nadie había visto ni escuchado nada.

La realidad era que casi medio centenar de animales habían desaparecido de las caballerizas y con ellos aquel niño que dormía siempre en el establo. Los remordimientos por la fría actitud que había demostrado hacia Yago horadaban su corazón de forma dolorosa.

La misma mañana del suceso, y nada más ser informado, había organizado la primera batida. Acudieron a la llamada algo más de trescientos trabajadores de las diferentes estancias que poseía la cartuja y desde media mañana empezaron a barrer las tierras que estaban comprendidas entre la dehesa de Lomopardo y las vecinas ciudades de Jerez y Sanlúcar.

En el transcurso del primer día localizaron a más de una veintena de caballos y a algunos potros, se hicieron con la hacanea del yeguarizo y con una mula vieja. Pero del chico y de la otra veintena de caballos no se tuvo ninguna noticia, ni la menor pista.

Para ser un robo, que era lo primero que se pensó, nadie se explicaba por qué habrían abandonado entonces a un número tan elevado de caballos en las dehesas. Por eso hubo quien culpó al chico, aduciendo que tal vez bajo los efectos de uno de sus ataques había soltado los caballos y había huido en uno de ellos.

Fray Camilo se encolerizó al oír la acusación, sobre todo porque ahora estaba seguro de que Yago no era capaz de engañar, mentir y menos de robar nada. Decidió no hacer oídos a esas ni a otras conjeturas que tuvo que escuchar, se puso manos a la obra, encabezó uno de los grupos y tomó el cauce derecho del Guadalete. Rastrearon palmo a palmo la ribera, entre los juncos, en orillas y meandros, o bajo cualquier arbusto que pudiera esconder alguna señal de su paso, pero no encontraron nada.

Camilo no cejó ni un instante en aquella búsqueda. Ni la falta de resultados ni el agotamiento que empezó a acusar el resto de la gente hicieron mella en su voluntad. Una aguda presión en el pecho, reflejo de la gran angustia que padecía al sentirse responsable de la desaparición de Yago, era lo único que a veces le hacía detener el paso para tomar descanso.

Le había fallado.

Durante las dos últimas semanas no había ido a verlo como castigo a su supuesto mal hacer. Sin embargo, ahora lamentaba haber creído a la chica y no conseguía quitarse de la cabeza el hecho.

—No dejéis nada sin mirar —advertía a sus acompañantes—. El chico puede estar confuso y no responder a nuestras llamadas.

Mientras continuaba con la búsqueda, Camilo ordenaba sus ideas. Aquella desaparición había acelerado en su alma una inquietante agitación que se sumaba a la que ya venía acusando desde hacía años. En la quietud de su celda y recogido en el Señor, llevaba demasiado tiempo preguntándole qué quería de él. De una forma u otra siempre terminaba implorando su ayuda para que le mostrara qué camino debía tomar, y a la vez rezaba, rezaba para borrar de su conciencia la señal de sus dudas, para pedir perdón por el corto amor que ponía en cumplir la regla que un día había abrazado. Pero a pesar de su insistencia, no acababa de obtener ni una sola respuesta de parte de su Señor, solo silencio, un vacío que no sabía interpretar pero que estaba removiendo lo más profundo de sus creencias. Así se pasaban los días y las noches, los meses, sintiendo como las sombras de su vocación crecían y empezaban a dominarlo todo, no solo la oración y su pensamiento, también sus miedos; miedo al futuro y sobre todo miedo a la verdad. Uno de los efectos que surgieron como consecuencia del estado de turbación por el que atravesaba fue el apreciable cambio de su temperamento. Se volvió más irascible, menos flexible, y comenzó a culpar de sus males a todo y a todos, a su entorno, a la cartuja, a su infancia, y a cualquier suceso que alterase su de por sí delicado equilibrio emocional. Y fue en medio de ese estado anímico cuando presenció el altercado de Yago con la chica.

Durante las agotadoras jornadas de búsqueda por los alrededores de la cartuja, terminó dándose cuenta de que había cargado sobre las espaldas del muchacho sus propias culpas, sus propios fracasos, los problemas que afectaban a su alma. Y como consecuencia de ello empezó a pensar que quizá Yago podría ser un buen remedio a sus problemas internos. La permanente necesidad de protección, apoyo y vigilancia que el muchacho requería terminó de abrirle los ojos. De pronto descubrió que en el mundo y en la vida podían existir otras celdas donde trabajar, y no solo con madera, por ejemplo con almas, procurándoles ayuda, protección o incluso una guía para llevarlas hacia Dios.

Desde que sintió corretear esas ideas por su conciencia, Camilo vio difuminarse las cuatro paredes de su pequeño mundo para abrirse a otro de magníficas dimensiones, más luminoso, aunque de momento desconocido.

Cuando se cumplió el tercer día, Camilo sintió que no podía caminar más…

No había descansado nada después de haber recorrido cientos de leguas a la redonda de Lomopardo sin haber encontrado el menor indicio de su paradero.

Yago se había esfumado.

En la cartuja, el prior compartió el fracaso: no había conseguido la menor ayuda por parte del cabildo de Jerez a pesar de haber ido en persona a solicitarla. A nadie parecía importar lo sucedido.

—El justicia promete investigar, pero mucho me temo que no hará demasiado por nosotros... Me ha parecido intuir que existe interés por parte de algunos veinticuatros en que esas averiguaciones se vean frenadas. Estoy seguro de que a más de uno la noticia de nuestra desgracia le ha producido una gran alegría, pues pensará que con un competidor menos en la venta de caballos le irá mucho mejor.

—Los caballos son eso, caballos. Pero me preocupa más el chico... —comentó Camilo.

Don Bruno le miró a los ojos y a continuación abrió el libro de horas por donde lo había dejado al alba.

—Entiendo tu pesar, es razonable, pero confieso que me inquieta. Presumo de conocerte bastante bien y por eso sé que hay algo que te martiriza, y además desde hace demasiado tiempo. Parece como si tu alma tuviera una fisura que no consigues cerrar con oración ni con mortificación. Pero no sé a qué se debe, aparte de que últimamente llevas las cuentas del monasterio retrasadas, y tampoco veo en ti demasiada preocupación cuando hemos de devolver lo gastado en la compra de los caballos, que asciende a un millón de maravedíes. Su desaparición supone para nuestra situación un colosal desastre económico. ¿Acaso no te incumbe también eso?

Fray Camilo se estrujaba el hábito entre sus sudorosas manos con una indisimulada pesadumbre. Claro que todo aquello le preocupaba, pero le parecía un problema menor comparado con el infortunio de Yago. El hecho de desconocer qué habría sido de él, dónde estaría, o qué problemas tendría, suponía un mayor sufrimiento que pensar en dinero o caballos. Lo imaginaba entre convulsiones, dominado por alguno de sus habituales ataques de ansiedad o hiriéndose sin cuidado, dado su permanente despiste.

Miró a los ojos a su prior.

La confianza que tenía en don Bruno hizo que se decidiera a abrir su corazón.

—Antes de mi viaje a Córdoba os adelanté algo, pero ahora reconozco que tenéis razón cuando veis flaquezas en mí. Si os digo que he rezado hasta desfallecer, que he hecho todo tipo de promesas a nuestro Señor y que vivo en una permanente duda, sé que me creeréis. Lamento muy en serio todas las faltas que he cometido contra nuestra regla. —Se aflojó el cordón que ceñía su hábito—. Y ni con la música hallo consuelo, así que os podréis imaginar la gravedad de mi estado. —Respiró profundamente para tomar fuerzas y seguir descifrando con absoluta franqueza su interior.

—Libera entonces todo lo que te oprime y te sentirás mejor.

—Antes de venir a veros, mientras descansaba en mi celda y después de estas tres agotadoras jornadas, he empezado a ver qué quiere de mí el Señor.

—No siempre lo que se escucha en oración es la palabra de Dios; a veces somos nosotros mismos que nos engañamos... —Su superior se temió algo serio.

—Lo sé, pero ¿y si estuviese en lo cierto...? Creo haber descubierto algo importante, y es que puede haber otro mundo para mi más allá de una celda de clausura, que existen diferentes fórmulas de responder a la llamada de Dios. Ayudar a los demás desinteresadamente puede ser una —al hablar, Camilo se sentía sereno y aliviado, por primera vez ponía palabras a lo que tenía dentro y a la persona más indicada. Siguió reflexionando—. Pienso que el hecho de que nuestro Señor me haya puesto a Yago cerca, justo ahora, puede significar algo. Quiero entenderlo y explorar esa nueva posibilidad. Pero ahora, lo más urgente es buscarlo, por eso, no desfalleceré. Si en los alrededores de Jerez no se le ha visto, probaré en otros términos. Veinte caballos no pasan desapercibidos. Iré hacia el norte, hacia el sur, hacia donde sea hasta encontrarlos. Pero antes necesito vuestra bendición…

El prior lo miró y se mordió los labios para no responder de inmediato. El problema no estaba en la expedición que le proponía, detrás de aquella búsqueda coexistían otras razones que le preocupaban bastante más. Desde el lado más humano, cómo no iba a animarlo a dedicar todos sus esfuerzos en esa loable empresa, pero como director espiritual le pareció mucho más saludable que dedicara su tiempo a la meditación y la contemplación en soledad. Y llegó a esa conclusión al percatarse de que el deterioro de su vocación era mucho más grave de lo que había imaginado.

Dejó transcurrir un largo silencio antes de responder.

—No te lo permito, Camilo, y además la Pascua la pasarás en tu celda.

III

Un resto de espuma atrapada en el aire, un afilado frío y la generosa contribución de aquel mar embravecido penetraban por las rendijas de la bodega de la Santa Hildegarda ante el espanto de los caballos que allí se transportaban.

Yago se había escondido bajo unos pesados sacos de cereal para aislarse de una tempestad que amenazaba con partir la nave en dos, como si se tratase de una frágil cáscara de huevo. Los crujidos de las maderas rompían el silencio y el furioso viento rugía al atravesar sus cuadernas y empujaba al barco con tal intensidad que parecía querer aplastarlo.

Los gritos de la tripulación y las ahogadas órdenes de su capitán se sucedían sin descanso. Unas veces mandaba virar a babor, contra el viento dominante, otras, soltar lastre para equilibrar la forzada posición de la nao.

—Yago no gusta agua… —se repetía una y otra vez, esperando que aquello terminase.

El penetrante olor a cereal mojado mezclado con el del esparto enmohecido de los sacos le resultaba desagradable, aunque el efecto que ejercía el peso de los mismos sobre su cuerpo le relajaba.

Agazapado, observó a los caballos.

Desde hacía dos días navegaban colgados de las cinchas, bamboleándose con los embates del barco. La tripulación de la nao había tomado esa decisión al advertir la tormenta que se avecinaba. Cuando se sintieron los primeros truenos, los animales empezaron a sudar, los ojos se les salían de las órbitas de puro terror y relinchaban como locos sin saber qué sucedía, pero Azul no. Aquel animal no demostraba tener miedo como los demás; su sangre respondía a un origen exclusivo y a un temperamento diferente. La mirada era más profunda, sus movimientos serenos y su actitud más pacífica. Con el destello de un potente rayo se cruzaron sus miradas, y sin decirse nada, o todo, Yago supo que se entendían.

Mientras, en la cubierta principal se luchaba contra la furia del mar, las velas se hinchaban y arrugaban según soplase el impetuoso viento, y la tripulación corría de un lado a otro para combatir aquel desastre.

Su capitán, afianzándose al timón, ciñó sobre su cintura un cordaje para atarse al puente. Las enormes olas atravesaban de un lado a otro la embarcación y ya habían arrastrado a dos hombres. Entre rayos y truenos el cielo se oscurecía unas veces y brillaba otras sin dejar tregua. Pero lo peor era el enloquecido viento que estaba a punto de doblar los mástiles, incapaces de resistir la fuerza de las velas que no habían podido arriar. Temieron ver quebradas las vergas antes de conseguirlo, viendo la tensión y el arqueado del velamen hinchado a más no poder. Aquella nao, una vez más, demostraba su excelente resistencia y maniobrabilidad a pesar de que su capitán anduviese más preocupado por la excesiva carga que llevaba que por los riesgos de fractura en alguno de sus mástiles, verdadera amenaza para su estabilidad frente al embravecido mar. Conocía bien su nave y sabía cómo tenía que actuar, pero la mercancía que transportaba era nueva para él y no le gustaba nada el efecto que ejercía sobre la navegabilidad. Aquel mercurio, además de suponer una enorme carga, al tratarse de un líquido se movía demasiado y hacía que la nave se comportara de un modo diferente. Por ese motivo había mandado a Siegfried a que revisara su estado.

Lo vio volver entre golpes de mar, agarrado a la balaustrada o a cualquier otro punto que le mantuviera en pie.

—¡Malditos seáis todos! —vociferó el Tripas sin que nadie lo oyera—. ¡No tenéis respeto al mar… y os lo va a hacer pagar!

La imprecación partió del capitán al ver cómo un insensato grumete acababa de soltarse de una jarcia de babor en un intento de huida hacia la bodega a la vez que una gigantesca ola recorría la cubierta. El muchacho desapareció, y el mar se llevó también una gruesa maroma, dos escaleras de madera y a punto estuvo de recibir al cocinero cuando se asomó por una escotilla preso del pánico.

Solo había que mirar los rostros de los rudos marineros para entender la crítica situación a la que se enfrentaban. La mayoría expresaban pavor, casi pánico, muy a pesar de haber vivido seguramente mil situaciones semejantes. Eran conscientes de que en esos momentos un error, el más mínimo error, les podía costar la vida.

Cuando Siegfried llegó al puesto del capitán para dar parte de la situación en bodega, la inesperada caída de un rayo afectó de lleno al trinquete partiéndolo en su tercio superior. En su caída arrastró a dos hombres y golpeó con fuerza la cubierta ante la sorpresa de la tripulación. El alemán miró al capitán asombrado de su temple. En menos de un suspiro estaba pidiendo que le valoraran los daños y observaba los efectos sobre la navegación de la nao. Nada parecía torcer su gesto.

Siegfried se retiró el pelo de la cara, se secó los ojos con la manga y le habló a voz en grito entre un eco de truenos.

—Si necesitásemos reducir carga para no zozobrar, podríamos desprendernos de hasta un cuarto del total del mercurio… o por qué no, de algún caballo… —Un golpe de mar hizo que perdiera el equilibrio, pero gracias a sus buenos reflejos pudo aferrarse al cabo suelto de una vela en el último momento.

—Como os descuidéis, vais a ayudar vos mismo a rebajar la carga que en efecto nos sobra —apuntó el Tripas, quien apenas veía algo a través de la espesa cortina de lluvia.

Ese tipo de tempestades no le eran desconocidas, había superado más de un centenar en su vida, pero tenía que reconocer que a la que se enfrentaban en aquellos momentos era de las peores. Desde que habían salido de puerto estaba preocupado por la baja línea de flotación de la nao, apenas un palmo por encima del agua. Con una travesía suave no resultaría peligroso, pero si se ponía la mar brava, algo bastante común cuando se atravesaba el océano, el riesgo de hundimiento podía ser demasiado elevado.

—Me temo que necesitaremos deshacernos de ambos. Id ordenando vos la cantidad de azogue, que yo haré lo mismo con los caballos. Veré si cinco son suficientes…

Llamó a su segundo. En cuanto apareció, con más agua en su ropa que pelos en la cabeza, el Tripas le ordenó reunir a media docena de hombres para que fueran a la bodega y eligieran los peores caballos.

Bajaron a trompicones por una estrecha escalera hasta alcanzar la cubierta más baja, golpeándose entre sí con los continuos vaivenes que provocaba el mar. Detrás de unos amplios portones, que había al fondo de un ancho pasillo de carga, se encontraban los animales. Antes de alcanzarlos, abrieron dos compuertas a los costados de la nao por donde se favorecía la descarga lateral cuando no se disponía de grúa, o la mercancía era más ligera.

El eco de sus pisadas y tanto portazo como dieron alertaron a Yago, que corrió a esconderse bajo unos sacos. En pocos minutos y desde una rendija pudo ver al menos a seis hombres en grupos de tres desatando de sus argollas a varios de los caballos. Al soltar las cuerdas los cascos empezaron a tocar suelo, pero aquellos hombres sabían lo que hacían y pusieron especial cuidado en que las patas quedaran en todo momento bien atadas para evitarse coceos. En cuanto terminaron con la última correa, uno de ellos ordenó lo que debían hacer.

—Empecemos por los más pesados.

—Os vamos a dar un bañito, muchachos… —bromeó otro envolviéndose la mano entre las crines de un macho de seis años para inmovilizarlo mientras le colocaba un cabezal.

Al tirar de él hacia el pasillo de descarga, el pobre animal, desconcertado y demasiado débil, demostró verdaderas dificultades para caminar. Iba mareado e inseguro, tambaleándose con cada golpe de mar. Le esperaba un terrible destino. Las enormes olas estallaban sin compasión contra la nao entre fuertes rugidos y nubes de espuma. El caballo, advertido del peligro que corría, estudió una posible escapatoria, pero lo guiaban con demasiada firmeza. Un fuerte golpe de aire le despegó del cuello las crines y las hinchó como si se tratase de una vela, para hacerlas estallar después con el mismo efecto de un látigo. Tensó las orejas, cabeceó aterrorizado, clavó los cuartos traseros y reculó todo lo que pudo para evitar aquel infierno, pero se encontró con doce fuertes brazos que lo empujaban hacia una de las bocas de salida.

Sirviéndose de cuerdas, a fuerza bruta, y todos a una, los seis hombres consiguieron que el animal fuera perdiendo terreno hasta que sus miembros anteriores asomaron fuera del barco. Una vez allí y a la voz de tres, consiguieron con un último esfuerzo lanzarlo contra el mar. El animal, entre cabeceos y ahogados relinchos, terminó perdiéndose de vista en solo un instante.

—Muy bien, chicos. ¡Vayamos a por el siguiente! —Uno de aquellos recios marineros se limpió las manos sobre los empapados calzones y preparó otro cordaje.

Cuando Yago vio que regresaban se empezó a poner más nervioso. Tenía a Azul a su izquierda, entre una decena de animales aterrados, casi tanto como él.

Desataron a un ejemplar de cuello hermoso y dorso corto, fuerte como un toro, para darle idéntico destino que a los demás, pero se encontraron con más problemas. El animal se resistía con ferocidad y parecía peligroso. Entre blasfemias, sudores y empujones fueron avanzando poco a poco con él hasta dejar la bodega atrás. Yago, asustado, escuchó su último eco de relinchos y bramidos hasta que de repente se hizo el silencio.

El siguiente caballo que fue abordado coceó a uno de los marineros en un fatal descuido. El cordaje que inmovilizaba sus cuatro patas se había soltado demasiado pronto y el caballo aprovechó la oportunidad para lanzarle una coz que terminó rompiéndole la pierna hasta hacer asomar una parte del hueso. Se lo llevaron entre gritos de dolor y gruesos improperios. Yago observaba sin hacer el menor ruido, pero el corazón se le detuvo cuando los hombres que se quedaron en la bodega señalaron al siguiente caballo que iban a tirar; se trataba de Azul.

¿Qué podía hacer él?, dudó agobiado.

No sabía cómo actuar. Se acurrucó todavía más entre los sacos, sin atreverse a mirar, y empezó a balancear su cuerpo para tranquilizarse. Preso de un intenso miedo que llegó a atenazarle los músculos, cerró los ojos por instinto, tratando así de aislarse de la realidad, en su pequeño mundo, oculto a todos, y aguantó unos minutos sin apenas respirar.

No quería saber, ni mirar, hasta trataba de no escuchar, pero todo cambió cuando Azul relinchó. Yago sintió su llamada, supo que iba dirigida a él. Una fuerza interior lo empujó a actuar haciéndole salir de su escondite en ayuda no solo de ese caballo, sino de todos los demás.

Su imagen recortada sobre el fondo de la bodega, entre relámpagos, su actitud altiva, y el simple hecho de estar ahí, frente a ellos, asombró tanto a los presentes que les dejó sin habla, incrédulos ante lo que estaban viendo. ¿De dónde había salido aquel chico?

—Pero habrase visto… ¿Y quién eres tú? —Un marinero, barbudo y ojeroso, se le acercó con intención de tocarlo acaso no se tratase de un fantasma.

—¡Azul no! —balbuceó aferrándose al cuello del caballo.

Cuando intentaron separarlo, se arrancó a aullar con una intensidad tal que más de uno se tuvo que tapar los oídos espantado por su agudo timbre.

Un marinero, pequeño pero de gran musculatura, harto de sus chillidos, lo abofeteó sin poner medida a su fuerza y se desahogó profiriendo una gruesa blasfemia. Azul cabeceó, buscó la espalda del hombre y la golpeó con tanta furia que lo derribó y con él a Yago.

—Maldito animal… —El hombre, con la espalda dolorida y una brecha en la sien, se levantó, se hizo con un palo y lo blandió con intención de asestarle en la cabeza.

—¡Estaos quieto! —la voz de su capitán lo detuvo a tiempo—. Ese caballo es más valioso que cien veces todos vosotros juntos, malditos ignorantes. Se trata de un Guzmán… Os advierto desde ahora que si le llegase a pasar algo, os colgaré desde el trinquete por los testículos… ¡Insensatos! Menos mal que se me ha ocurrido bajar.

Siegfried, a su lado, le quitó el palo al marinero y lo tiró lejos sin caer en la presencia de Yago, quien seguía en el suelo detrás de Azul.

—¿Cuántos caballos faltan?

—Nos faltan dos, mi señor —respondió el barbudo.

El alemán señaló otro de bastante menor clase:

—¿Y por qué no ese?

—¡Arrojad el que se os dice y terminemos con esto cuanto antes!

Como un solo hombre obedecieron sus órdenes y desataron al pobre animal, que iba a conocer la muerte bajo la furia de las aguas.

—¿Y qué hacemos con el chico? —preguntó un tercero.

Siegfried y el capitán se miraron.

—¿De qué habláis? No comprendo…

El mozo señaló a Yago, acurrucado bajo las patas del Guzmán.

—¿Pero y este? —Siegfried se agachó, lleno de curiosidad—. ¿Quién eres?

Él se ocultó entre las rodillas sin responder.

—No te preocupes, no te va a pasar nada…

—¿Pero dónde diantres has estado metido sin que nadie te haya visto hasta ahora? —preguntó el capitán, también en cuclillas y frente a él.

Yago no quiso contestar, pero empezó a temblar sin control. Siegfried preguntó a los marineros qué sabían de él. Le contestaron que nada salvo que le habían oído decir dos palabras: Yago y azul.

—¿Entonces te llamas Yago? —El alemán se le acercó más—. ¡Habla de una vez, por Dios!

Él repitió su nombre con voz temblorosa, casi en susurros, pero se le entendió.

—Muy bien, por fin… Mi nombre es Siegfried y supongo que tendrás bastante hambre. ¿Me equivoco? —Intentó tirar de su brazo para sacarlo de debajo de las patas del caballo, pero solo consiguió que se agarrara todavía más fuerte al animal. Azul reaccionó interponiendo su cuello. Con un bufido dejó claro a Siegfried cómo respondería si le hacían algo al chico. Aquel gesto asombró al alemán—. ¿No os parece curioso…? —Miró al capitán—. Resulta increíble cómo parecen entenderse. Está claro que ninguno desea separarse del otro.

—¡Traedle entonces algo de comer! —ordenó el capitán—. Ya veremos más adelante qué hacer contigo.

Le echaron catorce años. De su aspecto, llamaba la atención el azul de sus ojos, la larga melena oscura y rizada que caía sobre su espalda, así como sus facciones bien marcadas, angulosas pero curiosamente inexpresivas, junto a un mentón acusado. Pero además de su físico, el chico tenía una extraña presencia, no dejaba de moverse, sus gestos eran esquivos y sus reacciones inoportunas, y además compartía momentos de ausencia con una decidida atención sobre un punto determinado de la bodega. Parecía medio lerdo.

—Si tú eres Yago, se supone que el caballo se debe de llamar Azul, ¿verdad?

Para sorpresa de Siegfried, obtuvo como única contestación una mirada huidiza y extraña, muy extraña…

IV

En la isla de Lanzarote apenas se detuvieron un día. Hicieron caminar a los caballos por las playas y llanuras, para relajarlos y reforzar su musculatura, atrofiada tras el largo e incómodo encierro en las bodegas, y así acometer la segunda parte del viaje, que les ocuparía algo más de un mes.

Los quince animales que habían sobrevivido a la primera travesía trotaban felices por los restos negruzcos de la lava volcánica que dominaba casi toda la isla, en un paisaje yermo y muerto. La oscuridad de la piedra que la tierra había vomitado contrastaba con el intenso azul del mar.

La isla estaba salpicada de vides que sus propietarios colocaban en pequeños círculos, como cráteres, protegiéndolas del fuerte viento dominante con paredes de piedra, en un contraste de colores muy curioso; verde intenso en las hojas, negro cerrado en la piedra.

Se aprovisionaron de víveres frescos, verduras, fruta, quesos y carne, sobre todo de cabra.

Cuando la carga de viandas se había completado, el capitán ordenó la tradicional aguada hasta llenar los barriles de agua dulce con la que soportar toda la travesía. Poco antes de que se diera la orden de partida subieron a bordo dos esclavas nativas, de finos rasgos y piel tostada para disfrute del capitán y su principal pasajero. Con ellas se cerró la escala en aquella isla.

Desde la misma playa donde habían fondeado, la nao levó anclas y enfiló su proa en dirección oeste, para tomar, un día después, una nueva ruta que, por suave y menos peligrosa, era conocida como el mar de las damas. A partir de entonces la rutina diaria sería para todos un lento padecer hasta ver de nuevo tierra firme, en el puerto de Sevilla la Nueva, al norte de la isla de Jamaica.

Yago se ganó la consideración de bicho raro desde muy pronto, casi después de su inesperada aparición. Apenas se relacionaba, no hablaba más de tres palabras seguidas y tampoco miraba de frente cuando se dirigían a él. Se hizo evidente que no quería saber nada de los demás, por eso, desde muy pronto, extrañados por su comportamiento, le hicieron pasto de un creciente desprecio. Sin embargo, ni las más humillantes ocurrencias, insultos o mofas consiguieron despertar la menor reacción en el chico.

Al constatar que solo estaba tranquilo cerca de los caballos, terminaron dejándolo con ellos el resto de la travesía, viéndose incapaces de conseguir de él ninguna otra tarea que fuera de utilidad. Sus extrañas reacciones tampoco ayudaban a pensar en lo contrario. De hecho, nadie olvidaba su violenta reacción la primera vez que lo habían subido a cubierta para que tomara un poco de aire. Sin saber por qué, le sobrevino un ataque de furia con tal riqueza de pataletas, aullidos y gritos que consiguió encrespar los nervios de toda la tripulación y que desde entonces desearan su aislamiento.

Yago vivía en un mundo de dudas y miedos.

Desde su salida de Lomopardo habían convivido en su interior dos persistentes sentimientos; el temor a lo desconocido y la pena por la pérdida de Camilo. Sin embargo, el hecho de ser descubierto rebajó en buena parte esas inquietudes. La tranquilidad de no tener que ocultarse hizo que recibiera con abierta actitud las muchas sensaciones que el barco ofrecía, a veces mezcladas unas con otras; los ecos del mar, el olor a salitre y algas, el crujir de las traviesas. Con esos coros de fondo y el olvido que iba minando sus recuerdos, fue viviendo aquella travesía en presente, y dejó atrás el pasado.

La tripulación perdió todo interés dadas las dificultades de su trato y terminaron tachándolo de medio loco. Siegfried era el único que invertía algo de tiempo en él, primero para averiguar cómo había llegado hasta el barco, y pasados los días, para entender qué le hacía ser tan diestro con los caballos. En realidad Yago no facilitaba demasiado la tarea, dado que apenas respondía a ninguna de las preguntas que le hacía y trataba de huirle, pero por extraños motivos el alemán no desistió en su intento.

—Dime, Yago…, ¿qué más sabes hacer, aparte de cuidar bien a estos animales? —Le pasó un pedazo de lomo de ciervo adobado y ahumado, duro, que llamaban *tasajo*.

A esas alturas de navegación y a tan solo una semana de llegar a puerto, esa era la única carne que les quedaba.

El chico cepillaba a un hermoso corcel de mayor talla que el resto, cuya cola era de exagerada blancura. Se volvió ante la insistencia del hombre, pero no para contestarle. Recogió la tira de carne y la masticó con placer.

—Te gusta, ¿verdad? —Siegfried llevaba algunos días trayéndole abundante comida con el objetivo de que ganara algo más de peso antes de llegar a destino, en obediencia a una idea que había ido madurando.

—Come más tasajo…, no te frenes. Y prueba después este delicioso tocino con pimentón que estaba reservado para las grandes celebraciones. Te dejaré un buen trozo para que te lo vayas comiendo…

Yago se sentía a gusto con aquel hombre; le daba bien de comer y era amable. En su inocencia hasta creyó que lo hacía para ayudarlo, como en su momento hizo fray Camilo, pero no entendía bien sus preguntas y a pesar de su cercanía decidió hablar poco, o nada.

El puerto de Sevilla la Nueva no acogía tantos barcos como el de la isla de la Española, o el de la de San Juan. Por eso, cada vez que fondeaba uno, la fiesta que se organizaba no dejaba indiferente a nadie.

El gobernador de la isla y varios miembros destacados de su administración subieron a la Santa Hildegarda únicamente para darles la bienvenida en un acto de pura cortesía. En cualquier otro caso los habrían acompañado dos o tres funcionarios para revisar sus bodegas, verificar los registros sellados por sus homólogos en el puerto de origen y comprobar que no llevasen ningún bien prohibido por la ley de la Saca.

En aquel puerto de segunda categoría, con un poco de dinero y sabiendo a quién había que hacérselo llegar, nadie se preocuparía de la segunda carga de aquella nao con bandera real: unos hermosos ejemplares que tenían como destinatario un solo comprador, el propietario de la más poderosa plantación que existía en la isla: la Bruma Negra.

Pocos minutos después del atraque, un centenar de porteadores negros descendían por los planchones de la embarcación con pesados odres de mercurio a sus espaldas. En la plataforma del puerto los aguardaban diez carromatos protegidos por soldados armados cuya misión era transportar aquel mineral hasta unas instalaciones que el gobernador poseía en la isla, donde esperaría hasta un posterior embarque a Nueva España.

A lo largo y ancho de la explanada habían instalado puestos de venta en los que se podía encontrar de todo; telas y utensilios para la cocina, fritangas de cerdo y gallina, pescados secos, tortillas de maíz y de cazabe, o quesos y frascas de vino. Pero además, muchas de las casas que daban al puerto abrían sus puertas a todo aquel que quisiera entrar; algunas para quien deseaba apostar sus dineros en juegos de manos y cartas, otras con voluntad de hacer caja como burdeles temporales, y las más numerosas se convertían en improvisados mesones, donde, sin demasiada maquinaria, se fabricaba y vendía una bebida sabrosa pero muy dañina para la mente por su alto contenido alcohólico procedente de la caña de azúcar.

Apoyados sobre la baranda de cubierta, Siegfried y el capitán de la nao observaban encantados el gentío y la explosión de color en cada uno de los rincones del muelle. El alemán esperaba la llegada del hacendado Blasco Méndez de Figueroa, quien se haría cargo de los caballos. Con su entrega terminaba para él la misión encomendada.

Según le había contado Luis Espinosa en su casa del Puerto de Santamaría, Blasco había hecho dinero gracias a una estrecha relación con la familia Colón, en concreto con Diego Colón, hijo del descubridor. Pero su fortuna y fama se habían multiplicado por diez después de haber emprendido la mayor aventura de su vida en compañía de Hernán Cortés, a quien se unió en alguna de sus más famosas conquistas. Juntos habían vivido un sinfín de experiencias extremas hasta rozar la muerte. Entre hazañas, botines y excelentes relaciones con la mayor autoridad de la isla, Blasco se había convertido en uno de los hombres más poderosos de la isla.

Siegfried también había averiguado por boca del Tripas, buen conocedor de las gentes de Jamaica, que el tal Méndez de Figueroa arrastraba además una fama un tanto particular. De él se decían cosas muy diferentes y algunas tremendas. Unos afirmaban que era un hombre cruel, brutal, carente de escrúpulos; el peor enemigo que podías echarte en la isla. Y en el otro extremo, había quien elogiaba su gran clase y cultura, su refinado oído para la música, su rica conversación; lo presentaban como amante de las artes, mecenas de pintores y artistas, y hombre cultivado.

—Mirad a vuestra izquierda, al final de la explanada —señaló el capitán.

Siegfried reconoció el clásico mercado de esclavos. Una fila de hombres y mujeres de color, encadenados, esperaban turno al lado de una plataforma donde un subastador a voz en grito cerraba los tratos a toda velocidad. Su agudo tono de voz les llegaba con claridad a pesar de estar a más de cien cuerdas de distancia. El alemán estaba pensando en vender allí mismo al chico tonto y a la esclava, que le había decepcionado como amante a pesar de lo mucho que le gustaban las mujeres morenitas, una vez diese por arreglada la entrega de los caballos.

La voz del capitán le devolvió a la realidad.

—Si disponéis de tiempo deberíais visitar la isla, os sorprenderá. Su verdor es casi mareante. Entre suaves laderas y altas montañas os encontraréis con centenares de riachuelos, arroyos o caudalosos ríos. —El Tripas mordisqueaba una gruesa hebra de tabaco, un manjar que se producía en la isla, regalo que los ilustres visitantes sumaron a una docena de frascas de buen vino.

—Después de escuchar vuestra descripción, quizá os haga caso y la recorra —le confesó Siegfried al mismo tiempo que reparaba en un grupo de indios de extrañas facciones. Preguntó qué eran.

—Miradlos porque es probable que no los volváis a ver; van quedando muy pocos. Son indios taínos, los originarios de esta isla. No recuerdo quién, pero alguien me contó que llaman a la isla Xamaica porque en su lengua significa «tierra de bosques y aguas». El problema que han arrastrado desde que fueron conquistados es que nunca han sido buenos trabajadores, andan todo el día fumando y durmiendo, y por su culpa hubo que traer africanos para explotar las plantaciones. —Escupió la hoja mascada—. En mi opinión, el tabaco es el mejor legado que nos han dejado.

—¿Lo habéis fumado? —Siegfried había escuchado excitantes comentarios sobre el poder de esa planta.

El rudo capitán le golpeó en la espalda.

—Claro, amigo, y lo he comido, aspirado por la nariz, y también bebido, pero os recomiendo algo mejor; untadlo sobre el cuerpo de una buena esclava. Os aseguro que aumentará sus ardores de forma increíble. —Besó con brutalidad a la joven nativa con quien había yacido cada noche desde Lanzarote.

—Lo probaré, sí, lo probaré. —Siegfried abrazó a la suya con menos interés.

La multitud que llenaba la plaza se abrió de golpe para dar paso a una comitiva presidida por un individuo de barba canosa que vestía de negro y lucía sombrero de ala ancha con una enorme pluma también negra. Montaba un hermoso corcel castaño oscuro, pelo brillante y carácter nervioso. Con una mano sujetaba las riendas y con la otra manejaba una fusta con la que se abría paso, haciéndola restallar sin piedad contra todo aquel que se le cruzaba.

—Don Blasco Méndez de Figueroa... —comentó el Tripas—; como veis, jamás pasa desapercibido.

—Si viene a por los caballos, ¿cómo es que no los hemos bajado todavía?

El capitán despidió a las dos esclavas y lo animó a bajar al puente para recibir al invitado.

—En el estado en que llegan, sería un demérito para su excelente casta. Es mejor que los vea adentro.

Blasco Méndez de Figueroa era un hombre alto, de talle fino y aire elegante. Siegfried observó su impecable vestimenta mientras ascendía para tomar la cubierta; calzón bombacho de terciopelo, polainas de seda y zapato de cuero, capa corta y jubón bien ceñido al pecho, todo en idéntico color.

—¡Os habéis retrasado! —el recién llegado empleó un tono agrio como saludo, ignorando la presencia de Siegfried.

Llevaba guantes oscuros que no se quitó, y tampoco aceptó las excusas del capitán, a quien conocía de otras expediciones.

—¿Sabéis cuánto me cuesta no poder atender a tiempo los pedidos de los conquistadores?

El Tripas perdió su habitual temple y le tembló hasta la barbilla. No recordaba de qué manera le ponía malo aquel hombre.

—Se os olvidará todo en cuanto veáis lo que hemos traído. Pero hablad con él, yo solo he sido contratado para transportarlo.

Antes de tomar las escaleras que bajaban a la bodega, Blasco miró de reojo a Siegfried y preguntó quién era. Sin esperar la contestación continuó hablando.

—Hay muchos criadores en las demás islas. Si no sirvo a mis clientes, irán a comprar caballos a La Española o a la isla de Santiago. —Sonrió a Siegfried de modo cordial—. Según parece, os debo un gran favor.

—¿Perdón? —contestó el alemán.

—Gracias a vos, voy a disponer de una mercancía muy difícil de conseguir por estos lares. —Lo saludó estrechando su mano.

—Espero que os agraden.

—¿Creéis que son buenos? —Lo miró directamente a los ojos.

—Sin dudarlo.

Atravesaron varios compartimentos y recorrieron el último pasillo que daba a la bodega, donde se empezaban a divisar los primeros animales. El hacendado buscó un pañuelo de mano y se tapó la nariz previendo el golpe de olor que seguro recibiría después de tantos días sin ventilación.

Al entrar, en efecto, no se arrepintió de su decisión.

Recorrió de un vistazo los caballos sin abrir la boca, y entre ellos vio a un chico que cepillaba a un ejemplar de increíble estampa.

—¿Dónde guardáis los cinco que faltan?

—Tuvimos que deshacernos de ellos durante una tempestad de proporciones increíbles —el capitán tenía preparada su respuesta—. De todos modos y por suerte para todos, os aseguro que los mejores han llegado sanos y salvos.

Blasco Méndez de Figueroa suspiró con una expresión de franca exasperación.

—Cinco ejemplares menos suponen una pérdida de doscientos cincuenta mil maravedíes, cantidad equivalente a lo que en realidad ganaría con todos ellos... Mis clientes, cuando vienen a mí, necesitan un número determinado de caballos, por eso le pedí a don Martín Dávalos veinte, no dieciséis ni doce; veinte... —alzó el tono de voz y miró a Siegfried.

—Lo sentimos, pero las circunstancias...

—Las circunstancias me dan igual, pero descuidad, pues el arreglo que haga no va con vos; ya me descontaré el daño cuando vea a don Luis Espinosa, quien me ha anunciado una pronta visita.

Blasco no había dejado de estudiar el caballo que tenía a su derecha. Calculó que tendría unos cinco años y estaba cabizbajo, con las orejas vencidas hacia los lados y claros signos de deshidratación.

—Este animal se morirá con toda probabilidad, incluso antes de llegar a mi plantación. Más dinero que perderé... —Repasó de un vistazo al resto y constató un estado general bastante malo—. ¡Están hechos un desastre!

Yago levantó la cabeza al sentir que Blasco lo estaba mirando.

Aquel hombre de negro le produjo un extraño temor, le faltaban dos dedos en una de sus manos y en sus ojos se escondía algo oscuro, pero siguió cepillando a Azul.

Blasco caminó hacia ellos. Le bastó una rápida ojeada para saber que solo con ese caballo podría ganar una fortuna. Reconoció que se trataba de un Guzmán por su peculiar hierro en forma de corazón. Se impresionó al contemplar su preciosa estampa, aquellos oscuros ojos, la expresión de señorío que demostraba en cada movimiento, por sutil que fuera. Le recordó a una yegua que habían tenido que dejar abandonada a los indios, durante la huida con Hernán Cortés, en una noche que luego tomó el calificativo de triste, cuando habían sido derrotados por los aztecas en Tenochtitlán. En realidad era la yegua que montaba Pedro de Alvarado, a partir de entonces venerada por todos dada su excepcional generosidad al darle la vida a su jinete a expensas de perder la suya. El noble animal salvó de un salto la enorme separación abierta en un puente que acababan de derrumbar los indios para evitar su huida, y salió malherido del trance. Lo que parecía imposible para cualquier otro caballo, esa yegua de casta Guzmán lo hizo. Por eso, Blasco, al mirar al que ahora tenía de frente, la recordó.

Preguntó quién era aquel chico.

—Es un polizón, un chico medio retrasado. Lo descubrimos unos días después de nuestra partida y poco más se puede decir de él; apenas habla y no sabemos si nos entiende..., una molestia, vamos... —se confesó el capitán, que veía al muchacho como el menor de sus problemas.

—¿Está a la venta? —el Tripas no supo qué responder, pero Siegfried contestó por él.

—Esa es la idea, sí.

La plantación de Blasco tenía una permanente necesidad de mano de obra, los esclavos le duraban cada vez menos, y sus precios habían alcanzado cotas prohibitivas. Al ver al chico, pensó que un ejemplar de piel blanca como aquel le daría un toque de distinción a su hacienda dado lo infrecuente que era su esclavitud aunque estuviese permitida. Pero además, si cumplía bien como hombre con sus africanas, podría proporcionarle nuevos mestizos, sin duda los mejores trabajadores que podría desear para su plantación, pues heredaban la fortaleza de los africanos y la altura de la raza blanca.

Decidió hacerse con él sin pagar un solo maravedí.

Siegfried esperó a que Blasco arrancara con un precio, pero al ver que tardaba más de lo esperado, se decidió a hablar.

—Hagamos un trato.

—¡Nada de eso! El chico me lo cobro en compensación por los perjuicios —le cortó Blasco dirigiéndose a continuación al Tripas—. Negádmelo y veréis cuán rápido le llegará un informe a don Luis Espinosa sobre las deplorables condiciones de vuestro transporte…

El capitán guardó silencio. Sabía que Blasco podía ponerlo en un verdadero aprieto delante de los dos veinticuatros.

Siegfried torció el gesto viendo cómo se le escurría de las manos la oportunidad de hacer un poco de dinero con el chico.

—Y en cuanto a vos… —continuó hablando el hacendado—, espero que no os sintáis demasiado agraviado, entre otras cosas porque si como decís el chico es una molestia, significa que no sabe hacer nada. Y de ser así, no pensaríais que se iba a pagar mucho dinero por un retrasado…

Blasco miró al capitán y luego a Siegfried. Escupió un resto de tabaco y dejó el asunto zanjado con un apretón de manos. Ninguno de los dos abrió la boca mientras lo veían salir del barco. Al llegar al muelle dio orden expresa a su gente para que llevaran a la plantación a los quince caballos y al chico.

La Bruma Negra necesitaba sangre de nuevos caballos, y su dueño la tendría. Sus cuadras acogerían al primer Guzmán de la isla, y sus barracones, a un nuevo esclavo que no había dejado de chillar ni un solo instante desde que lo sacaron de la bodega.

Yago no sabía que acababa de pisar tierra india, una tierra de esclavitud.

V

A pocas millas del monasterio de la cartuja de Nuestra Señora de la Defensión, en el Puerto de Santa María, arribó una cántabra, embarcación así llamada por ser frecuente en aquellos lejanos mares.

El fuerte sol de agosto calentaba su cubierta, su velamen y también las mejillas de uno de sus pasajeros, Fabián Mandrago, quien oteaba la estrecha línea de tierra que formaba el golfo de Cádiz, antes de ver cómo su barco viraba para dirigir la proa hacia el puerto de destino.

La nave transportaba textiles y sedas desde Rotterdam, que competían en calidad con los fabricados en Toledo y Valencia, para ser enviados al virreinato de Nueva España, donde los grandes terratenientes y sus esposas disfrutaban de un lujo y distinción comparables a los de las mejores casas nobiliarias europeas.

Fabián había pagado su pasaje trabajando en la cocina del barco, sin apenas haber salido de ella. Se había despedido con agradecimiento de sus bienhechores después de ocho años de estancia en Cudillero, prometiéndose volver en otra ocasión, pero sin otra idea en la cabeza que vengar su lejano destierro.

Con la vista puesta en unas barcazas cargadas de aceite, a las puertas de la desembocadura del Guadalete, sintió una mezcla de placer y desazón, con la alegría del que vuelve a casa pero con el ánimo encendido por la ira y una aguda necesidad de venganza. Los largos años pasados en su destierro le pesaban. Ya nada era igual.

Al paso de la primera embarcación le alcanzó un familiar aroma a aceituna, pero sus sentidos no se recrearon en pasadas sensaciones o añoranzas, toda su concentración estaba dirigida a un único objetivo: localizar a sus enemigos y destruirlos.

Decidió que lo primero que haría nada más desembarcar sería comprar un caballo para poder ir a Sanlúcar y visitar los almacenes del Pósito. Allí hablaría con el hombre que se la jugó, con Tarsicio; el primer responsable de la fraudulenta institución.

A buen paso, un caballo tardaría algo menos de media jornada en recorrer la distancia que separaba el Puerto de Santa María del de Sanlúcar, los dos más importantes en el tráfico con las Indias después del de Sevilla, pero el que había comprado Fabián no respondía a los mínimos. Aquel jamelgo lo miró mal desde el principio y además olía raro, como a brea, pero sobre todo era obstinado; ya podía darle con las botas sobre sus costillares o azotarlo en la grupa, que le daba todo igual.

El animal iba a su paso, despacio y sin verse afectado por ninguna de sus órdenes.

Qué irónica era la vida, pensó Fabián Mandrago. Después de haber padecido innumerables sacrificios en los acantilados de Cudillero bajo la lluvia y el frío, o de haber resistido la furia del viento del norte sobre su cuerpo a lo largo de tantas y tantas noches de vigilia, ahora resultaba que un animal se convertía en el mayor freno para dar un pronto destino a sus sueños.

Y fue en la mitad del camino cuando el caballo se detuvo y ya no quiso ir ni para adelante ni para atrás. Fabián se puso nervioso por lo absurdo de la situación, y le arreó con la fusta, chilló, le palmeó las ancas y lo llamó de todo, pero solo consiguió complicar las cosas. El animal se revolvió y lo mordió en la rodilla, había decidido por sí mismo, y nada le haría cambiar de opinión.

Por increíble que pudiera parecer, tuvo que abandonarlo allí y seguir la ruta a pie. Se echó un fardo a la espalda con sus escasas pertenencias y de su cuello colgó una pequeña bolsita de cuero donde viajaban todos sus ahorros, el dinero que le permitiría vivir varios meses dedicado a investigar las turbias actividades de sus odiados enemigos. Luego, si tenía éxito en su empresa, solicitaría recuperar su antiguo trabajo y volvería a vivir una vida normal. Esos eran en definitiva sus planes.

Pocos pasos después de haber dejado atrás su montura escuchó un relincho, y al volverse, vio con estupor que el caballo corría hacia él, primero a trote ligero y luego a galope. Cuando pasó de largo a toda velocidad camino de Sanlúcar, Fabián lo maldijo, le tiró una piedra sin llegar a darle, y se acordó de todos los antepasados del hombre que se lo había vendido como el más dócil y disciplinado de los jamelgos.

Pero su mala suerte no terminó ahí.

Cerca de donde estaba, a unas treinta cuartas y en la cara norte de una loma, le esperaba otra sorpresa.

Se trataba de tres bandoleros que, después de verse retirados del camino por un caballo desbocado, localizaron a sus espaldas a quien debía de ser su propietario. Se alegraron, ya que no habían conseguido poner a prueba sus artes con ningún otro viajero en todo el día,

Fabián iba cabizbajo, ensimismado, y no se dio cuenta de su presencia hasta que los tuvo encima.

—Mal os vemos, caballero… ¿Qué peor cosa le puede suceder a un hombre que perder su montura?

Fabián levantó la cabeza y lo que vio no le gustó nada. El tipo que acababa de hablar ocultaba su cara con un pañuelo, y sus ojos, muy oscuros, reflejaban una actitud de lo menos amigable.

—Perdonad…, no os entiendo… —Estudió con urgencia cuáles eran sus posibilidades de huida. De los tres hombres, uno acababa de cerrarle el paso a su espalda, y todos iban armados con puñales. Solo tenía una solución. Tensó los músculos y esperó su momento.

El que había tomado la palabra continuó.

—Seguro que a estas alturas ya conocéis la respuesta a mi pregunta, ¿verdad? —Provisto de una afilada daga, hurgó por debajo de la camisola de Fabián sin que este ofreciera la menor resistencia.

Pronto localizó la bolsa de cuero donde Fabián llevaba cien mil maravedíes cambiados en escudos de oro. Al sentir el peso, no pudo resistirse a abrirla para saber qué botín acababan de obtener. Pero en ese descuido, Fabián tomó su mano, la que empuñaba la daga, y con una enorme destreza dirigió puño y acero al propio cuello del ladrón rebanándoselo a una velocidad de vértigo. El hombre, con un gesto de perplejidad, sintió la sangre correr, consciente de que estaba muerto. Cuando soltó la daga, esta cayó en la mano de Fabián, que la lanzó al pecho de otro de los bandoleros y acertó de lleno en su corazón. El tercero, al comprobar la fiera expresión de Fabián y su maestría con las armas, huyó a la carrera antes de verse alcanzado también.

Como efecto de la difícil vida en el norte y sus últimos trabajos despiezando ballenas, su cuerpo se había fortalecido a la vez que su alma. Observó a los dos bandoleros muertos y los ocultó tras unos matorrales. La rapidez de su respuesta le había enardecido más de lo que imaginaba, reacción que quiso interpretar como un aperitivo de su deseada venganza.

Con la respiración todavía agitada y la sangre hinchando sus venas, siguió caminando a buen paso, hasta que después de una milla, escuchó a sus espaldas el sonido de un carromato. Lo detuvo y pidió ayuda al conductor, quien se ofreció a llevarlo hasta el mismo puerto de Sanlúcar.

Cuando pisó el malecón principal, Fabián sintió una mezcla de nostalgia y frustración. La imagen de los barcos fondeados, el familiar bullicio que se prodigaba por todas sus esquinas, aquel constante movimiento de mercancías o el aire marino que le llegaba impregnado de aromas de la ribera del Guadalquivir removieron del pasado sus recuerdos.

Respiró con el alivio del que se siente de nuevo en casa, mientras oteaba el último recodo del río, antes de su desembocadura en el mar, donde la navegación resultaba difícil para quien no conociera bien aquellos peligrosos arenales. Luego, devolvió su atención a las embarcaciones amarradas sin reconocer ninguna; decidió que había pasado demasiado tiempo fuera…

—Pero qué diantre… No acabo de creerme lo que mis ojos están viendo... —una voz familiar le obligó a volverse.

—¡Tomás, mi querido amigo! —Fabián reconoció de inmediato a uno de sus mejores colaboradores, le sonrió encantado y terminaron fundidos en un largo abrazo.

Pasados ocho años de separación, su aspecto había cambiado y las canas empezaban a dominar sus cabelleras, pero de inmediato surgieron las preguntas, casi atropelladas, queriendo saber el uno del otro. En animada conversación y sin determinar los pasos que llevaban, terminaron dando con las puertas de una famosa taberna.

—Si te parece, nos tomamos un vino y me cuentas todo lo que ha pasado por estas tierras durante mi ausencia —le propuso Fabián.

El ambiente dentro del local no era el más adecuado para una tranquila conversación, pero entre la algarabía y los gritos de unos y otros, encontraron asiento en una esquina. Después de la primera frasquilla de vino empezaron a compartir noticias. Tomás escuchó con atención qué había sido de Fabián desde su desaparición; nadie había creído la versión oficial y ahora entendía las verdaderas causas del extraño destierro.

—Se dijo que te habías aprovechado durante años de tu puesto en la Alcaldía de la Saca…

—Me conoces y sabes que no soy un corrupto… —Apretó las mandíbulas conteniendo la rabia—. En aquella ocasión nuestras pesquisas se acercaron demasiado a ciertas nobles casas de Jerez. He vuelto para conseguir las pruebas necesarias para incriminarlos. Se ha de saber toda la verdad sobre esa gentuza.

—Vigila tus espaldas, Fabián. Sé muy bien de quién estás hablando, y por si no lo sabes, además de haber prosperado mucho en sus negocios, tienen trabajando para ellos a ciertos tipos que te puedo asegurar que carecen del menor escrúpulo y están medio locos. Últimamente se han escuchado cosas terribles sobre esa caterva de gente, pero sobre todo se habla de cómo resuelven sus problemas... ¡Ándate con mucho cuidado!

La dueña de la taberna rellenó sus frascas y dejó sobre la mesa la mejor fritura de pescado de Sanlúcar, según aseguró. Le dieron la razón, pues lo terminaron tan pronto como les duró una nueva ronda de vino. Fabián fue recordando a algunos de los hombres que habían formado parte de su grupo. Tomás le fue dando razones sobre unos y otros.

—Y tú, ¿sigues en la Alcaldía de la Saca?

—Nunca he dejado la institución, pero desde tu desaparición no hemos tenido un guarda entre nosotros, es el propio alcalde quien ahora nos manda.

Fabián, dispuesto a emprender su particular cruzada, quiso saber si podría contar con la ayuda de Tomás y para ello no dudó en planteárselo abiertamente.

—Para acceder a la información más delicada o abrir determinadas puertas me serías muy útil, pero nunca te pediría nada que te comprometiera, claro...

Tomás reaccionó al comentario con un gesto de contrariedad:

—Bueno, claro, si se hiciese tan necesario, quizá sí... —comentó sin demasiada convicción.

Fabián, a pesar de verlo dubitativo, no se amilanó y le requirió una información concreta.

—De las embarcaciones que hoy están en puerto, ¿hay alguna de Dávalos?

—Suyas no, pero se sabe que uno de cada dos barcos que navega con su estandarte lleva mercancía vedada.

—Y de ser así, ¿cuántos le habéis requisado?

La pregunta provocó una clara incomodidad en Tomás.

—Las cosas han cambiado mucho, Fabián. He de confesar que nuestro superior, al mantener tan buenas relaciones con esa familia y con los propietarios de las más importantes navieras, hace la vista gorda la mayoría de las veces. Ya te imaginas por qué... Sé que debería actuar, combatir esos desmanes como hiciste tú en su tiempo, pero no me siento tan libre como entonces. Me casé, tengo hijos y no puedo ponerlos en peligro. ¿Me entiendes? —Lo miró avergonzado—. Tu caso es diferente. Tú sí puedes asumir riesgos…

Fabián guardó silencio unos minutos, decepcionado, pero al momento buscó otra manera de abordar su posible colaboración.

—En Cudillero ideé un plan, con varios pasos a dar, que me propongo llevar a cabo. El primero pasa por visitar el Pósito, donde confío en documentar mis sospechas. Si cambiaras de opinión, tienes que saber que puedo darte suficiente dinero como para cubrir muchas de tus necesidades actuales y futuras…

Tomás bajó la cabeza. No le hacía falta hablar.

Al mencionar el dinero Fabián se llevó la mano al cuello instintivamente para buscar la bolsa de sus ahorros, pero no la encontró. Dio un brinco desde la silla alarmado y la buscó entre la ropa sin ningún éxito. No la tenía. Se quiso morir de espanto.

—¡Maldita sea! No puede ser verdad… —gritó angustiado—. ¡Me han robado!

Desenvainó su puñal y miró desencajado a su alrededor buscando algún gesto extraño, una mirada esquiva, pero, para su desgracia, en la lúgubre taberna todos parecían sospechosos. Sintió que le faltaba el aire, cerró los ojos y se llevó las manos a la cabeza. No podía creerse lo que le acababa de pasar. Todo el sacrificio acumulado en ocho largos y duros años no había servido para nada… Se levantó con una expresión rota y la respiración congelada, tratando de recordar dónde podía haber sucedido. Tuvo que ser a la entrada de aquella taberna, pensó. Allí se había cruzado con mucha gente, recordó varios empellones. Calculó el tiempo que llevaba hablando y le sobrevino un profundo pesar. Con toda seguridad el ladrón estaría ya muy lejos, encantado con su suerte.

Miró a su acompañante desolado. Cualquier otra desgracia hubiera sido menos dolorosa que esa. Se sentía tan desamparado que dejó caer la cabeza sobre la mesa y la ocultó entre sus manos, como si quisiera desaparecer del mundo y de la horrible realidad a la que se iba a tener que enfrentar.

—Fabián, imagino cómo te sientes, es terrible. Vayamos en su búsqueda.

—Déjalo, es una tarea imposible. En esa bolsa estaba mi futuro…

¿Cómo iba a poder descubrir las oscuras actividades de aquellos hombres que se vanagloriaban de ser veinticuatros de la ciudad, cuando no podía mantenerse ni pagar un solo maravedí a un confidente? Ahora era más pobre que las ratas. Aquellos pensamientos le bloquearon por completo.

—Podrías vivir en mi casa el tiempo necesario hasta que puedas pagar otro sitio, aunque tengamos que mantener ciertas precauciones —le sugirió Tomás.

El gesto le devolvió un poco de esperanza y aceptó la propuesta.

—Te dejarás barba, teñiremos de otro color tu pelo y cambiaremos tu aspecto por completo. Así nos evitaremos problemas…

Tres semanas después Fabián ascendía por la fachada del Pósito buscando dónde poner mejor apoyo para alcanzar un ventanuco que le había parecido frágil. A sus pies se había quedado Tomás con la consigna de que un silbido era señal de aviso y dos de peligro inminente.

Habían comprobado días antes que nadie protegía el edificio por las noches y que el último que se iba lo hacía a media tarde. Por tanto, disponían de mucho tiempo para buscar en sus archivos. Eligieron la fecha por la abundante luz que regalaba la luna llena.

Fabián iba de oscuro, con una barba cerrada y la cabeza tapada con un paño negro que solo dejaba al descubierto los ojos. El despacho de Tarsicio disponía de una amplia dependencia anexa donde se acumulaban miles de documentos archivados por años, separados por salidas y entradas, y clasificados por mercancías, todos ellos apilados en amplias estanterías. Cuando Fabián vio tanto volumen de papel, admitió la imposibilidad de su tarea. Necesitarían un mes entero y más de diez hombres para revisar uno a uno todos los papeles. Además pensó que de tener algo que ocultar, no estaría tan a la vista. Volvió al despacho y echó un vistazo general. Había una mesa y un mueble lleno de viejos aparejos de navegación, y tres de las cuatro paredes quedaban ocupadas por una estantería continua llena de libros, algunos muy antiguos. Inspeccionó el fondo de la librería en busca de compartimentos ocultos, pero no vio nada extraño.

Empezó a sentirse desesperado. Pateó con rabia alguno de los volúmenes que acababa de tirar por el suelo, pero decidió que no era así como iba a conseguir nada. Necesitaba pensar.

—Tiene que haber un sitio donde escondas la información más comprometida… —Fabián volvió a revisar con detenimiento la habitación en busca de cualquier cosa que se le hubiera pasado por alto. Miró detrás de los cuadros, movió la librería por si pudiese ocultar una doble puerta o una caja de seguridad, pero no vio nada.

Buscó a través de la ventana a Tomás y lo localizó en la esquina opuesta al edificio, oculto detrás de un seto. Todo parecía tranquilo. A las paredes y estantería les siguieron los cajones de la mesa de despacho, y después los bajos del mueble, acaso tuviera algún compartimento oculto, pero tampoco vio nada especial.

Bastante desanimado, se sentó en el alféizar de la ventana a pensar, pero sin apenas un respiro, escuchó un silbido que le hizo mirar a la calle. A la altura de donde estaba Tomás vio a dos hombres que parecían dirigir sus pasos hacia el edificio del Pósito. Pensó a toda velocidad dónde podía esconderse, y solo se le ocurrió la mesa de despacho. Con los nervios, al ir hacia ella tropezó con una peana que sostenía la réplica en miniatura de un galeón. Este perdió apoyo y al caer se rompió en dos pedazos. Cuando tocó el soporte donde había estado apoyado el barco, localizó un estrecho cajoncito muy bien disimulado. Con un intenso pálpito en el corazón y lleno de esperanzas, lo forzó con ayuda de su puñal. Sin demasiada dificultad accedió a su interior, donde había un pequeño libro de gruesas tapas de cuero rodeado por un desgastado cordel bermellón.

Escuchó un segundo silbido y casi a la vez unos pasos que se acercaban hacia el despacho.

Aquello se ponía feo.

Sin tiempo de abrir el libro para ver su contenido, Fabián cambió de opinión y estudió de qué manera podía escapar. Usar la puerta por donde había entrado le pareció una temeridad. Miró por la ventana y al descubrir una cornisa exterior lo suficientemente ancha para poder caminar por ella, asumió que esa era su mejor opción. Salió con rapidez del despacho al exterior, cerró la ventana todo lo que pudo y de cara a la pared, arrastrando los pies con extremo cuidado, buscó la esquina derecha del edificio. La dobló en el justo momento en que los hombres se asomaron al advertir que la ventana estaba entreabierta. Fabián, con la respiración agitada, manteniéndose todo lo inmóvil que podía, y con aquella libreta apretada contra su pecho, trató por todos los medios de no mirar hacia abajo. En esa incómoda y peligrosa postura permaneció no menos de dos horas hasta que dejó de escuchar ruidos y vio que los dos individuos abandonaban el edificio y se alejaban calle abajo. Volvió a recorrer la fachada, preso del miedo, hasta que pudo entrar de nuevo en el despacho. Más tranquilo, en cuanto fue capaz de controlar el temblor de piernas causado por su prolongada inmovilidad, decidió abandonar el edificio sin perder un minuto. Cuando lo logró, tomó la primera calle a la derecha y corrió en busca de Tomás.

Pero cuando llegó a donde se suponía que debía estar su acompañante, allí no había nadie. Tampoco consiguió que le abriera la puerta de su casa cuando fue hacia ella huyendo de la noche y del peligroso trance que acababa de vivir.

Se sintió abandonado por Tomás, pero a la vez lo disculpó; la misión que habían emprendido era peligrosa, muy peligrosa.

VI

Al día siguiente, Tarsicio se quedó paralizado al ver entrar en su despacho a Fabián. A pesar del paso del tiempo lo reconoció de inmediato. Primero se puso pálido, luego le empezaron a sudar las manos y terminó levantando la voz en un tono muy desagradable. Fabián le hizo callar de un puñetazo.

—Vos no debíais estar por aquí… —El depositario hizo ademán de escapar frotándose su dolorido mentón, pero su agresor pudo derribarlo con un segundo golpe.

Mandrago no se anduvo con rodeos, se echó encima de él y abrió la reveladora libreta que encontró la noche anterior. Había estudiado a fondo cada línea, cada nota, todos sus apuntes. Allí estaban anotadas centenares de entregas irregulares, las partidas de cereal que se habían embarcado a destinos prohibidos, fechas, cantidades, pagos a terceros, chantajes y, lo más interesante, las iniciales de los principales involucrados, como también algunos nombres en clave.

Había memorizado los más repetidos: águila blanca, pato gris y sabio oscuro.

Durante cerca de una hora se concentró en hacer hablar a Tarsicio sometiéndolo a una intensa paliza con la única idea de averiguar la identidad de aquellos nombres ocultos.

Quería saber cómo se distribuía el dinero que ganaban con el comercio prohibido, quién decidía los objetivos, dónde se reunían, a quiénes podían alcanzar las coacciones, fueran o no personalidades relevantes, y cualquier otra información que pudiera serle útil.

Miraba al hombrecillo, que estaba cada vez más debilitado por la friega de golpes, sin importarle sus lamentos; había decidido hacerle pagar con la misma moneda que él había conocido unos cuantos años atrás.

Tarsicio tardó en hablar, se comportó con bastante más fortaleza de lo imaginable, pero terminó sucumbiendo a sus deseos por dar por terminado cuanto antes el martirio al que Fabián le estaba sometiendo. Con la segunda costilla rota habló…

—¡Por caridad! Dejad de pegarme. —Apenas podía respirar.

—Dadme una justificación para ello.

—Mi pecho no soportaría un solo golpe más…

Fabián le retorció la camisola y se acercó tanto a su cara que pudo respirar su aliento.

—Quiero saber a quiénes corresponden esos nombres en clave.

—Eso jamás, matadme si queréis. —Se encogió de nuevo y tomó aire con extremo cuidado—. Si hablase, no tardarían más de un día en darme muerte.

—¿Ellos? Maldito idiota… O me dais alguna información, o juro que os haré exhalar vuestro último suspiro.

Tarsicio lo miró con horror. Comprendió que si no le contaba algo, nunca se lo quitaría de encima.

—¿Si os diera algunos detalles sobre una de sus más recientes operaciones, me dejaríais en paz?

—Tal vez…

Entrecortado, ahogándose en algunos momentos, le contó una asombrosa historia sobre el robo de unos caballos en el convento de la cartuja de la Defensión dos meses atrás. Los animales habían sido embarcados con rumbo a la isla de Jamaica, donde un rico hacendado, de nombre Blasco Méndez de Figueroa, los había comprado.

—Si necesitáis una prueba de aquel robo, allí la encontraréis.

Fabián, aunque con dudas, pensó que tal vez no fuera una mala pista, sobre todo cuando no pudo sacarle ninguna otra a un Tarsicio a punto de perder el conocimiento. Valoró la opción que le acababa de ofrecer. Si conseguía demostrar que esos caballos eran los robados en el convento, solo necesitaría tirar de algunos cabos para dar con los organizadores del envío, y raro sería no llegar hasta sus últimos responsables. Decidió ir a Jamaica, aunque estuviese muy lejos de sus posibilidades económicas.

Frente a un Tarsicio medio muerto analizó qué opciones tenía para financiar el costoso viaje, y lo primero que le vino a la mente fue la Orden Cartuja. Si habían sido los principales perjudicados, tal vez estuviesen dispuestos a sufragar sus gastos. Para salir de dudas, tomó la determinación de no demorar la visita ni un solo día; iría aquella misma tarde.

Intentó obtener alguna información más del maltrecho depositario, pero a esas alturas Tarsicio casi no podía ni respirar.

Antes de irse le dio una última patada en el pecho que le dejó sin conocimiento.

Horas después Fabián se bajaba de una carreta que servía de correo entre Sanlúcar y Jerez. Había parado a orillas del río Guadalete, cerca de las puertas de la cartuja. En la entrada del convento lo recibió un monje de gran corpulencia y actitud cordial.

—Seguidme, yo mismo os acompañaré hasta el despacho de don Bruno de Ariza. ¿Cómo queréis que os presente? —Sin darle tiempo para responder formuló otra pregunta—: ¿Y cuál es el asunto que os trae a tan santo recinto?

Se cruzaron con un cartujo bastante enclenque que transportaba con dificultad una silla de montar.

—Decidle que he sido guarda de la Saca y que Fabián Mandrago es como me llamo. Ah, y podéis avanzarle que mi visita responde al robo de unos caballos que sufristeis hace casi un año, si no me equivoco… Sé donde fueron a parar y pretendo viajar hacia ese destino.

El monje se retiró la caperuza de la cabeza y se volvió hacia él.

—¿Estáis…, estáis seguro de lo que decís? —el religioso se expresó medio atragantado—. ¿Sabéis dónde están esos caballos…? —Sus ojos reflejaban una insólita ansiedad que de inmediato sorprendió a Fabián—. Es…, es muy importante para mí. Perdonadme, todavía no me he presentado: mi nombre es Camilo, soy el padre procurador de esta cartuja y era el responsable de esos animales cuando desaparecieron. Entenderéis mi interés. Ha pasado demasiado tiempo desde entonces, pero lo que sucedió aquella noche fue algo tan terrible para nosotros…

Fabián captó en el monje un tono de angustia que no acertaba a justificar. Buscó respuestas en sus ojos, pero el otro evitó el incómodo contacto.

—Por lo que veo, este tema no es un asunto menor para vos.

—Tenéis razón, yo mismo seleccioné esos caballos en las dehesas de Córdoba con idea de hacer que esta cartuja viera cumplido un gran sueño; convertirse en el mejor centro de cría de toda la región. Busqué a los sementales mejores, elegí a las yeguas más hermosas y me comprometí a dotar a nuestras caballerizas de la mejor casta de animales que se pudiese reunir. Pero, casi recién llegados, desaparecieron… Ahora entenderéis por qué significan tanto para mí.

Fabián no solía errar en sus primeras impresiones y de momento percibía en el monje rectitud y responsabilidad, virtudes ambas que le agradaban. Quizá por eso no lo pensó más y decidió avanzarle algo de lo que iba a hablar con el prior.

—He sabido que vuestros caballos fueron llevados a Jamaica.

Fray Camilo sintió que el corazón se le detenía.

La noticia justificaba la inexplicable desaparición de los animales, pero eso no era lo que más le preocupaba, sino saber si Yago también habría ido a tan lejano destino… Las preguntas se le atragantaban, necesitaba saber qué podría haber sido del chico, cómo estaría después de tanto tiempo y en dónde. A punto de trasladarle todas sus dudas, se contuvo. Los pensamientos se le amontonaban en su cabeza y no tenía tiempo de ordenarlos. Era consciente de que la oportunidad que tenía era irrepetible, pero también de lo insensato que podía parecer si mezclaba motivaciones personales con las referidas a los animales, por eso decidió contenerse. Sin embargo, su firmeza quedó en nada cuando se vio a tan solo un gloria de la puerta del prior. Allí llegó a la conclusión de que tenía que evitar por todos los medios quedarse al margen de esa conversación.

—Y decís que están en Jamaica…

Camilo simuló un leve mareo que le llevó a apoyarse sobre una columna con idea de ganar un poco de tiempo. Necesitaba hablar a solas con ese hombre, saberlo todo, obtener su información sin esperar a recibirla de segunda mano de parte de su prior, no fuera que este se la escatimara o no coincidiera en las decisiones a tomar. Por eso optó por mentir.

—Ahora que lo recuerdo, mi superior no podrá recibiros hasta mañana, o quizá tampoco… ¡Qué fatalidad! —Se llevó una mano a la cabeza—. Había olvidado que tiene que estar a punto de emprender viaje a Cazalla de la Sierra, donde tenemos otra cartuja. Si tuviera que veros ahora, le retrasaríais su partida; a mí no me lo perdonaría y a vos tampoco.

—Vaya, ¡qué lástima! —Fabián no sospechó el engaño—. La verdad es que tengo urgencia en hablar con él, y tampoco es que disponga de mucho tiempo, porque el barco… —no llegó a terminar la frase—. Creedme que sería una pena para todos si no consiguiese exponer mi propuesta. ¿Sabéis cuándo volverá?

Camilo calculó bien su táctica, estaba anocheciendo y en breve tocarían a vísperas. Ya no podía dirigirlo a su celda para hablar sin que pareciera extraño a cualquiera que los viera. Sin embargo, deseaba continuar la charla y llevarla a donde más le interesaba. Su cabeza necesitaba un poco de orden, tiempo y meditación. Una idea le andaba rondando, pero debía pensarla mejor para no desaprovechar ninguna oportunidad.

—¿Dónde os podría encontrar mañana?

—En..., pues en... Sanlúcar —Fabián titubeó sin ocultar su extrañeza.

—Os propongo lo siguiente. Mañana he de acudir a la ciudad por razones de mi cargo. Quedemos allí, a primera hora. Contadme con detalle todo lo que sabéis, cuál es esa idea que queríais transmitir a mi prior y yo, que soy su hombre de confianza, se la trasladaré con absoluta fidelidad en el momento en que vuelva. Como lo conozco bastante bien, creo que os serviría de ayuda, podría adelantaros cuál puede ser su respuesta, y hasta serviros de guía en el caso de que le dieseis un enfoque equivocado. ¿Qué os parece?

A Fabián le gustó la idea. Quizá pudiese avanzar en su objetivo sin tener que esperar a la vuelta del prior, cuya fecha no estaba clara. Además le había escuchado decir que cumplía como padre procurador de la cartuja, por tanto, tenía que ser el que mejor conocimiento tuviera sobre la economía del convento y por extensión sobre las posibilidades de apoyar empresas como la suya. No perdía nada por hablar con él, aunque la última palabra la tuviese el prior.

—Mañana es miércoles, nos vemos entonces en la plaza del mercado —sugirió Fabián—. ¿A las nueve?

Camilo estuvo conforme y lo acompañó hasta la puerta del convento casi a la carrera, no fuera que en cualquier momento apareciera el prior. Pero tuvo suerte y lo pudo despedir sin contratiempos.

A la mañana siguiente, a las puertas del mercado que semanalmente reunía en la plaza principal de la ciudad a muchos de los campesinos de la comarca, Camilo ocultaba su rostro bajo la amplia capucha del hábito. Evitó la cercanía de unas ruidosas gallinas para no agudizar más el intenso dolor de cabeza que tenía, fruto de lo poco que había conseguido dormir. Desde la aparición de aquel hombre no estaba obrando bien. Se había desconcentrado durante las oraciones de la noche, esa misma mañana había escapado de sus obligaciones con otra mentira, y lo peor podía estar por llegar si atendía a la idea que le andaba rondando por la cabeza.

Como disculpa a su mal proceder mantenía vivo el recuerdo de la actuación de su prior cuando le prohibió continuar la búsqueda de Yago; ahora no podía arriesgarse a perderlo. Por ese motivo, pasase lo que pasase, necesitaba ser el primero en escuchar lo que el hombre tuviese que contar.

Mientras paseaba observando los puestos, alguien le tocó en la espalda.

—¿Fray Camilo?

Salvados los necesarios prolegómenos para abordar una conversación de tanta importancia, Camilo escuchó durante más de una hora el relato de Fabián, quien fue desgranando todo lo que había sabido sobre el robo, cuál era su papel en esa investigación, las razones y ventajas económicas de sus promotores con la vigencia de las leyes de la Saca, y quién había sido, al parecer, el destinatario de los caballos en Jamaica. Camilo empezó a ver resueltas casi todas sus dudas, sin embargo, no llegaba a entender quiénes podían estar detrás de tan feo asunto.

Fabián sacó a relucir el papel de los dos veinticuatros.

—Ahora entiendo las reticencias que mostraron cuando supieron que queríamos criar caballos... —Reconoció a uno de ellos como vecino de la dehesa de Lomopardo, y recordó la desagradable escena que había provocado su hija con Yago.

Satisfecho por la calidad de la información recibida, y a pesar de sentir que la confianza entre ellos fluía, Camilo prefirió no hablarle del chico todavía.

—Mi principal objetivo en estos momentos —continuó Fabián—, y es lo que más me urge, consistiría en probar que esos caballos son los vuestros, y en ese sentido me propongo viajar de inmediato a Jamaica. Por ese motivo necesitaba hablar con vuestro prior.

—No imagino cuál puede ser la propuesta que queréis trasladar a mi superior, ni cómo os podría ayudar…

Fabián tomó aire, consciente de que estaba a punto de abordar el asunto más delicado de su estrategia. La expresión del monje, su transparente interés y actitud sincera, le decidieron por fin a explicarse sin tapujos.

—El problema es que no dispongo de los recursos necesarios para acometer el viaje. Los tenía, pero por otros motivos que ahora no vienen al caso los perdí. La urgencia de mi empeño tiene que ver con la salida de un barco para esa isla en tan solo dos semanas, noticia que he sabido desde ayer por la mañana… —su voz se tornó un poco más grave—. Había pensado que tal vez vuestra institución tuviese a bien financiarme ese viaje… Después de todo, si los consigo localizar podríais recuperarlos y…

Antes de que terminara de hablar, Camilo lo interrumpió:

—¿Podría acompañaros?

Llevaba toda la noche pensando en ello. La idea de embarcarse en una aventura como aquella despertó tan fuerte en él que desde que había escuchado el nombre de la isla, no pudo quitársela de la cabeza. La posibilidad de encontrar a Yago allí, por remota que pareciera, lo justificaba todo.

—¿Vos? —Fabián lo miró atónito—. Perdonadme, pero no entiendo para qué querríais venir. ¿Os dejaría vuestro prior?

Fray Camilo estaba más que seguro de que no iba a contar con el beneplácito de su superior, y también era consciente de que tendría que saltarse muchas reglas, o más bien todas las reglas…

—No lo creo. Y conociéndolo, tampoco accederá a prestaros el dinero…

Las últimas palabras de Camilo dejaron a Fabián destrozado.

—Era de esperar… —musitó.

—Pero yo puedo conseguir lo que necesitáis. No sé de cuántos escudos estáis hablando, pero calculo que muchos, pues al precio del pasaje habría que sumarle los gastos en la isla: caballos, guías…

Fabián no salía de su asombro.

Camilo entendió su sorpresa, pero insistió en su compromiso con esos animales y con la tarea de alcanzar la mejor casta para su cartuja.

—Esos caballos se han convertido en algo muy personal, un logro tan importante para mí que me ha llegado a obsesionar. Sé que mi superior no me lo permitiría y que mi propuesta puede pareceros rara, pero soy de los que no pueden dejar nada a medias, he de terminar las cosas que emprendo… y quiero recuperar esos caballos, como sea…

Fabián se sintió identificado con su responsable y comprometida actitud. En ese sentido se parecían mucho.

—No penséis lo contrario, os comprendo.

—Además os sería de mucha ayuda. ¿Quién mejor que yo podría identificarlos? Los compré en Córdoba, uno a uno. Entre ellos hay un Guzmán, un hermosísimo ejemplar al que reconocería hasta con los ojos cerrados, por mucho que hayan enmascarado su hierro, como es seguro que habrán intentado.

Fabián pensó en las bondades y problemas de la propuesta. La realidad era que él necesitaba tomar aquel barco y el prior tal vez no fuese tan sensible a sus aspiraciones como estaba demostrando ser ese monje.

—¿Cuánto podríais conseguir?

—¿Quinientos ducados de oro os serían suficientes?

VII

Blasco Méndez de Figueroa poseía un enorme algodonal, las mayores producciones de caña de azúcar de la isla y unas cuadras donde nacían más de trescientos caballos cada año. También era propietario de doscientos esclavos, una fabulosa mansión en lo alto de una colina, centenares de aranzadas de árboles frutales, ganado y otros muchos bienes en arte, muebles y cerámicas.

Se vanagloriaba de conseguir cuanto deseaba y aquella mañana esperaba ansioso la llegada de su última adquisición: la mujer adecuada con quien compartir todo aquello.

Se llamaba Carmen Bartelli y era una hermosa napolitana de pelo dorado, que estaba a punto de desembarcar en la isla después de una larguísima y agotadora travesía de dos meses y medio. Tenía dieciocho años y su matrimonio se había celebrado en Nápoles, por poderes, pocas semanas antes.

Ella no lo conocía en persona, tan solo había recibido un retrato, un dibujo de tan pequeño tamaño que era difícil apreciar en él mucho detalle. Su compromiso había estado dirigido por el mismísimo virrey de Nápoles, a quien su padre, Domenico Bartelli, debía un importante favor. El virrey había tapado al padre de Carmen en un grave asunto que tenía que ver con determinados tratos comerciales que de ser conocidos por el Emperador le podían haber acarreado a Domenico por lo menos una acusación de alta traición. Aquel silencio que don Pedro Álvarez de Toledo y Zúñiga le había regalado se debía más a la amistad que a su obligación como máximo responsable del virreinato.

La joven Carmen, forzada a aceptar aquel matrimonio, se sintió al principio ahogada en un mar de incertidumbres. Sin embargo, y a medida que fue madurando la idea, cambió de opinión. El motivo quizá se debió a su excesiva juventud unida a su carácter aventurero o a la romántica personalidad que tenía. Fuera por una razón u otra, pronto empezó a construirse una imagen exótica y excitante de su marido, como también de su futuro en aquel lejano destino. Se vio como una princesa, en un idílico y enorme castillo, siempre acompañada de sirvientes dispuestos a complacerla en todo, e inmensamente feliz. Las imágenes que ocuparon desde entonces su mente empezaron a parecerse a los cuentos que su madre, una española que también se llamaba Carmen, le había contado tantas veces de pequeña; historias sobre amores maravillosos y vidas llenas de felicidad, que en su caso tendrían como escenario una fantástica isla lejana donde viviría con un marido cortés, guapo y seductor; el mejor padre para sus hijos, el más fiel amigo y el más solícito amante…

Llevada por ese espíritu y después de mirar cientos de veces aquel retrato, terminó enamorándose de él, de su porte distinguido, elegante, de su atractiva mirada, y decidió que era el hombre de sus sueños.

La familia de Carmen había requerido los servicios de un noble alemán afincado en Nápoles, de nombre Volker Wortmann, para custodiarla hasta Jamaica. Volker era capitán de caballería y jefe de la guardia personal del virrey de Nápoles, quien no había dudado en poner al mejor de sus hombres al cuidado de la joven esposa.

El alemán respiraba espíritu militar por los cuatro costados, y su personalidad estaba tan marcada por aquel hecho que era difícil distinguir en él al hombre del soldado. Como persona era un ser íntegro, de lealtades inquebrantables, férrea voluntad y absoluta abnegación.

Educado desde muy joven en las artes de la guerra, su carácter se había adaptado a los valores castrenses más comunes, como el esfuerzo, la disciplina o la obediencia. Por ese motivo, cuando encontraba en los demás actitudes de dejadez, falta de compromiso o desinterés, trataba de convencerlos de su error, porque no solo las veía como faltas, en su opinión eran los demonios que empequeñecían al hombre.

Volker poseía un impetuoso temperamento y además era obstinado. Cuando se trataba de cumplir con sus deberes nunca flaqueaba, y tampoco se dejaba llevar por los sentimientos, que definía como los grandes aliados de la debilidad humana.

Él había sido entrenado para actuar, obedecer y luchar; fuera de aquellos patrones se sentía perdido. Tal vez por eso nunca se le había dado bien el trato con las mujeres, y menos aún el galanteo. Por principio, todo lo que no estuviese en consonancia con su lógica quedaba descartado, y eso le restaba espontaneidad. Era hombre de pocas palabras y escasas relaciones humanas, pero tampoco sufría demasiado por ello. El guerrero que había en su interior se reflejaba también en su físico. Nacido en Maguncia, a orillas del caudaloso Rin, Volker había tenido que trabajar mucho antes de dejar su casa. Disfrutaba de una buena estatura, superior a la habitual, y de una constitución fuerte, brazos y piernas musculosos, pecho ancho y hombros robustos. Tenía una poblada y rizada cabellera, bien oscura, unos ojos grandes y verdes, y sus facciones, más bien clásicas, se alejaban de las del típico alemán de piel clara y pelo rubio.

Carmen, a diferencia de Volker, había disfrutado de una formación exclusiva y rica en disciplinas que podrían parecer más propias de hombres que de una frágil señorita. Así lo había querido su padre, quien pensaba que la relación con una mujer cuando era inteligente y despierta podía ser más saludable y duradera que cuando se buscaba solo hermosura y simplicidad. Por ese motivo, a su lengua propia, Carmen tuvo que añadir estudios de español, alemán y francés. Y además de aprender literatura, música y otras artes, se preparó a conciencia en el manejo del arco y en la equitación.

Con Volker se expresaba siempre en alemán, y como nadie más lo hacía en el barco, desde muy pronto se estableció entre ellos una fuerte complicidad.

Carmen había vivido tan centrada en sus libros y en sus estudios que apenas había conocido el amor, por eso, ya bien entrados los dieciocho años, su inexperiencia con los hombres era casi completa.

A bordo, al disponer de tanto tiempo para pensar, sus escasas seguridades se fueron debilitando y poco a poco empezó a imaginar su futuro con temor, a pesar de haberlo dibujado en su interior como el escenario de una excitante aventura. Buscó en los sueños un refugio a tanta zozobra, pero tampoco allí encontró consuelo. En su inocencia lo desconocía casi todo. No sabía qué podía desear su marido de ella y tampoco si sería capaz de procrear. Apenas sabía nada del hombre con quien iba a compartir su vida y era consciente de que le llevaría un tiempo adaptarse, descubrir sus gustos, conocerlo, o hasta elegir la conversación más adecuada. De todos los pensamientos que corrían por su cabeza, saber que nunca había besado a un hombre y el poco conocimiento que tenía de las reglas del amor quizá eran los que más le agobiaban.

Una tarde, cuando se encontraban a dos días de alcanzar puerto, no pudo más y se sinceró con Volker.

—No estoy segura de querer llegar…, ni tampoco de querer conocer a mi marido… —Sus ojos casi achinados buscaron la comprensión del alemán.

Volker intentó evitar la conversación dándole el parte de navegación que acababa de escuchar al capitán, pero ella insistió.

—No sé qué deciros, a estas alturas habréis descubierto lo poco diestro que soy en asuntos del corazón… —Atendiendo a su forma de ser, Volker le hubiera hablado de deberes, de la sagrada responsabilidad adquirida al haber dado su palabra, pero hizo un esfuerzo y se contuvo—. Prometí llevaros hasta él, Carmen, y no dudéis que lo haré.

Ella se sintió decepcionada. La espontaneidad con la que le había hablado no justificaba una respuesta tan contundente. Tan solo necesitaba compartir sus temores.

—¿Habéis sentido alguna vez pavor? —Le sirvió una taza de manzanilla, se sentó a su lado y sin dejarle contestar siguió hablando—. Yo nunca…, pero ahora sí. He dejado todo para echarme en brazos de alguien a quien, si os soy sincera, he idealizado para afrontar con otro ánimo mi matrimonio. Pero ¿y si no fuera como imagino? ¿Y si todas mis ilusiones se vieran frustradas nada más verlo? ¿Y si me esperase la infelicidad, una vida sin nadie a quien confiarme? —Su mirada reflejó primero angustia y terminó quebrada en lágrimas.

Volker se revolvió en su silla nervioso, le turbaba no saber qué hacer ni qué decir. La fragilidad de Carmen desencadenaba en él sensaciones nuevas, deseos de protección, incluso estuvo tentado de abrazarla, pero se frenó de inmediato. Nunca había escuchado las confidencias de una mujer. Nadie hasta ahora le había abierto el corazón como lo estaba haciendo ella, y entendía su situación, pero aquello no cambiaba nada, a él le habían encomendado acompañarla, protegerla y nada más. Respondió con una pregunta.

—¿Os volveríais entonces a Nápoles?

Ella probó la infusión, dejó la taza sobre el plato, se levantó de su asiento y se dirigió a la ventana de su camarote. El mar caracoleaba en rizos de espuma sobre la popa del barco. Suspiró con inquietud. Aquella pregunta no era fácil de responder.

—Os mentiría si dijese que sé lo que quiero. No estoy segura. Pero necesito pediros un favor… —Al volverse, un rayo de luz transformó su pálida tez en un foco de hermosura—. Desconozco cuáles son vuestras órdenes, pero os ruego que permanezcáis unas semanas más conmigo en la isla. Imaginaos que mi marido no fuese tan interesante como deseo y se comportase mal conmigo, que resultara ser alguien con quien compartir toda una vida fuese lo más parecido a un infierno. Si me dejaseis allí, sola, jamás conseguiría salir.

Él lo pensó bien antes de contestar.

—Me quedaré hasta veros segura. Si no lo hiciera, estaría desatendiendo las órdenes que he recibido y tampoco obedecería a mi propia conciencia.

VIII

En la Bruma Negra todo estaba preparado para recibir a la esposa de don Blasco.

Desde hacía unas semanas el servicio había limpiado la casa de arriba abajo y se habían completado los preparativos con el objetivo de que todo estuviese perfecto llegado el momento.

La deseada aparición de Carmen Bartelli casi había coincidido con la de don Luis Espinosa. El jerezano había llegado diez días antes con un doble objetivo: tratar de cerrar un acuerdo con un importante personaje de la isla, muy cercano al gobernador, que de tener éxito multiplicaría sus beneficios hasta cifras inimaginables, y por otro lado, constatar en persona las impresiones de Blasco, uno de sus mejores clientes, sobre el último envío de caballos robados de la cartuja de Jerez.

Del primer asunto, y a pesar de la confianza que tenía con el hacendado, Luis no le contó nada, no fuera este a querer intervenir y llevarse un pellizco. Pero en cuanto salieron los caballos a relucir, la conversación tomó un tono diferente. Blasco le recriminó haber incumplido con la cantidad de animales comprometidos y le denunció el deplorable estado en el que le habían llegado. Las excusas de Luis solo empeoraron las cosas y Blasco no dudó en rebajar todavía más la cantidad que había decidido pagar por ellos.

—Mira, Luis —reflexionó con voz serena pero firme—. Las inclemencias del viaje no son un buen argumento, pues no es la primera vez que embarcas caballos. Por el precio que me pides, podrías haber metido de más en prevención de lo que suele suceder. Sabes muy bien que conmigo, para ganar, a veces hay que perder... Y esta vez te toca a ti... —Le tapó la boca cuando iba a protestar—. ¡Calla ahora y seguirás teniendo un cliente! Habla y vete buscando otro. —Sus ojos azules se clavaron en los azulados de Luis y no se apartaron hasta ver que el jerezano relajaba su expresión y aceptaba sus condiciones.

Superado el incómodo trance y una vez que llegaron a un acuerdo, Blasco recuperó su habitual cordialidad, comentaron otros asuntos familiares, y terminó invitándolo a quedarse en la Bruma Negra mientras estuviese en la isla, lo que Luis aceptó agradecido.

Cada mañana salían a pasear por la plantación aprovechando los primeros rayos de sol cuando todavía no eran demasiado molestos. Iban pertrechados con arco y flechas por si surgía la oportunidad de cazar. En aquel clima, y a partir de mediodía, el calor era tan asfixiante y la humedad tan insoportable que se huía de practicar ninguna otra actividad que no fuera estar en el interior de la mansión, donde había mejor temperatura.

A caballo y con un maravilloso paisaje a su alrededor, las conversaciones fluían entre ellos sin prisa de ser agotadas. Abordaban así los más variados asuntos: qué cultivos se estaban implantando en la isla, la situación de la Corona en España, en particular sus últimos negocios bélicos, o se daban noticias recientes sobre amistades comunes. Pero durante una de aquellas mañanas, la proximidad de su matrimonio centró su charla.

—¿Será vuestra primera esposa, entiendo? —Don Luis montaba una hermosa yegua de capa morcilla, hija, según le había explicado su anfitrión, de uno de los dieciséis caballos con los que Hernán Cortés y sus hombres conquistaron el imperio azteca, cuyos nombres habían quedado grabados para siempre en la memoria de todos.

—No, no es la primera. Enviudé hace cinco años. Unas fiebres malignas que en la isla llaman gripa la mataron sin tiempo de reaccionar. Pero, en confianza, nunca nos llevamos demasiado bien. Tenía una forma de ser impredecible, era bastante áspera y muy poco apasionada. Nuestros contactos, ya me entendéis, desaparecieron en menos de seis meses y el distanciamiento fue todavía mayor. Nos habíamos conocido poco tiempo antes de decidir la boda, pero hasta que no se llevó a cabo, no mostró su verdadera personalidad. Como veis, fue una historia con un inicio y un final demasiado próximos, ¿no os parece?

—¿Y cómo se llama vuestra nueva prometida?

—Carmen Bartelli, es napolitana y según tengo entendido, es una preciosidad.

Don Luis se quedó estupefacto en cuanto escuchó aquel apellido, pero evitó hacer ningún comentario y menos aún revelarle que conocía a su padre, a Domenico Bartelli, con quien mantenía ciertos tratos, un tanto particulares, que estaban dando los primeros frutos, pero que exigían la más absoluta discreción.

—Conozco Nápoles y he de reconocer que sus mujeres son muy hermosas. Seguro que esta vez seréis más afortunado.

A punto de bordear una pequeña loma se les cruzó una columna de esclavas que se dirigían a recoger la caña de azúcar. Algunas iban casi desnudas. Desprendían un olor tan desagradable que Luis se tapó la nariz.

Detuvieron sus caballos hasta que terminaron de pasar; serían una veintena. Ellas saludaron con respeto retirándose de las cabezas los anchos sombreros de mimbre que las protegían del calor. Al hacerlo surgieron rostros endurecidos, algunas miradas de miedo, otras de súplica. Blasco las observó lleno de desprecio, y escupió a su paso.

—¿Puedo hablaros en confianza? —Aunque Blasco no era demasiado dado a revelar asuntos íntimos a nadie, aquel jerezano le invitaba a hacerlo.

—Espero que sea merecedor de ella… ¡Por supuesto!

—¡Esclavos! No sé qué os hacen sentir a vos, pero a mí me enervan. Reconozco que son necesarios, pero me pongo malo solo con verlos. —Chasqueó la boca para poner en marcha a su caballo y buscó el sendero bordeado de árboles centenarios cuyas extrañas copas se abrían uniendo sus ramas con los vecinos para formar caprichosos nudos.

—Tal y como yo lo veo, tener esclavos solo supone ventajas: os ofrecen su trabajo, no protestan demasiado, gastan poco y además son vuestros para todo aquello que os plazca… —comentó don Luis—. En confianza, pienso que tiene que ser excitante llegar a sentir esa sensación de propiedad sobre ellos…

—Comparto vuestro parecer en todos los sentidos, pero para mi desgracia, ahora no son nada baratos, me cuestan una fortuna y además me duran bastante menos de lo que lo hacían antes, algunos no llegan a resistir ni dos años. —Chasqueó la lengua—. Sin embargo, con mi comentario no me refería al perjuicio económico que suponen, no. —Guardó un largo silencio que terminó con una poderosa inspiración, como si le estuvieran pesando los pensamientos—. Lo que siento es un profundo rechazo hacia ellos, una repulsión visceral, lo reconozco… ¿Y sabéis por qué? —Sin esperar la contestación de Luis Espinosa, siguió con su argumento—. Porque odio su debilidad. Eso es; detesto la resignación que llevan clavada en sus conciencias y hasta en su propia sangre… —Frenó al caballo al llegar al punto más alto de una cima desde donde se contemplaba un amplio y verde panorama.

—Creo que os entiendo… —respondió don Luis, pero como Blasco solo se escuchaba a sí mismo, no le dejó continuar su reflexión y retomó la palabra, ahora desvelando sus recuerdos.

—Cuando acompañé a Cortés fui apresado por los indios. Durante unos días practicaron conmigo las torturas más espantosas que podáis imaginar. Os habréis fijado en que me faltan dos dedos; se lo debo a ellos. Pero a pesar de todo nunca me sometí, os lo juro. Resistí con firmeza; creí en mí y no me dejé vencer. Cuando encontré la manera pude escapar, y poco tiempo después conseguí vengar las vejaciones sufridas. Por eso, aunque estos sean esclavos negros y los otros indios, me repugnan tanto unos como otros, y se debe, como os digo, al nulo respeto que se tienen a sí mismos... Cuando luché junto al conquistador, mis manos dieron muerte a infinidad de aztecas, como también a indígenas de otros clanes. Al principio me costaba hacerlo, quizá fuera debido al peso de la moral cristiana sobre mi conciencia, pero pronto empezó a parecerme algo normal, y hasta llegué a quitarle toda importancia. Fue entonces cuando empecé a disfrutar de verdad. Nunca pensé que el calor de su sangre sobre mis manos, o escuchar el húmedo sonido que produce el roce del acero cuando los atraviesa, pudiera agradarme tanto.

—En mi opinión, no son humanos como nosotros... —convino don Luis Espinosa.

Después de haber descendido de la cima por su cara norte, tomaron un camino que bordeaba una cantera. La atención de don Luis recayó sobre la aproximada media docena de escuálidos hombres que en ese momento golpeaban una gigantesca piedra con evidente desgana. Sus negros cuerpos habían quedado medio blanqueados por el polvo que ellos mismos producían. Pero, entre todos, destacaba uno que tenía la piel blanca, muy joven y con el pelo largo y enmarañado. Sujetaba con ambas manos una gruesa cuña de hierro gracias a la cual estaban abriendo la fabulosa piedra. Desde diferentes ángulos, otros tres esclavos martilleaban la cuña alternándose entre ellos con un musical tintineo. Fue a preguntar quién era, pero vio a Blasco tan concentrado en su conversación que lo dejó para otro momento.

—Como os decía y bajo mi parecer —Blasco retomó su argumento—, un esclavo está situado entremedias de las bestias y nosotros. Por eso no siento ningún remordimiento cuando he de darles muerte. La sed de sangre que todos sentimos mientras luchábamos con Cortés podría interpretarse como un rapto de locura, pero os confieso que en mi caso obró como una interesante forma de placer. —Miró a Luis con un inquisitivo gesto—. ¿Os impresiona lo que os cuento?

—¡En absoluto! Os lo aseguro —mintió. Él tenía instinto de poder y no de sangre. Por eso la muerte no le producía ningún placer, solo la veía como un instrumento. Le bastaba con saberse dueño y señor de ella si alguna vez había estado en situación de decidir. Observó de nuevo al joven de piel blanca. Este pareció notarlo, pues de inmediato levantó la cabeza y le devolvió la mirada. Sus llamativos ojos azules produjeron en Luis una extraña sensación que no supo interpretar.

Su anfitrión seguía hablando.

—En Tenochtitlán fuimos testigos de sus crueles rituales, en los que llegaban a teñir sus templos con la sangre de sus víctimas, a quienes cortaban las cabezas en sacrificio a los dioses.

Don Luis lo escuchaba, sin imaginar hasta dónde esos hechos habían afectado a la personalidad del hacendado.

—La Iglesia afirma lo contrario, pero estoy convencido de que tanto los indios como los esclavos carecen de alma, amigo mío. Nos amonestan porque los dejamos ir medio desnudos o no frenamos sus instintos carnales, pero no se dan cuenta de que son animales…

Pasaron al lado de una joven desnuda que por el volumen de sus pechos debía de estar amamantando a un hijo. Blasco le asestó un tremendo golpe en la espalda con la fusta. La mujer gritó de dolor, pero él no se detuvo y le atizó dos veces más, riñéndola por holgazana.

—¿Veis a qué me refiero? Nunca reaccionan contra ti, ni tratan de evitarlo. ¿Os gustaría comprobarlo?

Luis se excusó. Producir dolor sin motivo alguno no le procuraba ningún placer, aunque se tratase de una esclava. Cuando había tenido que matar no lo había dudado, pero esa actitud gratuita de Blasco le pareció excesiva.

—Me asquea su humillante obediencia... —continuó Blasco—. Quizá al golpearlos pretenda provocar en ellos una reacción, incluso un insulto que entendería. Pero no saben lo que es el honor. Aceptan con resignación mis azotes y latigazos, y ellas ni se resisten a ser violadas. Ayer mismo forcé a esa, a la que cierra la fila; fijaos en ella.

Don Luis observó a la mujer. Se trataba de una joven de cuerpo bien moldeado y hermoso. Llevaba las mejillas surcadas de lágrimas y una de las manos vendada.

—Quizá no os falte razón, pero se ha de reconocer que algunas son verdaderamente apetitosas... —Don Luis recordó a la voluptuosa mulata con la que se había acostado las tres últimas noches por deseo de su anfitrión, una mujer que le había hecho disfrutar como no recordaba.

Blasco observó a su invitado un tanto decepcionado.

El rechazo a pegar a la esclava hizo que dudara si sería o no oportuno proponerle en esos momentos una idea que tenía pensada para él. Se trataba de un juego poco convencional, pero el que más placer le procuraba, un planteamiento único, inimaginable en ambientes cortesanos, pero de lo más excitante. Decidió callar. Esperaría otro momento más idóneo, quizá cuando se produjese una fuga, lo que no era infrecuente.

—Sé que os gusta la caza y he podido comprobar estos días que sois diestro con el arco.

—Me encanta, sí.

—Os prepararé la cacería más interesante que esta isla pueda ofrecer, la del almiquí.

—Desconozco ese animal —reconoció don Luis—, pero estoy seguro de que me gustará.

—Es un animal de tamaño medio, muy ágil, corre en zigzag y posee una característica muy especial que le convierte en uno de los seres más peligrosos: su saliva es venenosa. Si os muerde, daos por muerto.

A don Luis le atrajo el reto y aceptó con gusto la invitación.

—Tal vez, después de ella, os ofrezca otra cacería más excitante todavía...

IX

Habían pasado dos meses desde la llegada de Yago a la plantación de la Bruma Negra, cuyo nombre daba fe de su característica más notable: la oscuridad. Oscuridad casi permanente, ya que estaba asentada en las profundidades de un agreste valle quebrado por dos caudalosos ríos y una tupida red de árboles cuya frondosidad apenas dejaba pasar la luz.

Una espesa niebla acompañaba las mañanas de sus habitantes hasta bien entrado el mediodía, y solo cuando se dejaban atrás los límites del valle, por un estrecho paso entre dos colinas, y se alcanzaban las zonas llanas de cultivo, la humedad y la penumbra del bosque cerrado daban paso a las suaves laderas y llanuras donde el calor y el duro trabajo de los esclavos conseguían arrancar los frutos a la tierra.

En la Bruma Negra convivían dos mundos opuestos. Entre fango, inmundicias, dolor y penurias, dos centenares de seres asumían el sufrimiento como la única realidad de sus vidas; mientras en un precioso claro dentro del bosque, entre cuidados jardines, rosaledas, estanques de nenúfares y paseos bien empedrados, otros disfrutaban de todo tipo de placeres. En la residencia del patrono, una mansión blanca y grandiosa, la vida transcurría llena de felicidad.

Cuando Yago atravesó las puertas de la Bruma Negra, no imaginó el tormento que allí le esperaba.

Todavía recordaba su llegada en una carretilla junto a otros seis esclavos encadenados todos entre sí, y la bienvenida de su conductor mientras atravesaban sus puertas.

—Acabáis de entrar en el mismo infierno.

Sus acompañantes eran de piel tan negra que casi era azulada, lo que llamó mucho su atención. Cuatro eran mujeres y el resto, jóvenes de edades cercanas a la suya. De camino no dejaban de mirarlo extrañados por su color y por su rechazo al más mínimo contacto. Acurrucado en una esquina, lo más alejado de ellos que pudo, Yago iba encerrado en sus propios pensamientos y temores. La novedad de la situación despertaba su ansiedad, y de aquellos extraños solo le llegaba el eco de unos susurros que no entendía.

Los bajaron a trompicones de la carreta y los llevaron a gritos hasta un alargado barracón de aspecto inmundo. Los vigilantes de la plantación se rieron de él al ver cómo balanceaba sus manos al caminar, cómo arrastraba los pies, y los frecuentes tropezones que daba. Dentro, un hombre de aspecto seco e inexpresivo los colocó en fila y se acercó a la primera mujer. Mientras preguntaba cómo se llamaba rompió su vestido en dos trozos y la dejó desnuda. A continuación inspeccionó su cuerpo con parsimonia.

—Yuba —la chica pronunció su nombre humillada, mientras un reguero de lágrimas resbalaba por sus mejillas.

—Al patrón le gustarás... —Chasqueó los dedos para captar la atención de su ayudante—. ¡Llévala al pabellón sur!

El siguiente de la fila era un varón que tendría la misma edad que Yago, unos catorce años, aunque algo más alto y desde luego mucho más musculoso. Cuando fue desnudado se rebeló como pudo, a puñetazos, pero recibió un sonoro latigazo que horrorizó a los demás y consiguió su completa inmovilidad. Lo estudiaron a fondo sin dejarse nada de su anatomía. Su sexo fue lo que provocó más comentarios.

—¡Menudo con el chico...! —Agitó su mano asombrado—. Con este se ha de tener más cuidado. Llevadlo a las canteras y que esté siempre vigilado. No quiero que monte a una esclava para dejarla preñada; luego no valen para trabajar. Si le vierais cerca de alguna, hacedle lo de siempre. —Abrió y cerró dos de sus dedos simulando una tijera.

Llegado el turno de Yago, le quitaron la ropa como al resto. A todas luces no era tan fuerte como el anterior, pero como en el barco le habían dado bien de comer, su estado no era del todo malo. El hombre carraspeó mientras lo estudiaba de espaldas y comprobaba el ancho de sus hombros y la dureza de sus piernas. Pero Yago no se pudo contener. Sentirse el centro de tantas miradas le violentó de tal manera que se cubrió con las manos.

—¡Huy, mirad qué sensible es este! —Se rieron a carcajadas—. No sé de dónde has salido, pero eres el primer esclavo blanquito que pisa esta plantación. No puedes imaginarte lo bien que te lo vas a pasar con tus amigos negritos y con los indios...

Yago no entendía qué significado tenía aquel comentario, solo deseaba vestirse.

El hombre trató de separar sus manos para ver sus genitales y buscar cualquier signo de enfermedad. Por suerte para Yago, no encontró nada.

—El jefe quiere que a este lo dejemos con las más jóvenes. Menuda suerte tienes —comentó dirigiéndose a Yago—. Pareces estar en buena forma, mejor, porque antes de que puedas holgar cada noche con ellas, tendrás que trabajar unas cuantas horas en la cantera. —Dio un empellón al muchacho para darle turno a la siguiente esclava y ordenó que lo alojaran en el pabellón rojo.

Se hicieron con él entre dos, lo levantaron por las axilas y lo llevaron con tanta prisa que ni siquiera comprobaron qué ropa le habían dado. Entre empujones y patadas en el trasero fueron dirigiéndolo hasta el exterior de unos largos barracones que se distinguían unos de otros por su color, Buscaron el rojo. Dentro había una veintena de chicas que rompieron a reír al verlo entrar vestido con una prenda femenina. Harto de tanta humillación, Yago soltó un agudo chillido que atravesó el barracón y corrió a esconderse detrás de un camastro.

Cuando los hombres se fueron, una de las muchachas se acercó en silencio.

Se llamaba Hiasy y era negra como el resto, algo mayor que él. Ella no se rio, dejó a su lado un calzón limpio y una camisola algo desgastada pero de suave algodón, y antes de irse le sonrió con dulzura.

Hiasy había llegado a la Bruma Negra poco tiempo antes que Yago, en un lote de treinta esclavos capturados en una pequeña aldea de un lugar perdido de África.

Antes de verse en aquella plantación la joven no había sabido hasta dónde podía llegar el sufrimiento humano ni cuáles eran los límites de la crueldad. En la Bruma Negra se vivía de milagro y cuando tocaba morir tenían que hacerlo sin molestar demasiado. En las costillas llevaba grabados los muchos latigazos que había recibido.

A sus padres los había perdido en el mismo barco que los transportó desde sus lejanas tierras hasta la isla. No pudieron superar la enfermedad que se cebó con la mitad de los que habían sido encerrados en su apestosa bodega. Sobrevivieron los más fuertes. Apenas comían, tenían que pelear para poder situarse cerca de las escasas bocas de ventilación y a veces lo único que podían beber era el agua que se condensaba en el techo y que goteaba desde dos tablones medio vencidos.

Su madre murió de fiebres a los cinco días de ser embarcados, y su padre poco después, de pena, aunque también de pura debilidad. Ella los había llorado mucho, pero allí nadie más lo hacía por sus muertos, porque solo imperaba una ley, la de la supervivencia. Consciente de ello y de su sombrío futuro, se prometió desde entonces ser fuerte y resistir todo lo que le viniera, todo.

Cuando por fin llegaron a Jamaica el barco escupió una procesión de moribundos que, a pesar de su extremo agotamiento, fueron obligados a caminar hasta la plantación sin un solo descanso. Tuvieron que teñir de sangre el camino y sembrarlo con los primeros cadáveres para que alguien decidiera ir a por unas carretas. Sabían que el patrono se enojaría si le llegaban menos existencias de las que había pagado.

Para Hiasy, un día en la plantación se podía resumir en cinco palabras: trabajo, hambre, dolor, tristeza y humillación. En tan solo unos meses sus manos habían recolectado algodón, tabaco, caña de azúcar y todo tipo de fruta. Su cuerpo se había endurecido y había adelgazado hasta extremos preocupantes; y su alma ya no le pertenecía, ni a ella ni a ese dios del que su madre le había hablado de pequeña. Un dios de la tierra, del viento y las lluvias; un ser que según le enseñaron se regalaba en amor. Pero pronto entendió que en la Bruma Negra aquel sentimiento no se hacía presente nunca, dado que no había hueco alguno por donde pudiera penetrar.

Desde el primer momento que vio llegar a Yago vestido de mujer y con su particular y esquivo gesto, le pareció un ser vulnerable y necesitado de ayuda. Decidida a protegerlo, convenció al resto de las mujeres del barracón para que lo dejaran en paz.

Debido a lo poco que sabía hablar en la lengua de los españoles, y como el chico tampoco se expresaba demasiado, empezaron a comunicarse empleando signos, gestos y no más de doce palabras. Pronto se hicieron buenos amigos.

Con Hiasy, Yago no padecía temor alguno. Era parecido a ella en bastantes cosas, y aunque solo coincidían al anochecer, cuando volvían de sus respectivos trabajos, su presencia aliviaba como nadie las ansiedades y angustias que acostumbraba a padecer.

Yago trabajaba de sol a sol en la cantera. Cuando partía aquellas enormes piedras, saltaban afiladas astillas que se le clavaban por todo el cuerpo. Cada noche, como si se tratase de un ritual, Hiasy le curaba las heridas con su saliva y con el jugo de unas hojas de aspecto parduzco, mientras pronunciaba un coro de palabras ininteligibles para Yago, pero de relajante efecto.

Las muertes en la hacienda eran frecuentes debido a la poca comida que se les daba y al exceso de celo de los vigilantes. Yago nunca había visto morir a nadie, pero ya en la primera semana de su llegada a la plantación, fue testigo de un accidente cuando una enorme roca aplastó a un pobre desgraciado que trabajaba con ella. Ninguno de los vigilantes permitió su ayuda. Solo se le acercó uno para exigirle que parara de protestar, se muriera en silencio y los dejara a todos en paz.

Yago siguió durmiendo en el pabellón de las chicas durante algo más de tres meses. Lo hacía en el suelo al no haber camastro disponible para él. Algunas noches, muy pocas, veía como llegaban de otros pabellones algunos esclavos para recostarse con sus parejas y luego se iban. Pero la visita más temida era la de uno de los sirvientes de la gran casa. A su llegada alineaba a todas las chicas y cada noche elegía a una. Horas después la desafortunada volvía con los ojos inflamados de lágrimas y casi siempre herida. Yago no entendía qué hacían con ellas, pero se sentía aterrorizado cada vez que veía aparecer al hombre creyendo que en algún momento le tocaría a él.

* * *

El día que llegó la mujer de don Blasco Méndez de Figueroa, la servidumbre de la casa y unos pocos esclavos estaban aguardándola a las puertas de su nuevo hogar. Hiasy se encontraba en el grupo que esperaba la aparición de la nueva ama doña Carmen, pero a Yago no lo dejaron ir por temor a que diera el espectáculo con uno de sus ataques.

Acababa de llover y todo estaba empapado.

El calor era insoportable y la humedad y los mosquitos convertían la espera en un auténtico martirio.

En el momento en que apareció el séquito que daba compañía a la señora, algunas esclavas empezaron a cantar algo en su lengua, una melodía cadenciosa, hilvanada en notas dulces y profundas. A don Blasco, que iniciaba la marcha, nada más escucharlas se le torció el gesto; le fastidiaban aquellos cantos que nunca había entendido. Estaba seguro de que le dedicaban alguna de las letras y solía prohibirlos, pero en aquella ocasión se contuvo para evitar a Carmen una desagradable escena.

Ella iba a su lado, en un hermoso caballo de capa blanca.

Observó a su marido con agrado.

Cuando se sentía feliz sus ojos se estrechaban en una deliciosa expresión y su mirada se volvía luminosa, sutil y profunda. Blasco descubrió ese particular gesto nada más verla en el puerto y desde ese momento le agradó, como también el color dorado de sus cabellos o la suavidad que notó en su piel cuando le ofreció la mano para ayudarla a montar. Carmen poseía un cuerpo hermoso y de frágil talle, detalle que tampoco se le escapó al hacendado, pero si había algo que superaba a sus excelencias físicas, sin duda era la dulzura que desprendía en todo momento, daba igual con quién estuviera.

La primera impresión en Blasco había sido excelente, quizá mejor de la esperada, y al escucharla quedó todavía más reforzada. Su melodiosa voz, con aquellos tonos cautivadores que la caracterizaban, consiguió embellecer su de por sí espléndida presencia.

Blasco la esperó a los pies del barco vistiendo su habitual color negro en calzas, camisa y jubón. Su imagen, recortada sobre la escalinata, hizo mella en el corazón de Carmen en cuanto lo vio. Llevaba sombrero de ala ancha y lucía una barba canosa pero bien perfilada que estilizaba todavía más su cara.

Lo encontró más guapo que en el retrato, se sintió halagada al recibir sus primeras cortesías y más confiada de lo que había imaginado ante la delicadeza que derrochaba con cada uno de sus gestos. Le embelesaron especialmente sus ojos, de un maravilloso color azul, en un tono que jamás había visto en otro hombre. Blasco poseía una expresión muy masculina, seria y recta, pero sabía tratar a una dama, era evidente, y con su galantería hizo que se sintiera bien, segura de sí misma, y como si fuera una reina desde el primer momento.

Poco antes de llegar a la que sería su nueva casa, Carmen escuchó de boca de Blasco las excelencias de la tierra que empezaban a pisar, su extensión, los productos que se aprovechaban de ella, los edificios que contenía, la afición por los caballos y su cría. Admirada con su elocuencia y sin perderse ni un solo detalle, Carmen empezó a sentir un agradable cosquilleo en su interior que interpretó como los primeros efectos del incipiente amor que sentía hacia él.

Dos caballos más atrás iba Volker atento a todo, hasta el momento satisfecho por la buena impresión que también había recibido del terrateniente.

Descabalgaron al llegar a la altura de los primeros sirvientes, que esperaban en perfecta fila. Blasco ayudó a Carmen a bajar de su caballo sujetándola por la cintura y ella le respondió con un tierno beso.

No recordaba la mayoría de los nombres de sus trabajadores, pero su paje se los iba adelantando mientras la presentaba. Todos los presentes descubrieron a una mujer hermosa y dulce, de mirada tierna y con luz propia. Sin embargo, se apiadaron de ella, pues sabían demasiado bien hasta dónde llegaba la crueldad de su marido, don Blasco Méndez de Figueroa.

Carmen conoció también a don Luis Espinosa, un hombre bien parecido que según le explicó su marido estaba pasando unos días en la plantación por un asunto de negocios. Ella se comportó de forma encantadora con él, imaginando que sería alguien importante para Blasco, sin saber que conocía, y muy bien, a su padre.

—Mi señora, vuestra presencia va a aportar a este lugar, además de alegría, más hermosura... —El caballero jerezano se inclinó cortésmente para besar su mano. Ella le devolvió la lisonja con una sonrisa, pero su atención retornó a su marido, por el que se sentía cada vez más deslumbrada.

En cuanto terminaron de saludar a la servidumbre, alcanzaron la casa.

Su grandiosidad y magnitud asombraron a Carmen, como también el cuidado en los jardines que la rodeaban. De la mano de Blasco recorrió los tres magnos salones que poseía, sus diez dormitorios y las espléndidas vistas que ofrecían sus balcones. Desde ellos pudo divisar, aun por encima de las colinas, los centenares y centenares de aranzadas de caña de azúcar y algodón que poseía la hacienda, así como los miles de frutales que teñían de verde alguna de las laderas al este.

Seducida por el efecto embriagador de tanto encanto, a los pies del que sería su dormitorio y una vez a solas con su marido, sintió cómo sus manos le sujetaban la cara, y poco después recibió sus labios saboreando su primer beso de intimidad. Al separarlos, Blasco abrió los brazos, observó sus inocentes ojos y exclamó:

—Querida, bienvenida a la Bruma Negra.

X

Primero se veían cada noche entre la última litera y una esquina de su barracón, y cuando a Yago lo trasladaron, se encontraban, siempre que podían, bajo las ramas de un centenario sauce a escasa distancia de los pabellones de esclavos.

Hiasy acudía con un puñado de hojas, las masticaba con conocimiento y el resultado lo aplicaba sobre las heridas de Yago. Algunas de esas plantas le eran conocidas de los tiempos vividos en su aldea, pero otras las descubrió en la plantación. De la corteza del sauce extraía un jugo que aliviaba el dolor de cabeza y cualquier otro dolor muscular, lo que era de agradecer después de las interminables jornadas de trabajo.

Masticaban también caña de azúcar para recibir su energía, tan necesaria cuando las raciones que les daban a diario apenas llegaban a cubrir sus necesidades mínimas. Todos los esclavos hacían lo mismo y gracias a la fruta caída de los árboles, a algunas raíces de ciertos arbustos y a la caña de azúcar, podían compensar su deficiente alimentación y sobrevivir. Cualquier pequeño animal se convertía en un verdadero convite. Hiasy consiguió en varias ocasiones esconder entre su ropa ranas, lagartos y ratones que luego compartía con Yago, y ambos quedaban encantados, a pesar de no poder cocinarlos.

Hiasy era quien hablaba en aquellos encuentros que al muchacho tanto le agradaban. Hablaba en su lengua y le enseñaba palabras, las primeras fueron las partes de su cuerpo que iba recorriendo poniendo la mano de Yago sobre cada una de ellas: los ojos, el pelo, los labios, las piernas y rodillas... Luego siguieron los objetos cotidianos: los camastros, la paja que servía de cama, piedras, o los recipientes de barro que ellas mismas se fabricaban con puñados de arcilla que escondían en el bies de sus faldas.

Yago acudía feliz a aquel lugar secreto porque había encontrado en Hiasy a su primera amiga.

La miraba mientras preparaba en su boca aquellas pastas que aliviaban sus heridas, pero que también curaban su interior. En su presencia, el sufrimiento padecido en la cantera se borraba por completo. El agudo tintineo de los martillos que le hacía casi enloquecer, los latigazos de los vigilantes, o el permanente polvo que conseguía secarle los ojos, la boca y hasta el alma, al lado de ella, se difuminaban como lejanos recuerdos.

Con Hiasy todo era diferente.

A los tres meses de frecuentar aquellos contactos, Yago empezó a sentir algo más, aunque era incapaz de reconocer de qué se trataba. Cada vez que recibía sus manos sobre las heridas se le erizaba el pelo, le costaba respirar y sentía como un hormigueo interior muy agradable. Su voz, suave y melosa, le acariciaba los oídos cada vez que le escuchaba repetir una y otra vez las palabras que compartían.

Le encantaba su olor.

Su piel oscura no olía como la suya y Yago recibía su aroma con cada movimiento que hacía cerca de él.

No sabía cómo lo conseguía. El olor colectivo era intenso y desagradable, pero ella olía a veces a flores o a esencia de heno, otras veces a fruta. Y es que a diario, en sus idas y venidas a los cañizales, Hiasy recogía a escondidas todo lo que pudiera proporcionarle una fragancia agradable, y en el barracón se lo restregaba por el cuerpo hasta que neutralizaba el olor a suciedad y a trabajo.

Por todos aquellos motivos la chica se convirtió en un regalo de sensaciones para Yago; un sonido dulce para su oído, una suma de aromas deliciosos para su olfato, y la explosión de suaves contactos en su piel, cada vez que se rozaban, cuando juntos iban reconociendo, mano sobre mano, los nuevos objetos que iban apareciendo ante ellos: nuevas plantas, insectos, piedras de diferentes colores...

Un día, a orillas de las frescas aguas de un lago cercano a la plantación, Yago miró a Hiasy de una forma diferente a como venía haciéndolo desde que se conocieron cinco meses atrás.

Él no había visto hasta entonces su cuerpo desnudo, pero allí, entre árboles de copas interminables probó a bañarse con ella y entonces sucedió.

Yago sintió una sensación muy distinta a lo que hasta entonces conocía.

Deseó tocar su oscura piel empujado por un ansia nueva. Ella fue sensible a su deseo y lo aceptó expresándolo a través de su mirada, sin embargo, Yago no supo qué hacer. De momento evitó tocarla, se supo un inútil y desvió la mirada de sus pechos. Vencido por su torpeza, le apareció un primer temblor en los brazos al que le siguió otro en las piernas.

Hiasy quiso tranquilizarlo tomándole una mano, pero tampoco aquello produjo el efecto esperado. El suave roce de su piel no agradó a Yago como otras veces y lo rechazó con brusquedad, temeroso e invadido de extrañas sensaciones. Ella bajó la cabeza sin comprender y Yago la miró con el rostro ladeado, con aquel gesto tan suyo, decepcionado e incapaz de saber cómo debía actuar en circunstancias como esas.

—¡Agua! —gritó ella tirando de sus brazos.

Lo empujó al lago y a continuación se zambulló a su lado. Lo salpicó juguetona, buscó una enorme hoja que flotaba, se la tiró a la cara y lo dejó a ciegas. Se rieron hundiéndose en el agua, entre las protestas de uno y los chillidos de la otra, chapoteando sin pararse a pensar en nada, conscientes de que para ellos el tiempo estaba detenido.

Una vez de vuelta a la orilla, Hiasy lo observó. Tumbado al sol, ronroneaba y parecía feliz. Nadie lo entendía como ella. Yago era extremadamente vulnerable y experimentaba las cosas de forma diferente. Sentía ternura por él y miedo de que tanto dolor y humillación como iba a padecer en la plantación pudieran herir para siempre su frágil alma.

Aunque fuera consciente de que no era como el resto de los esclavos, ni por su color de piel ni por su entendimiento, no terminaba de asumir las suspicacias que despertaba, ni comprendía cómo en un mundo de desheredados podían tratarlo casi peor que sus amos a ellos.

Yago, ajeno a las reacciones que producía en los demás e incluso en Hiasy, respiró profundamente. El frescor del aire, que acababa de acariciar la superficie del lago, alcanzó su piel, despejó su ánimo y le abrió sus propios recuerdos de un modo encadenado como si se tratase de una sucesión de imágenes. Al hacer balance de su vida anterior se dio cuenta de las pocas veces que había disfrutado de algo o de alguien, salvando algunos momentos muy especiales con Camilo o con los caballos.

Giró el cuello para verla y de nuevo volvió a hacerse presente su desnudez. Sus piernas poseían un hermoso brillo casi azulado y su vientre era redondo y pequeño. Hiasy estaba muy delgada, pero a Yago le pareció tan hermosa…

Una vez más no sabía qué hacer.

Contuvo de nuevo las ansias de acariciarla, sintiéndose incapaz de expresarse. Hiasy, sin embargo, en esa ocasión no se dio cuenta de sus intenciones, pues estaba encerrada en sus propios pensamientos.

Hasta que había aparecido Yago, nunca se había sentido acompañada por nadie. Muchos decían de ella que era rara y tal vez tuviesen razón. Se sabía esclava, cumplía con el trabajo, recibía los golpes y palizas como una más, pero a diferencia del resto, ella sabía que no iba a ser para siempre así. No iba a morir habiendo vendido al completo su honor como les sucedía a casi todos. No, ella tenía un sueño y ahí radicaba su diferencia, un sueño de libertad: dejar de ser tratada como si fuera un ser inferior. Nunca se resignó. Por eso había trazado un plan casi desde su llegada, un plan que se cumpliría. Estaba segura.

Yago había aparecido cuando aquella idea empezó a ser factible, y ella lo incluyó.

—Irnos… —Hiasy dirigió un dedo hacia la cumbre de la montaña más alta de la isla, visible desde cualquier parte de la misma—. Yago y Hiasy, allí, solos.

—Solos. —Él señaló el mismo lugar sin entender.

Hiasy había escuchado decir que en aquellas nubladas cumbres vivían algunos esclavos huidos, junto con los indios, sus originales pobladores. Los que lo habían conocido afirmaban que allí todos eran libres e iguales, y que su aire solo transportaba paz y respeto.

—Allí Yago, Hiasy…, respirar y libres…

XI

Fray Camilo, desprovisto de su hábito religioso, y el que fuera guarda de la Saca, Fabián Mandrago, llevaban navegadas tres cuartas partes de la travesía entre las Canarias y la isla de Jamaica, en un viaje que obedecía a un doble objetivo para el primero: obtener respuestas sobre sus dudas vitales y encontrar a Yago, y para el segundo, la oportunidad de probar la participación de los dos veinticuatros en un acto delictivo.

La embarcación no ofrecía demasiadas distracciones para los pasajeros y tampoco se daban las condiciones mínimas para disfrutar de un poco de intimidad debido a su pequeño tamaño. Al anochecer, cuando el sol era engullido por el horizonte marino y la tripulación había terminado todas sus faenas, Camilo buscaba la soledad de la cubierta para rezar y pensar.

Durante los primeros días fue desentrañando su vida casi año a año, en una profunda revisión de sí mismo. En el silencio de su alma se proponía encontrar la verdad y la determinación necesaria con la que afrontar el futuro. Fabián respetaba su voluntad y casi nunca lo acompañaba en esos momentos, pero cuando lo hizo no se arrepintió, ya que descubrió en Camilo no solo a un buen conversador, sino también a alguien con una apasionante vida interior.

—Desde hoy te llamaré Camilo a secas, nada de fray Camilo —la voz de Fabián surgió de la oscuridad, a sus espaldas. Se colocó a su derecha y contempló el azulado oleaje—. Será mejor que no te identifiquen como a un religioso.

La presencia del guarda alegró a Camilo. No siempre conseguía la necesaria concentración para sus meditaciones, a veces el mar atrapaba su atención con sus continuos cambios de color, su fuerza y su latente energía.

—Hoy huele mucho más que los demás días. —A la vez que su mirada cabalgaba por el azulado horizonte, aspiró sin prisas una buena bocanada—. Nunca imaginé lo diferente que puede llegar a ser, es sorprendente.

Fabián confirmó sus impresiones. Las aguas desprendían un intenso perfume a pescado y salitre que les llegaba transportado por la bruma del atardecer. Sintió el frescor del aire sobre sus mejillas como una suave caricia. Se relajó, observó el último reflejo del sol agitándose sobre las olas y sacó de un bolsillo una hoja de tabaco para mascar. Le ofreció otra a Camilo.

—Gracias, pero no creo que me siente nada bien... Bastantes amarguras arrastro últimamente como para ponerme a probar eso... —Se rascó la cabeza casi con furia. Pasadas ya tres semanas de su salida desde el puerto de Sanlúcar, gracias al dinero que distrajo de la cartuja y con la conciencia todavía afectada por su mal proceder, volvía a recuperar el pelo que se había rapado para disimular su condición de cartujo.

—Deja de martirizarte, Camilo. No obraste bien con tu orden, de acuerdo, pero tomaste una decisión movido por un encomiable espíritu de responsabilidad.

—Llamas responsabilidad a lo que hice, cuando a mí solo me parece una traición.

—Has de mirarlo de otro modo. Si nos hacemos con esos caballos, podrás devolverle a tu cartuja el sueño de conseguir la más hermosa de las castas, podrán vender luego sus hijas e hijos, y aliviar así las dificultades económicas que, tal y como me contaste, está atravesando en estos momentos. Tu iniciativa quizá no tendrá sus bendiciones, pero sin ella aquel noble objetivo se borraría para siempre.

—No me perdonarán nunca. —Recordó con angustia las horas previas al embarque. Había dejado una carta a su prior donde le explicaba sus motivos, se comprometía a devolver todo el dinero y a expiar su pecado como tuviera a bien a su vuelta.

Fabián advirtió una cierta inquietud en sus pensamientos e insistió con el tabaco hasta convencerlo. Camilo probó un trozo y empezó a masticarlo. Para su sorpresa, sintió un agradable efecto en su ánimo y su tensión se rebajó.

—Bueno, lo hecho, hecho está... —Escupió al mar un resto de hoja demasiado amarga—. Desconozco si Jamaica es una isla muy grande y qué haremos una vez allí para localizar a los caballos...

—Cuando estuve en el Pósito obtuve el nombre de quien los compró, un tal Blasco Méndez de Figueroa. Hemos de dar con él, comprobar si es la persona que buscamos, y de tener caballos, constatar que sean los vuestros.

La intempestiva aparición de un joven desde una escotilla evocó en Camilo la figura de Yago. Al advertir un aire de tristeza en su mirada, Fabián se interesó por sus motivos. Hasta entonces Camilo había evitado hablar de él, pero en ese momento cambió de parecer.

—Además de los caballos había un chico encargado de su cuidado que desapareció esa misma noche... —Un repentino cambio en la fuerza del viento le obligó a sujetarse a la barandilla. Fabián hizo lo mismo sorprendido por lo que acababa de escuchar—. Pero lo peor es que Yago, que así se llamaba, no tenía una forma de ser común..., digamos que tenía algunos problemas...

—¿A qué te refieres? —No terminaba de entender por qué le hablaba del chico.

Camilo vio llegado el momento de hablarle de Yago en profundidad.

—Cuando lo abandonaron a las puertas de la cartuja solo tenía ocho años y parecía un animal asustado. Fue recogido y alojado en el hospicio de la cartuja, donde procuramos cuidar y educar a chicos como él. Pero, como te digo, Yago no tiene un comportamiento como los demás, su trato no es fácil, y en general requiere mucha más atención que cualquier otro. Le cuesta relacionarse con los demás, sufre con frecuencia un tipo de ataques que se manifiestan con temblores, busca estar siempre aislado y además le cuesta hablar. Pero a pesar de todo lo anterior, Yago es un gran muchacho y sé que hay un ser grande en su interior. Desde que le conocí he intentado ayudarle en todo lo que he podido, y os aseguro que se le coge cariño con facilidad.

Fabián empezó a hilvanar pistas ante las revelaciones de Camilo, creyó adivinar qué había de fondo en todo ese asunto, y para aclararlo fue directo con su siguiente pregunta.

—La búsqueda de ese chico es la verdadera razón de que estés aquí, ¿verdad?

Camilo suspiró.

—Confieso que sí.

—¿Y por qué no lo habías hablado hasta ahora?

—No estaba seguro de que entendieras mis razones. Viniste a la cartuja por dinero, a cambio de que pudiéramos recuperar los caballos. Cuando lo supe, y te hice una propuesta en ese sentido, te encajó sin ningún problema. Por entonces pensé que no era prudente hablar de mis motivaciones personales...

—¡Vaya sorpresa! —apuntó Fabián.

—¿Te parece extraño?

Fabián comprendió sus prevenciones y le restó importancia. Si el chico había acompañado a los caballos, su búsqueda no tenía por qué cambiar para nada sus planes. Si daban con ellos, darían también con él.

—Tal y como lo has descrito, el muchacho no puede haber pasado desapercibido. Mira por dónde, quizá hasta nos ayude a seguir el rastro de los animales. Te ayudaré a localizarlo, cuenta con ello.

El viento arreció de golpe e hinchó las velas con una fuerza inusitada, las crestas de las olas se alzaron y la nao empezó a bambolearse con ellas. Una vez más el mar marcaba sus cambios y su bravura despertó en Fabián el recuerdo de Cudillero, cuando oteaba a las ballenas desde sus acantilados.

Camilo escuchó con interés el relato de su estancia en aquella costa, y entendió la pasión que sentía por el mar.

—Desde muy pequeño soñé con ser navegante, surcar todos los mares y conocer el mundo entero. Pero la vida me dirigió hacia otros destinos y no pudo ser... Siento un gran respeto por la gente del mar, por quienes dedican su vida entera a los barcos.

Aquella referencia a sus pasiones llevó a Camilo a pensar en las suyas. Fruto de una locura de amor, en su caso por el Señor, lo había dejado todo. Había quien llamaba a esos arrebatos sueños, otros los consideraban una pasión o sencillamente algo en lo que creer y crecer... Él había dado otro nombre a todo aquello: Dios. Sin embargo, ahora no sabía cómo ordenar aquel remolino de sensaciones ni ponerle nombre a su futuro. Quizá debiera seguir la llamada del Altísimo de otra forma, no desde el aislamiento místico, sino a través de los demás, y para empezar, desde la fragilidad de un ser como Yago.

* * *

Los caballos de Blasco Méndez de Figueroa habían contribuido de forma esencial a la conquista de una buena parte de las tierras de aquel nuevo mundo.

Él decía que no solo habían sido buenos animales, sino que se comportaban como si fueran las sombras del aliento de Dios, pues los indios así lo creyeron.

Junto a Hernán Cortés comprobaron el increíble efecto que su presencia había provocado en los primeros indios, quienes veían a jinete y a caballo como un solo ser, creyeron que se trataba de sus propios dioses venidos desde el más allá, y por eso se rindieron por completo ante ellos.

Los muchos aventureros que fueron llegando a las Indias en las siguientes décadas, en su pretensión de ganar fortuna, territorios y nombre, fueron necesitando más caballos para sus empresas y empezaron a comprárselos a Blasco al precio que pidiera.

Pero traer caballos desde España se convirtió en una tarea de locos.

Durante la travesía no sobrevivía ni la mitad, y además la Corona había reglamentado la prohibición de su saca al faltar animales en la Península. Por esa razón a Blasco y a otros hombres con buen olfato para los negocios les faltó tiempo para empezar a criarlos en las islas.

Los primeros centros de cría se iniciaron en La Española, algunos de ellos eran de propiedad real. Les siguieron otros en Cuba y, cómo no, en la isla de Jamaica, donde también se instaló una Real Cabaña, aunque nunca llegó a hacer sombra a la de Blasco.

Desde las tres islas se preparaban las expediciones hasta el continente y se dotaban las embarcaciones de víveres, esclavos, armas, semillas y sobre todo caballos.

Había pasado una semana desde la llegada de Carmen a la plantación y Volker seguía pendiente de ella. La imagen que daba era de felicidad, la propia de una recién casada, siempre al lado de su marido, compartiendo paseos a caballo por sus dominios y por el resto de la isla.

Blasco ejercía de perfecto anfitrión y modélico marido.

Desde muy pronto, tanto a los ojos de Carmen como a los de Volker, se reveló su gran sensibilidad por las artes. Leía muchas horas al día en su biblioteca, admiraba la escultura y poseía algunas piezas de excelente calidad salidas de los mejores talleres de Ferrara. A las dos semanas de la llegada de su mujer se organizó un gran concierto. Para los asuntos artísticos Blasco era muy meticuloso y ponía todo su empeño en que saliera todo a la perfección.

Afirmaba que la música era un regalo de Dios, y qué menor respuesta a tan grande favor que escucharla con toda la emoción y el debido respeto. Se encargaba personalmente de comprobar la ubicación de los músicos, buscaba dónde hallar la mejor acústica en sus salones, y hasta ordenaba cambiar las cortinas por otras de mayor grosor que absorbieran mejor el sonido.

La música era, sin duda, una de sus reconocidas aficiones, pero también la pintura. Por toda la casa colgaban cuadros, algunos firmados por los mejores maestros europeos, que gustaba de explicar proporcionando hasta el menor detalle sobre el autor, la técnica o la historia de los mismos. Carmen y Volker conocieron en pocos días a más de una docena de poetas, escultores y pintores que Blasco protegía y financiaba, lo que le convertía, sin duda alguna, en el mayor promotor de arte de la isla.

Todos aquellos detalles de buen gusto tenían cautivada por completo a su mujer, que ni en sus mejores sueños había podido imaginar tanta suerte ni mejor idilio.

Sin embargo, Volker comenzó a dudar si aquello no era demasiado bueno.

Empezó siendo una intuición, pero a medida que pasaron los días y semanas le pareció ver como si detrás de su intachable carácter se ocultase algo, una segunda personalidad, no sabía bien el qué. Por la seguridad de Carmen, se propuso descubrir si estaba en lo cierto o no, pero, eso sí, guardando una máxima cautela.

Preguntó a sus empleados, a todo el que tenía más trato con él, pero solo pudo constatar el miedo que le tenían, casi pavor. Aquel inicial silencio pudo ser superado con algo de dinero y una promesa de discreción absoluta. Y así empezó a descubrir con asombro cosas sobre Blasco que le parecieron, como poco, preocupantes. Su propensión a los castigos, casi siempre llevados a cabo por su propia mano, las muchas esclavas jóvenes que se decía habían pasado la noche con él antes de la llegada de Carmen, las heridas con las que algunas volvían de su lecho, latigazos sin aparente motivo a quien le venía en gana y esclavos que desaparecían sin que nadie supiera qué había sido de ellos, fueron algunos de los hechos que pudo conocer. Aunque no fuese demasiado grave en sí mismo, pues ese trato a los esclavos era común entre los amos, Volker empezó a pensar si tras aquella exagerada disciplina no existiría además un mundo de obsesiones, una *bruma negra* que estuviese ofuscando su alma.

Un mes después del concierto, durante uno de aquellos paseos que tanto enamoraban a Carmen, de vuelta a las cuadras, Blasco vio venir a su yeguarizo con alguien a su lado, bien atado. Por las vestimentas dedujo que se trataba de un esclavo, pero solo cuando estuvo más cerca reconoció a su joven esclavo blanco.

—¿Qué problema os ha dado? —Blasco frenó el caballo a su altura.

—Lleva días merodeando por las cuadras sin mi permiso y hoy lo he pillado tocando a aquel caballo que tanto apreciáis, ese de las crines casi azuladas que vino de Jerez…

Blasco recordó la buena mano que demostró el chico con el Guzmán cuando lo conoció en el barco. Pero su encargado tenía razón, en la Bruma Negra todo lo relacionado con los caballos era una tarea sagrada y reservada a tan solo unos pocos empleados de su entera confianza, estaba prohibida la entrada a las cuadras y, por tanto, que lo hubiera hecho un esclavo era una falta imperdonable.

—¡Azótalo, se lo merece! Pero cuando termines, tráelo a las cuadras. Quiero hablar con él.

Carmen miró al chico con pena. Apenas era un montón de huesos, tenía el pelo enmarañado y sucio, la piel tostada pero lejos del color del resto de los esclavos, y una buena altura. De rasgos no demasiado atractivos, lo que más llamaba la atención eran sus ojos, esquivos pero de un azul asombroso.

Si había algo que ella odiaba con toda su alma era la violencia, y aquella no era la primera vez que había visto a su marido castigar a un esclavo.

—Querido, me gustaría pedirte un favor. —Blasco le sonrió con ganas de complacerla. El chico parece buena persona, ¿podrías perdonarle los latigazos, por esta vez? —Endulzó su mirada para ablandarlo, pero no consiguió lo que quería, Blasco no solo no quiso atender a sus deseos, sino que además, una vez solos, le recriminó su actitud con bastante severidad.

—No lo vuelvas a hacer nunca más…

A Carmen le sorprendió la dureza de su voz hasta entonces desconocida.

—No te entiendo, cariño.

—¡Has puesto en entredicho una decisión mía y además delante de un empleado! ¿Entiendes lo que eso supone, o te lo he de explicar mejor?

Ella no quiso contestar, entendía su error, pero se sentía decepcionada por la excesiva reacción de su marido y también por la crueldad que demostraba con el chico. Para no reflejar sus sentimientos sin haberlos medido antes, se disculpó, argumentando un falso cansancio, y se dirigió hacia la casa con ganas de aislarse un tiempo en su habitación para poder pensar.

Cuando Yago, apenas una hora después, llegó al interior de las caballerizas con la camisola rasgada de arriba abajo y la espalda lacerada por no menos de veinte latigazos, fue empujado a los pies de Blasco, quien lo recibió sin hablar. El chico se encogió, como si fuera un perro herido, y escondió la cabeza entre los codos.

—Ya sabes, en la Bruma Negra se aprende a obedecer así. —Le levantó la barbilla con la fusta para verle la cara—. Aquí no eres nada. Cuanto antes lo aprendas, mejor te irá…

Yago esquivó su mirada aterrorizado y se tumbó en el suelo escondiéndose de él. Ese hombre le provocaba un miedo primario, difícil de justificar, intuitivo.

—¡Mírame, estúpido! —le gritó furioso.

Blasco metió la punta de su bota entre la mejilla del chico y el suelo obligándolo a levantar una vez más la cara.

A poco menos de veinte palmos, Azul empezó a relinchar con inquietud. Blasco, ajeno a su reacción, no pudo soportar la sumisión que Yago mostraba y decidió comprobar si también era de los que ni con latigazos reaccionaban ante un humillante trato.

Alzó la fusta en el aire y buscó en su espalda una de sus recientes heridas. El cuero restalló con buena puntería y le abrió en dos una abultada llaga que había surgido del anterior castigo, lo que hizo gritar a Yago. Al mismo tiempo se produjo un repentino y furioso coceo en varios de los caballos de la cuadra, lo que atrajo la atención del yeguarizo y del propio Blasco. Algunos animales corcovearon nerviosos en sus cajones y patearon la puerta en un intento por romperla.

—¡Ve a ver qué les pasa! —ordenó Blasco mientras decidía en qué lugar de la espalda le iba a asestar un nuevo golpe. Cuando Yago lo sintió sobre sus costillas, ahogó su dolor en un suspiro, atemorizado, y se encogió hecho un ovillo.

Azul y otros tres caballos empezaron a relinchar de forma llamativa, casi rabiosa, agitaban sus cuellos con energía sin dejar de mirar lo que los hombres le hacían al muchacho.

Blasco empezó a pensar que la curiosa reacción animal tal vez no fuera fortuita. Para asegurarse, hizo silbar una vez más el cuero sobre el dolorido Yago, y a continuación observó cómo respondían los caballos. Aún fueron más los que se unieron al grupo anterior, instalándose en la cuadra una auténtica oleada de bufidos, relinchos y coceos.

Blasco sonrió incrédulo.

—Señor, no sé qué les pasa. —El yeguarizo no se atrevía a acercarse a ellos.

—Yo sí…, y es de lo más curioso… ¿No te das cuenta de que esa reacción no tiene otro objetivo que proteger al chico?

Miró a Yago de nuevo y luego a los caballos impresionado.

—Desde hoy este esclavo os ayudará en las caballerizas. Quiero averiguar qué puedo obtener de esa peculiar relación. Es evidente que los caballos lo respetan. Y si ellos lo hacen, puede que yo también…

XII

Carmen insistió en ver la herida que la esclava, que la ayudaba con el baño, ocultaba bajo una venda de horrible aspecto. La joven rechazaba una y otra vez sus intentos, pero Carmen, más tozuda que ella, descubrió un feo corte en uno de sus dedos y el mal olor que desprendía.

—En cuanto salga del baño, haré venir a un médico para que te vea esa mano.

—No..., no, ama... Estar bien... —La negrita de apenas dieciséis años no quería confesar ni cómo ni quién se lo había hecho. De hacerlo podría tener problemas mucho peores que ese.

Abrió un bote de perfume, derramó unas gotas sobre el agua caliente y la agitó con su mano sana. En un instante su potente aroma a limón penetró en Carmen, impregnó su piel y provocó un relajante efecto.

—Tú verás, pero creo que no deberías dejarla sin curar.

Se hundió bajo el agua y disfrutó de la agradable temperatura. Soltó unas pequeñas burbujas por la boca y permaneció quieta y en paz, durante unos minutos.

La vida en Jamaica en general le gustaba y, salvo algunos comportamientos de Blasco, la felicidad reinaba en su alma y se sentía satisfecha...

Volker, cansado de agotar su tiempo dentro de la mansión, decidió invertir sus tardes en recorrer la plantación a caballo. Entre la variedad de sus cultivos descubrió en una ladera unas pocas viñas que consiguieron evocar su juventud en aquellos viñedos que su familia poseyó en el margen izquierdo del Rin, cuando todavía su padre vivía y aún no les había alcanzado la desgracia. Desde tiempos remotos el apellido Wortmann iba asociado a un famoso caldo dorado y muy afrutado, bastante demandado entre los entendidos en su tierra. Por ese motivo Volker estaba habituado a la ciencia del vino, reconocía sin dificultad las diferentes variedades de uva, sus posibilidades, y fue capaz de saber que esas viñas de Blasco Méndez de Figueroa producían una uva más recia, pero también más propicia, para que luego el vino fuera sabroso y de gran cuerpo. Lo había probado con Blasco en alguna de las comidas que a diario compartía con él y le había parecido que era de buena calidad.

En uno de los márgenes de la plantación, en un lugar donde un fresco riachuelo hacía vericuetos para atravesar la ondulante superficie de un collado, había descubierto el cementerio donde los esclavos enterraban a los suyos, y para mayor coincidencia, el día que lo hizo se cruzó con una comitiva fúnebre.

Le llamó la atención lo bien que cantaban y el profundo sentimiento que ponían. En ausencia de estribillo las palabras que surgían de sus gargantas, ininteligibles para él, transmitían dolor y pena, la misma que reflejaban al tomar entre sus manos un puñado de tierra para esparcirlo, después de besarlo, por encima del difunto. Le sorprendió también su baile final, una vez había sido enterrado el cuerpo; desprendía una inusitada alegría y sobre todo mucha emoción, como si para ellos la muerte fuera más bien una liberación que una desgracia.

De anteriores recorridos supo que no era el único cementerio para esclavos que había en la plantación, pero se alarmó al contar no menos de quinientas sepulturas en el que había conocido. Demasiados muertos para el poco tiempo transcurrido desde la fundación de la Bruma Negra.

Su segundo entretenimiento consistía en visitar las cuadras y caballerizas, lejos de la residencia de Blasco, donde cada vez se encontraba más incómodo. Los caballos eran una de sus mayores pasiones, además de ser cruciales en su oficio como capitán de la guardia del virrey.

Y fue en una de sus frecuentes estancias en las cuadras cuando conoció a Yago. Caminaba entre un grupo de machos, apretado contra ellos, a punto de entrar en un estrecho pasillo que se empleaba para conseguir su inmovilidad cuando había que marcarlos a fuego, practicarles cualquier cura o sencillamente sanearles los cascos.

Lo observó con curiosidad y cierta perplejidad. El alemán calculó que si el chico no salía a tiempo del grupo iba a verse atrapado en aquel estrecho pasillo de manejo, con evidente peligro. Cualquier caballo asustado, o bajo los efectos de un hierro al rojo vivo, podría responder a su presencia con una mortal coz. Por un momento dudó si no sería el mismo joven del que había oído hablar a Carmen, objeto del incidente con su marido.

—¡Eh, vosotros! —advirtió a dos mozos de cuadra en cuanto los vio aparecer. Sus temores por el muchacho aumentaron al verlos azuzar a los caballos para que entraran por aquel pasillo—. ¿No veis que hay un joven ahí?

Ante su asombro, los mozos se rieron sin darle la menor importancia y continuaron con su trabajo. Buscaron al caballo que estaba más próximo al estrechamiento y con solo dos empujones consiguieron dejarlo aprisionado.

—¿Pero no me oís? —insistió Volker.

—No os preocupéis por él, se trata de Yago —le señalaron—. Aunque solo lleva dos semanas entre ellos, lo consideran como uno más...

Volker vio aparecer al joven entre las patas de un corpulento ejemplar con absoluta tranquilidad, se dirigió a trompicones hacia donde él estaba sin haberlo visto todavía, pero cuando se cruzaron sus miradas se detuvo en seco. A Volker, además de su extraña forma de caminar, le llamó la atención el aire ausente de su mirada. El muchacho bajó la cabeza al entender que se fijaba en él. Parecía indefenso, aislado de su entorno, como si viviera en otra realidad distinta al resto.

—Casi siempre está en silencio y solo, pero no os podéis imaginar lo que es capaz de hacer con estos animales...

Al escuchar el comentario, Yago buscó a toda prisa el interior de la manada y Volker se dio media vuelta para ver quién le hablaba. El hombre, de mediana edad, se presentó como el caballerizo mayor.

—Me llamo Mario. —Estrecharon sus manos—. Desde hace unos días os veo por las cuadras y presiento que no lo hacéis solo por curiosidad. Os apasionan estas criaturas, ¿me equivoco?

—Estad seguro de ello. Me he criado entre ellos, y no sé cuántas miles de leguas habré recorrido sobre sus lomos. Soy militar, y os aseguro que no solo forman parte de mi propia historia, me apasionan.

—¿Sois el acompañante del ama Carmen? —Volker asintió sin entrar en pormenores.

El hombre recordó que tenía que dar de comer a los potrillos más jóvenes y le propuso que lo acompañara.

Al pasar al lado de Yago, Volker quiso saber más detalles sobre él y preguntó al caballerizo.

—Yago no es un esclavo más, y no me refiero solo al color de su piel. Como os digo, a pesar de que lleva poco tiempo entre nosotros, su don con los caballos se ha hecho evidente desde casi el primer día. A primera vista parece un loco, aunque yo creo que no lo está. Eso sí, le dan extraños ataques de vez en cuando y apenas habla, pero posee un talento especial cuando está entre estos animales. Vive con ellos, no quiere casa ni cama, y duerme en los establos. Así es desde el día que el patrón lo trajo. —Abrió una cancela y entró en un corral donde había una docena de pequeños potros que se le acercaron con curiosidad—. Si lo vierais cómo acaricia a cada caballo, uno a uno, por todo su cuerpo... No sé a qué se debe, pero suele emplear las dos manos, y sin ninguna prisa, muchas veces con los ojos cerrados, para recorrer al animal de punta a punta y de arriba abajo…

Volker escuchaba con interés.

—¿Podría hablar con él?

—Intentarlo sí, pero conseguir comunicarse es otra cosa… —Agitó la mano de forma expresiva.

Cuando llegaron hasta la cuadra más grande, Yago estaba cerca de un hermoso caballo de capa negra. El animal le olfateaba las rodillas y él recorría su espalda con mimo.

Volker sintió el impulso y la necesidad de acercarse hasta ellos.

El caballo giró su cuello advertido de su presencia, pero lo aceptó. Yago, sin embargo, esquivó su mirada para seguir con lo que estaba.

Al minuto de estar junto a ellos Volker percibió la especial comunicación que mantenían y sintió el deseo de experimentarla. Se aproximó por el flanco libre del caballo y recorrió su espalda con la mano, imitando los movimientos del chico. Primero la llevó hacia delante y luego hacia atrás, a veces en círculos, con suavidad y luego con firmeza. Durante un tiempo que ninguno fue capaz de medir compartieron a un ser que ejerció de vínculo emotivo entre ambos. Sintieron al caballo, se unieron a él, en silencio, sin que nada ni nadie estorbara.

Y solo cuando había pasado un buen rato, Yago habló.

—Soy Yago…, ¿y tú?

XIII

Yago apenas veía a Hiasy desde que había dejado atrás los barracones y trabajaba en las caballerizas. Su tarea era intensiva y absorbente al tener a su cargo los cuidados, alimentación y limpieza de más de un centenar de caballos, lo que le ocupaba casi todo el día.

La buena relación que mantenían, construida con silencios, una ciega comprensión y sobre todo mucha complicidad, los animaba a encontrarse en cuanto podían. Yago trataba de escapar de su trabajo para al menos verla pasar cuando iba de camino a las plantaciones. Había un claro dentro del bosque, en los límites del valle y lejos de las dependencias de la plantación, donde podían verse a solas, y allí quedaban una vez por semana. Era su rincón secreto.

Una de aquellas tardes Yago acudió a buscarla después de haber terminado su trabajo, pero se encontró con una desagradable sorpresa, la peor posible.

Y supo lo que significaba.

Hiasy yacía entre la hojarasca, bajo el cuerpo de Blasco Méndez de Figueroa, quien la violaba con la amenaza de un puñal sobre su cuello.

Nunca la habían forzado antes.

Nadie había tomado su cuerpo como lo hacía ahora Blasco de forma impune. La humillación que sentía quemaba su corazón y su orgullo con insufrible dolor.

Ella había notado que el hacendado la deseaba desde hacía un tiempo. Sentía cómo recorrían su cuerpo las miradas cargadas de lujuria que él le dirigía incluso yendo en compañía de su esposa. Pero aquel día cabalgaba solo y decidió seguirla por el bosque hasta el lugar donde se detuvo para esperar a Yago.

De la sorpresa pasó al horror, y de la ilusión por ver a Yago pasó a sentir deseos de morir.

En un momento se vio apresada entre el cuerpo de su amo y la tierra, recibió sus bofetadas, y sus manos la desnudaron. Pero ella decidió que no se lo iba a poner tan fácil como las demás; lo arañó en la cara, lo abofeteó cuantas veces pudo, e intentó por todos los medios evitar sus manos. Odió su aliento, le repugnó el roce de la barba sobre su piel y gritó con todas sus ganas, pero fue inútil.

Hiasy se vio forzada, entre su llanto y el dolor, humillada y vencida.

Hasta que de pronto apareció Yago y ella suplicó su ayuda en un ahogado grito.

Blasco se volvió preocupado, pero al reconocer al chico suspiró con alivio, le mandó al infierno y continuó en lo que estaba.

—¡No! —Yago alzó la voz todo lo que pudo—: ¡Déjala ya!

—Desaparece de mi vista si no quieres que te mande azotar de nuevo. —Blasco lo amenazó con su puñal.

Pero el muchacho no aceptó su orden. Agarró una gran piedra, se fue hacia él y se la estampó en la cabeza con todas sus fuerzas. Blasco, por efecto del golpe, perdió el conocimiento al instante y cayó pesadamente sobre Hiasy.

—¡Sucia rata! —La chica lo escupió en la cara y por un momento se vio tentada de usar el puñal contra él y darle muerte. Tenía la piel salpicada de hojas secas, la ropa hecha jirones y sentía tanta vergüenza que terminó tapándose la cara incapaz de enfrentarse a la limpia mirada de Yago.

Él se arrodilló a su lado y la cogió de la mano.

—Hiasy, ya no problemas… —Con un dedo le limpió la frente y acarició su mejilla.

—¡Quiero irme, lejos, no más aquí! —Ella explotó a llorar sin consuelo. Entre hipidos y un agudo dolor en el vientre calculó las consecuencias de lo que acababa de ocurrir.

Sintió la necesidad de huir. Su instinto la empujaba a escapar del oscuro bosque y sin perder tiempo. Al mirar al cielo advirtió la presencia de unos nubarrones que amenazaban tormenta y notó como el aire empezaba a oler a tierra mojada y a lluvia. En ese momento entendió que debían partir. Señaló con un dedo las montañas del este y esperó la reacción de Yago.

—Yago con Hiasy…, allá.

Ella creyó ver llegada la hora de que sus sueños se cumplieran. Después de lo ocurrido no existía mejor solución que huir.

Se escucharon voces no demasiado lejanas.

Sus miradas se cruzaron, y a partir de entonces todo cambió.

—¡Huyamos! —Ella lo agarró de la mano y oteó los alrededores para estudiar cómo escapar de allí.

—No sé…, o sí… —En ese momento a Yago le pudo la tensión nerviosa. Temió no ser capaz de controlar la imperiosa necesidad de chillar, pero ella le tapó la boca a tiempo y dirigió su dedo hacia el perfil de la montaña azul, recortada sobre un cielo ceniza.

—Yago, puedes. ¡Vamos!

Incapaz de mover un solo músculo dada la precipitación de los acontecimientos, el muchacho trató de luchar contra sus temores, pero el efecto de lo desconocido le podía, le frenaba. Sin saber de antemano qué podría encontrarse allí arriba, cualquier esfuerzo por moverse en esos momentos le parecía una tarea imposible. Revivió el martirio de su infancia, el penoso abandono de su tía, los desprecios en la cartuja y los problemas surgidos durante su estancia en la yeguada de Lomopardo...

Sin embargo, al volver su mirada a Hiasy y buscar en ella un apoyo, vio con claridad cuál era la decisión que debía tomar.

—Yago, Hiasy..., montañas..., juntos.

* * *

Volker llevaba varios días alejado de la plantación en busca de más información sobre Blasco.

Las sospechas crecían a medida que ganaba confianza con los empleados del hacendado, a pesar de que el miedo hacia el amo hubiese sellado sus labios en la mayoría de los casos. Por ese motivo, decidió ir a la ciudad para poder recoger otra información y saber quién era de verdad Blasco Méndez de Figueroa. Si se confirmaban sus temores, iba a tener que tomar una grave decisión que afectaría de lleno a Carmen.

Como le había ocultado sus verdaderos motivos con el fin de no intranquilizarla sin necesidad, justificó su ausencia de la plantación con la única excusa de recorrer y conocer la isla. Pero como buen alemán, previsor y ordenado, le recomendó que buscase al caballerizo mayor, con quien Volker había entablado la suficiente confianza para disponer de su ayuda en caso necesario, si por cualquier motivo necesitaba que volviera a la plantación, se veía en peligro o le surgiese alguna necesidad. A Carmen le extrañó tanta prevención, pero se sintió agradecida por su permanente preocupación.

Los dos primeros días Volker recorrió Sevilla la Nueva y su puerto. Allí supo que a finales de septiembre iba a partir una flota de seis galeones y diez naos de mercancías, y que para diciembre lo harían otros dos barcos más. Necesitaba saber de cuánto tiempo dispondría si tuviera que abandonar de forma urgente los dominios de Blasco llevándose a Carmen con él. Preguntó por doquier, se entrevistó con los jurados, con alguna que otra autoridad en la gobernación de la isla, probó con comerciantes, párrocos, monjes y hasta con cinco taberneros, pero estaba visto que nadie parecía estar dispuesto a manchar la honorabilidad de Blasco y mucho menos a acusarlo del menor delito.

Desesperado por la falta de resultados en Sevilla la Nueva, y cada vez más convencido del oscuro comportamiento de Blasco, decidió probar suerte en otra ciudad. Tomó dirección oeste, recorrió la costa en busca de otra de las poblaciones importantes de la isla, en su extremo norte, y una vez recorrió sus calles y buscó a sus administradores, se repitieron las preguntas. Trató de hallar algún resquicio en la cerrada protección que Blasco había conseguido a lo largo y ancho de Jamaica, pero ninguno de sus nuevos intentos fructificó. El nombre de Blasco Méndez de Figueroa flotaba en un halo de sombras y silencios, de fidelidades y complicidad.

Volker, a la vista del desastroso resultado de sus pesquisas, dudó qué debía hacer. Si exponía a Carmen una sospecha sin pruebas se arriesgaba a perder la confianza de la mujer, pero, por otro lado, conseguirlas empezaba a parecerle algo imposible.

Decidió volver a la plantación y esperar acontecimientos protegiéndola pero sin adelantarle nada, hasta estar más cerca de las fechas de partida de las expediciones navales. Dejó a sus espaldas la pequeña población norteña y tomó la costa este galopando por sus preciosas playas.

Acompañado por la bruma que el fuerte oleaje había levantado durante esa misma tarde, añoró estar en Nápoles. Deseaba volver, recuperar su trabajo en la capitanía del virrey. La populosa urbe, que conocía desde hacía más de quince años, había llegado a cautivar sus sentidos. Le entusiasmaban la hermosura de sus edificios, su comida, la cordialidad de la gente y, sobre todo, la pasión que la ciudad demostraba por el caballo.

A media jornada de la Bruma Negra, agotado por la larga cabalgada, se descalzó y caminó un rato por la arena. La suave y fresca brisa marina refrescó su rostro mientras localizaba al otro extremo de la isla el perfil de la montaña azul, recuerdo de otro monte, el Vesubio, vecino a su querida Nápoles. No podía olvidar que en esa ciudad era donde tenía toda su vida organizada en torno a las caballerizas del virrey, donde capitaneaba a los cien continuos; un destacamento de élite formado por cincuenta nobles castellanos y cincuenta napolitanos que acompañaban a la máxima autoridad del virreinato unas veces en séquito, y otras en contienda. ¿Cuándo conseguiría volver?, se preguntaba.

* * *

Al igual que Volker, don Luis Espinosa había estado varios días alejado de la plantación. En su caso fueron los negocios los que le llevaron a otra de las más grandes haciendas de la isla de nombre Vista Fermosa, que pertenecía a un militar cercano al gobernador, a quien no le había costado convencer para que le facilitase una valiosa información de trascendente peso para su futuro. El elegido, ávido como pocos por mejorar su situación económica, y más aún por hacerse con dos enormes haciendas vecinas a la suya, aceptó la oportunidad de convertirse en socio secreto del jerezano, al que había conocido por amistades comunes. Se llamaba Hugo de Casina, era aragonés y se encargaba de planificar las expediciones de oro y plata desde la isla de Jamaica hasta España. Nunca imaginó Luis lo fácil que le iba a resultar convencerlo. Cuando tuvo la oportunidad de hablar en profundidad sobre su idea, después de compartir mesa y recorrer a caballo sus propiedades, que necesitaban dos días para ser vistas por completo, el militar le dio una respuesta positiva sin pensárselo dos veces. Las ventajas que Espinosa le ofrecía eran muy seductoras, y como sus planes no requerían ningún cambio en su actual desempeño, no encontró dificultad alguna en aceptar. El porcentaje de beneficios que le aseguraba era elevado y la coartada, perfecta. Nadie sospecharía de él.

Para Luis Espinosa, la dimensión de la nueva empresa iba a abrirle enormes oportunidades con las que crecería en fama y poder, pero no todo iba a ser fácil. El negocio cambiaría por completo de prioridades. Le obligaría al cese de su sociedad con Martín Dávalos o por lo menos a limitarla y dejarla fuera de su nuevo empeño.

Martín conocía el proyecto que acababa de cerrar con Hugo, pero apenas había hecho nada por conseguirlo, no había querido viajar a Jamaica y tampoco se había arriesgado como tuvo que hacer Luis con aquella peligrosa gente de mar que vivía escondida a lo largo de la costa africana. Sin esa última colaboración, la estrategia no hubiera tenido futuro. Esas fueron las principales razones que excluyeron a Martín Dávalos de la idea.

Luis tenía claro cómo hacer que funcionara todo, por eso el papel de Hugo era determinante, porque desencadenaba el primer paso. Si después conseguía hacer llegar la información de los envíos de oro a sus conocidos del norte de África, el ambicioso proyecto personal de acercamiento al Emperador que Luis saboreaba desde hacía mucho tiempo avanzaría de una forma definitiva, y el Luis Espinosa de hoy no tendría parecido alguno con el Luis en que se podría convertir mañana.

También era muy consciente de que esas aspiraciones acarrearían ineludibles consecuencias personales, con su socio primero, pero también con Laura, su mujer, cuyas limitadas influencias dejarían de serle útiles.

La última noche que Luis pasó en la hacienda sellaron su acuerdo con una deliciosa cena que terminó en un feliz brindis.

—Muchos serán los éxitos que nos acompañarán, ya veréis. —Luis chocó su copa con la del militar—. ¿Podríais adelantarme la primera fecha de envío?

Hugo pensó cómo responderle.

—Como seguro sabréis, esos preciados envíos suelen hacerse en marzo. Al tener que formar grandes convoyes con el apoyo de galeones de guerra, no siempre es fácil ocultar su organización, pero como tengo acceso a la fecha de salida, lo sabréis con suficiente antelación. Además, cuando llegue el momento os pasaré otro detalle que garantizará todavía más el éxito.

Don Luis se regocijó en el sillón encantado con el nivel de compromiso que estaba demostrando Hugo, pero le rogó que se explicase.

—Ahora no, estimado amigo. No puedo adelantaros nada, pero cuando os lo haga saber sé que me lo agradeceréis; vaya que si lo sé…

* * *

En la Bruma Negra, Carmen acababa de decidir algo que llevaba mucho tiempo deseando hacer. Lo había retrasado numerosas veces hasta que vio el momento adecuado. Blasco tardaría en volver, porque esa tarde iba a darle una vuelta entera a la plantación, según le contó poco antes de despedirse a caballo.

Su decisión tenía que ver con una habitación en el ala sur de la mansión; un lugar permanentemente cerrado que había conocido al recorrer por primera vez la casa, y del que nadie del servicio quería hablar. Era el rincón privado de Blasco, como él mismo lo definía, donde reunía los papeles y otros enseres personales que según él no poseían la menor trascendencia. Nadie entendía por qué motivo se encerraba entonces en ella, a veces horas y horas, como tampoco por qué siempre permanecía bajo llave. Ni siquiera permitía que el servicio la limpiara.

A Carmen le dolían el corazón y el alma porque dentro de ella se estaba fraguando una incómoda lucha desde hacía un cierto tiempo.

Quería seguir amando a Blasco, aún lo adoraba, pero a la vez se sentía decepcionada por algunas actuaciones que no le gustaban. Últimamente tenía que digerir sus frecuentes ausencias nocturnas sin justificar, un carácter adusto que surgía ante la menor contrariedad, y sus reacciones excesivamente violentas con la servidumbre y con los esclavos. Su marido, a quien debía respetar y con el que se proponía compartir toda la vida en una confianza sin fisuras, no podía ser de ese modo. Su comportamiento le estaba desagradando demasiado, tanto que hasta se habían enfriado sus relaciones íntimas. Era cierto que él la mimaba, le procuraba todo aquello que le hiciera la vida feliz, y se mostraba cariñoso. Pero no era suficiente, y además estaba esa habitación secreta; un cuarto que era en sí mismo una evidencia de que su marido no era franco con ella. Una estancia que para Carmen se había convertido en una obsesión.

Un día le había visto guardar una llave con disimulo en un mueble de su escritorio, por detrás de un cajoncito, muy bien escondida. Desde entonces cada vez que pasaba cerca del escritorio se acaloraba de emoción, suponiendo que la llave abriría la misteriosa habitación.

La oportunidad de solventar sus dudas llegó el día que Carmen supo que su marido iba a ausentarse de la casa toda la tarde. Entonces se armó de valor y tomó la decisión. Buscó la llave, se la escondió en el escote y caminó de puntillas hacia el ala este de la mansión. Con la respiración entrecortada y tratando de esquivar al servicio, llegó hasta la puerta y la abrió sin dificultad.

Nada más entrar crujió el suelo.

Cuando echó la llave por dentro suspiró azorada. La oscuridad era casi absoluta, pero a pesar de ello se puso a escudriñar a su alrededor sintiendo que el corazón se le iba a salir del pecho. Trató de relajarse y adaptar sus ojos a la escasa luz que había hasta que consiguió distinguir el borroso contorno de la estancia.

Lo primero que notó con más intensidad fue aquel extraño olor, como a rancio, o quizá a podrido. Se tapó la nariz y pensó que podía deberse a que llevaba demasiado tiempo cerrada.

Por un ventanal, al fondo, entre sus pesados cortinones, un rayo de sol se filtraba perezoso invitando a descorrerlos. Fue hacia ellos y los abrió con decisión. La luminosa mañana penetró de golpe en la habitación dejándola cegada unos instantes.

Allí dentro todo estaba muy desordenado.

Vio una mesa bastante grande cubierta de papeles y en cada extremo dos grandes velones casi gastados.

Había también un gran armario que contenía con bastante desorden abundante ropa de mujer, trozos de tela y algunas prendas íntimas. En otra de las esquinas vio un baúl de madera tallada con formas vegetales y cabezas de animales. Estaba bien cerrado. A su alrededor encontró tirados varios pedazos de tela muy sucia plagados de moscas.

De las paredes de la habitación colgaban extrañas pinturas que despertaron una inquietante sensación en Carmen. Describían escenas diabólicas; en una se encontraban varios hombres y mujeres de piel negra desnudos, bailando alrededor de un fuego, algunos con aves decapitadas en sus manos, otros con los ojos pintados de blanco; en un primer plano aparecían unas mujeres untando sus cuerpos con la sangre de los animales. En otra de las telas, la más oscura de todas, se veía a una especie de brujo con los ojos muy abiertos y medio vientre fuera, sujetándose las tripas con ambas manos y desgarrándoselas con un gesto furibundo. Las demás le parecieron igual de horrendas.

Carmen se sintió como mareada ante tan tétrico escenario. Fue hacia el armario y en respuesta a un espontáneo reflejo se llevó alguno de los vestidos a la nariz. Olían a mujer, pero no a la misma mujer y desde luego no a ella. Estaban impregnados de un desagradable olor a sudor, propio de una persona descuidada.

Con una creciente sensación de asco, y sin entender para qué querría aquellas ropas su marido, localizó entre ellas una prenda interior suya que creía haber perdido. La recogió del suelo y comprobó con espanto que estaba manchada de sangre y también rota, como si hubiera sido arrancada con violencia hasta desgarrar sus costuras.

Empezó a sentirse confusa e incapaz de imaginar qué extrañas y perversas actividades podían ocupar a su marido allí dentro. En medio de un torbellino de oscuras ideas, comprendió que solo un hombre con una mente enferma podía dedicarse a coleccionar aquellas rarezas.

Se acercó al baúl y espantó a los centenares de moscas que revoloteaban a su alrededor. Desprendía un hedor nauseabundo que a punto estuvo de provocarle una arcada. Armada de valor, levantó la cubierta empujada por la necesidad de descubrir de una vez por todas cómo era de verdad su marido. Y lo que encontró allí dentro tardaría mucho tiempo en poder ser borrado de su memoria.

Sobre una superficie dividida en compartimentos no demasiado grandes, vio pequeños restos humanos a medio descomponer; algunos secos, otros de colores repugnantes. Allí había dedos, muchos, cada uno identificado con un papel donde se señalaba una fecha y un nombre, siempre de mujer. También reconoció, asqueada, trozos de orejas, de nariz, estos últimos con la referencia de un día de cacería. Vio ojos, uñas, restos de pelo con nombres como Yasira, Umea, Gaseli, Misori, nombres que eran comunes entre las esclavas africanas.

Al ver todo aquello Carmen no pudo aguantarse las ganas y de puro asco vomitó en una esquina. Un miedo horrible le asaltó temiendo ser sorprendida por Blasco. Tembló de pánico solo de imaginarlo. Su marido estaba enfermo y había enloquecido; allí tenía las pruebas, los restos de centenares de actos atroces.

Entre unos y otros pensamientos no dejaba de mirar a la puerta aterrorizada hasta que decidió huir de esa cámara de torturas. Pero la angustia que padecía hizo que su caminar fuera torpe, tenía las piernas agarrotadas y se sentía mareada.

Lamentó que Volker no estuviese en esos momentos en la plantación; nunca lo había necesitado tanto. Tenía que contarle lo que acababa de ver, hacerle saber los espantosos rituales a los que Blasco habría estado sometiendo a no sabía cuántas mujeres, seguramente vistiéndolas con esos trajes para luego violarlas y después mutilar sus cuerpos. Recordó la fea herida en la mano de una de sus esclavas.

Salió despavorida de la habitación sin tener cuidado de dejarla bien cerrada. Carmen acababa de descubrir que se había casado con un repugnante maniaco.

Cerró con llave su dormitorio y lloró amargamente tumbada sobre la cama. Necesitaba pensar, estudiar cómo escapar de esa mansión, de su marido y de la isla.

* * *

Blasco Méndez de Figueroa apareció con una herida en la cabeza, el gesto iracundo y fuera de sí. Entró como un torbellino en la mansión llamando a voces a su capataz. En menos de un suspiro el empleado apareció para recibir sus órdenes.

—¿Ha vuelto don Luis de su viaje?

—Sí, mi señor, no hace mucho rato.

—¡Perfecto! Decidle de mi parte que esté preparado frente a las cuadras en media hora… —De un jirón de la camisa improvisó una venda para contener la sangre que le caía por la frente, y enfiló las escaleras para subir a cambiarse.

—¿Cuántos hombres queréis que os acompañen?

Blasco lo miró de forma fugaz, agradecido por contar con alguien capaz de pensar por sí mismo, incluso de adelantarse a sus pensamientos.

—Con tres más será suficiente. Mandad que me ensillen el alazán de crines blancas. —Se decidió por un caballo que a pesar de tener siete años era el único capaz de aguantar más de dos jornadas seguidas sin descansar.

—¿Y víveres?

Blasco dudó un momento, pero se decidió por los necesarios para tres días.

—Preparad arcos, flechas de acero reforzado, cordajes, redes y un par de garfios. —Se arrancó la camisa y la tiró por la escalera. Le siguieron las calzas—. ¿Sabéis dónde está doña Carmen?

—Creo que la encontraréis en vuestros aposentos, mi señor. —Recogió la ropa que iba tirando y se fue para asegurarse de que se cumplieran las órdenes.

Blasco, antes de pasar por el dormitorio, fue a buscar en su habitación privada un poco de adormidera y una daga turca con hoja perforada y dentada, ideal para prolongar la muerte.

Al llegar a la puerta se extrañó de que estuviera abierta. Entró sin hacer ruido para sorprender al posible intruso, pero pronto vio que no había nadie. Revisó al detalle su interior y tampoco echó nada en falta, pero sin embargo captó un olor que le era familiar. Trató de reconocerlo sin acertar en un principio.

Dudó si se debía a un despiste suyo, tal vez se hubiese dejado la puerta abierta, pero cambió de inmediato su opinión cuando vio un resto de vómito cerca del baúl. Con esa evidencia repasó una vez más toda la habitación, pero tampoco encontró nada que fuera extraño, nada que estuviese fuera de sitio, solo aquel olor a... No podía recordar...

Arrastró con sus manos un puñado de aire y se lo llevó a la nariz. Cerró los ojos y se concentró. Y fue entonces cuando distinguió un sutil perfume mezcla de jazmín y rosas, el mismo que usaba Carmen.

—Maldita sea —exclamó en voz alta—. Esto lo complica todo...

De un palmetazo hizo volar los papeles que había sobre la mesa; estaba furioso pero tenía que pensar. Algo debía hacer. Desde luego, aquello supondría el final de su matrimonio y el riesgo de ser denunciado. Dada la trascendencia del asunto, no le quedaban demasiadas alternativas... Eliminar a Carmen le pareció una idea horrible. La amaba como nunca había amado a una mujer. Ella era perfecta, dulce, su compañera ideal, a la que habría respetado y cuidado hasta el final de sus días. Pero cómo iba a explicarle por qué hacía esas cosas cuando la gente tendía a simplificar ese tipo de comportamientos tachándolos sencillamente de anormales. Cómo explicar que hallaba placer cada vez que quebraba la integridad de un cuerpo y que guardaba esos trofeos como homenaje a las mujeres que un día le habían regalado su sexo, porque en realidad le importaban bastante más de lo que ellas incluso podían imaginarse...

Carmen no lo entendería.

—¿Querida?

Al no escuchar respuesta alguna Blasco abrió la puerta de la alcoba y entró en la habitación. La encontró en la cama, dormida. Carmen estaba tan agotada que ni se despertó con su entrada.

Él se acercó con sigilo. Sacó una daga de la cintura y se la colocó sobre el pecho.

—Lo mereces —susurró en voz muy baja—; por mirar donde no debías, por no obedecerme, por ser demasiado curiosa...

Ella cambió el ritmo de su respiración ajena a cualquier peligro.

Blasco la observó sobrecogido una vez más por su belleza, admirando el brillo de sus cabellos, de su piel sedosa, y sintió su aroma. La hoja buscó su corazón para darle muerte, pero no pudo. La amaba demasiado para terminar así, sin haber mirado sus ojos una última vez, sin haber besado sus labios. Le temblaron las manos. Dudaba. Clavarle aquel acero resolvería sus problemas, y sin embargo, la idea de matarla en ese momento le pareció un error. Sería como destruir una obra de arte que no ha recibido su debido reconocimiento. Quería escenificar el sacrificio convenientemente y encontrar la manera de que, una vez muerta Carmen, su hermosura lo acompañara para siempre.

La besó sin despertarla.

—A la vuelta de mi cacería conseguiré que formes parte de esta casa para siempre, querida, sí...

XIV

Los dos chicos ascendían por la ladera de la montaña, entre una espesa vegetación que apenas les permitía ir en línea recta. Cada poco tiempo tenían que sortear un descomunal arbusto o una estrecha fila de árboles, cuando no un riachuelo de abundante corriente.

Además estaba la lluvia.

Hiasy, empapada, se rasgó la falda para ganar agilidad en una zona que presentaba un pronunciado desnivel donde para ascender debían levantar mucho las piernas. Ladearon un salto de agua de enorme caudal y estruendo, y corrieron después por una suave llanura que precedía a la parte más escarpada y peligrosa, donde solo con mucho cuidado podrían salvar las afiladas rocas.

Su huida era rápida, pero no tanto como deseaba Hiasy, pues el paso de Yago no permitía mucho más. Aunque pusiera toda su voluntad en ello, que lo hacía, el chico se tropezaba cada poco y su correr era un tanto aturullado.

A poca distancia, cinco jinetes atravesaban el frondoso bosque que habían superado ellos apenas cuatro horas antes. Dos de los perseguidores, armados con machetes y ligeramente más adelantados, se abrían camino entre las interminables ramas y lianas que les salían al paso. Luis Espinosa, a escasas cuerdas de distancia, cabalgaba al lado de

Blasco pendientes ambos de cualquier pista que hubieran dejado los muchachos.

Nada más abandonar la hacienda y a preguntas del jerezano, Méndez de Figueroa había explicado qué razones le habían llevado a acometer la persecución, que en ningún momento había nombrado como cacería. El objetivo era hacer justicia en respuesta a un frustrado intento de asesinato del que había sido objeto pocas horas antes.

—Son peores que bestias salvajes, Luis. Crees que los tratas bien y mira… Y si no, fíjate en el chico ese, el que es medio tonto, lo saqué de la cantera para trabajar en las caballerizas y ha estado a punto de matarme. —La ira se adueñó de su rostro.

—Señor, han pasado por aquí. —Uno de los que iban en avanzadilla se retrasó para informar sobre unas huellas que acababan de ver.

—Perfecto, perfecto. —Blasco se sonrió con maldad—. Si seguimos a este ritmo los alcanzaremos antes de los grandes desfiladeros.

Para don Luis Espinosa aquellas eran suficientes razones para justificar su persecución. Lo que no podía imaginar era el placer que Blasco estaba sintiendo en esos momentos, pues para él no solo se trataba de la captura de unos fugitivos, sino también de un excitante juego. Cada vez que lo había practicado disfrutaba con la sensación de acariciar un poder casi absoluto. Se veía dueño y señor de las vidas de sus presas, juez, cuando las sentenciaba a muerte una vez eran alcanzadas, y hasta un poco Dios, si la misericordia las bendecía y les perdonaba la vida.

Llegaron a una zona más escarpada donde tuvieron que aminorar el paso. La lluvia no les daba respiro ni un segundo y los peñascos estaban demasiado resbaladizos como para no poner extremo cuidado.

Unos pasos más adelante empezaron a escuchar un ronco rugido que aumentó en intensidad, anulando cualquier otro sonido, a medida que se acercaban. Al superar un recodo descubrieron una fabulosa cascada que se precipitaba entre dos desfiladeros. El agua golpeaba las dos paredes y producía un eco curioso y continuo.

Luis Espinosa se quedó maravillado.

—El salto del oso —le explicó Blasco—. Su sonido es incomparable, ¿verdad? Es el salto de agua más importante de la isla y toda una hermosura dado el enorme caudal que siempre lleva.

—Señor, han pasado por aquí hace muy poco. Los tenemos a un tiro de flecha.

—Azuzad a los caballos... Si mantenemos nuestro ritmo caeremos sobre ellos en la explanada de los cedros. Hemos de adelantarnos antes de que salven los desfiladeros, si lo consiguen los habremos perdido.

Apretaron el paso para salir de aquella zona de difícil marcha, entre musgos resbaladizos y aristas de peligroso aspecto, y poder ascender después por una empinada cuesta que se abriría finalmente en un llano que se encontraba a tan solo veinte cuerdas por encima de sus cabezas.

* * *

Volker llegó a la plantación media hora después de la salida de Blasco y Espinosa. Al entrar en la mansión notó una actitud extraña en la servidumbre; como una especie de tensión que nadie pudo justificar a pesar de sus preguntas.

—¿Dónde puedo encontrar a la señora? —le requirió al ayudante de cámara de Blasco.

—Suponemos que en su dormitorio, pero el señor nos ha prohibido entrar bajo ningún concepto, y también a vos.

—¿Pero qué tontería es esa? —La actitud de Blasco le inquietó. Al preguntar dónde podía encontrar a su patrón, el hombre bajó la cabeza y guardó un inexplicable silencio.

—¿Y ahora no me habláis? —le recriminó con severidad.

—No puedo…

Volker no entendía qué estaba sucediendo y pensó en Carmen.

—¡Ahora mismo iré a verla! —Tomó dirección hacia los dormitorios cada vez más preocupado. Lo siguieron dos de los sirvientes con intención de evitarlo.

Al llegar a su puerta y ver que estaba cerrada tocó con los nudillos. De inmediato cayeron sobre él los dos hombres y forcejearon.

—¿Carmen…, me oyes? —gritó para saber si estaba dentro.

—Sí… —contestó ella desde su interior—. ¡Gracias a Dios que ya estás de vuelta! —La mujer se acercó hasta la puerta para hacerse entender. Le pareció escuchar más voces—. Volker —siguió hablando ajena a las dificultades que tenía él para quitarse a los dos hombres de encima—. Es horrible; ¡me ha encerrado! He visto cosas espantosas… ¡Blasco es un ser peligroso, es un monstruo!

De un fuerte puñetazo el alemán tumbó a uno y cuando fue a por el otro este huyó al sentir la amenaza de sus puños y ver a su compañero en el suelo con la ceja partida y sangrando.

—Espera que busque algo con que forzarla.

En cuanto estalló la cerradura y se abrió la puerta, Carmen se echó en sus brazos presa de un ataque de angustia. Le contó medio atropellada todo lo que había descubierto en la habitación secreta, y el pavor que desde entonces sentía ante su propio futuro con el sátrapa de su marido. No sabía dónde estaba en esos momentos, solo que había salido tras dos esclavos según le había contado su dama de compañía, a la única que le estaba permitida la entrada en su alcoba.

—Creo que anda persiguiendo al chico ese de las caballerizas y a una joven esclava negra. Temo por sus vidas; Volker… Es todo tan horrible… Está loco, y no sé qué puede hacerles si los encuentra… Me dan muchísima pena y creo que deberíamos ayudarlos, ¿no lo ves así?

Hicieron llamar a su dama de compañía y entre los dos consiguieron ampliar la información necesaria. Oyeron hablar de la montaña azul como seguro destino de los huidos por ser el lugar de la isla que se mantenía fuera del control de las autoridades y hacendados.

—Pero no sé si estaréis a tiempo, mi señor. Esas persecuciones suelen convertirse en algo mucho peor…

—¿Qué queréis decir? —Volker interpeló a la chica con gesto serio.

—Que al señor le gusta cazar personas…

Carmen miró a Volker horrorizada y le rogó que fuera en su ayuda. Él dudó qué hacer. Su obligación estaba con ella, que también se hallaba en peligro, pero tampoco podía sentirse ajeno a la brutalidad que Blasco pretendía llevar a cabo. La expresión de súplica que vio en su mirada, la promesa de que iba a tener preparado todo para huir a su vuelta y de que guardaría la máxima precaución le terminaron de convencer. Se despidió encomendando su custodia a la joven dama de compañía y sin perder un minuto mandó ensillar un caballo para salir a toda velocidad en su busca.

No podía permitir que Blasco cometiera una salvajada más.

* * *

Habían dejado atrás el bosque de cedros, y estaban a diez cuerdas de una majestuosa pared de piedra, quebrada por infinidad de rendijas, por donde deberían ascender para llegar a los campamentos indígenas.

La chica se apoyó un momento en Yago para tomar aire cuando llegaron a las rocas. Le dio un espontáneo beso en la mejilla, se rasgó la falda para ascender con menos dificultad y estudió por dónde hacerlo para que a Yago le fuera más sencillo. Él la siguió sin perder su cercanía.

Después de salvar un repecho bastante afilado, Hiasy se volvió para mirar. Si los perseguían, como ella sospechaba, aquella pared desnuda no era el mejor lugar para esconderse. Tenían que escalarla deprisa para no quedar tan expuestos. Se lo explicó, pero pronto comprobó que Yago no podía ir más rápido. Se concentraba en lo que hacía y ponía toda su voluntad en ello, pero a veces dudaba demasiado cuando se enfrentaba a una dificultad y se quedaba quieto. Escucharlo ronronear en esos momentos no le gustaba nada. Aquella reacción podía ser un primer aviso de un posterior ataque de rabia que le dejaría bloqueado e inmóvil, algo que no debían permitirse.

De repente se escuchó el galope de unos caballos. Hiasy los localizó en el comienzo del llano, miró lo que les faltaba por subir y al ver la dificultad de su objetivo se prometió no perder un segundo.

—Subir… ¡Corre…! —Forzó a Yago para que mirara hacia atrás y viera que los seguían. Él pareció captar la idea, pues desde entonces se concentró aún más en su ascenso.

A pesar de ver cómo sus pies resbalaban y de estar en más de una ocasión a punto de precipitarse al vacío, fueron ganando agilidad de tal modo que conseguían sujetarse en cualquier hendidura abierta en la piedra, por pequeña que fuese.

Volker cabalgaba por detrás del grupo de Blasco, pero les iba ganando terreno al encontrar el camino abierto por sus perseguidos entre el follaje de la jungla. No terminaba de entender cómo alguien que se vanagloriaba de ser amante de las artes y de la cultura podía lanzarse a cometer una acción tan horrenda como una cacería humana. Pero su capacidad de sorpresa se vio superada al cruzarse en su camino con más de una docena de esclavos colgados boca abajo de los árboles, en distinto grado de descomposición. Al pasar cerca de ellos vio que sobre la piel tenían marcados a fuego extraños símbolos, y que algunos estaban horriblemente mutilados.

Antes de salir de la Bruma Negra había cogido de la armería un arco, un puñado de flechas y una espada. En su despedida, acordó con Carmen que escapara de la plantación sola si en dos días él no regresaba, y que buscara al sur de la isla un monasterio franciscano donde encontraría amparo. Ahí debía esperarlo.

Don Luis Espinosa participó en el coro de aullidos con el que se arrancó su grupo al localizar a los dos perseguidos. De momento tan solo eran dos sombras que ascendían sobre la pared rocosa, pero por fin habían dado con ellos. Miró a Blasco y lo encontró concentrado en los chicos. Se preguntó cómo harían para capturarlos. Los huidos llevaban ascendida media pared y calculó la dificultad de la escalada. Lo más probable era que escapasen.

Pero de pronto observó a sus acompañantes preparándose para disparar sus arcos y entendió en qué iba a consistir lo siguiente. Aquella no iba a ser una persecución normal, se trataba de una auténtica cacería.

Los demás gritaban muy excitados y no demostraban tener el menor escrúpulo en matar. No era algo que a él le moviera demasiado, nunca lo había practicado sin motivo, pero de repente sintió una irrefrenable tentación de hacerlo. Soltó las riendas, se apretó al costillar del caballo con las rodillas, echó mano a la espalda para buscar una flecha de su aljaba, tensó la cuerda del arco con todas sus fuerzas y apuntó. Conocía al chico al haberse cruzado con él en dos ocasiones; la primera, poco después de su llegada cuando lo vio pasar en procesión hacia las canteras, y la segunda, mientras trabajaba en las cuadras la semana anterior. No era un muchacho que pasara inadvertido, pero Luis además vio algo especial en él: sus ojos. Quizá fuera su color azul o la expresión de su mirada, o ambas cosas, pero le fueron extrañamente familiares.

Calculó mejor la distancia de tiro, corrigió la altura una vez estaban más cerca de ellos y creyó poder alcanzarlo. Apuntó al pecho del chico, tensó la cuerda al máximo y calculó su velocidad de ascenso para adelantar la flecha a su recorrido, pero de pronto se detuvo cuando vio factible el tiro. Sintió un repentino impulso que le impedía disparar. No podía entender a qué se debía, pero tomó la decisión de corregir su objetivo; apuntó a la chica y le disparó una primera flecha sin éxito. Estaban demasiado lejos. Apretaron la carrera sin dejar de mirar la pared y guardaron un silencio cómplice.

En ese justo momento pisó la explanada Volker en su caballo, completamente sudado y exhausto. Una vez estudió la posición de todos, la de sus perseguidos y la de los dos chicos, a los que pudo distinguir como un par de puntos en la pared, clavó las espuelas a su corcel para exigirle un último esfuerzo. El animal relinchó agotado, pero aceleró el paso obedeciendo a su jinete.

Hiasy comprobó muy agobiada lo cerca que estaban de ellos. Temió sus flechas y no supo si estaban a la suficiente distancia como para evitarlas. Miró hacia la cumbre pero tampoco consiguió verla y por tanto supuso que todavía les faltaba un buen tramo para alcanzarla.

—Yago. ¡Cuidado! —Acababa de escuchar el silbido de una primera flecha que se quebró contra la pared por debajo de ellos, y a esta la siguieron otras que se acercaban demasiado. Él no podía ir más rápido, estaba agotado. Hiasy cerró los ojos, apretó la mandíbula y confió en su suerte. Era consciente de que desde ese momento podía ser alcanzada por cualquier flecha y que no estarían a salvo hasta superar el borde del cortado. Lo único que podía hacer era poner menos cuidado en su ascenso, apoyar los pies donde primero cayeran y así ganar velocidad. Yago, al notar que se adelantaba, la imitó.

Volker seguía sin creerse lo que pretendían, pero cuando los vio disparar hacia los jóvenes fugitivos apuntó su arco hacia uno de los perseguidores, el que iba más retrasado. La flecha le atravesó el cuello y al caer el hombre derribó consigo a su caballo. Tomando provecho de la sorpresa, todavía pudo disparar un segundo acero contra el pecho de otro de los individuos, al que alcanzó por su izquierda, hiriéndolo de muerte. Ya solo le faltaban tres; a los dos más avanzados los reconoció de inmediato, pero había un tercero. Una vez que Luis y Blasco advirtieron los efectos de su rápida intervención, se volvieron en seco para ir a su encuentro.

Antes de ver cómo sus arcos se tensaban y de sentir el brillo de las flechas que lo apuntaban, Volker frenó de golpe su caballo, cambió su trayectoria y evitó ser un blanco fácil. Hizo que el animal zigzagueara en un juego de arrancadas y frenadas hasta conseguir eludir con eficacia los aceros que no dejaban de dispararle y cada vez a menos distancia.

Como buen militar calculó con frialdad cuáles eran sus posibilidades y llegó a la conclusión de que no eran muchas. De momento todo dependía de la agilidad del caballo y hasta entonces no podía quejarse. El rendimiento que estaba obteniendo de él era mucho mejor de lo esperable, sobre todo después del agotador ascenso al que lo había sometido. Para ganar distancia con sus perseguidores y a la vez alejarlos de los dos huidos, no le quedaba otro remedio que hacerlos galopar en línea recta. De este modo, cambiarían de dirección y los dos jóvenes dispondrían de tiempo suficiente para alcanzar la cumbre.

Una vez decidido, miró al frente, dio la orden al caballo, le clavó las espuelas y se lanzó a la carrera sin saber hacia dónde se dirigía, pues lo que tenía frente a él era una pequeña loma que ocultaba su otra cara.

Sin embargo, Blasco sí sabía lo que le esperaba al otro lado: un enorme cortado. Se detuvo, mandó a los demás hacer lo mismo y esperó a ver lo inevitable, con una sonrisa maliciosa.

—Ha sido un placer conoceros, Volker...

Tiró de las riendas para buscar la pared rocosa y se maldijo al ver que los dos esclavos habían logrado superarla y escapaban. La aparición de Volker había estropeado sus planes, pero además suponía que alguien se había ido de la lengua en la Bruma Negra. Imaginó que se trataba de Carmen, y se lamentó por no haber terminado con ella antes.

Yago y Hiasy consiguieron alcanzar la cima sin entender por qué habían dejado de dispararles. Al mirar hacia abajo descubrieron a otro jinete huyendo del resto. Hiasy tomó de la mano a Yago y corrieron hacia un oscuro bosque, donde a menos de media jornada encontrarían las cabañas de los taínos. Con la respiración acelerada y todavía nerviosa pudo decir algo que llevaba mucho tiempo añorando, todo un tesoro en una sola palabra que surgió firme y feliz.

—Libertad…

Volker, al no sentir el eco de los caballos de sus perseguidores, creyó que no lo seguían. Se preguntó qué habría pasado y a punto estuvo de darse la vuelta, pero no tuvo tiempo. Lo vio demasiado tarde, y aunque quiso frenar a su caballo, le fue imposible.

Ambos se precipitaron al vacío.

XV

Cuando Camilo y Fabián pisaron el muelle del puerto de Sevilla la Nueva todavía estaban marcados…

Las últimas dos jornadas de navegación habían resultado penosas por culpa de una persistente tormenta de agua, unida a un intenso vendaval. El aire, junto con la cortina de lluvia y las gigantescas olas que rompían sobre las traviesas de la Torcal, batieron sin piedad la embarcación y a sus tripulantes, haciéndoles dudar si no estaban viviendo el fin de sus días.

Fabián había navegado en otras ocasiones y sabía cómo superar esas tormentas, pero Camilo no. Él solo supo rezar y rezar, implorar clemencia a Dios, convencido de que aquello respondía a un castigo por su pecado, al ver en las monstruosas olas que a veces doblaban en altura al barco la ira de su Señor.

Llegaron a Jamaica a mediados de mayo, en un soleado día que nada tenía que ver con las difíciles jornadas anteriores. Una vez en la explanada del puerto, Camilo pisó tierra firme con alivio y caminó algunos pasos hasta sentir que el suelo ya no se movía como hasta entonces. Sin perder de vista las operaciones de descarga y al tanto de que sus pertenencias fueran dejadas sobre el muelle, pasearon a lo largo del mismo para relajar un poco las piernas.

—¿A quién hemos de preguntar por el hacendado? —Fray Camilo se sorprendió por la cantidad de gente que pululaba a lo largo y ancho de la dársena, y ante las muchas razas y diferentes colores de piel que allí había.

—No hay puerto que no tenga una buena taberna; allí todo se sabe. No son lugares demasiado recomendables, pero casi siempre se consigue lo que se busca... —Fabián entendía que la sordidez propia de aquellos ambientes tal vez no fuese una agradable experiencia para un monje.

Después de recorrer unas cuantas tabernas y de preguntar a todo aquel que les pareció, no obtuvieron la menor pista sobre Blasco Méndez de Figueroa. Ninguno ocultaba saber de quién estaban hablando, pero los miraban con desconfianza, como si el solo hecho de mencionar ese nombre arrastrara una maldición. Los dejaban con la palabra en la boca y la única respuesta que obtenían era un absurdo silencio.

Durante todo el día recorrieron sin éxito el puerto y la ciudad. Se sentían agotados y sobre todo atónitos. A punto de anochecer repitieron en una de las tabernas a la que ya habían entrado por la mañana, ahora para descansar y comer algo; se llamaba la Taberna del Loro.

El local podía ser acusado de oscuro, sucio y descuidado, pero desde luego nunca de poco animado. Se abrieron paso a través de una espesa humareda entre tipos que vociferaban, explotaban a carcajadas, maldecían o se hundían en los generosos escotes de las camareras.

Camilo apretó los puños indignado cuando escuchó la primera blasfemia, pero se contuvo en aras de no provocar males mayores a pesar de las ganas que sintió de increpar a su responsable. Fabián se lo agradeció internamente mientras escudriñaba el local buscando dónde sentarse.

Lo que más llamaba la atención de la taberna eran los numerosos loros que la sobrevolaban. Algunos iban posados sobre los hombros de las camareras, otros picoteaban el suelo, y los demás miraban con curiosidad a los clientes.

—Sígueme hasta aquellos barriles.

Casi a golpes, bordeando sillas o mesas, y esquivando a algún que otro cliente excesivamente bebido, consiguieron llegar hasta una barra desde detrás de la cual un enorme camarero los estudió de arriba abajo. Provisto de un fino bigote retorcido y unas mejillas atravesadas de cicatrices, les dio a elegir entre dos opciones: mandarlos al infierno si no hacían el pedido con rapidez, o esperar a ser atendidos en una mesa en la esquina más oscura del recinto, que al final fue lo que eligieron. Pocos minutos después se les acercó una camarera pelirroja.

—Qué os pongo, guapos… —La moza miró con bastante descaro a Camilo. Sobre ella sobrevolaba un pequeño loro de intenso color verde que terminó posándose en su cabeza.

—¿Qué es esa bebida turbia que hemos visto servir en otras mesas? —Fabián se fijó en sus anchas caderas.

—Veo que sois nuevos en Jamaica —comentó sin quitarle el ojo al fraile—. La llamamos tafia y se obtiene de la fermentación de la caña de azúcar. Veréis cómo anima el alma. —Sonrió con picardía—. Y algo más que el alma. Y si no me creéis, buscad una ardiente jamaicana y comprobadlo… —Acompañando a su exagerada risa, se le movieron sus abundantes carnes.

La expresión de Camilo reflejaba que la mujer lo estaba importunando.

—Traednos dos pintas de esa bebida y dejadnos hablar.

La camarera pasó un trapo por la mesa y miró de reojo antes de irse al de apariencia más tímida, pero de mejor planta para su gusto.

—Como gustéis, pero si quisierais buscar mujer, decídmelo… —Se dio media vuelta y le gritó el pedido al de los bigotes.

—Lamento estas incomodidades, pero no deja de ser lo normal. Os respetará en cuanto note que no le hacéis ningún caso.

Camilo escuchó con prevención el consejo. Observó con curiosidad a los ocupantes de la mesa de al lado, afectado por el fuerte olor que desprendían. Su aspecto era siniestro, sobre todo el de uno que tenía media cara borrada por una quemadura, un ojo casi al descubierto y el párpado medio desprendido.

—Cuida cualquier exceso de curiosidad. En estos sitios hay que procurar no importunar a nadie. Si alguno se siente observado por un desconocido, puede que termine como poco a bofetadas —le aconsejó en voz baja.

Camilo desvió su atención hacia el centro de la taberna y se fijó en un hombre que venía hacia ellos con una mano extendida y un mono muy pequeño correteando por sus hombros. Del curioso personaje destacaba una larguísima barba que le llegaba hasta el vientre, y que servía de improvisada escalera por la que el animal subía y bajaba para acercarse mejor a los comensales y pedirles limosna. Camilo le tiró una moneda y el mono la pilló en el aire con habilidad, pero le duró menos que un suspiro, pues su amo se la arrebató casi al momento.

El cartujo no atendió a los consejos de Fabián, porque lleno de curiosidad continuó explorando a la gente que tenían más cerca. Algunos estaban concentrados en animadas conversaciones, otros, tal vez en disquisiciones más discretas a tenor del disimulo que ponían. A dos mesas a su derecha vio a un hombre de reluciente calva y larga coleta que desenvainaba su sable y de una patada hacía volar el banco donde se sentaba, para lanzarse a por otro de los comensales. Por suerte para el segundo, pudieron frenarlo a tiempo entre varios.

—Asombroso... —repetía Camilo en voz alta, mientras recorría una mesa y otra, poco acostumbrado a un ambiente tan peculiar.

De repente se levantó el de la cara quemada, escupió al de la larga coleta en los ojos, se lanzó a su cuello, y se lo retorció con las dos manos.

—¿Cómo te has dejado engañar de ese modo? —Lo abofeteó con ganas—. Reconoces que te limpiaron en un juego de cartas, sabiendo que el dinero también era nuestro... —El afectado bajó la cabeza avergonzado—. ¡Por todos los demonios! ¿Y dices que se trataba de un marinero, pero que no sabes a qué barco pertenecía?

—Escuché a uno hablar de un puerto y me parece que dijo que estaba algo al sur… —contestó mientras se limpiaba la cara.

El de la cicatriz lo miró con una desatada rabia, y sin abrir la boca le clavó un puñal en la mano atravesándosela hasta dejarla clavada a la madera. El alarido del afectado pudo ser acallado gracias a un brutal puñetazo que le llegó por parte de otro de los comensales.

—O vuelves antes de una semana con nuestro dinero, o tu piel ondeará en el trinquete de nuestra carabela. —Todos los presentes se levantaron al unísono y al pasar a su lado lo abofetearon y derramaron por su cabeza el resto de sus bebidas.

La camarera pelirroja apareció en ese instante y observó de reojo lo sucedido.

—Bueno, chicos, aquí tenéis la bebida.

Les plantó dos jarritas con el aromático licor y volvió a provocar a Camilo con descaro. La cara del monje no pudo ser más expresiva. Ella no es que fuera de las que se entregaban al primer hombre que se les cruzara de camino, como sí lo hacían otras muchas, pero estaba más que harta de su trabajo, de la isla y de otras cosas que solo se arreglaban con dinero, con mucho dinero. Llevaba demasiados años entre tabernas y borrachos, y había aprendido a reconocer la personalidad de un cliente de un solo vistazo. Y los que tenía frente a ella eran diferentes y de fiar, no eran unos don nadie, y según había llegado a sus oídos, llevaban todo el día rondando entre la ciudad y los muelles haciendo incómodas preguntas. Ella era muy porteña y unos foráneos como esos no se le escapaban fácilmente.

—Mujer, no os esforcéis conmigo porque no necesito de vos ese tipo de favores, pero quizá os venga bien esto. —Camilo pareció escuchar sus pensamientos porque sin venir a cuento le puso en la mano un escudo de oro.

La mujer se quedó paralizada.

—Gracias, de verdad, gracias —balbuceó desconcertada—. No sé qué puedo hacer por vos… Pedidme lo que sea…

Camilo supuso que una mujer con ese trabajo tenía que conocer a media isla y, cómo no, a Blasco Méndez de Figueroa; sin levantar mucho la voz para no llamar la atención de sus vecinos de mesa, le preguntó sobre la llegada de un barco cargado de caballos meses atrás, y sobre un muchacho un tanto diferente que pudo venir con ellos.

Le explicó con sinceridad y de forma explícita lo importante que era para él encontrar a Yago y le aseguró que ese era el motivo principal de su viaje.

—Me habláis de un robo de caballos, de un delito que está fuertemente penado en las ordenanzas reales, pero he de deciros que ese hombre tiene mucho poder en esta isla, y hasta resulta peligroso el mero hecho de nombrarlo… Disculpadme si os lo digo con tanta franqueza, pero me temo que estáis siendo imprudentes al poner en duda su honorabilidad descuidando con quién habláis, tal y como acabáis de hacer conmigo o con otros muchos a lo largo del día. —Les extrañó que estuviera al corriente de sus andanzas. Ella se lo aclaró de inmediato—. Se me conoce por la Remedios y no porque sea mi nombre de bautismo; todos dicen que soy capaz de apañar hasta el más difícil entuerto, que no hay problema que me venza y que soy rápida y resolutiva, pero eso a vos ahora no es lo que más os importa. —Se rio a carcajadas—. Nada de lo que sucede en esta parte de la isla se le escapa a la Remedios. Por eso he sabido de vosotros. Hablar de don Blasco, creedme, es demasiado peligroso, en esta taberna hay más de uno que en menos de un santiamén iría corriendo a contárselo. —La mujer parecía saber de qué hablaba. Se inclinó y bajó la voz—. Yo os puedo contar muchas cosas sobre ese hombre, pero mi información no os saldrá gratuita…

—Ponedle precio —contestó Camilo revelando claramente su voluntad de pagar. Fabián lamentó su inexperiencia.

—Venid a verme entonces a la calle del Saco. Allí dispongo de una habitación donde podremos hablar con tranquilidad. La encontraréis sin problemas, está enfrente de una casa de color azul. Acudid poco después de que anochezca... —Volvió a mirar el escudo de oro y lo mordió para comprobar su autenticidad—. Sé muchas cosas sobre él, muchas. Si queréis que no me deje nada, venid con mucho dinero...

—Eso haremos —respondió Camilo descuidando una vez más toda prudencia.

Cuando la mujer alcanzó la barra se volvió a mirarlos. A pesar de haberse ofrecido, pasados apenas unos minutos recapacitó. Uno de ellos se había presentado como agente del Emperador y responsable de la persecución de los delitos que atentaban contra la Hacienda Real, detalle que favorecía su confianza. Por otro lado, ella odiaba a don Blasco Méndez de Figueroa por su brutalidad y por la impunidad con la que actuaba, ir contra él le agradaba, pero no podía olvidar lo peligroso que era... Presa de un mar de dudas, decidió saber más de ellos antes de recibirlos en su casa. Si no eran capaces de convencerla, los mandaría a paseo. Volvió a su mesa.

—Necesitáis probar ese delito de don Blasco, pero ¿qué ganáis con ello? —Estudió en las pupilas de Fabián, convencida de que le ocultaban algo, tal vez una gran recompensa. La excusa del joven desaparecido le parecía poco creíble y desde que los había visto entrar olían a dinero. Si lo hacía bien, podría sacarles una buena cantidad.

—Sois muy perspicaz... —respondió Fabián—. Lo del chico es verdad, lo buscamos y es uno de nuestros principales objetivos, pero en efecto mi pretensión no termina con la implicación de don Blasco, hay gente muy poderosa a la que estoy investigando. —Trató de ser lo más convincente posible, al notar que se jugaba su confianza a una sola carta—: No os puedo dar nombres, lo entenderéis, pero estamos hablando de negocios donde se han movido miles de ducados.

—Bien, bien... —Se secó las manos en el mandil después de haberles limpiado la mesa por quinta vez, justificando de ese modo seguir con ellos en lugar de atender a otros clientes—. Para incriminar a don Blasco vais a necesitar todas las pruebas del mundo —bajó más aún la voz—. Sé de un buen testigo...

Los miró a los ojos manteniendo un deliberado silencio. Era consciente del interés que acababa de generar.

—¿Un testigo?

—Yo misma sé algunas cosas, pero conozco a alguien que todavía sabe mucho más… —Se cercioró de que nadie los estuviese escuchando.

—¡Por favor, hablad! —La exhortó Fabián.

—No, ahora no… No debemos seguir hablando de esos asuntos aquí. Si llegase a oídos de quien vos imagináis que ando metida en estos asuntos, me jugaría la vida, y no quiero morir tan joven, y menos aún pobre.

—¿Veinte ducados de oro os compensarían el peligro?

La Remedios sonrió complacida.

—No…, pero cien creo que conseguirían desatar del todo mi lengua.

La fachada era de un blanco insultante, pero la entrada a la vivienda de la camarera daba casi miedo. Los desconchones de las paredes eran más numerosos que el enyesado original, y un repugnante olor a orines de gato tampoco animaba demasiado a entrar.

Una vez dentro, la mujer les ofreció asiento y ella eligió la cercanía de Camilo para azoro del fraile.

—Contádnoslo todo. —Fabián deseaba obtener cuanto antes los detalles que buscaban.

Cuando Camilo le dio las cien monedas de oro, ella pronunció un nombre, Mario, y su oficio: caballerizo mayor de Blasco Méndez de Figueroa.

—Somos amantes desde hace años, quizá demasiados, y bueno, queremos huir de esta isla; yo de mi vida y él de su mujer.

Camilo se lamentó del dinero que acababa de dar sabiendo que iba a contribuir a consumar un pecado. Ella siguió hablando.

—Alguna vez me contó sobre un muchacho algo extraño...

—¿Creéis que puede tratarse del que buscamos? —A Camilo se le iluminó la expresión.

—Quizá sí, aunque no pueda asegurároslo. Se trata de un esclavo que don Blasco tenía trabajando en unas canteras, pero que luego trasladó a las caballerizas donde está mi hombre. Lo hizo porque al parecer al chico se le dan muy bien los caballos.

—¿Os lo describió? —intervino azorado Camilo—. ¿Sabéis qué edad tiene? ¿Está bien?

La mujer detuvo el interrogatorio y le explicó que no sabía nada más.

—Si vuestro Mario es el caballerizo mayor, ha de saber de dónde vienen los animales que su patrón compra... ¿No es así? —preguntó Fabián.

La mujer asintió y recordó una circunstancia que podía tener significado para ellos.

—Hace un tiempo me contó que tuvo que marcar con el hierro de los Méndez de Figueroa un lote de caballos venidos de España que tenían otra marca anterior a medio borrar. Quizá sean los que decís...

Para Fabián no era una prueba definitiva, pero suponía un buen indicio que justificaba indagar más en el asunto. Pero el caso de Camilo era diferente. Ya se imaginaba a Yago en la plantación, y solo con esa esperanza, los riesgos que había tomado para acometer el viaje, haber tenido que traicionar a su orden, o las seguras dificultades que se le presentarían cuando volviera, le pareció todo bien empleado. Esa mujer, aunque obrase por dinero, no sabía el bien que acababa de hacerle.

—Cualquier información que vuestro... amigo pueda dar nos serviría de mucha ayuda... Por un centenar de escudos y si vos se lo pidierais, ¿creéis que nos ayudaría a entrar en las caballerizas para confirmar que esos caballos son los robados en Jerez? Os prometo guardar la máxima discreción para que nadie pueda relacionarlo con nosotros. ¡Tenéis mi palabra!

—Dadlo por hecho. —La suma de los nuevos ducados empezaba a hacer más que viables sus sueños—. Mario no se negará si yo se lo pido.

Fabián tanteó un poco más para ver hasta dónde podría llegar esa colaboración.

—¿Y podríais decirle de qué manera se puede saber quién se los vendió? Si nos ayudara en ese último punto, nos sentiríamos tan agradecidos que con gusto añadiríamos todavía algo más para que vuestro futuro se viera mucho mejor iluminado...

Ella entendió la metáfora, pero le pidió el detalle económico. Una vez lo supo, estrechó su mano dispuesta a colaborar.

—Os organizaré una cita con él. Pero hasta entonces, andaos con mucho ojo. Pensad con quién comentáis vuestros negocios y hasta dónde os explicáis. Don Blasco cuenta con muchos oídos que están gustosos de complacerlo; no olvidéis que siempre puede haber alguien escuchándoos. Su sombra alcanza la casa del gobernador, y se sospecha que en su nómina tiene jurados, militares, y hasta el silencio de algún que otro claustro.

Horas después, en el hospedaje donde pasarían las siguientes noches ultimaron sus planes animados por haber coincidido con aquella mujer. Siguiendo los consejos de la camarera, contactarían con el caballerizo en la misma plantación dos días después; tiempo que ella necesitaba para explicárselo todo.

—Si la Bruma Negra dista de aquí poco más de media jornada a caballo, saldremos a media tarde para ampararnos en la oscuridad de la noche. Será lo más prudente —valoró Fabián.

—¿Crees que hemos tenido suerte, o se trata de un favor divino?

Fabián sonrió con su ocurrencia. Para él las cosas estaban más claras cuando se valoraba la condición humana.

—Más bien creo que se trata del poder del dinero, Camilo. Casi todo el mundo se mueve por lo mismo, aunque no sea ni tu caso ni el mío.

—Dinero... Por suerte, pudimos venir con bastante... —La conciencia lo golpeó una vez más—. Aunque me he comprometido a devolverlo...

A Camilo le costó dormir aquella noche.

La constancia de que Yago estaba en la isla compensaba muchas otras penalidades. En su cabeza se acumulaban demasiadas preguntas sin respuesta, algunas tenían que ver con su crisis espiritual, otras con no saber en qué situación se encontraría Yago, pero tampoco acababa de ver qué iba a hacer él una vez consiguiera volver a Jerez. Entre unos y otros pensamientos sintió una profunda compasión al imaginar las torturas que el muchacho podría haber pasado, si como había escuchado sufría la condición de esclavo.

¿Qué males habría padecido? ¿Todavía sentiría rencor hacia él por su abandono?, pensó. ¿Hablaría mejor? ¿Habría cambiado?

Se asomó a la ventana y el frescor de la noche enfrió su rostro. Contempló la enorme montaña que actuaba como guardián de la isla, vigilando desde sus cumbres a los habitantes. Miró al cielo y rezó. Le pidió a Dios que le diera una nueva oportunidad para ayudarlo.

En voz baja entonó el canon preferido de Yago con la esperanza de que sus notas volaran hasta donde él estuviera, tal vez en algún lugar entre aquella enorme espesura verde que se extendía por delante de sus ojos hasta perderse en la lejanía.

Y aquella melodía flotó por el aire.

XVI

Los alrededores de la Bruma Negra de noche se parecían más a la boca del infierno que a una próspera y hermosa plantación. Sus palmeras sabales eran tan bajas de hoja que caminar en la oscuridad cerca de ellas entrañaba un alto riesgo de perder un ojo o de terminar taladrado a pinchazos.

Camilo y Fabián acababan de dejar atado a su guía en un árbol tras haberse negado a entrar con ellos en la plantación de don Blasco Méndez de Figueroa. El hombre afirmaba que hacerlo conllevaba demasiado peligro y los amenazó con denunciar el hecho. Por ese motivo lo inmovilizaron hasta su vuelta.

Llegaron hasta un bosque de centenarios pimenteros donde se escondieron a esperar a su contacto. La línea de árboles finalizaba en lo alto de una ladera con bastante pendiente, en cuyo extremo se adivinaba un alto muro de piedra que marcaba los límites de la plantación.

—Fíjate en esos pájaros tan pequeños —susurró Fabián. Dos diminutas aves batían sus alas a tal velocidad que estas casi no llegaban a verse. Poseían un pico alargado y curvo, y trinaban de una forma deliciosa.

Camilo no prestó demasiada atención ahogado en su inquietud. No estaba acostumbrado a enfrentarse a situaciones de peligro como aquella y sentía los músculos tensos como piedras.

Esperaron pacientes bajo las ramas de los aromáticos árboles, pero la jungla reunía tal coro de sonidos que temieron no poder escuchar la señal convenida. Además, para empeorar todavía más la situación, se vieron incapaces de calcular qué hora era, al estar oculta la luna detrás de las nubes.

Pasado un tiempo, Camilo no pudo resistir y comentó en voz alta sus impresiones.

—Ya debía haber venido, ¿no crees? ¿Nos habrá engañado la camarera? —Sus dudas coincidían con las de Fabián.

—Esperaremos un poco más, pero si no aparece tendremos que intentarlo sin su ayuda.

Se escucharon ladridos a cierta distancia. Guardaron silencio y comprobaron con horror que se trataba de una jauría de perros que corría hacia ellos. Camilo empezó a sudar sin saber qué decisión tomar, él no era hombre de acción y además le daban pavor esos animales. Se miraron preguntándose qué tocaba hacer mientras los gruñidos se hacían más cercanos, pero cuando estaban casi a punto de emprender la carrera en dirección contraria, comprobaron que los sabuesos se habían quedado retenidos tras el muro de piedra que limitaba la plantación. Suspiraron aliviados por el momento.

Durante algo más de una hora, en medio de la noche más desapacible que habían conocido hasta el momento en la isla, esperaron con paciencia. El amante de la camarera no terminaba de aparecer, pero para su alivio, los perros parecían haberse cansado de esperarlos, pues desde hacía un buen rato ya no se escuchaban sus gruñidos. Hartos de no tener noticias del contacto, tomaron ladera arriba hasta llegar al muro. Una vez constatada la ausencia de los canes, superaron sin dificultad la altura del recinto, pero se encontraron con una cerrada niebla al otro lado que les impedía ver mucho más allá de sus pies.

Solo les quedaba una opción, seguir recto y confiar en su suerte.

Fabián se adelantó y Camilo lo siguió temblando y con sus cinco sentidos puestos en lo que hacía. Caminaba espantado ante la posibilidad de volver a escuchar a los perros. Recorrieron en silencio unas veinte cuerdas hasta notar que la arboleda se iba despejando para terminar abriéndose por completo en un espacio bastante amplio. A media distancia podían verse las tenues luces de las cuadras. Fabián aceleró el paso, cuando de pronto escucharon a sus espaldas el eco de unos ladridos. Se miraron y como un solo hombre se pusieron a correr a toda velocidad.

—Me temo que los tenemos demasiado cerca. —Sin detenerse Fabián recogió una larga rama por si tenía que defenderse.

Por si fuera poco el riesgo de ser atacados por los perros, escucharon a su derecha unas voces que la niebla difuminaba. Procuraron hacer el menor ruido, pusieron cuidado de no pisar alguna rama que advirtiera de su presencia, y sobre todo rezaron. Por suerte, aquel húmedo y espeso velo los ocultó lo suficiente para recorrer un buen tramo de la pradera. Estaban desorientados y no sabían cuánto les faltaba para llegar a las caballerizas.

Cuando al cabo de unos pasos Camilo se volvió a mirar, descubrió con pavor el brillo de al menos una docena de ojos que se les acercaban a velocidad peligrosa. En ese instante pensó que estaban perdidos, que no lo conseguirían, pero de repente las luces que antes habían intuido de lejos se convirtieron en paredes de madera y en una puerta entreabierta. La atravesaron con rapidez y al cerrarla de golpe sintieron cómo los primeros perros se golpeaban contra ella.

Buscaron dónde esconderse y casi sin pretenderlo chocaron con unos grandes fardos de hierba seca apilados a un lado del establo. Se protegieron tras ellos y esperaron hasta recuperar la respiración, atentos al menor ruido.

Detrás de una suave colina, hacia el sur, en la mansión de Blasco Méndez de Figueroa todos dormían salvo Carmen. Encerrada en su habitación, abrió una ventana de su dormitorio decidida a escapar a pesar de la peligrosa altura que la separaba del suelo. Había pasado un día de los dos que Volker le había puesto como límite para huir por sus propios medios, si acaso él no volvía. A la angustia por no saber qué suerte habría corrido el capitán, se sumaba el temor de que Blasco la encontrara todavía en la mansión. Desde la plantación a las cumbres de la montaña azul, aunque el camino se hiciera a caballo, se necesitaba invertir algo más de un día, no tanto por la distancia que las separaba como por la dificultad de atravesar la extensa jungla que había entremedias y las zonas más escarpadas que se debían recorrer a pie.

Con esos cálculos, Carmen había decidido escapar en el anochecer de la tercera jornada. Si no lo hacía, se arriesgaba a volver a ver a su marido. Esa sola idea le hacía temblar. Se asomó a la ventana y calculó la distancia con el árbol más cercano. Sacó un pie descalzo y lo estiró lo que pudo, agarrada al alféizar, tratando de rozar la rama más gruesa de un castaño que por su grosor podría soportar con facilidad su peso, pero no consiguió tocarlo. Suspiró preocupada. Miró de nuevo hacia el suelo y valoró la alternativa de bajar por la pared, pero la descartó al comprobar que no había ni una sola cornisa o apoyo. Su única solución era saltar desde la ventana hasta el árbol, pero entendió que para conseguirlo necesitaba tomar cierta carrerilla. Se levantó la falda, la anudó a su cintura, lanzó los zapatos al suelo y se santiguó tres veces pidiendo ayuda a Dios. Tomó aire, cerró los ojos, volvió a santiguarse una vez más y cuando los abrió se encontraba volando entre la casa y el árbol. Sin embargo, apoyó mal el pie al caer sobre la rama y perdió el equilibrio. Lanzó las manos para aferrarse a lo que fuera, viendo que se caía, y gracias a Dios, se pudo sujetar al tronco. Algo más aliviada aunque llena de arañazos y temblando, descendió como pudo por el centenario castaño. Una vez en el suelo, recogió los zapatos y empezó a correr en dirección a las cuadras para hacerse con un caballo.

A menos de una legua, Blasco regresaba agotado de la fallida cacería junto con Luis Espinosa. Entró en la casa sin hacer ruido y fue a buscar a su mujer para cumplir sus siniestros planes, pero no la encontró en su dormitorio. Descubrió la ventana abierta y un trozo de su falda enganchada en un árbol. Llamó a gritos a su ayudante de cámara y se cruzó con Luis Espinosa de camino a su habitación secreta.

—La cacería no ha terminado. ¡Sígueme!

Recogió de su cámara de los horrores una especie de guadaña de mano, con la hoja retorcida y aspecto de provocar espantosas heridas al que la sufriera, y se lanzó escaleras abajo.

—Tiene que haber ido hacia las caballerizas…

Don Luis lo seguía sin saber qué buscaba.

—Esa furcia… lo pagará.

—Explicadme, os lo ruego, ¿a quién vamos a dar caza ahora?

—A mi mujer, a Carmen… Me ha traicionado y debe pagar por ello.

Don Luis se quedó helado y trató de detenerlo, pero Blasco se deshizo de él de un manotazo y empezó a correr hacia las cuadras. Luis no entendía qué podía haberle hecho aquella dulzura de mujer, un ser tan frágil. Vio claro que el marido había enloquecido y desde ese momento se propuso ayudarla y se lanzó a la carrera tras los pasos de Blasco.

Camilo y Fabián buscaban mientras la dependencia principal de las caballerizas.

Camilo fue el primero en entrar.

Amarrados a los laterales de una cuadra rectangular y separados por barras verticales, encontraron a más de un centenar de caballos de diferentes edades, colores y razas. Camilo pudo distinguir napolitanos, bretones, alguno de Berbería y muchos de casta española. Fabián estaba más pendiente de cualquier movimiento que delatara la presencia humana que de los caballos. El fraile se fijó en sus grupas y ya entre los primeros le pareció ver a alguno de los suyos, pero tal vez estaban más gordos, y además la poca luz que había no le permitía ver con precisión.

—No los distingo nada bien… —le susurró a Fabián—. Hemos de buscar con qué iluminarlos.

Fabián no tuvo tiempo de frenarlo antes de ver a Camilo dirigirse decidido a una dependencia cercana donde había visto luz. Fue tras él pero llegó tarde. En la pequeña estancia que hacía funciones de guadarnés había un candil que el monje cogió sin tener en cuenta las protestas del otro.

A su vuelta a la cuadra inspeccionó uno a uno todos los animales, desde el primero que encabezaba un lateral hasta el último. Mientras lo hacía ronroneaba algo, pero no dejaba de mirar por los extremos del establo esperando ver en cualquier momento a Yago. Se detuvo cuando llegó a uno castaño y de estampa casi perfecta.

—¡Este era uno de los nuestros! Estoy seguro —Buscó su hierro, pero lo habían tapado con las tres iniciales del propietario de la Bruma Negra—; recuerdo que lo compré en la serranía de Córdoba.

A ese primero le siguieron una docena más, hasta que llegó a Azul. En cuanto lo reconoció su alegría fue todavía mayor. El caballo también supo quién era y lo olfateó feliz.

—Este es el Guzmán del que te hablé. —Lo señaló con expresión de triunfo.

—¡Queda entonces probado el robo! —concluyó Fabián—. Ahora solo hemos de buscar al caballerizo.

Camilo protestó en un tono demasiado alto.

—¡Ni hablar…! Antes hemos de ver dónde está Yago. La camarera nos contó que trabajaba aquí y eso significa que no puede andar muy lejos; siempre duerme cerca de los caballos. —Lo llamó en voz alta.

Fabián le tapó la boca espantado.

—¿Pero qué haces? Nos oirán. De acuerdo, lo buscaremos, vale. Pero, por favor, hagámoslo en silencio.

En ese instante escucharon un ruido de pasos por los alrededores de la cuadra, apagaron el candil y corrieron a esconderse otra vez detrás de las pacas. Alguien entró con la respiración muy fatigada y la sintieron casi encima. Fabián se puso en alerta por si tenía que actuar, pero la sorpresa fue mayor cuando vieron que se trataba de una mujer cuya expresión no podía reflejar más susto. Corría hacia los caballos sin percatarse de que no estaba sola. Cuando Fabián y Camilo constataron que nadie la seguía, salieron de su escondite y fueron tras ella.

—No temáis, mi señora... —Camilo se dirigió en un tono amable, pero la sorpresa hizo que ella le lanzara las uñas a la cara completamente horrorizada. El monje notó cómo le desgarraba un trozo de piel de la mejilla pero no pudo hacer nada, solo sujetarla por los brazos para tratar de tranquilizarla. Ella, todavía más asustada si cabe, empezó a patearlo y, en un descuido de Camilo, le mordió un brazo.

Vista la situación, Fabián se decidió a actuar. Fue a por ella, y sin poner mucho esfuerzo consiguió derribarla. Se colocó encima, le tapó la boca con la mano, y con la otra juntó sus muñecas contra el suelo, dejándola inmovilizada por completo.

—¡Por Dios, estaos quieta de una vez! No os haremos nada, creednos. Somos gente de bien. Este hombre es monje.

Ella lo miró de reojo sin creérselo. No llevaba hábito y su cabellera no era la común en un hombre de Dios. Mordió a Fabián en la mano, gritó enfurecida y consiguió hacerle perder la paciencia. El guarda no pudo resistirse más y la abofeteó.

—Insisto, señora, no hagáis que tenga que volver a pegaros, lo odio. Hemos venido desde Jerez en busca de unos caballos que fueron robados, y de un chico que vino con ellos. He sido guarda de la Saca y mi amigo Camilo es cartujo, de la cartuja de Jerez donde fueron sustraídos algunos de estos caballos...

—El chico se llama Yago —lo interrumpió Camilo—. ¿Sabéis quién es?

—Claro —contestó ella con menos temor. Le parecieron de fiar.

—Dejadme huir, por favor —lloriqueó indefensa—. Si mi marido me encuentra me matará, y puede que ahora mismo esté buscándome.

—¿Quién es vuestro marido?, y sobre todo, ¿por qué pensáis eso? —Fabián la dejó incorporarse y les contó, atragantándose por la urgencia, quién era y qué había descubierto. Les siguió explicando algún que otro detalle más mientras elegía una montura con mucha prisa, y les pidió que la dejaran ir.

—Prometí a Volker, quien ha sido mi más leal acompañante, que huiría de la plantación si pasados dos días no volvía a recogerme... —Se le nubló la mirada al pensar en su suerte—. Le habrá pasado algo por tratar de evitar esa horrible cacería... —Entre lágrimas se dirigió hacia los caballos y eligió el primero de ellos. No pudo ponerle la montura debido a lo mucho que pesaba, pero Fabián lo hizo por ella. En su rápido relato no volvió a nombrar a Yago, al que había asegurado conocer.

—¿Y el chico? —Camilo la paró en seco.

Ella le respondió con un gesto de conmiseración.

—Lo siento... No os puedo dar buenas noticias. Sé que escapó con una esclava a la montaña, y que mi marido, junto con un invitado de vuestra tierra, salió en su busca para nada bueno. Desconozco si consiguieron atraparlos, pero de ser así sería terrible, lo siento... —Bajó la mirada, avergonzada de haber convivido con aquel bárbaro.

—¿Qué queréis decir? —Fabián ató la montura por debajo del pecho del caballo.

Para que entendieran quién era Blasco les explicó lo que había visto en el baúl, las monstruosidades que habría cometido con no sabía cuántas esclavas y su afición por las cacerías humanas.

—Puede que los dos chicos hayan sido sus presas... —Los miró apenada—. Siento ser tan dura, pero no puedo permanecer aquí ni un minuto más... —se justificó muy nerviosa. Terminó de colocar una cabezada al caballo, temblándole las manos, y lo montó con agilidad.

Camilo estaba pálido, parecía no poder respirar y tampoco hablar. Lo que acababa de oír sobre Yago no podía ser peor. La posibilidad de que hubiera sido cazado de forma tan brutal por aquel infame, como si te tratara de un animal, le desgarraba la conciencia y también el corazón. Se apoyó sobre la pared del establo impotente y desorientado. No sabía qué hacer. Fabián, consciente de su estado, le fue casi empujando para que montara un caballo.

El caballerizo seguía sin aparecer, él era un caballero, y la mujer estaba demasiado angustiada para dejarla huir sola. Decidió que la acompañarían hasta el monasterio, que ella había nombrado, donde debía encontrarse con aquel alemán. Por el momento, esa era la mejor decisión y la más prudente.

Luis Espinosa corría a escasa distancia de Blasco preocupado por las intenciones que llevaba.

El hacendado iba gritando el nombre de Carmen en un ataque de locura.

Lo escucharon antes de haber conseguido salir de las cuadras, y dada la intensidad de su voz pudo oírlo toda la plantación. Nada más abandonar las caballerizas lo vieron correr hacia ellos desde lo alto de una colina y con algo brillante en la mano.

Desde un pabellón cercano salió un hombre que Carmen identificó como el caballerizo mayor, y a partir de entonces todo sucedió demasiado rápido. Como el sorprendido empleado se interpuso en el camino de Blasco, sin tiempo de entender lo que estaba sucediendo, recibió en su vientre el mortal acero de parte de su patrón.

Camilo, Fabián y Carmen, nada más presenciar la fulminante suerte del pobre hombre, obligaron a sus caballos a correr en dirección contraria a la de Blasco, esquivaron su presencia y se precipitaron al galope por la ladera opuesta. Pero fue al mirar hacia atrás para ver la reacción de Blasco cuando Mandrago se detuvo en seco. Estaba forcejeando con alguien a quien, a pesar de la oscuridad, logró reconocer; se trataba nada menos que de Luis Espinosa. Sintió como su corazón se aceleraba y los músculos se tensaban ante la imagen de su peor enemigo. En unos segundos, los ocho duros años de su exilio y los muchos males que había padecido por su culpa se le atragantaron en su mente, sin dejar espacio a ningún pensamiento. Notó cómo cada una de sus cicatrices clamaba venganza, y sintió fluir su propia sangre como un torrente hasta repartirse por cada rincón de su cuerpo, exigiéndole acción. Apretó las manos sobre las riendas, mandó a Carmen y a Camilo que huyeran, clavó los estribos en las costillas del caballo y fijando los ojos en su objetivo se lanzó al galope para encontrarse con el hombre que había malogrado su carrera, su vida, y que había ensombrecido su alma con los peores sentimientos.

Cuando llegó hasta Luis se lanzó sobre su espalda, un instante después de ver cómo este dejaba inconsciente a Blasco de un golpe en la cabeza. Lo había hecho en defensa propia cuando Méndez de Figueroa, completamente fuera de sí, y preso de un ataque de ira al ver a su mujer huyendo, le intentó clavar el puñal.

Luis, todavía aturdido por la brutal reacción de Blasco, tenía que asumir con urgencia la inexplicable presencia de aquel guarda allí. Por eso tardó unos segundos en reaccionar, pero en cuanto lo hizo se concentró en esquivar sus puños. Fabián actuaba movido por la ira, sin poner cabeza en ello, descargando sobre su enemigo toda la rabia acumulada. Luis, al advertirlo, trató de sacar ventaja de ello y se dejó golpear sin apenas poner resistencia, a pesar de la dureza de los puñetazos, hasta que notó que el guarda empezaba a ver seguro su éxito, momento que aprovechó para asestarle por sorpresa una puñalada en la pierna. Logró zafarse de él y corrió hacia las cuadras para hacerse con un caballo. Fabián tardó solo un minuto más en hacer lo mismo con la pierna herida, y montó otro con intención de perseguirlo hasta donde hiciera falta.

Esta vez no se le iba a escapar.

Mientras, Camilo y Carmen seguían alejándose de la Bruma Negra sin saber qué habría pasado con Fabián. Frente a ellos solo había oscuridad y un espeso bosque donde esconderse. Lo atravesaron callados, con el eco del paso de sus caballos, su agitada respiración, un doloroso silencio en el corazón de Camilo y las lágrimas de aquella pobre mujer que dejaba atrás el capítulo más amargo de su vida.

XVII

Nada se había sabido sobre Volker.

Blasco lo había dado por muerto y Carmen lo esperaba en el monasterio de los franciscanos con tanta ansiedad como incertidumbre.

Pero había alguien que había decidido devolverle a la vida. Alguien que no hablaba su lengua, una mujer de ojos rasgados, nariz roma y piel pintada de rojo. Volker la llamó Uma sin saber si ese era realmente su nombre o se trataba de otra palabra de las muchas que no entendía cuando le hablaba aquella india taína.

Lo ayudó a recorrer su larga primera noche, casi moribundo, sin permitirle entrar en el mundo de los muertos. Le curó las heridas, le habló entre susurros, entonó suaves cánticos, y en todo momento actuó sola.

Lo había encontrado sin conocimiento en un meandro del gran río. Volker había pasado dos horas luchando contra sus aguas, después de haber superado los endiablados rápidos que formaba el río al dejar atrás la profunda laguna donde había caído con su caballo. El animal no había tenido la misma suerte al no sobrevivir al choque contra una afilada roca que asomaba del agua.

Volker no entendió de dónde había salido Uma ni qué motivaba tanta generosidad. Aquella mujer de color cobrizo, melena negra y ojos amistosos le preparó emplastes de hojas, con los que envolvió sus piernas heridas, con la sabiduría que había heredado de sus antepasados. Le dio de comer, lo lavó, y curó cada uno de sus rasguños y heridas durante tres días. Y hasta le regaló su propio calor durmiendo a su lado.

—¿Por qué haces esto por mí?... ¿Quién eres? —le preguntó al anochecer del primer día al sentirla tan cerca de su cuerpo. Ella esbozó una sonrisa, le acarició una mejilla y quiso dormir.

Volker la observó a la luz de la luna, todavía agotado por los esfuerzos realizados para sobrevivir a las tempestuosas aguas. No creía en Dios, pero esa india era sin duda lo más parecido a un ángel, eficaz, callada y llena de misterios.

A la mañana del cuarto día cuando Volker se despertó, ya no estaba, había desaparecido. Se incorporó con dificultad y buscó por los alrededores pero no dio con ella. Solo vio una canoa y un canasto con fruta.

Tardó dos horas en recuperar el tono de sus piernas, se zampó la comida y puso proa río abajo hasta dar con el primer lugar habitado. Tenía un plan que poner en marcha. Denunciaría a Blasco y a su amigo Espinosa en Sevilla la Nueva, pero lo haría ante el abad como máxima autoridad eclesiástica de la isla y no ante los jurados o el gobernador, sobre quienes recaían demasiadas sospechas de connivencia con Blasco. Los restos humanos salvajemente mutilados que había visto por la selva y lo que Carmen había encontrado en aquella habitación eran suficiente argumento para atraerse la atención de la Iglesia. Preveía que las autoridades civiles se pondrían del lado del terrateniente, sin embargo, existían viejas disputas entre el gobernador y el abad, con muertos de por medio, así que estaba convencido de que el prelado se tomaría el caso con interés, y era de suponer que tras su testimonio abriría una investigación sobre los numerosos desmanes que se habían vivido en la Bruma Negra.

Una vez cumplido ese primer objetivo y sin perder tiempo, iría a buscar a Carmen al monasterio.

Lo siguiente que hizo, nada más verse con el abad y dar cumplida acusación de todo lo que sabía, fue buscar a alguien que le vendiera un caballo.

—Quedaos entonces con mi anillo. —Tras haber perdido todo su dinero en su caída, Volker no conseguía convencer al desconfiado comerciante, poco dispuesto a ese cambio cuando el caballo que había elegido valía mucho más—. Os juro que poseo recursos suficientes... Prestádmelo de momento, prometo que os doblaré su precio. Necesito resolver unas gestiones antes de poder ir a la Bruma Negra a por mis ducados, allí los tengo. Os lo ruego. —Acariciaba el cuello de un corcel castaño de ojos vivos y aspecto sano y fuerte.

En la misma cuadra, esperando a que herraran al suyo, se encontraba otro tipo corpulento que no pudo evitar escuchar el nombre de la plantación. Se volvió para hablar con él.

—Me ha parecido entender que pretendéis ir a la Bruma Negra. ¿Acaso trabajáis allí?

Volker desconfió del hombre, pero le contestó.

—No, no tengo nada que ver con la Bruma Negra. Soy militar, estoy de paso, y necesito un caballo para buscar a una mujer que me espera.

Camilo pensó de inmediato en Carmen, a quien habían dejado dos días antes en aquel monasterio franciscano a mitad de camino entre la plantación y Sevilla la Nueva, al oeste de la misma. Recordó que ella les había hablado de un alemán como su protector, y el hombre no podía disimular su acento. Camilo se adelantó dándole su nombre, a la espera de que él hiciera lo mismo.

—De acuerdo, yo me llamo Volker. Volker Wortmann.

Camilo se dirigió al vendedor dejándole con la palabra en la boca.

—Yo mismo pagaré el caballo a este señor, y ensillad pronto el mío, tengo prisa. —Abrió una bolsita de cuero y sacó un puñado de escudos de oro. Se dirigió a Volker en tono cordial, tratando de compensar lo extraño de la situación—. Entiendo vuestra confusión, pero salgamos afuera y os cuento.

Una vez en el exterior, Volker se fijó mejor en Camilo. Tenía un aire diferente al que acostumbraba a ver en los tipos que había conocido por la isla, aventureros o desterrados. Parecía un hombre de Dios, pero no se lo preguntó por prudencia, eso sí, se previno para entender mejor sus intenciones.

—Vuestra Carmen está a salvo. —Camilo decidió dejarse de formalidades, urgido por la búsqueda de Yago en una isla que desconocía y sin saber por dónde empezar.

Fabián había desaparecido, era el segundo día sin tener noticias de nadie, y se había decidido a organizar una expedición, tenía los víveres necesarios y hasta un guía. No disponía de tiempo para andarse con rodeos, pero la expresión atónita del alemán le obligó a dar una explicación. Le contó lo que había sucedido en la Bruma Negra aquella noche, el encuentro con Carmen, dónde la había dejado siguiendo sus propias instrucciones, qué había motivado su viaje desde España en compañía de un guarda de la Saca de nombre Fabián, su condición de cartujo, y sobre todo mencionó a Yago. Volker escuchaba con atención sus palabras atando cabos, en silencio. Recordó al chico huyendo con la esclava por la escarpada pared de la montaña y lo interrumpió.

—Sé dónde pueden estar…

—¿De quién habláis?

—De Yago y esa chica. Desconozco qué lo motivó, pero siento contaros que vuestro joven amigo y esa chica fueron víctimas de una horrenda cacería por parte de Blasco y de don Luis Espinosa, como si se tratase de bestias. En el momento en que Carmen me informó sobre las intenciones de su marido traté de ayudarlos como pude, cuando buscaban el abrigo de la montaña azul, y aunque no tengo toda la certeza, imagino que escaparon. —Volker, consciente del efecto de sus palabras, apoyó una mano en el hombro del cartujo.

—¿Cómo podemos saber si lo consiguieron?

—Vi cómo ascendían por un difícil cortado, pero no logré ver nada más, pues fue cuando tuve el accidente…

Volker le resumió lo sucedido, y se extendió a continuación sobre lo que sabía de unos y otros, así como sobre los motivos que lo habían llevado a Jamaica. Le habló de Yago, de su breve pero intensa relación. Sin embargo, cuando llegó el momento de explicar la abominable cacería que había tratado de evitar, no entró en detalles para evitarle más dolor del que ya reflejaba. Terminó sus explicaciones con las razones de su promesa de protección hacia Carmen, y cuáles eran por tanto sus actuales intenciones.

—Ahora iré a buscarla al monasterio y tomaremos el primer barco que salga de puerto, me da igual a dónde nos lleve.

Volker se subió a su caballo y quiso despedirse agradecido, pero Camilo no le dejó abrir la boca.

—¡Ni hablar! No lo haréis, todavía no.

A Volker le molestó el tono autoritario de sus palabras, pero no quiso responder hasta recibir alguna explicación. Camilo continuó hablando:

—Os he pagado el caballo, pero os lo he de cobrar con un favor. Dado que la mujer está a salvo, y creedme que es así, pues me aseguré en persona de ello cuando la dejé al cuidado del máximo responsable del monasterio, antes de que vayáis a por ella ayudadme a encontrar a Yago. Solo vos sabéis por dónde se ha de empezar.

Volker dudó su respuesta hasta que las tripas le pudieron. Se apoyó sobre la silla, hinchó sus pulmones y le habló en tono grave.

—Soy militar, eso es lo primero que debéis saber. Por tanto, las órdenes las recibo de mis superiores. ¿Me explico? —Su expresión era seria—. Pensáoslo bien. No dudo de vuestras buenas intenciones, pero no conseguiréis nada de mí si mantenéis esa actitud... O moderáis vuestras exigencias, o terminaré mandándoos al infierno.

Camilo no se amilanó.

—Tenéis que ayudarme a encontrar a Yago. ¡Permitidme hablar!

Volker tuvo la tentación de darse media vuelta y dejarlo con la palabra en la boca, pero le dio una última oportunidad.

—Si habéis conocido al chico, no os he de explicar cómo de frágil es. Sin culpa alguna, su vida ha reunido una interminable suma de infortunios. Es diferente a los demás, lo habréis notado. Requiere ayuda de forma casi permanente, y suele temer a la gente de su entorno. He venido desde Jerez en su busca, y no os explico lo que hemos tenido que pasar para conseguir llegar hasta aquí. Estaba dispuesto a recorrer la isla por completo hasta dar con él, pero ahora que vos sabéis donde encontrarlo… —Su tono de voz se transformó en una auténtica súplica—: Por Dios bendito. ¡Miradlo de esta manera! Es un inocente que os necesita, y yo a él, y hasta el mismo Dios os lo pide. —Juntó las manos suplicándole su ayuda.

Volker suspiró anonadado por el peso de la responsabilidad. Aquel hombre le hablaba con el corazón y recordó con lástima al muchacho. Calculó que, de no retrasarse mucho en esa búsqueda, podría estar de vuelta en poco más de un día.

—De acuerdo, no lo discutamos más, pero si os ayudo ha de ser ya.

Una hora después tomaban dirección este hacia la falda de la montaña azul.

* * *

Después de su desesperada huida, Yago y Hiasy consiguieron llegar hasta el corazón del bosque que habitaban los taínos. Encontraron las primeras cabañas entre la espesura de sus centenarios árboles, cuyas copas se perdían en el cielo. Algunas de sus modestas viviendas habían sido levantadas sobre las ramas de los gruesos troncos, y por encima de ellas se alcanzaba a ver el último repecho de la montaña, libre ya de vegetación. Su particular color azul justificaba el nombre de todo el monte.

La presencia de Yago provocó cierta inquietud en sus habitantes, pues allí nadie compartía su color de piel, y su raza coincidía con la de su peor enemigo. Pero no tardaron mucho en ver en sus ojos azules y en la amistad con Hiasy dos señales que les inspiraron confianza.

En la montaña no había diferencias, no sabían de orígenes ni jerarquías. Se vivía de acuerdo a las reglas de la naturaleza y se comía lo que ella les daba.

A aquella tierra de brumas y permanente lluvia solo le faltaba un poco más de sol para ser el paraíso.

Indios y esclavos formaban una gran familia. La desnudez les hacía semejantes y después de haber sido comprados, vendidos y vejados recuperaban la grandeza de sentirse seres humanos. Lo tenían todo y no tenían nada. Hombres y mujeres volvían a ejercer algunas prácticas ancestrales. Ellas recolectaban frutas, agua y esperaban a sus hombres en las cabañas para dar felicidad a sus almas y placer a sus cuerpos. Ellos cazaban, buscaban el alimento y peleaban por defender su territorio de las frecuentes incursiones que sufrían por parte de algunos cazadores de esclavos, o de las tropas del gobernador, resueltas a impedir como fuera la existencia de aquel reducto de libertad que alimentaba la esperanza del resto de los esclavos de la isla.

Antes de la presencia española, los anteriores pobladores habían sido conquistados por una horda indígena procedente de tierra firme; una tribu caníbal que devoraba a sus víctimas.

La montaña significó, ya por entonces, refugio de los perseguidos. La nueva familia de Yago e Hiasy eran en realidad los últimos taínos, los supervivientes de una larga tradición, gente orgullosa a la que nadie había conseguido robar su libertad.

Durante una de aquellas estrelladas noches, cuando el más anciano de la tribu invocaba frente al fuego a sus dioses pidiéndoles protección, Yago se sentó pegado a Hiasy y la cogió de la mano.

En aquel vergel esmeralda, de cielos azulados y brisa limpia, entre árboles extraños y pájaros que nunca dejaban de cantar, Hiasy sintió la necesidad de besar a Yago y lo hizo. Y por primera vez él sintió calor y no miedo, felicidad y no prevención. Frente a aquel fuego que según se decía era el destino de todos los malos recuerdos del pasado, de sus demonios y pesares, Yago descubrió qué significaba el cariño de una mujer. En sus llamas se esfumaron aprensiones, las humillaciones y crueldad de tantos, y sintió algo hermoso que guardaría para siempre en su corazón. Hiasy acababa de abrir una puerta que nunca hubiera imaginado tener; algo que debía de ser lo que los demás llamaban amor.

Una mujer de nariz aplastada y piel cobriza apareció al día siguiente. Les dijeron que era la gran sacerdotisa de los taínos.

Su saber era antiguo y su mirada, profunda y limpia.

No tardó mucho en estudiar a Yago, en buscar en sus ojos esquivos.

Desde el primer día lo invitó a vivir con ella el momento del amanecer, pues era en aquel trance, mientras el sol rasgaba la oscuridad, cuando aprovechaba para hurgar en su alma y así pudo ver lo que había sufrido; mucho, demasiado.

A ella le bastaba una mirada para entender el pensamiento. Aquella mujer podía leer el pasado pero también el futuro. Por eso vio que Yago no iba a vivir mucho tiempo con ellos. Como en una visión reconoció al soldado que había encontrado casi ahogado, el que iba a venir a buscarlo, y se alegró. Sabía que el corazón de aquel hombre, por duro que pareciera y por frío que se mostrase, era tan noble como el del chico.

XVIII

Luis Espinosa había cabalgado sin descanso hacia el oeste de la isla con Fabián pisándole los talones. Al llegar a la franja costera pudo darse cierta ventaja, pues su caballo corría con menos dificultad por la arena de la playa. Espinosa conocía bien la isla, y supo que si seguía aquella línea de mar pronto llegaría a la altura de una población costera, Santiago de la Vega, que se proyectaba al mar a través de una bahía donde fondeaban los barcos; la de Caguaya.

Cuando Fabián alcanzó la bahía, estaba a punto de anochecer.

Hacía tiempo que había perdido de vista a Luis y el mar se encargaba de lamer cualquier señal de su paso. Dejó la orilla atrás y probó suerte en las dunas, pero terminó vencido ante la falta de resultados y decidió descansar. Comprobó la herida de su pierna y vio que no sangraba; la puñalada de Luis no había sido muy profunda y había conseguido cortar la hemorragia atándose con fuerza un pañuelo en plena cabalgada. Miró el mar. Una docena de embarcaciones estaban fondeadas a lo largo de la bahía, y el reflejo de sus luces bailaba sobre las aguas tranquilas.

La noche era fresca, pero acogedora para pasear.

Se descalzó, bajó hasta la orilla y hundió con alivio sus pies en el agua sintiendo un inmediato placer, a continuación acercó a su caballo para que también él viera rebajada la sobrecarga de sus cascos. Aunque no había abandonado las esperanzas, su frustración era enorme; había perdido a Luis una vez más y todavía no disponía de una prueba sólida que lo inculpara del robo de los caballos cartujanos. Maldijo su mala suerte y se puso a pensar.

Pasado un rato, se despertó un fuerte viento rico en aromas profundos e intensos procedentes del lejano océano, pero Fabián siguió caminando ajeno a su entorno. Su mente estaba ocupada con una sola idea: recobrar la pista de Luis Espinosa y capturarlo.

Cuando había dado la segunda vuelta a la playa, acusó el agotamiento del largo día y decidió descansar. A la mañana siguiente, una vez se sintiera más despejado, decidiría qué hacer. Se tumbó en la arena y lo último que vio antes de cerrar los ojos fue el hermoso arco de estrellas que salpicaba por completo el firmamento.

Pero en pleno amanecer sus sueños se quebraron. Abrió los ojos de golpe, lleno de agitación miró a su alrededor y en un instante vio a un hombre que venía corriendo hacia él con un arco en la mano. Medio adormilado, trató de levantarse a toda prisa al comprobar que se trataba de Luis Espinosa, que lo apuntaba con una flecha. Fabián buscó la orilla sin encontrar mejor salida para huir de Luis que correr por la arena más dura.

La primera flecha le alcanzó en el hombro y lo atravesó. Fabián escuchó su silbido antes de recibir el impacto y caer rodando. Al volverse vio cómo Luis tenía preparada una segunda y que estaba a menos de diez cuerdas de él. Como no tenía posibilidad alguna de fallar, consciente de su fatal destino, se le congeló hasta la voluntad, cerró los ojos y esperó resignado la llegada del acero. Pero fue entonces cuando, desde su interior, surgió una respuesta movilizada por el odio infinito que sentía por aquel hombre, y decidió luchar, no dejarse vencer todavía. Se levantó deprisa, pudo darse media vuelta y corrió hacia su perseguidor gritando con todas sus ganas, sin más armas que su ira y la profunda sed de venganza que saturaba su alma.

La rapidez de sus piernas o la voluntad de sobrevivir hicieron que pudiera evitar la nueva flecha, que solo le rozó un brazo, pero no la siguiente, que se le clavó en el pecho. A pesar de ello, mantuvo su carrera para buscar el encuentro.

Don Luis Espinosa se vio sin tiempo de disparar de nuevo, tiró el arco y sacó un puñal.

Se lo clavó en un muslo y rodaron por la arena. Del forcejeo, la flecha que atravesaba el pecho de Fabián se quebró y la sangre empezó a brotar en exceso por la herida. Don Luis buscó la madera que aún asomaba y se la clavó hasta donde pudo, mientras con la otra mano le asestaba una nueva puñalada, esta vez en el vientre.

Fabián perdía fuerza y se desangraba.

Miró a su verdugo y después dirigió su vista hacia el horizonte marino, a su añorado mar. Pensó que iba a conocer la muerte frente a esas aguas, incapaz ya de poner la menor resistencia. Sus brazos se relajaron y sus dedos acariciaron la arena mientras su pensamiento viajaba lejos de allí. Sonrió a las puertas de la muerte, antes de recibir un nuevo acero en el pecho y de escuchar los gritos de otro individuo que corría en su ayuda.

Se le nubló la vista, perdió el conocimiento y dejó de sentir.

* * *

La montaña azul recibió a dos nuevos visitantes.

Cuando Camilo y Volker aparecieron por las inmediaciones del bosque, tuvieron que esconderse bajo sus grandes arbustos al ser recibidos por una nube de flechas envenenadas que los taínos tenían preparadas para los intrusos. Advirtieron a gritos que venían en son de paz buscando a un chico blanco, a Yago, del que eran amigos.

Los indios, desconfiados de sus verdaderas intenciones y teniéndolos como posibles enemigos, afinaron su puntería y en una segunda andanada de flechas clavaron no menos de diez en la corteza del árbol donde se habían protegido los recién llegados. Volker, en voz alta, les pidió una tregua para explicarse, pero recibió como respuesta una nueva oleada de acero sobre los arbustos inmediatos a su derecha. Entendió que para detenerlos debía mostrarse indefenso, desarmado y de frente a ellos. Tomó aire y salió de detrás del árbol con las manos en alto pidiendo ver a su jefe. Los defensores de la aldea se interrogaron con la mirada a la espera de lo que decidiera el cabecilla, quien ordenó que dejaran de disparar y optó por dar aviso a sus mayores para saber qué debían hacer.

Camilo, superando los miedos, dejó atrás el abrigo del árbol y quedó también expuesto a los indios, al lado de Volker. Trataron de localizar a quienes los habían disparado entre la espesura del bosque, pero no consiguieron nada. Tan solo pudieron identificar algunas plumas asomándose entre las hojas, o el fugaz movimiento de una rama. Escucharon, eso sí, un asombroso coro de alaridos que recorría la arboleda, saltando de árbol en árbol, hasta perderse entre el abigarrado corazón verde. Primero creyeron que se trataba de algún animal, pero de inmediato entendieron que era su particular manera de comunicarse, porque antes de escuchar a uno de los indios decirles en su lengua que entregaran sus armas, habían oído una nueva sucesión de aullidos encadenados proveniente de la profundidad del follaje hasta casi donde estaban ellos. Sin entenderlo, les acababan de permitir entrar en el poblado.

La sacerdotisa y los ancianos así lo habían dispuesto.

Cuando minutos después, Yago supo que dos hombres preguntaban por él, corrió lleno de curiosidad hacia la explanada de los dos fuegos. Y allí vio a Camilo.

Primero se cruzaron sus miradas, llenas de sorpresa, frente a frente.

Una oleada de emoción los recorrió de arriba abajo, luego fue una sonrisa, y finalmente se fundieron en un abrazo que sabía a pasado, a inmenso afecto, y a infinitos recuerdos.

El fraile había recorrido medio mundo deseando vivir ese momento, ansioso de poder olvidar de una vez por todas los miedos que arrastraba desde su despedida, habiéndolo imaginado tantas veces desprotegido, herido o maltratado. Pero ahora, allí, al mirarlo a los ojos, se sintió por fin reconfortado y muy feliz.

Yago no hacía otra cosa que repetir el nombre de su amigo una y otra vez, riéndose a carcajadas. De inmediato se vieron rodeados por algunos indios y también por varios esclavos, unos llevados por la curiosidad y otros contagiados por las emocionantes sensaciones que los dos transmitían.

—Yo, yo no lo hice… —se pronunció Yago, trasladándose en su recuerdo a la dolorosa escena en las cuadras de Humeruelos, con la hija de los guardeses—. Yo no…

—Lo sé —le cortó Camilo—. Perdona mis dudas de entonces.

A escasa distancia, sin dejar verse, Hiasy los observaba entre lágrimas.

No sabía quiénes eran aquellos dos hombres, desconocía qué razones podían tener para estar allí, pero su pena creció a medida que empezó a ser consciente de lo que podía pasar y de lo que con toda seguridad, y pronto, iba a perder.

Yago observó el rostro de Camilo y vio en su mirada una inmensa alegría. Le tocó la frente, la cabeza. Recordaba cada una de sus facciones, pero necesitaba emplear sus manos una vez más para llegar a sentirlas por completo.

—Yago quiere a Camilo…

—Lo sé, lo sé, y yo a ti, hijo, y yo…

Sentados en el suelo, uno frente a otro, mantuvieron un largo silencio cargado de complicidades, sencillamente observándose, disfrutando de su reencuentro, dirigiéndose escasas pero sentidas palabras.

Volker, a su lado, no se perdía ni un solo detalle de la emocionada reunión porque le evocaba su propia juventud, cuando todavía vivía con los suyos. La relación que expresaban Camilo y Yago era la del padre que vuelve a encontrarse con su hijo amado, a quien tenía por perdido.

Absorto en sus pensamientos, se volvió al notar que alguien le tocaba en la espalda, y al reconocer a la misma india que lo había salvado del río se sintió gratamente sorprendido. Se abrazó a ella intrigado por su presencia, y en tanto conoció su papel en la tribu entendió su generosidad y todavía apreció más su grandeza. Supo ver que entre los habitantes de aquella aldea fluía el mismo encanto que ella derrochaba. La actitud de todos era transparente y amable, como si supieran que formaban parte de algo grande y trascendente. Allí se respiraban hondas sensaciones, vida en estado puro.

Sobre un horizonte hermoso, con un mar interminable donde la mirada se perdía y la poderosa sombra de la montaña quedaba a sus espaldas, Volker empezó a sentir la emoción de estar viviendo una experiencia única e irrepetible, y quiso memorizarla para siempre.

Se fijó una vez más en Yago, y comprendió que se trataba de un ser capaz de arrastrar poderosas emociones tras de sí. Un joven a quienes muchos habían tachado de endemoniado o de loco; pero alguien capaz de reunir en un lugar próximo a los cielos a un cartujo amante de la música y de su Dios, y a una mujer hija de la tierra. Uno desprendía mística y recogimiento, y ella regalaba los saberes ancestrales de la naturaleza. Desnudez frente a pudor; alegría por el deseado reencuentro, y pena profunda en la mirada de Hiasy, sufridora ajena de aquel torrente de emociones.

Camilo se sentía como quien ha despertado de golpe de un largo sueño y no termina de centrarse en lo que se produce a su alrededor. Observaba con asombro lo cambiado que estaba Yago. Había crecido y su cuerpo era el de un adulto. Con aquella larga melena recogida en una coleta parecía aún mayor. Su piel se había tostado, y aunque en su espalda quedaba la huella de las muchas palizas y latigazos, sus ojos seguían brillando con el mismo mágico color azul.

No rechazaba desde el principio una mirada directa, como hacía antes, aunque al cabo de unos segundos terminaba desviando la cara. Dentro de sus gratos descubrimientos, y entusiasmado por sus avances, Camilo creyó ver una cierta expresividad en su rostro.

—¿Hiasy? —Yago la buscó entre los muchos observadores que tenían, fue a por ella, la cogió de la mano y la llevó hasta la presencia de Camilo.

Un tanto avergonzada, la chica recibió la gratitud del fraile, pero ella no se contentó con eso, quería saber, necesitaba entender qué sería de su compañero a partir de entonces. Era lo único que le preocupaba y atormentaba su corazón desde que los había visto venir.

Camilo comprendió lo que pensaba, imaginó el dolor que supondría para ella lo que con toda seguridad iba a suceder, y lo lamentó, pero se sintió incapaz de encontrar una sola palabra de consuelo al recibir su mirada desesperada.

Y de repente, todo cambió.

Se escuchó un agudo silbido seguido de una serie de ecos cada vez más rápidos que provocaron en los indios una fulminante respuesta. Abandonaron a la carrera el círculo que habían hecho y buscaron la arboleda, mientras preparaban sus arcos. Volker y Camilo buscaron a la sacerdotisa para saber qué debían hacer. Algo no iba bien, no sabían de qué se trataba, pero se olieron una seria amenaza.

—Hombres blancos, cazadores... —Uma señaló con un dedo el bosque—. Huir... —gritó.

Al escuchar los primeros disparos y la jauría de gritos que los acompañaban, Volker temió que se tratase de Blasco y su gente. Le transmitió la sospecha a Camilo sin dejar de otear la arboleda.

—Si son ellos, rezad para que no nos encuentren...

Yago cogió de la mano a Hiasy y se miraron aterrorizados al ver cómo una bala levantaba un trozo de corteza en un árbol cercano. Uma hizo señas para que la siguieran. Se lanzaron a correr tras ella bordeando las primeras cabañas. La mujer quería llegar a una pared rocosa que cerraba el poblado, donde se abría una grieta casi invisible entre el follaje. Se trataba de una gruta que apenas permitía el ancho de una persona y terminaba formando una cueva sin salida. Tal vez no fuese el mejor escondite, pero no tenían otra posibilidad. La sacerdotisa corría dirigiendo la comitiva sin dejar de mirar atrás. Durante la carrera se les habían unido seis mujeres más, algunas con sus niños en brazos. Cuando Volker se volvió para ver si reconocía a alguno de los esbirros de Blasco, creyó reconocer a quien los encabezaba. Se trataba de uno de los capataces de las canteras, un hombre con una larga fama de crueldad. Yago supo también quién era y recordó su látigo. Buscó a Volker para compartir su hallazgo, pero se agachó al sentir el silbido de una bala que pasó a menos de dos dedos de su cabeza.

Eran diez los hombres armados, y seis más lanzando redes y lazos. Su objetivo era capturar al mayor número posible de esclavos sin herirlos, aunque con los indios podían hacer lo que les apeteciera. Esas habían sido las órdenes de su patrón, quien vivía obsesionado por capturar a los dos chicos que por culpa de aquel alemán se le habían escapado. De vez en cuando organizaba esas capturas para recomponer su mermada población esclava, pero en esa ocasión sus objetivos eran más concretos. La recompensa que les había prometido a sus hombres consistía en que ganarían la mitad del valor que se obtuviese de la venta de cada esclavo, pero el que diera con los dos huidos conseguiría una docena de escudos más.

Según ese criterio los temibles cazadores elegían muy bien a sus víctimas, disparaban solo a los indios y se encargaban con más cuidado de los negros, a quienes rodeaban o derribaban envueltos en sus redes.

Camilo vio entrar a cinco hombres de Blasco en la explanada de los dos fuegos. Dispararon a bocajarro a una familia india que se les cruzó de camino, pero recibieron a cambio una oleada de flechas envenenadas desde los árboles. Tres de los cazadores fueron heridos al no protegerse a tiempo, pero los otros dos consiguieron localizar a los causantes, dirigieron sus armas hacia ellos, y los mataron a todos.

El grupo que guiaba Uma acababa de escuchar sus gritos, pero la vida era demasiado frágil para todos, pues, en tan solo unos segundos y cuando se creían medio a salvo, recibieron una primera lluvia de acero; acababan de ser vistos. La mala fortuna hizo que un proyectil alcanzara a una de las mujeres que se había incorporado hacía poco, y otro entró de lleno en el pecho de Hiasy. Yago no lo notó, pues siguió tirando de ella.

Encontraron el estrechamiento disimulado por una espesa enredadera y la atravesaron con cuidado de no romper demasiadas ramas que dejaran evidencias a sus perseguidores, a quienes habían dejado bastante atrás. Uma atusó la enredadera asegurándose de dejarla como estaba y encabezó el recorrido por un rocoso y oscuro pasillo, que se hizo completamente negro cuando accedieron a la oquedad. Recorrieron a tientas la pared de la cueva y al notar que se cerraba en redondo se sentaron sobre un suelo de fina y fresca arena. Allí aguardaron en silencio.

Hiasy respiraba fatigada, más que el resto, pero no quería llamar la atención.

—¿Hiasy...? —Yago se asustó cuando le pasó la mano por la espalda y sintió fluir algo caliente.

Ella no lo quería creer, pero cuando la sangre empezó a llenar su garganta supo que su herida era mortal. Y lloró, lloró al ver que la vida se le escapaba sin remedio.

—Yago...

Él acercó su oído, sin saber que aquellas dos palabras iban a ser las últimas que escucharía de ella.

—Te quiero...

XIX

En la bocana del puerto más importante de Jamaica, Camilo y Yago observaban los dos galeones de guerra que formarían la escolta de una carraca que iba a transportar en sus bodegas una gran cantidad de oro para el Rey, un flete organizado y financiado por el administrador de la isla en pago por su titularidad definitiva.

En aquella embarcación tan protegida y a solo dos días de partir, Camilo pretendía volver a Sanlúcar después de haber comprado los pasajes a un precio desorbitado, dado que aquel no era barco de pasajeros y su capitán supo cobrarse la urgencia que llevaban. A Camilo le pareció un abuso, pero no estaba en condiciones de perder la oportunidad de salir de la isla después de haberse salvado de milagro de los brutales cazadores de esclavos y de sentir la amenazante y oscura sombra de Blasco Méndez de Figueroa.

Preocupado por la falta de noticias sobre Fabián, Camilo ponía todas sus esperanzas en verlo de vuelta antes de levar anclas, pero para su desesperanza el guarda no aparecía.

Tampoco supo cómo le estaría yendo a Volker.

Enterraron a Hiasy en la montaña, y Yago la lloró mucho, tanto que a pesar de los días que habían pasado desde entonces, aún seguía fuertemente impresionado por su muerte y había dejado de hablar.

Cuando Camilo se despidió de Volker, a medio camino entre la montaña azul y la costa, estaban convencidos de que se verían pronto en el puerto. Tanto fue así que el alemán tomó dirección hacia el monasterio para recoger a Carmen y Camilo se quedó encargado de comprar cuatro pasajes para su vuelta a España, pero pasaba el tiempo y tampoco sabía nada de ellos.

Camilo agotaba las horas viendo cómo se cargaban los barcos, sobre todo la carraca con el preciado oro que una vez dentro fue protegido día y noche por la guardia armada del gobernador. A su lado estaba siempre Yago, aunque la verdad es que no sabía dónde estaba su pensamiento. Desde la desgraciada muerte de Hiasy el muchacho había caído en un profundo aislamiento, apenas comía, y se pasaba las horas mirando a la montaña azul o al horizonte marino, con una expresión vacía y el alma profundamente herida.

Estuvieron esperando al alemán y al guarda hasta el último momento, pero en cuanto soltaron amarras y el barco empezó a moverse tuvieron que embarcar.

Zarparon con buen tiempo.

Cuando el gran velamen de la carraca empezaba a hincharse y la proa comenzó a tomar rumbo a alta mar, con el puerto a sus espaldas, se escuchó un fuerte vocerío y el ruido de numerosos cascos que rompían la piedra de los muelles. Por un callejón que unía el pueblo con la explanada del puerto aparecieron en tropel un grupo de hombres encabezados por uno que vestía de negro e iba sobre un caballo casi azulado. Camilo reconoció a Blasco, y Yago supo que Azul era el caballo que montaba. Al verlo le gritó con toda su alma.

El animal reconoció su voz, estiró las orejas y cabeceó hasta localizarlo. Y entonces se arrancó en una espectacular cabalgada en su busca, contra la voluntad de su jinete. El caballo tuvo que frenar a escasos codos del borde del muelle, a punto de caer al mar.

Blasco reconoció al chico sobre la cubierta del barco y también a uno de los hombres que habían huido con su mujer cerca de las caballerizas. Los maldijo a voz en grito con la espada en alto y una actitud amenazante.

—Ese hombre… está loco… —comentó el capitán de la carraca.

Camilo, muy preocupado por Volker y Fabián, bendijo el aire.

—Que el Señor os proteja y guíe…

Sus plegarias coincidieron con el disparo de las tres salvas que despedían al convoy y con una lágrima que resbaló por la mejilla de Yago al dejar atrás, bajo tierra, a la mujer que había llenado su corazón.

* * *

Dos días antes, el prior del monasterio donde Carmen se había ocultado recibió a Volker con una franca sonrisa. Era un hombre de aspecto bonachón, de edad más bien corta para la gran responsabilidad de su cargo, y una cordialidad sin límites. Desde que el alemán había entrado en su despacho todo habían sido palabras amables y hasta se prestó a acompañarlo a las dependencias donde habían alojado a la mujer; un pabellón al otro lado de un gran huerto.

—Se alegrará de veros. —El religioso abrió una cancela de hierro en el mismo muro del recinto monacal y lo invitó a pasar primero—. Me dijo que vendríais, pero no hoy; si no recuerdo mal, ella os esperaba dos días atrás.

Volker esperó a que el prior eligiera uno de los muchos surcos de tierra que separaban las hileras de vegetales. Lo siguió viéndose flanqueado a ambos lados del sendero por un mar de lechugas, y algo más adelante de coles.

—Problemas inesperados… —respondió el alemán—. Me ha sido imposible venir a tiempo. —Aún tenía en su memoria el olor de aquella cueva cerrada donde habían tenido que pasar un día entero, ocultos a los hombres de Blasco, con el cuerpo muerto de Hiasy y las lágrimas de Yago como única y dolorosa compañía—. Pero decidme una cosa, ¿ha venido alguien más preguntando por ella? —La sombra de Blasco era tan poderosa en la isla que se podía esperar cualquier cosa de él. Toda precaución era poca.

—Nadie… Ha estado descansando tranquila y siempre sola… Deseará hablar con alguien, pobre. Estamos en un monasterio y como es obvio no hemos podido mantener ningún contacto salvo traerle su comida. —Mientras caminaba, no dejaba de observar las plantas, a veces para retirar una rama partida, otras tanteando la madurez de los tallos. Los pájaros que trinaban a su alrededor y un cielo abierto y luminoso convertían el paseo en un agradable trance lleno de paz.

Llegaron hasta el final del huerto, a una casa de piedra de una sola altura y de pequeño tamaño. Llamó a la puerta y cuando se escuchó la voz de Carmen, escogió otra llave y la abrió. Volker no preguntó, pero le extrañó que la hubiera mantenido encerrada.

La mujer, en cuanto vio a Volker, se echó a sus brazos y explotó a llorar presa de la prolongada tensión que había sufrido todos esos días sin noticias de él, horrorizada todavía por los acontecimientos.

—Oh, gracias a Dios que lo has conseguido… —Carmen seguía abrazándolo, necesitada de su protección, por fin un poco más aliviada por su futuro—. Tienes que contármelo todo. ¿Cómo te fue? ¿Te cruzaste con mi marido? ¿Pudiste ayudar a esos chicos?

—Sí, bueno, casi todo se ha arreglado… Pero es una larga historia que ya te contaré de camino. El muchacho está sano y salvo con el mismo fraile que te dejó aquí, con Camilo. Sin embargo, la chica murió mientras intentábamos evitar a los esbirros de tu marido.

Al escuchar lo sucedido el prior tomó interés.

—Por lo que veo, lo habéis pasado bastante mal, y hacéis mención de hechos gravísimos.

Volker animó a Carmen a que recogiera todas sus cosas para salir cuanto antes del monasterio y dirigirse al puerto. Con un poco de suerte aún podrían tomar uno de los barcos por los que había preguntado días atrás. Mientras la esperaba, dio al religioso, que lo escuchaba con absoluto interés, algunos detalles sobre lo sucedido.

Regresaron al monasterio por otro camino, bordeando esta vez el huerto. A Volker no le extrañó demasiado, ya que por allí quedaban las cuadras donde tenían que recoger el caballo de Carmen. Pero la sorpresa fue completa cuando al entrar en las caballerizas se encontraron con diez hombres armados, gente de Blasco a la que conocían. Volker peleó, lo hirieron, se rebeló con todas sus fuerzas, pero todos sus esfuerzos resultaron vanos, pues eran demasiados hombres contra él y en poco tiempo consiguieron inmovilizarlo.

Una vez atados y a punto de partir hacia la Bruma Negra, al pasar al lado del prior, Volker le lanzó una mirada interrogativa. No terminaba de entender qué motivos podría haber tenido para entregarlos.

—Mi querido amigo —respondió el religioso—, menos mal que vinisteis, porque estos hombres llevaban dos días esperándoos. Los caminos del Señor casi nunca son rectos, más bien resultan tortuosos, ásperos y fríos. Vos no sabéis cuán difícil es dar de comer cada día a más de un centenar de monjes sin la ayuda de ciertos hombres generosos...

Volker confirmó lo que se temía y antes de recibir un fuerte golpe en la nuca que le dejó sin conocimiento, pudo contestarle:

—Solo sois un traidor a vuestra fe...

Dos días después, Carmen había llorado tanto que le dolían los ojos, las mandíbulas, y sobre todo el corazón. Su miedo era tan intenso que cada vez que veía abrirse la puerta de su alcoba, donde Blasco la había encerrado, le temblaba todo el cuerpo.

El alemán estaba en una oscura dependencia bajo tierra, en los sótanos de la mansión, a la espera de saber qué destino le prepararía el cruel patrón de la Bruma Negra.

Se escuchó el eco de unos cañonazos que parecían venir del norte, de la costa. Volker se acercó a la única ventanita de la celda para recibir un poco de aire fresco. En ese momento se abrió la puerta y entró un hombre de aspecto siniestro armado con un garfio curvo y de hoja ancha. Cerró la puerta con llave y lo miró en silencio, mientras pasaba un dedo por el filo del acero.

CUARTO ESCENARIO

Entornos de desolación

Sevilla
Año 1538

I

Camilo no encontraba una buena postura para dormir y lo necesitaba. Llevaba ya demasiados días preocupado por la actitud de Yago, pues desde su salida de Jamaica se había instalado en un mundo de ausencias, de complejos silencios, de los que no terminaba de salir.

Yago echaba de menos a Hiasy, y mucho.

La tripulación de la carraca Santa Catalina contempló, al principio con curiosidad, las reacciones de aquel joven que se lanzaba a correr por la cubierta golpeándose contra todo lo que se le cruzara de camino, o se escondía acurrucado horas y horas bajo una recia maroma que sujetaba el ancla murmurando. Aunque terminaron acostumbrándose a él.

No sabía cómo explicarse.

No encontraba la forma de rebajar la pena que padecía su corazón y lo manifestaba a través de irrefrenables ataques de ansiedad. Echaba de menos la presencia de los caballos, pero el recuerdo de Hiasy pesaba mucho más de lo que podía soportar.

No entendía por qué las pocas cosas buenas que la vida le había ofrecido se truncaban tan pronto. Cada vez que se había sentido bien con alguien, desaparecía. Gracias a Hiasy su aprensión hacia las mujeres había cambiado, le había enseñado a amar, y había descubierto con asombro que a pesar de sus rarezas había alguien que quería compartir la vida con él. Aunque siguiese siendo incapaz de saber lo que una mujer pensaba, o qué las impulsaba a amar, con Hiasy había sido todo diferente. Entre ellos todo había fluido en paz, sin exigencias, había sido tan fácil...

Muchas veces se preguntó si esos sentimientos coincidían con lo que los demás proclamaban como amor, pero tampoco le importaba demasiado. Con ella se había sentido bien, muy bien.

Pero ya no estaba, nunca más estaría…

Con aquella falta, su desolación no se veía compensada con nada, ni tan siquiera con la presencia de Camilo, aunque viera en él al padre que nunca había conocido. La muerte de Hiasy lo sobrepasaba todo.

Al oscurecer, muchas noches revivía en imágenes los recuerdos que tenía de ella a lo largo de los casi dos años compartidos; la veía en el agua, o tumbados sobre un lecho de hojarasca en el bosque, uno al lado del otro, o en aquella esquina del barracón donde cada noche se veían, y saboreaba sus besos, casi los únicos que había recibido de una mujer, como también su aroma.

La carraca en la que navegaban rumbo a España transportaba una carga no muy grande pero sí valiosa; diez quintales de oro. Con ellos viajaba un centenar de personas en un espacio demasiado reducido. El maestre de la embarcación, un hombre de carácter explosivo, marcaba una férrea disciplina con la tripulación. Cuando se producía el más mínimo altercado, lo hacía pagar con una veintena de azotes en público y en plena cubierta. Y si los delitos eran mayores, que los había con demasiada frecuencia, se deshacía del responsable tirándolo al mar atado de pies y manos.

La justicia en el barco no tenía mucho que ver con la que se aplicaba en tierra; allí se saldaban las sentencias sin muchos miramientos y después de un juicio rápido. Si no había más discusiones y peleas a bordo no era por falta de tensiones entre sus hombres, se debía al mucho vino que su maestre les facilitaba a diario, y a un licor rico en alcohol y limones que llevaban para combatir el escorbuto.

Bajo el punto de vista de su máximo responsable y dada la excesiva cantidad de gente apelotonada en el corto espacio de la nave, las borracheras eran hasta casi deseables. El capitán del barco lo sabía y por eso nunca escatimaba el número de barricas a transportar.

—¿Gustáis? —El maestre le pasó una frasca de orujo a Camilo. De primera intención no lo probó, pero al alcanzarle su suave aroma de hierbas le tentó demasiado y aceptó gustoso.

—Gracias, es fuerte pero reconforta. —Notaba cómo ardía en su garganta.

El maestre, sentado a la mesa de su propio camarote, le sirvió otro vaso. Camilo se lo tomó de un solo sorbo.

—Vos no sois un comerciante, se os nota. —Había visto pasar por su barco a una gama de gente tan variada que se vanagloriaba de poseer un certero instinto para reconocer cuáles eran sus personalidades.

—Tenéis buen ojo, es cierto. En realidad no os dije toda la verdad al embarcar. Soy monje cartujo.

El maestre abrió los ojos de par en par ante la noticia. Adoraba conversar con la gente, y más aún con quien podía ser más culto que él. Desde el primer día había notado algo peculiar, pero no había llegado a imaginar su condición religiosa. Le extrañó.

—¿Y se puede saber qué hace un cartujo en el mar? Si no ando mal informado, vuestra regla es dura y la reclusión, completa. ¿Acaso es que tenéis dispensa?

—Es cierto. Nuestra vida se resume en dos palabras, contemplación y soledad. Lo mío es una excepción…

—¿Vais a abrir una cartuja en Jamaica? —No podía evitarlo; le encantaba meterse en la vida de los demás y saberlo todo.

Camilo negó que ese fuera el motivo y le explicó, sin entrar en muchos detalles, las verdaderas causas de su arriesgada empresa. Después de relatarle los acontecimientos vividos en Jamaica, una vez solo y en cubierta, se puso a pensar cómo debía afrontar de ahora en adelante su futuro. Con el alivio de la brisa sobre su rostro, inspiró una bocanada de aquel frescor marino, fijó su mirada sobre el intenso horizonte azul, y pidió una vez más a su Dios que le ayudara a ver el nuevo rumbo que debía dar a su vida. Pero la soledad del inmenso mar fue testigo una vez más del sordo efecto de su solicitud.

Cuando en pleno atardecer el sol empezó a acariciar las olas, un tanto descorazonado, decidió ir a buscar a Yago. Lo encontró entretenido, observando con absoluta concentración a medio centenar de gallinas que garantizaban a la tripulación de aquel barco la posibilidad de comer algo de carne fresca y huevos. Se encontraban encerradas en uno de los camarotes, bajo el castillo de popa, al lado del que poseía el maestre.

—Yago, escúchame... —El monje tiró de su camisola sin conseguir que se volviera hacia él.

—¡No! —Apartó su mano. Una gallina corrió despavorida al sentirse amenazada con la contestación del chico.

Camilo llevaba días sufriendo con creciente frustración las ausencias de Yago.

—Mírame a los ojos, por favor. No te quedes con tu dolor y haz que salga. Sé que lo necesitas.

—Nooo —repitió una vez más el chico.

Yago no había llorado todavía la muerte de Hiasy, y Camilo no sabía cómo conseguir que abandonara su actitud cerrada para hacerlo reaccionar. Mencionó su nombre, y no una, varias veces. Le habló del cielo, de la maravillosa sensación que Hiasy estaría recibiendo al conocer en persona a Dios. Y señaló con un dedo hacia arriba de sus cabezas, donde tal vez estuviera ahora ella, observándolos con los ojos del alma.

—Estará siempre cerca de ti, protegiéndote, hasta el último día de tu vida. Porque los que se han amado tanto como lo habéis hecho vosotros lo hacen así, créeme.

Yago levantó la mirada con los ojos cargados de lágrimas, le temblaban los labios, suspiró con profundidad, y tras varios infructuosos intentos por hablar explotó a llorar después de expresar en solo tres palabras lo que sentía.

—Quería a Hiasy... —Se dobló roto de dolor en un llanto cargado de profunda amargura.

Camilo tragó saliva y lo abrazó. Ya no hacían falta palabras, no eran necesarias más explicaciones. Tan solo estar ahí, a su lado, compartiendo el dolor y sintiendo sus lágrimas como propias. El fraile cerró los ojos, lloró con él y se mantuvo a su lado hasta que por fin Yago se movió, levantó la cabeza de su regazo y dirigió uno de sus dedos hacia un imaginario cielo y habló.

—Hiasy allí..., donde música...

Pasaron varios días de navegación envueltos en una contagiosa nostalgia.

A bordo poco se podía hacer, a veces uno pensaba que solo molestar, dadas las estrecheces de la nave, por lo que aquel gallinero se convirtió en un lugar de común encuentro.

Camilo se hizo un hueco entre la paja y un ponedero, donde se recibía más luz de fuera, y allí se pasaba las horas leyendo un libro sobre rutas marinas que, sin ser el tema más apasionante del mundo, al menos lo ayudaba a consumir el tiempo, aparte de ser el único que el maestre poseía. Yago había encontrado entretenimiento en las propias gallinas, a las que observaba detenidamente sin cansarse. Parecía dispuesto a aprender hasta el más mínimo movimiento, reacción o sonido, a veces tumbado y a ras de ellas para entenderlas mejor. Camilo se lo recriminaba, pues no se cuidaba de la yacija y terminaba con la ropa sucia y oliendo fatal, pero a él no le importaba. El fraile terminó desistiendo viéndolo sonreír como antes, cuando el chico descubría alguna reacción divertida en una de las aves, o cuando iban a picotearle entre los dedos. También hizo reír a Camilo un día en que decidió imitar sus cacareos, para desconcierto de las gallinas, que lo miraban harto sorprendidas, sin reconocerlo como una más pero con el engaño de sus gorjeos.

Una de aquellas pesadas tardes que parecían no acabar nunca, Camilo terminó cerrando el libro al comprobar en Yago una actitud distinta, quizá algo más inquieta. No habían vuelto a hablar de Hiasy porque el chico no lo había querido, sin embargo, Camilo notó como si necesitase liberar algo que todavía le costaba sacar de su interior.

Después de varias preguntas y de insistir en ello, el muchacho se decidió a hablar.

—¿Yago, dónde ir ahora?

—Nos volvemos a la cartuja. —Trató de imaginar su intención con aquella pregunta.

—Yago y cartuja, no mundo…

Camilo no respondió, pero la afirmación le dejó afectado. Las dudas de Yago podían ser diferentes a las suyas, pero su falta de referencias era lógica. No había tenido una vida fácil, y que no supiera reconocer la cartuja como su hogar entraba dentro de lo razonable, cuando en realidad no lo era, y no lo sería nunca dada su deficiencia. Camilo tenía claro que la carrera eclesiástica no estaba dentro de las posibilidades del muchacho, y por tanto su permanencia en la cartuja solo estaría justificada si lo hacía como un trabajador más.

De todos modos, con aquella deducción Yago acababa de demostrar una proximidad a la realidad poco común en él. Camilo dedujo que Hiasy, aparte de los afectos, había conseguido también abrirle algo más a su entorno, quizá por el hecho de saberse querido tal y como era, sin tener que disimular y sin ninguna premisa.

Yago esperó su respuesta, sin embargo, notó que Camilo se estaba conteniendo y guardó silencio.

Padecía por la falta de Hiasy, a diario, pero también por la incapacidad de expresar lo que se movía en su mundo interior, desde sus emociones y miedos; cosas que pasaban por su cabeza y que luego no sabía cómo expresar. Le costaba hablar sobre ellas porque primero no era capaz de entenderlas, y siendo así, cómo iba a ponerles luego palabras...

Durante casi una hora no volvieron a hablar, sin embargo, cada uno recorría a su manera sus propios pensamientos.

Camilo vivía con temor su vuelta a la cartuja. Cuando imaginaba la conversación que habría de tener con su prior, sentía un profundo agobio, dado que no veía ninguna salida a la misma. Si a él ya le parecía imposible justificar su actuación, cómo iba a convencer a alguien de lo contrario. Había vivido en contra de la regla, robado aquel dinero, y sin embargo no dejaba de sentirse orgulloso de la decisión tomada. Le iba a ser difícil encontrar una buena explicación, pues él mismo vivía en un mar de contradicciones internas.

El problema no residía en si estaba dispuesto a asumir la responsabilidad de sus errores, el asunto era mucho peor. Tenía serias dudas sobre qué hacer una vez superase la charla con su prior. Las opciones que tenía no eran muchas; quedarse en la cartuja era una, pero le tentaba demasiado lo contrario.

Ajeno a sus pensamientos, Yago contemplaba un huevo que acababa de poner una gallina. Fue a recogerlo. Al sentirlo caliente sobre sus manos no tuvo cuidado y se le estalló. Camilo sonrió con su gesto de sorpresa, pero vio en aquel hecho una similitud con el frágil estado de su conciencia.

—¿Qué quieres hacer cuando desembarquemos; ir a la cartuja o a otro sitio?

—Ir contigo... —respondió con sinceridad.

—¿Y si eso no fuera posible? Es probable que se me castigue por lo que hice, y puede que tardemos en vernos... —«Ojalá fuese esa la única consecuencia», pensó.

—Yago contigo…, allí o allá —Su mirada azul era limpia e inocente.

Camilo recibió su comentario con pesar. Deseaba poder darle una parte de lo que la vida le había negado, quizá un hogar, educación, cultura. Que nunca más le hicieran daño ni lo humillaran.

Por eso, aquella noche, entre gallinas y cloqueos, con Yago a la caza y captura de unos cuantos pollitos que le huían horrorizados, decidió algo importante.

—Iremos a la cartuja, sí. He de dar mis explicaciones; ha de ser así. Pero después, nos espera la gran aventura de la vida.

* * *

El prior lo escuchaba en su celda mientras manoseaba, nervioso, el crucifijo que colgaba de su cuello. La tensión en el ambiente se podía cortar, y tal y como se había imaginado Camilo aquello no iba a terminar bien. Solo tenía que ver la expresión de don Bruno de Ariza.

—¿Has dejado al chico en Humeruelos?

—Sí, mi prior, antes de venir a veros. Con los caballos se ha quedado tranquilo. —Camilo frunció el ceño agobiado.

—Querrás confesarte de inmediato, supongo… —Don Bruno indicó dónde debía arrodillarse, sin dar pie a más comentarios.

—Bien, claro…, aunque tal vez queráis saber primero cómo empezó todo y qué me ha sucedido desde entonces.

—Mejor en confesión —lo interrumpió. Se puso la estola sobre los hombros y lo miró con frialdad—. Tienes suerte de estar en una cartuja y del milagro del perdón divino, porque de no ser así, hoy mismo te habría denunciado a la justicia. El delito que cometiste es gravísimo.

Camilo carraspeó hasta sentir despejada su garganta y alternó fugaces miradas a los ojos de su supervisor y al suelo, sin saber cómo empezar a explicarse.

—He devuelto algo de dinero…

—¡Déjalo, ahora no menciones ese asunto y empieza a limpiar tu alma!

Durante una hora Camilo encadenó sus faltas y pecados con los sucesos acaecidos en Jamaica. Acusó a don Luis Espinosa como responsable del robo de los caballos, y explicó quién era Fabián Mandrago y sobre todo qué papel había tenido en la solución del caso. Aportó un nombre más, el del comprador, y se explayó sobre su execrable personalidad resumiéndole las barbaridades que cometía con sus esclavos y la naturaleza de las cacerías que practicaba.

Una vez agotó el lado más informativo de su viaje, le llegó el turno a su alma. Camilo se propuso no guardar en ese empeño ninguna reserva ni dejar que los respetos humanos mermaran para nada su libertad. Quería abrir su corazón al completo, lo necesitaba.

Explicó con todo detalle cómo se sentía, cuál era su estado de turbación, qué otros motivos habían causado su abandono de la clausura y el porqué de su indisciplina.

Don Bruno lo escuchó, en silencio, haciendo esfuerzos por no interrumpir, y a la vez por entender el alcance de sus problemas de conciencia. Antes de la absolución, cuando parecía haber terminado de confesarlo todo, decidió hablar sobre ello.

—Estar en manos de Dios supone decirle que sí cada día, enamorarse de Él, dejar de ser yo para ser todo suyo. —Suspiró mientras elegía bien cada palabra—. Camilo, tu peor pecado no ha consistido en el robo de aquel dinero, más bien reside en haber ido en contra de la libre decisión que un día tomaste de vivir únicamente para Él. ¿Me entiendes?

—Sé lo que queréis decir, pero en ningún caso deseo alejarme de mi Señor, solo busco otra forma de acercarme a Él que no sea en clausura. Es ahí donde están mis dudas…

Bruno de Ariza entendía lo que necesitaba, pero no iba a ponerle las cosas fáciles, no.

—La regla cartuja es la más dura entre las que rigen la vida religiosa. Has pasado muchos años en nuestra casa, primero en Sevilla, y ahora aquí. Has vivido sin problemas el elevado espíritu de mortificación que nuestra orden nos propone para controlar la voluntad y los deseos. Sabes qué es pasar hambre y otros muchos sacrificios, y por supuesto has experimentado el dulce consuelo que supone para un cartujo su largo recogimiento. Pero también has visto cómo la mayoría de los hermanos que empezaron contigo no tuvieron la suficiente fuerza interior para resistir las duras pruebas que nuestro fundador marcó a todo aquel que quisiera emprender el camino de un cartujo. ¡Lo superaste sin problemas! Y me pregunto si pasar catorce años en la orden no es ya razón suficiente como para saber que esta vida es la tuya. —Su mirada se tornó inquisitiva—. No debes dudar, Camilo, no. Tu entrega a Dios y a la orden no tiene vuelta a atrás, seguro que no —reafirmó su voz en un tono más autoritario.

—¿Entonces, eso significa...? —Camilo no esperaba en él ese tipo de reacción.

—Lo que piensas, sí... Solo veo dos soluciones a tu situación, Camilo. Y las dos tienen en común una palabra: justicia. Si persistes en tu voluntad de abandonar nuestra regla, siento decirte que te denunciaré por el robo. La protección que ahora disfrutas perteneciendo a esta comunidad desaparecería, sufrirías el juicio de los hombres, e imagino que dada la gravedad del delito, significaría una larga estancia en prisión o, peor aún, en galeras.

Camilo apenas conseguía respirar a la espera de conocer qué otra alternativa podía existir. Preguntó por ella ante el excesivo silencio que mantuvo su prior.

—La segunda opción requeriría tu abandono de esta cartuja para evitar más escándalo del que ya has provocado al resto de los hermanos. Tendrías que ir a otra de nuestras casas, en concreto a la de Padula, cerca de Salerno, al sur de Nápoles. Allí deberías estar no menos de un año, tiempo que considero necesario para que recapacites sobre qué quiere Dios de ti.

Camilo sopesó ambas soluciones y con rapidez reconoció que la única razonable era la de Padula. A pesar de sus deseos por dejar la orden, la propuesta de meditar su futuro durante un año era incomparablemente mejor que la cárcel, y además mantenía viva una inmensa deuda de gratitud con Dios al haber recibido sus susurros cuando todavía era un niño. Cómo iba a negarle ahora un sacrificio…

—¿Y qué será de Yago?

—Estarás de acuerdo conmigo en que lo que más necesita ese muchacho es una familia. Para tu tranquilidad y sin prisas, buscaremos a alguien de confianza que lo acoja. En ese tipo de entorno será capaz de desarrollarse como persona, quizá mucho mejor que estando en una cartuja. Me comprometo a que en todo momento esté bien atendido, no te tienes que preocupar.

Camilo bajó la cabeza. Perder la cercanía de Yago le resultaba muy doloroso, pero quizá no fuese tan mala solución para ambos.

—Tal vez tengáis razón. Sin embargo, antes de irme querría conocer quién se haría cargo de él. ¿No os parece justo? Después de todo lo que he tenido que pasar para ayudarlo…

—Lo pensaré. Ahora no me voy a definir. Y sí, Camilo, tengo razón cuando veo que necesitas un largo tiempo de recogimiento, en paz, sin que nada ni nadie te afecte; solo así podrás notar cómo se engrandece de nuevo tu alma en la presencia de Dios. —Cerró los ojos y se concentró en lo que todavía quería añadir—. La vida contemplativa es dura y hermosa a la vez. Ahí, fuera de nuestros muros, existen cosas muy bellas, creadas por Dios para su gloria, pero también para la felicidad del hombre: la libertad del individuo o el amor humano son solo dos ejemplos. Sin embargo, nosotros hemos renunciado a ello para seguir a Dios, para amarlo por encima de todo. Él nos compensará cuando así lo crea conveniente. Y las dudas se deben resolver dentro del convento, repito, solo aquí... —Esperó unos segundos hasta volver a tomar la palabra—. Y ahora, antes de darte la absolución, necesitaría saber qué quieres hacer. ¿Has tomado ya tu decisión?

Camilo unió sus manos en actitud de plegaria, sabía que no tenía mejores opciones y se decidió a hablar.

—Iré a la cartuja de Padula y permaneceré al menos un año en ella. Eso es lo que voy a hacer.

—Bien, muy bien, Camilo... Aprovecharemos tu viaje para llevarles dos caballos que nos han encargado. Estoy seguro de que allí tendrás la oportunidad de recuperar tu vida interior y crecer de nuevo en Dios. Ahora te daré la absolución, pero añadido a tu exilio y como penitencia, deberás ayunar una vez a la semana todo ese año, y rezarás un rosario por cada día que has estado lejos de nuestra santa casa. Ah, y déjame por escrito la denuncia sobre Luis Espinosa, pues algo tendré que hacer con ella si quiero ir en su contra y no hallo otra solución.

Camilo miró a don Bruno sin sentirse bien consigo mismo, forzado a hacer lo que no deseaba, pero con la certeza de que no tenía más arreglo. Por eso, inclinó la cabeza para recibir el perdón.

—¡Fíat!

—*Et ego te absolvo in nomine Patris, et Filio...*

II

Una vez más, Blasco llegó a la conclusión de que era muy hermosa, lamentablemente hermosa.

Carmen gritó, pero no fue atendida por nadie.

Mientras la violaba su marido, la mansión escuchó sus súplicas, pero todo siguió igual. Blasco estaba decidido a saborear ese último acto de amor con su mujer, y a pesar de que su mano derecha sangraba por efecto del desesperado mordisco que le había dado ella mientras él intentaba taparle la boca, no se detuvo. Tenía la espalda surcada con múltiples arañazos, y los ojos inyectados de odio y placer al mismo tiempo.

La violencia con la que obraba era inusitada, terrible. Carmen no pudo soportar más dolor ni espanto cuando su propio marido le cortó el dedo anular de la mano izquierda, para atesorarlo en su particular santuario; fue entonces cuando perdió el conocimiento.

Cuando volvió en sí, Blasco disfrutó aún más al saborear sus primeras lágrimas, sin molestarle ni su propio dolor mientras ella se defendía y chillaba. Aquello le gustaba. La miraba, se fijaba en su cuerpo desnudo y teñido de sangre, de su propia sangre, y no podía dejar de tocarla. Su delicado rostro, ahora encendido por el odio, hacía que su deseo ardiera todavía más. Blasco pudo reconocer el miedo en los ojos de Carmen, y ella era consciente de que la muerte podía visitarla de inmediato.

Aquella noche, después de cumplir tres semanas de reclusión en su dormitorio, encadenada a la cama y sin saber nada sobre la suerte de Volker, ni apenas de nadie más, se supo abandonada en manos de un loco, y sobre las sábanas blancas quedaron prendidos para siempre sus sueños, su inocencia, el dolor de su mutilación y la sangre de los dos.

Pocas horas después la llevaron en volandas hasta los sótanos entre dos sirvientes. Se quedaron impresionados por el lamentable estado que presentaba la mujer más hermosa que sin duda había pisado la Bruma Negra. Pero el miedo a su amo hacía que todo se olvidase pronto, como tantas otras cosas que habían pasado y conocido. Ellos no veían, no hablaban, no sabían...

La dejaron sobre un sucio colchón de paja dentro de una dependencia iluminada con apenas un hilo de luz. Asqueada por el fétido olor que desprendía esa cama, buscó una piedra, se sentó y empezó a llorar sin consuelo. Sabía que su infierno no había hecho más que empezar.

Blasco le había explicado cuáles eran sus planes. Y no solo se los contó, le mostró un lienzo donde estaba retratándola. En su locura, pretendía hacerla presente para siempre en ese cuadro usando su sangre como pintura, destilando de su piel los aceites con los que confeccionar el óleo, al que además daría consistencia con el polvo de sus huesos.

Sus últimas y enloquecidas palabras todavía resonaban en su interior:

—¿Imaginaste alguna vez que tendrías el privilegio de vivir para siempre en un cuadro?

Al otro lado de la pared de su celda había un hombre a punto de perder la vida, exhausto de fuerzas y esperanza. Se trataba de Volker, que había sido sentenciado por Blasco a agotar sus días allí dentro, medio muerto de hambre y abandono.

El alemán escuchó un llanto que le pareció familiar.

—¡Carmen!

Ella sintió una voz lejana, casi un murmullo sin sentido.

—¿Eres tú, Carmen? —Volker levantó la voz con enorme esfuerzo.

—¿Volker? ¡Por Dios, sigues vivo! No sabía nada de ti… Gracias al cielo… ¿Cómo te encuentras?

—Bueno, si me vieras ahora, tal vez no me reconocerías, pero al menos sigo vivo.

—Pretende matarme… —Ella se hundió en su pesar, impotente y desesperada—. Me ha amputado un dedo.

Carmen se había tapado la mano con un pedazo de tela bien prieta para cortar la hemorragia, pero la sangría continuaba y estaba espantada.

—Lo mataré, juro que lo mataré. —Volker escupió lleno de ira—. Si pudiera salir de aquí…

* * *

Luis Espinosa había tomado un barco de vuelta a Jerez después de haber parado de nuevo en la hacienda de Hugo de Casina para saber la fecha de salida de la siguiente expedición de oro y plata, la más importante de todas las que se habían transportado hasta entonces desde Jamaica según le aseguró su nuevo socio.

Aquella noticia no podía ser mejor para sus planes porque el cargamento no iba a ser desembarcado en un solo puerto, sino en dos, Nápoles y Génova, y atravesaría el Mediterráneo a través de una ruta que sus colaboradores norteafricanos conocían más que bien. A diferencia de anteriores envíos que llegaban a Sevilla, esta vez el oro del Emperador llevaba como destino esas dos ciudades para pagar a los banqueros los préstamos recibidos con los que estaba sufragando el costoso empeño de mantener íntegros sus fabulosos dominios imperiales.

Pero Luis tenía pensada otra alternativa...

Su gran sueño, su apasionada meta, por cuya consecución estaba dispuesto a todo, por qué no a matar, se resumía en una sola palabra: poder.

Su condición de capitán de la Guardia Real le había facilitado disponer de un acceso privilegiado a casi toda la información que generaba la corte, a tener la confianza del mismo Emperador y a ser respetado por todos. Pero ese puesto no era en ningún caso el final de sus aspiraciones.

Hacía tiempo que sabía lo que quería, y su empeño por alcanzar ese objetivo no había hecho más que crecer. Se trataba de la secretaría del Emperador, la posición de mayor poder en el Imperio después de la que ostentaba el propio monarca.

La responsabilidad de ese cargo consistía en comunicar y acordar decisiones desde los distintos Consejos al Rey, y de este a los consejeros, participando activamente en ellas. Era una posición que solía recaer en un representante de la alta nobleza, alguien que ya formase parte del Consejo de Castilla, Aragón, Inquisición, Cruzadas, Órdenes e Indias, o el de Hacienda, pero Luis sabía que también se podía llegar de otra manera.

Sin duda alguna, ser secretario del Emperador significaba poder, el mayor poder para alguien que no tuviese sangre real, y eso era lo que más deseaba.

Luis era consciente de su modesto origen, no poseía títulos nobiliarios pero sí cabeza, pocos escrúpulos, y habilidad suficiente para organizar complejos negocios que le estaban haciendo ganar mucho dinero. Después de conocer a centenares de cortesanos, a la familia real, a advenedizos varios, y a otra suerte de personajes ubicados en las cercanías de la autoridad, había llegado a la conclusión de que el dinero lo podía todo.

Con dinero, con mucho dinero podría saltarse bastantes pasos en su escalada hacia la secretaría. Si quería conseguir ser una opción en la mente del César, no había mejor medio que poner a su disposición esos recursos de los que estaba siempre necesitado. De conseguir cerrar con éxito su novedosa estrategia, donde el mar, el oro, la codicia y el engaño iban a ser los instrumentos clave en su orquestación, amasaría tal fortuna que en tan solo dos o tres años tendría el dinero necesario para alcanzar aquel cargo.

Sobre el puente de mando de aquella carabela, con el viento de cara, cerró los ojos y se imaginó frente al Rey, recibiendo el nombramiento de gran caballero de la Orden del Toisón de Oro, título asociado al de secretario del Emperador, y se sintió grande, poderoso, admirado. Casi podía notar sobre sus hombros el peso del preciado collar, y percibir el beso de la mujer que lo acompañaría en sus nuevos destinos.

Expresó sus pensamientos en voz alta.

—Mi querida Laura, tú no estarías nunca a la altura de tan altos vuelos… Ahora necesito a una mujer mucho más capacitada… —Pensó en Christine de Habsburgo, a quien había conocido, y cortejaba desde entonces, en su última estancia en Viena. La joven poseía una comentadísima belleza y era una de las solteras mejor relacionadas dentro de la corte del Emperador y muchísimo más poderosa que su mujer. La familia y los apellidos de Laura eran importantes e influyentes en Jerez y su comarca, pero los de Christine lo eran en media Europa.

La deseó, soñó con volver a tenerla entre sus brazos, recibir un nuevo beso…

Christine residía en Génova la mayor parte del año, y ese iba a ser su próximo destino una vez realizara una corta estancia en Jerez, donde, antes de prender el corazón de la Habsburgo, tenía que resolver su actual matrimonio.

En tan solo dos semanas llegaría a Sanlúcar.

La magnitud de los acontecimientos futuros hacía que todo empezase de nuevo para él. Ahora se iniciaba un tiempo en el que debía despejar los rastros de su pasado, las marcas de lo que hasta ahora había sido y tenido, para empezar mucho más arriba.

Pensó en aquel pertinaz guarda de la Saca con la esperanza de que no volviera a molestarlo más. A pesar de no haber podido comprobar su muerte debido a la aparición de un inoportuno individuo en la playa, había pedido a Hugo de Casina que impidiese su salida de la isla y su socio se comprometió a ello.

* * *

La sombra de una terrible enfermedad se cernía desde hacía dos semanas sobre la isla, y empezó a sentirse también en la Bruma Negra con la coincidencia de la llegada de una última remesa de esclavos africanos. El miedo se empezó a apoderar de todos los habitantes de Jamaica a pesar de no haberse declarado todavía la emergencia. El recuerdo de anteriores plagas y sus terribles consecuencias sobre la población hacía temblar a todos.

Los síntomas consistían en fuertes dolores de cabeza y fiebres muy altas.

La primera que manifestó en la plantación esas mismas molestias, junto con otros signos en boca y lengua, fue una joven de menos de trece años que había llegado entre los doce nuevos esclavos.

—Mi señor, la chica de la que os hablé, la de antes de ayer, está mucho peor… ¿Qué hacemos con ella?

Blasco frenó su caballo y pidió al encargado del barracón de mujeres que lo llevara a verla. Si se confirmaba en esa mujer lo que ya sospechaba, la situación podía ponerse muy fea. El hombre azuzó a la mula para adelantar a su patrón, pero no lo consiguió, cuando llegó su amo ya había entrado.

Blasco se llevó un pañuelo a la boca y con una larga vara de madera forzó a la chica a abrir la suya para verle las pupas. La esclava, presa de temblores por la alta fiebre, no se quedaba quieta, lo miraba con ojos enrojecidos y apenas se atrevía a pronunciar palabra.

—¡Perra, deja de moverte, no consigo ver nada!

La joven logró controlar sus temblores y le enseñó la lengua. Cuando Blasco vio aquello se quedó espantado.

—¿Alguna más tiene lo que esta? —Se dirigió al resto de las mujeres que lo miraban llenas de prevención. Bajaron la cabeza sin hablar, asustadas.

Blasco se anudó el pañuelo, dejándose tapadas nariz y boca, y se dirigió a ellas en tono firme.

—Debéis decírmelo de inmediato. A quien no lo haga la mato aquí mismo. —El capataz iba traduciéndoles a las africanas lo que Blasco decía.

Otra de las más jóvenes, procedente también del último envío, levantó la mano y sacó la lengua. Blasco observó las mismas manchas rojas, que en su caso ya eran llagas. Con verdadero pavor se separó de forma brusca de ella y se dirigió a su encargado en voz baja.

—Os mandaré ayuda, pero de momento no permitáis que salga ninguna de este pabellón. ¡Si lo intentasen, matadlas!

—Pero señor, ¿qué habéis visto?

Blasco, a punto de abandonar el barracón, se volvió a su encargado dudando qué decir.

—¡Acabo de ver abiertas las puertas del infierno!

La noticia corrió con tanta virulencia como las llamas quemaron el barracón con las diez mujeres dentro. Blasco lo había ordenado al constatar la infección de viruela en las dos mujeres. Dado el enorme poder de contagio de aquella enfermedad, no podía tomar otra decisión.

Una enorme humareda de muerte y horror ascendía al cielo ante la indignada expectación de medio centenar de esclavos, todos ellos arremolinados alrededor del barracón. Blasco aprovechó el momento para que cuatro de sus sirvientes fueran viéndolos uno a uno, por si aparecían nuevos afectados. No estaba siendo sensible al efecto que el fuego y los gritos de las muchachas estaban provocando en el ánimo del resto de los esclavos, y por eso no se percató de la oleada de ira que empezó a recorrer sus rostros. Su único objetivo era encontrar pústulas o enrojecimientos por sus bocas, cuellos, cara… Blasco estaba en otros pensamientos.

Tan solo unas décadas atrás la viruela había acabado con más población en Jamaica y en el resto de las islas que la peor de las guerras, hasta dejar algunas áreas diezmadas.

Blasco no tenía duda alguna sobre qué estaba produciendo la enfermedad, pero sí sobre qué decisión debía tomar; sacrificar de un golpe a todos los esclavos y con ellos a todo el que presentase un solo síntoma, incluyendo a sus sirvientes, o actuar nada más con los que estaban enfermos…

En ambos casos la pérdida económica sería brutal, y además él mismo estaba en riesgo de verse contagiado.

La tensión en el ambiente llegó hasta el extremo cuando de forma inesperada apareció una de las esclavas envuelta en llamas, chillando de una manera tan terrible que heló el corazón de todos los presentes. Había conseguido salir del barracón por una de las paredes derrumbadas, y después de dar varios traspiés, sin ver a dónde iba, terminó cayéndose al suelo entre violentos espasmos. Algunos esclavos corrieron hasta ella y con sus propios cuerpos intentaron apagar el fuego que la consumía, pero ya era demasiado tarde.

El horror de la situación avivó la conciencia de todos, y no solo la conciencia.

Primero fue un varón de mediana edad quien tomó una gran piedra y le abrió la cabeza a uno de los sirvientes. Blasco vio el suceso y corrió hacia él gritándole encolerizado. La reacción del primero pareció despertar a los demás esclavos como de un viejo ensueño. En pocos segundos fueron otros los que siguieron su iniciativa y empezaron a ajusticiar al resto de los empleados. Blasco quedó encerrado en un círculo de hombres en un instante, y empezó a temerse lo peor ante sus nulas posibilidades de escapatoria.

Fue a echar mano de su daga pero no la encontró. Desarmado y sin ningún ayudante ya vivo, lo único que se le ocurrió fue intentar tranquilizarlos.

—No ha quedado otro remedio, estaban enfermas…

Las miradas oscuras y los rostros afilados a los que se enfrentaba no entendían de palabras, solo escuchaban a su instinto de venganza, a una infinita sed de sangre consecuencia del inmenso dolor acumulado y de la crueldad que habían padecido sus cuerpos y almas durante meses, después de haber sido tratados peor que animales.

Blasco se protegió con la fusta y pidió ayuda, pero nadie podía escucharlo.

Un rumor, como una pesada canción, empezó a surgir de las gargantas de sus verdugos a medida que se acercaban a él. Parecía como el eco de una vieja plegaria cargada de gravedad y sentimiento. No les importó recibir sobre sus carnes los azotes de la fusta que Blasco lanzaba por doquier.

El primero que agarró a Blasco lo hizo por el cuello. En una rápida reacción le mordió una oreja con tanto odio que le arrancó un trozo. Otro le destrozó el chaleco de un solo tirón, y entre varios lo tumbaron sobre el suelo. Decenas de manos secas y agrietadas recorrieron su cuerpo hasta dejarlo desnudo. Blasco no habló, solo los miraba a los ojos para averiguar qué había detrás de sus deseos, de las expresiones de unos seres a los que despreciaba. Sabía que iba a llegar su final, pero de acuerdo a su manera de pensar, en realidad entendió lo que hacían.

Sirviéndose de piedras afiladas y cuchillos, empezaron a cortarle la piel entre gritos de júbilo. Uno le seccionó un dedo, lo levantó al aire como señal de triunfo y le dio un nombre, tal vez el de su hija, o quizá el de su mujer, a quien un día Blasco seguramente habría mutilado.

El hacendado aguantaba su martirio sin gritar, conteniéndose, sin apenas respirar, consciente de que su honor tenía que quedar por encima de todo. Se propuso morir con dignidad, y así hizo hasta que su cuerpo fue troceado por completo. Los restos fueron luego dispersados a distancia, como si de ese modo les fuese imposible a los dioses recomponer nunca más a aquel monstruo.

Cuando aquella multitud de hombres y mujeres, verdugos anónimos de Blasco, vieron el resultado de su ira, sintieron por primera vez la caricia de la libertad. Habían obedecido a la voz de sus propias conciencias, al grito de su sangre tantas veces derramada, habían hecho justicia a los suyos, atendido al clamor de un pueblo mancillado y vengado las muchas atrocidades que sus ojos habían visto a lo largo de los años presos en la Bruma Negra.

Desde el interior de sus almas y empujados por el anhelo de ver barrido de la faz de la tierra para siempre ese maldito lugar, brotó con naturalidad una palabra que se extendió con inusitada rapidez: fuego.

Unos pocos hombres corrieron hasta lo que quedaba del barracón y se hicieron con algunas teas ardiendo. Prendieron el resto de los barracones con ellas, otros corrieron hacia el lagar, los almacenes, y el mayor grupo lo hizo hacia la casa.

Al verlos venir, los sirvientes de la mansión salieron a su paso para saber qué ocurría, pero solo alguno pudo huir antes de ser aplastado por la enfervorizada masa.

—Mi señora, tiene que salir corriendo... —La dama de compañía acababa de entrar en la húmeda celda donde Carmen permanecía encerrada desde hacía una semana. Llevaba el gesto roto y unas llaves que encontró para suerte de la mujer.

—¿Cómo? —Carmen apenas pudo verla, acostumbrada a la oscuridad. Estaba tumbada, medio adormilada, como se pasaba casi todo el día.

La chica, una mulata con ojos saltones y manos recias, la levantó con decisión y tiró de ella para salir cuanto antes del lugar. Las llamas empezaban a prender la vivienda y pronto las alcanzarían de lleno.

Carmen tropezaba a cada paso, con la agitación de quien ha vivido las dos últimas semanas, o tal vez fueran tres, sin que sucediera nada a su alrededor, con una pérdida de referencia completa, sin apenas haber comido ni bebido.

En un estado de extrema debilidad pensó en Volker.

—Hemos de abrirle... —Ya en el pasillo se detuvo, decidida a no dejarse llevar por la chica.

—¿De qué me habláis? No podemos perder más tiempo. Los esclavos se han vuelto locos. Creedme, nos matarán a todos.

—No. ¡Espera! Hemos de ayudarlo. —Se dirigió hacia el otro lado del pasillo y fue a la puerta contigua a la suya—. ¡Ábrela!

La chica no tenía otra llave e insistió en la premura. Carmen la agarró por los brazos y ordenó que fuera a buscar la otra llave donde había encontrado la suya.

—Señora, no. Hemos de irnos...

Se escucharon voces por encima de sus cabezas, gritos hinchados de locura y rabia.

Al oírlos, la dama de compañía se sintió tan amenazada que decidió que había hecho más de lo necesario por su señora. Trató de deshacerse de ella, pero Carmen se percató de sus intenciones y se mantuvo firme.

—¿A dónde pretendes ir?

—Dejadme en paz. ¡Quiero salir!

—No. Vas a subir y buscarás la maldita llave y también a alguien que nos ayude a salir de aquí. Me temo que mi amigo va a estar demasiado débil para poder caminar sin apoyo y yo no puedo...

La chica dudó qué hacer, pero terminó apiadándose de aquella mujer, que siempre le había parecido buena, y prometió volver con alguien.

Carmen se sentó en el suelo y buscó la puerta de Volker, apoyó su espalda en ella y suspiró agotada. Tantos días de encierro, de miedo, de impotencia afloraron de repente y le brotó un llanto desconsolado.

—¿Carmen? —la voz de Volker despertó sus esperanzas.

—Sí, soy yo. Se está quemando la casa y hemos de irnos. Pero no tenemos todavía la llave de tu puerta, han ido a buscarla. —El hecho de saber que estaba vivo hizo que recuperara fuerzas. Se puso a estudiar la cerradura.

—Busca algo con lo que hacer palanca por si no encontrasen la llave. —Volker se acercó lo que pudo hasta la puerta. Le temblaban las piernas y apenas se podía tener en pie.

Carmen miró a su alrededor para ver con qué podía romperla, y solo encontró una piedra más bien pequeña. Fue con ella y empezó a darle golpes a la cerradura. Sus escasas fuerzas y la solidez del cierre hicieron que todo esfuerzo pareciera inútil. Además su mano empezó a sangrar a causa de alguna esquirla.

—No lo conseguiremos —exclamó decepcionada.

El humo empezó a penetrar por los pasillos y en pocos minutos lo sintieron muy cerca. La situación no podía ser peor y su dama de compañía no aparecía.

—Vete tú, huye —le gritó Volker, quien se supo incapaz de hacer otra cosa que animarla a escapar.

—No, no me iré hasta verte fuera.

El alemán maldijo su decisión e insistió en que se marchara.

Sin embargo, se empezaron a escuchar voces cada vez más cercanas que bajaban las escaleras de piedra que comunicaban el sótano con la planta primera. Carmen temió que fuese su marido. Con un nudo en la garganta y la mandíbula y los puños apretados, aguantó sin respirar, hasta que vio aparecer a un hombre de color con una antorcha en las manos y detrás a su dama de compañía.

—Señora —la joven corrió hacia ella—, han de salir de aquí cuanto antes. La casa se quema, todo está en llamas. Pero he encontrado esa llave. —Se la mostró feliz.

—No me voy sin verlo salir antes. —Señaló la puerta con la mano.

El esclavo acercó la llama a la cerradura y usó la llave. Ordenó a la joven que sacara a la señora, y prometió que él haría lo mismo con Volker.

Carmen consiguió subir las escaleras con toda la prisa que le permitía su debilidad. Salieron al exterior y se encontraron de frente con una marea de gente que gritaba, en una locura colectiva que llevaba a los esclavos de un lado a otro.

La dama de compañía le explicó lo que había sucedido con Blasco imaginando que la información le produciría una grata sensación de alivio.

A los pocos minutos apareció Volker a hombros de dos esclavos. Carmen no se hacía idea de su propio aspecto, pero al ver el que presentaba su protector se quedó horrorizada. Tenía la barba sucia, llena de nudos, y se había convertido en un saco de huesos, apenas un recuerdo de quien antes destacaba por su apostura.

Corrió hacia él para abrazarlo entre lágrimas y Volker la recibió sin apenas poder hablar, con la garganta agarrotada de la emoción, con las señales de un largo sacrificio y una nueva luz de esperanza.

Con el fondo de la mansión ardiendo por los cuatro costados, recortada en lo alto de la colina, la noche se les echó encima agarrados el uno al otro, viendo cómo el fuego daba por cerrada una oscura historia, la de Blasco Méndez de Figueroa.

Volker acarició la mejilla de Carmen y respiró en paz.

—Nos volvemos a casa.

III

Camilo no se sentía capaz de mirar a Yago.

El muchacho lloraba sin consuelo, atragantándose, con ojos de dolor y angustia.

—¿Por qué te vas?

Camilo tragó saliva, inspiró una larga bocanada de aire, serenó su ánimo y le habló desde el corazón.

—¿Recuerdas dónde te dije que vivía Dios?

—Arriba, con Hiasy… —se trabucó, pero quiso terminar de decir lo que quería—, entre incienso y música…

Camilo sonrió al escucharlo. Desde su salida de Jamaica había mejorado bastante su capacidad de expresión.

—Exacto, Yago, sí. Soy como una voluta de incienso que ahora ha de ascender hacia Él, pero no como Hiasy. He de ir a otra cartuja, y buscar otra cúpula en su iglesia, como la que te enseñé hace años. Le debo mucho a mi Señor, y he de asumir que ese es mi castigo y mi destino; tú no tienes por qué compartirlo.

Yago se llevó la mano al corazón.

—Dios aquí, también… ¿Y Yago qué hará?

—Has de aprender algo importante: cuando se toma una decisión, se han de asumir las consecuencias. Decidí buscarte en Jamaica saltándome todas las normas de mi orden y sin pedir permiso a mi superior. Y esa falta de lealtad a mis compromisos he de resolverla ahora. Cada acto incluye una cierta responsabilidad, piénsalo.

—Yago necesita a ti...

Camilo lo agarró de la cabeza y lo estrechó contra su pecho emocionado.

—Eres una persona grande, y sé que harás cosas grandes. No dejes que nadie te impida ser lo que desees, y aunque ahora no lo entiendas o no llegues a verlo, yo sé que hay un plan escrito para ti. Un día lo descubrirás, encontrarás tu camino, sabrás lo que quiere Dios de ti, seguro. Que no te preocupe si eso ha de suceder pronto o tarde, pero sobre todo sé siempre fiel a tus principios. Y no pienses que te huyo, jamás lo haría. Solo trato de ser consecuente; un día vine hasta aquí tras los pasos del Señor, y ahora me toca cumplir una penitencia que por lo menos me llevará un año.

—¡Yago ir! —Se le escaparon dos sentidas lágrimas.

—No... A tu edad tienes que descubrir la vida y lo has de hacer fuera de una cartuja. He sabido que te van a buscar una familia y un ambiente más adecuado para tu crecimiento personal. Eso sí, nunca olvides que siempre estaré aquí —le puso la mano en el pecho—, contigo, y que te buscaré mucho antes de lo que imaginas.

Camilo se subió a su caballo y anudó las riendas de los dos sementales que tenía que llevar consigo como encargo hasta Padula. Se dio media vuelta y sin mirar hacia atrás, chasqueó la boca y apretó el paso del animal para no hacer a Yago más dura la despedida.

La mirada del muchacho lo seguía mientras se alejaba de Humeruelos.

La congoja le había dejado incapacitado para moverse. Veía cómo su amigo se convertía en un pequeño punto en la distancia, y cuando desapareció por completo se acurrucó entre sus rodillas, sentado sobre el suelo, cerró los ojos y en un instante vio pasar una larga sucesión de recuerdos, como imágenes vivas, que resumían las muchas experiencias que había compartido con Camilo.

Y lloró, se sintió dolorosamente solo, reducido a la nada.

Pasadas varias horas, de pronto, despertó de su zozobra y con toda determinación se negó a asumir su separación. Corrió hacia la caballeriza, desató una yegua torda de cinco años y la montó como había hecho otras veces ayudado por Camilo, aunque esa fuese la primera vez que lo hacía solo.

Una vez sobre ella, se agarró a sus crines, apretó las rodillas y notó la inmediata reacción del animal, que salió al galope del establo en la misma dirección que había tomado el fraile de camino hacia Sevilla, como le había escuchado decir.

Subió una verde ladera, entre olivos, y en lo más alto se detuvo.

Recortada sobre el perfil de la tierra, con un cielo anaranjado, casi cobrizo, y a punto de anochecer, se extendía por debajo una inmensa llanura con algunos árboles salpicados, una tierra de incertidumbre donde ahora estaba él, solo.

Desconocía cuál podría ser el destino que Dios le tenía preparado según le había asegurado Camilo, pero tampoco entendía por qué debía recorrerlo sin su compañía. Tenía una sensación nueva, extraña, como de haber dado un paso que iba a marcar su vida para siempre.

No tenía prisa por moverse. Allí, bajo sus pies, le esperaba su futuro y a su espalda quedaba el pasado.

No tenía a Hiasy, ni a Camilo, solo a ese caballo que montaba y a nadie más.

Cruzó los brazos sobre el pecho, se encogió en ellos, y miró al cielo en busca de aquel Dios de Camilo. Y por primera vez rezó.

—Llévame con él…

Pasó la noche bajo la luna en aquel mismo lugar, en una espera que tenía mucho de miedo y de esperanza, hasta que la luz de la mañana le abriera las puertas de su futuro e iluminara su camino.

Iría a por Camilo. Ahora era su turno.

No quería renunciar a él, no.

Nada más amanecer montó a la yegua, y la azuzó para que fuera a galope con idea de recuperar distancias. Recorrió caminos, naranjos y campos de olivares. Pasó la segunda noche bajo la enorme copa de un centenario alcornoque, a una cierta distancia de la ruta para no ser visto por extraños.

A punto de agotarse la mañana de su segunda jornada, empezó a asustarse.

Por un momento dudó de si el camino que llevaba era el mismo que habría tomado Camilo. Se había cruzado con bastante gente, pero como casi todos lo miraban mal, él no preguntaba.

Sintió hambre, y cansancio, y en aquel estado de inquietud empezó a notar un ligero temblor en las manos, aunque consiguió contenerlo. Tomó una vereda estrecha y empinada, en la umbría húmeda de un pequeño bosque, pero por efecto del suelo quebradizo, el caballo empezó a resbalar. El animal resopló, frenó con precaución, pero la impericia de Yago forzó a que siguiera al mismo paso, que era excesivo para el mal estado del terreno. Por eso ninguno de los dos vio a tiempo una grieta de piedra por donde se coló un casco, le falló el apoyó, perdió el equilibrio, y se cayeron al suelo. Quien llevó peor parte fue la yegua, pues en el accidente sufrió un doloroso chasquido en una de sus patas. Yago se levantó sin herida alguna, pero fue a ver qué tenía el animal. El horror inundó sus ojos al ver medio hueso asomando por fuera.

El animal hizo esfuerzos por levantarse, pero cada vez que apoyaba el miembro, terminaba abandonando el intento recostado sobre el suelo y con expresión dolorida, muy asustado. Yago le acarició en la nuca y recorrió con sus manos su cara compadecido. Sabía que aquello no tenía solución.

Con la pena de dejarla allí, pero sin otro remedio, siguió caminando hacia un destino desconocido, tal vez diferente al de Camilo, le resultaba imposible de saber.

Se le hizo tarde, muy tarde.

Pasadas cuatro horas, empezó a ver luces, un río grande y una zona amurallada. Como nunca había salido del convento, no sabía que estaba llegando a Sevilla, donde la noche no era una buena compañía para un muchacho de diecisiete años, solo y con sus propios problemas.

Las puertas de la ciudad estaban cerradas.

Miró a ambos lados y pudo ver a varios grupos durmiendo alrededor de un fuego. Se acercó al primero, a su derecha, pero no le dejaron ni sentarse. Se trataba de comerciantes que llegaban de madrugada para ser los primeros en poner los puestos del mercado al día siguiente, en alguna de las muchas plazas que poseía la gran ciudad. Desconfiaban de todos y más de un chico que ni hablaba.

Fue deambulando por cada fuego por si veía a Camilo. Tardó casi tres horas en dar la vuelta a todo el recinto amurallado, pero en ningún sitio lo encontró. Descorazonado, perdido, buscó un árbol y se apoyó en él para descansar. La larga caminata y la tensión acumulada de los últimos días cayó sobre él de golpe y se durmió.

Cuando el sol se hizo presente a la mañana siguiente y empezó a colorear con brillos cobrizos la piedra de la muralla, abrió los ojos y vio que se le acercaban unos hombres.

—¿Quién eres tú?

Yago los miró y como no le gustó su aspecto, agachó la cabeza sin hablar.

—¡Estúpido! Te estoy hablado. —Uno que llevaba una barba tan descuidada que daba la impresión de no habérsela rasurado en su vida, ni desde luego lavado en meses, se dirigió hacia él y, sin venir a cuento, le propinó una bofetada en la cabeza.

—Soy Yago…

—¿Tienes familia en Sevilla?

Yago lo negó con la cabeza.

El de la barba se alegró de la noticia y de inmediato ordenó a sus acompañantes que lo ataran por las muñecas, desgarraran su camisola y calzones para que pareciera más miserable y que le ensuciaran la cara y el cuerpo.

—Hoy pedirás limosna para nosotros. —Cuando aquel hombre se rio, no aparecieron más de dos dientes en su boca—. Bueno, hoy y hasta que yo te diga. Gracias a eso comerás algo…

Yago se resistió, gritó, pero solo consiguió una brutal patada que alguien le propinó en la cabeza, y perdió el conocimiento.

—A este os lo lleváis a las puertas de la catedral con esos otros dos pequeños. Veremos qué tal funciona…

* * *

Aquel mismo día y unas pocas horas después, don Luis Espinosa desembarcaba en Sanlúcar tras atravesar el océano. Su expresión se llenó de alegría al ver en el puerto a dos de sus pajes esperándolo con su caballo y algo de comer para el camino.

Montó de un salto y se dirigió a su hacienda como tenía previsto.

Primero se cambiaría de ropa, hablaría con Laura para dejar resuelta cuanto antes su situación matrimonial, descansaría un poco, y luego iría a ver a su hombre en el Pósito, a quien pediría cuentas. Lo había pensado una y otra vez, y la presencia de Fabián Mandrago en Jamaica solo se había podido deber a un soplo de Tarsicio, desliz que le costaría caro, muy caro. Después de terminar con aquella desagradable tarea, acudiría a casa de Martín Dávalos para ponerle al corriente de sus planes. Muchas cosas para un único día, pero la verdad es que llevaba demasiado tiempo embarcado y sentía necesidad de un poco de acción.

Con Laura fue parco y no se anduvo con rodeos. A diferencia de la alegría que ella demostró, él le soltó de sopetón su idea: quería la anulación de su matrimonio, de inmediato y sin posibilidad de discusión. El motivo que alegó ante las preguntas de ella, que no salía de su perplejidad, fue el no haberle dado descendencia a causa del rechazo marital que había tenido que sufrir desde la primera noche de bodas.

—¡Pero qué tonterías dices! —Las mejillas de Laura se encendieron de indignación—. ¡Eso es una majadería! —Luis no se inmutó—. No puedo entender qué significa todo esto... y además, ¿a quién vas a hacer creer que no hemos consumado el matrimonio?

Las lágrimas brotaron de sus hermosos ojos, invadida por una absurda sensación. Aquello le parecía impensable, como una pesadilla.

No habían discutido nunca hasta ese momento, él le debía todo lo que era, había compartido su fortuna, las tierras, bodegas y hasta sus amistades. No solo no había evitado los contactos íntimos, sino que eran muchas más las ocasiones que ella los había buscado. Recordaba las numerosas veces que se habían amado hasta la extenuación, y lo peor de todo es que le había creído enamorado. Si no pudo darle hijos, muy a su pesar, bastante drama le suponía a ella como para que encima fuese la única causa de tal despropósito. Estaba segura de que detrás de su decisión se escondían otras oscuras intenciones.

—Se lo creerán..., los del Tribunal Eclesiástico se lo creerán, te lo aseguro. —Luis sabía de qué hablaba, tenía claro el precio y a quién de sus miembros haría rico.

Se estaba cambiando de ropa en su dormitorio mientras hablaba con ella, sin inmutarse, como si estuviese tratando algo banal. Y para desconsuelo de Laura, no demostraba ningún signo de querer cambiar de parecer.

Ella se sintió mareada.

Dejó caer su cuerpo sobre una silla y tomó con ansiedad un abanico para aliviar su acaloramiento. Se sentía desgarrada, como si acabara de clavarle un puñal en medio del corazón. Aquello no podía estar pasándole de verdad, pensaba, pero Luis seguía hablando.

—Para tu suerte, no tendrás que verme mucho más por aquí, estate tranquila. Hoy mismo abandonaré la casa, y en un par de días saldré de viaje con idea de vivir en otro lugar, tal vez sea en Viena, no lo sé aún...

Abrió la puerta del dormitorio y mandó que entrara un paje para ayudarle con la casaca. El mozo se la apretó desde la espalda.

—Todo esto es absurdo. ¿Me puedes explicar qué ha pasado en Jamaica? Imagino que detrás de tu decisión hay otra mujer, seguro…

—No, no se trata de eso —le mintió en parte—. Te lo he dicho: lo hago porque quiero tener descendencia. Tantos esfuerzos emprendidos en estos años, y el legado que quiero dejar en un futuro ha de recaer en alguien, en un hijo. Por desgracia, tú me has demostrado ser como la tierra seca, baldía, incapaz de darme lo que quiero. Eso es ni más ni menos lo que anhelo, y no pienso morirme sin haber tenido quien me suceda.

—Si me abandonas perderás casi todos los negocios; los caballos, la bodega, las tierras, todo lo que hemos visto crecer juntos, ¿lo asumes?

Luis la miró con desdén.

—A lo único que no renuncio es a los caballos. Su casta la he creado yo y me los quedo. Con lo demás sé que saldrás bien airada y seguro que no necesitarás de mí. La verdad es que no me preocupa en absoluto —sentenció con frialdad.

Se dio media vuelta, dio órdenes a su paje para que le preparara un baúl con su ropa y otros enseres que fue enumerando. Laura, a pesar de no terminar de salir de su asombro, vista su descarada actitud y una vez superada la sorpresa inicial y su inacción posterior, se pasó al bando contrario. Le asqueó su actitud. Y deseó verlo fuera de su vida de inmediato, sin soportar una humillación más, harta de sentirse ninguneada.

—Querías irte, ¿no? Pues ahora soy yo la que te lo exijo; lárgate de esta casa para siempre. No quiero volver a verte en mi vida. ¿Lo entiendes? —Levantó la barbilla en un gesto altivo, tratando de recuperar una cierta dignidad.

Luis, más que satisfecho, abandonó el dormitorio con un portazo. Acababa de solucionar uno de sus mayores problemas y sin encontrar demasiadas dificultades. Ya podía pedir a su procurador que iniciara el papeleo necesario para conseguir su libertad matrimonial, y así, una vez en Génova, poder empezar a ganarse el corazón y los deliciosos favores de Christine de Habsburgo.

Antes de abandonar la hacienda ordenó ensillar a su mejor caballo y tomó camino a las oficinas del Pósito.

Poco después, en las puertas de aquella institución, y una vez había dejado su caballo al cargo de una pareja de jovencillos, sacó cincuenta maravedíes y los repartió entre un grupo de desamparados que parecían estar muy necesitados. Había quien lo tachaba de egoísta o ambicioso en exceso, pero no podía evitarlo, en el fondo le agradaba ser caritativo. Aquellos menesterosos y desahuciados, gente sin nada que llevarse a la boca, por algún curioso motivo provocaban en él una peculiar sensación de disfrute. Solía repartir las monedas que tuviese encima, sin miramiento alguno, fuesen las que fuesen, pero era de reconocer que al hacerlo sentía una grata respuesta al notar el dominio sobre ellos. El acto en sí era como expresar de forma evidente quién era superior a quién. Y en ese sentido Luis Espinosa se sentía muy bien, poderoso, mucho mejor que cualquier otro de los muchos que se cruzaban a diario con él. Y nada podía cambiar que esa fuera su verdad.

El tintineo del cobre al chocar contra las manos de una de las menesterosas consiguió atraer la errática mirada de otro de los humildes, cuyos ojos azules le recordaron de repente a los de aquel otro chico que conoció y se le escapó en Jamaica.

Lo miró de reojo antes de atravesar las puertas del Pósito y buscó las escaleras para subir a los despachos donde encontraría a Tarsicio. Su idea no era más que tener una breve conversación aclaratoria, sobre todo para conocer el alcance de sus indiscreciones, y abandonar después sus oficinas para que esa misma noche alguno de los hombres de Martín Dávalos le diera solución. Pensó en Sandro, un loco verdaderamente sanguinario, rápido y muy discreto en sus crímenes; llegó a la conclusión de que era el más indicado. En cuanto saliera de las oficinas, sabía dónde podía encontrarlo.

Apenas estuvo diez minutos con Tarsicio, no necesitó más.

En cuanto Luis constató la tensión de su expresión, el temblor de sus manos, el revelador sudor que le recorría la cara y el cúmulo de nerviosas negativas, supo todo lo que necesitaba.

Salió del Pósito a media tarde, consciente de que la sentencia estaba dictada.

Tarsicio se derrumbó sobre su silla, imaginándose cuál sería su inevitable desenlace. Tomó papel limpio, una pluma, el tintero bien lleno y se decidió a escribir. El destinatario de aquella carta iba a ser aquel guarda de la Saca, Fabián Mandrago, el único que tenía suficiente valor e inteligencia para poner en prisión a aquellos hombres. Pensó en llevársela hasta la cartuja de la Defensión, con el encargo de que se la dieran en mano. No sabía por dónde andaría, o cuándo volvería de Jamaica, pero creyó que no había otro lugar mejor que aquel para guardarla de otros ojos indiscretos. Además, sospechaba que más tarde o más temprano retornaría a Jerez con un monje de la cartuja con el que había viajado, según se había sabido por entonces.

Dejó atrás la oficina enfundado en una capa, sin embargo, notó que alguien le seguía. Miró repetidas veces a sus espaldas, pero no consiguió ver quién era. Preso de temor, cambió los planes y se decidió por la iglesia de Nuestra Señora de la O. Conocía bien a su párroco, aprovecharía para limpiar su alma en confesión, y le dejaría en encargo que llevase ese mensaje a la cartuja.

Sin embargo, la carta fue recuperada poco tiempo después del mismo bolsillo del párroco, quien amaneció con el cuello abierto a la mañana siguiente, cuando una feligresa acudió a la primera misa.

Esa misma noche, también en las proximidades de aquel templo, a Tarsicio le llegó la muerte, eso sí, en gracia de Dios, pues fue después de haber recibido la absolución.

IV

Beltrán Dávalos miró a Yago de arriba abajo, le asestó dos fuertes palmadas en la nuca para ver si así se arrancaba a hablar, pero tampoco lo consiguió.

El chico estaba en la calle, pidiendo limosna.

Se había fijado en él al detectar una sospechosa y huidiza mirada, su aislamiento del resto de los mendigos, y sobre todo por su peculiar postura de encogimiento y gestos extrañamente repetitivos. Estaba muy acostumbrado a ver locos y ese lo estaba. Como poseía una constitución fuerte, le pareció ideal para su hermano Martín.

La captura de indigentes en Sevilla era una tarea encargada por el propio consistorio al Hospital de Locos e Inocentes, que pretendía ver la ciudad libre de esos enfermos. Para tales objetivos, Beltrán disponía de dos hombres que recorrían a diario las calles hasta dar con aquellos individuos que pudieran coincidir con esos perfiles y serles además útiles.

De esa manera el hospital hacía un bien a la comunidad, y esta contribuía a su financiación.

Aquella mañana y de forma excepcional, también había salido su director para tratar de cubrir un nuevo y urgente encargo de su hermano, quien le requería diez esbirros sin reparar en el precio.

—¿De dónde ha salido este joven? —Beltrán preguntó a quien parecía estar al cuidado de esos muchachos sentados a las puertas de la catedral de Sevilla. Al acercarse al individuo le sonó la cara—. Me parece que os he visto en otras ocasiones. ¿Sabéis quién soy?

—Claro que lo sabemos. ¿Qué queréis de él? —Un desgarbado individuo de nariz gruesa y ojos hundidos, ceja prominente y única, se acercó demasiado a Beltrán, quien rechazó su excesiva proximidad empujándolo.

—¿Lo vendéis?

—Sí, por cien ducados.

Beltrán Dávalos se rio a carcajadas.

—¿Tal vez quisisteis decir cien maravedíes?

—No os riais, el chico en una sola semana nos hace ganar veinte... —Se rascó la cabeza después de quitarse su sucia gorra de color indefinido.

—Si es tan bueno, quedáoslo vosotros... —Beltrán se dio media vuelta sin regatear, y tampoco se volvió cuando el hombre le propuso negociarlo.

—Por diez ducados os lo damos, vale.

—No lo quiero. No sé cómo os atrevéis a pujar tan alto cuando el chico tiene pinta de no tener demasiadas luces. —Yago andaba a cuclillas detrás de una paloma y se había quedado muy quieto observándola con la cabeza pegada al suelo—. ¿O no veis lo mismo que yo?

El comerciante adoptó un gesto inflexible convencido de que conseguiría el precio pedido.

Beltrán le dio motivos para pensar lo contrario porque ni se despidió de él cuando dio media vuelta y se fue. Pero, eso sí, se quedó con la cara del muchacho como también hicieron sus dos guardianes, quienes bajo sus órdenes tratarían de hacerse con el chico esa misma noche, cuando sus propietarios estuviesen dormidos. Lo habían hecho más de una docena de veces y nunca les había ido mal.

—¡Esperad! —A una señal del individuo, otro de peor aspecto separó a Yago del resto de los chicos a los que estaba encadenado, y tiró de la argolla que lo aprisionaba por el cuello, haciéndole ir a buena marcha para alcanzar a Beltrán. Yago miraba de reojo, asustado. Otra cadena, de menor grosor, unía sus tobillos por dos armellas. Tanto hierro no le permitía dar pasos demasiado largos, y como iba todo el tiempo forzado a correr, tenía que ir dando unos ridículos saltitos, lo que producía la mofa de los que se cruzaban con él. Uno hasta le puso la zancadilla y consiguió que Yago se derrumbara.

A base de tirones, ahogos y trompicones, alcanzaron al hombre que se había interesado por él y sin reparos se plantaron delante de él.

—¿Cinco ducados?

Beltrán lo miró sorprendido por su insistencia. Valoró la ventaja de llevarse al muchacho en ese momento, lo que evitaría tener que ir a por él de noche con las consiguientes complicaciones y el riesgo de que alguien lo relacionara con la institución.

Se fijó de nuevo en Yago.

Tenía una mirada extraña, pero sus piernas eran musculosas y su pecho, ancho. Aquel muchacho disfrutaba de las suficientes cualidades para que valiera más de cincuenta ducados, y él sabía que su hermano se los daría si se los pedía. Cincuenta ganados por cinco gastados, pensó que no era mal negocio.

—Pasadme la cadena, me lo llevo. —Cuando la tuvo en su mano tiró fuerte de él y lo miró con gesto triunfante. Se dirigió a uno de sus acompañantes—: Pagadles tres ducados y no se hable más.

El hombrecillo refunfuñó, lo maldijo, pero se fue con sus monedas de vuelta a la catedral.

—Muchacho. —Yago giró un momento la cabeza y lo observó—. Haré de ti un hombre, ya lo verás…

* * *

En el amplio salón de su palacete, Martín Dávalos y Luis Espinosa iban a cambiar impresiones después de tres meses sin verse. Pondrían sus negocios y actividades al día, pero Luis se reservaba para el final algo que lo cambiaría todo, algo que podría aumentar la tensión entre ellos hasta romper su actual sociedad.

A Martín le asombró la aparición del guarda de la Saca en tan lejanas tierras y asumió que la solución que le había dado a Tarsicio, más que probable delator, había sido la más acertada. De hecho, él mismo había elegido al hombre adecuado para llevarla a cabo.

—Acerca de nuestro principal objetivo, el viaje no ha podido resultar mejor… —Luis cambió de tema preparándose para abordar una incómoda postura.

—Supongo que nuestro hombre te ha facilitado la información del oro, fechas, paradas del convoy y el resto de los detalles necesarios para el buen éxito de nuestro plan. ¿Ha salido todo como pensábamos? —A la vez que hablaba, Martín le estaba sirviendo una copa de un licor excesivamente afrutado en opinión de Luis, quien a pesar de haber escuchado la pregunta no contestó.

Martín miró a Luis confuso pero siguió hablando.

—Para esa primera expedición, ¿te comentó el número de galeones que la protegerán? —Chocó la copa con la de su socio—. Si supieras las ganas que tengo de saber cuántas serán las onzas de oro que sin remedio caerán en nuestras manos… —Se rio con estrépito.

Sin embargo, Luis seguía callado o casi…

—Claro, claro —fue lo único que se le escuchó decir.

Martín no acababa de entender la actitud de su socio. La operación que pretendían poner en marcha era la más compleja y peligrosa de las que habían abordado, donde la intervención de unos corsarios con los que había negociado Luis sería una de las más importantes claves para su éxito. De salir bien, ganarían una descomunal fortuna. Luis la había ideado, organizado, preparado con todo cuidado y mimo antes de ir a Jamaica, pero lo que no sabía Martín es que lo que hablaron por entonces había cambiado por completo. Luis iba a hacerlo solo.

—¿Y cuál será el puerto de escala? —insistió Martín Dávalos—. ¿En esa pequeña isla al sur de Cerdeña, Sant Antioco?

Luis suspiró y miró a un punto indeterminado del techo del salón ante la desesperación de Martín, quien ya no podía entender qué estaba pasando.

—¿Y para cuándo tienes previsto lo de los banqueros? —probó por última vez, pero Luis tampoco le contestó a esa pregunta, aunque sí se decidió a hablar.

—Hoy he terminado con Laura... Voy a pedir la nulidad, y como no quiero que alguien piense que necesito su dinero, he renunciado a todos sus bienes menos a los caballos; pretendo seguir criándolos, aunque quizá haya de trasladarlos a Génova, o a Ferrara, donde sé que hay una larga tradición y gente muy capacitada para ayudarme en ello.

Martín estaba al corriente de sus devaneos con la noble austriaca Christine, como también de su permanente deseo de tener descendencia. No entendía por qué motivo había sacado el nombre de Laura y su inesperada decisión, pero conocía demasiado bien a su socio para no saber que todo lo hacía con un motivo.

—¿Acaso es porque piensas en Christine como futura madre de tus hijos?

—Veo que me conoces demasiado como para ocultarte algo... Sí, eso es lo que pretendo. Me iré a Génova, donde ella vive la mayor parte del año, para tratar de hacerla mi esposa, aunque todavía he de conquistarla.

—En Génova hay banqueros. De esos que necesitamos —Martín recuperó la conversación anterior con toda intención.

Luis se vio entre la espada y la pared y decidió que había llegado el momento.

—Martín, escúchame ahora; he de decirte algo muy importante... —Se rascó la barbilla buscando las palabras más adecuadas—. Hemos hecho cosas grandes juntos, algunas muy rentables y nunca hemos discutido, no. Pero ahora ha llegado el momento de separar nuestros destinos, de distanciarnos.

—¿A qué te refieres? —Martín se enderezó en la silla extrañado por el sorprendente comentario.

—Sabes que llevo años detrás de la secretaría del Emperador, nunca te lo he escondido. Pero después de tantear mis posibilidades he llegado a la conclusión de que solo lo conseguiré si gano muchísimo más dinero que ahora. He de comprar ese puesto. Y como bien sabes, la acción que pretendemos con el oro de las Indias me lo puede dar casi de un solo golpe. Y ahí está una parte del problema. Todo lo que hasta ahora se ha hecho lo he ideado, promovido, negociado y encadenado en cada uno de sus pasos yo solo. ¿Es verdad o no?

Martín abrió la boca de par en par imaginándose a dónde iba a llegar con su argumento, pero no pudo dejar de confirmar que estaba en lo cierto.

—Pero…

—Espera y escucha… —Luis lo interrumpió—. Una secretaría como la que quiero me va a exigir estar en negocios y lugares que ni tú ni yo hemos conocido. Ahora somos lo que hemos llegado a ser gracias a nuestro entorno de influencias. Pero ya no puedo comprometerme en actividades menores. He de mirar mucho más arriba, más alto; mi sueño necesita otras aspiraciones y tengo los contactos necesarios.

—¿No estarás dejándome en la estacada? —Sonrió de un modo forzado.

—No es así como quiero verlo, pero debo empezar a actuar ya, sin esperar mucho más.

Tras su respuesta la tensión creció significativamente.

—A ver, un momento. ¿No estarás pensando en nuestro negocio del oro, verdad? —preguntó Martín clavándole la mirada.

—Eres agudo. Siempre lo has sido. En efecto, no cuento contigo para ese menester.

La anterior sonrisa de Martín se transformó en una tensa mueca.

—Me vienes a contar que pretendes romper lazos con tu mujer, con esta tierra, y ¿ahora conmigo?

—Jerez es una ciudad pequeña, y todo lo que se mueve alrededor de ella también lo es... Quiero ver otras cosas, trabajar en otros lugares más cerca de la corte del Emperador, donde de verdad se mueven las influencias y los favores. He de hacerme más conocido por allá, dedicar mis esfuerzos a ello, e ir preparando una buena cantidad de dinero para pagar todo.

—Dinero... Ya... —soltó Martín, lacónico.

—Necesito trescientos mil ducados para ser nombrado secretario del Emperador. Para obtener esa cifra no puedo pensar en negocios pequeños, ni tampoco compartir los beneficios.

—Y todo lo que hemos hecho hasta ahora ¿no supone nada para ti?

Luis quiso aclarar mejor su posición y a la vez rebajar su crudeza.

—Sí, por supuesto; se llama pasado. Pero también presente, si tú quieres. Los tratos y negocios en los que estamos metidos no querría dejarlos. Hasta hoy nos han dado muy buenos resultados, y todavía pueden seguir haciéndolo. Entiéndeme, donde quiero volar solo es en aquellos otros que tengo en mente, y desde luego en el del oro.

Martín se sintió pisoteado, dolido, y su paciencia rozó el límite de lo aceptable. Empezó a dar vueltas y más vueltas alrededor de Luis, resoplando furioso, hasta que de repente se detuvo frente a él.

—Me siento traicionado...

Luis esperaba esa reacción. Lo miró a los ojos y eligió su mejor arma de convicción para dirigirse de nuevo a él.

—¿De verdad crees que te traiciono por querer ver cumplido mi gran sueño?

—No utilices conmigo ese tipo de estratagemas. Te conozco.

—Está bien. Tienes razón. Necesito dar ese paso. Sé que te pido demasiado, pero me gustaría hacerlo contando con tu apoyo. No dejas de ser mi mejor amigo...

Martín bajó la cabeza y se rascó el mentón sintiéndose completamente encerrado. Lo que le pedía era excesivo pero en parte comprensible. Por un lado sentía una profunda decepción que le llevaba a desear a Luis toda suerte de fracasos en su nueva trayectoria, pero cuando buscaba con qué palabras se lo iba a decir, una parte de sí mismo le frenaba. Intentó serenarse y pensar, ponerse en el pellejo de su socio y entender su postura. En esa batalla interior que se libró en no muchos minutos y con un expectante silencio, Martín tomó una decisión. Al volver a mirar a los ojos a Luis se lo dijo todo, sin necesidad de pronunciar ni una sola palabra.

—Gracias. —Luis se abrazó a él orgulloso de lo que hacía.

—De gracias nada. Vete pensando cómo me lo vas a compensar.

—Lo haré. Créeme que lo haré…

* * *

Llevaba dos meses seguidos sin parar de llover y la isla estaba tan cargada de agua que parecía estar a punto de hundirse.

Jamaica era así en tiempo de lluvias.

Pero ni el agua ni el viento huracanado del norte parecían importarle a un hombre que caminaba a diario por la orilla de la bahía de Caguaya, recuperándose de las heridas sufridas tan solo hacía dos semanas.

La puñalada de Luis Espinosa había seccionado un tendón de su pierna izquierda y como recuerdo le había quedado una cojera que ya tendría para siempre. Le costaba flexionarla, y aunque no fuera muy exagerado, su caminar no era normal.

Su cuerpo poseía un amplio muestrario de cicatrices, pero la peor de ellas no se veía, vivía en su interior y se llamaba ira; un sentimiento que apenas le dejaba vivir y que no hacía más que crecer.

Fabián acarició la arena, recogió un puñado y se la guardó en un bolsillo. Decidió que le serviría como recuerdo permanente para saber quién era, a quién le debía la vida y también a quién se la quitaría.

Pensaba que la libertad, su libertad, solo sería completa cuando viera a Luis Espinosa pagar el justo precio de sus pecados. La impotencia de no poder actuar durante su convalecencia le había embargado de tal manera que su sangre reclamaba un solo alimento: venganza.

Esa misma tarde, como tantas otras había sucedido, se arrodilló en el mismo lugar que había podido ser su último destino cuando por suerte apareció aquel hombre en el preciso momento en que Luis iba a darle muerte, y miró al cielo agradecido, un día más, con la convicción de que el cambio en su suerte le acarrearía una nueva tarea, y un compromiso por cumplirla.

Al caminar por la playa, poco antes del anochecer, con el efecto de las olas batiendo sobre sus pies, recordó lo que su padre le había repetido cada vez que las contrariedades habían empañado su vida. Aún podía escuchar sus palabras... «Nunca dejes que el odio supere a tu voluntad. Sé más inteligente que tu contrario, domínalo en sus debilidades, no busques el frente abierto, y ganarás.» Al meditar en ello supo que tenía razón.

Y así, entre algas, arena, y un cielo roto en colores ocres y rojos, Fabián entendió que para derrotar a Luis Espinosa y vengar todo el dolor que le había producido debía despojarse primero de aquella costra de resentimiento y buscar su derrota no con puñales o flechas, sino con cabeza y haciendo que la justicia le impusiera su definitivo castigo.

Cuatro semanas después se enroló en una carraca que transportaba tabaco y cacao a Sevilla.

Viajaba sin más equipaje que la ropa puesta, su disposición a actuar contra Luis en su propio terreno, y muchas ganas de volver a Jerez.

Algunos días antes de embarcar, se percató de que un hombre lo había estado siguiendo. Una tarde lo esperó agazapado en un callejón, y al neutralizarlo primero y amenazar su cuello con una daga después, supo a qué venía; el tipo trabajaba para un tal Hugo de Casina, militar allegado al gobernador, y sus órdenes eran liquidarlo. No llegó a entender qué motivos tendría aquel desconocido para desearle esa suerte y quiso imaginar la mano de Luis detrás, pero no lo pudo confirmar... Cuando el sicario se negó a dar más detalles que Fabián le exigía, dejó su vida allí, entre dos barriles vacíos y unas cajas de pescado.

A partir de entonces anduvo con más cuidado sin dejar su espalda desprotegida en ningún momento. Preguntó en el puerto a quien parecía estar más al corriente de los movimientos de barcos y viajeros, pero nada le supieron decir sobre Camilo o Luis Espinosa. No sabía si seguían en la isla o habían embarcado.

Sin dinero, y con poco más que hacer por allí, buscó quién le podía dar trabajo. Tuvo suerte, pues coincidió la repentina indisposición de un cocinero con la inmediata salida de su embarcación hacia el Puerto de Santa María. A su maestre le mintió cuando aseguró que conocía bien el oficio, y pudo así conseguir trabajo, viajar gratis, y poner por fin rumbo a tierra firme.

* * *

Yago pudo saber en persona cómo conseguía el director del hospital, llamado de Locos e Inocentes, sacar a sus internos de los silencios. Le arreó una vez más con una fusta entre la nuca y las orejas, causándole un enorme dolor.

Protestó, pero solo escuchó a Beltrán Dávalos decirle a otro hombre que estaba a su lado que no había otra cosa mejor que la fusta para valorar el grado de sensibilidad y el umbral de dolor en los nuevos pacientes, algo imprescindible para decidir sus tratamientos posteriores y saber contra qué mal se enfrentaba.

—Los hay que ni se inmutan. Este creo que padece de melancolía —resolvió Beltrán—. Pero vos, Marcos, como buen médico que fuisteis y ahora mi barbero, seguramente tendréis vuestra propia opinión.

El hombre de ojillos vivarachos y melena recogida en una trenza no quiso responder para no contrariar su diagnóstico. Aunque reconoció de inmediato el tipo de trastorno que Yago sufría, pues lo había visto en otros pacientes que compartían esa peculiar manera de mirar o las mismas dificultades para expresarse, no quiso confesarlo a su nuevo jefe. Llevaba poco tiempo con él y todavía no se había acostumbrado a su nueva condición. Años atrás había tenido una prestigiosa consulta en Granada, estaba considerado por entonces como una de las mayores eminencias en dolencias mentales, y la gente acudía a él. Pero la suerte cambió cuando tuvo aquel gravísimo problema, eso lo trastocó todo.

Su trabajo en el Hospital de Locos e Inocentes se lo debía a Beltrán, quien le había aceptado en su institución cuando en ningún otro sitio le daban ninguna oportunidad, ni para ejercer tareas menores.

Los conocimientos que poseía eran muy superiores a los de su patrón, pero trataba por todos los medios de que no se notase mucho y así no desagradarle más de la cuenta. Por eso, como acababa de hacer con el nuevo muchacho, siempre le daba la razón.

—Tenéis buen ojo clínico, sí —respondió con rotundidad para orgullo de Beltrán.

—Vos, que sois siempre muy benévolo conmigo. —Sonrió sin disimulo.

El despacho del director Beltrán Dávalos estaba siempre limpio e impecable y era el único espacio ordenado y con cierta clase en todo el edificio. Yago se fijó en cada uno de los objetos que lo decoraban sin saber qué iban a hacer con él ni entender para qué estaba allí.

Había pasado un mes desde que vio partir a Camilo; varias semanas tirado en la calle recogiendo limosna para aquellos hombres que lo maltrataban a pesar de que les hacía ganar dinero, y tres jornadas que llevaba en ese lugar.

—Y ahora respóndeme, ¿serías capaz de decirme los días de la semana?

Yago lo miró de reojo y se acurrucó en el sillón sin ninguna gana de contestar.

Beltrán se le acercó tanto que sintió el aliento sobre su mejilla.

—¿No lo sabes o no quieres hablar?

Yago refunfuñó.

El director cogió la fusta impertérrito y le sacudió tres golpes en las manos con todas sus fuerzas. El forzado movimiento hizo que al hombre se le desparramara un penacho de pelo por la frente, que de inmediato se dispuso a colocar con presunción. Le recomendó a Yago que si sabía hablar lo hiciera en ese justo momento.

—No lo sé...

La contestación pareció tranquilizarle. Se dirigió al barbero, a Marcos, quien miraba la escena con interés profesional.

—Dejadme algo de dinero, si lo lleváis encima.

El barbero dejó caer sobre la mesa una bolsa con diez ducados que tintinearon al chocar con la madera. Beltrán sacó las monedas, se las enseñó primero a Yago y pidió que las contara.

El muchacho las empezó a mover en su mano, pero no supo decir cuántas había. Recordaba que algo parecido le había ocurrido en la isla de la Camacha, en la escuela de la cartuja, pero como por entonces no había prestado demasiada atención, no sabía contar en orden.

—Siete, dos... uhmmm, dos, cinco...

Beltrán explicó a Marcos que esa prueba le iba a ayudar a clasificar su trastorno y decidir dónde colocarle con los residentes más parecidos. Marcos no solía estar presente en esas sesiones, por eso se le hacía nuevo.

—He comprobado que así no se hieren tanto entre ellos.

El barbero conocía cuáles eran los orígenes de muchos de aquellos trastornos y los inconvenientes de poner a esos enfermos juntos, pero guardaba un prudente silencio... Él estaba allí para realizar sangrías y algún tratamiento sencillo. Además, conocía los planes que ejecutaba con ciertos internos, los más fuertes, a quienes, una vez que había conseguido anular su voluntad, enviaba a su hermano a Jerez.

Tenía claro que Beltrán Dávalos sabía bien lo que quería. Las preguntas que hacía eran las más adecuadas para valorar el estado mental del chico y su gravedad; él mismo las había repetido en innumerables ocasiones.

Miró con ansiedad la botella de licor que el director guardaba para las visitas debajo del ventanal que daba a la calle Real. La bebida había sido la más leal compañera y casi la única que había tenido para hacer frente a sus adversidades; gracias a ella su vida era medio agradable.

—Dime nombres de alguien de tu familia, o si lo prefieres, de tus más allegados.

Después de diagnosticarle la melancolía, Beltrán sospechaba que también estaba *salido de su memoria*, pues era esa la denominación que se hacía en el Código de las Siete Partidas a alguien con sus mismos síntomas, libro que acariciaba en ese momento, orgulloso de disponer de él en su rica biblioteca privada.

Yago tartamudeó un poco, pero consiguió nombrar a tres.

—Caballo... Hiasy... y Camilo.

Aquello fue suficiente y a la vez definitivo para Beltrán. El joven no usaba bien los nombres y su respuesta era del todo incoherente. Aparte de Camilo, el otro nombre no existía en el santoral, y había confundido el tercero con un animal. Pero además de ese detalle, no había coordinado bien los números y tampoco reconocía en qué día vivía.

Pensó con rapidez con qué otro enfermo lo encerraría. El primero que le vino a la cabeza fue Sancho Roma, un residente que llevaba toda la vida en la institución y parecía compartir con el muchacho ciertas percepciones equívocas; a ambos les daban ataques de ansiedad, el último de Yago lo había presenciado hacía pocas horas, y también tenían momentos de profundo aislamiento. Decidió que podrían llevarse bien.

—Bueno, ahora vendrán a por ti y te harán una exhaustiva inspección, necesaria para poder ingresar definitivamente en esta casa.

En ese justo momento alguien golpeó la puerta con decisión y entró uno de los enfermeros, un hombre encorvado pero de recia hechura. Iba vestido como un ermitaño y de tan poco comer estaba más seco que una pasa.

—Florencio, llévate al nuevo y haces con él lo de siempre.

El recién llegado fue a por Yago, quien se resistió en un primer momento, todavía dolorido a causa de la fusta, pero el efecto de los fuertes y afilados dedos del ayudante sobre sus brazos consiguió que terminara obedeciendo.

Lo siguió con la cabeza gacha, y una vez en el pasillo y a solas, escuchó su primer consejo.

—Como bien has oído, me llamo Florencio, pero te advierto desde hoy que conmigo has de tener mucho cuidado… ¡Odio a los locos!

V

Luis Espinosa sabía cómo hacer perder la cabeza a una mujer cuando se encontraba entre sus brazos, y más aún a Christine. Aunque nacida en Viena, la sangre genovesa de su madre despertaba en la aristócrata una pasión arrebatadora y un ardor más propios del Mediterráneo, de los que solo sus sábanas y Luis eran testigos.

La tarde caía plomiza, fría y húmeda, fuera de aquel palacio del banquero Masso, tío de Christine. Lo que en la calle resultaba inhóspito no lo era para unos amantes que aprovechaban la ausencia de los tíos para recorrer sus cuerpos sin ninguna medida.

Ella, sentada sobre Luis, se retiró la melena de la cara volcándola hacia un lado y lo miró a los ojos embelesada.

—Nunca imaginé que pudiera amar a alguien tanto como a ti... —lo besó en los labios.

Luis recorrió su espalda con suavidad mientras terminaba de pensar cómo iba a abordar la importante conversación que esa misma noche tendría con su tío, en el transcurso de una cena donde además anunciarían su compromiso.

—Esta noche se lo explicaremos, pero hemos de esperar a que se apruebe antes mi nulidad para poder decidir el día de nuestra boda e ir a conocer a tus padres. Tan solo ha pasado un mes desde que la solicité y aunque sé que va a ser rápido, no es prudente dar fechas todavía.

Ella se abrazó a él con tanta fuerza que parecía querer retenerlo para siempre.

—Me da igual cuando sea, no hay vínculo más sólido que lo que sentimos el uno por el otro... —Christine rodó por la enorme cama y se quedó boca arriba, por encima de las sábanas. Se llevó las manos a la cabeza y gritó con fuerza para liberar la tensión que le agarrotaba—. ¡Te quiero con locura! —Se envolvió de nuevo en él y lo besó con ardor en los labios.

—Me tienes atrapado, Christine.

Ella lo estudió con sus grandes ojos castaños, sin apenas parpadear, con la intención de buscar el origen de sus misterios, de sus secretos.

—Eres un sinvergüenza. —Le golpeó el pecho con los puños—. Sabes que te has ganado a mis tíos. A mi madre le pasará lo mismo cuando te conozca, eres un encanto; sabes cómo tratarme para que siempre me sienta importante. Eres único... —Le pidió al oído que la abrazara una vez más, muy fuerte y le susurró—: ¿Sabes que los sinvergüenzas me pierden?

Él la retuvo entre sus brazos, besándola por el cuello, en la frente, por las mejillas, con el deseo de absorber todo su perfume.

—Tenemos poco tiempo si quiero llegar arreglado a la cena... —calculó Luis al escuchar las cinco campanadas de algún reloj—. Debería irme ahora y volver más tarde, para que no piensen mal... —le susurró al oído.

—Tiempo, odioso tiempo. —Ella cerró los ojos y le rogó que la amara una vez más antes de irse.

* * *

Horas después, el salón del palacio Masso acogía al capitán de la Guardia Real del emperador Carlos, quien atendía a las explicaciones de su anfitrión, Enrico. Apoyados en el alfeizar de un ventanal, observaban el intenso tráfico del puerto de Génova, uno de los más importantes del Mediterráneo.

—Cada día amarran más de doscientos barcos de diferente calado y con las más variadas mercancías. Pero si hay algo que los une es que todos nos necesitan. Bien para arrendar el flete, bien para que les adelantemos el pago de la mercancía que llevan o para asegurarla, o bien para cambiar la moneda que han cobrado en los puertos de destino.

—Los banqueros seréis muy pronto los nuevos monarcas. No os tratarán con el apelativo de rey ni de príncipe, pero lo seréis de facto. —Chocó su copa de vino pensando que era demasiado pronto para abordar el difícil asunto del que quería hacerlo partícipe.

Cierto era que, a pesar de lo poco que se habían visto, desde muy pronto se había establecido entre ellos una enorme afinidad. Sus charlas habían sido siempre interesantes; les habían reunido horas y horas, y los temas tratados abarcaron todos los asuntos posibles; política, negocios, caballos y mujeres.

—Exageras un poco, estimado Luis.

—En absoluto, y verás como tengo razón. Los Spinola, la banca Ravaschieri, la Imperiale o la tuya, no tendréis su sangre, ni el poder os vendrá heredado como a ellos, es verdad, pero sí su dinero.

Enrico se rio con ganas y su abultada barriga vibró al mismo ritmo.

—También tú sabes cómo ganar dinero… —lo animó a sentarse a la mesa frente a su mujer, Elisabetta, la tía de Christine, quien pensaba que no había mejor marido para su sobrina que ese apuesto hombre.

Le sirvió una copa de un vino de rotundo color y sabor, de las colinas de Chianti, dándole algunos detalles sobre su origen y virtudes. Luis retuvo el sabor del caldo contra el velo de su paladar unos segundos y chasqueó la lengua en señal de aprobación; tenía razón, era excelente. Miró a su amada con picardía. Al limpiarse la boca todavía notó el perfume de su piel en las manos. Las olfateó con indiscreción, para que ella se diera cuenta de su intención. Christine tembló de placer recordándole dueño de su cuerpo pocas horas antes.

—Hermosísimo el último caballo que me regalasteis en vuestro anterior viaje —comentó Elisabetta—. Lo hemos cruzado con una yegua del duque de Ferrara, que como sabéis posee una de las mejores sangres en Europa; veremos qué sale de esa mezcla de animales. Os aseguro que llama la atención por donde pasa, y es tan blanco que resulta casi imposible encontrar en él un solo pelo negro. Y además, esas crines tan rizadas y largas que tiene… —Se secó los labios con una servilleta—. Hemos oído que vais a traer vuestra yeguada a Génova, ¿es cierto?

—Tengo planeado instalarme por estas tierras, sí. Por tanto, son buenas las noticias que tenéis… De hecho, busco un palacio que pudiera cubrir mis futuras necesidades —Miró a Christine con una sonrisa que todos supieron interpretar—. Y además pretendo traer los animales conmigo para seguir con su selección aquí.

Comentó lo difícil que resultaba mover caballos fuera de España por las limitaciones que el Emperador estaba poniendo a la exportación y en general a la saca de las mejores castas de sus tierras.

—No creo que en vuestro caso tengáis demasiados problemas, dada la estrecha relación que os une al César.

—Sería lo lógico, pero no creáis, en esos asuntos como en tantos otros, a veces hay que bordear la ley, no hacer caso de ella o incluso saltársela para conseguir avanzar. No sé si me explico…

Luis hizo el comentario de una forma deliberada, quería ver cómo reaccionaba su anfitrión antes de entrar en temas más delicados, o quizá para evitarlos.

—Si yo te contara lo que a veces hemos de hacer los banqueros, las pequeñas trampas en las que nos tenemos que meter… —enfatizó el tono de su voz , y todo por conseguir que ciertos asuntos puedan salir adelante. —Con una sola mirada le transmitió lo que Luis necesitaba—. Pero quien está en el mundo de los negocios ya lo sabe, como te ocurre a ti, Luis. Todos asumimos que la práctica del despiste, por llamarla de una manera simbólica, es bastante común.

—Te entiendo. A veces hay que mirar, pero hacer que no ves… Tal vez te tenga que pedir algo así…

Enrico dejó el cuchillo a un lado del plato, abandonó el pavo que estaba comiendo y fijó su mirada en su invitado. Intuyó que estaba a punto de contar algo importante y lo animó a hablar sin miedo.

—No se te escapa nada. —Sonrió Luis.

Se limpió los labios con una servilleta, la colocó doblada sobre la mesa y habló con franqueza.

—Quiero contratar en tu banca seguros de mercancía para todos mis transportes en barco.

—Una excelente noticia. Eso está hecho, sin problema alguno, pero me da la impresión de que no es eso lo único que necesitas. Hay algo más, ¿no es así?

—Lo hay, pero si te parece, lo hablamos después. No aburramos más a nuestras dos mujeres.

Enrico se sonrió. Aquello empezaba a gustarle.

Conociéndolo, imaginaba que la propuesta que le iba a hacer no sería del todo convencional, pero en ese tipo de actividades era donde de verdad se ganaba dinero, y a él le gustaba el dinero, y mucho.

Christine aprovechó el momento para hablar de ellos, de cuáles iban a ser sus planes de futuro, derrochando en todo momento una gran emoción en sus palabras. Sus tíos la veían tan enamorada de Luis, contagiaba tanta felicidad que suspiraron satisfechos, y a su manera bendijeron la relación, a pesar de los quince años de diferencia de edad, y a pesar de no saber casi nada de él.

Poco tiempo después y una vez en un salón presidido por una monumental chimenea, ya solos, mientras Enrico le servía ahora una copa de un intenso y aromático licor, recuperaron el asunto que había quedado inacabado.

—Te aseguro la mercancía, hasta ahí bien. Pero ¿qué más necesitas entonces?

Luis creyó que había llegado el momento de lanzarle la atrevida propuesta. Se relajó, y con ayuda de un razonable argumento le introdujo en el tema.

—Si tuviese que vender algo de oro por razones personales, ¿a quién me recomiendas que acuda para obtener un precio justo?

A Enrico aquello le extrañó, pero le siguió el juego.

—Hay un judío en la ciudad que tiene fama de ser el que mejor paga. Ahora no recuerdo el nombre, pero descuida, que te lo conseguiré. —Miró de reojo a su invitado sin entender la escasa enjundia de la pregunta—. ¿Eso es todo lo que necesitas saber?

Luis sonrió sabiendo que su propuesta no había hecho más que empezar...

—¿Y si la procedencia de ese oro no fuera, digamos, muy bendecible? —Su mueca ahora reflejaba una intención muy diferente.

Enrico cambió de postura en el sillón y se rio. Aquello empezaba a sonarle mejor; veía que sorteaba caminos, cada vez menos rectos, quizá para llegar a un punto seguramente mucho más interesante.

—Supongo que también lo aceptaría sin preguntar demasiado... —contestó sin poner demasiado énfasis.

—¿Y si el oro que he de cambiar tuviera un valor de unos tres millones de ducados?

—Por Dios bendito. —El licor se le atragantó y a punto estuvo de ahogarse.

Luis le ayudó a superar el trance con unas palmadas en la espalda.

—¿He escuchado bien la cifra?

—Del todo —contestó Luis.

Enrico empezó a sudar. No quería preguntar más, no debía preguntar nada más: dedujo que una cantidad de oro como esa no podía proceder de muchos sitios. Miró a Luis con una cierta aprensión pero a la vez con envidia. Definitivamente, le parecía un tipo interesante, muy atrevido, ambicioso pero con clase, con una elegancia para los negocios que muy pocos de los granujas que había conocido poseían.

—En ese caso me haría cargo en persona. Tengo los medios para transformarlo en moneda, aunque me llevaría algo de tiempo, correr bastantes riesgos y unos gastos elevados…

Luis chocó su copa con la de Enrico, se la bebió de un trago y le preguntó si podía contar con él sin reparos.

—Luis, ¿puedo preguntarte una cosa muy importante antes de dar a conocer mi decisión? Debes entender que eres el pretendiente de mi sobrina y he de estar seguro de con quién se va a casar…

—Pregunta.

—¿Para qué lo haces?

Luis supo que tenía que decirle la verdad.

—La secretaría del Emperador… —apuntó con rotundidad—. Esa posición no es nada barata…

Enrico suspiró tranquilo. Acababa de ratificarle que se trataba de un asunto de poder, y en ese caso todavía le interesaba más.

—¿Iremos a la mitad?

A Luis le pareció excesivo, pero con su fino estilo no contestó de inmediato. Se sintió satisfecho por la respuesta que de momento le había dado. Si cerraba el trato, era consciente de que su vida cambiaría de golpe. Conseguiría una enorme cantidad de dinero, viviría en unas prometedoras tierras, se casaría con una mujer hermosa que iba a permitirle acceder a personas de gran influencia sobre el Emperador. Nombres que necesitaría para ver amparada luego su candidatura, y tendría un socio que se movía como nadie entre los banqueros más importantes de Europa, cuyo poderío económico empezaba a ser muy superior al de un reino. Si conseguía su participación, su sueño estaría muy cerca de conseguirse.

—Una cuarta parte sería lo justo, pero como vais a ofrecerme la mano de vuestra sobrina, y pronto seremos familia, estoy de acuerdo con daros una tercera…

VI

Carmen y Volker tardaron bastante tiempo en recuperarse del incendio, del terror de su prisión, y del infierno que Blasco había creado a su alrededor.

Las muchas heridas de él y la extrema debilidad de ambos requirieron varias semanas de descanso hasta verse con fuerzas para plantearse otro destino.

De la mansión no habían quedado en pie más que las dos chimeneas de la cocina y un muro de piedra. Pudieron instalarse en una modesta casa, próxima a los barracones de los esclavos, que había servido de almacén y vivienda de sus vigilantes. Al menos en ella encontraron cama y algo de comida.

Los esclavos habían huido de la plantación el mismo día de la muerte de Blasco para evitar ser ajusticiados, con una sed de libertad que solamente se vería saciada en unas cumbres donde alguien dijo que había un lugar para ellos, cerca de la cima de la montaña azul.

Las tormentas en la isla siempre eran temibles, pero la de aquel día, cuando tan solo habían pasado tres semanas del incendio, dejó de ser una más para convertirse en la peor tempestad.

Ni Carmen ni Volker había vivido antes una situación como aquella.

Un viento huracanado azotaba su cabaña y amenazaba con llevársela por entero. La lluvia rompía en su techo y lo perforaba por centenares de sitios, y la cortina de agua que se desplomaba desde el cielo lo inundaba todo.

Carmen, muy asustada, se había acurrucado debajo de una mesa y Volker miraba con preocupación a través de una ventana intentando decidir qué debían hacer. El cielo mantenía un color gris oscuro, con destellos casi continuos de luz, recorrido por profundos truenos que parecían la voz de unos dioses enfadados con el mundo.

Se sintió un fuerte golpe de viento sobre una de las paredes y creyeron que iba a derrumbarse. Le siguió una fuerte sacudida de agua y aire que rompió contra el cristal con tal violencia que lo partió en pedazos.

—Esto no durará mucho tiempo en pie. —Volker señaló el techo de la cabaña.

—Y ¿qué hacemos? Si salimos fuera, el viento nos arrastrará.

Volker buscó la última ventana que quedaba íntegra y echó un vistazo. Casi todas las edificaciones, sobre todo las más sólidas, habían ardido. Necesitaban cambiar de refugio pero no se le ocurría dónde ir. Observó las lomas de la campiña y le parecieron diferentes, al estar salpicadas de nubes bajas, su tono verde quedaba oscurecido y a la vez lavado por el intenso aguacero. La imagen del cielo no ayudaba a esperar una mejoría en breve, cerrada en una oscuridad cada vez más profunda.

De pronto, entre la espesura de un pequeño bosque aparecieron varios caballos tropezándose unos con otros, corriendo como alocados, extremadamente delgados y nerviosos.

—Fíjate en esos pobres.

—¿Qué ves? —Carmen se asomó para ver qué pasaba.

Volker, que no había pensado hasta entonces en las caballerizas, decidió ir a resguardarse en ellas.

—Las cuadras, hemos de ir a las cuadras. Allí nos protegeremos.

Se apoyaron el uno en el otro, atados con una cuerda a la cintura para no perderse ni verse arrastrados por el vendaval, pero apenas podían caminar y casi ni ver. Iban doblados contra la fuerza del viento, caminando con lentitud hacia las cuadras, que se mantenían íntegras en la otra cara de la ladera por la que ascendían.

Un tremendo rayo cayó a pocas cuerdas de ellos y cortó uno de los árboles en dos. El sonido que provocó fue tal que Carmen se quedó sorda durante un buen rato.

Ella tropezaba, se le hundían los pies por la blandura del terreno. Empapada de arriba abajo, sentía frío y miedo, pero él no la dejaba detenerse. La ropa humedecida le pesaba, y el agua que resbalaba por la cara no le dejaba apenas ver, por eso no calculó la altura de un escalón de tierra, se tropezó y cayó arrastrando a Volker con ella. Rodaron por un terraplén sin poderse frenar hasta chocar con un muro de piedra.

Completamente embarrados, sucios y desconcertados, se sentaron sobre una gran roca bajo la copa de un anciano roble para buscar un momento de resguardo y descansar. Sus ramas se agitaban con exageración, y las hojas silbaban al batirse en todas direcciones. El riesgo de ser golpeados por alguna de aquellas ramas era tan real como peligroso; ya habían visto de camino caer alguna otra tras un chasquido.

—Nos queda muy poco, Carmen —le gritó al oído Volker—. Puedes hacerlo…

Ella se levantó temblando y a duras penas consiguió contrarrestar la fuerza del vendaval, que la empujaba en dirección contraria. Renovó su decisión de seguir adelante, y tras una subida complicada, una vez en lo alto de la loma, vieron al final de la pendiente el sólido edificio que albergaba a los caballos de Blasco.

Al llegar a las cuadras, comprobaron con espanto que, además de pocos, los que habían quedado estaban enfermos por desatención y la mayoría se moría de hambre.

El olor era repugnante.

De los pocos animales que habían quedado vivos, algunos, en su intento de huir, se habían infligido tremendas heridas en los ollares y en el cuello a causa de las cuerdas y argollas con las que estaban atados.

—Pobres criaturas…

Carmen, con el corazón encogido, corrió a desatarlos para que se pudieran mover mientras Volker iba a buscar algo de heno, Encontró un almacén con hierba al fondo del edificio, comprobó que estaba seca y en buen estado, y volvió cargando una carretilla. La esparció en medio del pasillo y en tan solo unos segundos consiguió que una veintena de caballos se acercaran a comer con deseo.

Volker pudo reconocer entre los que seguían atados al Guzmán, a aquel hermoso caballo que había visto con Yago. Se encontraba en un estado lamentable; las costillas marcadas y el vientre hundido y seco, los ojos tristes. Apenas se aguantaba en pie, pero a pesar de todo el caballo esperó tranquilo a ser desamarrado. Cuando Volker estuvo a su lado se miraron. No demostraba inquietud como los demás, apenas se movía, estaba claro que en su caso el temple superaba al instinto. Debía de llevar casi tres semanas sin comer, apenas sobreviviendo con el agua que le llegaba a través de una canaleta. Su aspecto estaba deteriorado, pero el temperamento no.

Volker esperó a que saliera al pasillo a comer como el resto, pero el animal no se movió. Formaba parte de una estirpe de caballos preparada para resistir adversidades, disciplinada y obediente, hasta el extremo de rechazar sus propios deseos o necesidades. Volker se percató de ello.

—Pero habrase visto. —Le acarició la testuz—. ¿Qué será lo que corre por tu sangre para hacerte tan diferente?

Azul le olfateó la mano a la espera de sus órdenes.

Él chasqueó la lengua y le mandó salir hacia el pasillo. Azul obedeció su orden y caminó con paso lento y tembloroso hasta llegar al montón de heno donde estaban los pocos supervivientes de los casi cinco centenares de caballos que había llegado a poseer la Bruma Negra.

Volker se apoyó en una paca de paja y disfrutó de aquella visión. Adoraba a los caballos, formaban parte esencial de su oficio, y soñaba con volver a encontrarse con los suyos en las caballerías del virrey de Nápoles. Fuera, la huracanada tormenta parecía haber aflojado y tan solo se escuchaba el repiqueteo de la lluvia sobre el tejado.

—¿Te sientes con fuerzas para volver? —preguntó el alemán.

Ella aún estaba débil, pero entendía que allí no hacían nada, y que también él querría regresar a Nápoles.

—Podemos irnos cuando quieras.

Volker se alegró, aunque de inmediato pensó en las dificultades que tendrían.

—Pediré trabajo en la embarcación que nos lleve, de ese modo podremos pagarnos los pasajes.

En el incendio lo habían perdido todo, dinero, su carta de crédito firmada por el virrey, todo.

—No creo que haga falta... —Carmen se quitó los pendientes y los dejó sobre la palma de su mano—. Son diamantes, y como ves de buen tamaño.

Volker se negó a aceptar la propuesta, pero ella insistió.

—No seas cabezota y reconoce que vamos a necesitar mucho dinero. Si no recuerdo mal, ¿no me contaste que el virrey te pidió que antes de tu retorno a Nápoles fueras a Jerez y a Córdoba a comprar algunos caballos para sus cuadras?

Volker reconoció que ese encargo formaba parte de su misión.

—¿Cómo vas a conseguirlo sin recursos? Estos pendientes pueden pagarlo todo, la travesía de vuelta a España, tus caballos y nuestro mantenimiento hasta que alcancemos Nápoles... ¡Vendámoslos entonces!

Carmen esperó con ansiedad su respuesta deseando devolverle la infinidad de favores que había recibido de él, y aunque Volker tardó en hacerlo, terminó accediendo dadas las pocas alternativas que tenía. Decidieron poner una fecha a su salida de la plantación y buscar buen comprador para las joyas.

Con el horizonte de su retorno ahora más claro, Volker respiró tranquilo, se apoyó sobre sus rodillas y observó la elegancia de aquel caballo, de Azul.

—Es hermoso hasta en su horrible estado. Quiero llevármelo. Él solo mejorará la raza de los caballos que posee el virrey.

Sus largas crines, ahora hechas un manojo de nudos, sucias, aún le caían con clase sobre sus patas hasta llegarle un palmo por encima de las cañas. Estaba demasiado delgado, pero no le abandonaba la belleza.

El caballo levantó la cabeza y estiró las orejas mirando a su alrededor. Al verlos cambió de postura reflejando su mejor clase. Parecía haber entendido sus palabras.

Volker y Carmen se miraron asombrados de su inteligencia.

—En mi lengua —dijo ella—, hay una hermosa palabra que define lo que a este caballo le sucede; un término que resume su forma de actuar cuando está cerca de un humano; lo llamamos *complicità*.

Volker se volvió hacia ella y la miró en silencio, con otros ojos.

Durante los días que habían compartido sintió nacer en él un deseo que se propuso contener. Sus ojos se perdían en ella cuando la veía iluminada por el sol, durante los frecuentes paseos que daban para fortalecer sus piernas, y hacía verdaderos esfuerzos para evitar que se le notara.

Le parecía tan hermosa, tan única, tan interesante.

Pero al mismo tiempo había algo dentro de su ser, en su misma conciencia, que le obligaba a refrenar sus impulsos. Él se sabía hombre de principios, y como su encargo había sido protegerla, desde luego, no estaba allí para entenderla, desearla y mucho menos amarla.

Dada su nula espontaneidad, a Carmen le costaba entender sus reacciones y casi siempre se sentía confusa. La opacidad de Volker contrastaba con el carácter de ella, siempre transparente, aunque ahora estuviese herido por la terrible experiencia vivida con Blasco. En su interior también se libraba una dura batalla entre dos impulsos difíciles de equilibrar. Por un lado, rechazaba cualquier inspiración que naciera de su corazón, todavía muy alterado y lleno de decepción, con la necesidad de sentirse protegida, entendida y empezó a creer que también deseada por Volker. Habían sido muchos días juntos, muchas las horas que se habían tenido solo a ellos; mucho el esfuerzo por recuperarse para que la vida continuara. En aquella cabaña se habían conocido tal vez más que otras muchas personas lo harían a lo largo de toda su vida. Durante las largas jornadas que se sucedían allí dentro, recogidos de la lluvia cuando no del fuerte viento, se descubrieron por dentro pero también por fuera al curarse el uno al otro las heridas.

Carmen no sabía qué debía sentir.

Eran demasiado grandes los daños de su alma después del matrimonio con Blasco, era demasiado el daño que le había producido para entregar ahora su corazón a otro hombre, aunque tal vez lo estuviera deseando.

Y así, uno y otro sellaron sus sentimientos sin querer abrirlos, creyendo que nada bueno podía nacer en aquella isla manchada de odio, de terror y sangre.

VII

La caperuza no era lo peor que tenía que llevar Yago puesto todo el día, al igual que Sancho, su extraño compañero de celda; también estaba el sayo de tela áspera y gruesa, medio roto, que le hacía ir más desnudo que vestido.

En la celda donde los encerraban cada noche se hundió de pena, de soledad, de desesperanza. La única compañía que tenía era otro desposeído como él, un hombre que saltaba de la realidad a la locura sin mediar un suspiro.

Sancho caminaba muy estirado y de un modo forzado, su barba era canosa, siempre enredada, y estaba extremadamente delgado. Apenas se le llegaban a apreciar los músculos, y su cabeza estaba sembrada de penachos de pelo de diferente longitud a causa de la tiña.

A veces Yago lo escuchaba darse órdenes, como si hubiese otra persona dentro de él que tomase protagonismo sobre el primero. Uno era introvertido, de pocos afectos y callado, casi siempre acurrucado en una esquina de la celda. El otro era ocurrente, despierto y vivaracho; siempre hablando sobre cosas y sitios imaginarios, pero con tal profusión de detalles que llegaban a parecer reales.

Las primeras semanas fueron espantosas para Yago.

El hospital era un muestrario de las distintas formas de miseria humana llevadas al máximo. No todos estaban locos, algunos solo eran enfermos, desvalidos, o simplemente pobres que eran recogidos de las calles por haber sido considerados socialmente peligrosos.

Desde el desayuno hasta el mediodía juntaban a todos los internos en una gran sala donde los hacían trabajar para que la ociosidad no les enviciara todavía más. Pero también cada jornada se comprobaba que el propósito rozaba lo imposible. Los primeros días Yago se interesaba por entender qué les sucedía, reconocer las rarezas de cada uno, pero luego fue perdiendo ganas y su capacidad de observación se agotó, ahogado por tanto dolor y miseria.

Conoció a un hombre que desde que entraba en el improvisado taller, donde los ponían a fabricar jarras, platos y frascas de barro, se quedaba quieto como una estatua sin inmutarse ante nada. O a otro que se comía la arcilla y luego la escupía poco a poco, y se reía dando volteretas. Los había que no paraban de llorar, y otros que de repente se ponían a chillar, como él empezó a hacer también. Casi todos iban medio desnudos y la suciedad era más exagerada a medida que pasaban los días entre baño y baño.

Una vez a la semana los metían en un patio cuadrado muy estrecho, donde se apiñaban, y desde las ventanas los enfermeros les tiraban cubos de agua para lavarlos. La sensación de pánico que Yago sentía en esa ducha era inimaginable, sobre todo ante tanta estrechez. Empezó a acusar el mismo tormento que creía olvidado de su reclusión cuando era pequeño, y desde entonces empeoró. Dejó de frenarse, perdió el control de sí mismo que tanto esfuerzo le había costado conseguir, y comenzó a chillar, a patalear, a esconderse de todos, tal y como lo hacían los demás, tal y como lo había hecho él mismo durante muchos años.

A veces salía sangrando por los arañazos de los vecinos, a quienes por descuido alguien había olvidado cortar sus afiladas uñas, y que pagaban los ataques de rabia con quien estuviera a su lado.

Algunos llevaban grilletes en pies y manos, a otros los dejaban encadenados a las paredes y allí se pasaban las horas y los días, sin mirar a nada, agachados y acurrucados. De tanto tiempo en esa postura más de uno se moría, y habían de llevárselo en la misma posición, ya que no conseguían estirarle las piernas. En esos casos, los enfermeros protestaban al tener que enterrarlos encogidos, pues les era más difícil meterlos en los nichos.

Cada semana, Marcos, el barbero, ordenaba traer a su consulta a los internos que hubieran estado más agresivos para someterlos a una sangría.

A Yago le tocó pasar por sus manos en cada una de esas ocasiones, por su actitud cada vez más rebelde y porque así lo había ordenado el director del hospital.

Marcos era un hombrecillo de ojos diminutos y nariz picuda, y a Yago no acababa de gustarle demasiado. Le hacía daño cuando le pinchaba y no era limpio con las lancetas. La herida que le dejaba en los brazos se le hinchaba mucho, enrojecía y terminaba doliéndole tanto que para remediarlo se la abría sirviéndose del borde de una piedra afilada que había localizado en una esquina. Lo aprendió al ver cómo lo hacían otros.

Tras la sangría lo pasaron al despacho del director.

—¿Te has planteado para qué sirves en esta vida? —Beltrán Dávalos aseguró las correas que ataban a Yago a la silla.

Él no contestó y bajó la cabeza.

—Tu mal está siendo cada vez más nítido, muchacho. —Beltrán anotó algo en una libreta y se reafirmó en su idea—. Tras el primer mes que llevas con nosotros ha llegado el momento de ponerte en tratamiento para resolver tu melancolía y otros desvaríos que, según mi barbero, son menores pero para mí importantes. —Le levantó un brazo y lo dejó caer decepcionado—. Además, estás quedándote demasiado delgado. Eso sí que no me gusta. Mis medidas contra el mal de cabeza funcionan si la salud las acompaña; y tú no estás nada fuerte. Pero te pondremos remedio. Cuando empecemos a tratarte vas a notar una gran mejoría.

Yago volvió la cabeza para ver qué hacía a sus espaldas y el cuello le chasqueó por la postura. Necesitaba rascarse la espalda pero tenía las manos atadas. Si estaba delgado, como el administrador decía, la culpa la tenían las penurias alimenticias que pasaban en el hospital. Cada día se les daba un pan negro mal sazonado y unas habas cocidas y llenas de bichos. Yago superaba en talla a la mayoría de los internos, sus hombros se habían ensanchado y su esqueleto soportaba una musculatura que si no prometía más era por la falta de mejores alimentos.

Beltrán dejó entrar a uno de sus guardianes y señaló a Yago.

—A este me lo vais a cuidar dándole doble ración desde esta noche. Quiero notar una mejoría en menos de un mes. —Le pellizcó en un brazo y lo encontró seco.

Fue a por la libreta que tenía abierta en su mesa, la recogió y miró algo antes de volver a hablar. Cuando lo hizo se cuadró delante del chico.

—En mi hospital conviven una gran variedad de locos. A unos los llamo divinos, pues creen ser como Dios, hay bobos, otros que son varias personas en uno, también hay necios, endemoniados, locos fingidos, visionarios y luego estás tú… —Yago le escuchaba atento—. Lo tuyo es distinto, ¿sabes? Te he observado desde que llegaste, y creo conocer cómo funciona tu mente; lo he leído en los libros. Sé que no eres de los fáciles, pero desde ahora entraré en tus confusiones y verás como pronto las podré manejar. —Recorrió con las yemas de los dedos un par de libros en su estantería, seguro de lo que decía y orgulloso de su nutrida biblioteca—. ¿Sabes lo que tienes? —Apuntó con un dedo a la base de la cabeza de Yago.

—No —contestó por primera vez.

—Bueno, por fin te escucho. —Sonrió—. Me alegra tanto que te lo voy a decir, sí… —Recogió un bote de su mesa en cuyo interior había un agua oscura con algo flotando que Yago no pudo ver, pues Beltrán buscó de nuevo sus espaldas—. Lo tuyo es una mezcla de melancolía, insania y delirios.

Yago no entendía ninguna de aquellas palabras pero sintió miedo. Vio en Beltrán una mirada tenebrosa.

—Se debe a que tienes aquí dentro —le golpeó con los nudillos en la frente, cerca del nacimiento del pelo— un acúmulo de bilis negra que se forma de las heces de tu propia sangre. Aunque tú no la notes, yo sé que esa bilis es fría, seca, y de sabor ácido. —Yago no quiso imaginar cómo habría conseguido conocer a qué sabía—. Pero has tenido mucha suerte de dar conmigo, porque tengo remedios.

Yago notó como un pinchazo en su nuca y luego tres más; no sabía qué eran, pero pronto sintió que se le adormecía la piel en esas zonas.

—¿Qué es?

—Míralo tú mismo. —Beltrán se puso frente a él con aquel frasco. Sacó una sanguijuela y se la plantó en la frente, y otra en cada una de sus sienes. Yago sintió asco y miedo. Los gusanos le taladraron la piel y empezaron a chupar su sangre hinchándose por momentos.

—Estas amigas te ayudarán a rebajar el oscuro humor de tu cerebro, pero además probarás un laxante cada día para que tu proporción de líquidos mejore.

Yago notaba cómo aquellos bichos le estaban extrayendo la sangre; cuatro en su nuca y tres en la cabeza, y deseaba que terminase pronto aunque no sentía dolor. Trató de zafarse pero no lo consiguió.

Alguien que no pudo ver entró en la habitación en esos momentos. Por la voz, Yago creyó que se trataba del portero.

—Señor, lo tenemos todo preparado.

—Perfecto, llévatelo en brazos.

Yago confirmó la personalidad de su portador y un gran terror sacudió su cuerpo con una exagerada temblequera. El hombre apenas podía con su peso, pero no parecía dispuesto a soltarlo. Al atravesar varias puertas Yago se iba dando golpes en la cabeza y también algún que otro arañazo. Recorrieron varios pasillos que nunca había visto, hasta llegar a un portón de baja altura por el que entraron agachando la cabeza.

En su interior había dos grandes barreños con agua; una estaba ardiendo y la otra parecía helada.

Yago gritó y empezó a forcejear, pero de nada le sirvió. El portero era mucho más fuerte que él. Con una sola mano le rompió el sayo de un tirón y le dejó desnudo. Beltrán se pronunció.

—La respuesta que acabas de tener me hace pensar en un problema añadido a los que ya tienes, y que yo llamo delirios sin fiebre. Seguramente se produce porque los humores en tu cabeza están demasiado calientes y esa calentura hace que se adhieran tus membranas y se pincen entre ellas con fuerza, lo que provoca en ti esas feroces reacciones que me cuentan que tienes casi todos los días… —Señaló al portero el barreño de agua helada—. Empezaremos por esa.

Beltrán le quitó las sanguijuelas con la ayuda de unas gotas de limón que sacó de un pequeño frasquito y las recuperó en su bote. De cada punto donde habían estado los gusanos empezó a gotear un pequeño flujo de sangre.

Y sin más prolegómenos lo sumergieron en el agua helada.

Al seguir atado de pies y manos, Yago creyó ahogarse cuando vio que se hundía sin poder hacer nada para remediarlo.

El tiempo que pasó dentro se le hizo eterno, pero cuando creía que iba a morir unas fuertes manos lo cogieron por las axilas y lo sacaron fuera del agua. El color de su piel se había vuelto tornasolado, y nada más salir padeció una sacudida de temblores a consecuencia del frío que había pasado.

Le volvieron a poner su sayo, o los restos de él, y escuchó las últimas palabras de Beltrán antes de que saliera por la puerta.

—Cada dos días repetiremos una sesión como esta. Ya verás qué bien te van a hacer…

En el descanso de la celda, inmerso en sus recuerdos, Yago repasaba una y otra vez los pocos momentos de felicidad que había vivido en el pasado para contrarrestar las amarguras que ahora padecía.

Así se le iban las horas, los días y las semanas, con la única compañía de Sancho, con quien en ocasiones podía hablar, y un trozo de barro que le servía para concentrar su atención sin sufrir las crisis de ansiedad que habían vuelto a alterar su vida. Modelaba la arcilla con habilidad y pronto consiguió fabricar diferentes figuritas de caballos que una vez terminadas destruía de inmediato.

Mientras se agotaban los últimos rayos de luz revisó concienzudamente uno de sus mejores logros, un caballo cuya perfección era sorprendente, en una compleja postura; el cuello doblado y las patas en tensión, como si acabase de frenar de golpe y estuviese mirando a sus espaldas. Mojó un dedo con saliva y lo pasó por el lomo del animal puliendo una pequeña imperfección.

Sancho lo observaba como siempre sorprendido por la precisión de sus manos. Esa tarde estaba sereno y se dirigió a Yago con una buena noticia.

—He sabido que muy pronto te van a dejar salir a la calle; te sacarán y podrás ver la ciudad y a la gente, y me alegro… —Su mirada no estaba perdida en el limbo como acostumbraba; ahora parecía nostálgica.

—¿Por Sevilla?

—Sí. Te cambiarán de ropa con otro sayo más limpio, de colorines, para que atraigas a la gente y te ganes su compasión. Te darán limosnas que luego se queda el director, los enfermeros, o incluso el portero, pero a mí me da igual; al menos ves niños, personas corrientes, y sobre todo puedes sentir el calor del sol sobre la piel y la intensa luz de la ciudad.

—Yago quiere ir. —La idea le resultó seductora.

—Otras veces nos dejan en la puerta del hospital encadenados para conseguir lo mismo. Igual te llevan primero ahí.

Sancho se rascó sus velludas piernas en busca de algo que le estaba picando.

—¿Sabes que el director Beltrán me va a operar para solucionar mi mal? Dice que me curaré, y que desde ese momento ya solo seré uno.

Yago sintió pánico al pensar en Beltrán y sus remedios.

—¿Con sanguijuelas?

—No sé. Creo que el barbero, ese Marcos, sabe operar lo mío. Pero no me cuentan más.

Sancho no sabía por entonces que lo que Beltrán pretendía era probar con él una cirugía nueva, pero como desconocía la técnica necesitaba aprenderla de manos de Marcos. Le había contratado para su hospital precisamente por ese motivo, dada su experiencia y conocimientos en esas artes.

En su obsesivo afán de anular la voluntad de ciertos internos para convertirlos en obedientes sirvientes de su hermano, Beltrán había probado un extracto de adormidera mezclada con mandrágora, planta que solo se encontraba bajo los patíbulos y de la que se decía que para crecer necesitaba la sangre y las almas de los ajusticiados. Beltrán había descubierto que tras dos meses de uso continuado de esa mixtura, y en dosis crecientes, el individuo se quedaba casi sin habla, dejaba de pensar de forma autónoma, y empezaba a obedecer a todo lo que se le pidiera. Era como si el tratamiento borrara los recuerdos y la personalidad del destinatario.

Pero cuando supo que con esa nueva operación que Marcos practicaba en el cráneo del enfermo, se conseguía idéntico resultado y en un solo día, decidió que era mucho mejor método. El primer paciente para aprenderla sería Sancho. En cuanto dominase sus trucos, la repetiría con los candidatos que viera más aptos para las necesidades de su hermano, también con los más problemáticos y violentos.

Para que el resultado fuera óptimo, Marcos había recomendado que antes de operar se sumergiera la cabeza del paciente en un baño de agua muy fría para rebajarle la sangre que circulaba por ella, y así reducir su sensibilidad.

—¿Cómo eran tus padres? —Sancho continuó con su conversación.

La pregunta sorprendió a Yago; nunca se lo había planteado al no saber nada sobre ellos.

—No sé, no tengo —contestó convencido.

—Una madre es lo más grande que se puede tener, Yago, su amor es el más generoso, el más leal, el más tierno. Tú, como todos, lo has tenido, tendrías que acordarte. Y un padre te ayuda a afrontar los peligros, las responsabilidades, te hace fuerte y laborioso.

Yago no podía asociar ninguna de esas actitudes con quienes no había conocido. La mención, de todos modos, provocó un efecto mucho peor del que Sancho se podía esperar. De repente deseó aislarse por completo, de todo, desde luego de su compañero de celda, y se encerró en sus propios pensamientos.

Su mente voló entre unos y otros recuerdos, como en una sucesión encadenada de imágenes; algunos surgían asociados a sus breves momentos de felicidad, donde estaban Camilo, Hiasy y los caballos. Al revivirlos, sentía lo más parecido a un agradable calor, le relajaban. Pero también aparecieron otros recuerdos, desde el lado más oscuro de su memoria, como sombras de sus miedos, del dolor, del abandono, pesares y angustias. En ellos se veía abatido, entre agudas crisis y largas ofuscaciones. Yago llegó a la conclusión de que su vida se había llenado de oscuridad más que de luz, de penas más que de alegrías, y no entendía por qué. Desde la crueldad de su tía al desprecio y las humillaciones de compañeros y directores en la escuela de la cartuja; desde la acusación del yeguarizo en Lomopardo, que provocó su separación de Camilo, a vivir en esclavitud en Jamaica, y ahora estar allí encerrado entre lo más desahuciado de la sociedad; todo en su vida había sido negativo.

Cuando lo pensaba, llegaba a la conclusión de que él no tenía la enfermedad de los demás, de eso estaba seguro. Su manera de percibir las cosas era diferente a como lo hacía el resto; de eso se había ido dando cuenta a lo largo de los años, pero él no era ni un loco ni un bobo, tampoco un endemoniado. Solo encontraba dificultades para explicar lo que sentía, y además casi nunca tenía a quién contárselo.

Entre esa amplia colección de imágenes y emociones, buenas y malas, también había otro grupo de borroso recuerdo. A estas últimas las sentía más aisladas, sin relación alguna con el resto de los pensamientos, como si flotasen en una laguna oscura donde por más que miraba no llegaba a ver nada, ni a entender nada. Ese mundo se parecía a un pozo donde podía echar todo lo que no comprendía, lo que se le escapaba en una primera impresión; un mundo que cada vez se hacía más grande.

Allí era donde no estaban sus padres, ni los sentimientos que eran comunes a la demás gente, seguramente de los que le hablaba Sancho. En aquel oscuro agujero vivían sus propias dudas, y sobre todo las preguntas para las que no era capaz de encontrar respuesta, como para qué servía en la vida, o por qué razón había sido creado, o qué tenía que hacer para que la gente llegara a verlo normal.

La reclusión en el Hospital de Locos e Inocentes a Yago le estaba suponiendo un martirio interior bastante más serio que el físico, pues ese pozo mental se hacía cada día más grande y parecía tragárselo todo, hasta lo poco bueno que había conseguido en su vida.

Pensó que se lo tragaría por entero a él.

Entre celdas, baños fríos y calientes, sanguijuelas, hambre y desprecio, ataques y las peores crisis que había tenido en años, su abandono empezó a ser tal que las pocas referencias que le quedaban se fueron difuminando. Quizá se le iría la cabeza como a tantos otros allí, como le pasaba a Sancho, que iba de la euforia al ostracismo en menos de un amén.

Lo miró. Allí estaba de vuelta de sus turbios pensamientos, explicando a un ser imaginario que tenía a su derecha una historia sobre unos perros que le hablaban a diario, y sobre lo mucho que estaba aprendiendo a cazar gracias a sus consejos.

Yago se acurrucó en su camastro, apenas un pellejo sucio de cabra con algo de paja por debajo y más chinches que pelo.

Se dio cuenta de que su vida no le gustaba nada, pensó que estaba siendo demasiado dura y se resumía en un final casi siempre fatal... Se le escapó una lágrima temiéndose que se pasaría el resto de sus días allí dentro, al no saber qué podía hacer para cambiar su funesto destino.

Sancho se le acercó, ya callado, una vez más en su estado normal y se abrazó a él. En aquel mundo de desposeídos, al menos se tenían el uno al otro.

VIII

Fabián vio llegado el momento de actuar...

Ante el nuevo crimen de Tarsicio, cuya autoría no dudó en atribuir a la persona de Luis Espinosa, sus deseos de venganza cobraron naturaleza de nuevo junto con la voluntad de hacerle pagar de una vez por todas el mucho mal que había hecho en su vida.

Con la sangre palpitándole en las sienes, un odio profundo movió su determinación para destruir a Luis Espinosa para siempre, pero no a acero, sino con la justicia de su mano. Desde su visita al Pósito, y una vez supo que a Luis se le había visto de vuelta de Jamaica, su detención era lo único que le corría por la cabeza. Con las pruebas que poseía y sus antiguos contactos en la Alcaldía de la Saca, por suerte ajenos a las influencias de aquel veinticuatro, se vio capacitado para solicitar su ayuda y conseguirla.

Junto a tres alguaciles, cuatro días después de que su barco atracara, fue a detenerlo.

La hacienda de los Espinosa no le era del todo desconocida.

Había estado allí en otra ocasión coincidiendo con sus primeras pesquisas. De aquel día recordaba la presencia de Martín Dávalos, de quien sabía menos que de Luis Espinosa, pero sobre el que tenía idénticas sospechas. En aquella ocasión había ido de día y como agente de la Saca, ahora lo hacía al atardecer, como Fabián Mandrago, para cobrarse una larga deuda y con la ley de su lado.

La oscuridad empezó a adueñarse de los edificios cuando llegaron a caballo. Entraron en el patio con deliberada brusquedad y descabalgaron a la vez haciendo sonar sus espuelas contra la piedra del suelo.

Fabián, a la cabeza del grupo, sin poder disimular su cojera, se abrió paso entre dos perplejos empleados que no obtuvieron respuesta alguna a la pregunta de a quién deseaban ver.

—¡Despejad el camino a la justicia! —proclamó de forma contundente uno de los alguaciles.

Fabián atravesó la puerta de entrada de la casa y buscó el salón principal con la esperanza de encontrar a Luis en su interior, pero sobre todo para disfrutar de ver su cara en cuanto le dieran justificación de su presencia a esas altas horas.

Cambió la dirección de sus pasos al ver que se hallaba vacío y ordenó a la servidumbre que no hicieran nada, guardaran silencio y se mantuvieran en todo momento al margen si no querían verse comprometidos o acusados de entorpecer la mano de la ley.

Comprobó en dos salones más que tampoco estaba e imaginó que lo encontraría en su dormitorio. Tomó la escalera que ascendía en curva a la segunda planta, preguntó al mayordomo qué puerta era la de los señores y después de averiguarlo le hizo callar a pesar de sus repetidos intentos por hacerse oír.

Una vez llegado a su destino, repartió a sus hombres a los lados, inspiró una bocanada de aire, se estiró el jubón y entró sin llamar.

—¡Don Luis Espinosa, quedáis detenido por orden de la ley! —Fabián se encontró con una estancia a oscuras, donde solo vio un candelabro que iluminaba una de sus esquinas y, al adaptarse a la escasa luz, a una mujer que se daba la vuelta asustada.

—¿Pero quién sois? —Doña Laura dejó sobre la cómoda un cepillo de marfil y se levantó indignada. Reconoció de inmediato al imprevisto visitante.

—Vengo a… —Fabián recorrió por completo la estancia con la mirada, desconcertado, sin ver a don Luis Espinosa por ninguna parte—. Decidme dónde está vuestro marido —forzó el tono de voz para no evidenciar demasiado su confusión—. Venimos a detenerlo…

—Ya podíais haber venido antes.

—¿Acaso ha salido? —preguntó esperanzado.

—Ha salido, sí, pero de mi vida, de mi hacienda y además para siempre.

—¿Cómo decís? —Fabián no podía creer lo que acababa de escuchar. Sin tener en cuenta dónde estaba, escupió con rabia.

—Don Luis Espinosa ya no es mi marido, me ha repudiado, puede que esté ya fuera de España, ya que dejó Jerez hará dos semanas.

Si lo que acababa de escuchar era cierto, una vez más se le había escapado quien más odiaba en la vida, y de nada habrían servido las complejas gestiones emprendidas para poner en marcha su detención. Sin terminar de creerla endureció su expresión y le exigió su juramento.

Doña Laura respondió ofendida por haberla puesto en duda, pero hizo venir a su dama de compañía y al mayordomo para que ratificaran sus palabras.

Fabián, desolado, se quedó sin habla.

La situación era de lo más violenta. Su presencia allí, que antes estaba completamente justificada e iba a suponer ver cumplida su venganza, de pronto resultaba desproporcionada.

Sus acompañantes se disculparon sin más demoras y salieron del dormitorio casi con prisa. Pero ese no era el caso de Fabián, que todavía era incapaz de mover un músculo.

La mujer ordenó que salieran todos de sus dependencias y le acercó una silla para que se sentara. Tomó en su mano un abanico y le ofreció un poco de aire, por si así conseguía recuperar un tono más normal en sus mejillas o al menos rebajar su lividez.

—Os recuerdo… —doña Laura rompió el silencio.

—Y yo a vos —contestó él en un tono lacónico—. No sé cómo pediros disculpas. Pensé que esta vez...

—Por entonces buscabais cómo encausar a mi marido en otros delitos que yo no parecía querer ver, pero ahora han cambiado las circunstancias y estaría dispuesta a ayudaros…

La inesperada declaración de doña Laura Espinosa despertó en Fabián nuevas esperanzas.

—¿Podría contar con vos?

—Ahora es tarde, demasiado tarde para que las emociones y las palabras tengan el suficiente peso como para seros de utilidad, pero venid mañana y hablemos. Quizá podamos encontrar cómo resolver vuestras intenciones y a la vez conseguir hacerle pagar el engaño que ha destrozado mi vida.

Cuando esa misma noche dejaba atrás la hacienda de los Espinosa, pensó que antes de entrevistarse con doña Laura a la mañana siguiente visitaría la cartuja para saber de Camilo. Desconocía si habría conseguido sus propósitos y le suponía allí. Habían pasado casi dos meses desde la última vez que se habían visto y deseaba actualizar sus noticias.

En la cartuja fue informado del nuevo destino de Camilo, supo que había vuelto con Yago y que el joven había desaparecido el mismo día que el fraile había partido de viaje. El prior que le informó era nuevo en su cargo.

—¿Y qué ha sido de don Bruno de Ariza?

—Mi antecesor tuvo muchos problemas con la ciudad de Jerez y sus dirigentes, demasiados litigios, demasiadas quejas de sus veinticuatros. —Se retiró unas gafas de gruesos vidrios y siguió hablando con voz queda—. La verdad es que para el buen destino de nuestra orden, en cualquier lugar es esencial mantener buenas relaciones con el poder civil, y el hermano Ariza no lo hizo. Ahora está en Sevilla, donde vive como un padre cartujo más.

Fabián se rascó la barbilla imaginando hasta dónde llegaban las influencias de los nobles en aquella ciudad; ni un prior cartujo era ajeno a su poder.

* * *

—Doña Laura ha indicado que la esperéis en la puerta del almacén general. Acompañadme.

Fabián siguió al sirviente hasta un edificio de grandes proporciones, agradeció su cortesía y esperó mientras observaba el interior de la nave. Allí dentro había más de cincuenta personas trabajando en las más variadas tareas; unos recogían el hollejo y los rabillos de la uva que sobraban para luego dárselos a comer al ganado, otros empujaban unas enormes cubas y al fondo vio a unos mozos que cargaban tres carros con cajones de madera llenos de botellas.

—¿Fabián?

Al escuchar su nombre se volvió. Doña Laura le estrechó la mano.

—Ayer comenté que os conocí no hará más de…

—Puede que ya haga diez años —apuntó él.

—Hemos cambiado un poco desde entonces, ¿verdad? —Se percató de su cojera al invitarlo al interior del almacén—. Veo señales en vos que dan a entender que el tiempo no os ha tratado demasiado bien. Pero recuerdo aquel día, como también el motivo que os trajo a esta casa.

Fabián le agradeció la cita después de su bochornosa aparición la pasada noche.

—¿Querríais acompañarme por los viñedos mientras hablamos? Y no me agradezcáis nada, pues lo hago de buena gana.

—Será un placer.

Doña Laura mandó ensillar dos caballos para recorrer las interminables hileras de vides que poseía la hacienda y, sin dar más rodeos, se animó a preguntar algo que le reconcomía de curiosidad.

—¿Ha tenido que ver mi marido en vuestra desgracia? —Le señaló la pierna enferma.

—¡Todo! Ha sido su responsable.

—Entiendo… —Luchó contra un rebelde mechón de pelo que no le dejaba ver, se vistió con un delantal anudándoselo a la espalda y se metió unas gruesas tijeras en los bolsillos.

A pesar de conocerse poco, ella veía en Fabián a alguien con quien había compartido una misma desgracia; a Luis Espinosa. Lo observó hasta que llegaron los caballos y le pareció que era una buena persona, a diferencia de su primera percepción. Lo pensó una vez más, suspiró, dudó si sería lo más adecuado, y tras un prolongado silencio se decidió a hablar.

—Hace pocas semanas mi marido volvió de Jamaica y rompió nuestra relación supongo que para empezar otra…

—He de felicitaros por ello —sentenció Fabián para su sorpresa, mientras montaba una preciosa yegua castaña.

—¿Cómo decís?

Fabián se colocó a su derecha y sin dejarla hablar le contó lo que sabía de su marido, en qué crímenes había participado, en qué sucios negocios andaba metido y hasta dónde llegaban los desmanes. Entre ellos, incluyó los dos intentos de asesinato de que había sido víctima.

—Tal vez no debería contaros esto, pero parecéis una buena mujer que ha vivido ajena a sus excesos. Confío así en abriros un poco más los ojos, si es que cabe, sobre su auténtica personalidad. Por eso os felicito por vuestra ruptura; espero que lo entendáis…

Bajaron al paso una suave ladera hasta llegar a las primeras cepas. Ella no eludió seguir hablando sobre Luis, pero con las primeras viñas y una vez descabalgaron, quiso explicarle cómo reconocía el estado de madurez de las uvas, las virtudes de una buena poda, la mejora del vino cuando se despejaban de la cepa más de la mitad de sus racimos. A Fabián le impresionó la pasión que sentía por aquel oficio que ella definió como el más bello de los posibles; le habló de cómo se extraía de la tierra su esencia, su sangre. Mientras explicaba cuáles eran las enfermedades que estropeaban las cepas, y a la vez que cortaba pequeños brotes verdes en alguna de ellas, volvió al asunto que les traía a vueltas.

—¿Cómo os podría ayudar para hacerle pagar todo el daño que ha causado?

—Una vez que no he conseguido su detención, lo que pretendo ahora es destruirlo de otro modo. —Fabián fue tan aseverativo que la dejó parada y con las tijeras en la mano—. Quiero deshacer su imperio de maldad.

—¡Si es para eso, contad conmigo! —Se retiró el guante, le extendió la mano y sonrió amable.

Acababa de darle una gran alegría. El hecho de poder hacer algo en contra de su marido era lo mejor que le podían proponer. Vista su predisposición, Fabián dio un primer paso y preguntó si sabía dónde podía estar.

—No lo sé con certeza, pero me ha llegado el rumor de que tal vez esté cortejando a una mujer, una tal Christine de Habsburgo en Génova.

Fabián memorizó el nombre, la ciudad, y le pidió que recordase cualquier otro detalle que facilitara su localización.

Laura se enfundó de nuevo los guantes y siguió podando por aquí y por allá, dándole vueltas a una idea.

—Si un día os cruzarais con él, ¿lo mataríais?

—Os confieso que en más de una ocasión lo he deseado, más de lo que imagináis, y tal vez bastante más de lo que debiera.

—No me parecéis un asesino. Vos no...

—Quizá tengáis razón, pero resulta demasiado tentador.

—Os entiendo, pero tal vez no sea necesario mancharse de sangre. —Ella esbozó una sonrisa muy especial—. Seamos más listos que él…

—¿Pensáis en algo concreto?

—Yo no, pero estoy segura de que vos sí. No podéis ocultar que poseéis un gran talento, sois astuto y taimado. La venganza que se destila en vuestro deseo de llevar a mi marido a su derrota, tal y como me habéis dicho hace poco, ha de apoyarse en un plan. Me agrada saberos tan inteligente, y sí; es cierto que he pensado en algo. Me propongo embaucarlo en una gran trampa, la peor trampa. ¿Os complace la idea?

IX

Yago iba vestido de colores, con una caperuza que parecía un embudo, unas sandalias atadas a los tobillos que le quedaban grandes, y una pesada cadena al cuello que le unía a otros diez locos. Habían salido desde la calle Real, de la puerta principal de su hospital, y ahora se dirigían hacia el centro recorriendo una de las vías de mayor tránsito por ser la de entrada a la ciudad de los que venían del norte.

Sevilla veía cada semana esas procesiones de limosna que solían terminar en una plaza vecina a la catedral, la llamada de los Cantos, pero no a todos les gustaba. La mayoría se apartaban de ellos por miedo a unos individuos que en ocasiones eran violentos, de rostros quebrados y miradas vacías, seres que en opinión de muchos no deberían estar fuera del hospital.

Aquella iba a ser su primera salida después de haber pasado por una nueva sangría a primera hora de la mañana y otro baño de agua helada. Beltrán le aseguraba que pronto mejoraría, pero Yago no sabía de qué y, por eso, tampoco era capaz de apreciar si el tratamiento funcionaba o no.

Lo que sí notaba era que, a medida que pasaban los días, se encontraba más débil y le costaba cumplir con el trabajo que llevaba haciendo las últimas tres semanas; transportar unos pesados bloques de piedra desde unos carros hasta el interior de uno de los patios del hospital, para el arreglo de un muro.

En esos pensamientos estaba cuando en medio de la calle tropezó con quien le precedía en la fila de inocentes, un hombre encorvado que, además de oler fatal, le estaba pisando a cada dos pasos. Recibió de su parte un bofetón al que no pudo responder ante la amenaza del portero, que los estaba vigilando de cerca. Por detrás llevaba a otro de los residentes, este algo más normal; un chico de su edad que lo único que parecía tener era una desviación de los ojos. El defecto impedía saber hacia dónde miraba, pero por lo demás era alegre y caminaba sin dar tantos trompicones.

Al llegar a una plaza de grandes proporciones, luminosa y salpicada por enormes palmeras, los hicieron sentarse uno al lado del otro formando una fila que casi cerraba el paso de todo el que quisiera atravesarla. De ese modo se aseguraban una mayor recaudación. Yago no supo qué debía hacer, pero pronto imitó a los demás; estiró la mano y se puso a cantar con ellos una canción desconocida que rumoreó hasta aprendérsela. Miró al cielo, respiró el aroma a flor de azahar que inundaba los alrededores y se sintió de maravilla. El solo hecho de haber abandonado las sombras del lúgubre hospital y de poder sentir sobre su rostro la brisa templada del mediodía, y con ella unos tímidos pero cálidos rayos de sol, le estaba pareciendo la experiencia más agradable que recordaba en los casi dos meses que llevaba encerrado.

Antes de salir estuvo con su compañero de celda, Sancho, de quien no había conseguido ninguna reacción. Desde hacía cinco días no hablaba, estaba más perdido de lo habitual, como en un mundo aparte, y a diferencia de otras ocasiones no se le veía con intención de regresar. Yago pensó que estaba pasando un momento de desvarío o que se había colado en algún lugar de su mente del que ahora no sabía volver. Nunca había entendido qué sucedía dentro de la cabeza de Sancho, ni qué causaba los cambios tan extremos en su carácter o en sus reacciones. Pero desde el día que apareció con una pequeña herida en la sien, su transformación fue absoluta. Se la había mirado lleno de curiosidad. Tendría el tamaño de un guisante y apenas estaba tapada con una incipiente costra, a dos o tres dedos de una de sus cejas.

—Sancho, ¿me escuchas? —poco antes de su salida se lo repitió una y otra vez sin obtener ninguna respuesta. Comprobó que la herida le supuraba. Se la lavó con su propia saliva, lo único de lo que disponía, pero al limpiarla, y a pesar de guardar el máximo cuidado, se le desprendió la piel y a Yago le pareció que tenía como un agujero. Se apartó ante el fétido olor que desprendía.

—Mírame. —Le sujetó la cara con las dos manos y se enfrentó a su rostro.

Sancho parecía no ver. Su expresión era vacía, como muerta. Además llevaba dos noches volviendo de madrugada después de que el portero lo viniera a buscar al terminar la cena. Yago no sabía a dónde le llevaban o qué hacía, porque Sancho se había quedado mudo. Volvía congelado, tal vez después de haber pasado un buen rato en la calle, y las dos veces con las manos ensangrentadas.

Yago sufría al verlo así. A pesar de sus desvaríos era el único que le transmitía cercanía y afecto dentro del hospital. Empezó a sospechar de Beltrán. No sabía qué le había hecho, pero desde hacía cinco días, y tras la operación a la que le habían sometido, algo grave le sucedía. Llevaba los brazos invadidos de pinchazos, por donde pensó que debían estar introduciéndole las medicinas para sacarle de su enfermedad, según le había dicho el director. Pero Yago tenía la sensación contraria. Cada día Sancho parecía estar atrapado en otra realidad, cerrada al resto y sin salida.

Además apenas comía.

Se fijó desde entonces en el resto de los internos. Al menos contabilizó a otros dos con semejantes heridas en la cabeza, aunque no en el mismo sitio. Parecían absortos, pero sin estarlo hacia nada en concreto. Sus miradas eran similares a la de Sancho. En los tres casos ninguno hablaba, se limitaban a obedecer a lo que se les decía como si fueran máquinas.

Algo muy extraño estaba sucediendo en el hospital.

Se pasó toda la mañana en la plaza de la catedral sentado en el suelo junto con el resto de los enfermos. Uno de los porteros con los que iban se encargaba de iniciar un salmo, y a partir de entonces cada uno iba a su ritmo, pocos conocían la letra en su totalidad y el resultado parecía cualquier cosa menos un coro. Pero a la gente le debía de resultar gracioso, porque se les acercaban sonriendo y les lanzaban monedas al interior de un sombrero de ala ancha que se dejaba a los pies del grupo.

Yago pudo escuchar a varias mujeres que pedían a sus maridos que les comprasen uno. Señalaban en especial a los enanos, y aquel día había tres en su grupo. La gente estaba dispuesta a pagar por ellos solo para que amenizaran sus fiestas y para enseñarlos con orgullo a sus amistades. Al parecer se había puesto de moda, entre las clases más altas, y era todo un signo de distinción, imitando lo que hacían los reyes con los bufones de palacio.

Durante las tres horas que se mantuvieron en la plaza, Yago disfrutó sobre todo de las miradas de los niños. Eran inocentes, limpias, sencillas, y él las entendía. De todas las que recibió esa mañana, le impactó la de una niña morena, muy enclenque, que corrió hacia él soltándose de su madre para besarlo en la mejilla, decirle hola y darse media vuelta en busca de su asustada progenitora. Cuando Yago se tocó donde lo había besado, se sintió profundamente feliz. No había recibido muchos besos en su vida, pero el de esa niña lo compensaba, quizá a causa de su espontaneidad. Tenía comprobado que sus diferencias le distanciaban de todo el mundo, aunque quería imaginar que un día sería capaz de atraer a alguien.

Ese beso lo ayudó a entender que la felicidad tenía que ver con la voluntad, con el hecho de darse a los demás. Pensó de inmediato en su amigo Sancho y se propuso hacer algo por él, lo que fuera para que no siguieran perjudicándolo más.

Horas después, en el despacho del director, escuchó una conversación, que le inquietó, entre Beltrán Dávalos y el barbero. Yago extendía el brazo para su habitual sangría. Parecía abstraído, pero no lo estaba.

—Mi técnica no es compleja pero requiere mucha precisión para perforar el hueso. —Marcos llevaba en sus manos un cránco con dos agujeros de diferente grosor por encima de la cuenca ocular—. Como pudisteis ver, el primero al que se lo hicimos perdió la visión y el habla.

—Taladré donde me señalasteis —se justificó Beltrán, quien ya se atrevía a practicar la operación solo después de haberlo visto hacer seis veces, la última de ellas a Sancho.

—Lo sé. Es cierto. Algunos tumores son tan pequeños que cuesta localizarlos desde fuera. Me visteis golpear el hueso con el martillo pero apenas conseguí detectar un cambio de sonido. Fue tan débil la diferencia que por eso erré el lugar —comentó Marcos a la vez que le clavaba a Yago la lanceta en la vena sin ningún cuidado. El chico se quejó.

Beltrán abrió un libro y buscó una ilustración de un cráneo seccionado en dos, en la que se indicaba en qué parte del cerebro residía cada función del cuerpo. Lo puso en manos de Marcos.

—Se duda sobre la existencia de un centro específico donde se forme la voluntad, y por tanto donde poder anularla. Pero yo creo haberlo encontrado. —Señaló en el libro un punto por encima de la oreja, a dos dedos de ella y un poco a la izquierda, el lugar que había probado con Sancho.

—Los mejores médicos que han estudiado el cerebro afirman que en sus cuatro ventrículos residen la memoria, la imaginación y el intelecto —explicó Marcos—. Tal vez en uno de los cuatro se encuentre la voluntad... Lo desconozco, pero sí sé por experiencia que al extraer un fragmento de determinadas zonas, se provocan cambios inmediatos en las funciones del individuo, incluso la pérdida de alguno de los sentidos. Por tanto, me da la impresión de que hay funciones del cuerpo, y no solo de la mente, que dependen del cerebro.

Beltrán miró el tomo de otro libro que hablaba de las insanias y buscó con rapidez una página, pero antes hizo que se llevaran a Yago a otra sala para que le administraran unos vahos que iba a probar con él por primera vez. El chico se quedó a medias de la conversación pero ellos siguieron.

—Con Sancho creo que he localizado el lugar, o al menos me he acercado porque desde entonces ha cambiado su forma de ser de un modo radical. He de observarlo más, antes de llegar a una conclusión, sin embargo, parece que ha perdido la capacidad de pensar por sí mismo. —Los ojos de Beltrán brillaban de emoción.

Marcos lo miró con cierta frustración.

A veces llegaba a pensar que estaba más loco que los mismos residentes. Vivía obsesionado con conseguir hombres sin pensamiento, más parecidos a animales que a personas, para luego mandárselos a su hermano.

El solo hecho de participar en los experimentos, poniendo de su parte el amplio conocimiento que poseía, le parecía un acto detestable y se culpaba por ello. Y a pesar de eso, después de su pasado fracaso y de haber sido expulsado de la profesión por el Tribunal del Protomedicato, no le quedaba más remedio que seguir haciendo lo que el director del hospital le pedía, aunque su tormento era cada día más profundo.

Enseñaba a Beltrán a operar cuando no debía hacerlo y conocía cuáles eran las terribles consecuencias del más mínimo error en ese tipo de cirugías.

Había hecho un juramento médico.

Cada día se prometía dejar de ayudarle, fugarse del hospital y no colaborar en ese despropósito, pero le podía más el orujo, el vino o cualquier licor que cayera en sus manos, y también la comodidad. Como Beltrán lo sabía, se encargaba de que nunca le faltara en su habitación algo de beber.

Un comentario del director le devolvió a su despacho.

—Entre los siguientes que quiero trepanar estará ese muchacho, Yago. Es fuerte, de buena constitución y está visto que con los métodos tradicionales no se consigue nada. Si le rebajo la presión que causa el exceso de bilis negra en su cabeza y de paso consigo eliminar su pensamiento, mi hermano sabrá sacarle el mejor partido... Me ayudaréis ¿verdad?

Marcos no contestó. Decidió que sus devaneos habían llegado demasiado lejos. En solo una semana llevaba hechas seis operaciones y los resultados habían sido nefastos, algunos ni lo podían contar porque habían muerto.

—Ese muchacho no se corregirá con esa operación... —Las manos le sudaron con exageración y se sintió mareado. De pronto, recordó con enorme dolor lo sucedido con aquel otro joven de idénticos síntomas a Yago, hijo de un importante hombre de Estado. Le había practicado esa misma intervención y como resultado el chico se quedó ciego, mudo, sin ninguna capacidad de controlar sus esfínteres y con un permanente temblor en brazos y piernas. La trepanación practicada le dejó inútil para el resto de su vida, lo que su padre nunca llegó a perdonarle, y supuso su expulsión de la medicina.

—¿Queréis entonces que le opere solo? —insistió Beltrán.

Marcos suspiró sin saber qué decir. Su corazón se aceleró. Sintió lástima por Yago. Llevaba semanas observándolo y sabía con toda certeza que no era un demente, no quería repetir el mismo error, pero al final, nunca se atrevía a contrariar a Beltrán.

—Bueno, tal vez os ayude, sí —el tono de voz no demostraba demasiado convencimiento.

—Perfecto. Marcos, ahora mandaré que os vuelvan a traer a Yago para que terminéis con su sangría. Yo he de salir. —Beltrán se enfundó en su gabán y le dio una palmada en la espalda.

—Terminaré pronto —comentó Marcos.

Apenas le sacó una ampolla pequeña de sangre antes de devolverlo a su celda. Una sombra de preocupación recorrió su mente. En solo cuatro días iba a tener que enfrentarse a una operación que no deseaba hacer. Tenía que pensar algo…

Aquella noche Yago durmió mal. Le dolían el brazo por la sangría y la nariz al haber respirado un apestoso humo, pero sobre todo fue la preocupación por la ausencia una noche más de Sancho, y por lo que había oído hablar a Beltrán y al barbero.

Su extrañeza aumentó aún más al no ver aparecer a su compañero en los dos días siguientes. Desesperado, preguntó a un vigilante, pero este le mandó al infierno.

No sabía qué pensar.

Esa tarde vinieron a por él y lo llevaron en volandas al despacho de Beltrán. Quedó atado a la silla y esperó inquieto, más bien atacado de miedo, a que apareciese ese hombre. Entró secándose las manos con una toalla.

—Mi buen Yago… —El chico sintió un respingo al escucharlo a su espalda—. Me han contado que andas preguntando por Sancho, ¿verdad?

El muchacho se lo confirmó con la cabeza.

—El pobre murió hace tres días —soltó de sopetón la noticia.

Yago sintió una enorme pena y empezó a notarse como ahogado, incapaz de hablar.

—¿No dices nada? —Beltrán acercó su cara hasta rozar la suya y estudió su reacción—. Pero ¿cómo te costará tanto expresarte? Eres un tipo curioso… Supongo que te sientes afectado, pero no puedes demostrarlo.

—Le hab… habéis matado… —Yago consiguió hablar.

—No lo veas de ese modo, no. Gracias a Sancho he podido sacar conclusiones muy interesantes que beneficiarán a otros, tal vez a ti. Míralo mejor así, él ha dado su vida por los demás.

Yago asoció el agujero en el cráneo de Sancho con su muerte y sintió pánico. Buscó a su alrededor qué instrumento le serviría para ello, horrorizado al imaginarse en la misma situación. Trató de soltarse de las ataduras, pero al serle imposible suspiró con resignación. Beltrán salió del despacho y él se temió lo peor.

Cuando Beltrán volvió llevaba entre las manos varios utensilios que Yago estudió con ansiedad, pero no eran sino los comunes para una sangría.

—Hoy te sangraré yo mismo y mañana también. Pero la próxima vez te mantendremos en ayuno desde la noche anterior, y una vez acabe la operación, empezará para ti una nueva vida. Te va a ayudar, ya lo verás…

* * *

Llegado el día, Yago fue atado al asiento con más firmeza de lo normal, le pusieron un gran paño de algodón que le tapaba todo el cuerpo, y entre Beltrán y un ayudante consiguieron fijarle la cabeza con unas piezas metálicas hasta obtener su completa inmovilidad.

Sin dar más explicaciones, el director empezó a colocar una preocupante variedad de instrumentos metálicos sobre unas bandejas, al lado del sillón. Iba y venía silbando una repetitiva melodía a la espera de Marcos, a quien acababa de avisar para que lo guiase en la compleja trepanación que iba a practicar a Yago, una de las más delicadas.

—¿Se le ha enfriado ya la cabeza? —preguntó el director a su segundo ayudante.

—Se ha resistido como nunca, pero ha estado dentro del agua como poco diez veces, y un par de minutos cada una. El agua estaba helada, pues apenas podían soportarlo mis manos.

—Perfecto, perfecto… —Beltrán volvió a silbar feliz y se plantó delante de Yago—. No temas nada, muchacho. ¡Un día me lo agradecerás!

Como lo único que podía mover eran los ojos, los dirigió hacia él aterrorizado. Sabía qué iba a sucederle, se imaginaba la misma herida que la de Sancho, e idéntico final. Una lágrima se le escapó al saber que se estaban consumiendo sus últimas horas de vida. Nunca había sentido tanto miedo como en esos momentos.

Le cortaron el pelo por completo y a continuación le lavaron la cabeza con jabón. Beltrán destapó un pequeño frasquito y se lo acercó a la nariz. Su ácido aroma provocó en Yago un cierto mareo inicial que después se transformó en una sensación de pesadez. Los sonidos le parecieron cada vez más lejanos, y lo poco que conseguía ver, dada su postura, se hizo más borroso.

Escuchaba sus voces pero no llegaba a entender qué decían.

—¡Ya era hora de que aparecieras! —Beltrán vio entrar a Marcos por la puerta de su despacho.

Venía completamente borracho.

—Buenas. —Eructó sin pedir disculpas, tropezó con un par de sillas y a duras penas consiguió llegar hasta el sillón donde estaba Yago.

Beltrán lanzó unas pinzas con furia sobre una bandeja. El sonido asustó al muchacho, quien se encontraba medio adormilado. Creyó ver a Marcos, pero le pesaban demasiado los párpados y volvió a cerrarlos.

—Maldita sea. No estáis en condiciones de operar.

—No preocupar… os, estoy muy bien —las eses le silbaban más de la cuenta—. Si está todo listo, procedamosssss.

Beltrán le pasó un carboncillo para que el barbero señalara el punto exacto donde debían taladrar el hueso. El hombre, a duras penas, aunque quizá también forzando su torpeza, dibujó lo que en vez de un punto se parecía más a una media luna.

Bajo la atenta mirada de su director, quien resoplaba furioso, trató de indicar el lugar más preciso con el dedo, pero no conseguía que este dejara de moverse, para desesperación de Beltrán.

—Pues sí que estamos buenos. Como os haga caso, no sé si terminaremos dejándole ciego o cojo. Centraos de una vez, y no me hagáis perder tiempo. He de preparar muchas cosas para la fiesta de mañana.

Marcos veía que su plan estaba funcionando. No había bebido ni una gota, se le había ocurrido simular su ebriedad para al menos retrasar la operación y tener más tiempo antes de pensar en otra cosa mejor.

Beltrán marcó con una equis el punto donde se debía empezar y con un escalpelo seccionó un pequeño círculo de piel limpiando de sangre la herida. Para estar más seguro de que aquel era el lugar idóneo, buscó un pequeño martillo y empezó a golpear el cráneo de Yago atento a los sonidos que producía alrededor del lugar elegido.

—¿Escucháis algo diferente? —le preguntó a Marcos.

El barbero le respondió con una negativa y un sonoro hipido.

—Ya veo que no estáis para oír otra cosa que el sonido del vino al llenar vuestro vaso… —Insistió con tres golpes en una zona que le pareció menos hueca y decidió que era allí donde estaba la bilis negra que le sobraba a Yago. Recogió un pesado taladro de la mesa y se lo pasó a Marcos al ser él quien solía realizar esa parte de la operación, la más delicada de todas, aunque dudó si podría hacerlo tal y como estaba.

—¿Queréis que empiece yo?

—No, no. En absoluto. Dejadme. —Marcos estiró las manos para hacerse con la herramienta, pero no calculó bien lo que pesaba y se le cayó al suelo. La recogió con cierta dificultad, tropezó con Beltrán, perdió el equilibrio y a punto estuvo de caerse si no hubiese sido por las manos del director, que lo sujetaron a tiempo.

—Gracias. Ya voy.

Levantó la punta del taladro por encima de la cabeza de Yago, la osciló con exageración hasta que consiguió tocar la pequeña herida abierta, y en ese momento levantó la vista dirigiendo sus ojos a Beltrán, surgió de sus labios una absurda sonrisa y se derrumbó pesadamente sobre el suelo arrastrando en su caída la mesita y con ella todo el instrumental.

X

El veintisiete de septiembre era la fiesta de San Cosme y San Damián, patronos del Hospital de Locos e Inocentes de Sevilla, se celebraba por todo lo alto.

La institución abría sus puertas a los personajes más notables de la ciudad, que pasaban el día entero con los enfermos, en sus habitaciones, incluso comiendo con ellos. Era un día de limosnas, de caridad, de compasión, y también de música.

A mediodía se celebraba una misa solemne con todos los visitantes a la que acudían los residentes menos violentos. Se contrataba a buenos músicos, corales, y también a un predicador de fama, llamado expresamente para dar una plática que solía ser muy celebrada después en la ciudad.

A los internos se les acicalaba y lavaba a conciencia para que nadie creyera que allí se les tenía descuidados, o que sus limosnas se usaban para otros fines que no los previstos en la mejora de sus condiciones de vida. Aunque luego la cruda realidad no se pareciera en nada a la que los visitantes veían ese día, todos se quedaban satisfechos.

Una semana antes se habían organizado en el hospital los equipos de limpieza. Hubo quien se encargó de barrer y fregar suelos, algunos blanquearon paredes, y otros quemaron, en unas enormes pilas, la paja usada como cama. Sacaron del almacén unos pocos camastros y los colocaron en los dormitorios que se iban a enseñar, para volverlos a guardar, una vez terminada la visita, hasta el año siguiente. No pasaban de quince las camas metálicas que armaron con objeto de cubrir las apariencias, cuando los internos sumaban más de dos centenares.

Los aseos se adecentaban para la ocasión y sobre todo se oreaban neutralizando su fetidez con vinagre y cal viva. La ropa de los internos se lavaba a conciencia, y algunas prendas hasta se teñían para disimular su mala factura y desgaste. Aquel día todo era una completa mascarada, pero no quedaba ningún detalle al azar con objeto de causar así la mejor impresión a los ilustres de la ciudad.

Sin embargo, Yago no iba a ver a nadie.

Había sido encerrado en una pequeña celda a la espera de completar la fallida operación que Beltrán había pospuesto para la mañana siguiente, una vez hubiese pasado la fiesta que movilizaba al hospital por completo, y tuviese a su barbero en mejores condiciones que la tarde anterior.

Yago se sentía fatal y estaba todavía atontado, pero sobre todo padecía una angustia atroz al descubrir la herida que tenía en la cabeza, imaginando que le habían practicado lo mismo que a Sancho. Con el lejano eco de las primeras voces de los visitantes, intentó forzar la puerta de su celda, pero estaba cerrada a cal y canto. Suspiró desesperado, imaginándose en los umbrales de la muerte.

Estudió la única ventana que tenía la celda, para ver si podía escapar por ella, pero tampoco había forma de abrirla y de todos modos la presencia de tres rejas de hierro se lo impediría también. Sin saber qué le esperaba, su único pensamiento era huir. Decidió que no podía pasar ni un solo día más entre aquellas paredes, para morir como un perro. Necesitaba respirar aire fresco, sentir el sol sobre su piel, anhelaba vivir la libertad al menos durante sus últimas horas de vida.

—¿Y cuántos años tienes?

—Diecisiete, señora —un joven lleno de babas respondía a una mujer entrada en años mientras le visitaba en su celda, después de terminada la misa.

—Pues no pareces tonto. —Le toqueteó los brazos y decidió que estaba demasiado delgado.

El chico llevaba una larga camisola roja, demasiado grande para él, que ocultaba los numerosos moratones y pinchazos que salpicaban sus brazos a causa de las sangrías.

—Os tienen demasiado delgados. Hablaré con vuestro director y me quejaré.

La mujer inspeccionó la celda espantada de las pobres condiciones en que vivían. El muchacho se le acercó y la besó en la mano.

—Qué atento eres. —La anciana retiró la mano espantada de sus babas, pero apreció su gesto. En ese momento sonaron las campanas.

—En pocos minutos comenzará la comida —anunció Beltrán Dávalos, quien apareció en la celda donde estaba la mujer junto con otras cinco—. Es costumbre que cada invitado elija a un interno para comer con él.

—¿Quieres comer conmigo, jovencito?

—Sí, señora, claro.

A media tarde, un grupo de ilustres quiso recorrer otras celdas donde se internaba a los menos peligrosos con idea de valorar los arreglos que iban a financiar atendiendo a la expresa petición hecha durante la comida por parte del director del hospital. Eran los representantes más notables de las instituciones de la ciudad, ciertas autoridades religiosas ligadas al cabildo catedralicio o a los conventos de más solera, pero también se encontraban entre ellos el corregidor, conocidos jueces y médicos, y algunos de los nombres más destacados de la clase alta de Sevilla.

Formaron tres grupos para repartirse por las diferentes dependencias.

Uno de ellos lo dirigía el propio Beltrán, y los porteros del hospital se encargaron de los otros dos. A voluntad de los invitados les abrían las celdas que elegían o cualquier otro lugar que quisieran revisar. El grupo que recorrió el ala oeste se propuso inspeccionar las celdas de confinamiento para comprobar su estado. A la vista de su deterioro, acordaron que estaba más que justificada la necesidad de una profunda reforma. Para abandonar aquella galería tenían que atravesar un último pasillo que la comunicaba con la siguiente, donde estaban los internos en edad terminal. Al recorrerlo, descubrieron una única puerta en él.

—Abridnos esa —ordenó uno de los médicos que más prestigio habían ganado en la ciudad solventando los males de vientre.

El grupo dejó paso al portero y este buscó su llave sin saber que la celda estaba vacía y que Beltrán había prohibido su apertura.

La cerradura crujió con la segunda vuelta, pero no quedó abierta hasta que se sintió un sonoro chasquido. El portero empujó la pesada puerta con el hombro y se apartó para facilitar la entrada de los curiosos, pero en ese momento, aprovechando la confusión, salió de su interior un joven corriendo, se chocó con un par de visitantes, tropezó con la pared de enfrente y, en pocos segundos, tomó su derecha y se perdió por el pasillo a toda velocidad

Yago recorrió dos galerías sin ver a nadie hasta que llegó a la escalera principal, por donde tenía que bajar si quería buscar la salida. Llegó a ella con tanta prisa que tropezó con un pesado jarrón de piedra que adornaba el ángulo de su barandilla. El ruido que provocó su rotura atrajo la atención de los numerosos asistentes que se encontraban en la planta baja. Todos a una miraron en su dirección. Entre ellos había un conocido de Yago, don Bruno de Ariza, quien había acudido al hospital en representación de la cartuja de Sevilla. El monje lo reconoció de inmediato sin entender qué estaba pasando ni qué hacía el joven allí. Yago se había quedado parado estudiando por dónde huir entre tanta gente.

Escuchó gritos que daban la voz de alarma, y al mirar de nuevo al numeroso público que lo observaba, fue consciente de las dificultades que se le presentaban. Saltó varios escalones de golpe, adelantó su hombro derecho, arremetió con todas sus fuerzas contra el primer grupo de personas con que se encontró y las derribó en su carrera. Aunque también él terminó en el suelo, se incorporó con rapidez y miró a su izquierda para buscar un pasillo en cuyo final encontraría el atrio de salida del hospital.

Las campanas tocaron las seis.

Se lanzó de nuevo contra otro grupo, esta vez formado por tres mujeres que también cayeron a su paso entre gritos de espanto, pero no pudo avanzar más al chocarse con alguien que lo detuvo en seco. Trató de zafarse, pero unas fuertes manos lo sujetaron con inusitada eficacia. Al mirarlo a los ojos reconoció a don Bruno de Ariza, quien había sido prior de la cartuja de Jerez.

—Déjeme… huir, aquí matarme…

—No sé qué significa todo esto —le habló en voz baja al oído antes de dejarle huir—, pero búscame en la cartuja de esta ciudad.

Yago localizó de nuevo el pasillo y corrió hacia él consciente de que se encontraba a escasos pasos de la calle, sin saber cómo iba a sortear al fornido guardián que protegía la puerta. Miró a sus espaldas y descubrió a tres vigilantes que lo seguían. Frente a él, una vez entró en la última dependencia que le separaba de verse libre, había una numerosa cantidad de visitantes con idea de abandonar el hospital. Aprovechó el desconcierto que produjo con su intempestiva entrada, sensación reforzada por los gritos de alarma de quienes le querían dar caza, y se mezcló entre ellos sorteando a sus perseguidores, hasta que de repente se vio al otro lado del portón.

Consiguió esquivar por último las manos del portero, a tiempo de tomar a toda velocidad la calle y perderse entre la multitud que a esas horas inundaba las calles de Sevilla.

XI

Volker y Carmen se sentaron sobre unos fardos en el puerto, a la espera de que descargaran sus escasas pertenencias desde el barco que los había traído de Jamaica. Pusieron más atención cuando les llegó el turno a los caballos; a Azul y a una yegua de sangre cruzada que había elegido Carmen. Descendieron por la rampa entre tambaleos y trompicones hasta que tocaron suelo firme, asustados, un poco mareados, pero sobre todo extremadamente débiles. Seis semanas de navegación habían supuesto un auténtico martirio para ellos.

Al ver su penoso estado los llevaron a un establo cercano para encargar su manutención y cuidado hasta poder volver a montarlos.

—No se preocupen por ellos, los trataré como si fueran míos. —El mozo de cuadras recibió como pago dos escudos de oro, pero casi ni se fijó en ellos al ver pasar a Azul. Soltó una blasfemia—. Nunca he visto un caballo con más clase que este.

—Cuídalo como si se tratase del más preciado de los tesoros o te aseguro que la peor de tus pesadillas será pequeña al lado de lo que te haría padecer —le advirtió Volker, que sabía que en aquellas cuadras de conveniencia se producían frecuentes robos.

Carmen lo esperó fuera, cerca del portón, sufriendo uno de esos ataques de inquietud a los que últimamente se tenía que enfrentar con demasiada frecuencia. Se trataba de una amarga desazón que la reconcomía por dentro hasta consumirla por completo. La causa estaba en la consideración de su propio futuro. Se sentía extraña, quería regresar a Nápoles, donde se sabría protegida, pero no podía dejar de pensar que lo iba a hacer como una fracasada. Sus padres no la esperaban y nada sería como antes, entre otras cosas porque su regreso representaba en sí mismo el reconocimiento de una grave equivocación.

Aún le faltaba tiempo para llegar, pero cada día estaba más cerca.

De momento, su idea era acompañar primero a Volker a la cartuja de Jerez para comprar los caballos que le había encargado el virrey, y luego a Córdoba, donde recogerían otros dos Guzmanes. Tan solo con eso tendrían para más de un mes… ¿Pero y luego…? —pensaba con angustia. ¿Qué haría después con su vida? ¿Cómo encajarían sus padres la noticia de su viudedad, o cuando supiesen la verdadera personalidad de su siniestro marido? La enorme distancia entre Jamaica y Nápoles había significado una ausencia total de noticias en ambas direcciones. Por lo que la sorpresa que les iba a dar sería rotunda.

Las dudas que hacían padecer a Carmen se repartían por más escenarios. ¿Podría volver a amar a un hombre? ¿Conseguiría olvidar su violación? ¿Volvería a sentir placer cuando otras manos recorrieran su cuerpo, o viviría marcada para siempre en su desgracia?

Esas y otras muchas preguntas le atormentaban día y noche, y le robaban el sueño.

Cuando Volker salió de las cuadras a su encuentro, notó de inmediato su pena.

—No puedo verte triste. ¿Qué te pasa, Carmen?

Ella cambió de expresión y sonrió con normalidad.

—No lo estoy, gracias. Nada, no me pasa nada, de verdad. ¿Podemos ir ya a la cartuja?

Volker sabía que no estaba siendo sincera, pero respetó su reserva.

—Parece ser que en pocos minutos sale hacia Jerez un carro de postas. Si nos damos prisa todavía podríamos cogerlo.

—No perdamos tiempo entonces. —Ella empezó a caminar muy decidida—. ¡Ah, y gracias por preocuparte de mí! —Le dio un beso en la mejilla—. Me siento siempre protegida...

Viajar en una carreta por un camino pedregoso y polvoriento no era la mejor manera de mantener una buena presencia, sobre todo para quien iba a comprar unos caballos que tenían fama internacional. Además de llegar con la ropa y el pelo teñidos por el blanquecino polvo que levantaron las cuatro mulas, y sufrir estrecheces entre bultos y docenas de sacas de correo, una vez en el destino, Carmen y Volker necesitaron varios minutos para recuperarse del intenso dolor de riñones. Pero aun con todos los contratiempos, se rieron de sí mismos al verse en tan deplorable aspecto, trataron de ponerle arreglo como pudieron y buscaron el camino que les llevaría hasta el gran arco de entrada del edificio al que iban; la cartuja de Nuestra Señora de la Defensión.

Sin necesidad de llamar, la casualidad hizo que la puerta se abriera en ese instante y que vieran salir a un monje cuyo aspecto, gravedad y años le daban un cierto aire de autoridad. Absorto en sus asuntos, el hombre no reparó en ellos y siguió su camino.

—Perdone, padre. —Volker alzó la voz para hacerse oír—. Buscamos al prior. —El hombre los miró de arriba abajo, pero ninguno le era conocido.

—Llevo prisa. Lo encontraréis dentro.

Otro monje más joven apareció corriendo todo acalorado, dando gracias a Dios por haberlo encontrado.

—Mi prior, necesito que llevéis esta carta con vos, para dársela a mi hermano. He sabido que os volvéis a la cartuja de Sevilla, y se trata de fray Anselmo, comparte clausura con vos.

Carmen y Volker se miraron extrañados sin entender el desplante. Si como decía el recién llegado se trataba del prior, ¿por qué les acababa de decir que entraran a buscarlo dentro?

—¿Sois vos el prior? —inquirió Carmen.

—Lo fui, hija mía, lo fui. —Recogió el sobre que le daba el otro monje y se lo guardó en un bolsillo—. Hasta hace poco tiempo tuve esa responsabilidad sobre esta cartuja y por eso todavía hay quien continúa con ese trato. Bueno, no tiene ninguna importancia. —Despidió al joven monje con una bendición—. Como os venía diciendo, dentro encontraréis al nuevo prior. —Se ajustó el cordón y miró un reloj de sol en una de las paredes del edificio principal—. Uff, es demasiado tarde. No creo que reciba ya visitas. Mejor, probad mañana.

Volker se sintió menospreciado.

—Mire, quizá si su prior supiera a qué venimos y de dónde, con toda seguridad nos recibiría. —Adoptó una expresión misteriosa.

El comentario picó la curiosidad de don Bruno.

—Contádmelo a mí y os podré decir si merece la pena que lo intentéis o no. Pero de todas maneras —se dirigió a Carmen—, a vos se os prohibirá la entrada. Sois una mujer y nuestra regla es tajante en ese sentido.

—Venimos a comprar las dos mejores yeguas que tengáis para llevarlas a las caballerizas del virrey de Nápoles, y me refiero al ilustrísimo don Pedro Álvarez de Toledo y Zúñiga —apuntó ella dándole un tono rotundo a sus palabras.

A don Bruno la noticia le satisfacía como primer responsable de esa actividad en la cartuja, y más aún sabiendo a qué noble casa irían, empeñado como estaba desde sus orígenes en conseguir caballos de la máxima calidad, pero ahora ya no estaban bajo su responsabilidad, y además se le estaba haciendo demasiado tarde.

—Probad a entrar vos, si queréis. —Miró a Volker—. No seré yo quien os lo niegue. Y ahora me voy.

Volker recordó de repente a Camilo y pensó que, de estar dentro, les podría ayudar con el prior. Preguntó por él, le explicó que se habían conocido en Jamaica, y sin esperar el contundente efecto de sus palabras sobre don Bruno, consiguió que se diera la vuelta, arrugara su semblante y le clavara la mirada con un firme gesto de interés.

—Decidme antes quiénes sois.

—Mi nombre es Volker, Volker Wortmann, y ella es Carmen Bartelli. Acabamos de volver de la isla, donde coincidimos con fray Camilo en unas circunstancias, digamos, un poco extrañas… —contestó el alemán con cierta prevención, extrañado ahora de la actitud del prelado.

Don Bruno guardó silencio unos minutos mientras pensaba.

—Fray Camilo tuvo que regresar no hace muchos meses —continuó Volker—. Con él hicimos buena amistad y puede que nos ayude a ser recibidos por…

—Aquí no lo encontraréis —le cortó don Bruno. Las campanas de la iglesia dieron las cinco—. Por motivos que no vienen al caso, fue destinado a otra cartuja, a la de Salerno, al sur de Nápoles, así que no esperéis que os sea de mucha ayuda.

Al escuchar la noticia, Volker vio agotadas todas sus opciones, lo comentó con Carmen y de inmediato acordaron que volvería él solo a la mañana siguiente. Agradecieron a don Bruno el tiempo que les había dedicado y tomaron el camino de vuelta sintiéndose decepcionados, pero no habían dado más de cinco pasos cuando Carmen recordó a Yago y se interesó por su destino.

—Disculpadme que os haga otra pregunta.

—Decidme, hija.

—¿Sabéis si cuando fray Camilo regresó, lo acompañaba un joven?

La dulce expresión de don Bruno se ensombreció de repente. Su presencia en la cartuja no había tenido otro motivo que procurarle de nuevo alojamiento, y todavía estaba afectado por lo que había sabido sobre su estancia en aquel hospital.

—Conocéis a Yago, por lo que veo. Pobre muchacho… Acabo de traerlo desde Sevilla para buscarle trabajo en una de las dehesas que posee esta cartuja. Me lo encontré de casualidad cuando huía de un lugar de espanto, pero esa es otra larga historia.

—Nos gustaría oírla —apuntó Carmen—. Si sentís lástima por el chico, que es lo que se deduce de vuestras palabras, quizá os interese escuchar otra historia que le ha tenido también de protagonista y que, para su desgracia, tampoco ha sido demasiado afortunada.

Al hilo de sus palabras don Bruno le hizo saber que la conversación le interesaba, pero que requería más tiempo del que en ese momento disponía.

—Imagino que os gustará verlo. Comentadlo mañana con el prior. Como tendréis que ir a la dehesa de Humeruelos para elegir los caballos, coincidiréis con el chico, pues es allí donde se le va a llevar esta misma noche. Ahora bien, teniendo ambos cosas interesantes que comentar, si os parece podríamos reunirnos esta misma noche en Jerez, a donde he de ir ahora con prisa, y antes de que me vuelva a Sevilla mañana. Reconozco que todo lo que tiene que ver con ese muchacho me produce una honda compasión, pero además os explicaré qué es lo que ha motivado que fray Camilo haya sido destinado a un enclave tan lejano.

Pocas horas después, ya de noche, Carmen y Volker esperaban a don Bruno en las puertas de la catedral de Jerez. Eran las diez y todavía no había llegado cuando habían quedado a las nueve. Carmen no dudó que vendría, pero Volker estaba a punto de abandonar la espera. La gente que era incapaz de cumplir sus compromisos no le merecía ninguna confianza, pero aun así soportó un poco más de tiempo en atención a la insistencia de Carmen.

Media hora después lo vieron llegar a buen paso.

—Disculpad mi retraso. —Estrechó sus manos—. Seguidme. No sé vos, pero yo tengo algo de hambre. Conozco un lugar cercano que cierra tarde donde podemos hablar sin que nadie nos moleste.

Su dueña los sentó a una mesa de espaldas al resto de los clientes. Don Bruno no se hizo esperar y sin dar ningún rodeo empezó a hablar de fray Camilo y de su decisión de trasladarlo a la cartuja de Salerno.

—Pero nunca esperé que Yago lo siguiera, y visto lo que le pasó después al pobre muchacho, todavía no me perdono haber buscado su separación como lo hice.

—Ya os contaremos lo que sucedió en Jamaica, pero Camilo me confesó que Yago era para él casi como un hijo —señaló Volker.

—Demasiado bien lo sé… —Don Bruno hizo un expresivo gesto con las manos—. Por eso traté de poner distancia entre ellos, preocupado por una relación que era inviable para un cartujo. ¿Entendéis mis motivos?

Carmen y Volker escucharon con espanto los padecimientos de Yago en Sevilla, pues don Bruno ya había conocido la esclavitud y los muchos pesares que el muchacho había sufrido en Jamaica de boca de Camilo.

Durante más de una hora unos y otros compartieron con profunda pena los avatares de Yago, un ser que desde su más tierna infancia apenas había conocido algún momento de felicidad.

—El pobre no ha tenido a nadie que vele por él —concluyó don Bruno—; o solo Camilo…, pero fui yo quien los distanció. Os confieso que si he venido en persona a traerlo hasta la cartuja se debe al peso de mi conciencia. Me siento tan culpable de lo que le pasó que ahora no sé cómo ayudarlo…

La pesadumbre que destilaban las palabras de don Bruno afectó a Carmen, quien acababa de tener una buena idea. La meditó en silencio antes de ponerla en palabras. Podía parecer una locura, completa, y quizá lo era, pero tal vez fuera la mejor manera de ayudar a Yago, no sabía. Se mordió los labios. Contó hasta diez y terminó exponiéndola sin vaguedades.

—Podría venirse con nosotros a Nápoles… —El rostro de Carmen mostraba una contagiosa ilusión. Miró a Volker—. Tú le podrías facilitar trabajo como mozo de cuadras en las caballerizas del virrey, ahora que le llevamos nuevos animales, y siempre estaría más cerca de Camilo sin por ello distorsionarle la vida de clausura que vos le deseáis. —Estudió la expresión de don Bruno.

Los dos hombres se miraron sin saber todavía qué decir. La idea no era ninguna insensatez, podía arrastrar dificultades, pero desde luego era positiva si se pensaba en Yago.

Volker sintió una extraña inquietud al verse asumiendo una responsabilidad para la que no estaba preparado. Nadar en aguas desconocidas le gustaba muy poco, y tratándose de Yago, era de imaginar que su papel no iba a terminar solo con darle un trabajo, más bien empezaría…

—A medida que voy dándole vueltas a vuestra idea —el comentario de don Bruno iba expresamente dirigido a Carmen—, he de reconocer que me agrada más. Pero quizá deberíamos preguntar a Yago qué prefiere.

—Es una buena solución —respondió Carmen—. Probemos mañana a hablarlo con él.

Don Bruno tomó la determinación de retrasar su vuelta a Sevilla por un día, dispuesto a comentar el asunto en persona con el prior y sin querer perderse la decisión de Yago.

—Supongo que tendréis ganas de verlo, ¿no es así?

* * *

Yago los miró con una medio sonrisa cuando se encontraron en las cuadras donde había pasado la noche. Carmen lo besó en la mejilla y quiso que supiera lo mucho que se alegraba de verlo, mientras Volker le estrechaba la mano.

De como lo recordaban, el muchacho había cambiado bastante. Su físico era más el de un hombre que el de un chiquillo. Le había crecido el pelo, aunque mantenía su aspecto rizado y color oscuro, y su tez morena, en contraste con sus grandes ojos azules, seguía llamando la atención.

Le pidieron que los acompañara para elegir los caballos que se llevarían a Nápoles, sin adelantarle nada más por el momento. Don Bruno junto con el nuevo prior los seguían para no perderse ninguna reacción.

Yago saltó una valla para mover a un grupo de yeguas con objeto de que las vieran mejor. No había muchas, dadas las estrecheces económicas por las que atravesaba la cartuja para su cría, pero todas eran de capa torda, casi blancas, y además bellísimas. Volker se sintió incapaz de elegir, pues apenas se diferenciaban unas de otras. Solicitó a Yago que le fuera pasando una a una para concentrarse y poder identificar así las dos que mejor conformación tenían bajo su criterio.

Nada más señalárselas, contempló con asombro la reacción de los animales hacia Yago cuando tan solo llevaban una noche juntos. Una empezó a relinchar de placer al sentir rodeado el cuello por sus brazos, lo arqueó y olfateó feliz al chico a la vez que recibía sus caricias. La otra se arrimó dócil y golpeó con una pata la espalda de Yago para llamar su atención, deseosa de ser tratada como la otra. Parecían viejos amigos cuando tan solo se conocían de horas.

La ternura que desprendían las dos yeguas hacia Yago emocionó a Carmen al punto de que se le escurrieron unas lágrimas. Fue entonces cuando Volker se dirigió a él para conocer su parecer.

—Queremos decirte algo importante.

Don Bruno y el nuevo prior atendieron con gran expectación.

—¿Qué…, qué es? —respondió Yago, uniéndose a ellos en el pasillo.

Carmen envolvió sus manos entre las suyas, y le buscó en sus ojos. A pesar de que no destacaban en expresividad, revelaban a un ser frágil, herido por la vida, lo que provocó una profunda compasión y cercanía en ella, incapaz de nuevo de retener sus lágrimas. Buscó con una mano su mejilla, la acarició y lo besó en la frente.

—Hemos pensado que te podrías venir con nosotros a Nápoles —le explicó—. Una vez allí, Volker podría proporcionarte trabajo como mozo de cuadras y además tendrías la posibilidad de aprender nuevos oficios que te hicieran más independiente. Si aceptas, que es lo que deseamos, nos gustaría ayudarte a afrontar el futuro, tu futuro, pero cerca de nosotros...

Yago miró al suelo, pensativo, luego a Carmen y finalmente se detuvo en Volker.

—No lo sé. —Extendió las palmas de las manos hacia arriba en señal de incertidumbre.

—En Nápoles —continuó Carmen—, tengo a mi familia, Volker su trabajo, y a poca distancia se encuentra la cartuja de Padula, donde ahora reside Camilo. —Una gran sonrisa recorrió la expresión de Yago al escuchar ese nombre—. Lo que te permitirá volver a verlo... Y por si fuera poco todo lo anterior, Nápoles te sorprenderá; es una ciudad que vive el arte como ninguna, rica en posibilidades, y sobre todo apasionada por los caballos, es la ciudad de los caballos.

La referencia de Camilo despejó cualquier resto de dudas en Yago, que recibió la noticia como una llamarada de esperanza. Ansiaba saber de su amigo, y solo por eso merecía la pena emprender el viaje, pero además, era consciente de que le estaban ofreciendo la posibilidad de empezar una nueva vida con visos de ser bastante mejor que la tormentosa existencia que hasta entonces había sufrido. Nuevo trabajo, amigos, caballos y arte.

Por su mente, en unos segundos, pasaron muchos pensamientos y sueños. Nunca se había podido responder para qué servía en esta vida, ni cómo ganarse el respeto de los demás, pero ahora, ante la posibilidad de que sus sueños tomaran cuerpo, sus ojos azules se iluminaron de alegría y contestó.

—Yago quiere ir, quiere vivir...

QUINTO ESCENARIO

Entornos de descubrimiento

Nápoles
Año 1540

I

No lo podía aceptar.

Tomó un mazo de gran tamaño entre sus manos y se dirigió hacia la monumental vidriera. Nadie pudo prever lo que iba a hacer, era impensable. Pero Juan Bautista de Toledo, arquitecto contratado por el virrey de Nápoles, la golpeó con una furia impropia de un hombre sensible, de un artista.

Con el primer impacto consiguió hundirla por el centro, pero la vidriera resistió. Sin embargo, el segundo la dobló peligrosamente hacia el interior del templo, iglesia que tenía como encargo construir.

Y aunque intentaron frenarlo entre dos albañiles, se zafó de ellos y subió a continuación por el andamio hasta su nivel más alto, con una insospechada agilidad. Calculó dónde podía hacer el mayor daño posible y dirigió el mazo hacia aquel punto, ahora en otra vidriera más grande que ocupaba una tercera parte del ábside central. Como no había logrado el derrumbe de la anterior, con esta se prometió mejores resultados. Y así, en el cuarto golpe, después de haberse empeñado con renovadas fuerzas en los tres primeros, consiguió que centenares de libras de vidrio de maravillosos colores, incluyendo su armazón de plomo, se precipitaran hasta el suelo en un enorme estruendo.

Cuando volvió el silencio al cenáculo, tan solo se escuchó una profunda e intensa expresión de triunfo; la de Juan Bautista. Para desgracia de sus espectadores, se le veía con intenciones de seguir, pues se puso a correr por las alturas en busca de un nuevo ábside, esta vez el derecho, despreciando el dibujo de las dos vidrieras que lo iluminaban. Eran bastante más estrechas que las anteriores y las separaba una fina columna de granito que se abría en su parte más alta formando dos arcos de medio punto. Se empleó en ellas con renovado empeño y la fuerza de la maza hizo que cedieran con facilidad.

—¿Pero se puede saber qué hacéis?

El arquitecto buscó quién le hablaba y localizó al virrey don Pedro Álvarez de Toledo y Zúñiga. El hombre, con los ojos fuera de sus órbitas, no terminaba de creerse lo que veía.

—Separaos —le gritó el arquitecto desde las alturas—, o se os caerá todo encima. —Hinchó sus pulmones de aire, se echó la maza a su espalda para conseguir más potencia en su siguiente impacto y disparó el pesado instrumento sobre unos ángeles rechonchos que sobrevolaban a una hermosa Virgen. Los querubines saltaron por los aires y al virrey le cayeron algunos fragmentos del vidrio coloreado.

—¡Id arriba y detenedlo! —ordenó a su tropa personal—. Pero tratad de no hacerle daño…

Dos soldados subieron por la estructura de madera hasta donde estaba Juan Bautista, que parecía dispuesto a continuar destrozando lo poco que faltaba. No negaba que las figuras fijadas al fuego en aquellos trozos de vidrio fueran hermosas. Conocía el taller de donde habían salido, y aquello era lo peor, pues el artesano al que se le había encargado el trabajo era un viejo conocido suyo, muy bueno en su labor, pero demasiado intervencionista en cada obra; siempre quería dejar su huella.

Para Juan Bautista el mayor problema era que lo que allí se representaba no coincidía con sus dibujos originales, y mucho menos con sus planes. El color impreso era en general más pálido de lo deseable, lo cual modificaría el efecto que buscaba en el templo. Como arquitecto, la luz era el elemento inmaterial más importante para darle vida a la piedra, a los arcos o rincones, a la cúpula. La luz le era imprescindible para que los fieles pudieran leer los mensajes que se transmitían a través de las escenas representadas sobre el vidrio o en los frescos del templo, de una iglesia que se llamaría de San Giacomo degli Spagnoli. Juan Bautista buscaba ver bailar la luz al atravesar cada vidriera, transformarse en cada color, o difuminarse para, en todo caso, servir de ayuda a la oración de los fieles. Además, había diseñado unos símbolos geométricos que conseguían un curioso resultado con la luz, y estaba decidido a probarlo por primera vez en esa iglesia.

Cuando llegaron los soldados los amenazó con su contundente instrumento pero no estuvo ágil, y no necesitaron poner demasiado esfuerzo en conseguir inmovilizarlo. A continuación lo obligaron a descender por el andamio. Lo hizo refunfuñando, sin poder escapar a pesar de intentarlo en tres ocasiones, hasta que lo dejaron enfrente del virrey.

—¿Os habéis vuelto loco?

Juan Bautista solo tenía veinticinco años, un aspecto siempre impecable, barba negra y cerrada, ojos oscuros y vivos, nariz aguileña. A pesar de su juventud se había convertido por derecho propio en uno de los mejores arquitectos desde Roma a Nápoles.

Don Pedro Álvarez de Toledo le había encargado el templo de San Giacomo con la confianza de tenerlo en el futuro como arquitecto de su corte, pero nadie le había explicado el carácter del joven cuando algo le contrariaba, o si alguien osaba variar un ápice en sus planos o ideas.

—¡No volveré a Nápoles en mi vida! —Sus ojos estaban inflamados de rabia.

—He de pediros disculpas… porque tenéis toda la razón. —Don Pedro había decidido llamar al artesano emplomador para que acelerase su parte de trabajo mientras Juan Bautista estaba en Roma, pero su fallo estuvo en aceptar los cambios que el primero le propuso sobre el diseño original de las vidrieras que había hecho Giovanni Baptista, que así gustaba llamarse también.

—He venido de Roma solo para supervisar cómo estaban quedando y me encuentro con esto... —Se colocó la capa sobre los hombros y de golpe se sintió como ahogado, necesitaba que le diera el aire, salir afuera, a pesar de que estaba lloviendo. Sin pensárselo dos veces tomó a buen paso el deambulatorio para salir por una puerta lateral. A corta distancia lo seguía don Pedro, fastidiado por ese nuevo y extravagante comportamiento. Entendía que los artistas eran casi siempre así, raros, y también que él no había actuado bien, pero empezaba a molestarle aquella hosca actitud tanto tiempo mantenida.

Nada más salir a la calle les esperaba una lluvia que, a pesar de ser de gota fina, los caló al poco tiempo casi por completo.

—Ordenaré que retiren todas las vidrieras y que las repongan con vuestro diseño original. ¿Os parece bien así?

Juan Bautista hizo llamar al arquitecto napolitano que colaboraba en la obra con él, y que se había mantenido todo el tiempo a una prudente distancia. Se hizo ver desde el interior del templo, sin ninguna gana de mojarse. Su nombre era Ferdinando Manlio.

—Ferdinando, ¿supervisarás que así se cumpla?

El hombre interrogó con la mirada al virrey antes de dar su opinión, pues alguien tendría que sufragar los nuevos costes. Al sentir su conformidad lo afirmó.

—De ser así, me quedo más tranquilo. —Recogió una gota que resbalaba por su nariz, miró a los ojos al virrey y se comprometió a seguir la obra hasta su finalización.

Don Pedro Álvarez de Toledo lo escuchó con prevención a pesar de todo.

En ese momento se oyeron las campanas de San Lorenzo Maggiore y el virrey recordó que tenía una cita con otro artista: el músico Diego Ortiz, que también demostraba un carácter un tanto especial. Suspiró y se armó de paciencia. Al despedirse, le propuso algo que llevaba tiempo deseando conseguir y que por primera vez había organizado para el día siguiente.

—Antes de volveros a Roma me gustaría poder contar con vos mañana, a mediodía, en Castel Nuovo; he convocado a cuatro hombres más, todos personajes ilustres, que como vos se dedican al arte en varias disciplinas. Quiero conseguir una profunda transformación de esta ciudad, y no solo en sus edificios, también en su forma de vida, en su espíritu, en la mentalidad de la gente. Y para ello me gustaría disponer de vuestra opinión. Para vos será una experiencia nueva, y espero que gratificante, pues en la discusión creativa que pretendo conseguir no habrá reglas, límites, ni falta de recursos; esa es mi garantía y mi más sólido compromiso. ¿Puedo saber si vendréis?

Juan Bautista lo escuchó seducido por la idea, pero antes de confirmar su presencia preguntó quién acudiría.

—Tiziano Vellucio como pintor, Diego Ortiz, mi músico de cámara, al que voy ahora a ver; también os encontraréis al poeta Luigi Tansillo, y por último a Giovanni Battista Pignatelli.

—Escuché hablar de todos menos del último...

—Pignatelli está iniciando una nueva y excitante disciplina artística: la equitación.

—¿Acaso los caballos vivos son ahora un arte? —Se rascó la barba lleno de curiosidad, y sin darle tiempo a hablar concluyó—. Aunque solo fuera por entender esa nueva idea, acudiría. Por tanto, contad conmigo.

Un preocupante silencio dominaba la enorme cámara, donde a diario componía y ensayaba Diego Ortiz, cuando entró el virrey. La especialidad del músico era la viola de gamba que se tocaba entre las piernas, pero aún le apasionaba más la música coral.

Don Pedro lo buscó entre el grupo de jóvenes cantores que por algún motivo desconocido se encontraban muy callados, quietos como estatuas y con gestos de espanto. Miraban hacia un biombo con preocupación. El virrey se acercó a ver qué ocurría por detrás del mismo y se encontró al músico sentado en el suelo, acurrucado y sollozando.

—¿Qué os pasa, Diego? —Se agachó para verle la cara.

—Los odio.

Dirigió un dedo hacia los jóvenes, cuya edad media no debía de superar ni los doce años.

—Tened paciencia, amigo mío. Ya os ha sucedido en más ocasiones y siempre conseguís que lo hagan bien… —trató de animarlo.

El músico se levantó, resopló con fuerza, y de pronto sus mejillas empezaron a encenderse. De un murmullo ininteligible pasó a pronunciar varias palabras soeces y terminó con dos gruesas blasfemias que molestaron a don Pedro.

—Por Dios os lo pido; moderad vuestra lengua. Respetad la gravedad de este palacio, al menos por lo que supone de centro de autoridad y gobierno del reino. No estáis en una taberna.

Diego Ortiz lo miró con gesto altivo, la barbilla en alto, y agarró por el hombro a uno de los jóvenes cantores que tenía frente a él, lo abofeteó sin piedad, y escudriñó al resto amenazándolos con el puño. Los doce se separaron aterrorizados, entre ellos había un castrato.

—Cuántas veces te he dicho que para un motete, el cantus firmus, la voz más grave que lleva el peso del texto, ha de destacar sobre el resto… —Lo miró a los ojos tan de cerca que el chico pensó que se iban a tocar las pestañas—. Y sin embargo, te empeñas en cantarle al cuello de tu camisa. ¡Dios, la música es el mejor regalo del cielo, pero tú eres un burro!

Algunos de los chicos se rieron.

—Y vosotros callad, que también tengo para todos. —Se dirigió hasta uno de pelo rubio y ojos saltones y le pidió que cantara su parte.

Don Pedro esperó a ver qué sucedía con aquel joven, pero como tardaba en empezar, carraspeó para hacerse ver y reclamar su atención.

El chico empezó a cantar, pero en la parte más aguda desafinó con tan mala oportunidad que provocó la carcajada de todos.

—¡No puedo más! ¡Largaos de mi vista y no volved nunca! —Se llevó las manos a la cabeza y se retorció hasta caer en una silla muy afectado—. No puedo, no...

Don Pedro se aproximó y le puso la mano en el hombro en señal de apoyo.

—Son cosas del aprendizaje...

—¡No! No es eso. —Se levantó de un salto—. Es cosa del diablo... Yo compongo música, ¿sabéis? Para mí, es lo más parecido al sonido que produce el batir de las alas de los ángeles, o el respirar de Dios. Sufro y disfruto al hacerlo. Cuando noto que no posee la belleza que deseo, siento que le fallo. —Señaló con un dedo índice hacia arriba—. Pero a la vez disfruto hasta sentirme muchas veces morir. El acto de crear es como vivir cien veces en un solo instante. —Se sentó de nuevo y bajó la cabeza hasta casi tocar con las piernas—. No creo que me entendáis...

—Sí lo hago, no lo dudéis. Pero también debéis tener un poco más de paciencia. El proceso de asimilación de vuestro arte no siempre viaja a la misma velocidad. Esos chicos son los mejores de Nápoles, me encargué en persona de que así fuera. ¡Cuidadlos, no os daré más!

Diego se quedó pálido. Eso no lo había pensado, y el solo hecho de saberse sin coro le provocó un instantáneo dolor de tripas que hizo que se contrajera. Empezó a gemir y a quejarse de su mala suerte, de la mala vida que le había tocado vivir...

Don Pedro se resignó una vez más a consolar a un hombre que era demasiado débil y de temperamento variable. El motivo que le animaba a ello era saber que de su cabeza salía la más hermosa música que se podía escuchar en todo Nápoles.

Le explicó la reunión que había convocado con el resto de los artistas y se marchó de allí dejándolo agarrado a su viola, llorando como un niño.

—Artistas... —suspiró una vez más—, qué difíciles son...

Castel Nuovo era una fortaleza imponente, bella y asomada al Mediterráneo; acogía la sede oficial del virreinato de Nápoles, donde don Pedro Álvarez de Toledo y Zúñiga vivía desde hacía ocho años.

En la sala de los barones, donde era habitual ver reunido al Consiglio Colateralle, verdadero órgano de gobierno que reunía a los representantes de las instituciones más importantes del reino con el virrey, en el primer lunes de mayo del año cuarenta, habían sido convocados por primera vez cinco curiosos personajes que desde hacía unos años proponían a la ciudad una experiencia que empezaba a influir sobre el normal devenir de la urbe; y esa propuesta se llamaba arte.

Si el Consiglio establecía las normas y la organización para el buen gobierno de la sociedad, aquellos hombres trabajaban con otra materia prima: las emociones. Ellos exploraban la belleza, la naturaleza, y se encargaban a partir de ella de establecer vínculos entre el hombre y la creación. Sus nombres eran conocidos, cada vez más, aunque alguno de ellos apenas acababa de iniciar su trayectoria profesional. Eran Juan Bautista de Toledo, Tiziano Vecellio, Luigi Tansillo, amigo de Garcilaso de la Vega, Diego Ortiz, y por último Giovanni Battista Pignatelli. El primero arquitecto, el segundo pintor del Emperador y veneciano, el tercero poeta, el cuarto músico, y el quinto dirigía una escuela donde la materia que se impartía tenía poco que ver con las disciplinas antiguas, pues allí se practicaba un nuevo arte, el de la equitación.

Don Pedro Álvarez de Toledo, sentado sobre el alféizar de una ventana, los escuchaba profundamente conmovido. Frente a él, los cinco individuos, tan diferentes entre sí, le parecían semidioses. Dotados de un excepcional talento, cada uno en su materia, eran capaces de alcanzar logros estéticos que para el resto de los mortales quedaban vedados, engrandecían sus obras con una excelencia única y cuando se lo proponían sus manos bendecían de belleza todo lo que tocaban.

Los pensadores del momento ya no atribuían la exclusiva de la creación a Dios, pensaban que el hombre también la tenía como herencia de Él, y hasta podía llegar a ser en sí misma un fin.

Como virrey de Nápoles, don Pedro deseaba que de la reunión se produjese un profundo cambio, primero en los cinco artistas y después en todos sus conciudadanos. Su sueño era extender la sensibilidad del arte a todo el reino, contagiarlo de ese elevado espíritu.

Don Pedro era culto y sensible. Su biblioteca reunía una buena parte del saber universal. Pensaba que el cenit de todas las virtudes se encontraba en el hombre. Y por eso, estaba seguro de que desde el ser humano saldrían los cambios necesarios para que la sociedad alcanzara metas mejores, fuera más feliz, más abierta al progreso, al estudio.

Por ese motivo don Pedro Álvarez de Toledo no se consideraba tan solo un gobernante, era un soñador, un transformador.

En aquella cálida mañana, observó a cada uno de sus invitados mientras empezaban a compartir sus opiniones. Las conversaciones surgían desde sus diferentes universos, desde las letras y los versos, desde el influjo de sus pinceles o partituras; había quien se expresaba a través del uso de la piedra, de la madera, o adiestrando al más bello animal creado por Dios. Cada uno de ellos empleaba diferentes materiales que generaban distintos instrumentos de comunicación, pero todos compartían el mismo desempeño; eran fabricantes de emociones.

Las cinco torres circulares de Castel Nuovo, apoyadas sobre lo que había sido una poderosa muralla, aquel día tomaban un simbólico significado al compararse con las cinco disciplinas artísticas que allí estaban representadas. Cinco mundos que su insigne inquilino se proponía expandir para empapar a los habitantes de su ciudad de literatura, arquitectura, pintura, música, y por fin, del último arte: el de la equitación.

—Mi señor —habló Tiziano por boca de los demás—, sabemos que nos habéis convocado para levantar una nueva Nápoles, una ciudad donde el arte tome más protagonismo del que hasta ahora ha tenido. Sin embargo, todavía no hemos sido capaces de avanzar en ese sentido, quizá porque nuestras fórmulas individualistas de creación hacen que perdamos el enfoque... Hemos intentado revivir las sensaciones que tenemos durante el proceso de creación, aprendiendo de lo que cada uno experimenta, pero ya no hemos avanzado más... —El celebrado pintor se sentó aquejado por un fuerte dolor en la espalda, estiró las piernas y suspiró—. Trabajamos en soledad, en la quietud de nuestros pequeños mundos, y no estamos habituados a hacer nada en común...

Luigi Tansillo, quien se enorgullecía de haber heredado el saber de su maestro Garcilaso, buscó el calor de la enorme chimenea que presidía la sala, donde había varios troncos a punto de transformarse definitivamente en brasas. A su lado tenía a Juan Bautista de Toledo, quien también se sentía comprometido con los objetivos de la convocatoria.

—Luigi, ¿tú crees que el arte tiene reglas?

El poeta contestó sin apenas pensarlo.

—Si digo que sí, asumiría que nuestro trabajo tiene algo de artificioso, pero en efecto así lo creo. Los poetas damos peso a determinadas palabras que poseen por sí mismas una potente sonoridad. Con ellas conseguimos destacar un sentimiento y no otro; algunas abren el corazón y otras lo cierran. Pensad que, a veces, una palabra, una sola palabra puede despertar el amor entre dos personas. Así es; los que jugamos con el lenguaje podemos llegar a provocar las más variadas sensaciones en los demás. Tal vez sea debido a una propiedad innata que tienen las palabras, o a una coincidencia; no lo sé. Pero ¿no os ha pasado eso mismo?

—Tenéis razón. También yo lo he sentido en bastantes ocasiones —respondió Juan Bautista.

—El arte es una exaltación de las emociones que necesita disponer de una determinada materia para expresarse —apuntó Luigi—. Yo empleo las palabras, la rima, el énfasis, pero también la entonación o los silencios. El lenguaje es la masa que necesito para moldear, como vos lo hacéis con las piedras, Tiziano con los óleos, o Pignatelli con los caballos. Unos u otros da igual; son los instrumentos que empleamos para robar a la naturaleza una parte de su belleza y transformarla luego a nuestra manera.

Juan Bautista tomó la palabra. Como arquitecto, explicó que en su oficio esas reglas poseían una categoría mayor; eran los grandes principios, los pilares sin los cuales era imposible la construcción.

—Nuestros edificios se levantan respondiendo a unas determinadas fórmulas que han estado escritas desde la más remota antigüedad; en la geometría, en la física, en el cálculo. Los números y sus leyes forman nuestras reglas. Un templo podrá tener una determinada altura si la profundidad de sus cimientos guarda proporción con el ancho de sus muros, por ejemplo.

Pignatelli quiso exponer su visión.

—Acabáis de decir que el arte posee sus propias reglas, y que se necesita un determinado material con que expresarse. De ser así, si pretendo que la nueva disciplina en la que trabajo desde hace tiempo sea considerada artística, tendría que tener al animal como material necesario, pero me he dado cuenta de que no es suficiente.

—¿A qué os referís? —Juan Bautista quiso entenderlo.

—Lo que quiero decir es que vos sois capaz de levantar templos, catedrales o palacios, como Diego Ortiz de crear piezas musicales que se ensamblan en complejas sonatas. Pero no creáis que el arte se encuentra en los medios que habéis puesto para conseguirlo, ni tampoco en la técnica empleada; el arte está en el resultado que vuestra creación produce sobre quien la escucha u observa... Es algo que no soy capaz de definir, pero hace que una determinada creación produzca emoción y otra no. En mi caso y para mi desgracia, confieso que hasta ahora solo he conseguido animales hermosos, nada más...

Don Pedro Álvarez de Toledo escuchó sus comentarios sin entenderlo. Estaba al corriente del esfuerzo que Pignatelli había puesto en perfeccionar la estética de los caballos de su escuela; un empeño loable. Desde hacía unos años se había empleado en mejorar la casta de sus caballos seleccionando algunos de los caracteres más destacados, o compensando los que no tenían con el uso de otras estirpes próximas al virreinato. Pretendía conseguir para Nápoles y para su escuela los más hermosos animales que se hubieran visto, unos ejemplares que de tanta belleza hicieran noble a quien los montase.

Don Pedro había visto los primeros resultados de su labor en persona y no podía opinar mejor sobre ellos. Por eso, no comprendía a qué se debía su decepción, y se expresó en ese sentido.

—En mi opinión habéis hecho un buen trabajo... y los primeros frutos son prometedores. ¿No creéis que poseen tanto arte en sí mismos como una gran escultura, o un cuadro facturado por alguno de los mejores maestros?

—Os agradezco los elogios y he de reconocer que algo han cambiado, pero lo que he hecho hasta ahora no basta, no. —Pignatelli miró a Tiziano—. Seguramente existen muchos pintores desconocidos que dibujan con la misma precisión y destreza que vos, pero ¿qué es lo que convierte a una de vuestras obras en una experiencia maravillosa para quien la estudia, que no está en otras? ¿Qué contiene para que te atrape como lo hace? ¿Qué hay en ellas para quitarte la respiración, o para hacerse dueñas de tu alma?

—Supongo que lo que llamamos arte —contestó el pintor veneciano.

Luigi se levantó de la silla lleno de energía, consciente de que la reflexión de Pignatelli acababa de tocar un punto crítico, y le dirigió su deducción.

—Vos trabajáis con un animal vivo y los demás lo hacemos con materiales que no poseen vida, pero nosotros se la damos, ¡Quizá ahí está la clave! El artista consigue dotar de vida a algo, a una piedra, o a un instrumento musical; y eso es lo que provoca esa emoción a la que os referís. Sin embargo, vos no podéis darle vida a lo que ya está vivo, tan solo la podéis moldear…

El arquitecto Juan Bautista se sumó a la opinión del poeta, pero añadiéndole un matiz.

—Una creación emociona cuando tiene alma. La esencia del arte está ahí, en que un objeto deje de ser lo que es para pasar a tener vida propia, y muestre su alma..., eso es, sí, su alma… —Se mantuvo unos segundos callado hasta volver a hablar, teniendo a Pignatelli frente por frente—. Para que un caballo pueda daros su arte, tendréis que encontrar antes su alma. Cuando eso suceda, estoy seguro de que conseguiréis asombrarnos, emocionarnos, y en muchos despertaréis sensaciones que nunca otro animal haya conseguido antes. Pero, como os digo, debéis localizar las fuentes de su espíritu…

Un solemne silencio recorrió a todos los presentes con el eco de las últimas palabras. Don Pedro observó sus rostros uno a uno y se sintió satisfecho al constatar que había conseguido el efecto deseado con esa reunión.

—El alma de los caballos…

Pignatelli saboreó una a una esas cinco palabras, despacio, hasta que Juan Bautista volvió a tomar la palabra.

—Esa casta que os proponéis mejorar ha de ser perfecta por fuera y bella por dentro; materia y espíritu fundidos en un animal especial. Equilibrio en sus formas, un ser hermoso y magno…

—¿Y cómo he de hacer para verles el alma? —se preguntó Pignatelli en voz alta—. Hasta ahora he trabajado sobre la conformación física del caballo para que pueda realizar movimientos complejos, he logrado intuir qué necesitan para estilizarse, cómo se consigue una grupa más poderosa, o cómo darle más poder a sus extremidades, pero todavía no he sido capaz de encontrar su alma…

Juan Bautista le contestó convencido.

—Entiendo la dificultad del reto que tenéis por delante. Mi consejo es que busquéis a alguien que sea capaz de hacerlo, solo entonces podréis obtener una casta grande, un animal que respirará arte, esencia, emoción.

II

Yago miró la ciudad con ojos de esperanza.

Nápoles se abarcaba en un solo golpe de vista cuando se veía desde el puerto.

Casi lamida por el mar, se levantaba una elevada fortaleza jalonada con cinco torres, y al oeste, se divisaba otro castillo de apariencia más sólida y mayor antigüedad.

De frente, destacaba una ondulante colina que arrancaba en el castillo de San Telmo, en su punto más elevado, hasta cerrar la ciudad casi por completo de espaldas al mar.

A medida que la vista recorría el perfil de la populosa Nápoles, la segunda urbe más habitada de Europa después de París, eran numerosas las torres de los templos que la salpicaban, y rica la vida que en su corazón se le suponía.

Al girar la cabeza a la derecha, al sur del golfo se divisaba la isla de Capri, y un poco antes, al este y más en el interior, el horizonte se quebraba con una elevación montañosa que suponía para los napolitanos y todos los descendientes de aquellas comarcas vecinas un terrible recuerdo: el volcán Vesubio.

—Vivirás en esa fortaleza apoyada sobre el mar. Se llama Castel Nuovo. —Volker señaló el lugar donde se alzaba el noble edificio—.

Es la residencia de nuestro virrey y el vértice de la vida social, política y económica del reino. En cuanto podamos, te llevaré a ver a Camilo a su monasterio. Quizá tardemos un poco más de lo deseable, pues antes he de preguntar si hemos de contar con alguna dispensa especial. La cartuja donde reside no está demasiado lejos de la ciudad, pero sí lo suficiente para dedicarle dos o tres días entre ida y vuelta.

Aunque Yago soñaba con ver a Camilo y entendiese que su visita tenía que retrasarse por un tiempo, el solo hecho de saberse cerca le hacía sentir mejor.

Estudió el perfil del castillo muy ilusionado.

Sin saber cómo sería su vida a partir de entonces, por primera vez se sentía relajado, sin miedos, acompañado y querido. Los responsables de tal cambio habían sido Carmen y Volker, quienes con su cercanía, atenciones y sobre todo respeto, le habían contagiado una paz desconocida hasta entonces. Nunca había pasado tanto tiempo sin padecer humillaciones ni dolor o sin que alguien criticara con severidad su forma de ser.

Las muchas jornadas que invirtieron juntos para viajar desde Jerez a Córdoba, donde recogieron más caballos, y luego en barco hasta Nápoles, hicieron posible que Yago dispusiera de mucho tiempo para pensar. El relajado ambiente que en todo momento les acompañó había sido clave para comprender que su actitud hacia los demás tenía que cambiar. Lo primero que se propuso fue aprender a escuchar, a concentrarse en lo que le decían, y a preguntar lo que no entendía. Bajo su compleja realidad, descubrir el significado de algunos gestos, o averiguar cómo se podía expresar un determinado sentimiento con la cara, constituyó todo un reto y mejoró su autoestima. Lo que para los demás era una tarea tan simple como intuitiva, en su caso había sido casi imposible. Se comprometió consigo mismo a mejorar también su dicción, pensar mejor las palabras antes de pronunciarlas e intentar fijar la mirada en los ojos de quien le hablara.

Poco antes de que la embarcación quedase amarrada a puerto, el ánimo de Yago se tornó confuso y su alegría se transformó en tristeza. Fue consciente de que Nápoles, para él, era como nacer de nuevo. Pero no podía obviar las tres semanas que había disfrutado junto a Carmen y Volker, sin apenas separarse, y se ahogaba de pena cuando pensaba que los podría perder una vez bajasen al muelle. Volker le había asegurado que trabajarían cerca, pero no sabía qué significaba eso, y Carmen se iba a vivir con su familia.

—¡Carmen! —la llamó.

Acababan de desembarcar y temió no verla más.

—Dime. —Ella le acarició el mentón.

—¿Vendrás a verme?

Ella se lo prometió. La presencia de Yago le había hecho cambiar y olvidar por un momento sus propias desgracias, volcando todo su afecto sobre un muchacho que llevaba el sufrimiento cosido en el alma. Pero en ese viaje, también tomó otra decisión que no sabía a dónde podría llevarla; haría todo lo posible por mantener la relación que tenía con Volker, le seducía hacerlo.

Nápoles vivía de dos grandes pasiones: el caballo y embellecer sus edificios y plazas.

Por eso, en cuanto pusieron sus cascos sobre el puerto, los ejemplares que habían comprado en la cartuja y luego en Córdoba fueron rodeados por una infinidad de curiosos, conscientes de su calidad.

Los del duque de Sessa, los famosos Guzmanes, eran los que más comentarios recibían. Se trataba de dos potros de cuatro años dotados de una hermosura excepcional. Los animales resoplaban orgullosos al sentir la admiración que despertaban a su paso, y hasta parecían ser conscientes del poder de atracción que su perfil producía. Escrutaban a quienes se les acercaban. Sus crines les caían sobre la frente, a punto de ocultarles los ojos, y descendían en hermosa caída a lo largo de su cuello hasta rozar las rodillas. Agitaban la cabeza con una expresión orgullosa. Ambos tenían capa negra y su clase era única.

A la vera de los Guzmanes destacaban otras dos yeguas, estas cartujanas, de cinco años y capa torda rodada. Su pelo estaba jaspeado de manchas grises que con el tiempo perderían su color hasta llegar a ser casi blancas. Así les ocurría a la mayoría de los caballos que nacían en un lugar de recogimiento y de Dios que se conocía como la cartuja de Nuestra Señora de la Defensión. De potrancos nacían casi negros, pero luego iban perdiendo ese pelo hasta aclararse en edad adulta.

Las dos hembras, de perfil fino, grupa redondeada y bien angulada, parecían algo más tranquilas. Aguantaron sin apenas moverse, ajenas al gentío, hasta que llegaron dos mozos de cuadra y se llevaron a los cuatro. Con ellas, Volker se proponía mejorar una deficiencia de la caballería del virrey, en concreto, quería dotarla de mayor potencia en sus cuartos traseros. Los dos Guzmanes, una vez tuvieran la edad adulta y recibieran los entrenamientos necesarios, estarían destinados al uso personal de don Pedro Álvarez de Toledo.

Volker y Yago acompañaron a Carmen hasta su palacete en la recién estrenada vía Toledo, donde en solo unas pocas décadas se estaban concentrando las propiedades más lujosas de la ciudad. Yago montaba a Azul, como había hecho desde que se habían vuelto a encontrar en Jerez, y sus acompañantes lo hacían sobre otros dos caballos de no menor empaque.

Al saludar a sus padres, el alemán fue testigo de la enorme alegría que produjo la inesperada presencia de su hija y recibió su gratitud.

La madre no acababa de entender por qué no venía acompañada de su marido, al que por otro lado todavía no conocían, pero esperó a quedarse a solas para enterarse.

Yago trató de ser amable en todo momento. Puso un gran esfuerzo en parecer normal, y como no habló apenas, casi no se notaron sus dificultades. Tampoco entendieron de dónde había salido el muchacho ni cuál era la naturaleza de las obligaciones que su hija había asumido hacia él, tal y como les comentó sucintamente. Pero ya lo hablarían también, en un mejor momento.

Cuando Carmen los despidió en la puerta, a Yago le dio un beso y a punto estuvo de dárselo a Volker, aunque en el último momento, un tanto ruborizada, cambió los labios por su mano. Los padres observaron el detalle con extrañeza.

—Mañana mismo iré a verte —se dirigió expresamente a Yago—: ¡Bienvenido a Nápoles!

Pocos minutos después tomaron una calle cercana para deshacer sus pasos e ir a la fortaleza de Castel Nuovo.

—Te enseñaré las caballerizas, donde más adelante trabajarás. Pero también conocerás a mis hombres de confianza, quizá al virrey, y sobre todo a un personaje que es muy especial para mí, alguien que posee en sus manos una destreza única hasta convertirla en arte; a Giacomo Bellatesta, nuestro oficial guarnicionero.

—¿Qué es guarnicionero?

Volker buscó la puerta principal de la fortaleza, situada entre dos torres circulares, y dispuesta bajo un arco de mármol bellamente ornamentado.

—Prefiero que lo veas tú mismo, o mejor aún, que te lo explique Giacomo...

Volker recibió numerosas muestras de afecto al cruzarse con unos y otros mientras recorrían el interior de la fortaleza. Tomaron un largo pasillo y luego bajaron por unas escaleras. De inmediato Yago notó el olor familiar de una cuadra, y preguntó si los caballos con los que habían venido, Azul entre ellos, se iban a guardar allí.

—Castel Nuovo no dispone de espacio para alojar a todos los animales que el virrey necesita. Aquí solo están los de uso más frecuente y los de mejor clase. Los Guzmanes y Azul, por tanto, se quedarán aquí. Las yeguas se llevarán a otra caballeriza en el centro de la ciudad; ya la conocerás.

Las tropas que protegían a don Pedro Álvarez de Toledo y que Volker capitaneaba estaban formadas por cien hombres, a los que se conocía con el nombre de los continuos. La mitad eran nobles napolitanos y el resto, españoles. Cada uno ponía su caballo, fuera en tiempos de paz o de guerra. Casi todos eran personajes de elevada posición social con abundantes recursos; algunos príncipes, como era el caso del de Piamonte, o duques, como el de Nardo o el de Sessa, y también abundaban los marqueses y condes. Todos ellos ofrecían sus tropas al Rey, y en Nápoles a su principal representante, su virrey, además de poseer una gran casa palacio en la ciudad, campos, viñedos y otros muchos bienes, pero sobre todo disponían de lujosas cuadras con caballos. Era el propio monarca quien les exigía poseer un número determinado de cabezas para llamarse continuos, y si querían ver crecer sus negocios con la Corona, tenían que ofrecerle por lo menos cien lanzas.

Llegaron a una estancia donde una docena de jóvenes, alrededor de una gran mesa redonda, estaba trabajando unas piezas de cuero. Entre ellos, un hombre de unos cuarenta años levantó la cabeza al escuchar su nombre en boca de Volker y se levantó para darle un abrazo, antes de fijarse en Yago.

—Pero bueno, bueno… ¡Cuánto tiempo sin verte! —El hombre estudió de arriba abajo a Volker y comprobó que había perdido bastante peso—. Parece como si esa lejana isla a la que has ido te hubiese tratado muy mal. ¿Cómo te fue, mi querido amigo?

—Ya te contaré, Giacomo, pero ha sido un viaje de fuertes contrastes; a punto estuve de perder la vida y al mismo tiempo quizá haya descubierto cómo llenarla para siempre…

—Uhmm —sonrió con malicia—, eso suena bien. O mejor dicho, suena a mujer, ¿me equivoco?

—Quizá no… —le golpeó el hombro con afecto.

—¿Y este quién es? —Giacomo miró por encima de las gafas al muchacho, ahora escondido tras las espaldas de Volker.

—Te presento a Yago. Me gustaría que lo aceptaras desde hoy para que aprenda el oficio. Es un buen muchacho, créeme. Lo conocí en Jamaica y ha sufrido demasiado en su vida, bastante más de lo que muchos de nosotros podríamos soportar. Pero por eso quiero que tengas paciencia con él y lo disculpes al principio si no responde con acierto a tus indicaciones o si no se relaciona bien con los demás; le cuesta…

El hombre llevaba unos guantes de cuero, con la mitad de los dedos libres salvo los índices, que estaban forrados con una capa más gruesa, para protegerlos de las agujas de costura. Tenía el pelo rubio, rizado, lleno de caracolas, piel fina y era casi imberbe. Sus ojos eran verdes, casi transparentes, y al mirar en ellos Yago creyó ver a una buena persona, muy diferente a muchos de los que había conocido a lo largo de su vida.

El guarnicionero no dejaba de fijarse en lo que hacían los chicos a la vez que hablaba. Se acercó a uno de los más jóvenes y le corrigió el corte que estaba iniciando sobre una pieza de cuero en bruto, de donde pretendía sacar una cincha y dos latigueras.

—Nos vendrá bien, Volker, muy bien… Cuenta con mi ayuda. —Extendió la mano a Yago para estrechársela. Al recibirla, se la dobló para estudiar sus dedos—. Míralos por última vez, muchacho, porque en menos de un mes cambiarán de aspecto por completo.

—Necesitará alojamiento, manutención y un pequeño salario... —A Volker le pareció que Yago se sentía cómodo en el taller y que a Giacomo le había caído bien—. Cuando creas que está preparado me lo dices, y me lo llevaré para que aprenda el oficio de mozo de cuadras.

—Desde que se ha puesto de moda el uso de carruajes para pasear, ir a cazar, o por pura ostentación, el trabajo en este taller o en los muchos que se han multiplicado por la ciudad no cesa. Las calles se pueblan con carrozas de seis y hasta de ocho enganches. Y eso supone un trabajo enorme en cabezadas, tapas de guías, monturas, largos estribos, escudos, gruperines y otras muchas piezas más.

Volker se acercó a la mesa para observar lo que hacían.

En medio se apilaban algunos objetos de cuero de diferente grosor, según fueran a fabricarse guarniciones para el tronco, guías, o se pensara en las delanteras. El olor era intenso debido a la humedad forzada de las piezas, necesaria para manipularlas mejor. Dos muchachos se empeñaban en cortar dos tiras como de seis dedos de ancho y seis cuartas de largo a partir de un trozo de cuero grueso para confeccionar unas retrancas que formarían parte de unas fajas de un antepecho. Otro, con una tira idéntica y ya seca, recortaba sus bordes y los igualaba limpiando de hebras los cantos.

Giacomo animó a Yago a sentarse al lado de uno de los jóvenes. Tenía entre sus manos una rienda muy usada que estaba restaurando. Había cubierto la cara más desgastada con una gruesa tira de cuero joven, y ahora las unía con firmes puntadas. Yago observó la mínima separación que conseguía entre ellas, hasta casi montarse, y sin que en ningún momento abandonara la línea recta.

Cuando Volker y Giacomo salieron del taller para hablar con más intimidad, el muchacho, que se presentó como Tazio, le preguntó qué sabía hacer él.

Yago se quedó pensando unos segundos hasta que le respondió.

—No lo sé… Creo que nada.

III

Luis Espinosa conocía a ese hombre desde hacía dos años y no le tenía miedo, a pesar de que para el resto de los mortales el simple hecho de estar cerca de él podía ser causa de muerte.

Se llamaba Sinau, para otros el judío de Esmirna, quien junto con Dragut de Rodas, Aydin, un renegado cristiano, y Hassan, constituían los cuatro hombres de confianza del más peligroso y temido corsario del Mediterráneo.

Recorrieron un peñón fortificado frente al puerto antiguo que los españoles habían levantado apenas treinta años atrás. Aquella fortaleza de piedra blanca encerraba una ciudad que llamaban *la Kasbah*, una intrincada trama de callejuelas sobre una colina en cuyo punto más elevado había una alcazaba, destino al que ambos se encaminaban.

Inexpugnable, el bastión se había convertido en el refugio de aquellos bandoleros del mar, a cuyas espaldas, en el puerto, tenían amarradas sesenta galeras y veintisiete galeones; la imponente fuerza naval de un personaje al que en occidente llamaban Barbarroja y que para el imperio otomano era su gobernador en Argel y el resto de tierras de Berbería que él mismo había incorporado a las del turco arrebatándoselas al emperador Carlos V.

Cada primavera, la enorme flota se desplegaba a lo largo y ancho del Mediterráneo occidental para asaltar puertos, hacer esclavos y atacar a toda clase de embarcaciones que viajaban desde Génova, Nápoles o Marsella a los puertos de Mallorca, Barcelona y algunos más a lo largo del litoral español.

Sinau era un hombre duro, con fama de manejar como nadie las artes de la magia negra. Su mirada era profunda y peligrosa, sus pupilas, de un tono verde amarillento. Los dedos eran afilados y huesudos, con uñas descuidadas, y alguna que otra rota y retorcida. Miró a Luis con un gesto de impaciencia.

—Os tendréis que explicar mejor cuando estemos todos... Cuesta entender qué puede querer de nosotros un cristiano sabiendo como sé el poder e influencias que vos tenéis. Recomiendo que os esforcéis en ser de lo más convincente porque vuestro rescate sería muy goloso.

Luis sabía cómo hacerlo, pero quiso tantear su efecto en Sinau antes de estar reunido con los cuatro. Y como no le estaba gustando demasiado el resultado, decidió que iba a exponer su idea de una forma más directa y comprensible. Aquellos hombres eran gente de acción y pocas palabras. No quería terminar encarcelado y a la espera de que alguien quisiera pagar por él.

—Os lo explicaré mejor en cuanto estemos juntos.

—Más os vale, porque no nos gusta perder el tiempo.

Al pasar al lado de una galera recién arribada, Luis tocó unas sedas de damasco que estaban descargando entre varios esclavos cristianos.

—Excelente calidad. ¿Dónde la venderéis?

—Uhmmm..., en El Cairo. Pero no sé por qué hacéis tantas preguntas. Me fastidia que me interroguen.

Hacia ellos venía una procesión de esclavos encadenados por el cuello y por los pies. El arrastre de las cadenas producía un eco desagradable que apenas permitía escuchar en qué idioma hablaban. Cuando estuvieron más cerca, a Luis le parecieron españoles, seguramente serían de algún puerto del Levante, pero también había genoveses, catalanes y creyó escuchar francés.

Sinau enderezó su turbante y se adelantó al grupo para mirar a las que encabezaban la fila: un par de hermosas mujeres de mediana edad y gesto altivo. Le gustaban las españolas, recias y con orgullo. Eran las que más se resistían a los amores, pero las que mejor se entregaban con el tiempo.

—Tenemos demasiados… —Agitó las manos preocupado. Acababan de llegar tres galeras la tarde anterior repletas de nuevas capturas, y apenas les quedaba espacio para encerrarlos. Tenía como encargo la manutención de toda esa gente y a medida que pasaban los meses, la tarea solo le traía dolores de cabeza y complicaciones. Le fastidiaba que se le muriesen, pues perdían el dinero que podrían conseguir con una posible venta y desperdiciaban la comida que les habían dado hasta entonces.

—¿Se os ocurre alguna idea para acelerar los trámites de rescate de estos malnacidos? —El judío se rascó el nacimiento de su larga barba recogida en una trenza—. Al capturarlos en primavera, muchos no son reclamados hasta el año siguiente, y suponen un gasto insoportable. Una pena…

Luis Espinosa no le dio ninguna solución en ese momento, pero prometió pensarlo. Si había dinero a ganar, trataría de llevarse un pellizco. Había oído hablar de unos comerciantes londinenses que hacían fortuna con ese asunto.

Se habían conocido algunos años atrás cuando Luis supo que para poder vender caballos a los egipcios, negocio con el que había ganado mucho dinero, no solo tenía que saltarse las leyes contra la Saca de las Cosas Vedadas, sino que además debía pagar un tributo a esos corsarios por el solo hecho de traficar por la costa norte de África.

Alcanzaron la base de un torreón defensivo protegido por dos soldados con turbantes azules y espadas. Tan solo se les veían los ojos por debajo del paño, pero sus miradas eran amenazantes.

Subieron hasta la planta más alta por unas escaleras de caracol. Sinau empujó una puerta de baja hechura que rechinó en exceso, tuvieron que bajar la cabeza para entrar y aparecieron en el centro de una sala iluminada por tres ventanas que daban al puerto, con unas excelentes perspectivas del mar.

En medio había una mesa redonda, unas fuentes con fruta y tres hombres sentados que los miraron sin parar de reírse.

Sinau dejó la espada en una silla vacía donde descansaban el resto de las armas, buscó asiento y colocó las botas encima de la mesa.

—Hassan, cuéntales lo que nos acabas de explicar —habló Dragut, quien por su notable inteligencia podría convertirse en el siguiente reis, una vez que Barbarroja muriera.

Hassan era un extraño personaje, nacido en Cerdeña, cuya infancia había sido tan difícil como terribles sus consecuencias. De pequeño, con menos de ocho años, había sido vendido como esclavo por sus propios padres. Su comprador se encaprichó de tal modo de él que para mantenerlo siempre joven lo castró. Por ese motivo su voz era aflautada y su aspecto, muy diferente al de los rudos compañeros, pero se decía que su crueldad no tenía límites; podía hablar cinco lenguas diferentes, y además odiaba a las mujeres. Le encargaron hacer de intérprete con el cristiano.

—Nuestro querido reis —empezó la reunión dando noticias sobre su jefe—, como bien sabéis, es un romántico empedernido... Os contaré lo último que he sabido de él, una noticia de apenas hace dos semanas. Parece ser que supo de una hermosa mujer, la duquesa de Trajetto y condesa de Fondi, llamada Julia de Gonzaga. De ella se dice que es la más hermosa mujer de todos los reinos de Italia y quizá a la que más poemas de amor le hayan dedicado. Y como la quiso para él y supo que estaba en Fondi, allá se dirigió viajando de noche y a gran velocidad. Pero como nuestro reis es tan conocido y su barba tan poco discreta, la mujer tuvo tiempo de abandonar su cama advertida de su presencia. Al parecer, consiguió huir a galope en compañía de un sirviente, pero con tan poca ropa, dadas las prisas, que todo en ella eran transparencias…

—Al reis no le gusta perder nunca. —Aydin se comió de dos bocados una naranja y eructó encantado.

—¿Y cómo reaccionó? —preguntó el judío.

—Se quedó muy defraudado por su fallida misión y hundido al no haber visto cumplidos sus deseos, pero escuchad lo que hizo ella, de quien se dice que a su belleza le acompaña un carácter de acero. Mandó matar a su sirviente nada más sentirse a salvo por el único motivo de haberla mirado con ojos de deseo durante la huida.

Los cuatro corsarios se rieron con estruendo y Luis trató de seguirlos aunque no terminase de encontrarle gracia al asunto; pensó que eran historias de piratas…

Sinau tomó la palabra, una vez se serenaron, y presentó a Luis.

—Luis Espinosa posee dos virtudes que para nuestro negocio entiendo que pueden ser interesantes y bienvenidas. Como capitán de la guardia del Emperador, es un espectador clave de todo lo que sucede en la corte, y por tanto tiene acceso a la mejor información. Pero además es un hombre de negocios, de poderosos negocios. Piensa que podríamos compartir uno que, según asegura, conseguiría aumentar nuestro dominio en el Mediterráneo de manera notable.

—Este perro cristiano nos viene a sacar dinero; los conozco bien a todos. —Aydin se rascó la cuenca vacía de uno de sus ojos, perdido de un balazo en lucha contra una nave marsellesa. Siempre decía lo primero que le venía a la boca. Los demás, como lo conocían, evitaban estar cerca cuando explotaba de ira y esperaban hasta que se le pasaba. La peor parte se la llevaban los esclavos si coincidían cerca de él.

Dragut le contestó.

—Ya cuando vivía en Jerez de la Frontera, y ahora en Génova, mantuvimos tratos con él. Si lo recordáis, le permitimos el comercio de caballos con nuestros hermanos egipcios, y he de decir que siempre nos pagó a tiempo y cumplió sus compromisos. No tengo queja alguna. Su sola presencia entre nosotros demuestra que tiene valor, pues ha desdeñado los riesgos. Escuchémoslo.

Los cuatro hombres lo observaron con interés. No era frecuente que un cristiano les propusiera algo, y aunque su imagen fuera la de una calaña de bárbaros, ellos no se consideraban piratas. Como corsarios formaban parte de una estrategia dirigida desde el poder turco. Sus acciones tenían como motivo debilitar el comercio de unos puertos sobre otros y financiar la expansión de los otomanos por la costa berberisca. A pesar de su temible aspecto, aquellos hombres no eran, desde luego, unos incultos.

Hassan se ofreció para traducir las palabras de Luis y que nadie se perdiera detalle.

—Hasta la fecha me he dedicado al vino, a la cría de caballos, he producido aceite, trigos, poseo vacas y comercio con esos productos en barcos unas veces propios y la mayor parte de las veces arrendados.

—Muy interesante lo que hacéis, sí —Aydín lo interrumpió impaciente. Las reuniones le ponían enfermo y de momento no terminaba de ver qué negocio había para ellos—. Nosotros, en cambio, nos dedicamos a saquear puertos, hacer esclavos y pedir rescate por ellos, vendemos mujeres, confiscamos embarcaciones, subastamos su tripulación, quemamos pueblos enemigos, cuando no puertos que son demasiado inconvenientes. —Palmeó la mesa con tanta fuerza que hizo brincar las cestas de fruta—. ¿Qué puede unir vuestros intereses con los nuestros?

Luis lo miró a los ojos sin amedrentarse.

—¡El oro de las Indias!

Se levantó un murmullo general. Eso sí que eran palabras mayores. De inmediato le pidieron que se explicase.

—Cada seis meses sale una expedición con oro y plata desde las principales islas de los recién conquistados territorios. Hasta hace unos años, los barcos lo transportaban hasta Sevilla o Sanlúcar, pero como las deudas del Emperador con los banqueros genoveses, napolitanos y lombardos no hacen más que crecer, las expediciones más recientes han ido o irán a Génova y a Nápoles. Y yo sé cuándo se hará… —Hizo una pausa que a todos pareció excesiva y habló de nuevo—. Ahí radica mi ventaja, la diferencia y el alto precio que os voy a cobrar.

Se miraron entre ellos sin aparentar demasiada emoción. Sabían que esos convoyes iban extremadamente protegidos con una importante fuerza armada. No tenían ninguna garantía de éxito en una batalla frente a frente, y de hacerlo nadie se atrevía a estimar cuántos barcos y hombres perderían.

—No parece una propuesta muy excitante, más bien diría que es de altísimo riesgo. Por tanto, no entendemos vuestra emoción ni qué justifica que os pongáis exigentes con vuestro porcentaje, porque imagino que a eso os referíais cuando le ponéis precio al aviso… —Hassan se sonrió con una mueca llena de cinismo.

Luis Espinosa estaba satisfecho, de momento iban siguiéndole por donde quería llevarlos. Ahora tocaba dar un paso más.

—Los convoyes hacen escalas en puertos que suelen ser poco transitados y escondidos, puertos que no están preparados para defenderse de un ataque, no suelen estar bien guarnecidos, y ahí reside la clave. —Guardó silencio—. Yo sé, y sabré, dónde van a fondear en cada una de las travesías que hagan. Tendré conmigo los planes secretos de navegación. —Los miró uno a uno—. ¿Todavía os sigue pareciendo un trato absurdo? ¿Os suena ridículo?

Dragut tomó la palabra.

—Después de lo que acabáis de revelar, he de reconocer que el asunto tiene otro color. Saber que podemos atacarlos en un pequeño puerto abre más posibilidades de éxito; en alta mar, y de cara, sería un suicidio, una temeridad. Por tanto, nos parece muy bien, es interesante, sí. Pero ¿y qué queréis ganar vos? —A pesar de conocerlo mejor se sentía tan perplejo como los demás.

—Siete de cada diez libras de oro que transporten los barcos; esa será mi parte. La plata os la podéis quedar toda. En el próximo cargamento puede que se transporte oro por un valor de tres millones de escudos. En números redondos, uno para vosotros y dos para mí.

Se rieron por no taladrarlo con la espada en ese justo momento. Como era evidente, el reparto les parecía un insulto.

—¿Y por qué no al revés? —Aydín fue decidido hacia Luis y se acercó tanto que le pudo oler el aliento—. ¿Vendríais luego a reclamarnos algo?

—¡Os aseguro que sí! —Apostó fuerte en su posición—. ¿Os recuerdo quién soy y lo que ya sé de vosotros? Si me esquilmarais el dinero, mandaría a la mayor armada que consiguiese reunir para destrozar este puerto y con él todas vuestras embarcaciones... El almirante Andrea Doria estaría encantado si supiera dónde ir a buscaros y recuperar el oro de su Emperador. Y os aseguro que de mí no sospecharían, y tal vez hasta me premiarían.

Dragut le aconsejó rebajar su tono de amenaza si no quería salir de la reunión con los pies por delante.

—Tranquilicémonos todos —continuó—. Tenéis que entender que la coacción no es un argumento suficiente para que nos parezca justo ese reparto. Debéis esforzaros, don Luis, justificarlo mejor, o no atenderemos a vuestro deseo.

Luis suspiró y profundizó en el asunto.

—Sin mi información nunca conseguirías nada. Además, una vez nos hagamos con el oro, lo pondré a la venta a través de una extensa red de contactos que por numerosa hará casi imposible su investigación. Con ello diseminaremos los riesgos, aunque el proceso rebaje algo su valor, pues he de recurrir a un tipo de comprador que nada pregunta ni pide explicaciones, pero a cambio cobra una fuerte comisión. Eso significaría ganar algo menos, pero no mucho menos, espero.

Por primera vez Sinau el judío habló.

—Nosotros también sabríamos moverlo…

Luis se negó a dar nombres cuando Dragut se lo exigió para comprobar la viabilidad de su plan. El corsario empezó a jugar con su larga barba trenzada. Dio dos vueltas a la mesa sin abrir la boca mientras el resto esperaba oírle decir algo.

—Reconozco que es mucho el oro que tendríamos que mover y aunque no contamos con esa valiosa red como vos la llamáis, con más tiempo, quizá un año, nosotros también podríamos encontrar compradores.

—Para qué emplear ese tiempo si en menos de un mes seré capaz de pagaros vuestra parte —lo interrumpió Luis, quien deseaba disponer del control del oro por otros motivos que de ningún modo iba a confesar allí.

Dragut valoró su argumento y reconoció el beneficio para ellos. Sin ningún esfuerzo adicional conseguirían la misma cantidad que en el saqueo de diez ciudades y veinte navíos.

—De acuerdo, he de reconocer que vuestra idea es interesante, pero queremos más. Por lo menos la mitad del oro. Es lo justo, ¿no? Nosotros ponemos el riesgo, los hombres y los barcos, y vos solo información y poco más.

Luis lo pensó en silencio.

Había previsto de antemano que no aceptaran su primera propuesta y la mitad le parecía correcto, pero antes de dar por terminado el trato probó una segunda táctica. Si la idea les interesaba, obtendrían mayores beneficios sin que él perdiera su posición en el reparto.

—Nos tenéis intrigados, la verdad —comentó Hassan.

—¡Explicaos! —requirió Dragut.

—Antes necesitaría obtener un cierto compromiso.

—No lo haremos. Explicadnos antes de qué va el asunto.

Luis intuyó que ya no podía tensar más la situación.

—Cuando a la armada naval del Emperador le surge una importante misión, deja desprotegidos determinados puertos que yo podría conocer con el tiempo suficiente para que vos…

—Sois muy hábil, caballero. —Los cuatro acababan de aprobarlo, aunque fuese Hassan quien lo dijera—. Nos parece que vamos a hacer grandes negocios juntos…

—¿Sellamos entonces nuestro acuerdo? —propuso Luis Espinosa—. Pensad que el valor de ese oro va a hacer cambiar la suerte corsaria en el Mediterráneo.

—¿Para cuándo viene el siguiente convoy? —se interesó Dragut.

—Faltan cinco meses; a principio de la primavera.

—¿Os gustan las mujeres?

—¿Y a quién no? —contestó Luis.

—A Hassan, a él no… —se rio Sinau.

IV

Las primeras piedras rodaron al desprenderse la argamasa que las unía sin que nadie supiera qué había detrás de ese muro. Los sótanos de las bodegas de Laura Espinosa eran tan grandes que podía haber zonas ciegas que llevasen diez o veinte años sin que nadie hubiera dado cuenta de ellas.

Frente a una de sus galerías y provistos de antorchas, dos sudorosos empleados rascaban las rendijas entre las piedras, uno con una gubia y el otro armado con una palanca para poder extraerlas una a una.

Allí no hacía calor, pero el esfuerzo físico era muy intenso y además continuo. Estaban cansados y con ganas de beberse una frasca de vino de una sentada. Nadie recordaba por qué se había levantado aquella pared, y la patrona les había mandado derribarla con idea de darle más espacio a la bodega.

—Me estás metiendo el polvo en los ojos. —Uno de los operarios arreó un manotazo en la nuca al otro, un joven de unos quince años—. O pones más cuidado en lo que haces, o te meto el mazo en las costillas, estúpido —protestó a la vez que se frotaba los ojos.

—Vale, vale —respondió el chaval, quien a duras penas distinguía dónde dirigir la herramienta con la poca luz de que disponían. Rascó los límites de una piedra, algo por encima de su cabeza. Para evitar molestias al otro dejó que le cayera a él la arenilla, con tan mala suerte que le pilló con la boca abierta. Maldijo a todos los santos y empezó a escupir.

—Este muro lo levantó el marido de la señora hace muchos años, pero nunca supe para qué... —El mayor había trabajado en la bodega desde siempre.

El joven, Mauricio, siguió rascando la argamasa hasta destapar una buena rendija por la que pudieron introducir dos cuñas. Las siguieron dos varas de hierro para hacer palanca. Cuando desprendieron la piedra, cayó de forma pesada y dejó libre el primer agujero. El espacio era pequeño.

Mauricio acercó una de las antorchas para mirar qué había al otro lado, pero no tenía suficiente espacio; tan solo recibió una bocanada de aire estanco que evidenciaba el mucho tiempo que llevaba cerrado. Además le hizo estornudar.

Colocó el fuego más cerca del agujero y amontonó algunas piedras para subirse a ellas y mirar mejor antes de continuar con el resto de la pared.

—Sigue rascando y trabaja, maldita sea, que todos los jóvenes hacéis lo mismo. En cuanto podéis despistaros un momento, se os olvidan pronto las obligaciones.

Al retirar dos piedras más se amplió el espacio lo suficiente como para poder mirar en su interior. Lo que el chico vio le produjo tal impresión que soltó un alarido y perdió pie cayéndose de espaldas.

La visita de Fabián Mandrago a Laura Espinosa coincidió con aquel extraño hallazgo, e hizo que bajaran juntos para ver de qué se trataba.

El hueso que sacaron los empleados del otro lado del muro no dejaba lugar a dudas, era humano, y por el tamaño, de una mujer. Esperaron a una prudente distancia hasta que la cavidad se hiciese lo suficientemente ancha como para permitir su entrada.

Con la ayuda de una pesada maza los dos operarios empezaron a golpear con más energía los últimos restos de rocas. Las chispas saltaban en la oscuridad con cada golpe y quebraban el tenso silencio que dominaba a todos los presentes.

Para Laura la gravedad del hallazgo resultaba inquietante, pero más aún, desconocer de quién se trataba. Fabián planteó la posibilidad de que tal vez fuera algún antiguo enterramiento, en coincidencia con anteriores propietarios de la hacienda, pero a ella no la convenció demasiado.

La baja temperatura del subsuelo provocó en ella un escalofrío.

Impaciente, se acercó hasta el muro para ver cuánto faltaba por derribar, y fue entonces cuando consiguieron abrir un enorme agujero al caer de una sola vez casi un tercio de pared. Con las faldas arremangadas pidió una antorcha y se decidió a entrar. La siguieron Fabián y otro de los hombres. Entre los tres consiguieron iluminar el interior y vieron el esqueleto pegado al muro. Los dedos de sus manos parecían querer arañar las piedras en un gesto de desesperación, y a su alrededor había un puñado de las piedras que pudo desprender de la pared. El cadáver mantenía una buena parte de su melena, y los pocos restos de ropa que lo cubrían indicaban un corte humilde. No cabía la menor duda de que esa mujer había sido encerrada viva.

—Tuvo que ser un infierno para ella... —Doña Laura se agachó para buscar entre el esqueleto algo que ayudase a entender de quién se trataba.

Fabián no era experto en aquel tipo de reconocimientos, pero dedujo que no llevaba demasiado tiempo allí. Aquellos restos no sumaban siglos, solo décadas. En una de sus muñecas colgaba una pulsera y vieron también un pendiente; un pequeño aro con dos figuritas diminutas apenas identificables. Laura estudió ambos objetos sin que le dijeran nada.

Exploraron a conciencia la cueva, pero tampoco encontraron más pistas.

—¿Construisteis la bodega, o ya estaba horadada? —El instinto investigador de Fabián surgió espontáneo.

—La hacienda ha pertenecido a mi familia desde muchas generaciones atrás, y con ella la bodega —respondió Laura—. Pero, por lo que se ve, tuve entre mis ascendientes algún asesino...

—Cierto, y además alguien muy cruel... —Fabián, en cuclillas, estaba comprobando la erosión que presentaban las puntas de los dedos, seguramente del puro desgaste mientras intentaba abrir un agujero en el muro—. Para bien o para mal, lo que aquí sucediese me temo que quedará en misterio para el resto de los días.

Los dos operarios escuchaban la conversación callados y a la espera de recibir nuevas órdenes. Sin embargo, el que llevaba más años trabajando en la bodega no podía dejar de pensar que ese muro lo había levantado don Luis Espinosa. No estaba seguro de que la señora lo supiese y tampoco cómo reaccionaría si se lo decía, por lo que optó por guardar silencio de momento.

—Buscad una caja donde entren sus huesos y cavad una zanja bajo el viejo roble de la colina. Ya sabéis cuál es. Aunque no tengamos ni un nombre que poner en su lápida, al menos le daremos un entierro digno.

Doña Laura salió de la galería y pidió a Fabián que la acompañara hasta los fermentadores, donde ya había cocido el vino nuevo del año y ya se podía valorar su calidad.

—Quiero que probéis la nueva cosecha, veréis lo mucho que promete.

El siniestro descubrimiento casi pasó al olvido en la cabeza de doña Laura durante los dos siguientes días debido a la rotura de una enorme cuba a causa de la mala calidad de la madera, con la consiguiente pérdida de su contenido. El trastorno económico era tan grande y su preocupación tan honda que no tuvo tiempo ni ánimo para presenciar el momento del enterramiento.

Pero el servicio no dejó de comentar el extraño hecho. Como si se tratase de una epidemia, los rumores corrieron de boca en boca, y hubo quien empezó a hablar de don Luis como posible responsable, al saberle autor del muro. Como era público que sus negocios nunca habían destacado por ser demasiado transparentes, imaginaron que viniese de ahí; de algún sucio ajuste o algo por el estilo. Hubo entre los sirvientes quien propuso hablar con doña Laura, pero como se trataba de simples conjeturas nadie se prestó a ello.

Hasta que una se decidió, una de las más mayores. Cuando oyó hablar de los pendientes, pidió verlos, y al saber que estaban en poder de la señora, decidió hablar con ella.

Doña Laura la recibió a la mañana siguiente.

—Perdóneme, señora, pero he de comprobar una cosa... —Marta, una de sus más fieles sirvientas, acudió con un delantal sucio, el pelo canoso, la cara sembrada de arrugas y una expresión llena de temor. Dijo estar informada del hallazgo en la bodega y justificó su interés en obediencia a una intuición.

—Encontramos esta pulsera también. —Dejó sobre sus manos los tres objetos que había guardado en un pañuelo.

Marta los estudió con manos temblorosas y el corazón agitado. Las sombras de un oscuro pasado le asaltaron de repente hasta nublar su alma. Se trataba de recuerdos que creía olvidados, sobrevolando en su interior de forma desbocada y dolorosa. Se le secó la boca, le empezaron a temblar las piernas y sintió la urgente necesidad de vomitar. Se disculpó, salió del dormitorio corriendo y buscó una esquina donde hacerlo.

Luego bajó a trompicones las escaleras, mareada, con la imagen de los pendientes todavía viva. Su pensamiento voló dieciocho años atrás, cuando perdió a una amiga. Los recordó colgando de las orejas de Isabel, tintineando mientras daba a luz a su hijo. Estaba segura de ello, tan segura como desolada. Una a una, las imágenes de lo sucedido en el establo iban cobrando vida desde su memoria y el recuerdo de Isabel se fue haciendo cada vez más intenso hasta no abandonarla. Parecía como si quisiera reclamar justicia abriéndole la memoria.

Esa noche Marta apenas durmió.

La pena no le dejó más salida que llorar y llorar. Y a la mañana siguiente, como si estuviese siendo empujada por la presencia de su amiga, pidió hablar de nuevo con doña Laura.

—Ayer ya me dejaste preocupada, pero por el gesto que traes hoy creo que vienes a contarme algo importante.

—Me temo que sí, señora. —Las manos de Marta estrujaban su delantal, muy nerviosa—. ¿Recordáis a una joven dama de compañía que tuvisteis, de nombre Isabel?

Doña Laura había tenido a muchas, pero de la tupida nube de recuerdos surgió la imagen de una chica a quien muchos años atrás se la había dado por huida de un día para otro. Hurgó con más detalle en su pasado y como si se tratase de cuentas de un rosario, los hechos empezaron a encadenarse uno con otro.

—Isabel, sí, la recuerdo... Pero hace tanto tiempo... ¿Supiste algo más?

—Nada, mi señora. Nunca volví a saber de ella. Fue todo tan extraño. —Miró hacia el suelo sin saber cómo empezar a explicar lo que sabía. Sus ojos se cargaron de lágrimas—. Al ver ayer esos pendientes, se abrió un tiempo de mi pasado que creí cerrado —consiguió decir atragantada.

—¿No pensarás que el cadáver que encontramos es el de esa chica?

Marta se tapó la boca espantada.

—No lo sé... Quizá podría serlo... —A la pobre le temblaba la voz. Recordó como un aluvión de imágenes los difíciles momentos del parto de su amiga, en aquellas cuadras, algo que nunca había revelado a nadie y empalideció.

Doña Laura sintió un temor extraño, como si una sombra oscura la estuviese acechando.

—Tranquilízate y trata de explicarte.

Marta vio llegado el momento de hablar.

—Mi señora, verá… En realidad sí pasó algo. Bueno, fue todo tan complicado y difícil.

—¿A qué te refieres? ¿Qué he de saber?

—Pues que Isabel… tuvo… —Le faltó la respiración y sin terminar la frase rompió a llorar. Nunca se había creído su fuga, pero tampoco había compartido con nadie sus sospechas ni denunciado lo que sabía. Hacía dieciocho años que aquel secreto estaba dentro de su corazón.

—Bueno, ¿vas a decirme lo que sabes o no? —Doña Laura frunció el ceño cansada de tanta espera.

Marta suspiró.

—Isabel tuvo un niño en vuestras cuadras…

—¿Cómo?

Marta bajó la cabeza.

—Nació de milagro, creímos que había muerto, pero de pronto apareció un ángel del cielo en forma de caballo y consiguió que sobreviviera. Fue llamado Yago. Lo tuve entre mis manos, durante unas pocas horas, hasta que se lo llevó a casa de su hermana en Sanlúcar. Sin embargo, sin que hubieran pasado dos días desaparecieron, y nada más se supo, ni de ella ni del niño.

Doña Laura no se podía creer lo que acababa de escuchar. De aquella dama de compañía no recordaba mucho, pero un embarazo no se le habría pasado por alto.

—Os lo ocultó. Bueno, a todos… —Marta pareció adivinar su pensamiento.

Pasado tanto tiempo, sería absurdo preguntarse qué motivos la habían llevado a mantenerlo tan en secreto, pero si el cadáver recién descubierto se correspondía con su antigua dama de compañía, la necesidad de clarificación era acuciante. Doña Laura se sintió impotente. Cuanto más intentaba hurgar en sus recuerdos, menos lo conseguía. Dependía de lo que su sirvienta le contara. Una oleada de preguntas no le dejaba apenas ni pensar. ¿Sería de verdad Isabel la que habían encontrado? Y de ser así, ¿quién y por qué le procuró la muerte?

—Pero tuvo que haber un padre, y tú tienes que saberlo. Quizá ella viva con él y con su hijo… y tus sospechas sean del todo infundadas…

Marta tragó saliva consciente del efecto que iba a tener su respuesta.

—No puede ser, señora, y vais a entender por qué; el padre del niño fue vuestro marido.

—Canalla. —Laura se llevó las manos a la cabeza—. Tuvo un hijo con mi dama de compañía… ¡Me parece increíble! Pero espera un momento, si ella lo mantuvo tan oculto, ¿llegó a saberlo él?

—Isabel no se lo dijo, bueno, al menos hasta que nació el chiquillo, luego no lo sé…

La noticia removió la memoria de Laura como un torbellino hasta devolverle a las horas previas a la desaparición de su dama de compañía. De pronto recordó la extraña muerte de una de sus mulas por culpa de Isabel, el castigo que ella misma le había impuesto por ello, en esos mismos sótanos, y a su marido justificando después la inesperada fuga.

Una siniestra idea empezó a corretear por su cabeza. ¿Y si fuese Luis quien la encerró, quien quiso dar por terminado el problema? Lo meditó despacio. Su marido, por entonces, tenía que saber que ella no iba a aceptarle una infidelidad, todavía no había conseguido el poder y las influencias que necesitaba para no depender de ella, y quizá Isabel llegó a explicarle el resultado de sus licencias amorosas.

Compartió sus deducciones con Marta, espantada. A pesar de lo mucho que odiaba a su marido, no terminaba de imaginarlo cometiendo tan horrendo crimen, pero quién sino él tenía más motivos para deshacerse de ella.

—Tuvo que ser él… No me cabe ya ninguna duda… —Doña Laura pensó de inmediato en el niño. En la galería no habían visto más restos que los de Isabel. Si Luis hubiese tenido al bebé en sus manos, nunca le habría permitido sobrevivir al ser una prueba viva de su pecado. Isabel, por tanto, tuvo que esconderlo o dejarlo al cuidado de alguien de su entera confianza, ¿pero en dónde?

—Marta, ¿conoces a su hermana?

—No. Nunca la he visto —respondió con sinceridad—, pero creo haber escuchado a Isabel decir que poseía una…, una vinatería en Sanlúcar. No os resultará difícil dar con ella.

—Quizá no quiera saber nada, y más aún tratándose de un hijo bastardo del que fuera mi marido —dudó Laura—. O mejor pensado, sí me interesa. Así sabré si he de denunciarlo por uno o por dos crímenes…

V

Volker, todas las mañanas, hacía una rápida visita a Yago en Castel Nuovo.

A pesar de que ya se habían cumplido más de dos meses de su llegada a Nápoles, solo había dejado de hacerlo cuando las obligaciones de su cargo se lo impidieron.

Abandonaba muy temprano su residencia para dar un primer paseo por el puerto, donde le informaban de cualquier salida o entrada de barcos acaecida en las últimas horas, y después despachaba unos minutos con el virrey para comentar los planes para ese día.

Lo más habitual es que hiciera todo el recorrido a lomos de Azul, un caballo que brillaba como ningún otro. Al montarlo, su imponente figura llamaba la atención mientras recorría las calles de una Nápoles donde el gusto por la estética lo dominaba todo, desde sus palacios a los carruajes que la recorrían, desde el adorno en los vestidos a las monturas o las bridas de sus caballos. El carácter noble y equilibrado que caracterizaba a Azul lo hacía diferente a casi todos. Obedecía con prontitud a los deseos de su jinete, su comportamiento era siempre predecible y ponderado, y hasta era capaz de adelantarse a sus órdenes.

A las tareas implícitas de su cargo como capitán de la guardia del virrey, al poco de haber vuelto a la ciudad, se le había sumado una insólita propuesta de parte del director de la escuela de equitación que llevaba todas las bendiciones de don Pedro Álvarez de Toledo. Pignatelli le había pedido ayuda para mejorar el tipo de caballo que deseaba para su escuela, un animal más hermoso, mucho más ágil, casi nuevo; ejemplares que representaran por sí mismos los propios fundamentos del arte. El encargo le fue hecho por razón de ser el mejor experto que Nápoles tenía en esa materia.

Aunque en un primer momento Volker había aceptado el reto, cuando escuchó a Pignatelli hablar de la importancia del alma de los caballos sobre el éxito de la empresa, empezó a verle serias dificultades. Sin entender qué podría significar en concreto aquel particular requisito, empezó a pensar que no era la persona más adecuada para cubrir esas expectativas. Él no tenía la sensibilidad de un artista. Su forma de ser obedecía más a la lógica que a las sensaciones, él era pragmático, seguramente lo más alejado de lo que Pignatelli buscaba, pero de todos modos decidió intentarlo.

Había una tarea previa que hacer, cimentar ese animal, tomar la medida de lo que se quería conseguir; y para saber cómo hacerlo se puso a leer.

Repasó todos los tratados sobre caballos que fue encontrando en las diferentes bibliotecas de amigos y, sobre todo, en la del virrey.

La primera conclusión a la que llegó, que pudo compartir con Pignatelli, fue que solo en la antigua sabiduría, y más en concreto en los autores griegos, hallarían las bases necesarias para conseguir mejorar su actual casta de caballos. La segunda, de índole más práctica, fue que el trabajo les llevaría años. Necesitarían de tres a cuatro generaciones para conseguir fijar los caracteres seleccionados, y eso siempre que no errasen.

Supo por Pignatelli que este había encargado a Tiziano dibujar al idílico animal, su perfil, la altura que podría tener, y a Juan Bautista, como arquitecto, le pidió una maqueta del mismo. En un ejercicio de imaginación colectiva, entre los tres habían descrito, una a una, cómo habrían de ser sus nuevas formas y medidas hasta conseguir tener su patrón, como una especie de plano con el que construir después.

Cuando tuvo en su poder los diseños, Pignatelli los dejó en manos de Volker, quien tendría que decidir dónde buscar los sementales y hembras necesarias para darle una mayor calidad al caballo de estirpe napolitana que Pignatelli ya tenía. El alemán quedó encargado de buscar entre las castas más famosas de Europa, Yemen y el norte de África aquellos detalles que faltaban a los actuales caballos.

Sin embargo, Volker, y a pesar del empeño que le ponía al asunto, cada vez estaba menos seguro de lo que hacía. De hecho, ni las circunstancias ni sus capacidades habían actuado en su ayuda. Las circunstancias, porque había tenido que ausentarse de Nápoles algo más de un mes, bajo encargo del virrey, en una delicada misión que le tuvo en Siena, lo que supuso un primer retraso. Pero sobre todo, porque a su vuelta empezó a reflexionar sobre sus verdaderas posibilidades y no se vio capaz de conseguir el fin que se le había requerido.

Sabía cómo ganar fortaleza en un animal, qué características debía tener un semental para darle una mayor velocidad a su descendencia, y lo mismo respecto a la resistencia u otras cualidades, pero Pignatelli le había hablado de arte, de sensibilidad, de alma, y él no sabía cómo conseguir esas facultades.

Por ese motivo, el ambicioso encargo, compartido por varios artistas y bendecido por don Pedro Álvarez de Toledo, por el momento se encontraba detenido.

El tiempo que Yago llevaba vivido en Nápoles no había sido todo lo bueno que había imaginado. Su deseada visita a Camilo se retrasó una vez más debido a la larga ausencia de Volker de la ciudad, y en relación con su trabajo las cosas tampoco le habían ido demasiado bien.

Coser el cuero, moldearlo o confeccionar las diferentes piezas que Giacomo le confiaba eran labores interesantes y muy entretenidas, pero tardaba el triple de tiempo en hacerlas y casi nunca le quedaban perfectas. Por esos dos motivos, vistos los resultados, se le había encargado otra actividad más sencilla y acorde con sus posibilidades: la limpieza del guadarnés.

Cada mañana engrasaba los cueros, enganches y colleras hasta dejarlos en perfecto estado para uso de los continuos, los nobles que constituían la tropa más selecta del virrey. A medida que iban viniendo a por sus caballos, su tarea consistía en elegir qué arreos ponerles.

Uno de los primeros en venir aquel día fue Volker, su capitán.

Lo vio entrar por la puerta ancha, a la vez que lo hacía uno de los continuos, un noble napolitano que a Yago no le gustaba nada. Era un tipo oscuro, nunca hablaba, y casi siempre terminaba riñéndolo por algún motivo. Dado su extraño carácter, prefirió atenderlo primero.

—¿Señor, rienda corta... o... o larga?

Yago solía tener todo preparado, monturas, arneses o cualquier otro elemento que se necesitase. De entre las guarniciones con las que estaba dotada la caballeriza, elegía el equipo más adecuado a cada jinete. En concreto sabía que a ese hombre le gustaban muy adornados y solía querer los cueros más oscuros, casi negros. Eligió un filete ligero con una muserola cargada de borlas de lana y seda, trenzada en negro, y una montura con faldones ribeteados con abundantes relieves.

—Esta vez corta, hoy estreno caballo y puede que la necesite.

A Yago le extrañó su respuesta por ser más extensa de lo habitual.

Volker descabalgó de Azul y se dispuso a observar lleno de interés lo que acontecía entre ellos, manteniéndose a cierta distancia. Nunca había visto trabajar a Yago y sintió curiosidad. Se preguntaba cómo respondería delante de la gente, qué hablaría o cómo se comportaría con ellos; y esa podía ser una buena oportunidad para descubrirlo.

El caballero, a pesar de las muchas ocasiones que había visto al muchacho, se fijó en él como si fuera la primera vez. Sobre todo en su expresión; encontró un aire curioso en ella, como si al mirarlo no mirara.

—Nunca te he preguntado tu nombre.

—Yago…, Yago de Jerez.

—Jerez, ya… Creo que es una ciudad hermosa, rica en palacios, iglesias, y también dicen que en caballos, aunque yo sigo prefiriendo los napolitanos.

Un mozo de cuadras entró llevando de la mano a su nuevo ejemplar.

El noble se hizo con su cabezada y lo forzó a dar un par de vueltas, para que se enseñara mejor. El animal resopló inquieto. Yago se le acercó, le rascó el cuello para que se tranquilizara, pero a cambio sintió una extraña tensión. Lo miró a los ojos y descubrió en ellos una sombra de miedo.

—Tú que andas siempre entre caballos, dime qué te parece este.

Yago conocía su raza muy bien, como todas las que estaban presentes en las cuadras de Castel Nuovo. Se trataba de un caballo napolitano, de cabeza acarnerada y formas redondeadas, tozudo para la doma y bueno para el paseo. Pero en las caballerizas del virrey, esa no era la raza que más abundaba, sino la de las Murgues, una raza de animales duros y briosos, que Volker había seleccionado para el ejercicio militar, nacida de una mezcla entre caballo español, napolitano y oriental. Y también disponían de otra estirpe de precioso perfil y bello nombre, la de San Fratelano, muy abundante en Sicilia y por cuyas venas corrían sangres húngaras, marismeñas y de nuevo un poco de napolitana.

—Es bello... —Yago respondió con parquedad, pero sin querer parecer descortés. El animal tenía grandes defectos que saltaban a la vista, sin embargo, prefirió callar mientras le ajustaba la montura.

—Se nota que tienes buen ojo, muchacho. —El hombre tomó apoyo en el estribo y lo montó. Sujetó la brida con una mano y chasqueó la boca para hacerlo andar. El caballo respondió a su deseo y en unos segundos desaparecieron de la cuadra.

Volker se acercó hasta Yago y le repitió la misma pregunta, seguro de que no había dicho lo que pensaba de verdad sobre el animal.

—Era grande, ancho..., pero no... estaba... —se le trabó la lengua— pro... proporcionado.

Su apreciación despertó la curiosidad en Volker.

—¿Me podrías explicar por qué piensas eso? ¿Y a qué proporciones te refieres?

Yago buscó a Azul. Sin explicarse rozó con su mano el cuello del animal y la desplazó muy despacio hasta tocar su pecho. De allí subió hasta la cruz, y en un recorrido suave, sin levantarla en ningún momento, la llevó hasta el maslo de la cola. Luego bajó por su muslo, y con los dedos extendidos, buscó uno de los cascos.

Volker recordó la primera vez que le había visto hacer algo parecido en Jamaica, con los caballos de Blasco, pero nunca había entendido qué significaba para Yago ese proceder. Se hacía evidente que no se trataba de caricias, parecía medir, calibrar con sus manos. Recordó un pequeño manual sobre caballos procedente de la biblioteca privada del virrey, cuya lectura le había fascinado. En él, se daba a entender que en el caballo, al igual que sucedía con la escultura y arquitectura, la belleza dependía de un cierto equilibrio en sus proporciones. Su autor defendía que el caballo era una de las criaturas más bellas de la naturaleza debido a una relación única entre su altura, profundidad y ancho, y destacaba que era en esas proporciones donde radicaba la clave de su estética. Distancias, ejes y puntos de referencia. El libro contenía varios dibujos donde estaban plasmadas ciertas líneas que recorrían la anatomía del caballo que, según cómo se relacionaban después entre sí, establecían unos grados de valoración. Una de ellas partía desde la base de las orejas y terminaba en la cruz, otra tomaba como inicio el punto más alto de la espalda y bajaba hasta el casco de la pata delantera, y como esas había muchas más.

Pero tratándose de Yago, lo curioso era que Volker veía que con los movimientos de sus manos dibujaba alguna de esas mismas líneas, y nadie se lo había enseñado. Le acarició la cabellera en un gesto de cariño.

—Cada día estoy más seguro de que ahí dentro —señaló su cabeza con un dedo— posees un maravilloso mundo que todavía no conocemos, y también que, por algún motivo que todavía soy incapaz de interpretar, cuando lo haces asomar al exterior suele deberse a la influencia de un caballo.

Yago escuchaba con atención sus palabras aunque pareciese estar distraído mientras cepillaba a Azul.

Volker expresó en voz alta un pensamiento que acababa de tener.

—Con tu anterior trabajo no hemos acertado y si consideramos el que haces ahora, no creo que tampoco te enriquezca demasiado... ¿Te gustaría colaborar conmigo en un difícil encargo que tengo entre manos? Quizá podrías ayudarme, y mucho.

—Yago ayudar..., sí. —Miró feliz a Volker.

—Perfecto, pero antes de hacer nada, tenemos que conseguir que te conozca una persona... Lo organizaré todo para mañana mismo.

—¿Y Camilo? —su voz surgió con un tono suplicante, desde el mismísimo corazón.

Volker sintió la responsabilidad de tan doloroso retraso, y prometió llevarlo una vez volviera de un viaje a Sicilia que tenía comprometido hacer con el virrey.

—Lo verás en menos de dos semanas; tienes mi palabra.

VI

Carmen apareció a la mañana siguiente con un precioso vestido de color verde, la sonrisa más bonita del mundo y una mirada limpia, alegre y grande.

Buscaba a Yago, pero también a Volker.

Sus preciosos ojos ejercían un irresistible poder de atracción sobre todo el que se asomaba a ellos, pero cuando lo hacía Volker, se sentía el hombre más afortunado del mundo.

El tiempo transcurrido y sobre todo las diferentes circunstancias de sus actuales vidas les habían hecho cambiar.

Su relación ya no se sustentaba en un compromiso de deber como en Jamaica, y Volker había dejado de refrenar sus emociones hacia ella. Su espontaneidad le deshacía, quebraba su rigidez mental y tenía poco que ver con la mentalidad estricta, a veces inflexible, que le caracterizaba. Pero sin duda, era su sonrisa lo que le dejaba más desprotegido y sin su coraza de hombre recio, hasta llegar a desear perderse en su mundo.

Desde muy pronto Carmen fue consciente de ello, y aunque le echó de menos en su viaje a Siena, empleó esa ausencia para analizar sus propios sentimientos y pensar.

La realidad es que Volker le agradaba, pero tenía miedo, miedo a no ser capaz de ofrecerle lo que se merecía y que su corazón no hubiese curado todavía las heridas de sus dolorosos recuerdos. Se veía como una mujer vencida por su pasado e incapaz de entregarse de nuevo a un hombre. Consciente del pesado lastre que arrastraba, decidió ocultarle sus sentimientos y dejarlo libre. Libre para encontrar a otra mujer que le hiciera más feliz, una persona sin un pasado como el suyo y sin tantas turbulencias emocionales.

Encontró a Yago abrillantando un hermoso carruaje en una de las dependencias anexas a las caballerizas de Castel Nuovo. Acababan de traerlo, todavía no había sido usado, y aparte de su notable tamaño llamaba la atención por la calidez de su madera y la profusión de adornos en faroles y puertas, así como las incrustaciones de cobre y los magníficos terciopelos que enriquecían sus asientos e interiores.

—Hoy te noto más feliz, ¿se puede saber por qué?

Yago recibió con una sonrisa el beso de Carmen en su mejilla.

—Yago... ver pronto a Camilo... Contento.

El empeño de Carmen por Yago había sido poco comprendido por sus amistades y menos aún por sus padres. Unos y otros habían demostrado tener una escasa sensibilidad con la difícil realidad del muchacho, y desde luego ni la más mínima comprensión hacia ella después de lo sucedido en Jamaica. Su padre, incluso, la había hecho culpable de la locura de Blasco. El recuerdo de sus últimas palabras le hería el alma hasta el extremo.

—¡Todas las mujeres sois iguales! —le llegó a decir—. Dejáis de admirar a vuestro hombre cuando aparece otro que se fija un poco en vosotras, y termináis volviendo locos a unos y a otros.

Además de lo difícil que suponía asumir que esas palabras saliesen de la boca de un padre, para Carmen el comentario en sí era humillante y falso; ojalá la demencia de Blasco se hubiera debido a un ataque de celos y no al efecto de su cerebro enfermo.

Miró a Yago. Estar pendiente de él no era ninguna tarea ingrata, todo lo contrario. Pasaban las semanas y cada día lo veía mejor, más tranquilo. Sin embargo, ella no estaba pasando por sus mejores momentos. La casa familiar se parecía cada día más a una cárcel, y los agrios comentarios sobre sus posibilidades sentimentales empezaban a saberle peor que una irritante condena. Su madre pensaba que no iba a encontrar a nadie que volviera a quererla, y su padre sencillamente no terminaba de perdonarle su fracaso. Ambos la tachaban de perfecta artífice de su nefasto destino, y atribuían sus errores a su espíritu caprichoso e inmaduro. Según le decían, si se hubiese comportado como una mujer de verdad, habría hecho feliz a su marido y seguiría con él.

Carmen, ante el tono de las apreciaciones que hacían sobre su desgracia, no podía dejar de sentirse en su propia casa como una intrusa; dependiente de un padre que no terminaba de bendecir su presencia, y de una madre que, si no lo compartía, tampoco hacía mucho por defenderla.

Frente a tan incómodo trance, sentía un enorme alivio cada vez que iba a ver a sus amigos. Era uno de los pocos consuelos que le quedaban frente al infierno de vivir en su casa.

En esos pensamientos estaba cuando apareció Volker.

—Dentro de unos minutos empezaremos a entrenar por primera vez a los potros que trajimos de Córdoba —comentó sonriente—. Os espero en la carpa, he invitado a un personaje que me gustaría que conocieras, Yago…

Yago dejó todas las herramientas ordenadas en una caja de madera y se limpió las manos a conciencia con un trapo. Cuando terminó, levantó la mirada para buscar la de Carmen y sintió su cálida sonrisa.

Ella se colgó de su brazo mientras caminaban hacia la pista de entrenamiento. El perfume que desprendía le recordó el de Hiasy y su mirada se entristeció de inmediato, suspiró con pesadez y se sintió apesadumbrado con su recuerdo.

Carmen lo notó raro.

—Te pasa algo, ¿verdad?

—Es Hiasy… —contestó en confianza.

Carmen se apiadó de él. Los dos habían enterrado en Jamaica una parte de su corazón; Yago al perder a la única mujer que había sentido interés por él, y ella al ver destrozadas sus ilusiones por un hombre del que se había enamorado en un principio. Para curar esas heridas solo existían dos remedios: tiempo y cariño.

—Entiendo lo que te sucede.

—Nadie querrá a Yago… como… ella. Nunca más. —Esos pensamientos le martirizaban desde su pérdida.

—¡No es verdad! Yo te quiero y te aseguro que eso no es cierto. En algún lugar, ahí fuera, existe una mujer que será tan especial para ti que en cuanto la veas lo sabrás. ¿Me crees?

Yago bajó la cabeza y contestó con una negativa.

—Yago es raro… y se irá.

—No lo veas así. —Carmen le sujetó la cara entre ambas manos para que la mirara a los ojos—. Esa mujer vive, y un día te amará como solo tú te mereces. Yo lo sé. Y no digas que eres raro. Todos tenemos unos talentos que nos hacen diferentes, tú también. Esa diferencia te hace ser grande, para mí eres un ser muy especial. Y te aseguro que no habrá nada que te impida ser feliz, y que ames y te amen, ya lo verás.

—Yago no sabe amar.

—Uff, Yago, no sé si soy la persona más idónea para ayudarte en eso… ¿Quieres saber qué es el amor?

—Sí.

—El amor consiste en no respirar cuando piensas o ves a la otra persona, es perderse en su alma fundiéndote para siempre en ella, quedándote con un trozo de la suya, es entregarse, dejar de ser uno para vivir en el otro... Es morirse cuando no la tienes a tu lado, y cuando está, morirse también, pero en sus ojos, en su palabra, en sus manos cuando te recorren.

Carmen miró al muchacho con pena al notar la dificultad que tenía para entenderla.

Al entrar en el picadero buscaron a Volker.

Lo vieron hablando con tres hombres; uno era Giovanni Batista Pignatelli, y a su lado estaba el virrey don Pedro Álvarez de Toledo junto a Giacomo. Los dos potros, de cuatro años cumplidos, esperaban en el centro de la pista a ser montados por primera vez.

Yago reconoció a Tazio, su compañero en el taller de guarnicionería. Sujetaba a uno de ellos por la cabezada, y a su lado, con el otro animal, había una chica pelirroja a la que nunca había visto antes.

Giacomo hablaba dirigiéndose a Pignatelli.

—Si necesitaseis una rienda más larga para facilitar una mayor distancia con ellos, os podría fabricar una tres veces mayor que la actual. —El director de la escuela no le era del todo desconocido a Yago, lo había visto por aquellas caballerizas alguna otra vez.

—Lo veo imprescindible —contestó Pignatelli—. Y si no, fijaos en vuestra propia hija Francesca. Cuando se tiene tan cerca al caballo, el animal no sabe qué queremos de él; incluso para ejecutar pasos sencillos como arrancar un galope o que extienda una pata.

Llamó a Tazio para que se acercara con su potro.

El muchacho tiró de la cabezada sin ningún cuidado y el animal relinchó molesto. Por efecto del mal manejo clavó sus patas traseras en la arena y se negó a dar un solo paso más, bufando. Yago, al tanto de lo que pasaba, esperó, pero fue incapaz de contenerse cuando vio cómo Tazio empezaba a pegar al potro con una fusta en la nariz con exagerada violencia, y corrió hacia ellos. El animal bramó y echó las orejas para atrás enfurecido.

—¡Le está haciendo daño! —exclamó Carmen indignada—. Por favor, no lo permitáis.

Pignatelli sonrió ante el gesto de la dama. Según su parecer o el de cualquier tratado clásico de doma, un poco de dolor era beneficioso para hacerles aprender. De hecho, su maestro Federico Grisón, el primero que había abierto una academia de equitación en Nápoles, así se lo había enseñado. Incluso lo había dejado por escrito en el mejor tratado de caballería que se había publicado en Europa. Según su teoría, para que un caballo aprendiera a ejercitar lo que su jinete le pedía, era imprescindible que asociara con dolor cada fallo.

Yago atravesó la pista hacia el excitado potro y, para asombro de los presentes, se tiró al suelo boca arriba, extendió los brazos y las piernas y se quedó quieto a escasos codos de los cascos del animal. Tazio lo miraba perplejo. En ese momento a Yago no le importaba nada más que el animal, que ya había reaccionado olfateándolo con curiosidad primero y jugueteando después con su pelo.

El potro, atento a lo que sucedía a su alrededor, observó con recelo a Tazio, y cuando tuvo la menor oportunidad, lo empujó con intención de deshacerse de él. El chico reaccionó mal, intentó sujetarlo por las riendas henchido de rabia y sin conseguirlo tuvo que escuchar a Yago.

—¡Déjalo! —le gritó—. No más daño.

El potro, de repente, buscó el cuerpo de Yago, que seguía tumbado, y ante la sorpresa de todos se tumbó cerca, y en absoluta quietud se dejó acariciar. Él le palmeó en el cuello y descubrió en sus hermosos ojos, expresivos y brillantes, una gran vitalidad.

Francesca observaba la escena impresionada, pero también encantada de que alguien se hubiera atrevido a contravenir los malos tratos que eran comunes en Tazio, al que rechazaba por su altanería. Dispuesta a probar lo mismo que acababa de ver hacer al valiente joven, se tiró también al suelo delante de su potro. Extendió los brazos y piernas, y recibió de inmediato el mismo interés de parte de su animal, y la sonrisa de Yago.

—Pero, hija, ¿qué haces? —le recriminó su padre.

—Ganarme su confianza, como hace él… —El potro empezaba a mordisquearle la camisola, el pelo y las piernas.

Giacomo sonrió con el proceder de su hija. Era la niña de sus ojos.

A todos decía que, además de tener buena mano con los animales, poseía una privilegiada habilidad para trabajar el cuero. La chica no iba nunca a Castel Nuovo, pero adoraba el trabajo de su padre y siempre que podía lo ayudaba en casa sobre todo con las hilaturas más finas.

Volker y Pignatelli se acercaron con asombro hasta ellos.

Tazio, humillado, los miraba con rabia. Todavía inconsciente de lo inoportuno de su anterior proceder, decidió ir hacia el animal de Francesca con una fusta para demostrar a todos lo que podía conseguir de un caballo, pero en cuanto Yago adivinó sus intenciones le gritó con todas sus ganas.

—No fusta… ¡No aprenden!

—¿Y tú qué sabrás? —Tazio no se detuvo.

—Nadie puede meterse en la mente de un caballo —apuntó Pignatelli, mientras le daba una palmada en la grupa al potro para levantarlo—. ¿O acaso sabes tú lo que piensan? —le dirigió la pregunta a Yago.

—Sí… —contestó sin rubor.

Pignatelli miró a Volker, y sin necesidad de emplear una sola palabra más, reconoció que el chico tal vez tuviese cualidades para ayudarlos en su proyecto. Nunca había conocido a alguien que reconociese lo que Yago acababa de asegurar; alguien que supiese ver el alma de los caballos.

—Cierra la boca y deja de decir tonterías —le recriminó Tazio.

—¡Él tiene razón! —Francesca salió en ayuda de Yago. Aunque sus mejillas se encendieron, no se amilanó—. Los caballos reaccionan mejor con premios, sin golpearlos, ganándoselos.

Yago la miró agradecido.

Francesca se apoyó sobre la espalda de su potro y le habló con suavidad. El animal se revolvió un poco pero no se asustó. Lo acarició por la cabeza, pasó luego sus manos a lo largo de su lomo, apretándolas para que tomara costumbre de sentir un poco de presión por encima. Se agarró a sus crines y le fue pasando una pierna por encima y luego la otra. El animal nunca había sido montado. Le habló al oído. La chica consiguió volcar todo su cuerpo hasta que muy despacio terminó sentada, con el vientre apoyado sobre el cuello del potro, que la recibió tranquilo. Le presionó ligeramente el costillar derecho y el caballo giró en esa dirección, y al hacerlo en el otro lado, el animal cambió de rumbo.

—Muy bien, eres listo. —Le palmeó en el cuello para darle su recompensa de afecto.

Yago observaba sentado con su potro al lado, estudiando los movimientos del que montaba Francesca. Se fijó en cada músculo cuando entraban en acción, en cada tendón, estudiaba sus ejecuciones en todo su proceso. Se concentró tanto en lo que el potro hacía que parecía estar dentro de él, vivirlo a la vez, sentirlo como si fuese él mismo.

El animal se veía relajado, seguía las indicaciones de Francesca cuando lo detenía de golpe, o cuando lo arrancaba en un suave trote. Yago estudiaba sus evoluciones y entendió cómo y por qué se movía como Francesca le pedía, y desde entonces deseó hacer lo mismo.

Ella dominaba al animal sin necesidad de causarle dolor.

Yago cerró los ojos y soñó.

Soñó con conocer y disfrutar del espíritu de los caballos.

VII

Yago confiaba en la palabra de Volker pero necesitaba ver a Camilo.

Solo sabía que la cartuja de Padula estaba en Salerno, a poco menos de dos días a caballo desde Nápoles, y hacia el sur.

Ya se habían cumplido cuatro meses desde su llegada, y dos semanas de la última fecha que Volker le había prometido. Estaba seguro de que el alemán ponía toda su voluntad en cumplir la palabra dada, pero luego estaban los compromisos con el virrey, las misiones y trabajos que le iban encomendando.

Yago entendía sus explicaciones, pero la necesidad de ver a Camilo empezó a ser superior a la lógica, a su paciencia y al menor atisbo de prudencia. Por eso, después de informarse con cierta discreción, supo cómo tenía que encontrar el camino de Nápoles a Salerno, y a primera hora de una mañana de abril ensilló un caballo y lo sacó de Castel Nuovo llevándolo de la mano. Los soldados le creyeron cuando les explicó que tenía que dejarlo en otra de las caballerizas que poseía el virrey ciudad adentro.

Satisfecho por el resultado de su engaño, cuando se supo lo suficientemente lejos de la fortaleza, respiró más tranquilo, lo montó y tomó dirección sur después de atravesar la ciudad por su margen costero.

Llevaba comida para un solo día, una vaga idea de cómo llegar a su destino, pero una enorme fe en conseguirlo.

Para evitar que la gente con la que se cruzaba pudiera causarle problemas, mantuvo al animal casi siempre al galope. Por eso, sin haberse cumplido ni medio día de camino, tuvo que darle un poco de descanso, ya que no paraba de sudar. Se separó de la ruta, bordeó la falda del Vesubio y buscó sombra en una arboleda donde se escuchaba el torrente de un potente arroyo.

Todo parecía tranquilo, el tiempo era bueno y la brisa, suave y refrescante. Se sentía bien, convencido de su decisión, pero no se dio cuenta de que alguien se le estaba acercando por la espalda.

* * *

En la cartuja de Padula, Camilo sobrevivía a su larga y forzada reclusión entre sonatas, cuadras y oraciones, consciente de que solo faltaban dos meses para ver cumplida su promesa con el prior.

La permanente soledad de aquel cenobio, junto a un momento mental lleno de nostalgias, hizo que su repertorio creciera de una forma notable, pero también que se viera afectado por su estado. Componía a diario melodías que nacían y crecían sobre un teclado antiguo medio abandonado en los sótanos del templo.

La pena de no saber nada sobre Yago pesaba sobre su conciencia, pero no era el peor tormento que padecía. Había algo en su vida que todavía no había resuelto, algo que le ahogaba y le impedía sentirse en paz, una decisión no tomada.

Los cuatro primeros meses sintió que su espíritu se había quedado preso entre dos aguas; deberes contra deseos de libertad. No terminaba de ver su futuro y por eso tampoco encontraba un sentido a su presente. Sus dudas ya no solo se limitaban a vivir su entrega a Dios dentro o fuera de una celda, estaban tomando caminos más profundos que podían traerle consecuencias definitivas.

En su conciencia se libraba una feroz batalla donde sus miedos luchaban contra sus sueños. Fallar a su Señor le traería consecuencias, pero no sabía cuáles, y como sus motivos todavía no eran lo suficientemente importantes como para compensar esos posibles efectos, se sentía perdido. Tan solo encontraba consuelo en la música y el recuerdo de Yago, porque a partir de un momento dejó de buscarlo en Dios.

Un día, mientras recorría con sus dedos los dos teclados del órgano, fundiendo en una sola melodía una composición improvisada, cerró los ojos y recordó cómo había vivido con Yago su nacimiento a la música, en la cartuja de la Defensión.

A la vez que sus recuerdos viajaban por aquel pasado, las notas iban creciendo, sumándose, traspasaban las yemas de los dedos en una escalada de emoción y sensaciones. Camilo se notó como encogido, a la vez que renacía en otro mundo infinitamente más hermoso, sintiéndose transportado dentro de la misma melodía. Por eso, en un primer momento no notó su presencia, a su lado, sentado en el mismo banco de madera. Solo la sintió cuando brotaron unas notas disonantes que no obedecían a sus manos, y que sin embargo empezaron a mezclarse con las suyas.

Y cuando abrió los ojos, la música dio paso a un intenso y emocionado abrazo.

Camilo no entendía qué hacía allí ni cómo habría llegado hasta él, pero se alegró muchísimo.

—Estás, estás muy cambiado… —A pesar de no haber pasado más de diez meses, Yago se había convertido en un hombre.

Él lo miró de soslayo, con aquel gesto familiar, sonriendo, y se volvió a abrazar.

—Yago buscó a Camilo… pero me cogieron…

Camilo recordó la dura despedida en Humeruelos y quiso saber qué había sucedido después.

Yago empezó a contarle cómo había llegado hasta Sevilla tras su rastro, qué le forzaron a hacer durante los primeros días un grupo de desalmados, y su larga estancia en el Hospital de Inocentes. El fraile lo escuchaba espantado, lamentando no haber estado allí para ayudarlo, pero se alegró cuando supo lo que había hecho don Bruno de Ariza por él y la posterior compañía de Carmen y Volker en su viaje a Nápoles.

A oscuras, en lo más alto de las escaleras que comunicaban el sótano con la planta superior, un hombre esperaba su turno. Escuchaba lo que hablaban, respetando su primer momento de intimidad, pero cuando oyó que lo mencionaban bajó los escalones y se hizo ver.

—Como bien sabes, Yago es un cabezón, y no ha sido capaz de esperar más sin venir a verte.

Camilo se dio la vuelta, y en cuanto reconoció a Volker le estrechó la mano encantado de tenerlo por allí. Desde Jamaica no había sabido nada sobre él.

—Nunca imaginé volver a veros... Se ve que hoy todo son alegrías —reconoció el fraile.

Volker se culpó de no haber venido antes, aunque justificó sus motivos.

—En cuanto supe que Yago había desaparecido de Castel Nuovo, no tuve ninguna duda sobre cuáles eran sus intenciones. Cabalgué en su busca preocupado, sabido es que los caminos que unen Nápoles con Salerno son bastante inseguros, y lo encontré a media distancia de aquí.

La siguiente hora fue llenándose de noticias, hechos y explicaciones sobre el devenir de unos y otros, pero las penalidades en el hospital de Sevilla ocuparon la mayor parte. Camilo sintió su corazón encogerse mientras escuchaba los pesares que había tenido que sufrir una vez más Yago, sin embargo, al notar la mejoría en su capacidad de expresión, se llenó de alegría a pesar de su crudeza. Nunca lo había visto tan explícito y apasionado contando sus cosas.

—Pobre hijo... La felicidad no ha hecho más que darte la espalda a lo largo de tu vida.

Él les confesó qué había motivado su presencia en esa cartuja, y las dudas que pesaban sobre su futuro llegado el momento de abandonarla.

Yago notó su pena y pensó qué podía hacer para cambiarla. Miró el órgano y sus dedos sobrevolaron las teclas como si lo fuera a tocar. Muchas noches, hasta en sueños, seguía rememorando las emocionantes sensaciones que había vivido con Camilo cada vez que lo había escuchado interpretar una pieza.

—No tristeza..., música...

Camilo captó su intención y emprendió, despacio, y poniendo en ello toda su pasión, hasta con hermosa suavidad, una de sus últimas composiciones, la que sentía más suya.

Al escucharla, Volker y Yago se conmovieron ante la intensidad de su emoción.

Disfrutaron de los acordes ascendentes y descendentes, a veces cruzados, en proporción con las diferentes notas y los alcanzó el influjo emocional de sus vibratos, la doble melodía que intercalaba en un breve canon. Asistieron impresionados al estado de ausencia casi mística que Camilo estaba experimentando mientras tocaba; un hermoso desdoblamiento íntimo que apenas le dejaba respirar, embriagado de sensaciones.

La belleza de la pieza era tal que Volker, que descubría por primera vez su arte, quiso saber si había compuesto muchas más obras como esa. Cuando Camilo se lo confirmó, preguntó si estaría dispuesto a tocar alguna en presencia del virrey.

—Me encantaría, pero tal vez no tengan la calidad exigible para tan magnos oídos.

—O también pueden ser mejores de lo que él acostumbra...

—Además, no sé si estaré mucho más tiempo por estas tierras...

En respuesta al pasmo que sus palabras acababan de producir, Camilo desveló cuáles eran sus planes a dos meses vista.

—He tomado la decisión de dejar los hábitos.

Volker esperó más explicaciones al entender la gravedad de una decisión como esa.

—Todavía no sé a dónde iré, aunque mi deseo es poder ayudar a quien más lo necesite, a los desheredados de la tierra, a quienes lo han perdido todo. Creo que solo así podré responder a la voz de mi conciencia.

Yago no comprendía los motivos ni la trascendencia de sus tribulaciones, pero se había sentido plenamente identificado con los destinatarios de sus intenciones futuras. ¿Quién si no él podía considerarse más desheredado, o quién más necesitado?, pensó para sí, dolido de que Camilo no lo viera con la misma claridad. ¿Qué otra dirección podría tomar mejor que su compañía?, se preguntaba.

Volker captó el sentir del muchacho y se sintió responsable de ayudar a uno y a otro. Entendía el duro momento que atravesaba Camilo y su profundo trastorno emocional. A todas luces, estaba desorientado, lo que le hacía insensible a las necesidades y sensaciones de Yago.

Mientras pensaba cómo compaginar una y otra realidad, se le ocurrió una manera de unir sus destinos sin que pareciera forzado.

—Dondequiera que vayas, y hagas lo que hagas para encontrar tu camino, siempre te acompañarán dos cosas: el cariño de los tuyos y tu habilidad musical... ¿Estás de acuerdo? —Camilo adoptó un gesto neutro, quizá por no estar del todo convencido de su afirmación—. De ser así, propongo que te apoyes en ellas, y vengas a demostrar tu capacidad a Castel Nuovo, donde además vive Yago. Allí te presentaré a alguien que te puede ayudar; también es músico... Quizá sea una manera de afrontar tu futuro sin tener que preocuparte de cómo y dónde empezarlo. Es evidente que posees talento y en Castel Nuovo podrías dedicarte a componer. —Volker comprobó en el gesto de Camilo una buena acogida a su idea—. En Nápoles se está viviendo un momento artístico excepcional. La gente ya no se mira en los héroes clásicos de antaño: dioses, grandes soldados o épicos caballeros;

ahora buscan y aprecian el arte, la belleza. La ciudad necesita artistas, hombres capaces de poner sus virtudes a disposición de los demás, y hacerles vibrar con sus obras. Después de haber escuchado cómo tocas el órgano, sé que lo conseguirías. Por tanto, solo tienes que contestar que sí a la siguiente pregunta; ¿vendrás?

Camilo meditó su contestación. La propuesta de Volker le brindaba la cercanía de Yago y vivir de su música, y quizá fuera además una posible vía para resolver sus incertidumbres. Dejar atrás una larga vida de oración y entrega a Dios no era una decisión fácil, y solo con pensarlo se le encogía el alma. Muchas veces había pedido una señal a su Señor, algo que le hiciera saber si estaba en el buen camino o no. Miró a sus dos amigos y de repente pensó si la inesperada aparición no sería el signo que tanto había solicitado.

Se encomendó a Dios antes de contestar y cuando lo hizo provocó una explosión de alegría en Yago.

—¡Vendrás a Castel Nuovo! —Palmeó feliz—. Conmigo, por fin, jun... juntos...

Y Camilo se sintió bien.

VIII

Domenico Bartelli tuvo que sujetar con las dos manos el lingote de oro para que no se le cayera al suelo. Sus ojos recibieron el reflejo de la luz que atravesaba el ventanal de su palacio en Nápoles a través del noble metal, y el brillo le dejó medio cegado durante unos breves segundos. En cuanto pudo, miró sorprendido a su visitante.

El banquero genovés Enrico Masso, viejo conocido de Bartelli y circunstancial socio de algún que otro negocio bastante poco transparente, se sentó en una cómoda butaca, sonrió maliciosamente, y con su silencio consiguió que Domenico fuera el primero en hablar. Había logrado su primer objetivo.

—¿Qué queréis esta vez de mí? —El napolitano le devolvió el lingote. Enrico lo introdujo primero en una bolsa de terciopelo y luego en una cartera de cuero.

—¿Cuánto oro podríais llegar a vender?

Domenico se sirvió un poco más de licor de avellanas después de rellenar la copa de su invitado y adoptó un gesto neutro antes de contestar.

—Depende de lo que pueda ganar… No me atrevo a daros más datos sin antes saber de qué hablamos. —Probó el licor y se relamió los labios. Sin duda se trataba de su bebida preferida.

Enrico había cerrado los acuerdos necesarios para colocar tres cuartas partes del oro que Luis Espinosa le iba a traer en pocos meses, pero le estaba costando la última parte más de la cuenta. Domenico representaba la última y quizá la mejor oportunidad que le quedaba antes de tener que acudir a unos individuos que conocía en el virreinato de Sicilia, una gente con ningún escrúpulo.

—Calculad de tres mil quinientas a cuatro mil libras.

—¡Santo Dios! —Domenico no pudo evitar un gesto de franca sorpresa—. Esas cifras no son fáciles de ocultar a la hacienda virreinal porque he de entender... que no os gustaría que las autoridades estuvieran informadas, claro...

Enrico dio por obvia la respuesta y permaneció callado a la espera de su propuesta.

Domenico repasó todos los nombres con los que solía trabajar en ese tipo de asuntos, pero le pareció que no estaban preparados para un tamaño de negocio tan grande.

—No lo veo fácil, la verdad —comentó mientras valoraba una nueva posibilidad que se le acababa de ocurrir, una solución a la que no solía recurrir normalmente—. Aunque podríamos contar con un destinatario que quizá, en este caso, fuese el ideal; os hablo de un trabajo limpio, rápido y con pocos riesgos. Limpio significa que no dejará rastro alguno, lo que beneficia a ambos, pero como inconveniente he de adelantaros que sería la alternativa más cara de todas, o mejor dicho, carísima. —Abrió una caja de plata y se la pasó—. ¿Os apetece un poco de tabaco?

Enrico recogió una pizca y la masticó con curiosidad. Para contrarrestar su inmediata amargura bebió un sorbo de licor, pero el resultado no fue mejor. Sin poder disimular una mueca de asco terminó tragándoselo por cortesía, aunque en realidad hubiera deseado escupirlo.

—No os preguntaré en quién pensáis; entiendo que es cosa vuestra. Pero sí a qué llamáis caro, y en el caso de aceptarlo, qué garantías tengo de que sea un destinatario de fiar. En este momento no conviene que surja una inesperada publicidad del asunto, luego os contaré por qué.

Domenico le adelantó que su hombre hablaba francés, poseía enormes recursos económicos, mucho poder, e influencias suficientes para hacerse con todo el oro.

—Vos sois banquero, Enrico, por tanto, sabéis mejor que yo que ese metal se está tomando como referencia para medir el valor de las diferentes monedas. He pensado en una persona que está necesitando imperiosamente apreciar el valor de la suya, y una cantidad como la que me proponéis podría serle más que interesante.

—Corréis un alto riesgo si vuestro Emperador se entera de esos tratos con los franceses, porque habláis de Francia, ¿estoy equivocado?

Domenico llamó a ese riesgo una tercera parte de las ganancias, le confirmó su sospecha, y anunció que no estaba para regateos, tenía hambre y su esposa e hija los esperaban en el comedor.

—¿Podría obtener de vos un compromiso más formal, una especie de garantía de que llevaréis a buen término esta nueva empresa? —Enrico entendió que su petición no había sonado nada cortés, por lo que trató de explicarse—. Entended que cuando me llegue el oro no puedo tener otra preocupación más que esconderlo pronto y bien, o dicho de otro modo, que desaparezca de mis manos lo antes posible. Si ese contacto vuestro no llegase a responder a tiempo, ¿podéis garantizarme que dispondríais de otro?

—Me conocéis desde hace años, por tanto, no puedo ocultaros que mi prosperidad se ha visto favorecida por los negocios hechos con algunos enemigos del Emperador. Tuve problemas antaño, cuando traté con turcos, pero todavía mantengo algunos de esos contactos por si fuera necesario… Por tanto, no os preocupéis. El oro que me hagáis llegar siempre tendrá una u otra salida. Y terminado el asunto, ¿no tenéis apetito? ¿Habéis probado nuestra famosa focaccia?

En ese momento y sin previo aviso, entró su hija.

—Padre, la cena está preparada. —Sonrió al invitado con cortesía—. Os acompañaré en el primer plato, porque he de ir después a Castel Nuovo.

—No comprendo a qué vas tantas veces allí, Carmen. —El gesto de Domenico daba fe de la poca gracia que le hacía—. O demasiado bien lo comprendo...

Carmen supo que se refería a Volker.

—Ya sabéis de mi amistad con ese capitán, pero no voy por ese motivo, sino a ver al chico que os presenté el mismo día que volví de Jamaica. Yago necesita mi ayuda.

Enrico se asombró de su belleza mientras su padre seguía amonestándola.

—Alguien pensará mal. Me parece excesiva la frecuencia de tus visitas a ese hombre aunque me asegures que no es el motivo de tu salida de casa. Sigo pensando que mostrarte tan solícita no es propio de una dama, pero tú sabrás lo que haces…

Carmen, sin ganas de escucharlo, se dio media vuelta y salió del salón a toda prisa indignada por la actitud de su padre. Se dirigió al comedor y se sentó a la espera de que acudieran a cenar.

Enrico esperó a ver cerrada la puerta antes de hablar.

—Tenéis una hija preciosa.

A tenor del comentario y de no saber que Enrico estaba casado, Domenico hubiera creído que pretendía a su hija. «Ojalá fuera así», pensó para sus adentros.

—Lo único bueno que tiene es eso: que es hermosa, porque ni como mujer ni como esposa ha dado la talla. —A Enrico le extrañó la dureza de sus palabras, tanto que prefirió guardar silencio mientras se dirigían hacia el comedor.

Tras un cortés besamanos, tomaron asiento y empezaron una conversación intrascendente hasta que la madre de Carmen tomó la palabra para explicar qué era la focaccia.

—Se trata de un pan rectangular, de corte plano, con aceite, aceitunas, trufa y hierbas aromáticas; un plato muy común en Nápoles. La gente humilde lo prepara con rellenos mucho más modestos, claro, aunque confieso que aun así sigue siendo delicioso. Espero que sea de su agrado.

El invitado alabó su sabor nada más probarla, pero con el último bocado desvió la conversación de forma deliberada para hablar de don Pedro Álvarez de Toledo, consciente de que Domenico formaba parte de su grupo de amigos.

—En Génova se dice que vuestro virrey disfruta de una estrechísima relación de confianza con el emperador Carlos. ¿Sabéis si están en lo cierto?

Domenico no solo confirmó sus presunciones, sino que se puso como testigo de ello.

—Su correspondencia es copiosa, la amistad que se tienen, más que evidente, y las estancias de su majestad en Nápoles se prodigan tanto por lo mucho que le gusta la ciudad como por la compañía de su hombre de confianza. Creo que ahora está en su ciudad natal, en Gante, y que…

—Necesitaría pediros un favor —lo interrumpió Enrico.

—Vos diréis. —Lo miró con un gesto de suspenso, al igual que hicieron Carmen y su madre.

—Pues… bien… —carraspeó nervioso—, os pediría que hablaseis con el virrey para que interceda ante el Emperador en favor de alguien que aspira a ser su próximo secretario… Se trata de algo más que un amigo para mí, pero sobre todo es un buen hombre que, aunque ya cuenta con su confianza, no posee el suficiente abolengo para ese cargo. Pero si le llegasen varias recomendaciones de tan influyentes padrinos como podría ser la de vuestro virrey, el camino le sería más llevadero y fácil.

Domenico sobre todo entendía de negocios. Lo que Enrico le proponía era algo bastante habitual entre la corte, y solo le podía beneficiar en el futuro. Antes de conocer de quién se trataba, se aseguró de que el interesado sabría quién y de qué forma se le había ayudado. Enrico se comprometió a hacerlo poco antes de revelar su nombre.

—Se llama Luis, Luis Espinosa, y es de…

—¡Ese hombre es un sinvergüenza! —Carmen lo recordó en Jamaica y no pudo reprimir su insulto. Las mejillas se le encendieron de ira, además de recibir la mirada de espanto de su madre y una de reprobación de parte de su padre.

—Lo que acabas de hacer no es solo una descortesía con nuestro invitado, lo encuentro impropio de tu educación. Exijo que te disculpes de inmediato.

A Domenico le era indiferente quién o cómo fuera ese hombre. La reacción de su hija había sido muy inadecuada y no hacía más que reforzar las nefastas impresiones que mantenía acerca de su estabilidad mental.

—Pero es la verdad, padre. No apoyéis a ese individuo, por favor. Lo conocí cuando estuvo visitando a Blasco en Jamaica y es mala gente, si hasta robó los caballos de...

—¡Basta ya! —Domenico no la dejó hablar—. Calla de una vez y haz el favor de salir del comedor ahora mismo. ¡Te lo ordeno! —Del golpe que dio a la mesa con ambos puños las copas temblaron.

Enrico, muy violento por lo sucedido, nada más ver salir a la joven, airosa, y el gesto de derrota de su madre, visiblemente dolida por la situación, creyó oportuno dar por terminada la comida.

—No es necesario que os vayáis. Perdonad a mi hija y contad con que en cuanto pueda hablaré con don Pedro Álvarez de Toledo para recomendar a vuestro hombre, dadlo por hecho.

Tal vez vuestra hija se haya confundido con otra persona… Su apellido es bastante común, pero estoy seguro de que no se trata de quien os hablo, porque entre otras razones se acaba de casar con mi sobrina Christine. Con esas explicaciones Enrico quería ahuyentar de Domenico cualquier sombra de duda sobre la oportunidad de Luis—. Nunca metería a un sinvergüenza en mi familia.

—Brindemos entonces por nuestro próximo negocio y olvidad este feo. —El anfitrión levantó al copa y la chocó con la de su invitado—. ¡Por nuestra amistad, los negocios, y por el futuro secretario del Emperador!

—Que así sea… —Sonrió Enrico.

IX

Yago empezó a montar a caballo casi a oscuras, cuando la soledad de la luna y el silencio del castillo eran su única compañía.

La primera vez que lo hizo eligió un macho hijo de una yegua nacida en la cartuja de Jerez y un semental cordobés, con quien mantenía un entendimiento casi absoluto desde que había sido nombrado mozo de cuadras por indicación de Volker, quien le quería cerca para trabajar en su proyecto.

Esa noche su caballo lo recibió medio adormilado pero con un reflejo de alegría en su mirada.

Sin hacer ruido le colocó una montura especial con faldones anchos y gruesa almohadilla trasera donde afianzar los riñones, luego buscó una doble rienda como las que veía usar al resto de los mozos cuando entrenaban a los caballos, y eligió un bocado recto. A la vez que soltaba los estribos de la montura aprovechó para hablarle a su manera, como si el animal entendiera sus palabras.

A pesar de que algunas veces sufría algún que otro ataque, desde luego, eran menos intensos que antes. Ya no se metía entre los caballos para aliviar su ansiedad, pero sí entre el suelo y su colchón, o se apretaba contra una esquina del dormitorio para estupor del resto de los mozos de cuadra que convivían con él.

Desde que estaba en Nápoles, ya no ponía empeño en disimular sus comportamientos ni le preocupaba tanto lo que pudieran pensar de él, pero seguía teniendo la sensación de que casi nadie lo entendía. Vivir las relaciones personales era para él una tarea muy difícil, compleja y frustrante, pero cuando estaba a lomos de un caballo todo era diferente, todo cambiaba.

La primera razón de sus escarceos nocturnos fue Francesca. Al ver la habilidad con la que montaba, se prometió aprender para conseguir lo mismo. Se levantaba de madrugada y acudía al picadero a solas para evitar que se rieran de él. Primero le daba cuerda, y una vez lo veía entrenado, lo montaba.

Yago había aprendido a apreciar la soledad.

La necesitaba para entender qué podía encontrar en el interior de un animal y qué había en el suyo. Quería conocer qué recibía de ellos y qué podía darles él.

En la quietud de la noche, mientras buscaba acompasar los movimientos del caballo a los suyos, estudiaba la forma de meterse en su mente y descubrir las verdaderas emociones que conseguían moverlos, los reflejos que los empujaban a desenvolverse en los aires normales, al paso, al trote.

Esa noche, probó pasos diferentes, aprendió a frenarlo con extrema delicadeza y encontró la compenetración absoluta cuando lo hizo caminar a saltitos cortos repitiendo un movimiento que había ensayado varias veces desde el suelo.

Aunque llevaba semanas escapándose, hasta el momento nadie lo había sorprendido en esos menesteres. Para evitar que los oyeran, tapaba los cascos de los caballos con paños viejos, y muy despacio, paso a paso, los dirigía hasta la arena, donde a la luz de la luna y aprovechando el sueño de todos, montaba casi una hora.

No tardaba más de cinco segundos en experimentar un enorme gozo.

Sus piernas se abrazaban a los costillares del animal y sus manos se fundían en su cuello, como si fuera una continuidad del mismo.

Probó con algún otro caballo, pero no todos aprendían igual.

Después de conseguir montarlos con bastante soltura, Yago descubrió que para que los caballos dieran pasos más elaborados no bastaba su paciencia, algunos carecían de las aptitudes necesarias para arremeter el tercio trasero, por ejemplo, o para disparar sus extremidades anteriores hacia delante en extensión total. No todos los caballos estaban capacitados para realizar los ejercicios que había visto hacer a Francesca o a otros jinetes.

Sin embargo, ese caballo, al que terminó llamando Sigiloso por lo poco que se hacía oír, se crecía cuando estaba con Yago.

Parecía obedecer los deseos de su jinete sin necesidad de palabras. En su silencio los dos se entendían. A Yago le costaba hablar, y como Sigiloso no respondía al lenguaje de los hombres, aprendieron a compartir el lenguaje de las emociones.

Cuando lo hacía ponerse a dos patas, apoyado sobre las traseras, el caballo demostraba poseer una habilidad única, tal vez porque su grupa era larga y caía en ángulo pronunciado. Lo contrastó con otros caballos y al hacerlo se dio cuenta de la importancia de la anatomía del animal en el logro de determinados ejercicios.

Durante las largas sesiones de madrugada con Sigiloso, sentía sus músculos en los suyos. Escuchaba su respiración acompasada, el eco de sus pasos cuando lanzaba las patas delanteras y las dejaba caer con elegancia al suelo, en un aire deliberado y elegante.

Todo lo que ese caballo expresaba era obra de una mágica compenetración entre los dos. Yago sentía sobre su cuerpo el efecto de sus pasos, cómo vibraban sus músculos y cómo se tensaban sus tendones cuando Sigiloso estiraba los suyos. Eran dos almas libres volando juntas sobre la arena, donde tan solo el silencio era cómplice de su felicidad.

Con la cabeza en arco, el paso lento, el cuerpo balanceándose de un lado a otro y pisando la arena con poder; así recorría la pista Sigiloso, desde un extremo al otro, regalándose a su jinete. ¿Podía un caballo expresar algo grande solo con sus movimientos? Yago sabía que sí, lo podía leer en su mirada, pero ¿le creería alguien?

Cerró los ojos, soltó las riendas y dejó que el animal le transportase en su baile, en aquel juego de movimientos armónicos y pasos cargados de intención.

El caballo sabía que no estaba caminando, sabía que su cuerpo flotaba.

* * *

—Yago, pareces cansado. —Volker se fijó en sus ojeras mientras se dirigían a las caballerizas de la escuela de equitación.

—Yago está bien... —Aunque acusaba el peso de sus hazañas nocturnas, no quería confesárselo a nadie.

De camino entre Castel Nuovo y la escuela, mientras recorrían la ciudad, iban comentando los objetivos del día.

—¿Sabes que le causaste una excelente impresión?

—¿A quién?

—Perdona, he llegado a la conclusión sin antes darte su nombre... Me refiero a Pignatelli. Pocos días después de verte en acción en el picadero con los potros cordobeses, hablamos sobre ti. Se mostró muy interesado en conocerte mejor para ver hasta dónde llega tu capacidad de comunicación con los caballos, y entender qué significa lo que le dijiste lleno de seguridad, que sabías qué pensaban. En su opinión, de ser verdad, poseerías un don tan especial que te convertiría en alguien interesante para participar en el ambicioso proyecto que él dirige y que me tiene ocupado, me refiero al de perfeccionar la raza de sus caballos.

El muchacho se tropezó con una mujer que llevaba un cesto de fruta, asombrado de lo que estaba escuchando. Pignatelli había visto algo en él y se interesaba en descubrirlo con más profundidad, lo que suponía de momento un reconocimiento que pocas veces había sentido. Pero de inmediato se sintió turbado porque no tenía claro qué era lo que le había impresionado de él, y por tanto no sabría verbalizarlo el día que tuviese que explicarlo. De todos modos, saboreó las últimas palabras de Volker.

—Perfeccionar... caballos... —Ayudó a la mujer a recoger las manzanas caídas por el suelo—. Yago y tú...

Volker sacó de una bolsa de fieltro que colgaba de su cinturón una figura en madera bellamente tallada y se la dio a Yago.

—Ese caballo ha salido de las manos de Juan Bautista de Toledo, un arquitecto de gran fama al que Pignatelli le encomendó poner en madera su propia visión sobre ese nuevo caballo. Y Juan Bautista tradujo sus deseos en este resultado.

Yago tomó en sus manos la figura y repasó su perfil con un dedo. Cuando terminó de conocer cada uno de sus matices, cerró los ojos, apretó la figura entre las dos manos y se la llevó a los labios, besándola.

Acababa de memorizar cómo iba a ser ese caballo que estaban buscando.

A pocas manzanas de su destino, Volker quiso que conociera en qué iba a consistir su participación.

—Por el momento necesitamos poner medida a tus habilidades y entre ellas tu capacidad de mirar el interior de los caballos. Acabas de tener entre tus manos un modelo que nos ha de servir para construir ese animal. Hoy vamos a dar un nuevo paso en ese sueño, acudiremos a la cubrición de un grupo de yeguas que Pignatelli ha ido reuniendo en sus cuadras, y podrás ver qué se ha hecho hasta ahora para que la mejora sea una realidad.

Cuando alcanzaron el sólido edificio de piedra donde se encontraba la escuela de equitación, aunque su aspecto exterior recordaba al de un palacio, en su interior había más de doscientos animales entre caballos y yeguas.

Dos enormes rampas circulares conducían, una a la planta baja, y la otra a un ala de grandes proporciones que se destinaba al adiestramiento de los caballos.

Bajaron a la planta inferior a la vez que lo hacía un grupo de cinco mozos conduciendo a las yeguas que se iban a cubrir.

—¡Esperad! —ordenó Volker. Se acercó a ver a una que cojeaba. Tenía un corvejón inflamado y bastante caliente—. Descartad esta; no está en condiciones. A las demás llevadlas hasta el potro y dejad una amarrada. —Vio a otros dos mozos con unos arneses—. Y vosotros seguidnos, vamos a estudiar a las hembras primero para luego elegir a los padres.

Pignatelli apareció desde un pasillo muy sonriente, los saludó y se unió a ellos.

—Bienvenido seas a esta escuela, Yago.

El muchacho bajó la cabeza avergonzado, y musitó un gracias apenas audible.

Volker puso en palabras su idea de trabajo, y qué procedimiento pensaba poner en práctica previo a la monta.

—La elección de cada padre responderá al objetivo de combatir un defecto morfológico específico de cada yegua, que de no ser corregido podría empobrecer su descendencia. Eso significa que nuestra primera tarea será decidir qué se ha de mejorar.

Se acercó a la primera yegua y la observó con atención.

Volker poseía una probada capacidad de análisis en ese sentido. Estudiaba en profundidad cada animal, y con su experiencia en poco tiempo localizaba cuáles eran sus menoscabos como también sus cualidades. La yegua era castaña, de espalda demasiado recta, y por ello poco apta para responder a extensiones de las manos y a carreras largas, según le fue explicando a Yago.

Le siguió una de las más jóvenes, casi blanca. En un primer golpe de vista apenas pudo localizar en ella una sola tara exterior que le restara calidad. Por eso decidió medirla a palmos, obedeciendo las indicaciones aprendidas de aquel libro encontrado en la biblioteca del virrey. Calculó la profundidad de su pecho y el ángulo en su implantación con el cuello. Sabía que si era amplio, le daría a su descendencia una mayor agilidad. Se agachó para verla mejor.

—¿Sabes por qué los caballos de capa blanca se dice que son los más equilibrados y de mejor temperamento?

Yago contestó con una negativa. Pero respondió Pignatelli.

—Desde épocas muy remotas, su temperamento se ha venido asociando al color del pelo, y este a los cuatro elementos esenciales de la creación: agua, viento, fuego y tierra. Como seguro sabrás, los animales donde predomina en su capa el fuego, con tonos anaranjados o rojos, son coléricos, impetuosos y poco dados a obedecer... Sin embargo, los que tienen más influencia del agua o del aire son flemáticos. Pero los que tienen el blanco como color predominante, unos dicen que es debido a la ausencia de color y otros que se produce por el cruce de los cuatro elementos, presentan un equilibrio perfecto que confiere al animal el mejor carácter, le da nobleza y lo hace más dócil.

Con la yegua siguiente Volker se detuvo algo más de tiempo.

Yago intentó ver cuáles podían ser sus defectos a mejorar, teniendo siempre en mente la figura del caballo que poco antes había tenido en sus manos. Estaba observando su cabeza, mientras Volker hacía lo mismo comprobando si la tenía más elevada que la cerviz, detalle que la definiría como alta de brema.

—Cuello corto... —Yago lo señaló con el dedo.

—Dices bien —apuntó Pignatelli—, y además de corto carnoso, lo que le hace ser un animal pesado para trabajar a la mano. Si te fijas mejor, sus ancas bajan a plomo hasta el menudillo, y eso hace que sea un animal que debe marchar con mucha dureza de atrás, al doblar con dificultad los corvejones.

La cuarta yegua solo necesitaba acortar un poco el lomo para que su descendencia recogiera mejor la fuerza y pudiese desarrollar movimientos más inmediatos, virtud necesaria para que estuviesen prestos a un brioso arranque.

Con las dos últimas, y sin decírselo, Yago averiguó los problemas que tenía antes de que Volker los enumerase, comprobó que se le daba bien. Sin embargo, cuando le tocó el turno a los sementales, la técnica del alemán le sorprendió.

Volker era ordenado y sistemático en su inspección. Empezaba por un punto del animal y lo recorría de forma minuciosa hasta terminar en el extremo opuesto, y respetando siempre una misma secuencia. Con ese método de trabajo tomaba decisiones concretas y de forma rápida cada vez que localizaba un detalle del semental que sirviese para corregir específicamente un defecto de las yeguas. Rechazó a uno que tenía fiebre, a otro porque, según su opinión, iba a producir hijas con un ancho excesivo de ancas, y se decantó entre todos por el que presentaba formas más rectas y un carácter taimado, como el idóneo para montar a la yegua que más cualidades presentaba.

Yago, en su silencio, fue consciente de que él también era capaz de identificar esas virtudes y defectos en un animal, pero de una manera diferente. Él lo hacía de un solo vistazo; era capaz de ver todos los detalles a la vez y sin demasiado esfuerzo. Así lo hacía desde que era muy pequeño, y no solo al mirar un caballo; también con un cuadro, o en un paisaje. Yago no veía un objeto o animal en abstracto, sino en cada una de sus partes. Volker y Pignatelli quizá terminaban llegando a la misma conclusión que él, pero después de haber ordenado su recorrido por la anatomía del animal poco a poco, de discutir ciertos puntos dudosos, de desgranar su perfil.

Se preguntó por qué no todos veían las cosas como lo hacía él.

Mientras volvían a la cuadra donde estaban las yeguas, maduraba sus dudas, y deseaba verse alguna vez haciendo un trabajo como el de Volker, tener la oportunidad de ser reconocido como lo era su amigo.

Una vez delante de una potranca que iba a ser por primera vez cubierta, Pignatelli se dirigió a Volker y le susurró algo al oído. El alemán contestó afirmativamente a su petición, colocó a Yago frente a ella y le explicó qué querían.

—Ahora es tu turno, Yago. Queremos saber qué ves en ella, qué cualidades posee en su interior.

Yago dio varios pasos hacia atrás para estudiar su imagen desde una cierta distancia, se concentró en su expresión, miró en el interior de sus ojos, exploró su mente y en menos de un suspiro contestó.

—No buena.

—¿Cómo dices? —Volker no se esperaba una contestación tan drástica y menos de un animal que podía ser el mejor que Pignatelli poseía.

—Mira mal. Yago sabe…, su espíritu es oscuro…

X

Pignatelli fue quien tuvo la idea.

Lo habló con Volker y decidieron que sería muy útil para Yago, y para ellos podría convertirse en la definitiva constatación de que dentro del muchacho existía un enorme talento oculto. Pignatelli conocía a ese artista desde hacía muchos años y sabía que era capaz de ver en una persona todo el potencial que poseía. Por eso decidió acompañar a Yago a Roma.

La capilla olía a pintura, a trementina y a sudor.

Cuando la puerta se cerró, desde un andamio y a gran altura, alguien los maldijo por haber entrado sin su permiso. Una cabeza enjuta y barbuda, con restos de pintura rosa, azul y verde en sus mejillas, frente y nariz, se asomó para ver quién había osado entrar a interrumpir su trabajo.

—¿Pignatelli?

Sin tiempo de dejarle responder, el artista tosió con estrépito, escupió hacia un lado y bajó a toda prisa para abrazarlo.

El maestro de equitación era uno de sus más queridos amigos y hacía mucho tiempo que no se veían. Corrió a su encuentro y entonces vio, junto a él, a otro hombre muy joven, que miraba el techo de la capilla con un gesto de infinito asombro.

Pignatelli, sin embargo, no podía separar su mirada de la pared del altar principal.

—¿Pero qué estás pintando ahora, por todos los santos? —Soltó una risa ridícula causada por el impacto que acababa de recibir al contemplar un maravilloso fresco repleto de personajes que flotaban sobre un cielo azul. Tan solo le faltaba el tercio inferior derecho para terminarlo, y era precisamente donde estaba trabajando su autor.

—El *dies irae*... Pignatelli, el día del juicio final. Ya ves, después de treinta años de haber terminado el techo... —Abrió los brazos con resignación—. De nuevo la obstinación de un papa ha conseguido que volviera a estar aquí, en lo que fue un infierno y un paraíso a la vez. —Sonrió—. Una tarea que me va a matar como entonces, te lo aseguro.

El hombre miró a Yago a los ojos y estrechó su mano lleno de curiosidad. Desconocía qué hacía con su amigo y quién era, pero si lo acompañaba tendría sus motivos, y conociendo a Pignatelli, seguro que serían muy sólidos.

—Me llamo Miguel Ángel Buonarroti. ¿Cómo te llamas?

—Yago. —Sonrió de forma tímida—. Sí, Yago.

—¿Nada más que Yago? Los apellidos son importantes para un hombre. ¿Cuáles son los tuyos?

—No tengo... Solo Yago...

Miguel Ángel percibió en su expresión un interesante reflejo, algo que imantaba.

—¿Sabes qué es? —señaló el techo.

Yago alzó la mirada y sintió una sensación desconocida, como si lo que allí estaba pintado fuese inabarcable. Tardó unos minutos en admirar los miles de detalles que la obra contenía. No podía imaginar cómo algo tan grandioso, soberbio e increíble habría podido salir de una sola mano, la de ese hombre. Recorrió de un extremo al otro las diferentes escenas, los colores, los cuerpos, absorbiéndolo todo con su mirada, anonadado ante tanta hermosura, hasta que su respiración se detuvo, apretó los puños, sintió un escalofrío y trató de contestar a la pregunta que había quedado en el aire, responderle qué era lo que estaba allí pintado. Sus ojos se habían detenido en el motivo central: un magno Dios que ofrecía su mano a un hombre, en la comunión más hermosa entre la divinidad y la humanidad que nunca antes hubiera visto.

—Es el comienzo... de todo —respondió finalmente Yago.

Aquel hombre de más de sesenta años, genial artífice de esa inigualable explosión artística, guardó silencio, suspiró y miró con complicidad a su amigo Pignatelli.

—Creo que deberíais conoceros, hablar... —El maestro de equitación, a partir de sentir la aceptación de Miguel Ángel, entendió que su permanencia en la capilla desde ese momento carecía de todo sentido. Conocía demasiado bien al artista para saber que cuando descubría a alguien que pudiese tener un don, se entregaba de tal manera desde entonces que lo dejaba todo hasta haber entendido en qué consistía ese talento, cómo surgía de él o en qué lo empleaba. Y parecía que eso le estaba sucediendo con Yago.

—Y... estáis vos... —Yago seguía hablando, ajeno a lo que no fuese la grandiosa pintura que inundaba sus retinas—, en todo. Ahí. —Señaló el árbol de la vida con una serpiente enrollada—. Y allí. —Ahora indicaba a un Dios que separaba la oscuridad de la luz.

Pignatelli se retiró con discreción y cerró la puerta tras de sí, satisfecho por haber tomado la decisión de llevar a Yago a visitar al mayor genio que había conocido en su vida.

Dentro, Miguel Ángel, asombrado por su última contestación, reconoció en Yago una interesante personalidad. Trató de ver su propia obra desde los ojos del muchacho. La mirada del joven correteaba embelesada por la pintura. A Yago le impresionaba el delicado tratamiento que había dado a cada figura, las proporciones del conjunto, pero también de cada parte, la estudiada exposición a la luz en cada uno de los cuerpos que llenaban las escenas. Descubrió de repente que todo matiz, por pequeño que fuera, en la mano de aquel hombre ganaba suficiente protagonismo como para ser su eje principal.

—Cada detalle lo es todo… —explicó Miguel Ángel, adelantándose a lo que pensaba— y siempre hay que tenerlo presente. Cuando se desea hacer algo, más que pintar, se necesita que la entrega mental, anímica, espiritual, sea plena. Si no lo haces así, el resultado será mediocre.

Yago estiró una mano hacia un Dios que separaba los mares de la tierra en una postura llena de energía y fuerza, como si quisiera rozarlo. Miguel Ángel seguía con atención sus peculiares reacciones. Lo vio caminar con las dos manos extendidas, como acompañando a las imágenes que se sucedían a lo largo del techo. Se fijó en cómo las acariciaba, en cómo las volvía a perfilar con sus dedos, tal vez queriendo ser partícipe de su creación.

Solo se escuchaban sus pasos y su respiración.

Ninguno supo cuánto tiempo dedicó Yago a viajar a lo largo de la maravillosa expresión artística que estaba plasmada sobre el simple yeso.

—¿Qué eres? —Miguel Ángel detuvo su paso y se miraron a los ojos.

Yago parpadeó. Sintió su mirada y le pareció profunda, llena de mundos grandiosos, notó cómo podía ver en su interior. Estaba penetrando en él. Y se dejó…

—No lo sé —contestó con sinceridad.

—Yo te puedo ayudar.

—Hacedlo.

—Ven conmigo. —Lo cogió de la mano y fueron hasta la pared del altar de esa capilla de Sixto, donde estaba pintando una magna representación en la que llevaba cinco años sin descanso, él solo, desentrañando sobre ella a más de cuatrocientas almas, cada una con su especificidad.

Lo colocó enfrente y en medio, a unas diez cuerdas, y empezó a explicarse.

—La gente como tú, como yo, vivimos de emociones y dejamos de ser nosotros cuando hay algo que nos conmueve… —Tomó en sus manos la paleta con las pinturas, mezcló en el pincel un poco de púrpura y añil, y se acercó a la pared. Trasladó con unos ligeros toques su esencia a un ángulo en blanco que separaba la representación de un ardoroso fuego con el cielo, algo por encima de una barca repleta de hombres, de almas heridas, con gestos espantados viéndose a las puertas del infierno.

Yago seguía su proceder muy quieto, absorto en lo que hacía.

—¿De dónde sale eso?

Miguel Ángel se volvió hacia él con un rostro arrugado por los años, barba oscura y cabellera con una buena proporción de canas. Sus ojos eran profundos, casi escondidos. En ese justo instante, ante la pregunta realizada, supo que tenía que abrirle su alma, para que pudiera escurrirse por ella y desentrañara sus más recónditos secretos.

—Yago, la belleza ha estado desde siempre ahí… —Señaló la pared que pintaba—. Antes de mi pintura, como también lo está en el interior de un bloque de mármol puro, sin ninguna veta ni marca que lo estropee, limpio. Es así… Dios, a algunos afortunados como tú y como yo, nos ha dado unos ojos más sensibles que los del resto. Y con esos ojos, con ese regalo, nos hace capaces de ver la belleza, de intuir dónde está, y además nos ayuda a representarla. Es ella la que aguarda paciente, hasta que una mano prestada de Dios consigue sacarla a la luz. Porque no hacemos otra cosa los artistas; solo ayudamos a nacer lo que ya estaba creado desde el comienzo de los tiempos; separamos las esquirlas de mármol que la esconden, que no han permitido todavía que el mundo se maraville con ella. ¿Me entiendes?

Yago sí lo entendía.

Desde siempre, a lo largo de su vida, sentía algo que no podía explicar. Percibía las esencias de todo lo que se movía a su alrededor; en la música, en un cuadro, en una persona o en un caballo; estímulos que le invitaban a encontrar esa misma belleza que Miguel Ángel acababa de explicar. Él también poseía esos ojos, un regalo divino que le dotaba de la capacidad necesaria para ver más allá que los demás, y en su caso también había recibido un talento que empleaba las manos para expresarse.

Miró sus dedos, los extendió, y los cerró en un puño. Su suspiro alcanzó a Miguel Ángel, quien, sin entender qué iba a hacer, lo vio caminar decidido hacia el fresco que pintaba y subirse al andamio.

Llegó con las dos manos por delante, y las dejó caer sobre la pintura, cerrando los ojos… Quería sentirla sobre sus yemas, dejarse atravesar por ella para que fluyera por su sangre; quería que recorriera todo su cuerpo. Pero encontró una dificultad nueva, no lo conseguía como en otras ocasiones.

Y se sintió impotente, vacío, muy solo.

Y lloró.

Sus lágrimas se escurrían por su rostro como regueros, porque no alcanzaba a ver a través de las manos como siempre, mientras recorría las figuras de unos ángeles que recogían de la tierra a los hombres, en su ascensión a los cielos.

—¿Qué haces? —le preguntó el artista.

—Toco y busco, pero no encuentro.

—Prueba a mirar desde tu corazón, sin más cuidado que dejarte llevar por tus emociones…

Yago se volvió a separar de la pared, y contempló el enorme escenario del juicio final como si de repente entrara él mismo en la escena. Voló por el cielo, rozando el manto de la Virgen que acompañaba a su hijo en una actitud resignada y triste. Reconoció a cada apóstol, a los santos que formaban una aureola alrededor de su Señor. Ascendió hasta mirar a un querubín que llevaba la cruz, otro la columna de la flagelación, un tercero la corona de espinas. Sintió sobre su rostro el sonido de las trompetas que mucho más abajo tocaban un grupo de ángeles, llamando a la humanidad al juicio definitivo.

Yago se sentó en el suelo sin dejar de mirar, sin apenas fuerzas para mantenerse en pie. Le temblaban las piernas, las manos, todo el cuerpo. Sentía que su alma se repartía entre la pintura y el aire, que viajaba de uno a otro lado del mural, sin necesidad de palabras. Notaba como si ese hombre le fuese dirigiendo a cada uno de aquellos destinos, para enseñárselos uno a uno.

—Yago, tú también posees esa riqueza interior de la que te he hablado. Tienes el talento necesario para captar la hermosura de las cosas, sabes mirar y transmites emoción. Pero todavía no sé a qué dedicas tus virtudes. —Tomó un poco de color carne y perfiló el brazo de uno de los hombres que ocupaban la barca.

—A los caballos... Sé lo que sienten...

—¿Quieres decir que tu misión va a consistir en expresarte a través de los caballos? ¡Qué hermoso y diferente a cualquier otro arte!

Yago, haciendo uso de su peculiar forma de hablar, a veces trabándose, consiguió compartir una parte de sus más profundos pensamientos. En Nápoles, gracias al ambiente de normalidad que ahora disfrutaba, su mentalidad se había transformado. Era consciente de que, a pesar de haber transcurrido poco tiempo, había crecido como persona y veía la vida de otra manera. De pensar, como había hecho en el pasado, que su integridad era la única prioridad posible, su cabeza andaba ocupada ahora en la búsqueda de sí mismo o en preguntarse hasta dónde darían de sí sus capacidades.

Desde hacía años, el caballo era su más fiel compañero.

Había sabido encontrar la maravillosa energía interior que fluía en ellos, una energía que solo se podía percibir cuando se establecía la adecuada comunicación, y a él no le costaba apenas lograrla.

Cuando compartían esa fuerza, todo se podía conseguir de ellos; hacerlos vibrar con sus propios movimientos, enseñarles a transformar algo tan normal como era un paso en un acto hermoso, en pura expresividad. En sus muchas veladas nocturnas, junto a un caballo, Yago se dio cuenta de que era capaz de emocionar, tanto a los propios caballos como a todo aquel que presenciara sus evoluciones. Pero también a él mismo, porque muchas veces terminaba llorando aferrado a su cuello, con la caricia de sus crines.

—Quiero sentir a los caballos... porque... conozco... su al.. alma —expresó en voz alta sus más hondos sentimientos.

Miguel Ángel detuvo su pincel y se quedó pensativo.

—Me sorprendes, hijo. Pero el camino que quieres emprender me parece excitante y hermoso. La belleza que esos animales poseen está esperando a unas manos como las tuyas. Belleza, solo tienes que saber verla, primero, y sacarla al exterior después. Si lo haces, vas a sentirte partícipe de la creación, como el Dios que ves allí en el techo, el que lo ha generado todo; los astros, el sol, la luna... Ese es el regalo que Él ofrece a quienes nos ha donado una parte de su virtud creadora. Ese gozo, esa maravillosa sensación que se siente al ejercer de transmisor de la creación, convierte nuestro trabajo en algo único. Por eso, no me importa dejar de dormir, no comer, o apenas salir de esta capilla. Me seduce tanto lo que hago que lo de fuera me resulta vacío.

Yago memorizaba cada momento que vivía dentro de su corazón, reposando sus palabras para poder buscarlas allí cuando las necesitara más adelante, consciente de que estaba viviendo uno de los momentos más grandes de su vida.

Pasaron más de cuatro horas hablando, compartiendo.

Miguel Ángel le reveló sus reglas más secretas, las que empleaba para convertir en únicas cada una de sus obras.

El destino los había unido unas pocas horas, durante ese día, pero la confianza que se estableció entre ellos más bien parecía la propia de quien se ha conocido desde siempre.

—¿Sois diferente?

Yago se lo preguntó, sin poder dejar de pensar en su propia realidad.

Necesitaba su consejo.

El artista frunció el ceño y recordó su pasado. Le explicó que así se había sentido antes, incluso desde la más nefasta soberbia cuando se llegó a ver superior a los demás, sin poder soportar que alguien le hiciera sombra. Viajó en su memoria a sus primeros años artísticos, en su amada Florencia, cuando conoció a Leonardo y tuvo que competir con él en la representación de una misma batalla, la de Anghiari. Ahora lo veía absurdo, pero por entonces envidiaba su maestría y trataba de ridiculizarlo en cuanto tenía oportunidad. Eran tiempos de letras, de poesía, de rozar el cielo en cada cosa que emprendía.

—No somos diferentes, aunque los demás lo vean y hasta se lo crean... Tan solo hemos sido bendecidos antes de tiempo; esa es nuestra verdad. Sin haber alcanzado el cielo, como los demás lo hacen una vez que hallan la muerte, a nosotros se nos ha dado parte de la gloria en vida, un poco antes, sí; lo que supone una gran responsabilidad. Para mí es como un deber maravilloso que noto en cuanto inicio una nueva obra; me sucede con cada escultura, cuando mis pinceles acarician el yeso y dibujo hombres, santos o cielos. Pero ese regalo tiene un alto precio que no es otro que compartirlo con los demás. Tus talentos han de llegar a muchos... Nuestro pecado sería guardárnoslos para nosotros, no; nunca debería ser así. Tenemos la obligación de explorarlos y que los demás sientan el maravilloso trocito de gloria celestial que nos ha regalado a través de nosotros, que sientan la hermosura de lo puro, que te disfruten.

—¿Qué he de hacer?

—Tu capacidad de emocionar se ha de exhibir, y la virtud de leer en el interior del alma de un caballo también… Ese es el precio de tu bendición anticipada, de que te hayan regalado un poco de cielo antes de tiempo, antes que a los demás. Somos un poco como las manos de Dios. —Suspiró volviendo a su paleta cargada de color—. Lo somos, Yago. Sí lo somos.

XI

La noticia del robo del oro de las Indias por parte de las huestes de Barbarroja vapuleó el orgullo de toda Europa, que se veía cada vez más expuesta a los ataques de aquel bárbaro, pero hizo especial mella en su Emperador al ver desaparecer de un plumazo el pago de una parte importante de su deuda.

Nadie se pudo explicar cómo habían podido dar con el convoy que transportaba el oro, y sobre todo que lo hicieran en el único lugar del trayecto donde su defensa estaba fatalmente comprometida. Se decidió investigar los posibles fallos en la organización del envío y a los responsables de la misma, pero de momento no se había avanzado gran cosa.

Mientras, el noble metal rodaba por los mercados más turbios del continente en pequeñas cantidades para no llamar demasiado la atención, porque el montante principal, casi tres cuartas partes, llegó a Francia, lo que se tradujo en un alza de la moneda, la incomprensión de quienes no acertaban a dar una autoría clara al enorme movimiento de fondos, y una gruesa comisión para quien había mediado y a la vez ejercía como administrador general de los dineros públicos.

Pero, además, había un hombre, el verdadero cerebro del robo, que gracias a aquel comercio conseguía aumentar su riqueza de una forma desproporcionada.

—Nuestra banca se hará cargo de repartir tus ingresos por diferentes cuentas y ciudades para que una cantidad como la tuya pase más desapercibida a mis propios empleados, a pesar de que tu situación la lleve yo personalmente. —Enrico Masso brindó con Luis Espinosa en una pequeña posada donde se habían citado a pocas millas de la ciudad de Gante, donde Luis acompañaba al emperador Carlos.

—¿A cuánto asciende el saldo actual?

—Antes de pagar a vuestros amigos de Berbería y una vez separada mi parte, dispones de dos millones de escudos. Te has convertido en mi mejor cliente, quizá el más poderoso entre los genoveses, pero también en un sobrino que tiene a su mujer preguntando por él todo el tiempo. Quiere saber cuándo vas a volver y me ha pedido que te lo diga.

—Siento dejarla sola, lo reconozco —mintió—. Cada vez que he de salir de nuestra casa me cuesta un disgusto, pero se ha de comprender que debo atender al Emperador.

Enrico lo entendía, pero a la vez le habían llegado ciertos rumores sobre una viuda, heredera de una gran fortuna, y de media población de Maastricht, a la que Luis parecía estar frecuentando. Titubeó si debía o no preguntar por el incómodo asunto, pero se decidió por dejarlo y cambiar de tema. Tampoco era él quién para poner en duda su honorabilidad, y además se jugaba demasiado dinero si por meterse en medio tensaba su actual buena relación sin ningún motivo probado.

—¿Tenéis suficientes ducados ya para alcanzar vuestro objetivo?

—Me temo que no. Aún he de pagar un favor en Jamaica que no será barato y como recordaréis, todavía he de devolveros el préstamo que os solicité para comprar el palacete de Génova. Calculo que todavía me hará falta el doble de mi saldo actual para conseguir ganarme el favor del Emperador.

—¿Pensáis entonces en una nueva misión?

—En efecto; para la primavera del año cuarenta y dos. Pronto obtendré los detalles necesarios para que volvamos a tener el mismo éxito.

Brindaron por ello.

Una vez comentados los asuntos más urgentes, Enrico recordó el desagradable suceso que tuvo a la hija de Domenico Bartelli como protagonista en su casa de Nápoles, cuando esta tachó a Luis de criminal. Al comentárselo, notó que la noticia le afectaba.

—Vaya… no me gusta nada saber que hago tratos con alguien que permite a su hija jugar con mi honor de ese modo. Tal vez deberíamos descartar a Domenico para nuestro siguiente envío. ¿No os parece?

—Os entiendo, pero lo conozco bien y no debéis preocuparos; amonestó a su hija con firmeza y, desde luego, hizo oídos sordos a lo que ella afirmaba.

Luis Espinosa no quiso insistir, pero se quedó intranquilo. El hecho de que Carmen supiera que mantenía tratos con su padre podría convertirse en un serio problema. Se prometió estudiar una solución.

* * *

A muchas millas de Gante, en Jerez de la Frontera, en ese mismo momento su nombre estaba en boca de dos personas que compartían comida y un objetivo: conseguir su desgracia.

Fabián Mandrago elogió el faisán después de haber degustado con Laura Espinosa unos espárragos frescos de la propia hacienda. La comida tenía como objetivo actualizar la información que uno y otro habían podido reunir sobre Luis.

—Por fin traigo buenas noticias… —Fabián se limpió la boca después de haber probado el vino—. Por suerte, y a pesar de mi destierro, conseguí recuperar la buena relación que desde siempre mantenía con un jurado de Sanlúcar y con uno de los guardas que trabajaron durante mucho tiempo bajo mis órdenes. Cada uno de ellos, desde su facultad, entendió lo que buscábamos y ha trabajado todo este tiempo para sacar a la luz una pista que podría sernos de mucho interés. Os explico. —Tomó mejor acomodo en la silla y apoyó los cubiertos en su plato—. Desde mi vuelta de Jamaica, no dejaba de darle vueltas a un comportamiento de Luis que no terminaba de entender, pero por fin ayer pude encontrarle una posible respuesta.

—Estoy ansiosa de novedades. Contadme.

—Me preguntaba una y otra vez qué otras razones podían haberle movido para ir a Jamaica. Según vuestra explicación, Blasco era la causa, su mejor cliente de caballos en las Indias, y el objetivo de su viaje: reforzar y aumentar las relaciones comerciales que ya mantenían. Pero ese siempre me pareció un objetivo algo corto para su habitual forma de actuar. Después de invertir un año tras los pasos de la famosa Christine, y lamento tener que nombrarla en vuestra presencia, mi jurado ha sabido que en su familia hay importantes cargos afines al poder imperial, muchos y conocidos nobles y algún renombrado banquero, y me refiero en concreto a un tal Enrico Masso, al que parece ser que le acompaña una relativa fama de oscuridad en sus negocios.

—Mi anterior marido nunca ha dado un paso sin motivo.

—Eso pensé yo, sobre todo al saber que al tal Masso se le relaciona con el mercado negro de oro… —Bebió un poco de agua—. Y también que no hace mucho tiempo, como bien sabréis, se produjo el famoso robo del preciado metal procedente de las Indias por obra de unos corsarios, oro que había salido de Jamaica. —La miró con un expresivo gesto—. ¿No os parece una extraña coincidencia?

Laura reconoció que sus deducciones tenían sentido y encajaban. Le rogó que continuase.

—Pero lo mejor ha sido lo que mi antiguo compañero en la Alcaldía de la Saca ha podido descubrir. Por fin tenemos un nombre. Gracias a las investigaciones de un segundo agente de la Saca, que ha sido enviado a Jamaica por la institución y es íntimo de mi amigo, hemos ido casándolo casi todo. El hombre sobre el que ahora recaen nuestras sospechas es un alto responsable cercano al gobernador. Todo lo que hoy os cuento nos ha llevado muchísimo tiempo de investigación e incontables correos de ida y vuelta entre aquella isla y Jerez, dando instrucciones en uno y otro sentido. El agente que me ayuda desde aquí se llama Tomás, como os digo, un viejo colaborador, y el que está desplazado a la isla, Jorge. Este último, en respuesta a mi expresa voluntad, se puso a averiguar si había alguna posibilidad de que Luis conociera al sospechoso. Y no solo consiguió probar que así era, sino que además pudo saber que el individuo tiene como encargo nada menos que la organización de los convoyes de oro a España u otros destinos.

—Y Luis está en medio de todo… —apuntó Laura.

—Eso parece, sí. Falta entender qué hacen esos corsarios por medio, y sobre todo cómo le llega la información a vuestro marido desde Jamaica. Ese es uno de los puntos que todavía hemos de descubrir.

Ella no pudo contener la alegría al ver los esperanzadores derroteros que había tomado su investigación y explotó en agradecimientos.

—Mi querido Fabián, he de felicitaros. No era nada fácil llegar hasta donde lo habéis hecho; admiro de verdad vuestra sagacidad y aprecio el tiempo que estáis empleando en ello.

Él agradeció la inestimable ayuda financiera que estaba aportando ella, gracias a la cual había avanzado su investigación y le había permitido dedicarse por completo a ello.

Recuperó el cuchillo y el tenedor y empezó a pelearse con un hueso de su faisán para despegarle su sabrosa carne.

—Siempre he tratado de mantener viva mi red de informadores; es la base del éxito. Sin embargo, y para nuestra desgracia, esta no llega hasta el entorno corsario, que es uno de los puntos más oscuros en toda esta trama. La relación que pueda tener Luis con esos bárbaros me confunde. Necesitamos saber más en ese sentido. Si vuestro marido estuviese metido de lleno en el robo, de lo que estoy casi seguro, me falta saber cómo ha conseguido hacerlos participar, y en qué puede consistir el acuerdo. Para empezar, nos vendría muy bien saber si en alguna ocasión ha mantenido relaciones con ellos, y se me ha ocurrido que Martín Dávalos podría servirnos...

—Capto la idea y me pondré a ello. Soy muy amiga de su mujer y tengo excusa para visitarlos con frecuencia. Ya veré de qué modo me entero, pero creedme que lo intentaré.

Fabián se quedó convencido y dio paso al resto de sus averiguaciones.

—Ha de haber algo, o alguien, que le haga llegar la información exacta de cada expedición de oro con suficiente tiempo. Sabemos que cada seis meses se organiza un convoy, y por tanto que el próximo tendrá lugar dentro de cuatro. Si fuera a repetir su latrocinio, Luis debería recibir los detalles del mismo casi en estos momentos para que le diera tiempo a organizarse. Por eso, mi siguiente paso consistirá en investigar el pasaje de todos los barcos que hayan llegado en las últimas semanas, o arriben durante las próximas desde aquella isla.

Laura pidió que les sirvieran más vino, y el suyo lo bailó en la copa.

Su bodega estaba ganando prestigio en muchos mercados, pero quería conseguir un blanco más suave y no terminaba de acertar con ello. Lo comentó con Fabián justo antes de pasar a exponerle los avances que había conseguido por su parte.

—También yo tengo novedades, en mi caso, sobre el hijo que tuvo con mi dama de compañía. —Laura había dado con la vinatería, y aunque estaba cerrada desde hacía años, preguntando a los vecinos pudo confirmar que el chico había pasado varios años en esa casa—. Al parecer, la hermana de Isabel lo maltrató sin piedad y lo encerró en los sótanos de su comercio durante años, hasta que ella murió de forma accidental. Después del percance, se hicieron cargo del niño, pero terminaron por dejarlo en la cartuja de la Defensión, donde estuvo otra temporada. Como en esa institución me conocen desde hace años, su prior me dio el resto de los detalles de su azarosa vida hasta saber que ahora está viviendo en Nápoles al cargo de un capitán de la guardia de su virrey.

Fabián ensalzó el resultado de su búsqueda, sin dejar de valorar el doble esfuerzo que esta le suponía por tratarse del fruto de una infidelidad de Luis.

—Mandé un correo al virreinato para saber más, en concreto dónde se le puede encontrar.

—Perfecto, esperaremos a que nos contesten. Pero pienso que si somos capaces de arreglar primero lo del oro, ese joven podría ayudarnos a localizar a Luis.

—No sé en qué pensáis, pero he de reconocer que me encantaría...

* * *

Camilo sacudió el polvo de sus sandalias, se volvió y miró por última vez la portada de la cartuja de Padula, su hogar en aquel último año que acababa de finalizar y con él su penitencia. Se sentía en general raro, y más sin el hábito que había vestido durante los últimos veinte años.

Se estudió sin gustarse demasiado, pero le hizo gracia verse las piernas después de tanto tiempo de estar escondidas bajo un faldón.

Inspiró una larga bocanada de aire, miró al cielo con los ojos casi entrecerrados por efecto del intenso sol que brillaba en esa mañana, dio gracias a su Señor por disponer de una nueva oportunidad de servirle, sonrió, y se arrancó a caminar a buen paso con intención de llegar pronto a Nápoles.

Era todavía demasiado temprano para encontrarse con algún carromato que pudiera llevarlo, no importaba. Una gélida brisa le recordó que era pleno invierno, pero a pesar de la baja temperatura se propuso disfrutar de todo lo bueno que el camino le ofreciera. Sus ojos veían cosas nuevas, hermosas, apasionantes.

Consiguió poco después una carreta que lo llevó durante medio día hasta un cruce de caminos donde sus samaritanos se desviaban. Pasó la noche debajo de un poderoso roble, al abrigo de una recia manta, y se despertó con el trino de los pájaros.

Un par de meses antes había hecho el mismo camino para dar a conocer al virrey sus composiciones, tal y como le había recomendado Volker. En presencia de don Pedro Álvarez de Toledo le había examinado su músico de corte, Diego Ortiz, y el resultado no pudo ser mejor. De inmediato lo quisieron para Castel Nuovo como organista y compositor, contrato que tuvieron que aceptar en su demora, hasta ver cumplida su promesa.

Aquel fue el último día que había visto a Yago, cada vez más maduro e independiente. Ahora, por fin libre, deseaba recuperar sus conversaciones y compartir su evolución personal. Durante su fugaz estancia en Nápoles lo encontró mejor que nunca y se sintió orgulloso por el trabajo que realizaba, al saberle útil y valorado.

Al mediodía de su segunda jornada de viaje entró en Nápoles, una hermosa ciudad casi desconocida para él. Supo dirigirse hacia su destino siguiendo la línea del mar y luego el puerto, asombrado por la enorme cantidad de sensaciones que le ofrecía el paseo. Cualquier detalle lo disfrutaba ahora sin recato, con una curiosa sensación de libertad; unos comerciantes avisaban a gritos al público sobre las maravillas de su producto entre las callejuelas vecinas al muelle; el sonido de las pisadas femeninas con tacones de madera que calzaban las nobles mujeres con las que se había cruzado, algunas muy hermosas, o el olor a pimiento rojo seco colgado de los puestos, a albahaca, a tomillo o a ajos; niños que jugaban con tabas en el suelo con la cara sucia, riéndose a carcajadas. Le parecía asistir a un espectáculo grandioso, para la mayoría cotidiano, pero para él un escenario nuevo: el de la vida.

—¿Por quién preguntáis? —El soldado de la puerta principal de Castel Nuovo miró al hombre de arriba abajo con cierta prevención. A pesar de ir vestido sin hábito, le pareció que se trataba de un cura.

—Por Yago, o Volker, o por don Diego Ortiz…, por quien primero de ellos encontréis. —Su gesto era risueño, exageradamente feliz—. ¡Vengo a vivir aquí!

El primero que apareció fue Yago, y casi a la vez Volker. Se abrazaron en un reencuentro tan deseado como emotivo. Camilo se sentía bien pero también extraño. Para él empezaba una nueva vida, algo que le inquietaba a pesar de hacerlo cerca de gente a la que apreciaba y de saber que su decisión era la correcta. Aunque estaba alegre no sabía qué hacer, ni qué decir. Se veía como aquel invitado desconocido que entra por primera vez en una casa y no conoce ni las costumbres, ni a sus dueños, ni casi la propia casa.

Volker se dio cuenta de ello y animó a Yago a enseñarle el edificio, planta por planta, y también a la gente con quien se cruzara, para que fuera conociendo sus nuevos aposentos, y sobre todo el instrumento al que le dedicaría una buena parte de su tiempo a partir de entonces, un clave de doble teclado donde componer. Lo acababan de instalar para él en una pequeña salita empleada para las celebraciones privadas y el entrenamiento musical de la familia del virrey.

—Yago, por fin volvemos a estar juntos… No me lo termino de creer.

—Ahí —le señaló una ventana que se abría desde la capilla al picadero— entreno yo… y los caballos...

—Perfecto, entonces podré verte siempre que quiera —contestó Camilo jugueteando por primera vez con el teclado. Probó el profundo sonido de los graves y el delicado timbre de sus agudos. La matrícula daba fe de haber sido fabricado en Piacenza, seguramente por uno de los más famosos artesanos, los hijos de Pascalli. Le arrancó un arpegio.

—Hubo un hombre… —Yago habló despacio, dando a sus palabras un tono de gravedad, pero intentando no dejarse ninguna—, que hace pocos días… me… dijo —se miró las manos y recordó la preciosa capilla de Roma y su techo— para qué sirvo.

Camilo descubrió que sus ojos se iluminaban con una emoción desconocida.

—¿Recuerdas que hablamos sobre ello antes de dejarte en Humeruelos? Entonces no sabía qué te podría deparar la vida, ni qué haría yo.

Yago sintió un ligero temblor en los brazos.

—Todavía no lo controlo, ¿ves? —Se sujetó los brazos—. Yago falta entender mucho… y sentir.

Camilo empezó a tocar una pieza y observó su respuesta. Le vio cerrar los ojos y levantar las manos tratando de capturar las notas que salían del clave, como recordaba que lo hacía.

—Es curioso… —Tocó una doble melodía cruzada—; ahora soy yo el que no sé para qué valgo ni qué he de hacer, y todavía no sé qué quiere el Señor de mí. Tengo más preguntas que respuestas, y además me siento un tanto perdido. ¿Me ayudarás a saber quién soy? Yago, ahora te necesito.

—Yago ayudará…, pero ¿cómo?

Camilo abandonó las teclas y le contestó.

—Sin pensarlo. sin hacer nada especial. En realidad ya lo haces al estar cerca…

XII

Carmen besaba a Volker con tanto ardor como deseo.

No estaban en el lugar adecuado, ni en el momento más prudente, pero él no había podido reprimir por más tiempo sus deseos ni ella detener los suyos, porque en cuanto sintió sus labios sobre la boca se despertó una pasión dormida.

Carmen había llegado a creer que nunca más se iba a sentir amada tras su matrimonio fallido y después de haber sido vejada por Blasco, pero con Volker todo era diferente, siempre lo había sido.

Rodaron abrazados por el suelo del dormitorio, en el palacio de los Bartelli, aquella mañana que él fue a verla después de dos días sin saber el uno del otro.

Se amaron con torpeza.

El la desnudó con prisa, necesitaba conocer su cuerpo después de saber que su alma se había despojado de toda prevención. Carmen se dio por entera a quien había sido primero protector, luego amigo, y ahora amante.

Y así, enlazados sus cuerpos, en un ahogo de sensaciones donde se compartía hasta el propio aliento, piel contra piel, fue como los encontraron Domenico y su mujer al entrar en el dormitorio sin saber que su hija tenía una visita tan íntima.

—¿Cómo os atrevéis? —Los ojos del padre de Carmen, clavados sobre Volker, desprendían una rabia casi infinita—. ¿Acaso no os dimos como encargo proteger el honor de nuestra hija en Jamaica? Qué pronto se os ha olvidado, ¿no?

Carmen recogió su vestido del suelo y se tapó avergonzada.

Volker, como no pudo encontrar con facilidad su ropa, se ocultó detrás de ella en una humillante postura.

—Debéis perdonarme —contestó el alemán—. No os faltan razones para sentiros así, pero debéis saber que la única razón que me mueve a ello es que la amo.

—Tonterías, si eso fuera verdad, no os aprovecharíais de ella. —Resopló furioso—. Os juro, capitán Wortmann, que vuestro atrevimiento no quedará impune y que pagaréis por ello —sentenció el padre.

La madre corrió en ayuda de su hija para vestirla.

—¡Cómo se te ocurre hacernos esto en nuestra propia casa! —se quejó amargamente.

—Se trata de mi felicidad, madre... A nadie hago daño —Carmen se defendió convencida de lo que quería y después de la larga travesía emocional que había pasado desde su huida de Jamaica, un camino plagado de incertidumbres.

Domenico no pudo resistir más tiempo y su ira estalló contra Volker.

—¡Idos de esta casa de inmediato! —chilló histérico—. Hoy mismo pediré a don Pedro Álvarez de Toledo que os castigue como merecéis. ¡Habrase visto! —Se llevó las manos a la cabeza.

Volker sintió un arrebato de contrición, debido más a las consecuencias que podría acarrearle que al arrepentimiento.

—Os ruego que consideréis el daño que podríais hacerle a vuestra hija de saberse algo que a nadie más importa que a nosotros, sin hablar del perjuicio a vuestro honor en una ciudad que conocéis mejor que yo, tan dada a los chismes y a acrecentar los rumores. Por eso, sin menoscabo de mi detestable comportamiento, si es así como lo entendéis, os suplico que me permitáis actuar con ella como de verdad se merece, pidiéndoosla en matrimonio.

Carmen se volvió hacia él y sin necesidad de otras palabras le contestó con un beso, aceptó su propuesta y se lanzó a sus brazos ignorando la presencia de sus padres. Miró de reojo a su madre para pedirle apoyo e intercesión. La mujer dudó qué hacer. Conocía bien a su marido, y si tomaba partido por la hija nunca se lo perdonaría. Domenico, fuera de sí, no le dio oportunidad de hablar, todavía levantó más la voz y le exigió abandonar la casa de inmediato.

Volker se vistió corriendo y salió de la habitación con una amarga sensación. Era consciente de que acababa de comprometer su carrera en la casa virreinal. Domenico tenía una fama irregular, se decían cosas sobre él y no siempre elogiosas, pero era indudable la influencia que tenía sobre don Pedro. Con toda seguridad lo expulsarían de la guardia y quizá hasta se vería desterrado de Nápoles. Lo había visto hacer con otros en situaciones parecidas, e incluso había ayudado él mismo a que esas sentencias se cumplieran.

Le costaba pensar con rapidez. Seguía embriagado por el amor a Carmen, emocionado ante su respuesta a darse en matrimonio. Pero si el virrey actuaba en su contra, tal vez se viera todo truncado.

Una vez se quedó la familia a solas, todavía en el dormitorio de Carmen, Domenico le recriminaba con extrema dureza su comportamiento, anunciándole las consecuencias que iba a sufrir.

—No saldrás de este palacio en dos meses.

—No os obedeceré. —Ella no estaba dispuesta a dejar perder su amor.

—¡Lo harás! —La sujetó por los brazos con tanta fuerza que le hizo daño—. Ya verás como sí lo harás... —En ese momento Domenico recordó el concierto que tendría lugar al día siguiente y su compromiso de asistencia como familia anfitriona—. La única excepción será el madrigal de mañana. Somos una de las seis familias promotoras y se nos tiene que ver juntos. Pero fuera de eso, permanecerás en esta casa sin otra excepción.

Horas después, el matrimonio seguía discutiendo sobre la actuación de Carmen y su futuro, hasta que la mujer de Domenico tuvo una idea.

—No apruebo en absoluto lo que han hecho —se justificó—, lo sabes. Como también que odiaría ver mezclado nuestro linaje con el de un plebeyo como ese capitán, pero piénsalo mejor. Quizá no nos convenga ahora un escándalo cuando apenas acabas de recuperar la confianza del virrey por culpa de esos extraños negocios tuyos.

El hombre apretó los puños y trató de serenarse. Era cierto que su relación con don Pedro Álvarez de Toledo se había visto comprometida y no le convenía estropearla ahora.

—No te falta razón, mujer, pero ¿qué sugieres, que los dejemos seguir?

—Tal vez podamos estudiar una solución alternativa… —El buen efecto sobre su marido le animó a seguir explicándose—. Hagamos que Carmen cumpla el castigo que le has impuesto, de ese modo conseguiremos separarla de momento de Volker, pero mientras, ¿por qué no intentamos poner en escena a un tercero?

Domenico sonrió ante la idea y miró a su mujer orgulloso.

—¿Recuerdas a ese noble y joven veneciano que a Carmen le gustó tanto solo dos años antes de que se fuera a Jamaica? Pues no hará más de una semana que me lo encontré, y sé que todavía vive en Nápoles, sigue soltero, y además preguntó por ella. Nadie entiende por qué con la fortuna que posee y su inmejorable presencia, todavía no ha encontrado a la mujer ideal, pero quizá si le facilitáramos un poco el camino podrían recuperar la atracción que se tuvieron... Deberíamos invitarlo al concierto de mañana.

Domenico recordó al hombre y le agradó la idea. Si conseguía convencer al virrey de que el destierro sería la única solución al injustificable acto que Volker había cometido con su hija, lo que no veía demasiado complicado, nada impediría que el veneciano actuara a partir de entonces hasta recuperar el interés de Carmen.

Agradeció a su mujer el plan con un sentido y largo beso.

—Mañana disfrutaremos de las nuevas composiciones del maestro Arcadelt, pero también de presentar a nuestra Carmen a quien quiera Dios que llegue a convertirse en su nuevo esposo...

Poco antes del anochecer, cuando sus padres acababan de abandonar el palacio para asistir a una cena, Carmen consiguió convencer a su dama de compañía de que le dejara la puerta abierta. Le costó unos ducados y su compromiso de regresar antes de que lo hicieran los señores para no comprometerla.

Escapó de su dormitorio y corrió escaleras abajo para buscar la calle e ir sin demora hacia Castel Nuovo. Necesitaba poner al corriente a Volker de lo que había sucedido, pedirle que acudiera a ese concierto para poder verse, y sobre todo decidir qué iban a hacer a partir de ahora con sus vidas.

Una vez llegó a la fortaleza, Carmen recorrió sus largos pasillos buscando a Volker, pero no lo encontró. Le explicaron que había salido en escolta del virrey y además que no se le esperaba hasta bastante tarde.

Descorazonada, antes de volver a su palacio y sin haber conseguido ninguno de sus propósitos, quiso ver cómo estaba Yago. Le sobraba tiempo antes de que sus padres regresaran.

Se sentía turbada, como si se le estuviese atragantando la vida de golpe. No podía quitarse de la cabeza el dulce momento de pasión que había compartido con Volker apenas unas horas antes. Le parecía imposible volver a amar a alguien, que se hubiese despertado en ella la ilusión de darse por entera. Volker había conseguido encontrar en su corazón nuevos espacios donde todavía podía crecer algo maravilloso después de creer que era tierra yerma.

Era de noche, pero no tan tarde como para extrañarle que Yago no estuviera en los aposentos reservados para los mozos de cuadra. Conociéndolo, imaginó dónde podía encontrarlo. Buscó las cuadras, pero tampoco estaba allí. Extrañada, fue hacia el guadarnés y entonces escuchó la música. Se detuvo, afinó el oído y localizó de dónde venía: de la pista de entrenamiento.

Yago estaba en el centro de la arena.

Montaba con los ojos cerrados y sin riendas un macho castrado de pelo casi blanco. De hecho, no llevaba cabezada ni tampoco montura. Al principio los vio caminando a un paso lento, el animal echando los remos hacia adelante con una cadencia curiosa, pero cuando terminó de recorrer la pista el caballo se volvió lleno de brío y arrancó un trote que se creció por momentos hasta ganar el galope y terminar con una frenada y un giro en el último momento, casi imposible. De uno de los pasillos laterales salió a la pista otro caballo, este negro, montado por Francesca, también sin riendas y correajes, manejándolo con su propio cuerpo, apenas sujeta a las crines.

Los dos jinetes se encontraron en el centro.

Carmen guardó silencio, se sentó sin querer llamar la atención, para observarlos.

Los dos caballos se rozaron, espalda sobre espalda, Yago y Francesca unieron sus manos, cerraron los ojos y entonces sonó una música que nacía desde una de las esquinas del patio. Una melodía suave a doble escala, sucediéndose la una a la otra.

Carmen descubrió a Camilo tocando.

Llevaba con él su clave portátil. Él no la vio.

Al compás de la música los dos animales iniciaron un paso sincronizado con un trote extremadamente corto, recogido y suspendido, intercambiando en diagonal los apoyos. Al son de la melodía remetían sus patas traseras y cada bípedo subía y descendía con la misma cadencia que los acordes que sonaban desde las manos de Camilo. Producían un hermoso balanceo y daba la sensación de que en un momento del paso, los caballos se quedaban como suspendidos en el aire.

Los dos jóvenes se volvieron a dar las manos y Yago abrió los ojos cuando ella hizo lo mismo. Se acercaron más el uno al otro, mientras en el aire flotaba un compás suave y sostenido.

—Eso es exactamente lo que quiero para mi escuela…

Carmen se dio media vuelta. A escasa distancia, a su derecha y tapándose la boca con las dos manos en un gesto de absoluto asombro, Giovanni Battista Pignatelli, sin dejar de observar ni un solo segundo a los jóvenes, se presentó.

—He oído decir que os dedicáis a enseñar equitación y me pregunto si lo que estamos viendo tiene algún nombre —afirmó Carmen.

—Lo llamamos passagio, pero nunca lo he visto hacer con tanta magia… Esos dos muchachos están moviendo los caballos con una elegancia poco común, creedme. Los animales poseen clase, calidad, nobleza, pero fijaos sobre todo en el chico y en su caballo. Parece como si uno fuera la extensión del otro; forman un solo ser… El animal está respondiendo a los deseos del muchacho sin necesidad de palabras, gestos o presiones como sería normal en cualquier otro jinete.

Carmen sintió orgullo y una intensa emoción al escuchar esos elogios sobre Yago.

—¿Cómo creéis que lo consigue?

—Yago está dirigiendo el alma del caballo desde el silencio de la suya…

El efecto de un acorde que Camilo hizo vibrar con el uso de los pedales captó la atención de Pignatelli. Para su asombro, la secuencia musical y el paso de los caballos empezó a sincronizarse de un modo tan preciso como hermoso, con los animales desplazándose por la pista en diagonal.

—¡Nunca pensé en eso! La música moviendo a los caballos, la emoción de unos acordes dirigiendo el paso de un animal cuya alma está entregada a su jinete, y ambos al ejercicio de un logro hermoso y genial. ¡Esto es, es…, es maravilloso…! —Su mirada se nubló de la impresión que recibía—. En esa pista hay casta, giran en corto y se desplazan con la gracia y ligereza que les da su raza, pero hay también destreza, más de la que he conseguido yo con mis caballos napolitanos. Pero sobre todo hay…, hay arte. Y eso es lo que yo necesito…

Carmen no entendía la trascendencia de sus palabras, pero era sensible al torrente de emociones que se estaba produciendo allí mismo, en un espectáculo de una belleza desconocida. Pero aún le conmocionaba más comprobar que su principal responsable había sido considerado hasta hace poco un individuo con las capacidades mentales mermadas.

Y al verlo, lloró de emoción, de alegría, y también con pena.

Lloró al darse cuenta de que Yago era un ser humano grande, bastante más que otros; un hombre con un talento único, capaz de expresar su riqueza interior a través de un animal, de un caballo.

Pignatelli estaba conmovido observándolos, sin perderse un solo compás ni el más sutil cambio de aire que iba sucediéndose.

Y en ese momento, el reflejo de una de las grandes lámparas empleadas para iluminar la pista alumbró a Yago. Al paso de su caballo se levantó una fina nube de polvo que caracoleó con los amarillentos halos de luz, resolviendo una mágica escena llena de música, sensibilidad y grandeza.

XIII

El correo era la primera mercancía que salía de los barcos en cuanto arribaban a puerto, por eso desde aquella goleta recién llegada de Jamaica, nada más colocarse la rampa, desembarcó un grueso marinero sudado y bastante sucio con un enorme saco a sus espaldas donde iba la abundante correspondencia generada en aquella isla.

En el puerto, Fabián, junto a un hombre que acababa de contratar, observaba el recorrido de la saca en todo momento y a la vez inspeccionaba los movimientos de un militar de bajo rango, de nombre Bernardo de Santibáñez, de quien tan solo tenía una vaga descripción.

—Al marinero ese no le perdáis de vista por nada del mundo —le encomendó en voz baja—, y sobre todo, recordad que tenéis que marcar con una cruz roja la saca que lleva, una vez la deje en la Casa de Postas. ¿Lleváis todo lo necesario?

El personaje, de edad avanzada pero espabilado, le enseñó una barra de cera roja.

Con la conformidad de Fabián, se fue detrás del marinero.

La paga por ese servicio era generosa, aunque de momento solo hubiese visto la mitad; el resto le llegaría al completar el encargo. A su edad escaseaban los buenos trabajos y como consecuencia el pan para su casa, por eso no le iba a fallar. A pocas cuerdas de su perseguido le vio tirar sin cuidado el correo sobre una carretilla de mano, y escuchó la orden que dio a su propietario. El destino era la Casa de Postas, como le había dicho el pagador, y la urgencia en la entrega, total.

Fabián había llegado a sospechar del tal Bernardo por la exagerada frecuencia de sus viajes entre Jamaica y Sanlúcar, una vez comprobó las tripulaciones de los dos últimos años. Pero la confirmación definitiva le había llegado por carta dos semanas antes en un anterior barco, de mano del agente de la Saca destinado en Jamaica, quien pudo saber que Bernardo trabajaba para Hugo de Casina, contacto de Luis Espinosa y responsable de planificar los embarques de oro para la Corona.

Fabián, a tenor de esa circunstancia, dedujo que el hombre tenía que estar actuando como correo entre Hugo y Luis Espinosa, pero desconocía qué medio empleaba para hacerle llegar la información a Luis, cuando este se encontraba lejísimos de allí, en Génova o en alguno de sus habituales desplazamientos con el Emperador. De las anteriores estancias de Bernardo, no había constancia alguna de que emprendiese un viaje posterior para encontrarse con Espinosa, pues aprovechaba el mismo barco que lo había traído a Sanlúcar para retornar a la isla, en ocasiones tan solo una semana después. Por tanto, o tenía un contacto intermedio en Sanlúcar, o empleaba un sistema mucho más simple y lógico: la propia correspondencia.

Por eso había mandado a su hombre que siguiera esa saca. De existir una carta destinada a Luis, la localizaría durante la noche, cuando cerrara la Casa de Postas.

Por la escalerilla de la goleta descendió un hombre de buena planta, impecable en el vestir y estirado como un junco, con un bigote retorcido y gesto huraño. Al cruzarse con Fabián pudo ver que tenía un grueso lunar en el mentón, señal inequívoca de que se trataba de su hombre. Empezaba así la siguiente fase de su plan. Lo siguió a escasos palmos hasta adentrarse en la ciudad, y en cuanto vio que no había demasiada gente por los alrededores se le enfrentó, saliéndole desde la espalda, con una daga que le plantó en el vientre, disimulándola con su propio cuerpo. El hombre tuvo la oportunidad de verla.

—¿Qué queréis de mí? —preguntó sin titubear.

—Seguidme, y por vuestro bien os ruego que no intentéis nada si no queréis que os atraviese el hígado de un tajo —la firmeza de sus palabras daba a entender que era de los que estaban dispuestos a cumplir su amenaza.

Bernardo fue caminando al paso que le marcaba el filo de la daga, hasta llegar a las vecinas atarazanas del puerto. El hombre no demostró demasiada tensión, y tampoco trató de defenderse. A Fabián le extrañó, pero lo atribuyó a su condición de militar.

Al entrar en aquellos edificios Fabián recordó la paliza que años antes había sufrido, y sintió un ligero escalofrío, pero volvió a lo que estaba. Buscó una esquina discreta, detrás de unas enormes bobinas de cuerda, y sin más preámbulos le sentó de golpe sobre una de ellas.

Bernardo lo observó impertérrito. Se echó la mano a la cintura y sintió la presencia de su pequeña daga. Llegado el caso, no dudaría en usarla. No terminaba de entender qué podía querer de él, porque era evidente que no se trataba de un robo.

—Os dejaré ir pronto si colaboráis.

—Decid qué queréis entonces y acabemos cuanto antes... —Bernardo había notado la cojera de Fabián pero no subestimó su fortaleza. Tuvo claro que si necesitaba hacerle frente, iba a tener que andarse con mucho cuidado. No sería un contrincante fácil.

—Bien, mejor así. —Fabián se sentó en otra de las bobinas sin perderlo de vista ni un solo instante—. Como ya habréis deducido, no busco hacerme con vuestro dinero, y tampoco pretendo dedicaros más tiempo del imprescindible, por eso iré al grano. Sé de sobra quién sois, y para quién trabajáis… —Lo miró a los ojos y esperó unos segundos estudiándolo—. Pero lo que no sabéis es que don Hugo de Casina ha sido detenido y está a punto de ser juzgado por un delito de alta traición. Y por si no me creéis y para borraros cualquier duda sobre la veracidad de mis palabras, os puedo decir que el hecho ha sucedido mientras estabais embarcado y que se debe a un largo y meticuloso plan que se lleva organizando desde hace mucho tiempo…

La expresión de Bernardo cambió. No tenía modo de saber si lo que le decía aquel hombre era cierto o no, pero de cualquier manera la noticia había conseguido afectarle. Mucho o poco, estaba claro que algo sabía sobre ellos, y desde ese momento empezó a temer por su propio destino.

—¿Cómo puedo saber que decís la verdad?

—Si yo estuviera en vuestra situación no me detendría demasiado en eso, y sí en intentar salvar el cuello… —Fabián decidió continuar con la trampa—. Conocemos vuestras actividades con tanta exactitud que lo mejor que podríais hacer ahora es colaborar conmigo. Y para entrar en más detalle, la información que busco es muy concreta; necesito ver el mensaje que pretendíais hacerle llegar a don Luis Espinosa.

Al escuchar aquello, Bernardo se dio cuenta de que estaba perdido. Le inquietó sobremanera que el hombre supiera tanto cuando él no había explicado a casi nadie cuál era el motivo de su viaje. Pero de pronto, una nueva duda sobrevoló sus pensamientos; si como decía estaba tan al corriente de su implicación, no terminaba de entender por qué no lo había detenido, qué significaba ese interrogatorio en un lugar lejos de todo el mundo.

—Decidme quién sois y tal vez os responda. —Bernardo se creció por un momento.

—Mi nombre es Fabián Mandrago y soy un agente de la Saca. Tengo como tarea principal perseguir una clase de delitos que coinciden exactamente con los que vos estáis cometiendo —no titubeó en ningún momento mientras pronunciaba esas palabras.

A Bernardo, el nombre le había sonado familiar. Estrujó su memoria para entender de qué lo conocía, hasta que de pronto recordó.

Meses atrás, su jefe Hugo le había mandado hacer un seguimiento a ese mismo hombre por Jamaica siguiendo los deseos de don Luis Espinosa. Había compartido la misión con otro compañero, que luego había aparecido degollado en un callejón del puerto de Sevilla la Nueva. El crimen lo atribuyeron a Fabián, pero logró escapar.

—Y entonces, ¿por qué no me habéis llevado a la cárcel? ¿Y qué hacemos aquí?

Fabián no había calculado las habilidades del personaje y no supo reaccionar. Dudó cómo contestar y guardó silencio durante unos segundos.

—De acuerdo, reconozco que tanto el lugar como el interrogatorio pueden parecer extraños o hasta irregulares, pero tengo mis motivos… —Taconeó el suelo reflejando una cierta ansiedad—. En realidad, me gustaría evitaros la horca, pero para eso necesito que aceptéis un trato.

—Procuraré contentaros. Vos diréis.

—Contadme cómo le hacéis llegar la información a don Luis Espinosa, solo eso, y prometo que no seréis acusado de traidor. Quiero conseguir su cabeza, digamos que por razones personales.

—Entiendo… —Bernardo se las imaginó después de saber que en Jamaica Mandrago había estado a punto de morir a manos de don Luis. Tomó aire, se lo pensó dos veces más y le pidió garantías.

—El propio Emperador será informado de vuestro servicio, y dad por seguro que además de olvidar vuestra participación en el robo de su oro, sabrá ser generoso. No creo que olvide a quien con su información va a recuperar unos dineros que le son muy necesarios. Pensadlo de ese modo.

Bernardo valoró la oferta contrastándola con sus escasas alternativas.

Podía usar la daga y con suerte huiría, pero su vuelta a Jamaica quedaba descartada una vez era pública su intervención en el robo. De ir, le esperaría con toda seguridad la cárcel. Pero de escapar de las atarazanas, como segunda posibilidad, tendría que esconderse de por vida si no quería ser también ajusticiado. Pensó en silencio, valoró cualquier otra posibilidad, por extraña que fuera, pero como no encontró muchas más, empezó a ver la solución que le proponía como la mejor.

Iba a confiar en él.

Suspiró. Todavía tardó unos minutos más en hablar, tiempo que a Fabián le resultó inquietante, pero por fin lo hizo.

—Mirad todo el correo que ha traído el barco. En él hay una carta que contiene la información que Luis necesita. Pero se ha de saber leer, claro…

—¿Qué significa eso? —Fabián se mostró impaciente; no podía aceptar más circunloquios.

—El mensaje está cifrado.

—¿Y cómo he de resolverlo?

Bernardo tuvo que superar su propio repudio a revelar los detalles, pero terminó explicándose.

—En el primer renglón leed la primera y la última palabra. Y repetid lo mismo con la quinta y la cuadragésima línea. Allí encontraréis los datos sobre la partida desde las islas y los lugares donde fondearán, estos últimos de forma abreviada. Como veis, la elección de las líneas coincide con las cifras del año en curso. Sencillo, ¿verdad?

—¿Y qué garantía me dais de que no avisaréis a Luis por otros medios? —le preguntó Fabián.

Bernardo no supo darle más que su palabra y Fabián la tuvo que aceptar.

Horas después, a media noche, fue a buscar la carta que debía aparecer en una saca marcada en rojo con una equis. En cuanto la tuviera en sus manos y descifrara la información, su plan continuaría. Luego la volvería a escribir y se la enviaría a Luis Espinosa a la misma dirección del sobre, añadiendo, en idénticas posiciones a la original, otras coordenadas y fechas para que no sospechara nada y continuara con sus preparativos.

Si su idea funcionaba, a su peor enemigo le esperaba la mayor sorpresa de su vida.

SEXTO ESCENARIO

Entornos de superación

Nápoles
Año 1542

I

Los cantores calentaban sus gargantas y el público empezaba a llenar el salón principal del Castel Capuano, espléndido edificio restaurado por expreso deseo del virrey don Pedro Álvarez de Toledo para albergar al Tribunal de Justicia de la ciudad. Dado que su acústica era excepcional, se solía emplear como sala de conciertos, como iba a suceder con la esperada actuación del ilustre músico Jacob Arcadelt.

Jacob, de origen flamenco, había sido nombrado *magister puerorum* de la Capilla Sixtina y su fama se extendía por los reinos italianos con tanta velocidad como calidad nacía de su cabeza cuando se ponía a componer motetes y madrigales. Por eso, aquella noche, la afluencia al concierto estaba garantizada. La temperatura era elevada para ser la primera noche del mes de marzo, como también eran altas las ganas de escuchar sus nuevas composiciones. Por eso, la mayor parte de la nobleza napolitana y de la española no iba a perderse la cita.

La disposición de las sillas dentro de la enorme sala, de hermosos frescos en sus paredes y techo, en ningún caso era casual. Las filas más cercanas al estrado se reservaban para los continuos del virrey, para su familia y persona. A ambos lados, y separadas por unas ligeras vallas de madera, se sentaban las seis familias promotoras del concierto, e inmediatamente después el resto de las casas de mayor abolengo. En las más alejadas y con un poco menos de espacio entre silla y silla, se podía encontrar a la baja nobleza, burgueses o importantes comerciantes.

Un ujier vestido con librea se inclinó al paso de la esposa de Domenico Bartelli cuando esta hizo entrada en la sala del brazo de su marido.

—¿Señores de Bartelli? Síganme, por favor. Sus asientos se encuentran a la derecha del virrey, como siempre los mejores.

Carmen los seguía poco entusiasmada. Su extraordinaria belleza atraía el interés de la mayoría de los varones, que se volvían a su paso, aunque ella ni lo advertía, tan solo buscaba a Volker entre ellos, sin saber si iba a poder verlo.

El cerco familiar resultaba tan eficaz que no había conseguido hacerle llegar ni un mensaje. Pero lo que menos se podía esperar, la gran sorpresa que le habían preparado sus padres se encontraba muy cerca, a tan solo unas sillas de ella.

—Ha venido lo mejor de Nápoles, y casi diría que también de los estados vecinos —susurró Domenico al oído de su esposa—. Allí veo al príncipe de Piamonte, junto al de Bisignano y Ascoli, pero también me ha parecido reconocer al de Salerno, a quien es difícil encontrar en estos eventos. —Recorrieron la primera fila saludando a otros notables. El duque de Sessa, al verlos llegar a su altura, se levantó presto y besó con cortesía la mano de doña Carmen. Le siguieron en saludos los marqueses del Gastó y, cómo no, los condes de Golisano y Potenza, estos últimos de origen napolitano como ellos.

—Si te fijas, cuando está el príncipe de Salerno, los Golisano nunca faltan. No son más que unos advenedizos —comentó la mujer a Domenico en voz baja, una vez se habían despedido de los dos últimos.

El presentador del concierto alzó la voz una y otra vez, cada vez con más intensidad, animando a todos a sentarse. Entre un murmullo de saludos y risas, dada su insistencia y la firmeza de su tono de voz, consiguió hacerse oír y captar por fin su atención.

Mientra explicaba quién era Jacob y la partitura que iban a escuchar, apareció Volker por un extremo de la sala vestido con uniforme de gala. Como responsable de la seguridad de los asistentes, daba órdenes a sus soldados para que no descuidaran ningún detalle. Era consciente de la gran concentración de hombres ilustres que se habían reunido en ese auditorio, y su responsabilidad tenía que estar a la altura del evento.

Carmen se volvió una vez más para buscarlo. Había tanta gente que no pudo verlo, pero intuyó su presencia.

Volvió a enderezarse, y vio que un hombre se acababa de sentar en la silla de al lado, no entendió por qué lo hacía dada la privacidad de esos asientos. En un primer momento le extrañó y se sintió turbada. A pesar de echarle varias miradas de reojo, no supo quién era hasta que su madre se dio media vuelta, y desde su silla le resolvió la duda.

—Querida, ¿no recuerdas a Tomasso?

Ella le devolvió la pregunta con una mirada de reproche. Recordaba a Tomasso de cuando ella tenía dieciséis años, dos antes de su viaje a Jamaica. De sus escasas relaciones con hombres por entonces, la de Tomasso había sido la más interesante.

—¿No me recuerdas, Carmen?

Ella lo miró desconcertada, imaginando las intenciones de su madre.

—Claro, sí —contestó seca.

Los aplausos de los presentes desviaron su atención hacia el genial músico que acababa de entrar por la puerta principal del magno salón. En el estrado lo esperaba un coro mixto para darle cuerpo a la partitura, un total de diez piezas previstas para esa noche.

Jacob se inclinó ante un público entregado que no paraba de aplaudir, saludó a sus cantores y alzó los brazos con elegancia para conseguir un completo silencio y la atención del coro.

Una vez marcó el tono de inicio a cada voz, en un suave susurro, les hizo una señal y la sala se llenó de los primeros cantos. El timbre de sus gargantas quebró la atonía del auditorio y empezó a despertar la curiosidad de los asistentes, ansiosos por descubrir las novedosas evoluciones de ese primer motete. Tan solo Tomasso fijaba su atención en otro destino, en Carmen, a quien miraba sin dejar de perdonarse el olvido de su hermosura. Su cercanía le llenaba de recuerdos, y aunque no terminaba de entender la insistencia de sus padres para que acudiera a ese concierto, se sentía feliz de haberlo hecho.

—Estás preciosa. —Se acercó a su oído.

Ella lo amonestó, pero se sintió atenazada al pensar las dificultades que iba a tener para deshacerse de él durante el descanso si quería encontrarse con Volker, en el caso de que estuviera.

El madrigal siguiente fue muy aplaudido. Creció en intensidad a partir de un impetuoso arranque de melodías encadenadas. Las seis voces se cruzaban hasta fundirse en una sola, cerca del final, como era la norma para aquel tipo de composiciones.

Volker, desde el otro lado de la sala, ajeno a la música que los demás disfrutaban y bastante atormentado, pensaba en la conversación que había mantenido con su virrey pocas horas antes del concierto. El origen de la misma había tenido a Domenico como protagonista, y el resultado había sido doloroso. Don Pedro tenía la confianza suficiente con él para expresarse con total transparencia, como así hizo al compartir la grave denuncia que le había hecho llegar el padre de Carmen. Sus palabras resonaron una vez más en su cabeza.

—Mi estimado Volker… Tu comportamiento no me abre demasiadas alternativas. Yo confío en ti, eres uno de mis mejores hombres, pero Domenico es un noble nacido en esta tierra, y como bien sabes, los tenemos en nuestra contra desde hace años. No puedo permitirme una excusa como la tuya, para que aumente la tensión con la nobleza local. ¿Lo entiendes?

—Decidme qué he de hacer y lo cumpliré sin dudarlo —contestó Volker, imaginándoselo.

—Primero deberás dimitir del puesto de capitán, y segundo desaparecer de Nápoles durante un tiempo —resolvió, sin poner cuidado en que sus palabras pudieran sonar duras.

—Mi señor, os haré caso, pero no iré solo.

El virrey suspiró contrariado al imaginar su compañía.

—Eso complicará aún más las cosas.

—Lo sé.

—De acuerdo —aceptó don Pedro—, yo trataré de rebajar las consecuencias de la más que previsible reacción de Domenico, pero no puedo garantizarte que no vaya en tu busca u organice tu captura. Si lo consiguiese, entenderás que tampoco podría ayudarte demasiado. Mi posición no es fácil...

—Asumo mis decisiones. Huiré con ella, dadle mi puesto a otro y no me defendáis. Os agradezco lo que habéis hecho hasta ahora por mí, y creedme cuando os digo que el solo hecho de saberos tan cercano me llena de orgullo, y que comprendo las dificultades que os causo. El concierto de esta noche será mi última misión; al terminar haré pública mi dimisión.

El coro de voces seguía maravillando a los asistentes, pero el alemán se encontraba ajeno a su virtuosismo. Tenía que asegurarse de que su equipo estuviese en sus puestos para atender cualquier contratiempo. Comprobó que estaban al tanto de él, y a la espera de sus instrucciones.

Las voces más agudas de la coral coloreaban la melodía principal, mientras las graves la enmarcaban con un bajo sostenido que Volker no llegó a apreciar al comprobar la presencia de Carmen. Suspiró aliviado. Había decidido ir en su busca después del concierto con dos caballos para escapar juntos, y no sabía cómo iba a conseguir burlar a la familia para entrar en su palacio, pero todo sería más fácil teniéndola allí.

Tenían que hablar, y solo podría conseguirlo durante el descanso. Cambió su posición para hacerse ver por ella.

Carmen notó el roce de la mano de Tomasso sobre su pierna.

—¡Ni se te ocurra! —Lo amenazó con un dedo volviéndose hacia él. Su expresión era seria y firme, pero de repente vio por el rabillo del ojo a Volker y se cruzaron sus miradas. Él sonrió y le hizo un significativo gesto para verse más tarde. Tomasso se percató de ello.

—¿Quién es ese?

Carmen le hizo callar, pero él insistió.

—No te importa…

Tomasso entendió la reserva que Carmen quería dar a esa relación y trató de sacar provecho.

—¿Y a tus padres?

Ella lo miró con odio. Como no dejaban de hablar, desde otras sillas los recriminaron. Carmen pidió disculpas y devolvió su atención al coro, pero sin la menor concentración. Pensaba que no iba a tener otra oportunidad para hablar con Volker, y Tomasso empezó a convertirse en una grave complicación. Se acercó a su oído y le rogó discreción.

—¿A cambio de qué?

Ella sabía lo que él deseaba.

—De que podáis visitarme mañana en mi casa.

—¿Solo un día?

—Quizá más…

El hombre se sintió satisfecho y accedió a guardar silencio, pero decidió no separarse de ella durante todo el concierto.

Cuando se produjo el tan deseado descanso, Carmen se levantó con prisa y anunció que necesitaba ir a los servicios. Su madre se apuntó a acompañarla y Tomasso también para no perder su compañía.

Carmen miraba de reojo a Volker mientras caminaba y lo seguía entre la gente, ocultándose entre unos y otros. El alemán estudió qué posibilidades tenía y se le ocurrió una idea. Buscó a uno de sus ayudantes y con una mirada le señaló a Tomasso para que lo interceptara. Obedeció sin preguntar sus motivos y fue hacia el veneciano. En pocos segundos estaba frente a él pidiéndole que se identificara. Tomasso, desconcertado, perdió de vista a Carmen y a su madre mientras le pedía explicaciones a quien se había presentado como agente del virrey.

Volker vio en parte despejado su objetivo. Ahora solo necesitaba separar a Carmen unos segundos de su madre para trasladarle el mensaje que acababa de escribir, al imaginar las dificultades que tendrían para conseguir unos instantes de intimidad.

Calculó el espacio que separaba a Carmen de los servicios a los que con seguridad iba, y aceleró el paso. Ella lo vio venir, pero también su madre.

—No quiero ninguna escena —le advirtió.

El corazón de Carmen palpitaba con fuerza sin saber qué hacer. Volker iba a pasar a su lado y su madre no iba a dejarle ni saludar. Y cuando lo tuvo encima su mano rozó la suya y sintió que le pasaba un pequeño papel. Lo distrajo entre su manga, sin que su madre advirtiera nada, y fue a los baños. Una vez dentro, se separaron, consiguió abrir el papel, y al leer su contenido se le iluminó la cara.

Al terminar el concierto la esperaría con dos caballos para huir juntos.

II

En la isla de Tabarca, a escasa distancia de Alicante, los corsarios berberiscos disponían de una discreta delegación que oficialmente no existía, pero que todos sabían encontrar cuando se necesitaba. A lo largo de su historia, la isla había pasado por distintas manos, unas veces ondeaba la enseña corsaria y otras permanecía en poder cristiano, pero para las funciones que se esperaba de ella les venía bien a unos y a otros.

Allí, en esa isla, al igual que sucedía en algunos otros discretos lugares de la costa, era donde se solían pagar los rescates, aunque también existían algunas oficinas en ciudades como Londres o París, donde se realizaban las negociaciones de más alto nivel cuando el sujeto y objeto del canje era de renombre.

Entre todos los turbios negocios que caracterizaban a los corsarios, este era el que les daba mayores ingresos. Por ese motivo, durante una buena parte del año, se dedicaban a saquear poblaciones costeras, llevándose una parte de su población, a capturar las tripulaciones de otros barcos, o a realizar secuestros selectivos, para luego vender los prisioneros como esclavos o canjearlos por dinero.

Los lugares elegidos para esos pagos, como era el caso de la isla de Tabarca, no estaban abiertos al libre tráfico de personas. Para llegar a ellos había que tener un enlace, y lo más habitual era emplear a la Orden de la Santa Trinidad y Redención de Esclavos, pues desde hacía más de trescientos años sus miembros tenían como vocación ese concreto cometido. Los monjes trinitarios, que así se les conocía vulgarmente, recibían las cartas desde Argel u otros puertos de la costa africana con los nombres de los cristianos a canjear y el importe requerido, contactaban con sus familiares y finalmente arreglaban el encuentro.

Dada la alta rentabilidad que obtenían en el trueque, los corsarios estudiaban detenidamente a sus capturados. Ni se planteaban el rescate de los que veían con manos encallecidas, al suponerles un origen humilde; esos eran vendidos a los turcos, o a veces a los moros, para que los emplearan en las faenas más duras, sobre todo en la construcción. Pero con los de manos finas actuaban de otra manera. Podían ser letrados, religiosos, funcionarios o gente de cultura, cuando no nobles; se les suponía una mejor situación económica, y por tanto mejores precios a la hora de reclamar a sus familiares.

Las oficinas corsarias, como la que se encontraba en la isla de Tabarca, a pesar de todo eran una cómoda solución para los familiares al poder recuperar a los suyos sin aventurarse en peligrosos viajes por la costa africana.

Fabián Mandrago encontró al fraile trinitario apalabrando el precio de una barca con un pescador del puerto de Santa Pola. Se llamaba Andrés.

—¿Cómo os atrevéis a pedirme por esa birriosa barca cien maravedíes al día? Si sabéis que somos pobres, y que todo el dinero que poseemos lo empleamos en liberar a hijos de Dios de esos bárbaros. —Su hábito blanco con la cruz patada roja y azul se reflejaba en la cara del pescador, quien no se apeaba de su idea—. Tal vez no me habéis entendido; no os la quiero comprar, tan solo la necesito unas pocas horas…

Fabián se mantuvo en un segundo plano a la espera de que se cerrara el trato. Sonrió al ver al fraile sacar de su bolsillo una pequeña talla de la Virgen y cómo se la enseñaba al hombre con un gesto entre amenaza y proposición.

—Me la rebajaréis a la mitad, y a cambio os conseguiré idéntico trato en vuestros días de purgatorio, que, por vuestro aspecto, me da que van a ser muchos…

Fray Andrés se volvió al notar a Fabián, le estrechó la mano y lo animó a subir a la barca convencido de que había cerrado el acuerdo.

—Espere, no he dicho que sí —protestó el pobre marinero sin saber que ya era tarde para volver sobre el asunto. Desde un bolsillo del hábito volaron tres monedas de cobre de dieciséis maravedíes cada una. El hombre las recogió del suelo y protestó porque aún le faltaban dos maravedíes para hacer los cincuenta.

—No pensaréis que lo ponga yo todo, cuando sois vos quien está interesado en esta travesía… —se dirigió a Fabián, quien sin rechistar le dio al hombrecillo las dos monedas que faltaban, se subió a la barca, y de inmediato comprobó la escasa disposición del fraile para remar.

Le tocó hacerse con los remos y empezó a bogar para poner rumbo a la isla, que distaba del puerto unas cuatro millas y media.

—Sé poco de vos… —fray Andrés abrió la conversación—. Mi superior solo me dijo que os ayudara con el corsario. Pero desconozco vuestros motivos. Supongo que serán los de siempre; pagar por algún conocido, supongo, ¿no?

Fabián pidió disculpas excusándose por no poder darle explicaciones.

—Además preferiría que no entraseis a la entrevista —añadió Fabián—. Siento pareceros un grosero, pero creedme, os comprometería demasiado si tuvieseis que escuchar determinadas cosas.

—Como vos deseéis. No sé qué tipo de asuntos han de ser esos que no pueda yo oír, os podéis imaginar la infinidad de extraños y hasta feos tratos que he tenido que negociar con esos hombres... No penséis que me escandalizo fácilmente. He manejado grandes cantidades de dinero y hasta he pagado con joyas para liberar algún que otro importante súbdito apresado.

—No es un problema de dinero... Se trata de algo mucho más grave. Perdonadme que no pueda daros ningún detalle más. Os he requerido porque vuestra intermediación es necesaria para conseguir hablar con ellos, pero una vez allí, prefiero solventarlo solo.

El fraile se quedó un poco desconcertado, pero terminó dándose por vencido. Se echó para atrás, tomó una postura más cómoda y suspiró feliz al recibir sobre su calva los primeros cálidos rayos de sol.

Ni la fresca brisa ni el cómodo oleaje fueron suficiente motivo para que Fabián se relajara. Muy al contrario, no dejaba de mirar cada poco tiempo a sus espaldas con ansias de llegar pronto a la isla. Sabía que asumía un alto riesgo, creía en lo que iba a proponerles, pero no las tenía todas consigo. Doña Laura no había conseguido sacar ninguna información práctica a Martín Dávalos sobre sus posibles tratos con los corsarios, pero sí había averiguado, por otros medios, la existencia de esos puntos de recaudación, y en concreto el de Tabarca como uno de los más importantes, oportunidad que Fabián vio clara para orquestar una original idea que iba a poner en marcha.

La isla de Tabarca era bastante pequeña, muy plana, y ese día estaba excesivamente habitada. El motivo de tanta concurrencia se encontraba amarrado en un pequeño malecón, una carabela seguramente sustraída a los cristianos, de poco calado y con bandera turca. La tripulación había tomado la isla como lugar de descanso y a la espera de emprender su siguiente escala. Se trataba de un barco recaudador que iba parando en los diferentes puntos elegidos para recoger dinero y buscar el siguiente.

Fabián y el trinitario saltaron de la barca al tocar tierra y la embarrancaron en la arena; el fraile, con el hábito recogido hasta las rodillas para no mojarse, y él, preocupado por el tamaño de las dos ampollas que habían aparecido en sus manos. No quiso imaginarse qué sería de ellas a la vuelta.

Estudió los alrededores e intentó identificar entre las cuatro edificaciones que había la que buscaban. Fray Andrés le señaló la más modesta.

—Confiad en mí, esta no es mi primera vez.

Entraron en lo que apenas se podía llamar una habitación, donde no parecía caber ni una sola alma más. El trinitario se abrió paso sin poner cuidado en los empujones que daba a unos y a otros hasta alcanzar la puerta opuesta por la que habían entrado. Con actitud decidida se dirigió a quien la protegía.

—Venimos a lo de siempre…

El que hacía de portero se fijó en su cruz bicolor y después miró de arriba abajo a Fabián, pero no abrió la boca. Llevaba de pendiente un grueso aro de oro y la cabeza tapada con un pañuelo de color rojo. Se dio media vuelta, buscó una silla y depositó sobre ella su enorme volumen corporal.

—Pero ¿qué os pasa? —preguntó el fraile. La vena de su cuello estaba a punto de estallar.

—No se os esperaba… —le respondió el hombre, impertérrito.

Fabián y fray Andrés se miraron desconcertados.

—Buscamos a un turco —Fabián alzó la voz sin tener en cuenta que no estaban solos. La carcajada fue inmediata. Algunos levantaron la mano por si le servían dado que eran todos turcos.

El portero masculló algo que Fabián no pudo escuchar, y volvió a su incomprensible silencio.

—¿No vais a hablar? —insistió el fraile.

Fabián esperó a ver qué hacía el trinitario; se suponía que era el experto. La situación rozaba lo absurdo. El hombre se había instalado en un profundo silencio y nada parecía sacarlo de él. Hasta que de repente, fray Andrés recordó algo que había olvidado, la contraseña; un detalle que en aquella isla era algo más que importante. Lamentó su olvido, y todavía más el tiempo que tardó en recordarla. Cuando por fin le vino a la memoria, la dijo en voz baja.

—Dos fémures y una tibia…

Como si obrase un milagro, el hombre abandonó su apatía.

—En la tierra oscura y negra… —respondió con la suya—. Por fin os habéis dado cuenta de que era eso lo que os faltaba. Esperad un momento.

Tocó la puerta con los nudillos, y hasta que no escuchó su nombre en voz alta no la abrió. Entraron en una pequeña habitación sin ventanas. El único lucernario que tenía el techo repartía algo de luz pero no la ventilaba. El fuerte olor de su propietario, un hombrecillo sucio, de pelo enmarañado y blusón que en su momento pudo ser blanco, era insoportable. Detrás de él había otra puerta.

—¿A quién buscáis? —les preguntó. Al abrir la boca su aliento les llegó apestando.

—No sabría deciros… —tomó la palabra Fabián—, quizá a algún jefe corsario.

El hombre se metió un dedo dentro de la oreja y lo removió con verdadero empeño, pero puso una mueca de fastidio. Fabián no supo si se debía a la falta de resultados en su inspección, o era culpa de su poca concreción.

—No me entendéis. —Tosió sin moderación—. Veamos, ¿cómo se llama vuestro familiar? Antes de pagarnos, deberíais saber si lo tenemos nosotros, no vaya a estar en otras manos, ¿no os parece?

Fabián comprendió el malentendido y explicó que no venía por ese motivo, sino para hablar con ellos sobre algo urgente y de parte de don Luis Espinosa. —Ahí empezaba la farsa. Fabián entendía que si respondían a ese nombre con toda naturalidad quedaría demostrada su relación, pero además llevaba otra idea.

—Desconozco quién es ese Espinosa que decís, pero andaos con cuidado. Al otro lado de esa puerta hay un hombre que tiene la paciencia más precaria que hayáis conocido, y disfruta cuando puede destripar a sus adversarios con una pequeña cuchilla que guarda como su bien más preciado. ¿Os atrevéis a ponerlo a prueba?

—Me lo agradecerá, os lo aseguro.

El hombre, aparte de su lamentable aspecto, no era un lerdo. La presencia del trinitario era toda una garantía, pero quiso saber algo más sobre las intenciones de su acompañante antes de que le cayera una recriminación por falta de celo en ese sentido. Al escuchar que el asunto tenía que ver con el oro de las Indias, creyó suficientemente justificada su autorización. Fray Andrés fue el segundo sorprendido.

Tocó la puerta y la entreabrió para dejarlos pasar.

—Entraré solo yo —dispuso Fabián.

Un hombre con voz ronca y grave pero de aspecto refinado se presentó a Fabián como Harbid. La descripción de sus métodos desde luego no coincidía con la imagen que daba a primera vista.

—¿Qué queréis? —Fabián tuvo en cuenta la parquedad de su entrada y precisó su respuesta.

—Vengo con un mensaje de parte de Luis Espinosa.

—¿Y qué se cuenta el amigo Luis?

Fabián suspiró al confirmar su primer objetivo. Trató de rebajar la tensión que le atenazaba por completo, tomó aire muy despacio y continuó hablando.

—Me manda para confirmar que os ha llegado la carta en la que os indicaba el lugar donde fondeará el siguiente convoy con el oro. Y sobre todo quiere haceros conocer las últimas noticias que ha tenido sobre el mismo asunto.

—La recibimos, y hemos puesto en marcha todos los preparativos. ¿Qué más debemos saber? —comentó Harbid confiado.

—Al parecer, la flota que llevará como custodia el oro será muy inferior a lo que acostumbra, no más de tres galeones. Desconoce los motivos, pero me manda para que lo tengáis presente, y así calculéis mejor vuestras fuerzas.

Como Harbid se esperaba algo de mayor enjundia, su actitud cambió. Escudriñó de nuevo a Fabián, su aspecto y actitud no terminaban de convencerle demasiado, por lo que tomó la decisión de ponerlo a prueba. Como hombre de confianza de Hassan y capitán de uno de sus barcos, conocía con detalle la próxima misión.

—Para haceros caso, necesito estar más seguro de vos, decidme cuál es el lugar donde hemos de asaltar a esa flota… —Escupió un trozo de cuero con el que había estado entretenido, y acarició su pequeña cuchilla con cierta ansiedad—. Tenéis una sola oportunidad... —Sonrió con malicia.

Fabián carraspeó antes de contestar, consciente de que se jugaba el cuello. El destino que conocían los corsarios debería coincidir con el que él mismo había cambiado en la carta dirigida a Luis Espinosa, interceptada en Sanlúcar. Pero ¿y si no era ese el caso?

—Al este de Sicilia; en una franja de mar entre la propia costa y la isla Grande —respondió de forma contundente.

Como el emplazamiento era el mismo que Luis les había indicado, Harbid se relajó, aceptó los motivos de su visita y hasta le ofreció un pedazo de queso de cabra.

—O sea, que podemos acudir con una flota menor esta vez. ¿No es así?

* * *

El caballo se negaba a moverse y desde luego a obedecer a un Pignatelli que empezaba a perder la paciencia. A pesar de ser su mejor ejemplar, un macho de seis años, pecho ancho y dorso corto, grupa perfecta y cabeza proporcionada, llevaba dos semanas sin querer realizar ninguno de los ejercicios que no le habían resultado difíciles en otras ocasiones.

No lo entendía, y menos aún como director de una escuela donde se enseñaba el arte de la equitación.

—¡Serás cabezón! —Le clavó las rodillas sobre el costillar tratando de hacerle avanzar hacia el centro de la arena, donde cada día entrenaba a más de una veintena de caballos. Pretendía arrancarle un passagio, un movimiento donde el caballo debía ir caminando con un paso corto, rítmico, como dando pequeños saltos. Pero no terminaba de conseguirlo.

Yago, sentado en las gradas, lo observaba. Desde su vuelta de Roma, convencido de las virtudes del muchacho, Pignatelli lo había animado a acudir a la escuela dos veces a la semana para que viera el tipo de enseñanzas que allí se daban, y cuál era el caballo necesario para llevarlas a cabo. El artista Miguel Ángel había sido muy explícito cuando lo instó a seguir cualquier indicación que Yago le hiciera sobre los caballos, aún más cuando el talento que había visto en él lo resumió en unas palabras que para Pignatelli tenían por sí mismas un trascendente sentido.

—Por las venas de Yago corre el alma de los caballos...

Ninguno de los ayudantes de Pignatelli, que atendían sus ejercicios en la pista como hacía Yago, entendieron qué le pasaba al caballo cuando aquel era un ejercicio que repetía casi a diario, pero Yago sí lo sabía.

Se levantó de un brinco y salió corriendo del picadero ante la sorpresa de todos, también de Francesca, que al igual que él había sido invitada a la exhibición.

Mientras Pignatelli seguía tratando de mover al animal, ahora con la ayuda de la fusta, Yago apareció en el techo del picadero después de haber accedido a través de una ventana desde el tejado. Recorrió un estrecho pasillo que bordeaba su perímetro hasta llegar a los cuatro lucernarios que iluminaban la arena de la pista. Llevaba algo en las manos que desde abajo no se adivinaba.

—¡Yago! Ten cuidado. ¿Se puede saber qué pretendes hacer ahí? —gritó Francesca.

Su pregunta tuvo rápida respuesta al verlo tapar una de las claraboyas con una tela. De ese modo impidió el paso de la luz, una luz que penetraba con fuerza a esa hora del día, precisamente por ese punto, y que se dirigía en línea recta hasta la arena, a tan solo veinte codos de donde se había detenido el caballo de Pignatelli. Con su comportamiento, el animal solo pretendía escapar del molesto rayo que desde hacía días le infundía un gran temor. En cuanto desapareció el peligro, el caballo se puso a dar los pasos que su amo le pedía sin otra preocupación que hacerlo bien. Relinchó feliz cuando recibió una palmada de gratitud en su cuello.

—Vaya con este hombre… —Pignatelli miró a Yago. El joven los saludaba desde el techo orgulloso al haber conseguido resolver un problema que al resto les parecía imposible.

—¡Baja y coge un caballo! —le pidió el director de la escuela.

Pocos minutos después Yago apareció en pista montado sobre un hermoso corcel negro que arqueaba el cuello como ninguno, con unas crines rizadas y larguísimas, que caían como si fuesen de seda; uno de los ejemplares de más bella estampa que poseía Pignatelli.

Yago se acercó en un corto galope hasta él y lo detuvo a su lado.

—Me pregunto cómo haces para meterte en sus mentes y llegar a adivinar qué les pasa, qué sienten o a qué le temen, tal y como acabas de demostrarnos ahora…

—Tan solo los miro y me lo dicen.

Pignatelli suspiró decepcionado. Él se pasaba horas y horas observándolos, pero no conseguía ver lo que Yago veía, ni sabía cómo establecer esa comunicación entre animal y hombre.

Se separaron para recorrer la pista en direcciones contrarias. Pignatelli lo observaba. La confianza en el muchacho iba creciendo día a día.

Desde que lo había visto montar con Francesca al son de las melodías musicales de Camilo, y cómo surgía de él, casi de una forma natural, la técnica para dominar a los caballos, habilidad que otros tardaban muchos años en conseguir, decidió que tanto el muchacho, la chica, como el antiguo cartujo, tenían que trabajar en su escuela. Necesitaba a Yago para perfeccionar la raza de sus cuadras, y a Camilo para trabajar el espíritu y la sensibilidad de los caballos.

Antes de marcharse Volker había aprobado su idea de inmediato, orgulloso de que Yago fuese contratado por sus propios méritos, y Camilo también aceptó el reto. Poner música a un lugar poco habituado a disfrutar de ella, en una pista de entrenamiento y con un público de caballos, le pareció una idea fascinante.

Con Francesca no tuvo el mismo éxito por impedimento de su padre, que la quería más cerca, pero sí obtuvo a cambio la promesa de poder tenerla con ellos un día a la semana.

En solo un mes los tendría en su escuela, donde había mucho trabajo que hacer; además de domar a los caballos y enseñar a montar a los jóvenes hijos de las casas nobles de Nápoles que acudían a diario a recibir clase, ahora tenía la tarea más ambiciosa de todas; hacer realidad sus sueños con ese animal nuevo, creado para emocionar, hijo del arte.

Ajeno a sus pensamientos, Yago se acercó a él para explicar sus sensaciones.

—El caballo nos entiende…

—Estoy seguro, pero me sorprende que no se den a todos por igual. Son sumisos cuando se les trata con respeto, pero no despliegan todos sus encantos a cualquiera.

Las palabras de Pignatelli contenían mucha verdad.

Más de un día Yago había visto a los chicos durante las clases, y casi todos demostraban la misma torpeza para relacionarse con el animal. Siempre que el caballo no obedecía a sus deseos, al instante le clavaban sus afiladas botas sobre los costillares, cuando no los estribos, a falta de espuelas. Él sufría viéndolos, sentía en su propia piel el dolor de los animales y compartía el pánico de su mirada.

—Un caballo necesita… sentir seguro… —concluyó Yago, a la vez que ensayaba un nuevo paso que consistía en que el caballo cruzara las patas bajo su cuerpo para conseguir un desplazamiento lateral, aunque no estaba teniendo demasiado acierto—. Siempre está alerta, siempre… para huir…

—¿Y cómo sabes todo eso?

—No lo sé, pero lo sé…

Desde la esquina opuesta a la que estaban vieron entrar a Francesca montando a un hermano del caballo de Yago, de igual capa y casi idéntico.

Al llegar hasta ellos la chica les pidió que observaran algo que había aprendido a hacer. A Pignatelli le agradó su iniciativa, y a Yago su presencia. Llevaba un tiempo fijándose en ella de una manera diferente; ya no solo desde la admiración. Había empezado a disfrutar de tenerla cerca. Él lo disimulaba para no ponerse en evidencia, imaginándose el poco interés que una chica tan hermosa podría tener por él como hombre. Pero desde lo más profundo de su interior, en realidad empezó a desear que algún día eso cambiara.

Había pasado mucho tiempo desde la ausencia de Hiasy y el dolor por su falta aún estaba vivo. Pero Francesca era muy diferente. Siempre estaba alegre y se reía por todo, era generosa, medía poco sus reacciones y se daba hasta el final en cualquier cosa que emprendía. Ponía ternura y pasión cuando se entregaba a sus obligaciones, terminaba bien y a tiempo cualquier asunto que se propusiese, y odiaba que se tuvieran diferencias con ella por el hecho de ser mujer.

—¡Mírame, Yago! —Francesca reclamó su atención al notarlo despistado.

La chica echó su cuerpo hacia atrás y empujó ligeramente las rodillas hacia abajo, a continuación apoyó las manos en el cuello del animal y le susurró al oído.

Para asombro de Yago y de Pignatelli, el caballo dobló las rodillas apoyándolas en el suelo mientras mantenía su tercio posterior en alto. Arqueó la cabeza hasta tocarse el pecho, y en ese instante ella soltó las riendas con una sonrisa tan hermosa como feliz.

—¡Tú los haces bailar, pero mis caballos rezan!

III

El cambio de vida y de residencia, de Castel Nuovo al palacio donde estaba la escuela de equitación, constituyó un hecho muy positivo para Yago, pero no tanto para Camilo.

La cercanía con el muchacho, el reto creativo que se le proponía, o la seguridad de tener trabajo y lecho no fueron razones suficientes para tranquilizar su alma. Cada una de aquellas circunstancias eran estupendas por sí mismas, pero a pesar de ello, sin haber pasado demasiados días de su llegada, empezó a sentir los primeros remordimientos, lo que le hizo pensar.

Camilo no había profesado el sacerdocio nunca. Como cartujo converso su condición había sido la de un laico que ha hecho una promesa de fidelidad a la orden, vinculación que ahora daba por finalizada. Además, dadas sus funciones como procurador, no había vivido con tanto rigor las normas y usos como hacían los padres cartujos. Pero a pesar de todo, desde que había dejado de practicar su anterior e intensa vida ascética, su alma era lo más parecido a un torbellino, lo que le hacía sentirse bastante perdido. Inmerso en esa difícil realidad, había pocas cosas que viera con claridad porque la mayoría ni las veía. Aunque tenía lo que tantas veces había deseado: gente querida a su lado, su música y una interesante misión para llevar a cabo, le faltaba algo más, un enorme hueco que no sabía cómo llenar, y sospechó que Dios tenía algo que ver en ello.

Se había separado de Él más de lo esperado, mucho más de lo que en realidad había imaginado.

Ese enorme vacío no era sino la falta de Dios. A la vez que había cerrado la puerta de su celda para siempre, con ella borró la íntima relación que había mantenido con Él durante tantos y tantos años, lo que le dejó una ausencia enorme.

No lo habló con Yago ni con nadie.

El único recurso que se le ocurrió usar para alivio de su malestar interior fue rezar y pensar. Mientras tocaba el clave y veía a los alumnos entrenar en la pista, o a Yago ejercitar sus habilidades con los caballos, él rezaba. Cuando se quedaba solo en la habitación que le habían asignado, rezaba. Y en los paseos que empezó a dar por los alrededores de la escuela cuando se sentía demasiado aprisionado, también rezaba.

Y fue así como el destino se cruzó en su caminar, un destino con nombre de desheredados.

Las calles de Nápoles eran bulliciosas, luminosas, ricas en hermosos carruajes y engalanadas mujeres, la poblaban vendedoras y vendedores de todo tipo, soldados y gente venida de los lugares más recónditos del mundo, era un pueblo con ansias de vida pero también estaba llena de niños abandonados, de huérfanos sucios y solos, almas desheredadas que desgarraban el corazón.

Y aquel hecho le movió a ayudar.

Supo que cerca de la escuela, a menos de cuatro cuadras, acababa de abrir sus puertas un nuevo orfanato gracias a la generosidad de un grupo de damas que regalaban su tiempo, dineros y sobre todo mucho trabajo. Se enteró de que el palacete, a pesar de su deteriorado estado de conservación, ya había recogido a una numerosa cantidad de niños y jóvenes desamparados, para evitarles la dureza de aquel frío invierno, darles alojo y prometerles una vida un poco más digna que andar corriendo la calle como hacían.

El mismo día que Camilo preguntó a su responsable lo que allí se hacía y cuáles eran sus mayores problemas y necesidades, en sus mismas puertas, vio con claridad lo que tenía que hacer. La imagen de los chicos, su abandono, y lo mucho que las mujeres necesitaban para que todo funcionara allí dentro, le removió por completo. Allí estaba su misión, entre muros desconchados y niños depauperados. Solo allí podría levantar unos nuevos cimientos morales, fortalecer su frágil conciencia, y llenar de caridad y trabajo el profundo hueco que no había dejado de crecer desde su salida de la cartuja.

El edificio se encontraba casi en ruinas, pero tenía muchas posibilidades. Durante las dos primeras semanas Camilo se dedicó a habilitar la galería que se empleaba como dormitorio. Tardó bastante en adecentarla, al estar casi más sucia que las oscuras callejuelas de donde venían los pobres inocentes. A esta la siguieron el comedor, unas improvisadas aulas y el resto de las dependencias con la ayuda de otros tres hombres, que como él invertían su tiempo y empeño en la empresa. Después, cuando los arreglos dejaron de ser tan urgentes, se dedicó a conocer el drama individual de cada chiquillo, a jugar con ellos, a enseñarles a leer y a escribir. Con su comprensión y cariño, como la que ponían todas las generosas almas que colaboraban en el mismo empeño, se trataba de que aquellos muchachos superasen en parte sus frustrantes vidas.

La tarea era dura pero hermosa.

Cada entrada de un nuevo chiquillo en el orfanato se convertía en una preciosa experiencia para Camilo al saber que, además de rescatar del infortunio a una nueva alma, tenía el apasionante reto de conseguir hacer una persona de él.

La vida de Camilo se enriquecía como nunca, el trabajo le ocupaba la cabeza y una buena parte de su día. Las dudas existenciales que tanto le habían hecho sufrir empezaban a verse despejadas. Encontró a Dios en la cara de cada uno de los niños cuando reían por primera vez, en sus destinos, o cuando descubría su generosidad al dar lo poco que tenían a quien llegaba con menos.

Seguía rezando, mucho, pero de otra manera. Sus oraciones ahora se hilvanaban con trabajo y dedicación a los demás. De haber estado pidiendo a su Señor durante tanto tiempo luz y ayuda, pasó a darle gracias al sentir cómo su alma crecía de nuevo.

Acudía al orfanato a primera hora de la mañana y lo abandonaba a media tarde para trabajar en la escuela. Su presencia se advertía al escuchar sus piezas musicales, mientras se daba el último entrenamiento a los caballos hasta bien entrado el anochecer. Aprovechaba esos momentos de soledad interior para descansar del sacrificado trabajo, relajar su espíritu y pensar.

En compañía de su música y con el alivio de saberse implicado de lleno en su nueva vocación, empezó a rezar jaculatorias, glorias y salves, pero también a abrirle su corazón de nuevo a Dios, y hablaba con él horas y horas.

Yago empezó a verlo menos y a sentir sus ausencias, pero notó que el orfanato le estaba haciendo un gran bien a su alma. Cuando lo veía volver, aunque viniese agotado, la felicidad que desprendía era evidente.

En su caso, el trabajo en la escuela le ocupaba casi todo el día.

Desde que había empezado a trabajar para Pignatelli, este le había hecho dos encargos. Uno tenía que ver con su aportación a la creación de la raza, y el otro al normal quehacer de la escuela.

En el primer caso, su tarea era probar todos los animales de sus cuadras, pero sobre todo a aquellas hembras y sementales que Volker antes de marcharse ya había seleccionado para construir ese nuevo caballo. De momento no habían nacido apenas hijos o hijas de ellos, por lo que solo valoraba a los padres. Algunos habían sido recientemente comprados en lugares tan remotos como Arabia o Egipto, otros en Sicilia o Hungría, pero la mayor parte habían sido traídos de las vecinas regiones de Calabria y Apulia.

Pignatelli le recordaba con frecuencia que su misión era la más importante entre todas, de nada servía elegir un animal estéticamente perfecto si luego no poseía la capacidad de expresar lo que llevaba dentro, y Yago lo sabía ver. Él los montaba durante horas y horas. Exploraba a cada animal en toda su profundidad, con la intención de trabajar su temperamento y descubrir las cualidades de su espíritu. Sin embargo, en muy pocos hallaba esa virtud que pudiese transmitirse a sus herederos, carecían de calidad, y en la mayoría no veía nada, solo tozudez, mentes rígidas, y en general un gran vacío de emociones.

Pignatelli, cada día que los probaba, se interesaba en saber cuál de ellos veía adecuado para que criara futuros hijos e hijas en los que quedaran fijados sus mejores caracteres, y conseguir así ese animal perfecto para sus cuadras, pero Yago siempre contestaba lo mismo:

—No son todavía buenos, su alma no vale…

A lo que el director de la escuela, desesperado por la falta de resultados y la desaparición de Volker, contestaba.

—Sigue buscando. Sé que lo conseguiremos…

Sin haber pasado ni dos meses desde que Volker y Carmen habían abandonado Nápoles, su falta empezaba a pesar demasiado, tanto en Yago, que los echaba mucho de menos, como en la ausencia de avances en la consecución del ensoñado caballo.

Se sabía poco de ellos, solo que se habían casado y que vivían en las cercanías de Caserta, una población al este de Nápoles y a menos de un día de camino, donde las influencias de Domenico no llegaban.

Sin embargo, Yago no había conseguido superar su ausencia.

Necesitaba a Carmen, su conversación y ternura; poder entender con ella qué significaba lo que Francesca le producía siempre que estaban cerca, o a Volker para que lo ayudara a superar sus miedos con la segunda tarea que Pignatelli le había encargado: ejercer como profesor en la escuela. Una actividad que, a pesar del reconocimiento que conllevaba, Yago temía que se le escapara de las manos y se convirtiera en la peor de sus pesadillas. Ser maestro suponía tener que hablarles, darse a entender, captar sus intenciones y dirigir sus pasos hacia unos precisos objetivos. Y lo trató de hacer, a pesar de su complejidad y consciente de sus dificultades, se enfrentó al reto con plena determinación.

Los alumnos que Pignatelli le asignó eran seis jóvenes en la complicada edad de los catorce años. Nada más conocerlo se rieron de él, y desde entonces lo hicieron sin apenas una tregua, siempre, y además de un modo cruel…

Los efectos de tal proceder no se hicieron esperar en Yago.

Empezó mal desde el primer día, cuando les enseñó a familiarizarse con los animales, lo que incluía un buen cepillado, compartir el espacio en su cajón y tratarlos con naturalidad. Asignó un caballo a cada uno para que desde ese momento se convirtiera no solo en su particular manual de aprendizaje, sino también en su principal responsabilidad en la escuela. Yago empleó toda su capacidad de intuición en emparejarlos, y aunque le costó un tiempo, al final creyó que el resultado había merecido la pena.

Por eso pudo superar las burlas de los primeros días, convencido de que la meta de su formación era algo grande y una nueva posibilidad para demostrarse a sí mismo sus capacidades; se esforzó en hacerse entender, vocalizaba con más cuidado y se volcó en ellos. Pero el tercer día se vio superado por sus risas y comentarios cuando las mofas no se limitaron a su habla, sino que empezaron a abarcar su forma de mirar, de andar, o hasta el tiempo que tardaba en responder a las preguntas que le hacían.

Aquel tercer día no fue uno más en su mortificada carrera de desesperación, fue el peor.

—Cepilla a tu caballo, y hasta… —se le trabó un poco la lengua— que…, que no lo termines no, no…, no salgas.

El joven al que hablaba, de pelo rizado, negro como el carbón y unos ojos tan vivos como su carácter, era primogénito de una de las más nobles casas nobiliarias napolitanas. A su lado, otro de los muchachos trataba de colocar el bocado a su caballo sin poder contenerse la risa. Uno y otro rompieron a reír imitando sus errores de dicción y sus gestos en cuanto Yago se dio la vuelta, aunque los escuchó. Pero aquello solo iba a ser una parte de lo que le iba a tocar soportar, pues la situación empeoró más cuando tuvo a todos los alumnos reunidos en la pista un poco después.

Una vez montados sobre sus caballos, les mandó ponerse en fila y seguirlo.

El ejercicio iba a consistir en que mantuvieran el mismo paso que les marcase, aprendiendo con riendas y rodillas a dar las señales necesarias a sus caballos para que estos respondieran del modo adecuado.

Pero ninguno obedeció.

Algunos empezaron a lanzarse a la carrera sin su permiso para ver quién llegaba antes al final de la pista, forzaban a sus caballos a chocarse a toda velocidad y apostaban por adivinar cuál de ellos se caería antes al suelo.

Yago, horrorizado, asistía al castigo de los caballos hasta que no pudo aguantar más y les gritó enfadado. En un primer momento respetaron su orden, siguiéndolo de nuevo por la pista, pero pronto se cansaron y desde ese momento sus consiguientes advertencias se convirtieron en un nuevo motivo para mofarse de él.

Y Yago se puso muy nervioso, tanto que empezó a sentir ciertos síntomas que recordaban alguna de las épocas más oscuras de su vida. Los comportamientos alocados e irresponsables de los chicos, la falta de respeto que demostraban, y su incapacidad para resolver la situación, le llevaron a sentir una inquietud y una angustia que apenas recordaba. Pero lo peor es que no sabía a quién comentar sus problemas, ni cómo frenar la vuelta de los primeros temblores.

La única que supo ayudarlo cuando llegó su derrumbe fue Francesca.

Desde que Yago trabajaba en la escuela, ella acudía un día a la semana para entrenar a alguno de los caballos por los que tenía predilección. Les daba un rato de cuerda para calentar sus músculos, los montaba después, y trataba de repetir los nuevos aires que veía realizar a Yago.

Coincidió con Yago cuando este llevaba tres días como maestro, y de inmediato le notó más alterado de lo normal. Al interesarse por sus motivos escuchó la causa de sus problemas.

—Lo mejor es que lo hables con Pignatelli. Quizá haya pensado que te estaba haciendo un favor y en realidad es todo lo contrario. —Sujetó las riendas del caballo que montaba Yago para detenerlo, se apiadó de su tristeza y lo besó con ternura en una mejilla. Yago, al sentir su contacto reaccionó con un escalofrío.

—No valgo para ese trabajo.

—Tampoco yo para conseguir lo que tú haces con los caballos —respondió ella buscando su consuelo.

—¿Por qué no me respetan?

—Solo son jóvenes…, quizá es lo normal. Olvídate, y piensa que somos más los que te queremos… —Francesca repitió su beso sin imaginar las consecuencias sobre Yago, que sintió en su actitud un brote de esperanza. Vio a Francesca más guapa que nunca y decidió que le gustaba. Llevaba tiempo dudándolo, analizando sus sentimientos cada vez que la veía, pero ella misma acababa de actuar como el mejor bálsamo de sus incertidumbres. Su gesto cambió, se le olvidaron los problemas con los muchachos, y decidió luchar por ganarse su interés, incluso sin esperar de ella nada. Esos dos besos le hicieron revivir sensaciones tan especiales como las que había sentido con Hiasy.

Siguió mirándola mientras ella trotaba por la pista, atontado, hasta que el sonido de las campanadas despertaron la prisa de Francesca, que se vio agobiada por lo tarde que era y se despidió de Yago.

—¿Cuándo volverás?

—Uhmmm, espera que recuerde… —Bajó de su caballo y repasó las tareas que tenía pendientes—. Esta semana vendré también, pasado mañana, sí, a primera hora... Pignatelli me ha pedido que enjaece las crines de tres caballos para llevarlos a una exhibición a la que acudirá, o eso creo. —Estaba a punto de alcanzar la salida—. Cuídate mucho, por favor, y no olvides contarle lo de ese trabajo que tanto te preocupa.

Yago se lo prometió, pero durante los siguientes dos días no hizo otra cosa que pensar en ella. Francesca ocupó sus sueños, sus despertares, mientras entrenaba o comía, y hasta las clases se le hicieron más llevaderas, quizá por la poca atención que puso en ello y en lo que pudieran hacer los alumnos.

Vio en ella un refugio de esperanza en un momento difícil, mientras atravesaba la dura experiencia de una humillación más en una larga carrera de incomprensiones. En Francesca había algo hermoso a lo que agarrarse para salir de su hundimiento. Y como eran tan altos sus sentimientos hacia ella, sin saber si sería lo prudente, sin tener idea de cómo se debía actuar en esos casos, y sin posibilidades de preguntarlo a nadie conocido, decidió que en cuanto la viera le haría partícipe de lo que su corazón sentía.

IV

Pero cuando Francesca apareció el día convenido, no lo hizo sola.

Vino de la mano de un militar del que Yago nunca había oído hablar. La inesperada compañía le desagradó, pero todavía fue peor cuando presenció su despedida con un beso en los labios que le pareció que duraba una eternidad. Pocos minutos después se lo explicaba todo desbordada de alegría, con un brillo tan especial en su mirada que, además de hacerle estar desesperantemente más hermosa, cegaba cualquier aspiración que tuviera Yago por ella.

La noticia no pudo ser más lacerante para su amor propio.

Escuchó con resignación los detalles que le contó sobre el joven militar, que vivía en el barrio que llamaban *de los españoles* al igual que los otros seis mil que constituían el ejército del Emperador en Nápoles a las órdenes de su virrey, y cómo se había enamorado de ella con locura.

Yago no podía hablar. La garganta se le había secado y un nudo no le permitía ni tragar. Por eso calló.

Bajó su rostro, ocultó su mirada y se excusó para buscar la soledad, herido en el corazón y con el alma confusa. Aunque sus ilusiones hacia ella se habían quebrado muy pronto, apenas recién nacidas, la profunda decepción sufrida venía a sumarse a la sensación de fracaso que tenía al incumplir su último encargo. La verdad sobre Francesca le había llegado en un momento bajo de espíritu y teniendo a sus seres queridos lejos de la escuela o casi siempre ausentes, como era el caso de Camilo.

Todos esos descalabros fueron demasiado duros para él y terminaron arrasando su moral hasta alcanzar lo más profundo de sí mismo. Desde ese momento Yago se vio incapaz de asumir ni una sola responsabilidad más, y a partir de ese día tanto su carácter como su comportamiento, y hasta la forma de entrenar a los caballos, lo pagaron.

La escuela dejó de interesarle, como también hurgar en el interior de los animales o cualquier otra cosa de su quehacer diario. Cada vez que veía aparecer a Francesca, padecía un auténtico suplicio, y más duro aún era tener que soportar a los alumnos a diario, aunque por suerte Pignatelli le dispensó de esa última tarea después de que lo hablaran un día.

Su ofuscación creció a tal velocidad que muy pronto se sintió anulado y perdido.

Pignatelli se dio cuenta pronto y se preocupó. Desconocía qué lo causaba, pero se inquietó de verdad cuando un buen día lo encontró trabajando con un caballo al que forzaba a realizar ejercicios para los que no estaba preparado, y eso no era normal en él. No lo amonestó entonces, pero cuando unos días después vio que lo repetía, cambió de parecer.

—Ese caballo no está entrenado y lo sabes. ¿Qué te pasa? —Pignatelli esperó muy serio su contestación.

—No me pasa nada… —Tiró del freno en exceso y el animal respondió incómodo.

A Pignatelli le molestó ver lo que hacía. Sabía que Yago podía conseguir de un caballo lo que se le antojase sin necesidad de forzarlo para nada.

—Te he estado observando, y desde hace unos días no estás actuando como siempre. Desconozco qué te pasa, pero me gustaría saberlo, por favor.

Yago descabalgó de un salto, se dio media vuelta y a punto de abandonar la pista se dirigió a un desconcertado Pignatelli.

—Yago no bueno… ¡Yago no vale!

Pocos días después de la extraña reacción de Yago, Pignatelli volvió a enojarse nada más verlo aparecer en la pista con gesto adusto y sobre un caballo que apenas había sido montado.

Le había pedido que practicara junto con Francesca algunos de los movimientos que los alumnos estaban ensayando para que los chicos tomaran ejemplo.

Yago empezó a dar cuerda al suyo y a soportar a la vez las primeras risas de los muchachos. Luego las siguieron una serie de humillantes imitaciones que tenían como objeto su forma de caminar ladeando la cabeza. Yago miraba de reojo, profundamente ofendido hasta que no pudo soportarlo más y se enfureció. Montó a su caballo y empezó a trotar.

Advertido del feo comportamiento de los alumnos, Pignatelli los amonestó, pero llegó demasiado tarde.

—¡Corre! —ordenó Yago a su caballo en voz alta.

Pignatelli le pidió que cambiara de caballo por otro más preparado, pero Yago contestó con un gruñido.

Entraba en ese momento Francesca montando uno de los mejores ejemplares de la escuela, quizá el mejor de todos. Era un animal de perfiles rectos y formas proporcionadas, de llamativa elegancia en sus movimientos.

Saludó a Yago y a Pignatelli, lo hizo trotar por la pista hasta agotar dos vueltas completas, empezó a dirigirlo en círculo, y provocó varias frenadas y rápidos arranques hasta que decidió que había llegado el momento de hacer algo que había visto hacer a Yago; un levado. No lo había hecho antes, y la postura exigía un nivel de concentración absoluto por parte del animal, unas condiciones físicas excelentes y el silencio más absoluto.

Forzó sus primeros pasos más bien cortos, casi a saltitos, y cuando lo vio oportuno echó hacia atrás su cuerpo, apretó las rodillas con fuerza, y tiró de las riendas para que el animal alzara los miembros delanteros. El caballo entendió lo que se esperaba de él, arremetió las patas traseras y en tan solo dos intentos más consiguió levantarse y permanecer en tan increíble postura durante varios segundos sin moverse. Los alumnos la aplaudieron a rabiar cuando ella devolvió su caballo a la postura normal, se rio feliz por su logro y levantó los brazos en un gesto triunfante.

—¡Fantástico! —la felicitó Pignatelli. Se dirigió a los chicos para repetirles los pasos que había seguido para conseguir la compleja postura, y les pidió otro aplauso.

Yago la admiró como uno más.

Llevaba días entrenando con ella, sin hablar pero sufriendo cada vez que la imaginaba en brazos del militar. Entendía que tenía muy difícil cambiar eso, pero un impulso interior le empujaba a llamar siempre su atención. Por eso había probado a hacer ejercicios cada vez más difíciles y hermosos, con el solo objetivo de ganarse su admiración, su mirada, o simplemente su sonrisa. Quizá un día fuera también su corazón, soñaba.

Con ese mismo espíritu sobrevolando por su cabeza, aunque era consciente de que el caballo que montaba no era el más adecuado, se lanzó a la pista haciéndole volverse sobre sí mismo a una velocidad excesiva. Pretendía excitar su ánimo lo suficiente para repetir el mismo ejercicio que Francesca pero mejorándolo, así se ganaría su admiración y la de sus alumnos, a quienes veía muy pendientes de sus evoluciones.

Al adivinar sus intenciones Pignatelli le mandó parar, pero Yago no hizo caso. En su cabeza solo había una idea: impresionar a Francesca.

—¡Yago! —insistió el director en voz más alta—. ¡No lo hagas!

Él siguió en su idea y consiguió que el animal, cada vez más nervioso, levantara algo pero no lo suficiente. Sin entender qué se le pedía, el caballo dejó caer las patas al suelo y a partir de entonces se negó a repetirlo.

—¡Déjalo ya! —Francesca salió a la pista y corrió hacia él para evitar que siguiera obligando al animal.

Yago le hizo correr hasta el otro extremo de la pista, frenó en seco y volvió a repetir el procedimiento para que se levantara de manos. Al tercer intento lo consiguió, se puso a botar sobre él, tiró de las riendas con pequeños golpes, y el animal empezó a saltar sobre sus patas traseras en una postura demasiado forzada. El caballo relinchó, cabeceó dolorido incapaz de soportar más tiempo aquella postura, pero la insistencia de su jinete hizo que la mantuviera. Saltó algunos pasos más hasta que le fallaron los apoyos y se escuchó un chasquido. Con un agudo bramido se derrumbó, y en la fatal caída se fracturó un hueso. Yago pudo saltar antes de verse atrapado bajo su cuerpo, y se quedó de pie asustado.

Pignatelli y Francesca corrieron en ayuda del caballo y comprobaron la gravedad de la lesión. El hueso se había quebrado a la altura del corvejón y asomaba por fuera de la piel. El director de la escuela exploró la extremidad ante la sospecha de que también tuviera roto un ligamento.

—Francesca, di al menescal Ferrari que venga, por suerte, le tenemos en la escuela sangrando caballos. Esto tiene muy mal aspecto… —Se dirigió a Yago—: Por tu bien, espero que tenga arreglo, porque si no…

La imagen del animal sudando, con la lengua caída, los ojos desorbitados, bramando de dolor, hizo que Yago fuera consciente del desastre que acababa de provocar. Sintió pánico, se sentó en el suelo y se quedó acurrucado, incapaz de mover un solo músculo.

Los alumnos formaron un corro alrededor del animal herido, mientras Francesca iba en busca del sanador de caballos. A los pocos minutos, volvió en compañía de un hombre de mediana estatura que llevaba un bolsón de cuero de grandes proporciones. Su curtido rostro tal vez reflejaba más edad de la que seguramente tenía. Los ojos, de tan claros que eran, conferían paz.

Pignatelli le estrechó la mano antes de que empezara la inspección del animal. Con un solo golpe de vista el recién llegado fue consciente de la gravedad del problema, chasqueó la lengua y su gesto se oscureció.

Mandó que lo ayudaran a atar las tres extremidades sanas con una cuerda para trabajar sin riesgos, y a continuación buscó en su bolsa hasta dar con un bote de vidrio azul que contenía alcohol. Destapó otro frasquito más pequeño de un ácido con una base de azufre y lo mezcló con el alcohol sobre una pequeña palangana. De inmediato surgió un gas que acercó hasta los ollares del caballo. De ese modo pretendía adormilarlo para manejarse con más comodidad. Indicó a Pignatelli cómo debía hacer para inmovilizar los cascos, y observó a Yago, sin entender qué hacía allí en tan extraña postura.

—¿Qué le pasa?

Pignatelli no le respondió. Estaba concentrado en su tarea y en las consecuencias que sufriría con la segura pérdida del animal.

El menescal olvidó su pregunta, se armó con un par de pinzas, y empezó a levantar la piel que cubría la herida y el hueso astillado. La rotura tenía tres puntos abiertos a diferente altura y además le faltaba un buen fragmento que se habría perdido por la arena.

—Vaya, vaya… —masculló en voz baja.

Francesca se tapó los ojos incapaz de ver lo que hacía y se acercó a Yago.

—¿Cómo estás? —le acarició el pelo.

—Déjame.

—Ha sido un accidente, puede sucederle a cualquiera.

—No, no es verdad... —Se volvió hacia ella. Su rostro reflejaba una profunda angustia, y además tenía los ojos enrojecidos—. Nunca me perdonaré esto.

—¡Silencio! —los amonestó el sanador, quien aprovechó para pedir que le apartaran a los alumnos. Algunos casi se le echaban encima sin dejarlo trabajar. Pignatelli ordenó que abandonaran la pista, aunque tuvo que escuchar sus protestas.

El menescal estudió el ligamento que más había sufrido, uno lateral a la rodilla; estaba completamente fragmentado. Sabía coserlo, pero pensó que un caballo del que se esperaban ejercicios tan extremos, con aquella lesión nunca recuperaría la normalidad. Mientras decidía cómo les iba a exponer tan mala noticia, se tomó un tiempo con el resto de la exploración. Descubrió otro ligamento dañado, el necesario para extender el pie, lo que terminó por decidirle a hablar.

—Siento informaros de que sus daños son irreversibles, y lo único que se debería hacer, bajo mi criterio, es sacrificarlo. Ahora está adormecido y parece no encontrarse mal, pero en cuanto recupere la sensibilidad los dolores lo matarán.

Miró a Pignatelli.

El director de la escuela cerró los puños lleno de rabia, una vez habían sido confirmados sus temores, y Yago se sintió ahogar al saber que por su culpa iba a morir un caballo.

Miró a Pignatelli y vio en su expresión un cambio, un gesto que no pudo reconocer, aunque imaginó que reflejaba un profundo sentimiento de decepción. Yago se hundió internamente. Se había creído capaz de todo, pero lo que acababa de demostrar era una falta de madurez imperdonable. Le había fallado a Pignatelli y se había fallado a sí mismo. No merecía su confianza, había sido un irresponsable y con su poca cabeza había conseguido un terrible resultado.

—Hacedlo cuanto antes… —Pignatelli observó al caballo con pena.

—Me voy. —Yago se levantó del suelo y se separó del grupo con intención de abandonar la pista y la escuela. Aquel ya no era su sitio.

Francesca, espantada por lo sucedido, corrió a su encuentro.

—¿Qué vas a hacer?

Él no le hizo caso y siguió caminando.

—¡Yago! —Pignatelli levantó la voz con un tono autoritario—. ¿A dónde vas?

La muerte del caballo era un duro golpe y la imprudencia del muchacho no tenía perdón, pero a pesar de ello no lo quería perder y menos aún arriesgar la continuidad de sus proyectos, que ya estaban bastante debilitados.

Yago se detuvo y escuchó sin volver la cara.

—No me has obedecido cuando te advertí, y las consecuencias ahí están. —Señaló al caballo. El menescal le estaba seccionando la yugular para desangrarlo con rapidez y detener su corazón para siempre—. Pero no quiero que abandones esta casa.

—Todo da igual… he de irme…

Yago respondió con frialdad y siguió caminando. Lo había estropeado todo. En su interior no había más sensaciones que la de su fracaso. Una lágrima se le escurrió por la mejilla, y le siguió otra, y luego varias. Se las quitó con rabia y empezó a correr para evitar sus miradas, la imagen del animal, y sus voces.

Cuando pisó la calle, siguió corriendo sin saber a dónde, ni qué iba a hacer. Lo único que tenía claro era que la escuela de equitación de Pignatelli había terminado para él.

V

Las galeras corsarias navegaban con poco calado al ir vacías de carga para llenar sus bodegas con el oro español. Sin embargo, el mar al que habían sido dirigidas por indicación de Luis Espinosa, donde debían encontrar y atacar a la flota de Indias, presentaba una profundidad en sus aguas tan escasa que las cinco embarrancaron sin poder evitarlo.

A sus capitanes les pareció absurdo, pues aquel estrecho de mar limitado por la isla Grande y la costa de Sicilia resultaba ser un emplazamiento idóneo para coger desprevenida a la flota imperial y vencer con facilidad su resistencia. Pero no habían contado con el poco fondo que tenía, y por su culpa habían quedado demasiado expuestos.

Lo que sucedió poco después fue demasiado rápido y sobre todo funesto. En menos de un credo vieron salir de detrás de unos islotes no menos de seis carracas y cuatro naos, todas armadas con brillantes cañones y banderas desplegadas; la del Emperador, un águila bicéfala sobre fondo amarillo, la de la marina española con la cruz de San Andrés en rojo, y otra con un estandarte en el que se apreciaban dos columnas y el Non Plus Ultra entre ellas.

Desde la galera que comandaba Harbid, como máximo responsable corsario, pidió un catalejo para comprobar la identidad de su enemigo. En cuanto reconoció las enseñas se alarmó de inmediato.

—¡Por las barbas del profeta! No es la flota de Indias, se trata de la Armada Real… —Sopesó en pocos segundos sus fuerzas, y no le quedó duda alguna sobre lo que iba a pasar. Lamentó haber acudido con menos embarcaciones de las veinte inicialmente previstas, pues hubieran tenido alguna oportunidad, ahora estaban perdidos. Atascados en medio de la nada y sin capacidad de maniobra, los cañones los harían trizas sin poder ni responder.

—Honra y muerte —dijo para sus adentros.

Era lo único que les quedaba por hacer. Eso, y conseguir que alguien escapara para que el reis supiera la traición de quien les había llevado hasta aquella ratonera.

Se escuchó la primera ráfaga de cañonazos desde el galeón más próximo. El ataque sin aviso previo dejaba bien claras sus intenciones. Por fallo de cálculo, la mortífera carga cayó a bastante distancia de las cuadernas de sus naves.

—¡Corsarios, escuchadme! —Un centenar de turcos, argelinos y nativos de otros lugares de la costa africana se reunieron bajo el puente de mando para recibir sus órdenes. Como ninguno era nuevo en aquellas campañas, fueron conscientes de la gravedad de su situación—. Hemos sido vilmente engañados, estamos atrapados en un arenal y nuestro enemigo es más numeroso y está mejor armado. —Un rumor plagado de improperios ahogó sus palabras. Cuando pudo hacerse oír, Harbid siguió hablando—. Pronto seremos pasto de sus balas y solo disponemos de cinco barcas donde podríais escapar veinticinco de vosotros, nada más. Lo echaremos a suertes. Considero que es lo más justo.

Mientras arriaban los botes al agua se rifaron quiénes iban a intentar una huida que tampoco parecía sencilla. Una primera bala alcanzó la proa de la galera más avanzada y se llevó por los aires a cinco de sus hombres.

El comandante Harbid se secó el sudor de la frente con un pañuelo y ordenó que izaran las banderas de combate. Si eran hundidos, al menos lo harían con dignidad. Mandó armar los cañones, preparar la munición, y dio instrucciones secretas a su segundo para que colocaran suficiente pólvora en las bodegas de los cinco barcos con el fin de hacerlos volar antes de que cayeran en manos del enemigo.

Todo se hizo a su voluntad.

A continuación y antes de que estuvieran a distancia de fuego, eligió a cinco emisarios y les mandó huir por separado en cada una de las barcas para asegurarse de que Dragut, o cualquiera de los máximos responsables corsarios, supiera que Luis Espinosa los había traicionado.

Gracias a un golpe de suerte la galera de Harbid recibió un cambio en la dirección del viento que hinchó de tal manera sus velas que por efecto del empujón desembarrancó y recuperó la capacidad de navegación. Viraron a estribor y sin perder un minuto su comandante dirigió la nave en línea recta contra la flota enemiga. De frente, su exposición al fuego enemigo era reducida. Harbid pensó que con un poco de suerte la Armada no tendría ya tiempo de alcanzarlos por estribor. Dispondrían de una sola oportunidad, pequeña, pero al menos una.

Su tripulación se creció arrancándose a cantar una canción que ensalzaba el valor en combate, el espíritu de victoria y la fe en sus propias capacidades. La embarcación, que fue ganando velocidad, corrigió ligeramente su dirección y enfiló la proa contra el grueso de la flota real. Sus hombres iban armados con sables, garfios, algunos con ballestas y otros con hachas. Llevaban los ojos inflamados de ira y estaban deseosos de acción, de lucha, con los aceros prestos para atravesar carne cristiana. Eran conscientes de que se iba a librar una desigual batalla, sí, pero en su muerte tratarían de arrastrar el mayor número de cristianos posible.

La nave corsaria de Harbid cortaba las olas en compañía de una estela de disparos que le lanzaba el enemigo. Comprobó a sus espaldas cómo los cañones de la Armada habían hecho blanco en tres de sus galeras; una hacía aguas y las otras dos medían sus daños sin dejar de recibir un continuo fuego cristiano. Tan solo una de sus embarcaciones se mantenía intacta, la más alejada de la línea de tiro cristiana. Armado de un catalejo, fue localizando uno a uno los cinco botes donde trataban de escapar sus emisarios. Comprobó con alivio que el más alejado de todos parecía estar próximo a la costa, porque instantes antes acababa de ver cómo otros dos eran alcanzados de lleno.

Viró el timón para embestir a la nao cristiana de donde habían partido los últimos disparos y atraerse su tiro. Su derrota estaba cantada, pero Harbid quiso dirigir a sus hombres unas últimas palabras. A voz en grito les pidió que derramaran su sangre con orgullo, que demostraran en qué consistía la furia corsaria, y proclamó, a viento y marea, su voluntad de arrasar al enemigo y todo lo que se les pusiera de por medio. La tripulación, como un solo hombre y contagiada de su arrebato, empezó a disparar sus armas formando una masa hambrienta de combate y de sangre cristiana.

Una fuerte explosión quebró en dos la última galera corsaria que quedaba íntegra. Al ver el fatal destino de las cuatro galeras, todas ya afectadas por el fuego enemigo, desde la que comandaba Harbid izaron una bandera roja que daba la señal concertada. En menos de un minuto los explosivos que habían sido colocados siguiendo sus órdenes empezaron a hacer saltar por los aires las cuatro embarcaciones llenando el mar de madera, restos de mercancía y muertos.

Desde dos naos de la Armada Real habían sido botadas cinco embarcaciones en persecución de los botes corsarios para cortarles el paso. A todas luces, eran más rápidas las cristianas, lo que hizo temer la peor suerte para los pocos que trataban de huir. Al tanto de ello, Harbid rogó la protección de Alá porque nada más se podía hacer por ellas.

Cuando su galera se encontraba a menos de media milla del grueso de la Armada española, mandó a dos de sus hombres que tuvieran las mechas preparadas para explotar la nave en cuanto estuvieran en medio de la flota enemiga para infligir el mayor daño posible. Desde el buque enseña de los cristianos su capitán mandó abrir la formación y que sus naves dispararan contra ella.

La respuesta atravesó el cielo y dos de las balas impactaron en la cubierta sin consecuencias para la navegación. Harbid evaluó los daños y mandó virar a estribor para esquivar los siguientes disparos. Entre su proa y un grupo de cuatro naos cristianas tan solo había ya un centenar de cuerdas de separación.

Los primeros disparos de fusil partieron de la Armada y provocaron las primeras bajas corsarias.

A dos millas de ellos, al sur, se estaba librando una encarnizada lucha cuerpo a cuerpo entre los que pretendían huir y las barcas de la Armada que habían conseguido darles alcance. Salvo una que pudo llegar a la costa y huir. Sus ocupantes desde tierra observaron el terrible escenario que acababan de superar, y vieron cómo la única de sus galeras que quedaba entera conseguía alcanzar, en esos momentos, a un grupo de cuatro naos enemigas. Llevaba el palo mayor roto por una bala de cañón y el alcázar casi desaparecido por otra. A pesar de la distancia vieron a su capitán levantar el sable al viento, y frente a su enemigo, que lo apuntaba desde los cuatro costados, antes de estallar la galera por los aires, lo oyeron gritar.

—Malditos seáis, vais a probar en vuestras carnes la furia corsaria…

* * *

Barcelona recibió al Emperador con salvas y honores a su llegada desde Monzón, donde había pasado los tres últimos meses. Lo esperaban el duque de Alba, el de Cardona y los obispos de Barcelona, Vich y Gerona. Estaban a dieciséis de octubre y era lunes. El emperador Carlos dedicó el resto del mes a visitar la ciudad, a estudiar sus fortificaciones y a despachar los asuntos más importantes.

Luis Espinosa, como capitán de su guardia, entró en la ciudad dos días antes de que lo hiciera el joven príncipe Felipe, para esperarlo en el monasterio de Valdoncella, lugar común de parada de los reyes a la entrada de la ciudad. La presentación del heredero a la corte de Aragón estaba programada para el día ocho de noviembre, en Barcelona, ante los más notables de la ciudad.

Luis Espinosa, antes de acudir a dar protección al príncipe, había ido a presentar sus respetos al propio Emperador, que estaba alojado en el palacio de los condes de Barcelona. Ese viaje había sido de lo más inoportuno al haberle alejado de Génova, donde debía organizar la recogida del oro que a esas alturas tenía que estar en poder de sus socios corsarios. Pero además, antes de emprender viaje, había recibido un misterioso anónimo que le dejó bastante inquieto y pensativo.

El contenido de la misiva era tan escueto como extraña la forma en que le había llegado. El escrito explicaba que tenía un hijo fruto de la relación con una de las doncellas de su primera esposa, Laura. Recordó los hechos, a la chica, y también su fatal destino. Pero había olvidado la existencia del descendiente, a pesar de los muchos intentos que había puesto en encontrarlo por entonces. La nota le asignaba el nombre de Yago, la ciudad donde vivía era Nápoles, y especificaba que trabajaba en la corte del virrey.

Sin llegar a entender quién estaba detrás de esa misiva, la noticia le removió por entero e hizo que tomara la decisión de ir a conocerlo lo antes que pudiera.

En el salón de notables lo esperaba el emperador Carlos. Después de planificar el siguiente viaje, y comentar unas noticias que le habían llegado sobre la implicación de uno de sus hombres en un crimen, la conversación se centró en su heredero Felipe.

—Tú no tienes descendencia, Luis, pero si supieras lo difícil que resulta separarse de ellos… —Después de los tres meses de verano Luis encontró al Emperador más envejecido. Un nuevo y severo ataque de gota había tenido la culpa—. Quiero que vayas a buscar a mi hijo Felipe esta noche y lo traigas hasta mí con la mayor discreción. Se supone que su entrada en la ciudad no debería tener lugar hasta el día ocho, pero necesito verlo.

Con la misiva aún caliente Luis dudó contarle lo de su hijo. La conversación animaba a ello, pero se contuvo.

—Tengo cinco hijos de matrimonio —continuó el César—, y cuatro más fuera de él. A todos amo y, por supuesto, a todos intento educar y proteger, pero en Felipe tengo a mi heredero y es quien de todos se lleva la mayor parte de mis preocupaciones, empeños y cuidados. Ver tu sangre transmitida a la siguiente generación es lo que algunos llaman el gran deber de la herencia, pero en mi caso, aunque no hubiera sido bendecido con el honor de mis apellidos, creo que pensaría lo mismo. Los hijos son la mejor contribución que un hombre puede hacer para completar la Creación. Es nuestro tributo a Dios. —Caminó en busca de una ventana de vidrio emplomado. La entrada de un potente chorro de luz iluminó el cansado rostro del Emperador—. La peor carga de mi labor, créeme, es no poder verlos crecer a mi lado, y en especial a Felipe. Le he dado consejos de padre y de rey en forma de cartas, como una guía para cuando tenga que asumir las altas responsabilidades que un día le corresponderán. Sin embargo, cómo me habría gustado no hacerlo por escrito y poder responder a sus preguntas, dirigir su educación más de cerca y no a través de secretarios... Nadie imagina las pocas ocasiones en que hemos estado juntos. Y Felipe me adora.

Luis se sintió tan sorprendido por el tono humano de sus palabras que a punto estuvieron de afectar a su conciencia. Lo meditó. El deseo de tener descendencia había sido una constante a lo largo de su vida hasta haberse convertido en una razón de su separación con Laura, aunque no la única. Para él, un hijo significaba ver proyectado su apellido sobre sus descendientes, crear un linaje, y conseguir que, en el futuro, ser un Espinosa conllevara un reconocimiento que él no había obtenido de sus antecesores.

Quizá no necesitaba tanto tener un heredero como verse en él.

Por eso, al saber que existía ese hijo y dónde podía encontrarlo, su interés aumentó y su decisión de buscarlo se hizo firme.

Al volver de sus pensamientos y centrarlos de nuevo en el Emperador, pensó si no sería ese un buen momento para comunicarle sus planes en relación con la secretaría. Todavía no disponía del suficiente dinero para apoyar su candidatura, pero estaba muy cerca de ello, seguramente lo tendría con el oro de la última operación. Se recostó sobre el sillón de la sala de notables, en el palacio que el Emperador usaba como sede imperial, y puso voz a sus cavilaciones.

—Majestad, hace tiempo que deseo preguntaros algo...

El Rey mostró curiosidad.

—Tú dirás.

Luis carraspeó, consciente de la trascendencia de aquel momento. Eligió bien las palabras, pero le superaron los nervios y como consecuencia, su primera frase surgió confusa.

—Tranquilo, tómate tu tiempo.

—Lo haré, y os ruego que disculpéis mi torpeza... Me conocéis bien y espero que no os extrañe si me intereso por un puesto, desde el cual quizá podría ayudaros más que con el actual, y me refiero a...

La puerta de la sala de notables se abrió de par en par y por ella entró un hombre muy decidido con reluciente calva y largas barbas encanecidas.

—Os traigo noticias muy recientes.

—Nicolás, estas no son maneras de interrumpir, ¿no te parece? —El hombre se disculpó y saludó a Luis, a quien no conocía.

—Perdonad, pero es importante que lo sepáis...

—Antes os presento. —El rey Carlos se dirigió al recién llegado—. Luis Espinosa es capitán de mi guardia—. Y Nicolás de Perrenot, a quien no has tenido la oportunidad de ver hasta ahora, pues acaba de incorporarse a la corte, es desde ayer mi nuevo secretario. —Luis palideció al instante—. Es francés, un gran estadista, y complementará las funciones que venía realizando don Francisco de los Cobos, cuyas responsabilidades son ya demasiado amplias para poder con todo.

Aquello significaba lo peor para Luis, el fin de sus aspiraciones hacia un puesto con el que no solo había soñado, sino que había condicionado una buena parte de su vida y desde luego sus negocios, todos sus empeños y sacrificios. Se sintió ahogado. Miraba con un gesto indisimulado de rabia al recién llegado sin poder asumir lo que acababa de escuchar. Le había robado su posición, su futuro. No era posible.

Pero él no era el único afectado por la sorpresa. Nicolás no podía sentirse más desencajado al saber que tenía frente a él al responsable del mayor acto de traición al Emperador. No supo qué hacer. Esa misma mañana se había recibido una carta remitida por un tal Fabián Mandrago, donde se aseguraba que disponía de las pruebas necesarias para incriminar a Luis Espinosa en la organización del anterior robo de oro procedente de las Indias, pero su majestad no había sido informado todavía. El Emperador solo conocía la existencia de una misiva anterior del mismo Fabián Mandrago, recibida un mes antes, con los detalles necesarios para capturar y destruir una flota corsaria que acudiría engañada a un destino y día concreto, creyendo que iban a robar el oro de las Indias por segunda vez.

—Lo que he de contaros, majestad, requiere la más absoluta discreción. —Nicolás miró a Luis y este entendió el mensaje. Anonadado por el golpe que acababa de recibir, salió de la sala, pero quiso escuchar qué tenía que decirle ese hombre al Emperador y no cerró por completo la puerta.

—Disculpad, mi señor, vengo con dos noticias de enorme importancia. Una buena y otra seguramente muy dolorosa para vos. La primera compete a los corsarios. —Luis no pudo oír la frase entera, pero sí la última palabra, lo que le puso en alerta.

—Contad, contad... —El Emperador abrió de par en par los ojos deseoso de saber cómo había terminado el engaño orquestado contra esos bárbaros.

—Aquel aviso que tuvimos se ha demostrado que era del todo cierto. Aparecieron cinco galeras en el lugar y día convenido, se enfrentaron en batalla contra nuestra flota y fueron aniquiladas. Por supuesto, el oro de las Indias se encontraba lejos de allí y a buen recaudo. Un rotundo éxito que en mi opinión justificaría que premiarais al artífice del logro, a Fabián Mandrago. —Luis no escuchó casi nada en esta ocasión, solo que hablaban de oro. No había que ser demasiado sagaz para entender el resto. Supuso que le estaba dando la noticia del robo que habría tenido lugar diez días antes, del que él no sabía de momento nada.

El Emperador se felicitó por la excelente gestión, lo extendió a sus almirantes y dio orden al flamante secretario de que se hiciera público en todos sus reinos lo sucedido para escarnio de los turcos y sus esbirros, que tanto daño hacían al comercio y a su propia autoridad.

—Daré título y buenas tierras al hombre que nos adelantó las intenciones de aquellos corsarios. ¿Cómo decís que se llamaba?

Luis Espinosa se quedó sin escuchar la respuesta del Rey con claridad, y tampoco entendió de qué intenciones hablaban. Aparecieron dos soldados en ese momento para escoltar a su majestad, que iba a salir, y tuvo que abandonar la puerta, pero antes de que eso sucediera le había parecido que nombraban un apellido que le inquietó sobremanera: Mandrago. Si no recordaba mal, aquel agente de la Saca se apellidaba así, Fabián Mandrago.

Bajó las escaleras del palacio de dos en dos sopesando ese último detalle. A Fabián le había perdido el rastro en Jamaica, hizo lo posible por darle muerte, pero no supo más de él. El solo hecho de que apareciera su nombre en boca del Rey tenía que perjudicarlo con toda seguridad. Una horrible incertidumbre, unida a la frustrante noticia de la secretaría y el temor a que un día se supiese lo del oro, se apoderaron de él de forma angustiosa hasta encogerle el corazón. Escuchó a su instinto y tomó la determinación de huir de inmediato de Barcelona. Buscó su caballo, recogió otro de alivio, y a toda velocidad abandonó el palacio y tomó dirección norte hacia Francia, para ir a Génova, que no era ciudad dependiente del Imperio. Una vez en su casa, decidiría qué hacer después, aunque había una idea que no dejaba de rondar por su cabeza: conocer a ese hijo que vivía en Nápoles.

Dentro del salón de notables, Carlos V escuchó, primero con incredulidad, y luego con una incontenible reacción de furia, la segunda noticia que se refería a la denuncia de su capitán.

Las evidencias eran notorias, pero no terminaba de creérselo. Quizá porque no entendía cómo había podido traicionarlo de ese modo, ni qué había fallado para que nadie se hubiera dado cuenta antes, tampoco él. Maldijo su nombre, sin pensar en su gota, se levantó de golpe del sillón y ordenó que fuera detenido de inmediato para que lo trajeran a su presencia.

—¡Quiero su cabeza!

Nicolás salió al rellano donde se suponía que debía estar Luis para detenerlo en persona, pero allí no lo encontró. Mandó a la guardia imperial a buscarlo por todo el palacio con orden de máxima prioridad, pero tampoco lo encontraron. En las cuadras dijeron que había salido al galope con dos caballos, pero no dijo a dónde iba.

De vuelta al salón de notables, Nicolás apareció ante el Emperador avergonzado por su lamentable descuido con Luis.

—Con la información que tenías sobre él, no comprendo cómo lo dejaste solo. No lo puedo entender… —El Rey se mordió los labios furioso.

—Majestad, imaginaba su desconocimiento, y nunca supuse que huyera como lo ha hecho…

El césar Carlos se dirigió al balcón para aliviar el acaloramiento que tenía.

—Habrás mandado a la tropa a seguirlo, ¿no?

—No, mi señor. Nadie sabe hacia dónde ha podido ir, pero la nota última de Fabián Mandrago explicaba que al parecer tiene un hijo viviendo en Nápoles —respondió Nicolás abrazándose a esa única posibilidad.

—Quiero su cabeza. Eso es todo lo que tengo que decir…

VI

El callejón donde Yago había encontrado refugio estaba siendo compartido por alguna que otra rata, el orín de los borrachos que no encontraban mejor destino y un apestoso olor a basura que no era fácil de obviar.

Había vagado por las calles sin ninguna orientación después de haber abandonado la escuela. No conocía la ciudad, a excepción de dos o tres calles, las que le llevaban de Castel Nuovo a las caballerizas del virrey, o de la escuela a ambos destinos. Pero le importaba poco.

Se frotó los ojos para evitar el sueño y a la vez borrar el amargo recuerdo de su última experiencia en la escuela. Pero la imagen del caballo herido le golpeaba una y otra vez, junto a la expresión de pena de Francesca cuando lo despedía o las últimas palabras de Pignatelli disculpándolo. Sus reacciones no habían sido suficientes para llegar a compensar su frustración; lo había estropeado todo.

Ahogado en sus remordimientos, no tenía hambre ni ganas de buscar mejor lugar para pasar la noche que ese oscuro lugar. Le daba todo igual.

Cuando el día terminó de cerrarse y la noche lo ocupó todo, sus párpados le pesaron demasiado y decidió dejarse llevar por el cansancio. Miró a su alrededor con asco pero se durmió.

A la mañana siguiente, con la luz del día comprobó que la callejuela cumplía funciones de patio interior para dos edificios y de basurero para una posada cuya puerta trasera se abría al fondo. De vez en cuando, desde dentro del establecimiento alguien lanzaba basura, algún resto de comida y más de una vez a un borracho.

Con mejor visibilidad, Yago encontró una esquina menos sucia y allí se sentó a pasar el día, dobló las piernas y escondió la cabeza para aislarse del tugurio, y pensar.

Se sentía fracasado; esa era la mejor definición de lo que le pasaba.

Con su comportamiento había dejado claro a todos los que le apreciaban que él no servía para nada. Su actitud de cobardía frente a los alumnos le había hecho huir de una responsabilidad que Pignatelli le había ofrecido con la esperanza de verlo crecer. Y cada vez que pensaba en los motivos que le habían llevado a forzar al pobre animal, que no tenía culpa alguna de su trastorno, aparecía una y otra vez el nombre de Francesca. No se explicaba por qué había querido impresionarla de ese modo cuando ya sabía que su corazón volaba en manos de otro hombre. En eso, como en casi todo, solo sabía comportarse como un patán. Se dio cuenta de que únicamente cuando había tenido a alguien dirigiendo de cerca sus pasos no lo había complicado todo.

Su realidad estaba repleta de confusiones, y su alma estaba falta de cariño.

A mediodía la puerta de la posada se abrió de golpe, y sus pensamientos se difuminaron coincidiendo con la salida de dos hombres dando tumbos, riéndose sin parar y hablando a voces. Iban tan bebidos que pasaron a su lado sin ni siquiera reparar en él.

Yago bajó de nuevo la cabeza y volvió a su mundo interior.

Él no había tenido padre ni madre. Había carecido de algo que todos definían como esencial. No sabía si estaban vivos o muertos, nunca había sentido su amor, nunca; ni a qué sabía la ternura de una madre, y menos aún su comprensión. Se preguntaba qué hubiera sido de él de haberlos tenido. Seguramente no habría padecido tantas desgracias, no se habría encogido de miedo y hambre recluido en oscuras bodegas u hospitales de locos; tampoco habría conocido el horror de la esclavitud, seguramente lo habrían ayudado a saber enfrentarse al dolor, a la vida, al amor, y también al desamor.

Entre los huecos sonidos que surgían de vez en cuando desde los edificios, le llegó la soledad de la noche y su propia tristeza. Decidió que su orfandad había sido la causa mayor de sus males. Y fue entonces cuando sintió tanta pena de sí mismo que se arrancó a llorar sin control, hasta notar que algo le estaba mordiendo en un pie. Al mirar, descubrió a una sucia rata. La pateó con tanta furia que vio cómo salía por los aires hasta chocarse contra una pared.

* * *

Camilo consiguió localizar a Volker en Caserta en cuanto supo que Yago había desaparecido. Acudió en persona a buscarlo, con un hondo sentimiento de preocupación y la sensación de que tanto unos como otros le habían fallado en los últimos tiempos.

Carmen escuchó con angustia lo sucedido en la escuela y se prestó a ayudar. Sin embargo, su participación quedó descartada, porque fue Volker quien, a pesar del serio compromiso que podía suponer su presencia en Nápoles, no dudó en encabezar la búsqueda.

En cuanto llegaron a la ciudad se separaron para repartir sus esfuerzos, pero por más horas y medios que emplearon, pasados dos días, no habían conseguido el menor avance.

—Tres días sin tener una sola noticia suya es demasiado duro para mí… —reconoció Camilo, quien junto a Pignatelli y Volker valoraban qué más podían hacer para dar con él, cabalgando por una de las calles más concurridas de Nápoles. La fina lluvia que no había dejado de caer en los últimos días era testigo de su conversación.

Pignatelli tomó la palabra.

—Todavía nos faltan dos tercios de la ciudad por recorrer, quizá recordéis algo que pueda orientarnos a buscar en un lugar antes que en otro.

Camilo miró al cielo fastidiado. Estaba calado y exhausto. Desde que había sido informado no había querido hacer ni un solo descanso, y el cansancio empezaba a vencerlo después de dos días seguidos de búsqueda.

—Ya he pensado en ello, pero no se me ha ocurrido nada que nos ayude. Seguro que le ha pasado algo.

—No te martirices —lo animó Volker—; aparecerá. Una vez supere lo del caballo, volverá, sin más.

—Yo creo que ese no ha sido el único motivo de su reacción… —Camilo pensaba en Francesca. Venía observando que Yago se comportaba en su presencia de forma diferente, y así lo hizo saber, como también que la mujer acababa de comprometerse con otro hombre desde hacía poco tiempo.

—Yo también creo que ha sentido algo especial por esa chica… —comentó Pignatelli—; de ahí el que tratase de impresionarla con el caballo.

—De ser cierto lo que decís, estaría escapando de una doble decepción —dedujo Volker.

—O quizá de algo más. No hace ni una semana que vino a mí para que le eximiera de dar más clases a los alumnos. Los chicos lo habían superado.

Por delante de ellos y a pocos pasos, llevaban un destacamento de ocho soldados de la guardia del virrey que Volker había conseguido reunir para encontrar a Yago. Su retorno a Nápoles había coincidido con una grave noticia que podía dar por terminado su destierro. El propio virrey le contó que solo dos días antes había tenido que detener al padre de Carmen, a Domenico Bartelli, junto con otros cinco hombres de la más alta relevancia social y económica de la ciudad. Explicó que las órdenes de apresamiento habían sido firmadas por el propio Emperador, y que al parecer también habían tenido lugar en otras muchas ciudades al norte de Roma. Ante las lógicas dudas de Volker, don Pedro aseguró no saber qué las habría motivado, pues incluso los interrogatorios iban a tener lugar en Barcelona, donde estaba asentada su corte. El suceso había levantado toda suerte de rumores y suposiciones, pero para Volker significaba ver eliminada la principal causa de su alejamiento de la ciudad y que las puertas del virrey se volvieran a abrir.

A media mañana, cuando habían barrido dos nuevos cuadrantes de los dieciséis en que dividieron la ciudad, obtuvieron la primera pista a partir de dos testigos que, por separado, juraron haber visto a alguien que coincidía con la descripción de Yago. Según les comentaron, el joven parecía ir deambulando, como si estuviera perdido, y lo ubicaron en dos lugares bastante próximos entre sí.

A partir de aquel primer rastro, preguntando a unos y a otros, pudieron ir reconstruyendo el recorrido que Yago había hecho dos días atrás. Pero sus esperanzas todavía crecieron más cuando un joven juró haberlo visto a las afueras de la ciudad, cerca de una posada de no muy buena fama.

Acudieron al lugar al galope, confiados en su éxito, pero por más que preguntaron y recorrieron una a una sus callejuelas, solares y alguna que otra casa abandonada, no encontraron ninguna señal de su presencia. Salvo el muchacho que los había llevado hasta allí, nadie lo había visto, tampoco en la posada les dieron una respuesta mejor. Desesperados y agotados, ya de noche, abandonaron el lugar para volver a la escuela, donde descansar unas horas. Sin embargo, dejaron un retén de soldados para que buscaran por los alrededores.

Yago se despertó al escuchar los primeros gruñidos.

Trató de abrir los ojos, pero la fuerza del sol de un nuevo amanecer se lo desaconsejó. Al percibir el asfixiante hedor que surgía a su alrededor estiró las manos para tocar qué había debajo de él y le pareció que se trataba de restos de basura. Un reflejo de peligro le hizo abrir los ojos de par en par. Recordaba haber estado deambulando la noche anterior horas y horas, hasta dejar las últimas casas a sus espaldas, cuando entró en una arboleda cerrada donde pensó que tal vez sería más fácil encontrar algo que comer, quizá frutos del bosque. La oscuridad de la masa forestal lo desorientó de tal manera que poco después se perdió. Harto de caminar, sin preocuparse por nada más que buscar dónde descansar, se tumbó sobre algo que le pareció blando, y aunque no olía demasiado bien, se terminó quedando dormido.

No entendía cómo había elegido tan mal, porque descubrió que se encontraba en un estercolero, encima de una montaña de basura y rodeado de unos pájaros negros que picoteaban de forma furiosa cualquier resto de comida disponible. Los gruñidos que lo habían despertado procedían de una jauría de perros medio salvajes disputándose entre ladridos los restos de una pieza de carne, en la parte más baja de aquella montaña de desperdicios.

Se sintió en peligro y pensó de inmediato cómo huir.

Los canes parecían ajenos a él, concentrados en su pelea, pero dedujo que si se levantaba podrían advertir su presencia y sería mucho peor.

Escuchó un trino lejano y el batir de las alas de dos pájaros que se sumaban a los que ya había; sus músculos estaban agarrotados por la tensión. Miró a sus espaldas y sintió un relativo alivio al localizar una casa en ruinas con un muro medio desvencijado que podría servirle de escondite.

Empezó a moverse muy despacio, conteniendo la respiración y sin dejar de mirar en la dirección de los perros por si le tocaba correr. Contó cinco; uno de ellos, el de aspecto más feroz, levantó la cabeza en ese momento, miró hacia donde él estaba olfateando el aire. Yago se quedó inmóvil, rígido y angustiado, sin desviar la mirada de él. Imaginó que entre tantos olores como allí había las dificultades para localizar el suyo le favorecían. El perro cambió de sitio, dio cuatro pasos en su dirección y bajó la cabeza husmeando de nuevo entre las inmundicias.

Esperó unos minutos más hasta sentirse relajado y volvió a moverse con extremada lentitud. Le picaba todo el cuerpo y además le entraron ganas de estornudar por efecto de un olor ácido y más repugnante todavía que le llegó de repente. Sin ver qué lo producía, solo se concentró en evitar hacer ruido. Cerró los ojos, se tapó la nariz y consiguió disimular un primer estornudo y otros dos después.

Estudió de nuevo cuánto le faltaba para llegar al muro y se sintió decepcionado por lo poco que había avanzado. Por lo menos le quedaban veinte cuerdas y los perros los tendría solo a diez. Comprobó con horror que se habían movido y que los tenía más cerca que antes.

No podía hacer otra cosa que acelerar su huida. Siguió arrastrándose de espaldas algo más rápido y con menos cuidado. Escuchó un ladrido y al mirar vio una encarnizada lucha entre dos perros que se desgarraban a mordiscos. Los vio babear, con los ojos encendidos de furia, lanzándose mortales dentelladas el uno al otro. Por un momento se imaginó atacado por ellos y sintió un miedo atroz. Volvió a ponerse en marcha aprovechando la confusión de la pelea en el resto de los animales, y consiguió acortar su distancia a la mitad.

Pero no se dio cuenta de la presencia de un tubo metálico. Nada más tocarlo rodó por su lado, y sin tiempo de frenarlo vio cómo se estampaba contra unos hierros provocando un sonido que atrajo de inmediato el interés de los perros.

Lo habían localizado.

VII

En la escuela de equitación nadie durmió esa noche.

Los tres hombres discutieron hasta bien entrada la madrugada qué más podían hacer para encontrar a Yago. Se sentían responsables de su desgracia y a la vez unidos en buscar el final. Sus vidas se habían cruzado por culpa del chico, pero cada uno, desde su relación, ahora necesitaba tranquilizar su conciencia.

—Le di más responsabilidad para quitarme trabajo —confesó Pignatelli.

—Y yo he sido insensible al daño que mi ausencia podía producirle —reconoció Camilo.

Volker, influido por las circunstancias que supuso su destierro, se culpó por no haberle dado ninguna muestra de compañía cuando no estaban viviendo tan lejos.

—Yo también le he dado de lado…

A ninguno de los tres se le escapaba el sufrimiento que tenía que estar padeciendo Yago, solo, desprotegido y sin apenas capacidad de reacción. Apenas escucharon los primeros gallos cantar, uno de los soldados que se había quedado cerca de la posada entró en la escuela con prisa.

—Hace una hora encontramos un nuevo rastro que nos ha llevado hasta un bosque, pero os necesitamos… El lugar es enorme y demasiado frondoso para recorrerlo solos; requerimos vuestra ayuda. ¡Seguidme!

Obedecieron de inmediato, y en tan solo unos minutos galopaban a toda velocidad detrás del soldado. Poco después de dejar atrás la famosa posada, tomaron un camino de tierra que serpenteaba a lo largo de una vaguada y que terminaba en un espeso pinar. Volker, que montaba al que ya era su mejor caballo, a Azul, algo más adelantado del resto, apretó los dientes, le clavó las rodillas en su costillar y rezó con la esperanza de haber llegado a tiempo mientras penetraba en la cerrada arboleda. Miró al cielo, y entre las copas de los árboles, descubrió una nube de cuervos y gaviotas.

Yago tragó saliva, vio cómo se le venían encima los perros ladrando, estimó cuánto le faltaba para encontrar resguardo en la casa derruida, y llegó a la fatal certeza de que no dispondría de suficiente tiempo si seguía a rastras. Se levantó y empezó a correr como nunca lo había hecho, sin volverse, con su mirada puesta en las piedras de la casa. Tropezó en dos ocasiones, se tambaleó en otras tres al pisar mal, pero lo peor fue escuchar el sonido de las pisadas de los perros y su agitada respiración.

No le quedaban más de tres o cuatro cuerdas para llegar cuando sintió a uno de ellos a poco de alcanzarlo, recogió un palo largo del suelo y se lo rompió en la cabeza. El animal protestó de dolor y rodó haciendo tropezar al resto.

Yago aprovechó el trance para acelerar su carrera. Le faltaba el aire, pero sus piernas parecían responderle mejor de lo que hubiera imaginado, y consiguió ganar un poco de ventaja.

En el bosque, Volker alcanzó al resto de los soldados que habían hallado la pista y le señalaron la dirección que tomaba a la salida del mismo. Al dejar los últimos árboles detrás, un fuerte hedor le hizo entender que se encontraba cerca de un estercolero.

Las gaviotas sobrevolaban la colina por la que ascendía a pleno galope.

Yago volvía a mirar a los perros cuando uno se le abalanzó por la espalda y lo derribó. Pudo interponer el brazo entre las fauces del can y su cuello, y así salvó que lo mordiera cuando lo tenía encima, pero de reojo vio como llegaban otros dos más y el resto estaba a punto de hacerlo también.

Entendió que había llegado su final.

Miró al cielo, buscó al Dios de Camilo, le pidió que su final fuera lo más rápido posible y cerró los ojos ante de ver los del perro que tenía sobre él, ansiosos de carne, de sangre, de su vida.

—¡Dejadlo, malditos! ¡Largaos de ahí! ¡Fuera! —Nada más ver lo que estaba pasando, Volker lanzó su caballo contra los perros. Al verlo llegar, los canes se alejaron del muchacho salvo uno, el que le había dado caza. Le acababa de dar una dentellada en el brazo y tiraba de él con intención de arrastrarlo en su huida. El muchacho vio llegar a Volker, buscó algo con lo que golpear al perro, pero no consiguió nada con que evitar el intenso dolor que le producían sus colmillos.

Camilo apareció también a lomos de su caballo y se quedó espantado al comprobar la desesperada situación de Yago.

Volker desmontó y fue a por el perro, que no parecía estar dispuesto a soltar con facilidad a su presa. Le gruñó amenazante cuando vio que se le acercaba, pero no captó la intención de Yago, que acababa de encontrar una afilada piedra con la que le golpeó la cabeza. El perro acusó el impacto y Volker aprovechó el momento para agarrarle del cuello con ambas manos y hacerle rodar. Con las fauces del animal a escasos dedos de su garganta, intentó ahogarlo.

Yago aplastó la piedra contra el cráneo del can con todas sus fuerzas, el perro aulló, se revolvió, pero terminó derrotado en las manos de Volker.

Camilo buscó a Yago para sacarlo de inmediato de aquel infierno de basura. Con la voz entrecortada y el pánico todavía presente, el muchacho se emocionó al tenerlos a todos a su lado. Durante los tres largos días había sentido miedo, hambre, pena, pero lo más duro de todo había sido la soledad.

—Tienes una herida muy fea que deberíamos limpiar y curar cuanto antes. —Camilo comprobó los efectos del mordisco y habló con Volker para que lo llevara de vuelta en su caballo.

Pignatelli le rascó la cabellera encantado de tenerlo a salvo, pero quiso decirle algo que para él era importante antes de que lo subieran al caballo.

—Comprendo lo que hiciste y qué te llevó a tomar tu decisión, de verdad. Pero también quiero que sepas algo que quizá sea nuevo para ti… —Yago lo escuchó con atención—. No solo te necesito por tu trabajo, no solo por tu implicación en conseguir un objetivo que ha atravesado sus peores horas, para mí no eres un hombre más de los que pasan a diario por la escuela, además de todo lo anterior, me importas.

Yago le sonrió agradecido. Entendió que de nada servía llegar a ser alguien en la vida o demostrar la valía a los demás, si no se tenía con quién compartirlo. Había cometido un error, no había sabido cómo resolverlo, y equivocó la solución; una huida no arreglaba nunca nada.

—Siento… lo del caballo… —Yago necesitaba decirlo.

—En tu ausencia pensé cómo podrías compensármelo y tuve una idea, pero ahora no es buen momento para hablarla. —Se dirigió al alemán—: Os implicaría a todos, también a vos. Me gustaría poder hablarlo mañana al mediodía, en la pista de entrenamiento. —Miró a continuación a Camilo—. También os compete a vos, disculpad por un día vuestras obligaciones en el orfanato, os lo ruego; merecerá la pena.

—Nos intriga tanto misterio —comentó Camilo.

—Os he de hacer una propuesta, una gran propuesta.

* * *

Pignatelli fue el último en aparecer.

Sobre la arena había cinco caballos en parada, inquietos, sujetos por cinco empleados. A escasa distancia se encontraban Camilo, Volker y Yago con el brazo vendado, sin que ninguno supiera el motivo de la reunión.

Pignatelli apareció con una vara corta y ropa para montar. Agradeció su presencia y fue directo al primero de los caballos.

—A este le falta profundidad de pecho y le sobra dorso para hacer buenos quiebros… —Dio dos pasos y se plantó frente al siguiente—. Este es hermoso y equilibrado de miembros, posee cañas finas pero fuertes, sin embargo, su temperamento no me ha permitido conseguir de él movimientos complejos, se adelanta demasiado y no tiene control sobre sí mismo. —Acarició el cuello del siguiente caballo, uno de capa castaña y mirada temerosa—. Y este otro tiene miedos, es excesivamente sanguíneo, ha derribado a muchos de los alumnos y su grupa no tiene el ángulo ideal para los ejercicios que le pedimos… —Se dio la vuelta y recorrió con la mirada a un intrigado auditorio—. No sigo con el resto, porque solo pretendo transmitiros el convencimiento al que he llegado. —Se volvió de nuevo hacia los cinco animales—. ¡No nos valen! No. ¡Esa es mi conclusión!

—Explicaos —intervino Volker—. ¿Qué os ha hecho llegar a pensar así?

—Las razas y estirpes de los caballos que hasta ahora hemos empleado en la escuela sirvieron en su momento para la guerra, para el transporte o para arrastrar mercancías, otras quizá para el enganche, pero no para las aptitudes que me propuse como objetivo y que compartí con vosotros. Esto significa que la selección que hemos hecho hasta ahora tomando como base al caballo napolitano, calabrés, o sus cruces con razas húngaras y del norte de África, no ha sido suficiente a pesar de haber avanzado, y mucho. Por eso —Pignatelli ahuecó la voz para dar más solemnidad a sus palabras—, se ha de empezar de nuevo. He meditado durante mucho tiempo lo que ahora os voy a decir, tras haber comprendido los errores que he cometido. Ahora sé que no se trata de mejorar una raza, lo que hay que hacer es construirla, crearla de nuevo. Mi objetivo, ahora, va a consistir en levantar un nuevo templo, en nuestro caso un ser vivo, hecho de virtud, estético y mentalmente equilibrado; una perfecta conformación corporal, con el temperamento necesario para que pueda expresar lo que ningún otro ha sido capaz. El nuevo reto requerirá reunir en mi casa una nueva sangre de caballos para ser exhibida al resto del mundo, capaz de regalar belleza en cada uno de sus gestos, en sus movimientos, que destile nobleza y estilo hasta con solo respirar. —Sus ojos buscaron el techo, como si pudiera ver allí el destino imaginario de aquel caballo ideal—. Y para esa nueva tarea, hermosa, renovada, grande y trascendente, os necesito a los tres.

—Ya nos habéis tenido colaborando hasta hoy… —apuntó Camilo—. ¿Qué podemos cambiar desde ahora?

—Tenéis razón, me habéis ayudado, y mucho, pero a pesar de haber puesto lo mejor de cada uno, como sé que habéis hecho, y de intentar entre todos dar forma a ese animal, el resultado final, lo que hasta ahora hemos conseguido, no produce el efecto deseado, no transmite las sensaciones que debería a quien lo ve, o por lo menos yo no las siento. En otras palabras, el producto final de nuestros empeños no es capaz de producir emoción alguna, no es, ni posee arte en sus venas… —Pignatelli acarició el cuello de uno de los caballos y suspiró convencido de sus disquisiciones—. Pero ahora sé en qué he fallado. No le he dado a la empresa una visión de conjunto, ni he tenido el suficiente talento para dirigirla hacia el destino adecuado, quizá porque ni yo mismo tenía claro cuál era. Por eso, desde ahora nos hace falta un arquitecto de ese nuevo caballo, alguien más dotado que yo, con una visión clara sobre lo que se quiere de él, en su conjunto y en cada una de sus partes, un creador, un genio. Y entre nosotros hay uno que posee ese don... —Miró a Yago—. ¡Y ese eres tú!

—¿Yo, un..., un... creador?

—Quien te conoce lo sabe, Yago. Posees un talento único. Miguel Ángel también lo vio, y aunque me lo dijo no supe escucharlo —continuó Pignatelli—. Quiero que actúes desde hoy como el máximo responsable de esa obra, que tú seas el que construyas el nuevo caballo, una nueva raza. Te ayudaremos en todo lo que necesites, trabajaremos el plan maestro, dibujaremos el esquema donde quede establecido qué dimensiones ha de tener, qué equilibrios y proporciones, y de qué castas lo vamos a obtener. Desde hoy todo ha de empezar de nuevo, y todo estará en tus manos, se ha de hacer desde el principio diferente... —Se dirigió a Volker—: Vos lo ayudaréis a seleccionar y a decidir qué partes de la conformación de ese caballo serán necesarias para mejorar su capacidad motora, o mejor aún, su flexibilidad. Viajaréis para elegir los caballos mejores allí donde estén y os los traeréis. Y en vuestro caso —miró a Camilo—, os emplazo a diseñar cómo ha de vibrar esa obra con vuestra música, qué sensibilidad ha de tener para saber interpretarla... —Pignatelli extendió los brazos de par en par como queriendo trasladar de forma simbólica esa gran ejecución—. Ya no consiste en buscar una mejora de los actuales caballos, ahora se trata de levantar una nueva raza. Y ese animal ha de sentir el efecto de vuestras notas recorriendo sus venas para impulsarlo a volar, a bailar, a vivir las melodías que solo vos componéis con esa sensibilidad que demostráis frente a un teclado.

—Es un hermoso reto —Camilo expresó el sentir de los que lo escuchaban.

—Contad conmigo —apoyó Volker.

Pignatelli esperó la contestación de Yago. Desde hacía un rato parecía estar concentrado en sus zapatos porque no había levantado la vista del suelo.

—¿Y tú qué nos dices?

—No sabré hacerlo… —respondió convencido, a pesar de sentirse elogiado y de que sus palabras ayudaran a que dejara atrás toda sensación de fracaso.

—Lo sabes hacer. Solo tú sabes reconocer las cualidades íntimas de los caballos, las ves, miras por ellos, piensas como ellos, sabes qué quieren y también cómo hacer que respondan a tus deseos… —argumentó Pignatelli—. Desde siempre has sabido cómo tenía que ser ese caballo, ahora me he dado cuenta, pero nunca te lo pregunté. ¿Aceptas convertirte en su arquitecto?

Yago levantó la cabeza y fijó su mirada en cada uno de los presentes, abrumado por el encargo pero feliz al mismo tiempo.

—Sí…, quiero hacerlo.

—Nosotros también —contestaron Volker y Camilo a la vez.

—¡Perfecto! Ese nuevo animal, único, nunca visto hasta ahora, verá la luz gracias a la técnica de Volker, la música de Camilo, pero sobre todo a la sensibilidad e intuición de Yago, quien pondrá la poesía.

Pignatelli les estrechó la mano uno a uno, y proclamó en voz alta su deseo.

—¡Desde hoy, juntos, crearemos una nueva raza, y con ella al caballo más hermoso del mundo!

VIII

En Génova, ese mes de enero vino, más que frío, helado.

Dos hombres esperaban desde hacía dos días la aparición de un traidor, del personaje más buscado por los corsarios berberiscos desde el desastre de la costa siciliana. Habían sido enviados hasta aquel domicilio bajo las órdenes expresas de Dragut, nada más saber lo que había sucedido con su flota. Pero no eran los únicos que tenían esas mismas órdenes, otros habían sido enviados a diferentes destinos donde pudiera ser localizado.

Ateridos de frío, se frotaban las manos contra los malos abrigos que habían conseguido para soportar la dura tarea de vigilancia.

Dos días sin verlo aparecer por su casa parecía suficiente evidencia de que estaría de viaje por cualquier otro lugar, pero sus instrucciones eran tajantes; no debían moverse de allí hasta nueva orden.

—¿Será ese que viene por el callejón? —Vieron a un hombre con la cara oculta bajo un sombrero de ala ancha.

—Uhmm, tal vez. Voy a ver...

El más impaciente salió de su escondrijo para cruzarse con él. Trató de ver su rostro antes de que pasara por su lado, pero no lo consiguió. El sospechoso llevaba la cabeza baja y parecía concentrado en sus pensamientos hasta que una voz femenina, desde una ventana y a voz en grito, consiguió atraer su atención. No se trataba de Luis Espinosa. No coincidía en edad, aspecto ni apariencia.

Se dio media vuelta y volvió hasta el rincón donde estaba su compañero de vigilias, con gesto apesadumbrado. No podía más.

Siguieron el rastro del hombre, quien para su estupor alcanzó el portón de entrada de la residencia de Luis Espinosa e hizo uso de la aldaba. Al momento se abrió la puerta y vieron asomarse a una hermosa dama que cruzó su mirada por un instante. Christine los había visto allí mismo el día anterior, lo que no le gustó nada. Lo comentaría con su tío Enrico Masso, a quien acababa de recibir.

—Es hermosa, ¿eh?

—El Espinosa ese es afortunado... Fíjate qué casa tiene y qué mujer. —Se miraron, y sin necesidad de palabras pensaron lo mismo...

—Podría ser una interesante alternativa, sí...

Pero no fue necesario, porque esa misma noche, la espera, las incomodidades y el aburrimiento que tenían encima por fin dieron su fruto.

Lo vieron llegar a caballo por la calle principal. El hombre, reconocible bajo un sombrero de ala ancha, miraba con inquietud a derecha e izquierda, demostrando cierto nerviosismo. Habían pensado mil veces cómo iban a hacerse con él, sin embargo, se quedaron paralizados. Debían ser prudentes, discretos y eficaces, porque volver a Djerba sin Luis Espinosa les garantizaría la horca.

Abandonaron su escondrijo y se separaron por las dos aceras. Calcularon que llegaría a la puerta del palacete antes que ellos, por eso aceleraron sus pasos. Luis descabalgó, miró de arriba abajo la fachada, se sacudió la ropa para tener mejor presencia después de tantas millas recorridas y se echó el pelo para atrás. Olía mal y estaba sucio; necesitaba lavarse un poco, vestir con ropa limpia y sobre todo encontrarse lo antes posible con Enrico para ponerse al corriente de la situación. Lo que había escuchado sobre los corsarios y Fabián Mandrago a las puertas del salón donde se había entrevistado con el Emperador le había dejado seriamente preocupado.

Miró a su alrededor sin reparar en nada que le llamara demasiado la atención, y cuando estaba a punto de tocar en la puerta, se le abalanzaron dos hombres.

—¿Pero qué hacéis? —Trató de zafarse, pero eran demasiado fuertes para él—. ¡Soltadme de inmediato!

—Estaos quieto y callado. Tenéis una daga dirigida a vuestros riñones, si os movéis o gritáis, daos por muerto.

Luis se fijó en los pendientes que llevaban, en su rudo aspecto y la piel curtida y arrugada, propia de gente de mar. Se le atragantó la saliva con solo imaginar las consecuencias de su captura, porque sobre su adscripción no le cupo la menor duda. Como si se tratase de un torbellino de ideas, recordó que en Barcelona había escuchado al nuevo secretario nombrar a los corsarios, y aunque no pudo saber por qué los citaban, el hecho le había dejado muy inquieto. Uno de los primeros objetivos que se había marcado a su llegada a Génova era hablar con el tío de Christine para ponerse al corriente de la última información que tuviese. Era consciente de que sus negocios conllevaban riesgos, pero que los corsarios buscaran su captura no significaba nada bueno, o mejor pensado, suponía algo terrible.

Decidió que tenía que escapar…

Forcejeó, golpeó a uno en la barbilla con todas sus ganas, consiguió tumbarlo, pero cuando trató de darse a la carrera, no pudo. Un potente brazo lo había rodeado por el cuello deteniéndolo en seco. Aquel individuo era lo más parecido a un oso en tamaño y fortaleza. Luis se revolvió intentando contrarrestar su fuerza, pero lo siguiente que sintió fue un golpe seco en la nuca.

Después, todo se volvió borroso.

* * *

—Consideraos carne para los cuervos… —Aydin le escupió a la cara.

Ver la cuenca vacía de su ojo producía un efecto desagradable a cualquiera que fuera su interlocutor, pero para Luis Espinosa, en esos momentos, era como ver la cara a la muerte.

Reconoció la misma sala de la Kasbah, en el puerto de Argel, donde algo menos de dos años atrás les había propuesto un trato increíble y muy rentable. Para su desgracia, allá estaban los mismos que por entonces. Solo dos semanas antes había sido capturado en Génova.

Su atención se dirigió al judío Sinau, quien tomó la palabra.

—Por culpa de vuestra traición perdimos cinco galeras, un centenar de hombres, y el oro que nos habíais prometido… —Arañó la mesa de madera con sus afiladas uñas provocando un sonido que rompió los nervios a todos—. Pero lo peor no fue eso, no. Además conseguisteis hacernos perder nuestra honra en aquellas aguas… ¡El mundo entero se ríe ahora de nosotros! —Sus ojos se clavaron en los de Luis, quien en su desesperada situación se imaginaba a cualquiera de ellos perdiendo la paciencia y degollándolo allí mismo. Tembló aterrorizado. Lo habían embarcado todavía inconsciente en una galera que partió de inmediato hacia Argel, para terminar encerrado luego en una oscura celda donde lo habían sometido a todo tipo de brutalidades. Pero a la vista de lo que le esperaba, y con solo recorrer los rostros de sus captores, supo que lo que había vivido era un mero anticipo.

El cambio en su suerte había sido tan fulminante que todavía no terminaba de entender qué había sucedido o fallado. Después de ver quebrados sus sueños en Barcelona cuando le había sido presentado el nuevo secretario del Emperador, y de saber que el robo del oro había resultado un fiasco, para sumarle más desgracias, ahora se encontraba en manos de unos bárbaros sin alma sedientos de venganza. A pesar de sentir su final próximo, Luis Espinosa seguía experimentando los efectos del pánico hasta en la más recóndita de sus entrañas.

—Me tacháis de traidor, pero no lo soy. Lo juro —se excusó con un suspiro contenido.

Hassan se incorporó de su silla indignado y desenvainó una daga turca. Sin hacer el menor comentario se encaminó hacia él y le extrajo un ojo de su órbita cortándole el nervio de un tajo. El ojo rodó por el suelo ante los gritos de dolor del condenado.

—No lo mates aún. —Dragut, el más inteligente y templado, frenó la mano de Hassan cuando dirigía la daga al cuello.

—Después de habernos mandado a un emisario a la isla de Tabarca y de indicarnos que redujéramos la flota prevista para el asalto al convoy del oro, ahora viene diciendo que él no ha sido... No he podido resistirme —Hassan justificó su reacción con su peculiar voz aflautada, la propia de un castrato.

Luis era incapaz de mover las manos al tenerlas encadenadas a la espalda y sentía cómo la sangre brotaba de su cuenca vacía con sensación de impotencia. Sabía que su tormento no había hecho más que empezar, y además no entendía de qué emisario le hablaban.

—No os envié a nadie.

—¡Mentís! —respondió el judío—. Una y otra vez mentís. Estamos hartos de vos, de haber confiado en un puerco cristiano, y a solo un paso de veros colgado de un árbol.

—Matadme entonces. Hacedlo, por Alá o por quien queráis. Os lo suplico...

Dragut tomó la palabra.

—Sería fácil, sí, demasiado sencillo... Vuestra muerte ahogaría la ira que ahora sentimos, pero visto de otro modo, aún podríamos disfrutar más si nuestra venganza fuera un poco más lenta. —Su mirada destilaba crueldad.

—Quiero preguntaros una cosa —continuó Dragut, quien no terminaba de entender sus motivos—. ¿Por qué? —Lo miró fijamente—. ¿Qué habéis ganado con el engaño? Creí por completo en vos, y después de muchos esfuerzos, conseguí que los demás lo hicieran también y sin ninguna fisura... —Se colocó a su lado, lo agarró por la cabellera y tiró de ella atrás dejando que la cuenca vacía del ojo se encharcara con su propia sangre—. Por eso mi decepción es aún mayor. Vais a contestarme ahora mismo y sin darle más vueltas, porque como sigáis insistiendo en vuestra inocencia, imaginaos la peor de las agonías, o la muerte más tortuosa que pueda sufrir un hombre, que será poco para lo que os esperará.

Luis entendió que debía medir su respuesta. Le palpitaba la cabeza, sentía un insoportable dolor en el ojo y en otras muchas otras partes de su cuerpo, pues durante su encierro hubo quien se encargó de hacerle saber hasta dónde le podían doler, pero contestó.

—La carta que os hice llegar con el lugar donde iba a fondear la flota con el oro de las Indias no me produjo sospecha alguna, ni en su contenido ni en la autoría de la misma. Provenía de una fuente de total confianza... —mientras hablaba, el nombre de Fabián Mandrago no dejaba de rondarle por la cabeza. Lo hacía responsable de sus problemas, pero como no tenía prueba alguna de ello, decidió no mencionarlo—. Insisto, no os mandé a nadie ni recomendé ningún cambio. Por tanto, quien fue a entrevistarse con vos ha de ser el que preparó la trampa.

Aydin pidió permiso a Dragut para quitarle el otro ojo, harto del cinismo que demostraba Luis, pero este se lo impidió. Decidieron dejarle ese trabajo a los cuervos en lo más alto de la torre donde estaban.

—Después de que sintáis los desgarradores rayos del sol de esta tierra, y la insaciable hambre que tienen sus pájaros, seréis vendido en un mercado. Os garantizamos que trabajaréis como nunca pudisteis imaginar, pasaréis hambre, sentiréis cómo duele cada uno de vuestros huesos y músculos, y os tendremos siempre vigilado. Desearéis morir desde hoy, cada minuto que os reste de vida; rogaréis que todo termine, pero no lo tendréis fácil... —Dragut le lanzó la mirada más cruel que Luis hubiese visto en un hombre—, porque un corsario nunca olvida.

* * *

A muchas millas de distancia y también en otra fortaleza, ésta propiedad del conde de Cardona, el emperador Carlos recibía en audiencia al hombre que había resuelto la autoría del robo de oro de las Indias y la compleja trama de hombres notables que estaban detrás de él. Le había hecho acudir para procurar un justo reconocimiento a su acción, para ponerlo al corriente de las últimas detenciones, pero también para resolver una curiosidad.

Fabián Mandrago entró cojeando en el salón principal de la torre vestido con un jubón de buen corte y calzón negro, una grata sensación interior y una amplia sonrisa. Junto al Rey estaba la más alta nobleza de la Corona de Aragón, dos cardenales, decenas de militares, una representación de la burguesía, y algunos de los hombres de mayor poder económico de Barcelona.

Se hizo el silencio a su paso hasta que llegó a la presencia del Emperador.

Fabián se inclinó con una reverencia y fue presentado. De repente, entre el auditorio se levantó un espontáneo aplauso que conmovió al recién llegado.

—Ya ves, tu buen hacer nos tiene a todos asombrados. —El Emperador se mostró contento.

—Os agradezco la gentileza. —Fabián agachó la cabeza anonadado por la inesperada respuesta de aprecio.

A una señal, dos pajes se acercaron al Rey portando dos almohadones con algo brillante sobre ellos.

El maestro de ceremonias desplegó un pergamino y empezó a leer la semblanza de Fabián Mandrago. La personalidad de su familia encabezaba la lista de acontecimientos de su vida, lo que llenó de orgullo su corazón al escuchar el nombre de su padre. A la vez que se enumeraban unos y otros hechos en boca de aquel hombre, Fabián hizo su propio balance. El hecho de haber sido fiel a los consejos paternos, recordándolos en los momentos en que había sufrido una mayor tribulación, le habían servido para estar allí y recibir el reconocimiento del mismo Emperador. Revivió sus peores días en Cudillero y en Jamaica, cuando la sed de venganza hacia Luis Espinosa le absorbía por completo, y cómo fue superando sus propias obsesiones al recordar las encomiendas de su padre, hasta llegar a decidir que fuera la justicia la que hiciera pagar a Luis todo el daño que había hecho.

Entre el público se encontraba doña Laura Espinosa, feliz de poder presenciar el homenaje a un hombre con el que había compartido el anhelado sueño de ver a su anterior marido en manos de la justicia. A lo largo de tres años habían buscado su pista por lugares tan distantes como Génova, Jamaica o la isla de Tabarca; habían descubierto el horrendo crimen de su dama de compañía, y con las averiguaciones llevadas a cabo por Fabián pudieron urdir la trampa que tuvo como resultado probar su autoría sobre el robo del oro. Para ella, de todos modos, la felicidad del momento no estaba siendo completa, pues todavía faltaba saberle detenido y eso no había sucedido aún.

El público escuchaba con atención al maestro de ceremonias que narraba cómo Fabián había sufrido toda suerte de penalidades, hasta casi perder la vida, por culpa de un hombre que había sido la mano derecha del propio Emperador. La sucesión de hechos se fue cerrando hasta desvelar cómo había perfilado la habilísima trampa que supuso la derrota de una parte de la flota corsaria, su humillación, la salvaguarda del mayor envío de oro de la última década, y el bien tramado engaño para su principal cabecilla, don Luis Espinosa.

—Mi buen Fabián, además de recibir mi agradecimiento y la insignia que os convertirá en un nuevo miembro de la Orden del Toisón de Oro, quiero informar a todos los presentes que desde hoy seréis nombrado gran alcalde mayor de la Saca de las Cosas Vedadas para el Reino de España, por el probado celo que habéis puesto en el trabajo, junto a vuestra excepcional inteligencia y habilidad. Esta es mi decisión, que en cuanto esté escrita firmaré con gusto.

El público estalló en un cerrado aplauso que Fabián agradeció inclinándose ante ellos.

El Emperador volvió a tomar la palabra para pedirle ayuda con un deseo todavía incumplido.

—Durante estos días se ha detenido a un importante banquero genovés, don Enrico Masso, y a un noble napolitano muy bien relacionado con mi virrey. Además de ellos, también han sido apresados más de un centenar de hombres que colaboraban de una manera u otra con Luis Espinosa, y también el que fuera su socio en Jerez, don Martín Dávalos, por indicaciones tuyas. Y me dicen que hasta puede ser posible la recuperación de una parte del oro robado. Solo hay una cosa que empaña mi alegría, y es ver caer en mis manos al cabeza de la trama, porque entonces… —Su expresión se tiñó de ira y dejó de hablar, imaginándose tan dulce momento, aunque en tan solo unos segundos volvió a la conversación—. Fabián, desde que soy conocedor del mal que ese hombre ha llevado a tu vida, tengo una pregunta que me gustaría ver resuelta antes de dejarte ir.

—Vos diréis, majestad.

—Cuando consigamos detenerlo y sea juzgado, es evidente cuál va a ser su pena. ¿Desearías ejecutarla con tus propias manos…? Créeme que lo entendería…

Fabián imaginó la cabeza de Luis Espinosa bajo el filo de su acero y sintió un escalofrío de placer. La posibilidad de disponer de su vida le seducía de tal manera que nunca había imaginado que pudiera convertirse en una sensación tan intensa.

Buscó a Laura entre el público, la miró a los ojos y después cerró los suyos suponiendo la respuesta de su padre a una pregunta como esa. Y lo vio claro. Buscó en su bolsillo un puñado de arena de una playa de Jamaica que guardaba desde hacía muchos años, lo apretó con fuerza y solo entonces respondió.

—Majestad, lo deseo, pero no voy a hacerlo. Prefiero que sea la justicia quien se cobre el pago de sus numerosos delitos. ¡Así quiero que sea!

SÉPTIMO ESCENARIO

Entornos de emoción

Nápoles
Año 1550

I

Durante los siguientes ocho años, Yago y Volker viajaron por una buena parte de Europa buscando los ejemplares mejores con los que construir esa nueva obra viva que Pignatelli les había encomendado.

Conocieron los estados del norte de Italia, donde la tradición en la cría y mejora de los caballos se había convertido en una de las mayores aficiones de la nobleza local, como era el caso del ducado de Mantua o el de Ferrara. En Trieste encontraron caballos hermosísimos fruto de cruzamientos entre yeguas autóctonas y caballos turcos, en Siena disfrutaron asistiendo a sus carreras en la piazza del Campo, y en la Toscana les fueron presentados los mejores criadores de su raza, inmortalizada por el pintor Boticelli.

Los patrones de belleza que deseaban fijar en el nuevo caballo, en algunos casos estaban ya presentes en las obras de los más grandes maestros, como era el caso de la escultura ecuestre de Bartolomeo Colleoni en Venecia, o la de Leonardo da Vinci en la piazza del Duomo de Milán, una monumental obra del duque Francesco Sforza sobre un formidable y hermosísimo caballo de proporciones nunca vistas, casi cuatro veces más alto que una persona.

Entre unos y otros destinos fueron eligiendo los mejores sementales que bajo el criterio de Volker podrían estructurar las formas de la deseada raza; los toscanos eran caballos de movimientos rápidos y gran agilidad, de cabeza fina y alargada y hombros anchos, aunque de cuello demasiado corto. En muchas de las castas que fueron conociendo, como era el caso de la calabresa y la salernitana, había sangre árabe y también española; o el de la casta camarguesa, del sureste de Francia, que había visto ennoblecer su clase con sementales andaluces.

En sus viajes por Flandes y Borgoña eligieron para su propósito a un enorme caballo de raza ardenesa buscando que diera corpulencia a los nuevos machos que nacieran en la escuela, y un bávaro al poseer entre sus características una notable musculatura, combinada con un equilibrio de movimientos muy interesante.

Yago exploraba sus cualidades interiores, que fueran calmos, flexibles, confiados y despiertos, vivaces y sumisos, pero Volker se fijaba más en su físico.

El viaje más lejano lo hicieron recorriendo Hungría para adentrarse después en territorio persa atravesando los montes Cárpatos, donde los azeríes poseían una de las razas más elogiadas en Europa, considerada como una de las mejores, la que llamaban *karabakh*.

Cada primavera se desplazaban a uno u otro destino y no volvían hasta bien entrado el verano. De todos los viajes, el que más frutos produjo sin duda fue el que les tuvo por las dehesas de Córdoba, Baza y Jerez. En esas tierras que habían formado parte de su vida, Yago encontró la base principal y la esencia con la que construir la nueva casta.

De los dos centenares de animales selectos que llenaron las cuadras de la escuela durante esos años, dos de cada tres fueron comprados en el sur de España, y uno en la cartuja de la Defensión. Los monjes habían conseguido criar un semental de cabeza grande, ojos expresivos y distanciados, cañas cortas, cuello musculoso y crestado, cuerpo compacto y grupa redondeada y ancha. Con esa estructura exterior, pero sobre todo con la nobleza de espíritu, inteligencia y disciplina, empezaron a trabajar para formar el eje de un gran caballo de sangre española, toscana y algo calabresa, persa y ardenesa; un caballo al que también se le añadió la esencia de los mejores Guzmanes.

Desde el cuarto año, coincidiendo con la edad mínima para el adiestramiento y monta de los potros, Yago y Francesca comenzaron su doma. En esos ejercicios valoraban qué cruces conseguían desarrollar las cualidades perseguidas.

Carmen, desde su vuelta a Nápoles y una vez que su padre fue encarcelado en la isla de Cerdeña, tomó parte activa en aquel sueño colectivo, a veces acompañándolos en sus viajes, otras ayudando en el cuidado de los pequeños potros que empezaron a multiplicarse dentro de las cuadras, y sobre todo estando siempre pendiente de Yago, de su mejora, de que sintiera en ella uno de sus más firmes apoyos.

Recién estrenado el año de mil quinientos cincuenta, Yago empezó a preocuparse por el notable deterioro del aspecto físico de Camilo. En poco tiempo pesó la mitad que antes, y aparecieron unos inquietantes temblores y escalofríos que le dejaban agotado. Pero lo peor vino cuando en su vientre se evidenció una fea protuberancia a la altura del hígado, y su piel tomó un extraño tono amarillento. Desde ese momento, Camilo perdió toda su vitalidad.

Nadie quería pensar en lo peor y menos aún hablarlo.

De todos los que lo rodeaban, Yago era el que menos asumía la gravedad de su enfermedad, y vivía en la esperanza de su recuperación.

Pero Camilo parecía estar empeñado en lo contrario.

La primavera de aquel año llegó pletórica de color, de perfumes y recuerdos.

A Camilo le parecía una absurda incongruencia que, cuando todo a su alrededor desprendía vida, rezumaba alegría y plenitud, él se estuviera consumiendo sin remedio.

Algunos días en los que sus males le daban una corta tregua bajaba a los jardines de la escuela para ver a los potrillos recién nacidos. La mitad eran hembras, hijas nacidas de una nueva raza de caballos que empezaba a ser, por derecho propio, la más hermosa obra realizada nunca antes en todo el Imperio.

Después de un trabajo bien dirigido, exquisito y constante, se había conseguido la nueva estampa de animal, un tamaño y unas formas ideales, perfectas, pero sobre todo un carácter dócil y templado; el necesario para dotar a sus machos, una vez castrados, de la mejor aptitud para la doma, con artes y movimientos hasta ahora nunca vistos.

Sus responsables, Volker, Pignatelli y sobre todo Yago, habían dado todo de sí mismos para la empresa.

Camilo, desde su responsabilidad en ese cometido, había puesto a prueba a cada nuevo semental y a todos sus hijos para ver cómo sentían sus motetes, madrigales, misas o cánones. Algunos, nada más percibir las primeras notas, levantaban las orejas, alzaban el cuello y demostraban una insólita capacidad para captar los menores matices o variaciones. Pero además reaccionaban en consecuencia poniendo todo su empeño en acompasar sus movimientos con la música, como si vivieran en toda su intensidad cada acorde. Algunos bufaban al sentir el roce de un arpegio, piafaban con las ascensiones rápidas, o trotaban con un gloria en alguna de las misas que Camilo tocaba. Vivió con asombro cómo algunos de los nuevos caballos eran capaces de responder al eco que las notas producían sobre las paredes del picadero, salpicando ellos la arena con el estallido de sus cascos.

Era una nueva raza, nacida para ser grande, dotada de una enorme sensibilidad musical, pues bastaba verlos recorrer la pista inspirando no solo el aire, sino también la esencia de las notas que sentían flotar a su alrededor, caracoleando entre sus crines.

Entre todos los caballos que fueron naciendo y creciendo en la escuela a lo largo de esos ocho años, hubo tres que conmovieron especialmente a Camilo y al resto del equipo.

Dos eran negros y uno tordo rodado, casi blanco.

Sus cuellos ya no eran tan gruesos como los que gustaban en Nápoles, sino más largos y bien asentados sobre el tórax, en un ángulo más abierto. Tenían pecho estrecho, no tan hundido, y los lomos eran cortos, con grupas algo menos redondeadas. Su perfil era tan hermoso que hasta los propios caballos demostraban ser conscientes de ello, visto el adorno con que caminaban y se movían.

Pero de todas sus virtudes, destacaban dos cualidades poco comunes en los animales que solían verse por Nápoles: su facilidad al salto y la hermosa y elegante cadencia de su paseo.

Esas aptitudes habían sido fruto de una deliberada selección por parte de Volker, pero era Camilo quien las testimoniaba a través de su música.

Camilo apenas coincidía con Yago, pero esa mañana lo vio aparecer con un potro para entrenar: un ejemplar todavía joven para la monta, de cuatro años y de nombre Turco dada la procedencia de su madre, cruzada con un caballo español.

Yago empezaba a darles cuerda desde esa edad para acostumbrarlos a la pista, aunque antes había valorado ya sus cualidades para la doma y conocía su alma como si fuese la suya.

En ocasiones Camilo lo había visto subido a la cruz de un potro mayor, realizando mínimos desplazamientos hacia delante y atrás, explorando en ellos dónde radicaba su eje de fuerzas; aquel lugar donde se cruzaba la potencia procedente del tercio posterior con la presión repercutida de los brazos del animal. Precisar esa localización era un factor crítico para luego conseguir de ellos giros, cabriolas, o un simple paso en lateral.

Una de aquellas luminosas mañanas de primavera, Camilo se dirigió hacia la pista de entrenamiento para ver qué hacía Yago. Cuando este se dio cuenta, dejó correr al potro por la pista, y aprovechó un descanso para saludarlo y hablar.

—Acabas de cumplir veintiocho años, y si no recuerdo mal, llevamos juntos casi veinte… —Sintió un repentino dolor en el abdomen, pero lo disimuló bien y siguió hablando—. Llevo tiempo buscando un buen momento para preguntarte sobre ciertos asuntos, y algo y me dice que ese día ha llegado… —Yago aguardó con expectación.

Conocía bien a Camilo, y desde que había enfermado vivía casi siempre encerrado en sus pensamientos, decía que meditando sobre la vida. Algunos días lo acompañaba y comentaban los avatares de la jornada, otras veces les bastaba con compartir sus silencios, silencios llenos de miedo en el caso de Camilo, que se percataba de su deterioro; y de ilusiones en el de Yago, que aprovechaba esos momentos para dibujar en su cabeza los aires que luego ensayaba con los caballos, o sencillamente para disfrutar de los ya conseguidos.

—Me gustaría saber dos cosas sobre ti, Yago. La primera puede que te exija un cierto esfuerzo de imaginación, pero para contestar a la segunda solo necesitarás hurgar en tu corazón.

Yago se apoyó sobre la cancela que daba paso a la pista y esperó a oír sus preguntas.

—Yago… responderá…

—En tu vida has conocido demasiadas veces la desesperanza, el desprecio y el dolor. No has podido conocer a tus padres y se han reunido en torno a ti un cúmulo de desgracias que no te abandonaron hasta hace bien poco. En ocasiones, y por ahí discurren mis dudas, has llegado a pensar que nunca encontrarás a nadie que pueda aceptarte tal y como eres, y menos aún que llegue a enamorarse de ti. ¿Cómo te imaginas que será tu vida dentro de unos años?

—Me veo… solo… —respondió sin dudarlo.

—Solo… —Se rascó la barbilla—. Entiendo… ¿Y eso te hace sufrir?

—Muchas veces sí —respondió extrayendo toda la verdad que había en su alma.

El hombre lo miró apenado. Era evidente que Yago había mejorado mucho, ahora podía hacer cosas que antes serían impensables, y su comunicación con los demás no era perfecta pero se acercaba a lo normal, aunque todavía en sus gestos, en su forma de estar, de mirar o responder, seguía notándosele algo diferente, un aire que extrañaba a quien no lo conocía.

Camilo sabía lo difícil que le sería conseguir que una mujer se fijara en él para amarlo.

—El corazón se puede llenar de más cosas… Y si no fíjate en mí: el mío nunca lo ha ocupado una mujer y no he sido desgraciado por ello. El amor también está en lo que haces, en tu gente, en aquellos logros que vas alcanzando, o en quienes te ayudan a conseguirlo. Incluso está también en los que te han herido cuando se les perdona, y por supuesto el amor está en Dios. —Tosió con debilidad, tomó aire y adoptó un gesto más solemne—. Yago, busca la felicidad en todo lo que sencillamente te ha tocado ser y vivir. No ansíes lo que no se te ha dado, pues si lo haces te hará sufrir. Disfruta de tus sueños, de lo que emprendas, respires, vivas o sientas. —Le pasó la mano por la cabellera rizada y descubrió en su mirada un brillo cargado de emoción.

—Yago querer decir… algo también…

Camilo lo animó a hacerlo encantado.

—Gracias a ti… sé qué es… amar… sí. Y Yago siente a Camilo como… co… como a un padre...

Se sumieron en un abrazo lleno de agradecimientos mutuos. Sin haber tenido que hacerle la segunda pregunta, Yago acababa de responderla, y gracias a su afirmación la vida de Camilo ganaba mucho más sentido.

En esos momentos Francesca entró en la pista montada a caballo. Al verlos se dirigió hacia ellos con una divertida expresión.

—¿Qué me pierdo?

—¡Ven un momento, Francesca! —le pidió Camilo.

Ella descabalgó, ató las riendas a la valla, y preguntó en qué podía ayudarlo. Su trato con Camilo no había sido muy profundo, pero sabía cómo influía en Yago y lo mucho que había tenido que ver en su adaptación. Al tenerlo más cerca se asustó de su delgadez.

Yago se despistó unos segundos para ir a buscar a su potro, momento que Camilo aprovechó para dirigirse a la chica.

—Has de cuidarlo. —Ella se quedó un poco perpleja—. Tenlo presente cuando yo falte, que me temo será pronto…

Francesca sintió pena al escucharlo hablar así.

—Sabéis que así lo haré.

Camilo la miró con una sombra de inquietud. Desde hacía tiempo quería saber algo que nunca se había atrevido a preguntar. En otras circunstancias hubiera respetado su silencio, pero ahora no tenía tiempo.

—Dime una cosa, Francesca. ¿Alguna vez lo amaste?

Las mejillas se le encendieron, se recogió la melena con un cordón y dudó qué decir. Le costaba abrir su corazón a un hombre que apenas conocía, y más aún tratándose de un asunto tan importante para ella.

—No lo sé… —Bajó la mirada.

—¿No lo sabes? —Camilo no la entendió—. ¿Lo hiciste o no?

—Os explico. Yago era muy joven cuando coincidí la primera vez con él. Su talento, la sencillez que demostraba y su misterioso mundo interior me atrajeron, he de reconocerlo, a pesar de que me extrañasen también muchos de sus comportamientos. Sus diferencias con cualquier otro hombre saltaban a la vista, pero no me importaban porque él las compensaba con otras virtudes. Pero cuando me di cuenta de que empezaba a mirarme de otro modo y sentí que le atraía, me planteé cuáles eran mis verdaderos sentimientos hacia él. Y ahí empezó el problema.

Camilo sintió un mareo repentino, se le nubló la vista y tuvo que bajar la cabeza un momento para recuperar cierta normalidad. Preocupada por su mal aspecto, Francesca corrió a buscar un poco de agua, y hasta que no lo notó del todo recuperado no se apartó de él.

Camilo la animó a continuar.

—Os decía que tuve que pensármelo muy bien porque no entendía ni mis propios sentimientos. El cariño y la compasión pueden viajar demasiado cerca cuando se trata a Yago, y eso fue lo que me detuvo. No sabía qué pesaba más en mí, si se trataba de un amor verdadero o tan solo de piedad; afán de protección o deseo. Y ante tanta duda, no me atreví a dar el paso. Hasta que apareció aquel soldado…

—Comprendo… Pero, ahora que te ves sola y una vez que ese hombre te dejó, ¿sigues pensando lo mismo?

Ella meditó un segundo su respuesta y midió bien sus palabras.

—Después de haber compartido tanto con Yago, de haber estado tan cerca de él estos años, y de haber vivido emociones tan poco comunes entre caballos, vuestra música y su arte, sé que lo quiero, mucho, pero también que no lo amo… ¿Me entendéis?

Camilo se secó la nariz con un pañuelo y retiró una lágrima que se le escapaba de un ojo. A medida que se acercaba al final de su camino vivía las cosas con más intensidad y lo saboreaba todo, aunque se tratase de simplezas. Reconoció a Francesca su actitud hacia Yago, conmovido. Aunque hubiera deseado ver unidas sus vidas, entendía la realidad del joven y el comportamiento de Francesca.

—Cuídalo siempre, dale tu cariño, y si puedes, haz que se respete su diferencia. —Le cogió las manos—. Prométeselo a este viejo enfermo…

—Os lo prometo, pero no solo porque vos me lo pidáis, sino porque él me ha enseñado a ver que la diferencia también es una virtud hermosa.

II

En un barco corsario que había tomado ruta hacia Chipre, entre los cincuenta remeros había uno que apenas era un triste recuerdo de lo que fue en el pasado.

Luis Espinosa había visto cómo las calenturas en sus manos se convertían en ampollas, y luego en callosidades bajo la erosión de los remos en un castigo de galeras que terminó pareciéndole hasta más benévolo que los anteriores vividos.

Luis agotaba las horas y los días en el vientre de esa galera, concentrado en mover su pesado y largo remo que junto con los otros cuarenta desplazaban la embarcación en días de escaso viento. Con las velas arriadas y el mar calmo, ese trabajo no resultaba tan duro como cuando se enfrentaban a aguas picadas con olas que atravesaban la cubierta principal. Lo había sufrido en más de una ocasión durante los cuatro años transcurridos entre esas paredes de madera, salitre, sudor y horrendos castigos.

Se miró las piernas y el torso desnudo. A veces se asombraba de su capacidad de resistencia sin entender de dónde sacaba nuevas fuerzas cuando apenas la comida que les daban llegaba para sobrevivir.

—¡Deja de pensar y trabaja, maldito cristiano! —Cada una de las seis puntas del látigo, rematadas con afilados hierros, se le clavaron entre el hombro y la espalda provocándole un intenso dolor. Durante la retirada del cuero, el hombre arrastró una buena parte de la piel, pero Luis no se quejó; una protesta durante esos trances era bastante peor que comerse el daño en silencio. Esos cómitres entendían la queja como una falta de respeto y se la cobraban con ensañamiento. Lo había visto hacer en multitud de ocasiones.

Apretó los dientes como tantas otras veces había hecho, masculló un insulto y siguió aferrado al remo ajeno a su dolor, a pesar de sentir cómo la sangre resbalaba por su espalda.

Miró a su izquierda.

Una decena de hombres, apenas esqueletos, repetía en una secuencia agotadora aquel esfuerzo que a tantos había derrotado. Se fijó en uno que parecía estar vencido por el agotamiento y que se derrumbó sobre el remo.

Al advertirlo, quien ejercía de verdugo de remeros volcó toda su furia sobre el desgraciado. El látigo restalló más de una docena de veces sobre su frágil cuerpo sin provocar en él la menor reacción. Cuando comprobó que había muerto, el cómitre rompió en blasfemias, lo sacó de su asiento al vuelo, con una sola mano y miró al resto con una actitud que dejaba claro que no aceptaría ninguna deserción más.

Luis recapacitó sobre su suerte y no pudo ni tragar saliva al recordar el cúmulo de sufrimiento que había vivido desde su sentencia a esclavitud hacía ya ocho años, cuando sus jueces corsarios así lo decidieron. Se vio de nuevo frente al consejo corsario, cuando lo sentenciaron. Después de sus intentos de exculpación, no tardaron en hacerle entender lo que le esperaba. Para empezar, esa misma tarde lo habían dejado atado a un mástil y al sol, con las heridas abiertas. Fue la sal de su propia sangre la que atrajo a los cuervos, que se dedicaron a picotear de ella sin dejarle una gota. En su desesperación, deseó más la muerte que la indignidad. Pero su tormento no había hecho más que empezar.

Días después fue vendido como esclavo a un desalmado en la isla de Bodrum, antiguo bastión de los caballeros de San Juan de Jerusalén, también llamada Rodas, que por entonces estaba en poder turco. Su amo, un rico agricultor, se propuso sustituir las mulas por esclavos, y de ese modo le tocó arrastrar un arado y arañar la tierra día tras día, en una extensión que se medía por centenares de aranzadas. Tuvo también que podar olivos hasta dolerle las manos, y trillar el grano con unos cepillos especiales de púas con los que se tardaba el triple.

Nunca había trabajado tanto y comido tan poco.

Los cuatro años en esa isla fueron peor que morir en vida. Hubo de pasar por continuas vejaciones, no supo qué significaba la palabra descanso, llegó a pensar que un perro tenía más derechos que él, y ni tan siquiera recibía la comida necesaria para sobrevivir. Incluso fue violado por uno de los encargados, y no hubo un solo día que no sufriera su continuado y salvaje desprecio.

Por entonces, recordaba con penosa nostalgia sus años de lujos y poder; cuando todavía era alguien admirado en muchas cortes europeas. Pero hasta los recuerdos se le fueron borrando mientras se abrasaba al sol cada día, uno tras otro. En su completa degradación como ser humano solo le quedaba un pensamiento al que aferrarse: el deseo de escapar y vengar el mal que le habían hecho. Con ese sentimiento conseguía mantener su alma viva; centraba todas las culpas en Fabián, a quien juró matar, y en su locura llegaba a verse de vuelta a su anterior realidad, recuperando su nombre y el respeto de todos.

Solo cuando pensaba de esa manera sentía la sangre por sus venas y recibía las fuerzas necesarias para soportar un día más.

Fijó su mirada sobre la espalda de quien tenía delante, otro desgraciado como él sujeto a su remo, cuando un brutal estruendo quebró el ambiente. Después de superar un primer momento de desconcierto, comprobó que a su izquierda se había abierto un enorme agujero en las traviesas por donde se adivinaba la presencia a escasa distancia de tres galeones con los cañones humeantes. También vio los restos esparcidos de cinco remeros, todos los que se habían cruzado en la trayectoria de la bala de cañón, que había atravesado el barco de lado a lado.

El cómitre del látigo había perdido una pierna y lloriqueaba en el suelo mientras los cautivos gritaban asustados tratando de soltarse de sus cadenas. Luis observó lo cerca que tenía el llavero que las abría. Estaba en el suelo, al lado del hombre retorcido de dolor. Estiró la mano para hacerse con las llaves, pero las cadenas que ataban sus pies estaban unidas a una argolla y no le permitían estirarse más para alcanzarlas. De tanto forzar, se hirió las pantorrillas pero no le importó. Hizo un último esfuerzo con todas sus ganas hasta que tocó con la punta de los dedos el metal, pero la mano de su portador le aferró la muñeca. Sus miradas se cruzaron.

—Maldito seas; ¡déjalas o te juro que mato! —le escupió.

Luis concentró las pocas energías que tenía en soltarse a tiempo, abrió el cerrojo por encima de sus tobillos y pasó la llave al preso que estaba a su lado. Uno tras otro fueron liberándose de sus hierros ante la expresión de terror de su supervisor, quien vio cómo se le abalanzaban para golpearlo con furia.

Luis fue de los primeros en decidirse a salir por el agujero que había producido la bala. Se lanzó al agua en busca de algo a lo que sujetarse. Si hubiera subido a cubierta lo habrían matado en segundos, por lo que vio su única oportunidad en el agua, donde tal vez los atacantes pudieran recogerlo.

Presenció la feroz batalla entre los galeones de la armada y la galera corsaria, hasta que esta fue hundida. El mar quedó salpicado de trozos de madera, velas, cadáveres, y no más de una docena de hombres que como él habían conseguido hacerse con algo para mantenerse a flote y que peleaban a muerte por su vida.

Pocas horas después, Luis Espinosa se encontraba en la cubierta de la Esmeralda, un galeón imperial, y explicaba a un grupo de oficiales la tremenda historia de su cautiverio, sin dar cuenta en ningún momento de su verdadera identidad.

—Me llamo Carlos Partida —se inventó—, y hará ocho años que fui capturado por unos corsarios en las inmediaciones de la isla de Mallorca.

El capitán que lo escuchaba, ante su lamentable estado, le ofreció un pedazo de queso de oveja, una buena pieza de pan negro y una frasquita de vino tinto.

—Habéis tenido suerte de dar con nosotros, y de haber abandonado a tiempo la galera antes de su hundimiento.

Luis probó con verdadero placer el queso y miró al horizonte poco antes de que el sol desapareciera.

—¿Y a dónde decís que vais ahora? —preguntó.

—Nuestro destino es Nápoles, amigo mío, navegamos hacia Nápoles.

* * *

Pignatelli creyó que había llegado el momento.

Sus cuadras por fin contaban con una raza de caballos dispuesta a darle significado al arte de la equitación; disponía de un jinete que desde su mundo de silencios conseguía de ellos lo que ningún otro, y tenía a Camilo, quien a pesar de su enfermedad y cuando las fuerzas se lo permitían, añadía su sensibilidad a un espectáculo que en Nápoles nadie había presenciado todavía.

Por eso, Pignatelli decidió convocar a la ciudad entera para que conociera al nuevo caballo que había creado entre las cuatro paredes de sus cuadras, y presenciaran el nacimiento de un nuevo arte: el ecuestre.

—Quiero convertir ese momento en la más sonada inauguración. —Pignatelli no paraba de moverse alrededor de la cama donde reposaba Camilo—. Cuando abrí las puertas de esta escuela, nadie creyó en mi visión, pero ahora, después de haber trabajado tanto, he de darlo a conocer a todo el mundo

El que fuera cartujo no solo le había expresado su más honda satisfacción, también le prometió que tocaría, a pesar de no encontrarse en las mejores condiciones de salud.

—Imagino que la estrella de tan magno acontecimiento será, cómo no, la nueva raza creada gracias a vuestro empeño. Pero además, hoy y aquí, os pediría un gran favor…

—Vos diréis, mi querido amigo.

—Debéis hacer que Yago también lo sea. Como bien sabéis, lo ha dado todo para ver cumplido vuestro sueño, y creo que se merece vuestro reconocimiento y el del público que acuda. Le ayudaría mucho en su proceso de maduración. Quizá peque por adelantarme a algo que podíais tener previsto, pero no puedo dejar pasar una oportunidad como esta…

Pignatelli, preso de los nervios, había estado jugando con los botones de su casaca desde que había entrado en el dormitorio, pero dejó de hacerlo al escuchar a Camilo. Le confirmó la intención que tenía de homenajear a Yago, por supuesto antes de escuchar su solicitud, dado el agradecimiento que sentía hacia quien había levantado el nuevo edificio de esa raza, y además era el mejor jinete de su escuela.

—Yago ha puesto no solo pasión, sino también excelencia en cada encargo que se le ha hecho. Con sus manos, con su intuición, y gracias a la capacidad que posee de penetrar en la mente de cada uno de los caballos que pasan por su mirada, consiguió primero entender qué necesitábamos, y después diseñar cómo debía ser el animal capaz de conseguir emocionar a todo aquel que lo viera, como lo consigue un cuadro, un edificio o una pieza musical. Cuando no ha estado de viaje, siempre se le ha visto dedicado al entrenamiento de los caballos, sin descanso. Ha asumido mis sueños como si fueran suyos y gracias a su talento hoy los vemos cumplidos a pesar de que eran muchos más los que dudaban de nuestro éxito que los que creían en él. Pero además, como sucede con los grandes artistas, Yago se ha crecido durante este tiempo y ha logrado adiestramientos y un estilo personalísimo y parece ser que nos quiere sorprender durante el evento que os acabo de comentar.

Camilo desvió la mirada hacia la ventana y deseó absorber toda la luz que se regalaba en aquellos últimos días de mayo. Sin tener puesta su atención en ningún punto en concreto, quiso agradecer a Pignatelli lo mucho que había influido en la mejoría de Yago.

—Le habéis hecho un gran favor al darle tan altas responsabilidades.

A lo largo de su estancia en la escuela, Camilo había constatado un llamativo cambio en el estado de Yago. No tenía nada que ver con el muchacho que había llegado por primera vez, y era evidente que había empezado a saber cómo superar sus dificultades emocionales.

—No creáis que he sido yo, la mayor influencia la han tenido los propios caballos, de eso estoy seguro… —Pignatelli descorrió los cortinones para que entrara más luz y permitiera a Camilo ver la ciudad desde su cama. El enfermo tosió con debilidad, se aclaró la garganta y compartió su parecer.

—Estoy en parte de acuerdo. Pienso que se han ayudado mutuamente. Yago les ha enseñado a expresar emociones que corrían por sus venas sin ellos saberlo, y los caballos, a cambio, le han ayudado a madurar como persona y como hombre. Se han compartido durante todo este tiempo, y ahora se deben mucho.

En cuanto Camilo recibió el sol en su cara, Pignatelli constató el mal color que tenían sus mejillas y la falta de vitalidad en su mirada. Temió por su estado, quizá mucho más que en anteriores ocasiones.

—Haré venir al médico. Con toda confianza y entre nosotros, no os veo nada bien. ¿Cómo os encontráis?

Camilo cerró los ojos y recordó las palabras del último médico que le había reconocido, apenas dos semanas atrás.

—No os molestéis. Ya no es necesario.

—Pero ¿por qué decís eso? Nunca se pierde la esperanza.

—Vivo de prestado —afirmó con serena frialdad—. Según los médicos debería haber muerto ya... Eso significa que cada día es un regalo de Dios y así me lo tomo.

Pignatelli sintió cómo se le encogía el corazón con la noticia, y de inmediato pensó en Yago.

—¿Lo sabe él?

—Supongo que se lo imagina, pero no lo hemos hablado de forma abierta. Quiero verlo recoger los frutos de su carrera antes, ese es mi deseo. Ya lo hablaremos después...

Mientras conversaban, Yago no podía imaginar quién lo estaba esperando en la entrada de la escuela, cuando le vinieron a decir que tenía una visita.

Bajó las escaleras de dos en dos emocionado. Casi nunca preguntaban por él. Pensó que se trataría de Carmen, a quien veía menos desde que había tenido su primer hijo con Volker. Dudó también si no sería algún fraile de la cartuja de Jerez, dados los pocos conocidos que tenía, pero lo encontró demasiado raro. Dobló el pasillo que terminaba en el recibidor principal de la escuela, y casi se chocó con un hombre de aspecto dejado, barba mal cuidada, cabellera anudada en una coleta y ropa de poca calidad. Al mirarlo a los ojos se percató de que le faltaba uno. No le gustó nada y se quedó parado, sin entender quién era o qué querría de él.

—¿Quién sois? —Su persona le producía una extraña inquietud.

—Me llamo Luis Espinosa y hace mucho tiempo que te buscaba...

Luis observó a su hijo con decidida curiosidad. Estaba viviendo uno de los momentos más trascendentes de su vida, y no quería perderse el menor detalle. Le extrañó su forma de mirar.

—¿Y se puede saber para qué me buscáis?

—Por una razón muy importante... —Carraspeó y una sombra de gravedad cruzó su expresión—. He venido hasta aquí después de pasar un sinfín de calamidades, no las imaginarías, para hacerte saber una sola cosa. —Provocó una pausa para dar más contundencia a sus palabras—. Aunque no te lo parezca en una primera impresión, para ti soy mucho más que un nombre, mucho más que un extraño visitante que un buen día aparece preguntando por ti... —Le clavó la mirada, y sus ojos reflejaron un alto grado de ternura—. Yo soy tu padre...

Yago se quedó pasmado.

Lo observó de arriba abajo, incrédulo. Lo que acababa de escuchar era algo para lo que no estaba preparado. Empezaron a temblarle los labios cuando intentó hablar. No era posible, pensó. Su padre... Nunca había sabido quién era. ¿Cómo iba a saberlo? ¿Quién era de verdad ese hombre?, se preguntaba, sintiendo como se le aceleraba la respiración.

Luis suavizó su mirada a la espera de recibir de parte de su hijo algún gesto quizá esperanzador, o cuando menos un cierto interés. Pero Yago todavía no era capaz de articular ni dos palabras seguidas. Después de un tartamudeo inicial intentó preguntar, pero confundió la forma de hacerlo.

—¿Soy tu padre? —Yago trasladó su pregunta con las mismas palabras que el hombre había empleado. Cuando sufría una tensión tan alta como esa, a veces le sucedía.

—No, no, ¿pero qué dices? Ese soy yo. ¡Tranquilo, muchacho! Entiendo que la noticia te haya alterado, es normal. Puede que no me creas, pero yo sé que es verdad. Además nos parecemos...

Yago se apoyó sobre una pared conmocionado, y se tapó la cara con las manos, sin saber cómo reaccionar. ¿Podía ser verdad que fuera su padre? No sabía cómo confirmarlo, y tampoco se había imaginado nunca en un trance tan difícil. Una tormenta de pensamientos le asaltó, era una mezcla de dudas, de preguntas, de no entender a qué venía ahora una trascendental declaración como esa cuando acababa de cumplir veintiocho años. De ser su padre, ¿qué había hecho los anteriores veintisiete? ¿Dónde había estado todo ese tiempo?

—No me parezco a vos…

—Te contaré cosas que nadie ha podido explicarte antes. Conocí a tu madre en la hacienda que tenía mi primera mujer en Jerez de la Frontera. Te aseguro que era muy hermosa, sí. Se llamaba Isabel y…

—¡Callad! —gritó Yago mientras hacía resbalar su espalda por la pared hasta quedar sentado en el suelo, con los oídos tapados.

—Tu madre me ocultó su embarazo, tuve que emprender un viaje que me mantuvo fuera de Jerez nueve meses, lo que duró la gestación. Y cuando a mi regreso supe que habías nacido no conseguí verte porque te ocultó, te escondieron de mí, y poco después ella también desapareció…

Yago empezó a hablar en voz alta para no escucharlo.

No quería saber nada, y además presentía que no iba a hacerle ningún bien.

—No, no os creo, no es verdad —repetía sin cesar.

Luis recordó que los Espinosa venían al mundo con una pequeña señal de nacimiento en la oreja, un diminuto agujero. Al acercarse hasta Yago buscó el signo, y en efecto allí estaba. Una evidencia más de su paternidad.

—Te costará entenderlo, es lógico, pero deberías asumirlo. Comprendo tu confusión, como también que me sientas como a un extraño, pero me propongo que eso cambie desde hoy. He pasado por mejores períodos en mi vida, pero ahora, por extrañas circunstancias, me encuentro en un momento en el que todo puede empezar de nuevo. Y me gustaría compartirlo contigo, que emprendiéramos ese camino juntos. He de recuperar muchas cosas perdidas, y sobre todo a un hijo con el que nunca pude estar, pero dispongo de tiempo y mucho tesón. —Le sonrió con un gesto de dulzura nada común en un hombre que había demostrado tener pocos escrúpulos a lo largo de su vida.

Al hilo de sus últimas palabras apareció Camilo, caminando con extrema dificultad, apoyado en Pignatelli. Habían sido advertidos por el portero, a quien había extrañado el aspecto de aquel hombre y su insistencia en ver a Yago. Al escuchar su nombre, Camilo quiso bajar de inmediato.

Yago hablaba en tono serio.

—No, no, tú no eres mi padre... Ese es mi padre... —Su dedo se dirigió hacia la débil figura de Camilo, quien pidió a Pignatelli que lo ayudara a caminar hasta Yago, y dejó que el chico se abrazara a él sin apenas poder sostenerse.

—Sois una sabandija, un asesino y un traidor... —proclamó con autoridad—. ¿Cómo os atrevéis a venir hasta aquí, y qué motivos os traen?

—Dice... que es mi padre... —apuntó Yago.

La expresión de Camilo se endureció. En esos momentos parecía haberse olvidado de su enfermedad, enderezó la espalda y se dirigió a Luis con voz severa.

—¿Cómo podéis decir eso?

—El joven dice bien. Mantuve una relación con una dama de compañía de mi mujer y la dejé embarazada. Lo supe el mismo día que nació, aunque no he podido verlo hasta hoy. Esa es la única verdad.

Yago lo miró con desazón.

Camilo tenía demasiadas referencias negativas sobre su persona, a quien recordaba de Jamaica.

—No sé si lo que decís es verdad o no, pero no se es padre por el solo hecho de haber concebido a un niño; se ha de ejercer como tal, estar, protegerlo. Y si lo sois, no habéis estado nunca a su lado.

—No sois mi padre, aunque... lo juréis… no, no… ¡No lo sois!

Luis escuchó hablar a Yago con una fría resignación. Sus palabras no le afectaban, en realidad ni las escuchaba. Había padecido demasiadas humillaciones y tormentos, y su único objetivo era recuperar su identidad y hacer que sus apellidos perduraran a través de aquel hijo.

—Ahora debes venir conmigo.

Yago no levantó la cabeza.

La ofuscación que la noticia le había producido en un primer momento dejó de ser tal, y empezó a ver la situación con más claridad. Le había costado mucho tiempo saber quién era, a quién se lo debía y cómo quería que fuera su futuro. Y ese hombre no le importaba nada, fuera o no su padre.

Suspiró, sopesó las palabras que deseaba decir, y cuando vio llegado el momento, lo hizo en voz alta y clara.

—Mi familia es esta… —Miró a Camilo y a Pignatelli—. Jamás os veré como… como a un padre. ¡Largaos!

—Disponéis de un minuto para abandonar esta escuela o seré yo quien os haga salir con mis propias manos —lo amenazó Pignatelli. Os ofrezco esa oportunidad, si no la aprovecháis avisaré a las autoridades. Quizá estén deseando daros captura; se han escuchado muchas cosas sobre vos.

Pignatelli hizo una señal al portero para que lo acompañara hasta la puerta.

Desesperado por la falta de resultados, Luis Espinosa se abalanzó sobre Yago con intención de arrastrarlo con él, pero le frenó una mano que le impidió dar continuidad a sus intenciones, junto a una gélida mirada, la de su propio hijo.

Yago se dio media vuelta, lo miró por última vez, y antes de regresar al interior de la escuela, le despidió para siempre.

—¡Idos al infierno!

Luis Espinosa deambuló por las calles vecinas, con la mirada perdida y las esperanzas rotas, sin ningún futuro, y con las últimas palabras de su hijo todavía resonando por su cabeza. En su vida nada había salido tal y como esperaba, se veía solo, hundido y sin ganas de luchar.

Para su infortunio, o quizá para su bien, el infierno que le había deseado su hijo llegó muy pronto. Una patrulla de soldados del virrey, alertados por el mal aspecto que tenía, le dio el alto a dos cuadras de la escuela. Luis no dudó lo que debía hacer al entender que para él todo había acabado. Agotada toda esperanza de empezar de nuevo, tomó una decisión.

—Soy el mayor enemigo de vuestro Rey. Soy Luis Espinosa.

III

Una veintena de hombres hicieron girar al mismo tiempo unas grandes mamparas con las que podían tapar o reflejar la luz de unas linternas que estaban repartidas a lo largo del perímetro de la pista principal, según de qué lado quedaran expuestas. Con la luz atenuada, la curiosidad del numeroso público congregado se dirigió al centro de la arena, donde se encendieron cuatro enormes velones.

Era diecinueve de junio de mil quinientos cincuenta, y todos los grandes de Nápoles habían acudido a la escuela de equitación de Pignatelli llenos de curiosidad por entender qué podía significar el sugerente nombre que encabezaba la invitación: «El jinete del silencio».

Empezó a sonar un órgano de potente fuelle.

Las cansadas manos de Camilo ofrecieron una entrada rotunda, fuerte, la señal para que se abriera un portón y aparecieran dos caballos sin jinete, al paso. Iban tapados casi por completo con dos gualdrapas y unas caperuzas que apenas permitían reconocerlos. Iniciaron un trote en perfecta sincronía hasta quedar quietos entre los cuatro velones. Su fisonomía no quedaba a la vista, pero se mostraban elegantes; bajaban y subían los cuellos batiendo sus cabezas, demostrando un gran orgullo de sí mismos.

La música se detuvo y el silencio dominó una breve pero tensa expectación. El público concentró toda su atención sobre los dos animales cuando empezaron a relinchar al mismo tiempo que las primeras notas recuperaban su presencia. Pero explotaron en aplausos al coincidir una escalada de notas ascendentes con la postración de los dos caballos, que doblaron sus rodillas en un saludo formal.

En la oscuridad del recinto solo se veía a los dos corceles inclinados y el suave reflejo titilante de las cuatro velas sobre las telas negras que cubrían sus cuerpos. Durante unos minutos, ellos fueron los únicos protagonistas, hasta que de la penumbra surgió un hombre que buscó su cercanía y reclamó la atención de los presentes.

Giovanni Battista Pignatelli agradeció a todos haber aceptado su invitación y explicó qué objetivos lo habían llevado a fundar aquella escuela, para luego anunciar con solemnidad el nacimiento de una nueva raza de caballos que sería vista por primera vez, la más hermosa entre todas, una estirpe nacida para el arte.

—Hubo un tiempo en que los caballos solo se quisieron para guerras y contiendas. Hubo otro tiempo en que nadie los valoró más que para el trabajo, o por su carne. Pero hoy, aquí, vais a presenciar algo exclusivo; van a mostrarnos algo grande que desde siempre han llevado dentro; su alma, su espíritu... —Hizo una pausa y cuando recorrió algunas caras de los presentes, disfrutó al sentir el ciego interés que demostraban. A continuación moduló su voz para que sonara todavía más potente—. Esta noche, os proponemos vivir una experiencia nueva. Descubriréis que, además de muchas otras virtudes, los caballos son capaces de emocionaros, de transmitir belleza, arte, y hasta de volar...

Pignatelli hizo una señal para que sus colaboradores les retiraran las telas y todos vieran a los dos primeros ejemplares de la nueva raza.

—¡Damas y caballeros; bienvenidos a esta escuela!, espero que disfrutéis con los nuevos caballos, y ahora os presento al jinete del silencio...

Se apagaron los cuatro velones y la pista quedó en completa oscuridad. Tan solo se podía escuchar el trote de un caballo y un relincho.

Durante unos segundos el público contuvo la respiración a la espera de ver con qué les sorprenderían ahora, después de tan prometedor arranque.

El órgano sonó a dos tiempos y con escalas inversas. Las mamparas giraron, y el reflejo de las lámparas iluminó la pista. En medio, montando un caballo castaño, apareció Yago. Llevaba la cara pintada, imitando las mismas manchas de la cabeza de su animal preferido, Sigiloso; la mitad izquierda marrón y la derecha blanca. Jinete y caballo parecían uno solo, en un llamativo y sorprendente efecto.

Yago miró a Camilo y se emocionó.

Era consciente del tremendo esfuerzo que estaba haciendo para estar presente aquella noche. Su amigo le devolvió la mirada, sentado frente al órgano, con las manos listas para correr por el doble teclado. Camilo estaba decidido a darse por completo en el acto más importante de la carrera de Yago. Su extrema debilidad no le había impedido acudir, casi desde el lecho, y esperaba aguantar hasta el final.

Yago acarició el cuello de Sigiloso, con quien su compenetración era perfecta. Le habló al oído, se colocó en el punto idóneo de su montura, tiró suavemente de las riendas y el animal empezó a caracolear alrededor de una mujer que acababa de aparecer. Francesca vestía de blanco, con una reluciente túnica de lino. Levantó los brazos y se dirigió hacia el caballo en línea recta. El jinete esperó a que estuviera a menos de un codo de distancia para recibirla con un movimiento circular que terminó recuperando el cara a cara con Francesca. Ella se inclinó y esperó a que el corcel hiciera lo mismo. Taconeó a continuación la arena y con los brazos en jarra volvió a encararse a él. La expresividad de su cuerpo reflejaba su invitación para bailar. El caballo, que pareció entenderlo, aceptó el reto repitiendo con un suave trote cada uno de sus pasos. Francesca, creciéndose en su movimiento, giró sobre sí misma, incitándolo a repetirlo. Y así se mantuvieron un buen rato, hasta sentir que la arena recibía los cascos del animal y los tacones de la chica, al mismo ritmo que marcaba la melodía surgida de las manos de Camilo.

La gente admiró la precisión con que se movían y aplaudió cuando mujer y caballo se pegaron, espalda con espalda, para poco después ver cómo el animal se detenía frente a ella, con el cuello arqueado y la cola en alto.

Los ojos de los presentes no podían creer lo que allí estaba sucediendo. Nunca se había visto que un caballo pudiera seguir el ritmo de una música, respondiera a una danza como si se tratara de un ser humano, y obedeciera a las indicaciones de su jinete como ese lo hacía.

El animal empezó a taconear con manos y pies, sin apenas moverse, copiando la cadencia de los pasos de Francesca hasta terminar alzándose sobre su tercio posterior con poderoso brío y con ella arrodillada bajo su cuerpo, en un peligroso equilibrio que todos supieron valorar en respetuoso silencio primero y, una vez que cesó el peligro y el caballo volvió a su postura, vitoreándolos, completamente entregados a su exhibición.

Francesca levantó las manos por encima de su cabeza y miró al caballo a los ojos, recogió un volante de su falda con una mano y dio un rápido volteo sobre sí misma, lo que formó una ola de color y provocó idéntico giro en el caballo. Cuando no fue uno, sino una larga serie de remolinos cada vez más rápidos, repetidos por el animal con similar arte, consiguieron una increíble explosión de aplausos al verlos casi rozándose, las crines y los cabellos de la chica entrecruzados, en suaves caricias al aire, flotando con la música.

Las luces volvieron a rebajar su intensidad cuando Francesca desapareció de la pista. Yago iba a realizar uno de los ejercicios más complejos que exigía una máxima concentración. Lo haría en compañía de otros dos caballos que entraron de mano de un par de mozos de cuadras. Después de dejarlos a cada lado de Sigiloso, le pasaron dos varas cortas a Yago, que soltó las riendas del suyo.

Camilo miró de reojo su evolución a la espera de la señal, pero en ese instante sintió un agudo dolor en el pecho de tanta intensidad que, incapaz de disimularlo, le obligó a apoyarse sobre el órgano, surgiendo de este una extraña suma de sonidos, lo que atrajo la atención de todos. Pignatelli corrió hacia él, pero Camilo consiguió recuperarse antes de que llegara, y lo detuvo con una mano para tranquilizarle. Se había propuesto tocar durante todo el acto y así lo haría. Levantó con esfuerzo la cabeza para fijarse en el gesto de Yago, y entendió que podía empezar.

Arrancó una serie de triadas para crear un fondo melódico que sirvió a Yago para mover a los tres caballos en un desplazamiento lateral sincronizado. Al llegar al extremo vallado de la pista lo repitió en la otra dirección. Con un cambio en el ritmo de la música, inició un paso más lento en el que cada animal estiraba los brazos hasta casi dejarlos rectos, con un paso elegante y secuenciado, como si uno desfilara ligeramente retrasado del otro. Y al terminar esos aires iniciaron un trote muy corto y sostenido, desplazando los cascos hacia dentro y hacia fuera, en un baile que poco tenía que ver con el movimiento normal de una extremidad al paso, los tres en perfecta armonía. El público no abandonaba los gestos de perplejidad, preguntándose quién era aquel jinete capaz de conseguir tan hermosas ejecuciones. Los caballos sudaban, agotados por la concentración que ponían en cada movimiento, dirigidos tan solo por los suaves toques de vara que apenas recibían sobre sus lomos; y el que montaba Yago, a través de una ligera presión de sus rodillas.

Camilo inició una contundente secuencia que los caballos siguieron con una rápida carrera a lo largo de la pista, frenada a escasos codos del público para alborozo de los espectadores más cercanos, algunos quitándose el polvo que les había llegado.

Pignatelli volvió a aparecer en pista y dio orden para que salieran los quince alumnos sobre sus caballos y en fila de a uno. Yago se colocó delante e inició una serie de pasos más sencillos, que todos repetían consiguiendo la aprobación de sus padres y la simpatía del resto del público.

Fue entonces cuando se pudo admirar la calidad de los nuevos animales, de un caballo que combinaba de forma perfecta belleza, fortaleza y un alto dominio de sí mismo. Los quince ejemplares poseían idéntica capa torda, y sus jinetes iban uniformados con chaquetas azules, pantalón blanco y botas de caña alta.

Los hicieron correr por la arena, se cruzaron, desarrollaron ejercicios de paso corto, bien medido, y terminaron su intervención formando un círculo que se cerraba al centro hasta casi rozarse cabeza con cabeza.

Desaparecieron a continuación por las diferentes puertas de la pista al igual que Yago, acompañados por los aplausos del público, ahora puesto en pie, emocionado con el inaudito espectáculo que estaban presenciando.

Los rumores y conversaciones crecieron entre los asistentes durante el descanso. Se mostraban entusiasmados; las damas con sus abanicos trataban de disipar los efectos de la cálida noche de junio, y los hombres en conversaciones del más variado contenido.

Volvieron a sus asientos cuando aparecieron por un extremo del rectángulo cinco músicos llevando violas, laúdes y flautas. Dos ayudantes de Pignatelli transportaban un clavicordio que dejaron instalado en el centro, y dispusieron cinco sillas para los músicos.

Aquella noche, entre los asistentes se podía identificar a los más notables hombres de Estado, príncipes, varios de los artistas más renombrados y viejos conocidos de Pignatelli, y por supuesto el virrey don Pedro Álvarez de Toledo, quien admiraba en particular la labor conseguida. Muchos años atrás se había propuesto dar al mundo un nuevo animal nacido para expresar arte, un ser con un alma bella, capaz de desencadenar sensaciones, y por primera vez presenciaba muy emocionado el resultado.

A su lado, el duque de Tessa, propietario de la más prestigiosa yeguada de toda Europa, la de los Guzmanes, elogiaba una y otra vez la calidad de los caballos y la ejecución de los movimientos que se estaban mostrando.

—Lo más maravilloso de esta velada es que todavía me pregunto si en realidad estamos acudiendo a un concierto, se trata de una obra de teatro, pretenden conmovernos con unas hermosas habilidades ecuestres, o es todo lo anterior junto, como una nueva demostración artística con nombre propio. —El duque se dirigió al virrey, quien le contestó convencido.

—Esto es puro arte, amigo mío, arte… Hay emoción en el ambiente, pasión, un torrente de sensaciones que lo están contagiando todo. ¿Qué mejor definición del arte se puede dar que esta que estamos viviendo?

Camilo entró en pista apoyándose en Pignatelli y en otro de sus ayudantes con extrema dificultad. La gente valoró su empeño con una larga ovación.

—Están aplaudiéndoos —Pignatelli le habló al oído. Sufría al comprobar su extremo grado de agotamiento.

—Os agradezco que me acogierais en vuestra casa —le respondió Camilo también al oído—. Habéis ayudado a que sea feliz.

—Parece como si estuvierais despidiéndoos… —Pignatelli se despistó con un mozo que venía a avisarlo de que los fuegos estaban listos, y por eso no escuchó la contestación de Camilo.

—Tomadlo como tal, pues lo es…

Yago y Francesca se abrazaron en el interior de las cuadras desbordados de felicidad por el éxito que estaban teniendo. Ella lloraba, y era incapaz de contener tanta alegría viendo a Yago tan emocionado.

Parecía como si la vida fluyera por su mirada en forma de un intenso haz de luz y placer.

—Yago, te están admirando… ¿No te parece maravilloso? —Tomó sus manos, le besó en la mejilla y le dedicó una mirada llena de orgullo—. Esta es tu noche. ¡Disfrútala!

—Es lo más hermoso que he vivido, Francesca. Lo haré, claro que lo haré.

Seis grandes fuegos formaron un pasillo de luz anaranjada en un lateral de la pista. En medio, los músicos empezaron a tocar una pieza suave, muy melódica, acompañada por el clavicordio que Camilo acariciaba con sus dedos.

Yago salió a la arena sin montar esta vez, con una rienda larga y una pequeña vara. Iba por detrás de un poderoso macho de capa isabelina y crines castañas, un animal de ojos brillantes y expresión tranquila. Era el único que trabajaba sin temor al fuego, y además el que mejor constitución física poseía; la necesaria para el ejercicio que pretendían ejecutar como colofón al espectáculo.

Colocó al caballo entre los fuegos, y al son de la música, con solo dos órdenes consiguió levantarlo, manteniéndolo en equilibrio sobre las patas traseras. Dándole suaves golpes en la cruz con las riendas, el caballo empezó a saltar sobre su tercio posterior recorriendo a buena velocidad el espacio limitado por las dos líneas de fuego. El público, aún más incrédulo que antes, observaba la evolución del corcel sin entender cómo lo conseguía. Yago mantuvo al animal sobre las dos patas girando sobre sí mismo para rehacer el camino en la dirección contraria, bajo el aplauso general de todos los allí presentes.

Pero antes de terminar su recorrido Camilo se sintió mal, mucho peor de lo que pudiera recordar, le faltó el aire, notó pesadez en sus párpados y una presión en los pulmones que le impedía respirar. Miró a Yago y entendió que todavía le faltaba un último ejercicio, el más espectacular. Necesitaba un poco más de tiempo, un soplo de vida, la fuerza necesaria para terminar de tocar la última composición con la que se cerraría la sonada presentación.

Rogó a su Señor que se lo concediera.

Concentrado en su tarea, cerró los ojos, y puso su vida y su alma a disposición de Dios. Se vio transportado a una lejana época de su vida, cuando todavía su espíritu se llenaba de experiencias místicas y la música lo movía todo. Se propuso revivir el mismo tono vital que gozaba por entonces y cuando lo consiguió, sus dedos volvieron a acariciar el teclado, decididos a liberar del instrumento su esencia, intensa y conmovedora, como lo hacía Yago con los caballos, o como un pintor desentrañaba en cada lienzo una composición única y hermosa.

Se sintió dichoso al estar presente en el momento en que Yago se hizo aún más grande, cuando hizo saltar a su caballo, y una vez arriba provocó que coceara, quedando las cuatro extremidades extendidas y el animal suspendido como en un vuelo, con la única compañía de las dulces notas que desprendían las violas y laúdes, y la solemnidad de su clavicordio como fondo.

El efecto que el ejercicio produjo levantó a todos.

Vitorearon a Yago, aplaudiéndole hasta dolerles las manos, convencidos de estar viviendo algo tan especial como nunca visto. Él se sintió muy orgulloso al recorrer las gradas como espectador de tanto júbilo, sin darse cuenta de que Camilo se había levantado e iba a su encuentro, para darle su enhorabuena. Pignatelli trató de alcanzarlo, pero no llegó a tiempo porque Camilo, con la mirada puesta en Yago y una alegría indescriptible en su alma, con la sensación de haber cumplido las misiones que su Señor le había encomendado en la vida, se derrumbó sobre el suelo.

Una buena parte del público pudo verlo y gritaron alarmados, señalando donde estaba caído. Yago se volvió a mirar sin saber qué había atraído su interés, pero al ver lo sucedido corrió hacia su amigo temiéndose lo peor.

Cuando llegó, un hilo de vida mantenía a Camilo con los ojos abiertos.

—Padre, no te vayas ahora. —Yago se arrodilló a su lado y se abrazó a él.

—Es mi tiempo. Pero me voy muy feliz al ver tu triunfo…

Junto a Yago se acercó Francesca rota de dolor, y con ella Volker y Carmen, con los ojos llenos de lágrimas y el corazón destrozado. Pignatelli dio orden a sus ayudantes para que hicieran salir al público y evitar su curiosidad.

Los asistentes respondieron con respeto, callados, sin dejar de observar a quien sería conocido para siempre como el jinete del silencio. Yago, concentrado en Camilo, le tomaba la mano y la besaba con todo su respeto y cariño. Algunos pudieron ver al moribundo bendiciéndolo, antes de recibir un último beso de quien decía ser hijo suyo, coincidiendo con el último aliento que abandonó su boca antes de morir.

Yago se abrazó a él sin moverse durante más de una hora en un ahogado llanto que le mantuvo quieto, y ni Pignatelli ni Francesca pudieron separarlo.

Pidió quedarse a solas con él.

Despidió a todos de la pista. Mantuvo encendidas las lámparas y se tumbó al lado de Camilo con los brazos extendidos y la mirada puesta en el techo.

—He de decirte algo…, sé que me escucharás, estés ahora donde estés. —Se secó las lágrimas de los ojos y continuó hablando en voz baja, decidido a poner cada palabra en su justo orden—. Nunca fui un niño normal. Recordarás las bromas que me hacían en la cartuja, o la crueldad con la que me trató mi tía encerrándome en un agujero, o el desprecio que algunos sintieron por mí al creerme endemoniado, o tonto. Padre mío… Camilo… Tu Señor quiso que te cruzaras en mi camino, que dieras luz a mi vida como lo has hecho. Primero en la cartuja salvándome de morir ahogado en el río, enseñándome a controlar mis ansiedades, mostrándome el valor de la música, emocionándome con ella o abriéndome al mundo de los caballos, que me han dado todo lo que ahora soy. Fuiste a por mí a Jamaica, me libraste de la esclavitud y siempre has estado a mi lado dirigiéndome por el camino adecuado; has abierto mis ojos a todo lo que no entendía y me has querido, sobre todo eso... me has querido como a un hijo. —Tomó aire, suspiró despacio y se le ocurrió una idea que sería el mejor homenaje que podía ofrecerle, una forma de despedirse de él. Pero siguió hablando; necesitaba abrir su corazón y regalarle lo que sentía como alimento para su eterno viaje.

—¿Recuerdas que un día te conté la conversación que tuve con el artista Miguel Ángel? Él me habló de un camino que al recorrerlo me permitiría expresar lo que llevaba dentro de mí, y ese camino eran los caballos. Con ellos he sabido encontrar la belleza, pero también la he descubierto escondida entre mis silencios, cuando no podía salir afuera, preso de mis rarezas y oculto a todos. He luchado por ser alguien y demostrar que también tenía talentos, y gracias a ti lo he logrado. Han sido muchos los que me han herido, perseguido y maltratado, pero a ninguno guardo rencor; nunca supieron lo que hacían. Camilo, por encima de todo, lo que quiero que sepas es que cada vez que he deseado tener a un padre, a ese que nunca estuvo, aparecías tú. Porque solo tú has sido mi padre. —Observó su perfil, le abrió los ojos y le propuso la mejor despedida posible.

Se levantó del suelo, salió corriendo de la pista y buscó a uno de los músicos. Localizó una partitura compuesta por Camilo, la que había escuchado con él por primera vez en la iglesia de la cartuja, y pidió a tres mozos que le metieran una veintena de caballos en la pista. Hizo llamar a Carmen, Francesca y Pignatelli, y sobre todo a Volker.

La pista se iluminó de nuevo ante cuatro espectadores ajenos a las pretensiones de Yago. Con ellos, un quinto, derrumbado y muerto, tal vez a la espera de irse definitivamente, iban a presenciar la particular despedida que Yago quería regalarle.

El músico empezó a tocar la melodía encargada.

Y de pronto aparecieron.

Eran veinte caballos, todos ellos nacidos en la escuela, casi hijos de Yago y miembros selectos de una raza excepcional. Entraron sin apenas hacer ruido, siguiendo a Yago, que iba montando al primero. Su paso era solemne, como si fueran conscientes del duelo que allí se vivía.

La pieza concebida por Camilo se iniciaba con un contundente canon, donde la melodía principal iba dejando su protagonismo a la secundaria, a un solo tono por detrás. Como si respondieran al mismo patrón, los caballos seguían al que montaba Yago retrasando su paso.

Yago buscaba a Camilo en su postrera dedicatoria, con la cara cubierta de lágrimas y ellos obedecían sus deseos.

Cuando los veinte animales rodearon a Camilo, bajaron la cabeza hasta casi rozar la arena. Yago descabalgó y se tumbó a su lado. Los caballos, en una simbólica recreación del canon que seguía sonando, y ante la sorpresa de los pocos espectadores, se tumbaron también formando un círculo a su alrededor. En silencio, sin apenas moverse, testimoniaron así su respeto con el eco de una melodía cuyos tonos ahora invitaban al recogimiento, al silencio.

Pero cuando la composición tomó acordes más vivos y agudos, Yago se arrodilló y empezó a rezar a ese Dios que según Camilo vivía en lo más alto, donde imaginó que ahora se cruzaría su espíritu con las notas que ascendían hacia el techo de la pista. Después hizo un chasquido con la boca y de inmediato se atrajo la mirada de los caballos. Como si fueran uno, los veinte animales se levantaron a la vez, y a continuación doblaron sus miembros anteriores frente al cadáver de Camilo, en un gesto de respeto, acompañando a Yago en sus oraciones.

Él recorrió sus perfiles emocionado, y miró a lo más alto, a esa imaginaria cúpula para pedirle a Dios un último deseo.

—Si quieres ya puedes llevarte el alma de este hijo tuyo, de Camilo. Déjalo cabalgar por las nubes de tu cielo y ponle un órgano para que pueda alegrar tus días. Pero hazme un único favor; reserva una ventana para que de vez en cuando pueda mirarme, y siga protegiéndome desde allí. Porque lo necesito, como también debes de necesitarlo tú, pero yo por un importante motivo que sé que entenderás; porque él es mi padre.

Con el cierre de los últimos acordes de la melodía, el alma de Camilo ascendió arrastrada en sus notas, hasta alcanzar un lugar en lo más alto, donde lo esperaba su Señor.

En la pista, entre sus adorados caballos, abrazado por todos los suyos, Yago cerró los ojos y lo despidió para siempre.

FIN

EPÍLOGO

Cada vez que escribo una novela de ficción, uno de mis principales empeños consiste en captar el interés del lector, pero sobre todo despertar sus emociones; el más difícil pero a la vez apasionante reto.

Me sirvo para ello de una historia humana, más o menos salpicada de aventuras, drama o humor, añado un contenido histórico que por uno u otro motivo ha conseguido seducirme, y desde ese momento intento compartir su resultado con quien se asome a estas páginas. Unas veces se convierte en fondo del relato, y otras en el eje vertebral de la narración.

Con esos mimbres inicié el maravilloso proceso de construir esta nueva novela. Pero he de reconocer que en el caso de *El jinete del silencio* sucedió algo excepcional nada más empezarla, y tuvo como culpable a su principal protagonista. Yago se convirtió en un potente personaje que tomó muy pronto vida propia y consiguió seducirme por completo. Su diferencia, el autismo, y en concreto una de sus manifestaciones más comunes, síndrome que hoy día se denomina como Asperger, me abrió la ventana a una realidad que tal vez no se conozca demasiado salvo por alguna que otra película que pudo abrirnos los ojos a todos. El autismo, con todas sus variedades, puede resultar un inquietante problema para un ajeno, pero también es una experiencia enriquecedora para quienes les ha tocado vivirlo de cerca, tal vez con un hijo o un hermano.

Durante la concepción de la trama de esta novela busqué deliberadamente la presencia de un joven al que vamos a conocer desde su nacimiento. Descubriremos cómo evoluciona con la edad, e iremos recorriendo a su lado el peculiar modo que va a tener de entender lo que le sucede, cuando intente amar, cada vez que intente relacionarse con su entorno, cuando sufra, al enfrentarse a las grandes preguntas de la vida o al intentar encontrar utilidad a sus talentos una vez sea adulto.

La elección del momento histórico no fue tampoco casual. En la Nápoles virreinal se produjo una revolución humanista y cultural como en pocos lugares de Europa. Entre tantas disciplinas artísticas nació una nueva en coincidencia con la apertura de la primera escuela de equitación del mundo; un arte diferente, el ecuestre. A partir del siglo XVI el caballo dejará de ser un instrumento de guerra, transporte, o prestigio para unos pocos, y se convertirá en el ejemplo vivo de una tendencia que definió la esencia misma del Renacimiento: la búsqueda de la belleza.

En ese contexto, los caballos van a cambiar de fisonomía, y el caballo español, representado en aquellas castas que tenían por entonces una enorme fama tanto en Jerez como en Córdoba, dará su sangre para mejorar muchas de las razas que hoy día se pueden encontrar en Europa. Su nobleza de espíritu y la belleza de sus formas le permitirá adaptarse a las nuevas exigencias del momento, y de él se conseguirán movimientos y aires espectaculares que nunca antes se habían obtenido de otras razas; en definitiva, el caballo español será la piedra angular del arte ecuestre y de la doma de alta escuela.

El tándem autismo y caballo se ha convertido en una de las mejores terapias que hoy se emplean para conseguir algunas mejoras en ciertas limitaciones que el autista posee. La equinoterapia o hipoterapia, que es así como se define al tratamiento, significa una maravillosa comunicación entre la generosidad de un animal, noble, bello y sensible, con la peculiar manera de percibir el mundo de estos individuos, afectados por un trastorno que en ningún caso debe ser considerado como una enfermedad.

El trabajo con esos caballos bien entrenados consigue rebajar la hiperexcitación nerviosa del que se ve afectado por autismo, dándole la oportunidad de poder concentrarse en otras tareas que, sin la participación del caballo, serían mucho más lentas y difíciles de conseguir. La labor que se está realizando en muchos clubes hípicos en este sentido está atrayendo a muchos familiares de autistas gracias a sus positivos resultados.

Dedico esta novela con mi más sincero reconocimiento a ese esfuerzo y a los logros que muchas personas están empeñadas en conseguir. Gracias.

Pero, como decía antes, Yago consiguió enamorarme.

Sufrí con él durante su encierro, en su orfandad, al ir surgiendo las primeras pautas de un comportamiento diferente y casi siempre mal comprendido. Hemos de tener en cuenta que por aquellos tiempos el autismo no era un proceso que se diagnosticase como tal, pues no fue hasta mediados del siglo XX cuando se empezó a emplear ese nombre y a ser considerado como un trastorno neurológico. Al imaginar cómo se entenderían sus síntomas en aquella época, sobre todo las especiales relaciones que un autista mantiene con su entorno, pensé que serían fácilmente confundibles con los propios de la locura, la estupidez o hasta los de una dominación diabólica.

Yago, en su ficción, es un ejemplo de síndrome de Asperger, una variedad de autismo que diferencia a sus pacientes por poseer ciertas capacidades sensoriales e intelectuales mucho más desarrolladas que una persona normal, sin dejar de compartir otros comportamientos comunes al resto de los autismos.

Quiero en este punto reconocer y valorar el increíble trabajo de una mujer, la doctora americana Temple Grandin, una reconocida autista cuyos libros publicados en España me han servido de guía para dibujar el perfil psicológico de Yago y su desarrollo mental con el tiempo. La doctora Grandin es el hermoso ejemplo de una esperanzadora realidad. Ella, desde su excepcional capacidad intelectual, ha sido capaz de explicar cómo funciona el pensamiento de un autista, de describir las causas de muchos de sus comportamientos y de profundizar en la increíble proximidad que estas personas mantienen con los animales. Con ella aprendí a ver el autismo desde otros ojos, y a entender que los afectados por ese síndrome disfrutan de talentos que los convierten en seres únicos, y también muy capaces.

Soy consciente de que al tocar este síndrome desde un punto de vista novelado, puedo permitirme ciertas licencias narrativas que espero no ofendan a los especialistas en estos trastornos y mucho menos a los afectados o familiares. Quiero expresar de todo corazón mi respeto hacia todos ellos, y justificar como único motivo de que el tema sea tratado en la novela como tal el querer acercar al gran público un problema que se ha de entender como una forma diferente de enfrentarse a la vida y desde luego nunca como una patología.

Todos nacemos con unos determinados talentos, pero también arrastramos limitaciones. Los autistas también, pero para su infortunio, en su caso, las deficiencias son demasiado públicas. Los que nos llamamos normales tenemos también muchas sombras en nuestra vida, fallos en nuestra forma de vivir, de sentir o de relacionarnos, pero en nuestro caso a veces no es tan fácil que se noten; no le damos la misma publicidad.

GRANDES REYES Y GRANDES CABALLOS

Durante el siglo XVI Europa tuvo dos grandes reyes que amaron a los caballos con una devoción quizá poco conocida. El emperador Carlos V y su hijo Felipe II admiraron a este animal desde diferentes enfoques; el primero como medio de transporte para sus interminables viajes, impresionado por su belleza, y también por tenerlo como habitual compañero de batalla; pero en el caso de Felipe II, quiso ver al caballo como símbolo de su gran Imperio al crear en Córdoba una nueva raza con la que pretendía asombrar al mundo entero, la que hoy reconocemos como la del caballo español.

Hemos de considerar que el emperador Carlos V dedicó media vida a mantener íntegras las fronteras de su Imperio, y que la raza ligera de caballos que predominaba por entonces en España, por debajo del río Tajo, era su preferida.

Se le describe en muchas contiendas montando un caballo español, casi siempre de capa torda, y hasta se cuenta que en el solemne funeral que se celebró en Bruselas por su muerte, la numerosa comitiva que homenajeaba a su César iba cerrada por su caballo más preciado, sin jinete y solo, en una hermosa estampa que tuvo que llamar la atención y emocionar a todos los presentes.

A lo largo de la novela he tratado de salpicar las diferentes tramas con acontecimientos reales que tuvieron al caballo como principal protagonista. Las prohibiciones de criar mulas cuando se temía por el futuro de la cría caballar, las diferentes pragmáticas que se establecieron para proteger las castas más hermosas que el sur de España producía y produce, la aparición de una estirpe, los llamados Guzmanes que medio siglo después fueron conocidos como Valenzuelas; animales que tomaron tanto prestigio por entonces que hoy, si comparásemos la exclusividad de su propiedad, deberíamos pensar en alguna de las mejores escuderías de coches. Nos sentiremos dentro de escena cuando presenciemos el nacimiento de la primera escuela de equitación, vivamos la enorme influencia que tuvieron los caballos en la conquista de América, o nos traslademos a los ambiciosos criaderos que se levantaron en Jamaica. Estos son solo algunos ejemplos.

El caballo hizo de puente entre la Europa medieval y el Renacimiento. Se convirtió en un eje que recorrió la vieja nobleza dejando atrás las poses de caballero para tomar por primera vez una nueva actitud, la caballeresca que se adaptará a la evolución de los tiempos.

El noble en el Renacimiento descubre que puede competir en lujo cuando va añadiendo caballos a los soberbios enganches que tiran de sus carruajes, cuando no aspira a reunir caballos por su utilidad o fuerza, sino solo por su hermosura, o cuando empieza a ver el desarrollo de un poderoso comercio donde la moneda de cambio es el valor de una casta, la sangre o su pedigrí.

La novela transita entre el caballo de guerra medieval y un nuevo caballo renacentista: el cortesano.

Dos caballos en dos sociedades diferentes.

AGRADECIMIENTOS

Por último, quiero tener presentes a todos aquellos amigos y colaboradores que me han ayudado a hacer realidad esta historia. La profesión veterinaria se ha volcado conmigo desde la aparición de mi anterior novela, *El sanador de caballos,* como nunca pude imaginar, pero si tuviera que reconocer a algunos en especial, debo nombrar a los magníficos compañeros que trabajan en el Colegio de Veterinarios de Cádiz, y me refiero en concreto a Federico Vilaplana y a Lorenzo Macías, quienes me mostraron las maravillosas tierras de Jerez que han servido de escenario para la novela y con quienes compartí visita a la yeguada del Bocado, la más ilustre cuna del caballo cartujano y base fundamental para entender el caballo español. Don Javier Mota, su director, me aportó una infinita cordialidad, además de abundante material sobre los caballos cartujanos, como también de la vecina cartuja de la Defensión de Jerez.

Aprecio con gran orgullo el empuje, aliento y ayuda que desde las facultades de Veterinaria de Córdoba, Murcia y Madrid me han regalado para elaborar esta novela. Sus decanos, el claustro de profesores y catedráticos, y en especial don Joaquín Sánchez de Lollano, han demostrado no solo poseer un gran poso humano, sino también un legado intelectual del que me siento agradecido y orgulloso.

Quiero reconocer asimismo el ilustre trabajo que realizan a diario los encargados de los archivos de Simancas, Palacio Real, el de la Casa de Alba o el Histórico Nacional por haber facilitado mi trabajo, también por su amabilidad y paciencia.

Recordaré siempre las apasionantes charlas que he podido disfrutar con un ilustre colega veterinario especialista en caballos, don José Luis Pinedo, ahora amigo, con quien descubrí las claves anatómicas para entender cómo un caballo es capaz de hacer cabriolas, o cualquiera de los hermosos pasos que caracterizan a la doma de alta escuela.

Agradezco a don Gonzalo de Mora haberme dado la oportunidad de estudiar dos maravillosos incunables de su biblioteca privada sobre el arte de la guarnicionería. Me han sido muy útiles para describir alguna de las técnicas de un noble oficio que tuvo reputadísimas consecuencias en la Nápoles virreinal.

Es de justicia que haga una especial mención a mi querido amigo Antonio Quintanilla, con quien esta novela ha crecido desde casi sus orígenes. Su ayuda en la discusión de tramas y subtramas, su incansable análisis o el permanente celo que ha puesto para que ningún detalle quedase ajeno a la historia me han servido de enorme apoyo. Se lo agradeceré siempre.

Un escritor necesita un buen equipo editorial para poner su creación en manos de los lectores, y he de reconocer con orgullo que me encuentro en uno de los mejores; las personas que trabajan en Temas de Hoy, desde su directora, Belén, a cualquiera de sus colaboradores, no solo son excelentes profesionales, también son unos apasionados por este mundo de las letras. Gracias.

A Raquel Gisbert, mi editora, poco más puedo decir que, si hasta ahora hemos compartido libros y largas charlas, ninguna experiencia ha sido tan agradable como sentir su afecto por este nuevo proyecto. Esta novela está especialmente dedicada a ti.

Para terminar de confesarlo todo, me he dado cuenta de que en cada uno de los libros que he escrito estos años y durante su proceso de creación, me han acompañado otras cosas mucho más que importantes.

Los libros me han hecho perder y ganar.

En alguno he dejado de camino a personas esenciales en mi vida, y en otros, como es el caso de este, he descubierto a gente que se acerca a ti, que te siente como a alguien cercano, y que te hace entender que este es un trabajo no solo gratificante, sino precioso. Con *El sanador de caballos* perdí a mi padre, pero con *El jinete del silencio* he ganado a muchos amigos que han llegado de maneras muy diferentes para expresarme sus sensaciones, críticas o gratitud. Agradezco lo que han hecho por mí, confieso lo mucho que los respeto, y espero no defraudarlos con esta novela que terminé de escribir un treinta de diciembre del año dos mil diez.

